Das Buch
Der britische Agent Tweed kämpft gemeinsam mit Paula Grey und Bob Newman gegen den gefährlichsten Feind, der ihm bisher begegnet ist: Leopold Brazil, der das Gleichgewicht der Macht in der Welt zu seinen Gunsten ändern will. Auch Philip Cardon und seine neue Freundin, Eve Warner, werden in die Auseinandersetzung hineingezogen, als in Dorset General Sterndale und sein Sohn ermordet werden.
Während des Aufenthalts von Brazil auf seinem Landsitz in Dorset geschehen noch zwei weitere Morde, und Tweed erfährt, dass ein neuer Killer sein Unwesen treibt, der Motormann. Paula, die ihre bislang wichtigste Aufgabe hat, gerät in Genf in ernsthafte Gefahr, als der Motormann erneut zuschlägt. Tweed versucht in Zürich, die konkreten Pläne Leopold Brazils herauszufinden. Dabei muss er entdecken, dass Philip Cardon sich in Eve gründlich getäuscht hat.
In Dorset kommt es zur endgültigen Auseinandersetzung, um Brazil daran zu hindern, die Macht in der Welt an sich zu reissen.

Der Autor
Colin Forbes, in Hampstead bei London geboren, war als Werbefachmann und Drehbuchautor tätig und schrieb nebenbei seinen ersten Roman, den er 1965 veröffentlichte. Der grosse Erfolg seiner Bücher veranlasste ihn, seinen Job in der Werbung aufzugeben.
Seine Bücher, wie *Lawinenexpress* (01/5631), *Die unsichtbare Flotte* (01/9592), *Todesspur* (01/10345) oder *Kalte Wut* (01/13047) werden mittlerweile in mehr als 20 Sprachen übersetzt und haben weltweit eine treue Leserschaft gefunden.
Forbes lebt als freier Schriftsteller in der Grafschaft Surrey. Zu seinen Hobbys gehört das Reisen; für die Schauplätze all seiner Romane betrieb er Milieustudien vor Ort.

COLIN FORBES

ABGRUND

Roman

Aus dem Englischen
von Bernhard Liesen

WILHELM HEYNE VERLAG
MÜNCHEN

HEYNE ALLGEMEINE REIHE
Nr. 01/13168

Die Originalausgabe
PRECIPICE
erschien 1996 by Macmillan

Umwelthinweis:
Dieses Buch wurde auf
chlor- und säurefreiem Papier gedruckt.

Redaktion: Verlagsbüro Dr. Andreas Gößling und Oliver Neumann GbR

Deutsche Erstausgabe 8/2000
Copyright © 1996 by Colin Forbes
Copyright © der deutschsprachigen Ausgabe 2000 by
Wilhelm Heyne Verlag GmbH & Co. KG, München
Printed in Germany 2000
Umschlagillustration: Chris Moore
Umschlaggestaltung: Nele Schütz Design, München
Satz: Buch-Werkstatt GmbH, Bad Aibling
Druck und Bindung: Ebner Ulm

ISBN: 3-453-17185-3

http://www.heyne.de

Hinweis des Autors

Alle Figuren sind vom Autor frei erfunden und haben keinerlei Ähnlichkeit mit irgendwelchen lebenden Personen.

Außerdem habe ich mir die Freiheit genommen, die Geographie von Dorset zu verändern, indem ich Lyman's Tout erfand, eine nicht existierende Felsenklippe. Für die Schweiz ersann ich einen Berg namens Keilerhorn und zwei Regionen – Col du Lemac und Col de Roc.

Für Jane

Ich widme dieses Buch meiner verstorbenen Frau Jane, ohne deren ständige und hingebungsvolle Unterstützung ich nie zu einem Schriftsteller geworden wäre.

Prolog

»Das könnte gefährlich werden«, sagte Philip Cardon, als er spürte, wie die Räder des Landrover im Schlamm durchdrehten.

»Lassen Sie mich fahren, wenn Sie nervös sind«, entgegnete Eve. »Ich sitze gern am Steuer.«

In ihrem Tonfall lag etwas Herausforderndes, das Philip verwirrte. Er schaltete den Motor aus, und die neben ihm sitzende Eve steckte sich an der Glut ihrer Zigarette eine neue an. Es war Nacht. Sie befanden sich hoch oben in den Purbeck Hills und näherten sich der Steilküste.

Philip fand, dass Dorset im Februar die Hölle war. Seit Tagen hatte es ohne Unterlass geregnet, und die Ebenen, die sie längst hinter sich gelassen hatten, hatten sich in Seen oder Sümpfe verwandelt. Sie folgten den tiefen Furchen eines Weges, der zum Kamm eines hohen Felsens hinaufführte. Es war bitterkalt, und Eve schlug den Kragen ihres Kamelhaarmantels hoch.

An dieser Stelle waren sie vor dem Wind geschützt. Aber die Stille kam Philip unheimlich vor, wie eine Warnung. Der Himmel war klar und der Mond warf ein beunruhigendes Glühen über die weitläufige Landschaft zu ihrer Rechten. Sie waren nur ein paar Schritte von einem steilen Felsabgrund entfernt, der gemeinsam mit einem weiteren Berg auf der anderen Seite ein kleines Tal einschloss. Jetzt sahen sie auch das aufgewühlte Meer und die raue, sich nach Westen erstreckende Küste mit ihren gezackten Felsvorsprüngen. Ohne Unterlass brandeten riesige Wellen heran.

»Das da unten muss Sterndale Manor sein«, bemerkte Philip.

Unten, im Tal, das kaum größer als eine breite Schlucht war, stand ein im Elisabethanischen Stil erbautes Haus mit aufragenden Schornsteinen. Während er die Szenerie beobachtete, gingen Lichter an. Daraufhin zog Philip ein

Fernrohr aus der Tasche seiner Windjacke und stellte es scharf.

»General Sterndale muss mit seinem Sohn von unserem Hotel zurückgekehrt sein. Irgend jemand schließt alle Fensterläden ...« Andere Lichter waren zu sehen, erloschen aber wieder, weil weitere Fensterläden geschlossen wurden. »Es ist, als ob das Leben ausgelöscht wird«, sinnierte er.

»Das hört sich ja richtig morbid an«, witzelte Eve und sprang aus dem Wagen. Fast wäre sie in dem Schlamm ausgerutscht, aber sie hielt sich am Auto fest.

»Vorsicht. Der Boden gleicht einem Sumpf.«

Philip beobachtete weiterhin das Haus. Er konnte sich nicht von der Vorahnung freimachen, dass eine Tragödie unmittelbar bevorstand. Das muss mit der unheimlichen Atmosphäre hier oben zusammenhängen, sagte er sich. »Ganz offensichtlich schließt er sich nachts ein.«

»Erinnern Sie sich nicht daran, wie er in der Bar des Priory erzählt hat, dass er so isoliert lebt und sein Haus deshalb nachts in eine Festung verwandelt?« half Eve seinem Gedächtnis auf die Sprünge. »Außer dem Diener Marchat leben nur die beiden in diesem Haus. Lustiger Name. Ich frage mich, was für ein Landsmann er wohl sein mag.« Sie lächelte. Dieses Lächeln hatte Philip angezogen, als er sie zufällig im Priory kennen gelernt hatte.

»Rücken Sie rüber, damit ich mich hinter das Lenkrad setzen kann.«

»Setzen Sie sich wieder auf Ihren Platz. Ich fahre, und dabei bleibt's.«

»Sie sind ein Sturkopf. Aber stürzen Sie uns nicht in diese Schlucht.«

Ihr Tonfall klang verärgert, weil es ihr nicht gelungen war, ihren Willen durchzusetzen. Aber als sie wieder auf dem Beifahrersitz Platz genommen hatte, schien ihre gute Laune zurückzukehren.

»Ist dies Lyman's Tout? Und was bedeutet ›Tout‹?«

»Kap. Aussichtspunkt. Ein einheimischer Ausdruck. Zu unserer Linken liegt Houns Tout, aber fragen Sie mich nicht, was ›Houns‹ bedeutet.« Philip ließ den Motor an und folgte dem Weg weiter bergauf. Zu seiner Linken erstreckte sich bis zu einer Trockenmauer ein großes, mit struppigem Gras bewachsenes Gebiet. Zuvor hatte er versucht, über das Gras zu fahren, dabei aber feststellen müssen, dass es unter Wasser stand. Immer noch irritiert, blickte er auf Sterndale Manor hinab, während er weiter und weiter nach oben fuhr.

»Im Hotel haben sie uns erzählt, dass der Wind uns scharf aus der Richtung des Meeres treffen wird, wenn wir die Felsenkuppe überqueren. Machen Sie also besser die Luken dicht.«

Er hatte den Satz gerade beendet, als sie den höchsten Punkt des Berges erreichten und der Wind sie traf, als ob ihnen eine riesige Tür ins Gesicht geschlagen worden wäre. Eve setzte die Kapuze ihres Mantels auf, und Philip bremste ab, als sich die Erde in ein flaches Plateau mit spärlichem Gras verwandelte. Links erstreckte sich die Mauer in östlicher Richtung, als ob sie sich vor dem Angriff zusammenkauern würde. Das Dröhnen des Meeres glich einem Trommelwirbel. Philip bremste, schaltete den Motor ab und beugte sich vor, damit Eve ihn verstehen konnte.

»Ich werde zu Fuß noch etwas weitergehen. Meiner Ansicht nach sind wir ganz nah am Rande des Felsens.«

»Mir reicht das.«

»Ich frage mich, wem der seltsame alte Kasten da gehört.«

Links, in gebührendem Abstand zum Meer, kauerte ein trostloses, zweistöckiges Haus mit Granitwänden. Es wirkte verlassen, und vor dem Haus fiel das Gelände bis zu der Stelle ab, die er für den Felsrand hielt. Er duckte sich vor der Wucht der Windböen, bewegte sich vorsichtig vorwärts und hielt dann abrupt an. Ohne den geringsten Hinweis auf die Gefahr stand er direkt am Rande des Abgrunds. Er dankte Gott, dass der Wind aus der Gegenrichtung blies.

Der Abgrund führte an Felsvorsprüngen vorbei fast einhundert Meter in die Tiefe, und unten toste das Meer. Wie riesige Zähne ragten Felsen aus dem Wasser, verschwanden dann aber unter einer mächtigen Woge, die heftig gegen die Steilküste krachte. Philip fühlte feuchte Gischt auf seinem

Gesicht. Das Wasser wich kurzzeitig zurück und entblößte den Felsen, bevor eine weitere Woge heranbrandete.

In diesem Augenblick dachte er an seine verstorbene Frau Jean, die ihm mehr als sein eigenes Leben bedeutet hatte. Nur noch ein Schritt, und die Felskuppe würde zerbröckeln und mit ihm in die Tiefe stürzen. Dann wäre es mit der Einsamkeit eines Lebens ohne sie vorbei. Zudem hätte er eine Zeugin, die bestätigen würde, dass es ein Unfall war.

Er biss die Zähne zusammen und verdrängte diesen Gedanken. Jean hätte es nicht gefallen, wenn er aufgegeben hätte, sie hätte gewollt, dass er weiterlebte und versuchte, sich ein neues Leben aufzubauen, wenn das denn möglich war ...

Er blinzelte. Draußen auf dem Meer war mehrfach ein Licht aufgeblitzt, und aus dem Augenwinkel hatte er auch an Land ein Licht bemerkt. Während er auf das unheilvoll wirkende Haus aus Granitstein starrte, sah er mehrere Antwortzeichen – da wurden Lichtsignale ausgetauscht. Dann war das Haus nur noch eine dunkle Silhouette. Hatte er sich getäuscht? Er ging zu Eve zurück, die im Schutz des Landrovers stand und Richtung Osten starrte. Um ihn verstehen zu können, setzte sie ihre Kapuze ab.

»Haben Sie in dem großen dunklen Haus ein Licht aufblitzen sehen?« fragte er.

»Nein.«

»Sind Sie sicher?«

»Ja. Waren Sie an der Klippe?«

»Ein extrem steiler Abgrund. Einen Augenblick lang wurde mir schwindelig ...«

»Deshalb haben Sie die Lichter gesehen.« Bevor er ihr Einhalt gebieten konnte, sprang sie auf den Fahrersitz. »Meiner Ansicht nach ist es besser, wenn wir zurückfahren. Kommen Sie. Steigen Sie ein.«

Philip fluchte leise vor sich hin. Diese Frau wollte ihren Willen wirklich durchsetzen. In seinem Gehirn flackerte ein Alarmsignal auf. Der Motor lief bereits, als er sich neben sie auf den Beifahrersitz setzte. Sie wendete und begann, den Weg wieder hinabzufahren.

Noch irritiert von der Erfahrung an der Klippe, schwieg

Philip kurze Zeit. Er begriff aber sehr schnell, dass sie eine erstklassige Fahrerin war, und das beruhigte ihn. Er starrte nach Westen auf die Reihe wilder Felsen, die wie riesige Lanzen aus dem Meer ragten. Dies war eine der rauesten Küsten, die er je gesehen hatte. Nirgendwo waren Bäume zu sehen, nur eine Reihe von Felsen mit ihren riesigen Kaps. Sanft ergriff er Eves Arm, um sie nicht zu erschrecken. Sie hatten gerade den Felskamm überquert, und dahinter hatte man den Eindruck, als ob jemand per Knopfdruck den Wind abgeschaltet hätte. Die seltsame Stille kehrte zurück.

»Um Himmels willen, halten Sie an!« brüllte er.

In der Ferne unter ihnen sah er Sterndale Manor. Das große Haus glich einer gigantischen Fackel – es war vollkommen in Flammen eingehüllt. Nachdem Eve den Wagen angehalten hatte, zog Philip das Fernrohr aus der Tasche und stellte es scharf. Er sah nichts als das Wüten greller Flammen. Dann suchte er das von einer Mauer eingegrenzte Grundstück ab. In einer großen Scheune abseits des brennenden Hauses stand ein alter Bentley mit Trittbrettern und großen Aufbauscheinwerfern – General Sterndales Auto.

»Wir können nichts tun«, sagte Eve und zündete sich eine Zigarette an.

Als er sich später an ihre Bemerkung erinnerte, hielt Philip sie für kaltblütig und gleichgültig. Aber sie hatte recht. Er konnte das Haus nicht erreichen, weder indem er den viel zu steilen Abhang zu ihrer Linken hinabfuhr, noch indem er hinabkletterte, nachdem sie näher an den Felsrand herangefahren waren. Der nasse, schlammige Boden war so tückisch, dass er das Gleichgewicht verloren hätte und zu Tode gestürzt wäre.

»Zu dumm, dass wir keinen Alarm auslösen und die Feuerwehr rufen können«, sagte er.

»Sie haben kein Handy?«

»Nein.« Sein Boss, Tweed, der Deputy Director des Secret Intelligence Service in Park Crescent in London, hatte seinem Team den Gebrauch von Mobiltelefonen untersagt. Heutzutage war es einfach, jeden Anruf abzuhören, und

Tweed wachte darüber, dass kein feindliches Team lauschte. »Ich kann mir nicht vorstellen, dass Sterndale oder sein Sohn diesen Brand überlebt haben.«

Die flache Schlucht, in der das Haus stand, erstreckte sich von dem Gebäude direkt in Richtung Meer. Der Wind pfiff wie durch einen natürlichen Tunnel hindurch und heizte die Flammen an, die bizarre Formen annahmen. Zögernd steckte Philip das Fernglas wieder in die Tasche.

»Fahren Sie«, sagte er. »Wir werden den Vorfall so schnell wie möglich melden. Diese verdammten Fensterläden, von denen Sterndale erzählt hat, dass er sie jede Nacht schließt … Sie saßen in der Falle. Halt! Einen Augenblick noch …«

Jenseits des zum Untergang verurteilten Hauses hatte er Bewegungen wahrgenommen. Zum ersten Mal schoben sich jedoch Wolken vor den Mond, so dass man die Landschaft nicht mehr erkennen konnte. Plötzlich war es dunkel, wenn man von dem brennenden Haus absah. Er beobachtete mit dem Fernrohr weiter die Straße hinter dem Gebäude, die zum Dorf Langton Matravers führte, konnte aber in der Finsternis nichts erkennen.

»Wonach suchen Sie?« wollte Eve wissen, die den Motor auf Leerlauf gestellt hatte. »Hier oben ist es lausig kalt.«

»Ich dachte, ich hätte einen davonfahrenden Jeep mit mehreren Insassen gesehen.«

»Könnte das Sterndale mit Sohn und Diener gewesen sein?« fragte sie gelangweilt, während sie sich eine neue Zigarette anzündete.

»Nein. Er hätte den Bentley benutzt, und der steht immer noch in der Scheune. Er hat mir erzählt, dass sein Zweitwagen, auch ein Oldtimer, in der Werkstatt ist.«

»Wahrscheinlich haben Sie es sich nur eingebildet, weil ihnen noch schwindelig ist von vorhin. Können wir fahren? Es ist eiskalt.«

»Ja.«

Erneut konnte Eve recht haben, schließlich hatte er nur einen kurzen Blick auf ein sich vom Inferno entfernendes Fahrzeug erhascht. Eve steuerte den Landrover sehr geschickt und fuhr schneller als er. Zwar rutschte sie häufig auf dem glitschigen Boden aus der Spur, schaffte es aber jedes Mal, den Wagen wieder unter Kontrolle zu bringen.

»Ich genieße es, Ihre Karre zu fahren. Es macht Spaß und ist unter diesen Umständen ein Nerventest.«

»Tatsächlich?« Erneut leuchtete im Hinterstübchen seines Kopfes ein Alarmsignal auf, das er aber ausblendete, als sie an dem Haus vorbeifuhren, das wieder im Mondlicht stand und wie ein schwarzer Scheiterhaufen wirkte. Die bleiche Landschaft von Dorset mit ihren nackt wirkenden Felsen im Westen war wieder da. Sie fuhren bergab, bis der Weg auf eine Straße stieß, und dort hörte Philip die Sirene eines Feuerwehrwagens, der kurz darauf mit Blaulicht an ihnen vorbeifuhr.

»Biegen Sie nach links in Richtung Kingston ab«, sagte er, als sie das Sumpfland hinter sich gelassen hatten und auf eine einsame Straße mit solidem Asphaltbelag kamen.

»Okay. Aber warum?«

»Es ist zwar ein Umweg, aber wenn wir später wieder links abbiegen, werden wir die Straße nach Sterndale Manor erreichen. Wir könnten berichten, was wir gesehen haben.«

»Was Sie *glauben*, gesehen zu haben. Das ist doch reine Zeitverschwendung. Wir wissen, dass die Feuerwehr da ist. Gibt's ein Pub in Kingston? Einen Drink könnte ich gut gebrauchen.«

»Okay, ein Drink wäre nicht schlecht. Fahren wir nach Kingston.« Philip war verwirrt. Obwohl die Klarheit seiner Gedanken immer noch von dem Kummer über den Tod seiner Frau vor über einem Jahr beeinträchtigt waren, funktionierte auch jetzt, wo er zum ersten Mal wieder ein stark zunehmendes Interesse für eine andere Frau spürte, ein Teil seines Gehirns normal. Warum zögerte Eve so, die Katastrophe, deren Zeuge sie geworden waren, den Behörden zu melden?

Sie waren eine tückische, enge Straße nach Kingston hinabgefahren. Mehrere Male war Eve Wasserlöchern so groß wie Seen ausgewichen. Die Straße war sehr abschüssig, und Eve hatte Philip erneut bewiesen, dass sie eine erstklassige Fahrerin war. Seit wir uns beim Dinner im Priory kennen gelernt haben, habe ich noch nichts über sie in Erfahrung gebracht, dachte er. Ich weiß nur, dass sie außergewöhnlich attraktiv ist. Wenn wir unseren Drink nehmen, muss ich ihr ein paar Fragen stellen …

Das Scott Arms lag an einem Ende von Kingston, hoch in den Purbecks, und war wie die anderen Häuser des kleinen Dorfs aus alten, dunklen Steinen errichtet worden. Das Innere glich einem Labyrinth verschiedener Ebenen mit stillen Nischen, manche hatten nur einen Tisch und eine kleine Bank.

»Seien Sie vorsichtig«, sagte Philip und ergriff ihren Arm. »Es geht rauf und runter, und überall sind tückische Stufen.«

»Geht schon in Ordnung.«

Um erneut auf eine fast aggressive Art ihre Unabhängigkeit zu beweisen, entzog sie ihm ihren Arm. Philip entschied sich für einen Tisch in einer Nische auf der untersten Ebene, gegenüber einem großen, nach Osten gelegenen Fenster. Für sich bestellte er ein Glas französischen Weißwein, für sie einen großen Wodka.

»Auf dem Rückweg zum Priory sollte ich besser fahren«, bemerkte er lächelnd.

»Warum? Glauben Sie, dass mich ein Drink fahruntüchtig macht?«

»Lassen Sie uns abwarten, wie Sie sich später fühlen.«

»Womit verdienen Sie Ihren Lebensunterhalt, Philip?«

»Ich bin in der Versicherungsbranche. Eine stark spezialisierte und vertrauliche Tätigkeit. Und Sie?«

»Security. Auch ziemlich speziell …« Sie schwieg einen Augenblick. »Wahrscheinlich habe ich bereits zu viel gesagt.«

Während sie an ihren Getränken nippten, kam ein von Kopf bis Fuß in schwarzes Leder gekleideter, stämmiger junger Mann, der einen Helm trug, an ihnen vorbei. Er sah nicht einmal zu ihnen herüber, und da Philip das wohl bedacht schien, löste es ein irgendwie seltsames Gefühl bei ihm aus.

»Wie lange werden Sie im Priory wohnen?« fragte Eve.

»Ungefähr eine Woche. Wenn mich mein Büro nicht zurückruft. Und Sie?«

»Ich bin Freiberuflerin. Lassen Sie uns gemeinsam die Purbeck Mountains erkunden. Nach dem, was Sie mir über Jean erzählt haben, brauchen Sie Gesellschaft. Ist dies Ihre erste Reise nach ihrem Tod?«

Er schluckte und hatte Schwierigkeiten, nicht die Contenance zu verlieren. Sie hatte ihn unvorbereitet mit seiner Vergangenheit konfrontiert und an den Tod seiner Frau erinnert. Das irritierte ihn. Reiß dich zusammen, dachte er.

»Eine gute Idee«, antwortete er schließlich. »Ja, das werden wir tun. Ich freue mich auf Ihre Gesellschaft.«

Eve Warner hatte ihren Mantel ausgezogen. Über einer weißen Bluse mit hohem Kragen trug sie ein eng geschnittenes marineblaues Kostüm. Am Haaransatz und in ihrem wohlgeformten Nacken lag ihr schwarzes Haar dicht an. Ihr Gesicht mit dem ausdrucksstarken Kinn und einem breiten Mund, der Entschlossenheit verriet, wirkte fast dreieckig. Sie hatte eine römische Nase, aber es waren ihre Augen unter den dunklen Brauen, die sie so unwiderstehlich machten. Diese dunkelbraunen Augen beobachteten ihn, als ob sie bis in das Innere seines Geistes blicken könnten. Eine faszinierende Frau Ende Dreißig, und, wie Philip vermutete, mit einer stark ausgeprägten Persönlichkeit.

In dem Pub war es sehr ruhig, und es hielt sich niemand in ihrer Nähe auf, als sie ihn charmant anlächelte. »Woran denken Sie, Philip? Sie wirken, als ob Sie meilenweit weg wären.«

»Auch dort hätte ich nichts gegen weibliche Begleitung.«

»Okay. Dann werden wir Dorset wirklich gemeinsam erkunden.«

Seine Gedanken kehrten zu ihrer ersten Begegnung vor ein paar Stunden zurück, als sie sich beim Dinner in dem großen Kellerraum mit den hohen Steinwänden, wo das Essen serviert wurde, kennen gelernt hatten. Philip hatte allein an einem Tisch gesessen, und in der Nähe war ein anderer für eine Person gedeckt worden. Die einzigen übrigen Gäste waren ein Ehepaar in mittleren Jahren, das am anderen Ende des von Wandleuchten erhellten Raums saß.

Plötzlich erschien Eve auf der in den Kellerraum führenden Steinwendeltreppe. Am Fuß der Treppe hielt sie an und betrachtete den seltsamen Raum, bis ein Kellner erschien.

Vom ersten Augenblick an hatte Philip sich von ihr angezogen gefühlt. Ich wette, dass sie einen Freund hat, sagte er sich, aber sie trug keine Ringe an der linken Hand.

»Erwartet Madame jemanden?« fragte der Kellner, während er auf sie zu eilte.

»Nein. Ich hätte gern den Tisch dort. Ist er frei?«

Sie zeigte auf den Tisch an der Wand in der Nähe von Philip. Er wartete, bis sie nur ein paar Schritte von ihm entfernt Platz genommen hatte. Sie war schlank, über einen Meter achtzig groß und trug goldene Pumps. Während sie die Speisekarte studierte, bereitete sich Philip darauf vor, sie anzusprechen. Seit dem Tod Jeans hatte er sich keiner Frau mehr genähert und auch keinerlei Bedürfnis danach gespürt. Sie merkte, dass er sie ansah, blickte zur Seite und lächelte leicht. Diese Gelegenheit ergriff er beim Schopf.

»Guten Abend. Sind Sie ohne Begleitung hier? Ich ja. Die Seezunge kann ich empfehlen. Natürlich nur, wenn Sie Fisch mögen.«

Sie spürte seine Unbeholfenheit und warf ihm ein spitzbübisches Lächeln zu, um ihn zu beruhigen. »Warum setzen Sie sich nicht zu mir? Dann kann ich mich bei Ihnen beschweren, wenn die Seezunge schlecht ist ...«

So hatte es begonnen. Nein, dachte Philip, während er sie in der Stille des Scott Arms in Kingston anblickte, es hat bereits früher in London im Hauptquartier des SIS begonnen, nämlich in dem großen Büro seines Chefs im ersten Stock, von dem aus man in der Ferne Regent's Park sah.

Tweed hatte seine langjährige, loyale Assistentin Monica gebeten, sie für ein paar Minuten allein zu lassen.

»Meiner Meinung nach sollten Sie in Urlaub fahren.«

»Das möchte ich lieber nicht.«

»Ich befehle Ihnen, in Urlaub zu fahren, Philip. In einem

interessanten Hotel in Dorset, am Rande von Wareham, dem Priory, habe ich eine Suite für Sie reservieren lassen. Sie ist für eine Woche auf Ihren Namen gebucht. Oh, und wenn Sie sich schon dort unten aufhalten, könnten sie vielleicht ein paar diskrete Nachforschungen über General Sterndale anstellen. Er ist über achtzig Jahre alt und Inhaber der Privatbank Sterndales, die sich seit ihrer Gründung im frühen achtzehnten Jahrhundert in Familienbesitz befindet.«

»Was soll ich über ihn herausfinden?«

»Ich bin mir nicht sicher ...«

Tweed erhob sich hinter seinem Schreibtisch, nahm seine Brille ab und begann, sie mit seinem Taschentuch zu putzen, während er im Büro auf- und abging. Er war in mittleren Jahren, dunkelhaarig und mittelgroß, und wenn er seine Brille trug, gehörte er auf der Straße zu jenen Passanten, an denen man achtlos vorbeigeht. Und das war ein Vorteil für den außergewöhnlich klugen Deputy Director des SIS.

»Zunächst möchte ich gerne wissen, ob er geistig noch voll auf der Höhe ist. Als ich ihn zuletzt in einem Club traf, war das noch der Fall, aber das ist schon ein paar Jahre her. Damals feierte er seinen achtzigsten Geburtstag. Er leitet die Bank persönlich, mit eiserner Hand und ist ein richtiger Geheimniskrämer. Sollte es Ihnen gelingen, Kontakt zu ihm aufzunehmen, dürfen Sie Ihren Job nicht erwähnen, wenn Sie Informationen aus ihm herausquetschen wollen.«

»Was für Informationen?« fragte Philip, dem die Idee nicht gefiel. Er vermutete, dass Tweed ihn aus dem Haus herauslotsen wollte, das er seit Jeans Tod allein bewohnt hatte. Aber jetzt war er mit einem speziellen Job betraut worden, so dass es sinnlos war, über dieses Thema zu diskutieren.

»Ich wünsche, dass Sie noch etwas anderes herausfinden, obschon das wahrscheinlich, auch wenn Sie ihm näher kommen, unmöglich sein wird: die Namen seiner wichtigsten Kunden. Nehmen Sie für diesen dringlichen Job den Koffer mit, den Sie immer gepackt bereithalten. Draußen steht ein Landrover. Hier sind die Schlüssel. Versuchen Sie, sich in Dorset zu entspannen, Philip. Reden Sie mit anderen Menschen ...«

»Sind Sie fertig mit Ihrer Träumerei?« fragte Eve, die im Scott Arms gerade ihren Kamelhaarmantel anzog. »Falls Sie es vergessen haben sollten, ich bin auch noch da.«

Sie mag es, wenn man ihr seine ganze Aufmerksamkeit widmet, dachte Philip, während er seinen Dufflecoat anzog. Nein, das ist vielleicht unfair. Ich muss ziemlich lange geschwiegen haben, schließlich bin ich an den Umgang mit Frauen nicht mehr gewöhnt.

Er ging vor ihr her und nahm eilig die erste gefliese Treppe. Die Gänge waren mit den gleichen Fliesen bedeckt. »Ich kenne den Weg zum Ausgang. Sie dagegen könnten stundenlang in diesem Labyrinth festsitzen«, witzelte er.

»Das war Corfe Castle, das wir durch das Fenster im Mondlicht sehen konnten«, schnappte sie zurück.

»Ich dachte, Sie wären zum ersten Mal in Dorset.«

»Wie viele andere studiere ich Reiseführer. Falls Sie es nicht wissen sollten, die sind bebildert«, antwortete sie.

Draußen auf den Parkplatz hinter dem Pub beeilte er sich, hinter das Steuer zu kommen, während sie hinter ihm her lief. Am Rand des Trittbretts streifte er den Schlamm von seinen Füßen.

Eve nahm auf dem Beifahrersitz Platz. »Machen Sie Platz, ich will fahren.«

»Ich auch. Sie haben schon eine ganze Weile hinter dem Steuer gesessen.«

»Glauben Sie, dass ein Wodka meine Fähigkeit beeinträchtigt, diese Karre zu lenken?«

»Jetzt bin ich dran.«

Er verließ den Parkplatz und fuhr einen weiteren steilen Hügel über eine gewundene Straße mit weiteren engen Kurven hinab und raste in eine große Pfütze. Wasser spritzte über den Wagen und durch ein geöffnetes Fenster.

»Mein Mantel ist durchnässt«, bemerkte sie eisig.

Er sah sie an. Der Kamelhaarmantel hatte nur ein paar Spritzer abbekommen. Weil er sie nicht fahren lassen wollte, starrte Eve übel gelaunt vor sich hin. In der Ferne, ziemlich weit unter ihnen, neigten sich zwei Felsvorsprünge der Purbeck Mountains und schlossen sich um eine Lücke. Das musste zu Cromwells Zeiten ein strategisch wichtiger Pass gewesen sein. Corfe Castle thronte auf einer Anhöhe über diesem Abgrund. Seine nackten Steine und Turmruinen erinnerten Philip an ein Skelett, und damit waren seine Gedanken wieder bei dem Brand von Sterndale Manor.

Waren General Sterndale und sein Sohn Richard jetzt wirkliche Skelette, ihre Körper von heißen Flammen verschlungen? Ein schrecklicher Gedanke. Am frühen Abend hatte er Sterndale in der Bar des Priory getroffen, wo dieser einen Drink nahm. Philip hatte angenommen, dass der alte Knabe der Bar seinen allabendlichen Besuch abstattete. Es war einer dieser unwahrscheinlichen Zufälle gewesen, auf die man hofft, die aber nur selten eintreten. Einmal hatte der General Philip intensiv angestarrt und dann, als sie allein waren, eine Bemerkung gemacht.

»Ich erkenne den Schmerz in ihrem Blick. Sie wirken wie ein Mann, der gelitten hat ...«

Philip hatte ihm kurz von Jeans Tod erzählt, worüber er sonst kaum mit jemandem sprach. Sie hatten sich eine Zeit lang unterhalten, so dass Philip Tweed nach seiner Rückkehr etwas erzählen konnte.

Nachdem sie Corfe erreicht hatten, ein Dorf mit alten Landhäusern aus Stein, nahmen sie die Straße nach Wareham, wobei sie in einem Halbkreis unter der Erhebung mit dem über ihnen aufragenden Corfe Castle umherfuhren. Danach war es eine bequeme Fahrt auf einer gut ausgebauten, verkehrsfreien Straße. Eve verfiel in brütendes Schweigen, ohne Philip anzublicken oder auch nur ein Wort zu sagen. Beleidigt.

Im Rückspiegel tauchte ein riesiges, grelles Licht auf. Ein in schwarzes Leder gekleideter Motorradfahrer mit Helm saß ihnen im Nacken. Philip wartete auf das Überholmanöver, weil solche Macho-Typen immer überholten, aber der Mann hielt sich dicht hinter ihnen. Philip erinnerte sich an den stämmigen jungen Mann im Scott Arms.

Verdammt, überhol doch, sagte er zu sich selbst.

Aber der Motorradfahrer gehorchte seinem Wunsch nicht. Philip begann seine automatische Walther zu vermissen. Wenn der Motorradfahrer bewaffnet und feindlich gesonnen war ...

Merkwürdigerweise schien Eve den Verfolger nicht zu bemerken. Sie saß reglos mit vor dem Sicherheitsgurt verschränkten Armen da. Philip verlangsamte das Tempo, überquerte die Brücke über den Frome am Rand von Wareham, blinkte und bog dann rechts auf einen kleinen alten Platz und in eine kurze Straße ab, die zum Priory führte.

Dicht vor einer Mauer in der Nähe des Hoteleingangs parkte er. Er sah, dass der Motorradfahrer am hinteren Ende des Platzes angehalten hatte und den blendenden Scheinwerfer ausstellte.

»Nun, dann sind wir ja wieder heil gelandet«, sagte Eve und sprang auf das Kopfsteinpflaster.

»War nicht weiter schwer«, antwortete Philip, der das Auto abschloss.

Eve strich über den neuen roten Porsche, der daneben geparkt war. »Dieses Auto liebe ich. *Mein* Wagen. Nicht schlecht, finden Sie nicht?«

Philip erstarrte. Während der Hinfahrt hatte er das Gefühl gehabt, dass ihm jemand in einem roten Porsche folgte. Das Auto hatte sich immer ein paar Fahrzeuge hinter ihm gehalten, und er hatte es aus den Augen verloren, als er sich Wareham näherte. Der Fahrer hatte einen Helm getragen, so dass Philip nicht erkennen konnte, ob ein Mann oder eine Frau hinter dem Steuer saß. Dann rief er sich ins Gedächtnis, dass es nicht gerade wenige rote Porsches gab.

Als er zu dem alten Platz hinüberblickte, war der Motorradfahrer verschwunden. Da er kein Motorengeräusch gehört hatte, wie der Motor angelassen wurde, musste der Fahrer die Maschine über den Platz geschoben haben. Sehr merkwürdig. Er ging um den Porsche herum, um ihn zu bewundern, und Eves übliche gute Laune schien zurückgekehrt.

»Der ist natürlich von anderem Kaliber. Muss Sie eine Stange Geld gekostet haben.«

»Geschäftswagen.«

Sie schloss auf, und das Licht ging an. Auf einem Sitz lagen teure Kleidungsstücke wie Lumpen durcheinander. Sie wühlte darin herum und zog einen blauen Seidenpyjama hervor. Dabei rutschte etwas aus dem Kleiderstapel auf den Boden – ein Sturzhelm.

Sie betraten das jahrhundertealte Gebäude durch ein Steingewölbe und befanden sich dann in einem Innenhof mit Pflastersteinen. Eve öffnete die schwere Holztür, durch die man zur Rezeption gelangte. Hinter einer schmalen Theke wurde Philip von dem Eigentümer mit dem sympathischen Gesicht empfangen.

»Ich bin glücklich, dass Sie wieder hier sind, Sir. Ein dringender Anruf von Monica. Sie bat darum, dass Sie sich sofort nach Ihrer Rückkehr melden. Sie können dieses Telefon benutzen ...«

Während Philip nach dem Hörer griff, entfernte sich der Eigentümer taktvoll.

»Und wer ist Monica?« fragte Eve hinter ihm.

»Meine Tante«, log Philip schnell und gewandt. »Sie kümmert sich um mein Haus.«

»Ich gehe in meine Suite. Wir sehen uns dann in der Bar.«

Ein weniger öffentliches Telefon wäre Philip lieber gewesen. Immerhin war er allein, als er Park Crescent anrief.

Tweeds Assistentin Monica sprach schnell. »Ich verbinde Sie mit dem Chef ...«

»Hier Tweed«, meldete sich eine vertraute Stimme. »Telefonieren Sie aus dem Hotel?«

»Ja ...«

»Dann beeilen Sie sich, zum Teufel, und rufen Sie aus einer öffentlichen Telefonzelle an.«

Die Verbindung war unterbrochen.

Philip, immer noch in seinem Dufflecoat, eilte wieder in die regenlose, ruhige und bitterkalte Nacht hinaus. Der Himmel über ihm war mit Sternen übersät. Zuvor, als er in Wareham angekommen war, war ihm eine Telefonzelle in der South Street aufgefallen, nicht weiter als fünf Minuten Fußweg entfernt. Als er sie erreichte, lag die South Street verlassen da. Er hatte eine schwere Taschenlampe mit kräftigem Lichtstrahl und Gummibeschichtung aus seinem Wagen mitgenommen. Eine nützliche Waffe, falls er dem Mann im schwarzen Lederanzug begegnen sollte.

Tweed meldete sich persönlich, und nachdem er überprüft hatte, von wo aus Philip anrief, begann er hastig zu sprechen. »Hier ist die Hölle los. General Sterndales Haus ist in Flammen aufgegangen. Die Feuerwehr hat die Leichen des Generals und seines Sohns Richard gefunden, total verbrannt, aber gerade noch zu identifizieren.

»Wir haben das brennende Landhaus aus der Ferne gesehen ...«

»Wir?«

»Später werde ich es Ihnen erklären. Ich glaube, einen Jeep gesehen zu haben, der mit mehreren Insassen das Grundstück verließ ...«

»Sie glauben?«

»Ich bin nicht sicher, dazu geschah alles zu schnell.«

»Falls die Polizei Sie verhören sollte, haben Sie nichts gesehen. Damit meine ich das Phantomauto.«

»Warum?«

»Hören Sie zu. Vom Einsatzort hat der Chef der Feuerwehr den Polizeichef in Dorchester angerufen. Weil Sterndale so ein hohes Tier war, hat Dorchester Kontakt zu Scotland Yard aufgenommen. Ein unglücklicher Zufall wollte es, dass sie an meinen alten Sparringspartner Chief Inspector Roy Buchanan gerieten, der vielleicht schon mit dem Hubschrauber dorthin unterwegs ist. Könnte sein, dass er Sie sich vorknöpft, also passen Sie gut auf.«

»Aber ich verstehe nicht. Buchanan ist doch von der Mordkommission.«

»Der Chef der Feuerwehr hat berichtet, dass das Landhaus außen von oben bis unten mit Benzin übergossen worden war. Das war kein Unfall, sondern Brandstiftung. Kaltblütiger Mord.«

»Mein Gott ...«

»Ich habe gesagt, dass Sie zuhören sollen. Eben habe ich mit der Nichte des Generals telefoniert, die ich flüchtig kenne. Sie hat mir erzählt, dass ein Großteil des Kapitals der

Bank vom General in der Bibliothek seines Landhauses aufbewahrt wurde, und zwar in Form von Inhaberschuldverschreibungen, die man überall ohne lästige Nachfragen zu Geld machen kann. Seinen Filialen hat er gerade genug Bargeld für das normale Geschäft gelassen.«

»Über was für eine Summe reden wir?«

»Dreihundert Millionen Pfund oder mehr. Ich muss jetzt Schluss machen. Halten Sie sich bereit. Sehen Sie sich am Morgen ein bisschen um, aber seien Sie vorsichtig. Ich habe Ihnen Unterstützung geschickt.«

»Wen?«

»Er könnte bereits eingetroffen sein. Sie werden ihn erkennen, wenn Sie ihm begegnen ...«

1

Weil er seine Gedanken ordnen wollte, ging Philip etwas lamgsamer zum Hotel zurück. Brandstiftung? Mord? Und er war Zeuge gewesen. Er vergegenwärtigte sich die Fakten in chronologischer Reihenfolge.

Am Rande des Felsens war er sich sicher gewesen, dass er auf dem Meer Signallichter hatte blinken sehen, die aus einem leer stehenden alten Haus beantwortet worden waren. *Wenn* er sie gesehen hatte. Eve war nichts aufgefallen.

Dann dieses entsetzliche Feuer. Und das davonrasende Fahrzeug, das er gesehen hatte. *Wenn* er eins gesehen hatte. Der stämmige Motorradfahrer im Scott Arms, der an ihrer Nische vorbeigegangen war. Es schien ohne Bedeutung gewesen zu sein, wenn man davon absah, dass sie später auf dem ganzen Rückweg zum Priory von einem Motorradfahrer verfolgt worden waren. Dies war eine eindeutige Tatsache, kein Produkt seiner durch die Begegnung mit der teuflisch attraktiven Eve überhitzten Fantasie.

Als er die Holztür zur Eingangshalle des Hotels aufstieß, war er dankbar, dass Tweed ihn davor gewarnt hatte, viel zu sagen. Nachdem er seinen Dufflecoat ausgezogen hatte, ging er den Korridor hinab und spähte in die Bar, einen separaten Raum am Ende des Flurs – und erlitt einen weiteren Schock.

Eve saß fast mit dem Rücken zu ihm. Sie hatte sich umgezogen und trug ein dunkelblaues Kleid mit einem goldenen Gürtel um die Taille, und ein langer Schlitz enthüllte ihre langen, wohlgeformten, übereinandergeschlagenen Beine. Sie unterhielt sich mit Bob Newman, der ihr mit Pokerface und einem Scotch in der Hand zuhörte.

Das war also die »Hilfe«, die Tweed als Verstärkung geschickt hatte. Newman, ein Auslandskorrespondent Mitte Vierzig, war ein vertrauenswürdiger und enger Freund Tweeds. Er hatte mit vollem Einsatz und großer Effektivität bei diversen Missionen des SIS mitgewirkt.

Philip beschloss, sie ein paar Minuten allein zu lassen, während er seine Gedanken weiter ordnete. Niemand sah ihn, als er die leere, komfortable Lounge an der hinteren Seite des Hotels betrat und sich auf eine Couch setzte. Ich frage mich, worüber sie reden, dachte Philipp.

Nach einer haarsträubenden Fahrt war Bob Newman am Abend eingetroffen. Er mochte es, hinter dem Lenkrad voll aufs Gaspedal zu treten, aber er nahm nie einen Drink, bevor er sich ans Steuer setzte. Nachdem er sich eingetragen hatte, war er auf sein Zimmer gegangen und hatte schnell ein paar Jacketts aus seinem Koffer auf Bügel verteilt. Dann war er hinuntergegangen, um den dringend benötigten Scotch zu trinken.

In der Bar, einem länglichen Raum mit der Theke auf der linken Seite, hielt sich außer dem Barkeeper nur eine attraktive Frau in einem dunkelblauen Kleid auf. Sie tat den ersten Schritt, als er sich in einiger Entfernung von ihr setzen wollte.

»Ich bin allein hier. Können wir uns nicht unterhalten, während wir unsere Drinks nehmen? Sie sind Robert Newman, der weltberühmte Korrespondent. Ich kenne Sie aus Fotos in der internationalen Presse.«

»Nicht weltberühmt, sondern berühmt-berüchtigt«, verbesserte er und nahm in einem Sessel neben ihr Platz. »Cheers!«

»Heutzutage sieht man nicht mehr viele Artikel von Ihnen«, sagte sie und lächelte ihn warm an. »Ich nehme an, dass Sie mit Ihrem Bestseller *Kruger. Der Computer, der versagte* ein Vermögen verdient haben. Er hat sich weltweit gut verkauft und wird immer noch verlangt.«

»Ich habe meine Schäfchen halbwegs im Trockenen«, sagte er knapp.

Es hatte keinen Sinn, sich als Millionär zu erkennen zu geben. Gegenüber fremden Frauen erwähnt man so etwas nicht. Newman verriet es niemandem.

Sie studierte ihn. Er war etwa einen Meter achtzig groß, gut bebaut, hatte ein energisches, glattrasiertes Gesicht, hellbraunes Haar und die Aura eines Mannes, der im guten wie im schlechten Sinn die Welt gesehen hatte. Ein sehr rauer Typ, dachte sie, aber sympathisch, wenn er, was selten vorkam, lächelte. »Ich heiße übrigens Eve Warner.«

»Womit verdienen Sie Ihr tägliches Brot?« erkundigte er sich. »Oder gehören Sie zur begüterten Damenwelt?«

»Sehe ich so aus?« Sie richtete sich indigniert auf. »Ich habe mir meinen Lebensunterhalt immer selbst verdienen müssen. Im Gegensatz zu Ihnen«, spöttelte sie.

Sie schenkte ihm ein breites Lächeln, das ihm wölfisch erschien. Er reagierte nicht auf ihre Annäherungsversuche. Ein langes Schweigen entstand, und er wartete darauf, dass sie das Bedürfnis verspürte, das Gespräch wieder aufzunehmen. Sie tat es nicht, und das fand er interessant.

»Also, was für einen Job haben Sie?« fragte er schließlich.

»Ich gehöre zu einem Security-Unternehmen.«

»Und zu welchem?«

»Das ist vertraulich.«

»Wie bei allen anderen.«

»Aber die Bezahlung ist gut, und ich schufte mit der Ausdauer eines Trojaners.«

»Sie meinen, dass Sie ein Trojanisches Pferd sind?«

Ihre Augen flackerten. Er hatte sie kalt erwischt.

Philip betrat die Bar und winkte ihr zu, während sie sich umwandte.

»Die Runde geht auf mich. Welches Gift bevorzugen Sie, Eve? Oh, hallo Bob. Lange nicht gesehen.«

»Ich bleibe beim Wodka. Noch einen doppelten«, sagte Eve.

»Für mich einen Scotch, Philip.«

»Sie kennen sich?« fragte Eve überrascht.

»Geht so«, antwortete Newman etwas lauter, damit Philip seine Worte verstehen konnte. »Philip arbeitet in der Versicherungsbranche. Einmal habe ich Nachforschungen in einem großen Betrugsfall angestellt, und er hat mir ein paar Tips gegeben …«

Philip war Newman dankbar dafür, dass dieser so genau eingeschätzt hatte, was er Eve erzählt hatte. Für sich selbst bestellte er ein Glas trockenen französischen Weißwein und ging dann mit den Getränken zum Tisch hinüber.

Eve beobachtete ihn. Philip war Mitte Dreißig und schlanker als Newman. Wahrscheinlich auch sensibler, vermutete sie. Weniger lebenstüchtig. Aber hier lag sie falsch und unterschätzte Philip. Er zog sich einen Stuhl heran, so dass sie einen intimen Kreis bildeten. Eve leerte ihren neuen Wodka fast sofort zur Hälfte. Dann steckte sie sich am Stummel ihrer Zigarette eine neue an. Newman hatte ein Feuerzeug gezückt, aber sie schüttelte den Kopf.

»Ich kann meine Zigarette selbst anstecken.«

»Schön für Sie. Sie werden schon noch lernen, wie man raucht.«

Sie warf ihm einen kalten Blick zu und lächelte dann mit zusammengekniffenen Lippen. »Da wir gerade beim Thema sind, haben sie von dem fürchterlichen Feuer in der Nähe von Lymans's Tout gehört?« fragte sie.

»Was für ein Feuer?«

Eve plapperte weiter über ihr Erlebnis mit Philip, als ob es sich um ein Ereignis der ferneren Vergangenheit handelte. »Ein etwas gruseliges Thema für einen so angenehmen Abend«, schloss sie.

»Gruselig, wenn Sie damit sagen wollen, dass Sterndale und sein Sohn in dem Gebäude eingeschlossen waren. Aber woher wissen Sie, *dass* es so war? Ihre Kenntnis davon, dass der General jede Nacht persönlich die Fensterläden geschlossen hat, lässt vermuten, dass Sie ihn gekannt haben«, insistierte Newman.

»Jetzt begreife ich, warum Sie als Auslandskorrespondent so erfolgreich waren. Philip hat es mir erzählt. Vor dem Dinner hat er General Sterndale in genau dieser Bar kennen gelernt. Meiner Vermutung nach war der alte Knabe ziemlich gesprächig. Ich bin ihm nicht begegnet, weil ich gerade in meiner Suite unter der Dusche stand.«

»Ich habe gehört, dass er sehr alt war«, sagte Newman. »Und so, wie Sie das Landhaus beschreiben, gab es dort wahrscheinlich große Kamine. Ein brennender Holzspan auf dem Teppich, und das war's. Eine Tragödie.«

»Ich glaube, es gab da einen Stapel Kaminholz«, sagte Eve bedächtig, die das Kinn auf die linke Hand gestützt hatte und mit der rechten ihren Wodka festhielt, wie um ihn am Verschwinden zu hindern. »Vor einem scheunenartigen Gebäude. Der Stapel war an der Wand des Gebäudes aufgeschichtet, wo Sterndale seinen alten Bentley parkte. Das Heck des Wagens war zu sehen.«

Philip schwieg und nippte an seinem Wein. An den Stapel Kaminholz, den Eve beschrieben hatte, konnte er sich nicht erinnern. Aber dort oben auf dem Felsen war er von einem wilden Durcheinander von Gefühlen beherrscht gewesen – seine zunehmende Faszination, was Eve betraf, und die Erinnerungen an seine verstorbene Frau Jean. Er hätte nicht schwören können, dass es am Ende der Scheune keinen Holzstapel gegeben hatte. Er fragte sich, ob Tweed immer noch in seinem Büro war.

»Sie haben Philip unter dem Vorwand nach Dorset geschickt, dass er urlaubsreif ist, aber in Wirklichkeit sollte er an Ort und Stelle sein, um General Sterndale zu beobachten. Und jetzt sehen Sie nur, in was für einem Schlamassel er sitzt«, sagte Paula anklagend.

Es war zehn Uhr abends, und sie waren in Tweeds Büro. Er saß hinter seinem Schreibtisch und beobachtete Paula Grey, ohne sofort zu antworten. Die attraktive, schlanke Brünette saß mit funkelndem Blick hinter ihrem Schreibtisch. Als Tweeds engste Vertraute und Chefassistentin zögerte sie nie, ihre Meinung zu sagen, und das bewunderte er. Paula, nach einer unglücklichen Liebe unverheiratet, war Mitte Dreißig.

Ansonsten saß nur noch Monica, eine weitere loyale Mitarbeiterin, hinter ihrem Schreibtisch in einer Ecke. Sie war eine kleine Frau undefinierbaren Alters, die ihr ergrauendes Haar zu einem Zopf zusammengebunden trug. Jetzt lauschte sie dem Wortwechsel der beiden.

»Zum Teil haben Sie recht«, gab Tweed zu. »Aber er hat zu viele Nächte und Wochenenden in dem hübschen Haus verbracht, wo er mit Jean zusammengelebt hat. Ich wollte ihn von der Atmosphäre dieses Ortes erlösen. Er sollte irgendwo hinfahren. Das Ausland kommt erst dann wieder in Frage, wenn ich mir sicher bin, dass sich sein emotionaler Zustand stabilisiert hat. Ich konnte natürlich nicht wissen, dass sich seine Reise als so dramatisch herausstellen sollte. Und Sie wissen ja, dass Bob Newman auf meine Bitte hin als Verstärkung dorthin geeilt ist.«

»Das wird hilfreich sein«, pflichtete Paula bei. »Aber worum geht's eigentlich? Wie hat alles begonnen?«

»In Paris.«

Er genoss ihren überraschten Gesichtsausdruck, aus dem alle Anzeichen von Empörung verschwunden waren.

»In Paris?« wiederholte Paula. »Wie das?«

»Kommen Sie herein«, rief Tweed, als es an der Tür klopfte. Marler betrat das Büro. Der Neuankömmling war der beste Scharfschütze in Westeuropa und ein langjähriges Mitglied von Tweeds Team. Er war von mittlerer Größe, schlank und trug ein elegantes Country-Jackett, eine Cordhose und handgenähte braune Schuhe, die wie Glas glänzten. Der glattrasierte Mann mit dem zynischen Lächeln war dafür bekannt, dass er niemandem etwas glaubte, bis er nicht alles dreimal überprüft hatte.

»Guten Abend«, knurrte er im Tonfall der Oberschicht. »Nett zu sehen, dass Sie zur Abwechslung mal einen Abend ausspannen.« Er zündete sich eine Zigarette an und lehnte sich dabei in einer für ihn typischen Weise an die Wand.

»Marler«, begann Tweed, »Paula ist irritiert und fragt sich, was los ist. Erzählen Sie ihr von Ihrer Reise nach Paris. Ich nehme an, dass Sie direkt vom Flughafen kommen?«

»Natürlich. Paula ist also irritiert? Nun, ich auch.«

»Erzählen Sie ihr schon, was geschehen ist.«

»Bitte«, drängte Paula.

»Es hat mit einem Anruf eines meiner Informanten in Paris, Jules Fournier, angefangen. Jetzt kann ich Ihnen seinen Namen nennen, weil das arme Schwein tot ist. Wir haben uns um fünf Uhr, also nach Einbruch der Dunkelheit, vor einer Bar in der Rue St.-Honoré getroffen. Am Telefon hatte er mir erzählt, dass irgend etwas Großes bevorstehe, und einen

Namen genannt, der mich etwas aufgerüttelt hat. Heute morgen bin ich in ein Flugzeug gestiegen, um den Treffpunkt, der sicher zu sein schien, aufzusuchen. Eine bekannte, sehr belebte Pariser Straße. Ich habe nicht begriffen, dass das gefährlich sein könnte. Ein Fehler.«

»Welchen Namen hat er erwähnt?« fragte Paula.

»Nun mal langsam. Auch wenn Sie immer so schnell schalten, müssen Sie mit meinem Tempo vorlieb nehmen. Fournier war ein schmächtiges Männlein mit fettigem Haar. In der Vergangenheit war er immer ein absolut verlässlicher Informant. Ich lehnte an einem Fenster vor der Bar und gab vor, den *Figaro* zu lesen. Wie ich vorausgesehen hatte, waren jede Menge Menschen auf der Straße, die von der Arbeit nach Hause eilten. In meinem Hüftholster steckte eine automatische Walther, die ich mir zuvor von einem Freund in Paris geliehen hatte. Bei solchen Aufträgen weiß man ja nie. Dann ist wie aus dem Nichts Fournier aufgetaucht.«

»Zu Fuß?«

»Das war zumindest mein Eindruck. Er schien ungewöhnlich nervös zu sein, blickte sich dauernd um und spuckte seine so genannten Informationen hastig auf französisch aus. Das Ganze ergab nicht viel Sinn. Er hat erneut den Namen erwähnt und gesagt, dass der betreffende Typ an einer die Welt verändernden Operation beteiligt sei und überall Kontakte habe. In diesem Augenblick kam eine Gruppe von Motorradfahrern in schwarzer Lederkleidung und mit Sturzhelmen über den Bürgersteig gestolpert. Ich hielt sie für betrunken. Sie haben die Leute aus dem Weg gestoßen und obszöne Gesten gemacht, wenn jemand protestierte. Ich habe sie genau gesehen, allerdings natürlich nicht ihre Gesichter. Als sie sich Fournier näherten, ist einer von ihnen gestrauchelt. Ich war ein Idiot …«

Er machte eine Pause, inhalierte den Rauch seiner Zigarette und drückte sie dann in einem Kristallaschenbecher aus. Monica hatte sich über den Schreibtisch gebeugt.

»So etwas habe ich von Ihnen noch nie gehört«, sagte Paula leise.

»Ich war einfach zu gespannt darauf, was Fournier mir

erzählen wollte. Er hat behauptet, er hätte mir einen Brief geschickt. Und dann geschah es. Noch immer verfluche ich mich selbst.«

»*Was* geschah? Ich bezweifle, dass Sie es hätten verhindern können. Nicht während der Rush-hour in der Rue St.-Honoré«, bemerkte Paula.

»Die ›Betrunkenen‹ haben einen Kreis um uns gebildet. Meine Alarmglocke begann zu klingeln, aber es war bereits zu spät.«

»In welcher Hinsicht zu spät?« fragte Tweed.

»Der Typ, der anscheinend gestolpert war, stützte sich auf Fournier. ›Tut mir leid, Kollege‹, sagte er auf englisch. Nachdem sie verschwunden waren, gab Fournier einen Rülpser von sich, und ich fing ihn auf. Als ich seine Taille umfasste, war meine rechte Hand klebrig. Vom Blut. Der Stolpernde hatte ihm ein Messer unter das rechte Schulterblatt gerammt. Fournier sackte zusammen. Nachdem ich ihn gegen eine Fensterscheibe gelehnt hatte, habe ich seinen Puls überprüft. Nichts. Er war tot. Ein sehr professionell ausgeführter Job.«

»Und was war mit dieser Gang von Motorradfahrern?« fragte Paula.

»Die Typen waren in Windeseile verschwunden. Ich beschloss, dass ich es besser genauso halten sollte. Mit einer Walther ohne Waffenschein in der Tasche war ich nicht scharf darauf, von den Bullen verhört zu werden – oder von den hohen Tieren, die sie informieren würden. Ich gab Archie ein Zeichen und verließ den armen Fournier, nachdem ich einer Frau, die bei uns stehen geblieben war, erzählt hatte, dass er eine Herzattacke erlitten hätte und einen Arzt bräuchte. Ich konnte nichts tun, um meinem Informanten zu helfen.«

»Und wer ist Archie?« wollte Paula wissen. »Wie lautet sein Nachname?«

»Das spielt keine Rolle. Wahrscheinlich mein bester Informant auf der ganzen Welt. Er wohnt in Paris, ist aber überall aktiv. Als ich nach dem Hinflug am De-Gaulle-Flughafen eintraf, habe ich Archie angerufen und ihn gebeten, sich als Verstärkung bereitzuhalten. Er ist ein hochinteressanter Typ.«

»Wo war er, als der Mord geschah?« warf Tweed ein.

»In einem Türeingang auf der anderen Straßenseite. Ich bezweifle, dass er wegen des starken Verkehrs viel mitgekriegt hat. Aber er hat mein Zeichen bemerkt und ist verschwunden. Und das war's.«

»Nein, noch nicht«, insistierte Paula. »Wie lautete der Name, den Fournier am Telefon und dann in Paris vor dem Mord nannte und der Sie aufschrecken ließ?«

»Ich nehme an, dass ich ihn richtig verstanden habe. Obwohl er beide Male sehr schnell gesprochen hat.« Marler schwieg einen Augenblick lang, um sich eine neue Zigarette anzuzünden. Äußerlich war er ruhig, aber Paula bemerkte, das ihn der tödliche Fehler, den er seiner Meinung nach begangen hatte, aufbrachte.

»Leopold Brazil, ob Sie es glauben oder nicht ...«

2

In Tweeds Büro herrschte ein verdutztes Schweigen. Paulas und Monicas Gesichtsausdruck verriet absolute Ungläubigkeit. Schließlich brach Paula das Schweigen.

»Leopold Brazil? Der international aktive Broker? Der mysteriöse Mann, von dem das Gerücht geht, dass ihm der amerikanische Präsident, unser Premierminister, der französische Präsident und Gott weiß, wer sonst noch, ein offenes Ohr schenken?«

»Ich bin mir ziemlich sicher, dass das der Name war«, sagte Marler. »Und Fournier hat ihn zweimal erwähnt.«

»Er muss sich geirrt haben«, meinte Paula.

»Vielleicht«, warf Tweed ein. »Ich werde Sie in ein Geheimnis einweihen. Während der letzten paar Wochen habe ich persönlich ein paar Nachforschungen über ihn angestellt. Er gleicht einem zweiten Kissinger, aber ohne dessen Publicity. Und wie Kissinger pendelt er, wenn Ärger droht, in seinem Privatjet zwischen den Hauptstädten der Welt hin und her. Ein sehr mächtiger und reicher Mann.« Er schwieg einen

Augenblick. »So mächtig, dass ich heute nach Downing Street beordert wurde. Irgend jemand redete auf mich ein. Der Premierminister hat mich persönlich aufgefordert, alle weiteren Nachforschungen über Mr. Brazil zu unterlassen.«

»Rote Karte«, sagte Marler lakonisch.

»Was werden wir also tun?« fragte Paula.

Das Klingeln des Telefons unterbrach sie. Monica nahm den Anruf entgegen, antwortete kurz, legte dann die Hand über die Sprechmuschel und blickte Tweed an.

»Ihr alter Freund René Lasalle vom DST.« Sie meinte die Direction de la Surveillance du Territoire, die französische Gegenspionage.

Tweed drückte auf einen Knopf seines Telefons. Nachdem er den Hörer abgenommen hatte, begrüßte er den Franzosen herzlich. Lasalle hörte sich aufgeregt an.

»Ist die Leitung sicher?«

»Ja. Sie klingen beunruhigt.«

»Trägt Ihr Marler ein Country-Jackett und eine Cordhose?«

Tweed blickte flüchtig zu Marler hinüber, dessen Kleidung exakt Lasalles Beschreibung entsprach.

»Worum geht's?« fragte Tweed kurz angebunden. »Fragen über mein Team mag ich genauso wenig, wie Sie Fragen über Ihr Team mögen.«

»War Marler heute in Paris?«

»Die gleiche Antwort. Noch mal, René, worum geht's?«

»Um Mord.« Lasalle schwieg einen Moment lang, als ob er eine Antwort erwarten würde, aber Tweed blieb stumm. »Um Mord«, wiederholte der Franzose. »Um einen kaltblütigen Mord mitten in Paris. Ein Mann namens Jules Fournier, Wohnsitz unbekannt, wurde vor ein paar Stunden während der Hauptverkehrszeit ausgerechnet in der Rue St.-Honoré erstochen.«

»Und?«

»Fournier war mit einem anderen Mann zusammen, der ihn als Leiche gegen das Fenster einer Bar gelehnt und einer Passantin auf französisch erzählt hat, dass Fournier einen Herzinfarkt habe und einen Arzt brauche.«

»Ja und?«

»Ihre Personenbeschreibung war gut, die Dame war sehr aufmerksam. Die Beschreibung hat mich an Marler erinnert.«

»Sonst sieht niemand auf der Welt so aus? Wollen Sie darauf hinaus?«

»Und was ist mit der Beschreibung der Kleidung? Sehr britisch.«

»Was soll damit sein?«

»Sie weichen mir aus, Tweed ...«

»Ich bin verdammt verärgert über Ihre absurden Hypothesen. Eine Person mit dieser Kleidung habe ich nie gesehen. Außerdem war er den ganzen Tag über in London, das kann ich Ihnen persönlich versichern.«

Der Himmel steh' mir bei, dachte Tweed – aber dort werde ich bestimmt nicht landen. Er wechselte das Thema. »Da wir uns ja, wie schon gesagt, über eine sichere Leitung unterhalten: Sind Sie mit Ihren Nachforschungen über Leopold Brazil weitergekommen?«

»Es gibt weitere Gerüchte, die mir nicht gefallen. Demnach hat er einen Plan, der die ganze Welt betrifft. Man hat mich außerdem gewarnt, weitere Nachforschungen über ihn anzustellen. Können Sie das glauben, dass ich in den Elysée-Palast bestellt wurde und der Präsident mir persönlich erklärt hat, dass Brazil ein wichtiger Mann sei und ich meine Untersuchungen einstellen soll?«

»Und wie haben Sie sich entschieden?«

»Zum Teufel mit dem Elysée-Palast. Auch wenn sie mich entlassen, werde ich auf eigene Faust weiterermitteln. Wie es schon bei Shakespeare heißt: Es ist etwas faul im Staate Dänemark.«

Tweed lächelte. Lasalle bildete sich etwas darauf ein, englische Zitate und wohl bekannte Redewendungen zu benutzen. »Warum nicht ganz im geheimen weitermachen? Bedienen Sie sich aber nur eines kleinen Kreises von Leuten, denen Sie auf Gedeih und Verderb vertrauen können.«

»Heutzutage *ist* das ein kleiner Kreis. Lassen Sie uns in Verbindung bleiben. Tut mir leid, dass ich den zweiten Schritt vor dem ersten getan habe, als ich Sie anrief.«

»Schwamm drüber. Passen Sie auf sich auf. Ja, wir sollten wirklich in Verbindung bleiben ...«

Nachdem er den Hörer aufgelegt hatte, starrte Tweed Marler an. »Das war ziemlich heikel. Sind Sie unter Ihrem echten Namen nach Paris gereist?«

»Natürlich nicht. Ich habe einen meiner gefälschten Pässe benutzt. Der Anruf von Fournier hat mich beunruhigt, und deshalb habe ich alle Vorsichtsmaßnahmen getroffen.«

»Lassen Sie Ihre Kleidung schnell verschwinden. Lasalle hat eine weibliche Zeugin. Die Frau, mit der Sie nach dem Mord an Fournier gesprochen haben, hat eine perfekte Personenbeschreibung von Ihnen geliefert. Ich hätte Lasalle gerne etwas über die Kleidung der Motorradgang erzählt, konnte es aber nicht.«

»Verstehe. Einverstanden«, sagte Marler.

»Sie waren nie in Paris«, schärfte Tweed ihm nachdrücklich ein. »Wenn Sie von der französischen Polizei wegen der Ermittlung in einem Mordfall aufgegriffen worden wären, hätte man Sie wochenlang dabehalten können. Lasalle hätte Ihnen nicht helfen können. Also, machen Sie jetzt, dass Sie diese Sachen loswerden.«

»Okay.« Kurz vor dem Verlassen des Raums hielt Marler inne. »Ich erinnere mich da an etwas, das Fournier gesagt hat. Er hatte gerade Leopold Brazil erwähnt und gesagt, dass ich vielleicht Informationen von General Sterndales Diener erhalten könnte. Ich nehme an, dass er nicht den Boss von der Sterndale's Bank meinte?«

»Sonst noch was?« fragte Tweed brüsk, der wegen des Problems mit der Kleidung beunruhigt war.

»Dann hat er noch gesagt, dass General Sterndale seinem Diener, der bei ihm lebt, vertraut. Der Mann heißt Marchat. Keine Ahnung, was für ein Landsmann das ist ...

»Damit haben wir endlich eine Verbindung zwischen Leopold Brazil und Sterndale«, sagte Paula, die ihre Aufregung zu verbergen versuchte.

»Ich hatte bereits eine«, bemerkte Tweed. »Kürzlich bin ich Sterndale wieder begegnet. Als ich jemanden in dem langweiligen Club besucht habe, wo ich ihn kennen gelernt habe. Er wollte den Club gerade verlassen, da bin ich ihm begegnet. Er fing an, über Brazil zu reden und was für ein brillanter Mann das wäre. Dann musste er gehen.«

»Und deshalb haben Sie Philip auf Urlaub nach Wareham geschickt – mit dem Auftrag, sich um Sterndale zu kümmern.«

»Stimmt.« Tweed drehte sich in seinem Sessel herum. »Ich habe das unangenehme Gefühl, dass irgendeine große, internationale Sache geplant wird. Fourniers Hinweis auf ›eine die Welt verändernde Operation‹ gefällt mir überhaupt nicht.«

»Könnte man das denn wirklich schaffen?« fragte Paula skeptisch.

»Das hängt davon ab, wie clever und wie mächtig sie sind. Nichts steht ihnen im Weg, und das bereitet mir schlaflose Nächte. Unser Premierminister ist ein hoffnungsloser Fall, Washington ein Witz. Der maßgebliche Mann in Bonn will nur als der Schöpfer der Vereinigten Staaten von Europa in die Geschichtsbücher eingehen. Verrückt, dass er nicht an die Geschichte denkt. Das Österreichisch-Ungarische Reich, das vor dem Ersten Weltkrieg von Wien aus regiert wurde, war ein Flickenteppich von Nationalitäten, genau wie Europa es werden soll. Und was ist am Ende dieses fürchterlichen Konflikts geschehen? Das Reich ist zusammengebrochen, gespalten in verschiedene einzelne Nationen. Ungarn, die Tschechoslowakei und so weiter. Österreich war nur noch ein Kleinstaat ohne Bedeutung.«

»Und wie sieht es heute aus?« fragte Paula.

»Die Situation erinnert mich an das, was ich über die dreißiger Jahre gelesen habe. Adolf Hitler, ein Teufel, aber auch ein hervorragender Menschenkenner, hat die Führer der westlichen Nationen wie Marionetten in einem Puppentheater manipuliert.«

»Sie glauben, dass Brazil ein neuer Hitler sein könnte?«

»Nein! Aber Sie haben von dieser ›die Welt verändernden Operation‹ gehört. Der Westen ist ohne Führung und reif für einen Genius, der ihn manipuliert.«

»Dann halten Sie Brazil für einen Genius?«

»Ich habe ihn vor einiger Zeit auf einer Party getroffen. Er ist zu mir gekommen, um mit mir zu reden. Ich hatte das unangenehme Gefühl, dass er über den SIS Bescheid weiß und auch über meine Identität. Er hat überall Kontakte, wie eine Krake. Der Mann ist sehr schlau und macht einem viele Komplimente. Er will sich wieder mit mir treffen, aber im Augenblick zeige ich ihm die kalte Schulter.«

»Dann haben wir also einen Mord in Paris, der mit zwei weiteren Morden in Dorset in Verbindung stehen könnte. Eine ziemlich verzweigte Geschichte. Außerdem frage ich mich, was dem vermissten Diener Marchat zugestoßen ist.«

»Das ist Ihnen also aufgefallen.« Tweed lächelte dünn. »Wie ich Ihnen bereits gesagt habe, hat Chief Inspector Buchanan mir am Telefon ziemlich detailliert erzählt, dass die Feuerwehr die Überbleibsel des Landhauses untersucht und zwei Leichen gefunden hat, die als die von Sterndale und seinem Sohn Richard identifiziert worden sind. Was ist also mit dem rätselhaften Marchat passiert?«

In einem großen alten Haus an der außergewöhnlich teuren Avenue Foch in Paris saß ein großer Mann an seinem Louis-quinze-Schreibtisch. An den Wänden des Zimmers standen Bücherregale, aber der Raum war nur sehr schwach beleuchtet und lag zum großen Teil im Dunkeln. Der Mann unterhielt sich auf englisch mit einem Besucher, der auf der anderen Seite des Schreibtischs in der Dämmerung saß.

»Meiner Ansicht nach sollten Sie Ihre Reisen wieder aufnehmen. Fliegen Sie morgen früh nach Heathrow, mieten Sie einen Wagen, und fahren Sie dann nach Dorset, genauer gesagt nach Wareham. Alles klar?«

»Soweit ja«, antwortete der Besucher. »Und worum soll ich mich in Dorset kümmern?«

»Es gibt Ärger. Vielleicht müssen Sie bei dem Job reinen Tisch machen. Wenn es sein muss, tun Sie es. Keine halbe Arbeit, bitte.«

»Im Aufspüren und Erledigen bin ich Fachmann.«

»Deshalb schicke ich ja auch Sie. Ich habe Ihnen alles erzählt, soweit ich darüber Bescheid weiß, was passiert ist. Es wird dort vor bestimmten Leute nur so wimmeln. Seien Sie vorsichtig.«

»Das bin ich immer«, antwortete der Besucher, bevor er seinen Stuhl zurückschob, um den Raum zu verlassen.

»Ich wiederhole, seien Sie vorsichtig. Sie kennen die Einzelheiten nicht, aber es steht die ganze Welt auf dem Spiel.«

In der Bar des Priory kippte Eve Warner ihren vierten doppelten Wodka hinunter. Newman beobachtete sie mit zynischem Blick. Soweit er es beurteilen konnte, blieb der Alkohol bei ihr ohne Wirkung. Sie war hart im Nehmen. Philip leerte sein Weinglas.

»Ich gehe schlafen«, kündete Eve an und gähnte, ohne die Hand vor den Mund zu halten. »Es war ein aufregender Tag.«

»Aufregend würde ich ihn nicht nennen«, widersprach Philip. »Meiner Ansicht nach wäre tragisch das angemessenere Wort.«

»Nun, es ist ja nicht so, dass wir eines der Opfer gekannt hätten. Gute Nacht, Bob. Hoffentlich sehen wir uns morgen früh.«

»Schon möglich«, antwortete Newman.

»Klopfen Sie an meine Tür, bevor sie ins Bett gehen, Philip. Einfach nur, um mir eine gute Nacht zu wünschen.«

»Liegen Ihre Zimmer so nah beieinander?« fragte Newman Philip, nachdem sie gegangen war. Sie waren jetzt allein in der Bar.

»Ich wohne nicht in dem eigentlichen Hotel, sondern im so genannten ›Bootshaus‹ am Fluss. Man gelangt durch die Glastüren in der Eingangshalle dorthin. Die Suite von Eve liegt meiner gegenüber.«

»Wie vorteilhaft«, kommentierte Newman mit einem trockenen Lächeln. »Und wie ist es dazu gekommen?«

»Zufall. Tweed kennt das Hotel und hat die Suite für mich gebucht. Eve hat die gegenüberliegende Suite bekommen. Ich habe sie gerade erst kennen gelernt«, bemerkte Philip mit einem Anflug von Protest in der Stimme.

»Machen Sie sich nichts daraus. Ich habe nur gescherzt. Wie haben Sie sie kennen gelernt?«

Philip erklärte ihm die Umstände, erwähnte aber nichts von dem roten Porsche, der ihm von Park Crescent an gefolgt zu sein schien. Zuerst war er ihm in der Nähe der U-Bahn-Station Baker Street aufgefallen.

»Nun, es wird eine Abwechslung zu dem einsamen Leben in ihrem leeren Haus sein. Sie ziehen also nicht um? Jeans Tod liegt doch schon über ein Jahr zurück, oder?«

»Ja.« Philip schwieg einen Augenblick. »Dieses Haus war unser Heim, und ich werde definitiv nicht umziehen. Tweed hat Sie als Verstärkung hergeschickt, oder?«

»Ja. Er ist sehr beunruhigt über irgend etwas, das nach Ihrer Ankunft geschehen ist. Worum es sich handelt, hat er nicht gesagt. Der Barkeeper ist gegangen. Knöpfen Sie Ihr Jackett auf.«

Philip gehorchte schweigend, und Newman zog eine achtschüssige automatische Walther 7.65mm nebst Reservemagazinen hervor. Dann ließ er alles in Philips Jackettasche gleiten.

»Ihre Lieblingswaffe. Tweeds Idee. Er muss also wirklich beunruhigt sein.«

»Sie sollten noch etwas wissen. Wie Eve Ihnen bereits erzählt hat, bin ich General Sterndale früher in dieser Bar begegnet, und zwar bevor wir zu diesem Felsen bei Lyman's Tout hinausfuhren. Sterndale hat mir erzählt, dass er, obwohl er einen Diener namens Marchat hatte ...«

»Bitte buchstabieren Sie den Namen.«

Philip tat es – er hatte den General ebenfalls darum gebeten.

»Hat Sterndale Ihnen erzählt, woher dieser Marchat kommt? Für mich klingt der Name wie der eines Mitteleuropäers.«

»Nein. Ich wollte sagen, dass Sterndale mir erzählt hat, sein Haus liege so einsam, dass er jeden Abend persönlich alle Fensterläden schließe.«

»Dann hat der arme Teufel sich also seine eigene Falle gebaut. Tweed hat mich über alle Einzelheiten informiert, über die Buchanan ihn unterrichtet hatte. Ich habe ihn aus einer Telefonzelle in der Nähe von Wareham angerufen. Wenn Sie nichts dagegen haben, begleite ich Sie zu diesem Bootshaus. Das hat sich ja faszinierend angehört …«

Der hinter den Glastüren liegende Garten war von Laternen erhellt. Während sie gemeinsam den Kiesweg hinabgingen, erzählte Philip Newman von Marchat.

»Das Merkwürdige ist, dass er spurlos verschwunden zu sein scheint. Tweed war sich ganz sicher, dass nur zwei Leichen aus den Ruinen geborgen wurden.«

»Morgen werden wir Mr. Marchat suchen. Da er in dem Landhaus lebte, wären vielleicht die örtlichen Pubs ein guter Anfang. Auf dem Land kennt jeder jeden.«

Sie waren an dem Bootshaus angekommen, das ein moderner Bau zu sein schien, der architektonisch zu dem viel älteren Priory passen sollte. Vielleicht war er aber auch geschmackvoll renoviert worden. Während Philip seinen Schlüssel aus der Tasche zog, spähte Newman durch die hohe Glastür. Dahinter lag eine sehr geräumige Eingangshalle mit Steinfußboden und mehreren Türen.

»Meine Suite ist die letzte auf der linken Seite, mit Blick auf den Frome. Die von Eve liegt auf der anderen Seite der Halle.«

»Wir sehen uns morgen beim Frühstück – wenn ich damit nicht einer Freundschaft in die Quere komme«, schlug Newman vor. »Sie brauchen weibliche Gesellschaft.«

»Ich werde mit Ihnen frühstücken.« Philip schwieg einen Augenblick. »Schließlich habe ich sie gerade erst kennengelernt. Sie ist zwar attraktiv, aber bei mir klingeln die Alarmglocken. Ich zitiere sie: ›Ich bin in der Versicherungsbranche. Eine stark spezialisierte und vertrauliche Tätigkeit.‹ Mein Eindruck war, dass ihr das so rausgerutscht ist.«

»Mir hat sie etwas Ähnliches erzählt.« Newman klopfte ihm auf den Rücken. »Aber es ist ja möglich, dass sie auf unserer Seite steht.«

»Warum ist sie dann so aggressiv?«

»Weil sie clever und diese Attitüde eine gute Tarnung ist. Schlafen Sie gut …«

Die von einer hellen Lampe erleuchtete Eingangstür fiel automatisch ins Schloss. Philip blieb vor Eves Tür stehen. Ob sie finden würde, dass er zu schnell zur Sache kommen wollte? Aber es war schließlich ihre Idee gewesen. Also klopfte er. Die unverschlossene Tür öffnete sich fast sofort ein paar Zentimeter.

»Ich wollte Ihnen nur eine gute Nacht wünschen«, sagte Philip.

»Gute Nacht. Ich werde um sieben Uhr aufstehen. Schlafen Sie aus – wir sehen uns dann später.«

Die Tür ging zu und wurde verschlossen.

In seiner Suite sah er sich um. Er hatte sich nur ein paar Minuten hier aufgehalten, um seinen Koffer zu öffnen und seine Jacketts und Hosen auf Bügel zu hängen. Dazu hatte Jean ihm immer geraten. ›Selbst wenn du in Eile sein solltest – öffne deinen Koffer und nimm die Sachen heraus, die zerknittern könnten.‹

Als Philip sich daran erinnerte, traten ihm Tränen in die Augen. Er hörte ihre tiefe, aber sanfte Stimme. Sie hatte immer sehr deutlich gesprochen.

»Reiß dich zusammen, du elender Narr«, sagte er zu sich selbst.

Nachdem er ins Badezimmer geeilt war, drehte er den Kaltwasserhahn auf, wusch sich das Gesicht und trocknete sich energisch mit einem Handtuch ab. Die Ursache seiner emotionalen Verwirrung war ihm deutlich bewusst. Zum ersten Mal seit ihrem Tod war er allein unterwegs und wohnte in einem Hotel. Wenn man von seiner Rache-Mission in Europa absah, als er die Mörder seiner Frau zur Strecke gebracht hatte.

Alle Gedanken an Eve waren wie weggeblasen. Weil er immer noch hellwach war, ging er in der geräumigen Suite auf und ab. Tweed war bei der Wahl seiner Unterkunft großzügig gewesen. Es gab ein großes und komfortables Wohnzimmer mit Glastüren, durch die man auf den Fluss Frome sah. Einer der Hotelangestellten hatte die Vorhänge geschlossen. Am Ende des Raums ging er durch einen Korridor, der ins Bad und von dort aus ins Schlafzimmer mit dem Doppelbett führte.

Philip zündete sich eine Zigarette an und wanderte ruhelos von Raum zu Raum. Die Vorhänge im Wohnzimmer zog er zurück, um auf den nur ein paar Schritte weit entfernten Fluss zu blicken. Im Mondlicht sah er einen Treidelpfad am anderen Flussufer.

Ein großer Mann auf einem Motorrad verließ Wareham auf diesem Weg. Philip starrte zum Bootshaus hinüber. Es war ein sehr großer Mann mit einer Windjacke und einer tief in die Stirn gezogenenen Jagdmütze. Sein Gesicht konnte man unmöglich erkennen.

Plötzlich wurde das Licht des Motorrads ausgeschaltet. Der Mann war langsam gefahren, aber jetzt beschleunigte er und verschwand. Philips sechster Sinn erwachte. Nachdem er überprüft hatte, dass die Türen und Fenster geschlossen waren, zog er die Vorhänge zu.

Trotz einer Welle von Müdigkeit, die ihn unerwartet überkam, zwang er sich, noch schnell unter die Dusche zu gehen. Dann zog er seinen Pyjama an, schlüpfte ins Bett, las ein paar Seiten eines Taschenbuchs und schaltete schließlich die Nachttischlampe aus.

Warum nur bedrückte ihn das Gefühl eines bevorstehenden Verhängnisses?

3

Auch Newman war noch hellwach und ruhelos, nachdem er sich von Philip getrennt hatte. Er wanderte durch den Garten zurück, wo der Rasen mit Raureif bedeckt war. Es war sehr kalt, aber die Temperatur regte ihn an.

Ich frage mich, ob Tweed noch auf den Beinen ist, dachte er. Ich werde ihn aus der Telefonzelle anrufen, die Philip beschrieben hat, und ihn auf den neuesten Stand bringen, wenn ich ihn erreiche ...

Er betrat die Eingangshalle und überlegte, ob er auf sein Zimmer gehen sollte, beschloss dann aber, dass seine Windjacke warm genug war. Der Nachtportier an der Rezeption gab ihm einen Schlüssel, damit er später wieder ins Hotel kam.

Ich bin noch nicht müde und habe Lust auf einen Spaziergang, dachte Newman, bevor er die Tür abschloss. Er stand in dem kopfsteingepflasterten Hof.

Als er den alten Marktplatz von Wareham mit seinen original georgianischen Häusern erreicht hatte, sah er sie. An der Ecke des Platzes und der South Street saßen sechs Motorradfahrer auf ihren Maschinen.

Als er sich ihnen näherte, fingen sie an, Dosenbier zu trinken, und einige zündeten sich Zigaretten an. Warum hatte er den Eindruck, dass sie da ein Schauspiel aufführten, während er näher kam? Einer, der sich die Handschuhe unter den Arm geklemmt hatte, blies sich in die kalten Hände. Andere beobachteten ihn durch das Visier ihrer großen Sturzhelme.

»In diesem Nest werden Sie keine Huren finden«, rief einer spöttisch.

»Man kann nie wissen«, antwortete Newman im Weitergehen freundlich.

Nachdem er nach rechts in die verwaist daliegende South Street eingebogen war, sah er die Telefonzelle, trat ein und nahm den Hörer ab. Er warf Münzen ein und wählte die Nummer von Park Crescent. Drei der Motorradfahrer hatten ihre Maschinen in die South Street geschoben und beobachteten ihn. Nach dem Wählen wandte er dem Telefon den Rücken zu, um die Gang im Auge behalten zu können. Wenn sie irgendwelchen Ärger machen sollten, würde er einfach mit dem Kolben seiner 38er Smith & Wesson ein paar Schädel einschlagen. Monica nahm ab und verband ihn sofort mit Tweed. Nachdem er kurz und bündig Bericht erstattet hatte, hängte er auf.

Mit lässig baumelnden Armen machte er sich langsam auf den Rückweg. Seine auffällige Gehweise schien die Motorradfahrer zu irritieren, und sie zogen sich an ihren ursprünglichen Platz zurück. Eine Horde der üblichen Macho-Typen, dachte er auf dem Weg zum Hotel. Dann erinnerte er sich daran, dass Philip von einem Motorradfahrer erzählt hatte, der ihm und Eve von Kingston aus gefolgt war.

Nachdem er Newmans Bericht gelauscht hatte, legte Tweed den Hörer auf. Dann informierte er Paula und Monica über die wichtigsten Neuigkeiten. Das wird eine arbeitsreiche Nachtschicht, hatte Paula gedacht.

»Immerhin, ich bin froh, dass Philip endlich eine Freundin gefunden zu haben scheint«, bemerkte sie.

»Irgend etwas an Eve Warners Hinweis, dass sie in der Security-Branche arbeitet, könnte von Bedeutung sein«, sagte Tweed. »Und der Hinweis auf den ›spezialisierten‹ Job auch. Ich frage mich ...«

»Was fragen Sie sich?« bohrte Paula.

»Sie könnte zum Special Branch gehören.« Tweed blickte nach der Wanduhr, die 1 Uhr 30 anzeigte. »Ich denke, ich werde Merryweather, meinen alten Kontaktmann von dort, anrufen. Er ist eine Nachteule, genau wie Philip. Viel wird das nicht bringen, aber es ist besser als nichts. Können Sie ihn ans Telefon holen, falls er da sein sollte, Monica ...?«

»Um diese Uhrzeit, Tweed? Worum geht's denn?« erkundigte sich Merryweather, nachdem den Hörer aufgenommen hatte.

»Regen Sie sich nicht auf, Sam. Sie können ja doch nur nachts arbeiten und sitzen gerade an Ihrem Schreibtisch. Sie müssen mir einen Gefallen tun.«

»Wie immer. Worum geht's?«

»Ich werde Ihnen den Namen einer Frau nennen. Wenn sie zu Ihren Leuten gehört, erwarte ich nicht, dass Sie mir etwas erzählen.« Tweed schwieg, um seinen Worten Nachdruck zu verleihen. »Aber wenn sie *nicht* zu Ihrem Team gehört, wäre es sehr hilfreich, wenn ich das wüsste. Sie heißt Eve Warner.«

Jetzt schwieg Merryweather. Tweed wartete geduldig und zwinkerte Paula zu. Es dauerte sehr lange, bis der andere endlich antwortete.

»Wenn ich versuchen würde, den Namen eines Ihrer Teammitglieder herauszukriegen oder zu überprüfen, ob jemand zu ihrer Mannschaft gehört, würden Sie es mir sagen, Tweed? Einen Teufel würden Sie tun.«

»Hier geht's um eine ernste Angelegenheit. Ich arbeite an

einem Fall, bei dem in den letzten paar Stunden drei Morde geschehen sind.«

»Versuchen Sie es bei Scotland Yard. Ich kann Ihnen Chief Inspector Buchanan empfehlen«, setzte Merryweather hinzu.

»Sie sind wirklich eine große Hilfe.«

»Darum bemühe ich mich immer. Lassen Sie uns in Verbindung bleiben. Gute Nacht. Oder besser guten Morgen ...«

Tweed legte auf und schüttelte den Kopf.

»War er nicht zur Zusammenarbeit bereit?« fragte Paula.

»Er hat sehr lange geschwiegen, bevor er mir die kalte Schulter gezeigt hat. Das könnte durchaus etwas bedeuten. Vielleicht hat er auch ein Dokument gelesen. Ich weiß, dass er das während des Telefonierens tut. Also, wir wissen es nicht.«

»Hat Bob irgendeine Meinung über diese Eve Warner geäußert?«

»Nein. Aus irgendeinem Grund war er kurz angebunden, als ob er noch irgend etwas anderes im Kopf gehabt hätte.«

»Ich habe das Personenprofil von Leopold Brazil fertig gestellt, um das Sie mich vor ein paar Tagen gebeten haben«, sagte Monica gut gelaunt. »Das Dossier ist zwar etwas unvollkommen und hat große Lücken, aber er ist wirklich ein sehr interessanter Mann.«

In diesem Augenblick klingelte das Telefon.

»Es ist Chief Inspector Buchanan«, sagte Monica, während sie die Hand über die Sprechmuschel legte. »Besonders gute Laune scheint er nicht zu haben. Soll ich ihm sagen, dass Sie nach Hause gegangen sind?«

»Nein, ich werde mit ihm reden ...«

»Ich brauche eine direkte Antwort auf eine direkte Frage, Tweed.«

Buchanans normalerweise wohl modulierte Stimme klang rau. Tweed machte es sich in seinem Schreibtischsessel bequem.

»Von wo aus rufen Sie an, Roy? Von Scotland Yard?«

»Nein! Vom Hauptquartier der Polizei in Wareham in Dorset.«

»Tatsächlich? Wer zuerst kommt ...«

»Das ist überhaupt nicht lustig. Durch meinen vorigen Anruf wissen Sie, dass zwei Menschen in der Villa Sterndale brutal umgebracht worden sind. Haben Sie gewusst, dass da ein Diener im Haus lebte, ein Typ namens Marchat?«

»Können Sie den Namen bitte buchstabieren?«

Er tat es. »Also, haben Sie es gewusst?«

»Jetzt weiß ich es. Sie haben es mir gerade erzählt.«

»Dieser Marchat, ein Name, der für mich nach Ausländer klingt, er ist verschwunden. Seine Leiche wurde in den Ruinen von Sterndales Haus nicht gefunden.«

»Ich gehe davon aus, dass Sie ihn verfolgen werden.«

»Allerdings«, bestätigte Buchanan grimmig. »Aber nicht mitten in der Nacht. Und jetzt zu meiner direkten Frage, auf die ich eine direkte Antwort erwarte.«

»Das haben Sie bereits gesagt. Sie müssen wirklich müde sein.« Wenn er Buchanan dahin brachte, die Fassung zu verlieren, würde ihm vielleicht etwas herausrutschen.

»Wie viele Männer haben Sie vor Ort? Und aus welchem Grund?«

»Das waren zwei Fragen«, konterte Tweed vorsichtig.

»Verdammt ... Entschuldigen Sie. Also noch einmal von vorne. Ich habe die Meldebücher der Hotels überprüft. Im Priory wohnt nicht nur Philip Cardon in einer Suite, sondern in Zimmer Vier auch Bob Newman. Ich möchte den Grund dafür erfahren.«

»Philip habe ich in Urlaub geschickt«, antwortete Tweed milde. »Es ist der erste nach dem Tod seiner Frau. Falls Sie vergessen haben sollten, was passiert ist.«

»Sie wissen genau, dass das nicht der Fall ist.« Buchanans Tonfall war jetzt sanfter. »Ich mochte Jean, sie war eine bemerkenswerte Frau. Darf ich fragen, warum auch Newman im Priory wohnt?«

»Philip hat sehr gezögert, allein in Urlaub zu fahren, aber genau dazu habe ich ihn überredet. Nach seiner Abfahrt habe ich gedacht, dass es eine etwas weniger traumatische Erfahrung für ihn wäre, wenn Bob Newman ihm Gesellschaft leisten würde.«

»Sie hätten Anwalt werden sollen, Tweed ...«

»Nein danke. Anwälte verdienen ihr Geld mit dem Elend anderer. Gerichtsverhandlungen über erbitterte familiäre Streitigkeiten, um nur ein Beispiel zu nennen.«

»Trotzdem muss ich Sie warnen, ich werde die beiden morgen verhören. Nein, heute.«

»Das ist Ihr gutes Recht. Warum hauen Sie sich nicht ein paar Stunden aufs Ohr? Es ist fast zwei Uhr.«

»Und trotzdem sitzen auch Sie immer noch am Schreibtisch. Ich werde bald wieder Kontakt mit Ihnen aufnehmen. Gute Nacht, oder besser gesagt, guten Morgen.«

Tweed legte auf und beugte sich vor. Stirnrunzelnd starrte er ins Nichts.

»Nach dem, was ich mitgekriegt habe, haben Sie ihn sich auf brillante Art und Weise vom Hals gehalten«, bemerkte Paula.

»Wenn man mit einem klugen Mann von Scotland Yard spricht, muss man solange wie möglich bei der Wahrheit bleiben. Ich wusste, dass er mir nicht glaubt, aber er konnte nichts ausrichten. Der arme Kerl muss frustriert sein.«

»Möchten Sie, dass ich Ihnen das Dossier über Leopold Brazil vorlese, an dessen Zusammenstellung ich tagelang gearbeitet habe?«

»Wenn ich mir das anhöre, wäre ich gerne ausgeschlafen. Es sei denn, es gibt da etwas, das Sie für sehr bedeutsam halten und das die Ereignisse der letzten paar Stunden betrifft.«

»Ja, eine Sache gibt es da«, antwortete Monica befriedigt. »Brazil besitzt ein großes altes Haus in Dorset an einem Ort namens Lyman's Tout, was immer das auch heißen mag. Es nennt sich Grenville Grange, und man blickt vom Gipfel des Felsens über das Meer. Er hat die Tatsache zu verbergen versucht, dass ihm das Haus gehört.«

»Wie um alles auf der Welt haben Sie es dann herausgefunden?«

Plötzlich war Tweed hellwach und erwartungsvoll. Er starrte Monica an, während sie ihm antwortete.

»Wie Sie wissen, habe ich überall Kontaktpersonen. Einige von Ihnen arbeiten in Anwaltsbüros. Eigentlich sollten sie nicht tratschen, aber sie tun es natürlich doch. Er hat das Haus im Namen von Carson Craig gekauft. Schließlich habe ich Kontakt zu Ihrem Freund Keith Kent, dem Finanzprüfer, aufgenommen. Er war auf einem Kurzbesuch in Paris und hat mir erzählt, dass Brazil einen Carson Craig als Stellvertreter in seinem Team hat und sich häufig hinter ihm versteckt.«

»Gute Arbeit.«

»Damit habe ich mich noch nicht zufrieden gegeben. Meine Freundin Maureen wohnt in einem entlegenen Dorf namens Kingston oben in den Purbecks. Ein paar Mal waren wir in einem hübschen alten Lokal mit dem Namen Scott Arms zum Lunch. Sie hat mir die Lage von Grenville Grange beschrieben. Ihr ist der Ort unheimlich. Sie hatte keine Ahnung, wem das Haus gehört.«

Tweed sprang auf und blickte auf die Karte von Dorset, die Paula zuvor an der Wand befestigt hatte. Mit dem Finger verfolgte er die Strecke von Wareham nach Kingston, dann die enge Straße zu Sterndales Haus und dann einen anderen Weg nach Lyman's Tout. Er ging hastig zu seinem Schreibtisch zurück, setzte sich und trommelte mit den Fingern auf die Tischplatte.

»Im Augenblick scheinen alle Straßen nach Dorset zu führen. Philip und Bob sind da unten auf sich allein gestellt, und ich habe das Gefühl, dass die Situation ziemlich explosiv ist. Ich schicke ihnen Verstärkung. Rufen Sie Marler an, dann Butler und Nield. Noch vor Morgengrauen werden sie in getrennten Wagen nach Wareham fahren. Sie dürfen aber nicht im Priory absteigen ...«

»Ich kenne Wareham«, antwortete Monica prompt. »The Black Bear liegt an der South Street, fünf Minuten Fußweg vom Priory entfernt. Kennen sie sich, wenn sie dort eintreffen?«

»Marler wird sich von Butler und Nield fern halten, solange es keinen Notfall gibt. Wohnen können alle drei im Black Bear Inn. Marler gibt sich als Vertreter aus, Butler und Nield spielen Urlaubsgäste, deren Hobby Ornithologie ist.

Das dient als Erklärung für die starken Ferngläser, die sie dabeihaben werden ...«

Monica griff nach dem Telefonhörer.

»Einen Augenblick noch. Alle drei sollen bewaffnet sein, genau wie Philip und Newman. Zuerst rufen Sie Newman im Priory an. Wahrscheinlich werden Sie dann alle wecken, aber daran sind sie schließlich gewöhnt. Formulieren Sie die Botschaft an Newman so: ›Die Brüder Buchanan sind in der Stadt. Ich schlage vor, dass Sie früh mit Philip frühstücken und dann irgendwo hinfahren. Wenn die Brüder Kontakt zu Ihnen aufnehmen sollten, haben Sie einen langweiligen Tag vor sich.‹«

»Verstanden.« Monica nahm den Hörer ab und wählte aus dem Gedächtnis die Nummer des Priory.

Während sie den dringenden Anruf erledigte, verließ Paula ihren Schreibtisch und setzte sich auf einen Stuhl in der Nähe von Tweed.

»Sie schicken ja sehr viel Unterstützung. Was hat Sie zu dieser Entscheidung verleitet?«

»Monicas Nachricht, dass Brazil der Eigentümer von Grenville Grange ist, das in derselben Gegend wie die Villa Sterndale liegt. Außerdem will ich ein Netz spinnen, um den verschwundenen Marchat zu finden, bevor Buchanan ihn schnappt. Er könnte der Schlüssel sein, um herauszufinden, was wirklich geschehen ist.«

»Sie haben noch etwas anderes im Sinn. Das spüre ich.«

»Etwas, über das ich bis jetzt nur mit Philip gesprochen habe. Ich habe mit Maggie, der Nichte des Generals, telefoniert. Kennengelernt habe ich sie in einem sehr langweiligen Seminar. Als sie erfahren hat, dass ich General Sterndale kenne, ist sie mit etwas herausgerückt, das sie beunruhigt. Sterndale hat den größten Teil des Kapitals seiner Bank in Form von Inhaberschuldverschreibungen in einem Safe in seinem Landhaus aufbewahrt.«

»Die man überall auf der Welt zu Bargeld machen kann, weil kein Name draufsteht. Von was für einer Summe reden wir?«

»Laut Maggie dreihundert Millionen.«

»Mein Gott! Dann ist das Kapital von Sterndales Bank in Flammen aufgegangen.«

»Ja, wenn die Inhaberschuldverschreibungen im Safe waren ...«

Im Devastoke Cottage am Rande von Stoborough, einem Nest nicht weit südlich vom Frome und Wareham, schloss Marchat seinen gepackten Koffer und sah seinen neuen Mieter mit drei Koffern hereinstürmen. Partridge, ein Junggeselle aus dem nahe gelegenen Poole, stellte die Koffer ab und lächelte dann.

»Puh! Das ist fast alles. Drei Uhr morgens ist eine seltsame Zeit für einen Einzug, aber als Sie mich anriefen, wollte ich einfach herkommen. Ich liebe diese Wohnung.«

»Sind Sie mit unserer Übereinkunft zufrieden?« fragte Marchat mit einem Blick auf den Vertrag auf dem Tisch.

»Es hat nicht lange gedauert, eine Inventarliste aufzustellen. Es ist ja nicht viel hier, wenn ich mich so ausdrücken darf. Mir ist das recht. Wie kann ich Kontakt zu Ihnen aufnehmen?«

»Ich werde Ihnen schreiben, wenn meine Tante zusagt, dass ich ihre Wohnung in London übernehmen kann. Schließen Sie die Wohnung immer ab.«

Marchats Stimme klang beunruhigt. Ihm fiel auf, dass Partridge ihm sehr ähnlich sah. Merkwürdig, dass er diese große Ähnlichkeit nicht schon bemerkt hatte, als Partridge ihn vor ein paar Tagen besuchte. In einer Annonce in einer in Poole erscheinenden Zeitung hatte er sein Cottage potentiellen Mietern angeboten.

»Am Telefon haben Sie gestern abend gesagt, dass es Ihrer Tante nicht gut geht«, bemerkte Partridge. »Hoffentlich nichts Ernstes.«

»Nein. Aber sie ist sehr nervös und hat wahrscheinlich viel zu hektisch alles für ihren Auszug vorbereitet. Wenn ich ihr beim Packen helfe, wird sie ausziehen. Sie scheinen viele Sachen zu haben.«

Bereits zuvor hatte Partridge fünf Koffer aus seinem Auto geholt. Er lächelte und machte eine gleichgültige Geste.

»Wie ich schon sagte, ich arbeite zu Hause. Ich bin Finanzberater und habe einen Computer und ein Faxgerät. In ein paar Tagen werde ich beginnen, hier alles herzurichten. Ich möchte die Umgebung erforschen. Eine schöne, entlegene Gegend.«

»Ich gehe dann besser.« Marchat blickte auf die Uhr und zeigte anschließend auf eine Reihe von Schlüsseln auf dem Tisch. »Hier sind sämtliche Schlüssel. Vergewissern Sie sich, dass nachts, oder wenn Sie ausgehen, alle Türen und Fenster geschlossen sind.«

»Machen Sie sich keine Sorgen«, beruhigte Partridge ihn. »Ich werde gut aufpassen.«

Ihm war bereits aufgefallen, dass Marchat zu den nervösen Typen gehörte. Er reichte seinem Vermieter einen dicken Umschlag mit Geld für die Kaution und drei Monatsmieten.

»Sie sollten nachzählen«, schlug er vor.

Marchat hatte den Umschlag in die Innentasche seines Jacketts gestopft. Jetzt schüttelte er den Kopf und sagte, dass er ihm vertraue. Dann eilte er mit seinen beiden Koffern zu seinem alten Austin.

Er würde durch die Nacht nach Heathrow fahren, den Wagen auf einem Langzeitparkplatz abstellen und dann für seinen Flug bereit sein. Marchat hatte sein Ticket in der Tasche und in Heathrow angerufen, um die Buchung definitiv zu bestätigen. Sein Ziel war das europäische Festland.

In Heathrow verließen die Passagiere die Frühmaschine aus Paris. Als Erster kam ein großer Mann. Er eilte zur Autovermietung und zog die notwendigen Papiere für den Volvo aus der Tasche, den er von Paris aus telefonisch gemietet hatte. Dann zahlte er und saß innerhalb weniger Minuten im Auto. Sein Ziel: Wareham.

Ein paar Minuten später tauchte ein weiterer großer Passagier desselben Flugs vor dem Schalter der Autovermietung auf und brachte die gleiche Prozedur hinter sich. Auch er hatte den Wagen von Paris aus gemietet. Nachdem er den Flughafen verlassen hatte, fuhr er mit hoher Geschwindigkeit in südlicher Richtung davon. Sein Ziel: Wareham.

4

Es war noch dunkel, als Philip das Klopfen an dem Fenster hörte, von dem aus man den Eingang des Bootshauses sah. Von Natur aus schläfrig, hatte er es sich angewöhnt, schnell aufzuwachen. Er schaltete kein Licht an, weil er dann eine perfekte Zielscheibe abgegeben hätte. Seine beleuchtete Armbanduhr zeigte sieben Uhr morgens an.

Während er aus dem Bett stieg, griff er mit der rechten Hand nach der Walther P38 unter seinem Kopfkissen und entsicherte sie. Er hatte die Waffe in der Nacht geladen. Es klopfte erneut, diesmal eindringlicher.

Mit gezückter Waffe näherte er sich dem Fenster und schob einen der Vorhänge zurück. Draußen stand Newman, angestrahlt von der Lampe über der Eingangstür. Er hielt einen Zettel mit einer Nachricht in Blockbuchstaben hoch und presste ihn gegen die Scheibe:

Stehen Sie auf. In einer Viertelstunde treffen wir uns zum Frühstück. Wir müssen heute von hier verschwinden. Fersengeld geben. Befehl von oben.

Philip schaltete die Nachttischlampe an, ging zum Fenster zurück und nickte zustimmend. Newman verschwand.

Er nahm sich nur ein paar Minuten Zeit, um sich zu waschen und anzuziehen. Die Walther steckte er in das Hüftholster. Dann öffnete er die Tür seiner Suite und schoß sie leise ab. Nachdem er zu Eves Tür hinübergeblickt hatte, verließ er das Bootshaus und eilte in den Frühstücksraum im Erdgeschoss.

»Buchanan will uns wahrscheinlich verhören«, erklärte Newman, während die Kellnerin verschwand, die Philips Bestellung entgegengenommen hatte. »Tweed möchte, dass wir ein Treffen mit ihm möglichst lange vermeiden. Die schlechte Nachricht ist, dass Buchanan in der letzten Nacht in Wareham eingetroffen ist.«

»Er wird keine gute Laune haben«, bemerkte Philip, nachdem die Kellnerin Brötchen, Marmelade, Butter, eine

Kanne Kaffee und kalte Milch gebracht hatte. »Also, wie sieht das Programm aus?«

»Wir machen uns aus dem Staub. Und fahren dann in meinem Wagen auf dem Land herum, um die Zeit totzuschlagen. Kurz nach zehn werden wir wieder in Wareham sein.«

»Warum um zehn Uhr?«

»Die Pubs in dieser Gegend öffnen um zehn. Zuerst werden wir es im Black Bear in der South Street versuchen. Barkeeper hören das Gerede und wissen fast über alles Bescheid, was in der Gegend vor sich geht. Ich möchte etwas über diesen seltsamen Marchat herausfinden ...«

Sie fuhren langsam in Newmans Mercedes 280E herum, einem großen Wagen, auf den er sehr stolz war. Im Februar war auf den Straßen in den Purbecks nichts los. Philip hielt nach Eves Porsche Ausschau, sah ihn aber nicht. Dunkle Wolken kündeten weitere Regenfälle an. Kurz nach zehn waren sie wieder in Wareham.

Newman parkte nicht wie in der letzten Nacht vor dem Priory. Statt dessen bog er scharf rechts ab, nachdem sie die Brücke über den Frome überquert hatten und wieder in Wareham waren. Philip blickte sich um, als sie zu einem kleinen, von georgianischen Häusern umsäumten Platz kamen. An einer Seite lag das Ufer des Flusses, der Hochwasser führte und den Platz fast überflutet hätte.

»Hier sind wir vor Buchanan sicher«, sagte Newman, während er Geld in eine Parkuhr steckte. »Auf zum Black Bear ...«

Philip sah, dass man das Hotel nicht verfehlen konnte. Über einer quadratischen Veranda thronte ein großer Bär aus Metall mit grimmigem schwarzem Anstrich. Der Eingang war ein langer, enger Korridor, durch den man rechts in die Bar gelangte und dessen weiterführender Teil von einem Glasdach überwölbt wurde. An einer Wand lehnte Marler, der sich eine Zigarette anzündete. Er nahm keine Notiz von Philip und Newman, als diese die Bar betraten, in der keine anderen Gäste waren.

Philip bestellte zwei Gläser trockenen französischen Weißwein. Er überließ es Newman, die Fragen zu stellen.

Der Barkeeper war ein freundlicher Typ, der sie zuvorkommend begrüßte.

»Einfach nur so bei uns zu Besuch?« wollte er wissen.

»Wir suchen für meine Schwester nach einer Wohnung auf dem Land«, antwortete Newman. »Noch ein bisschen früh für Kundschaft? Ich frage mich übrigens, ob Sie mir nicht vielleicht helfen könnten. Ein Freund von mir lebt in dieser Gegend. Er heißt Marchat. Ich buchstabiere den Namen besser ...«

»Nicht nötig.« Bevor der Barkeeper antwortete, studierte er Newmans Gesichtsausdruck. »Sie wissen offensichtlich nichts davon. Ihr Freund kommt einmal pro Woche abends auf ein Gläschen hierher. Er arbeitete für General Sterndale, der draußen unter Lyman's Tout wohnte. In der letzten Nacht ist Sterndale Manor abgebrannt. Eine entsetzliche Tragödie. Der General und sein Sohn Richard sind in den Flammen ums Leben gekommen. Es geht das Gerücht, dass es Brandstiftung war.«

»Das hört sich ja furchtbar an«, sagte Newman. »Nicht gerade das, was man im friedlichen Dorset erwartet.«

»Nein.«

»Und was ist mit Marchat?« forschte Newman weiter. »Hoffentlich war er nicht da, als das Feuer ausbrach.«

»Er war hier, weil er seinen freien Abend hatte, und hat, wie sonst auch, seinen Drink genommen. Wir haben die Polizeiautos und die Sirene des Krankenwagens gehört, als sie hier vorbeikamen. Später hat uns ein Constable, der Feierabend hatte, erzählt, was geschehen war. Wir waren geschockt, das kann ich Ihnen versichern.«

»War Marchat noch hier, als der Constable kam?«

»Ja. Er hat dann sehr schnell und ohne ein weiteres Wort die Bar verlassen. Wahrscheinlich der Schock.«

»Dann hat Marchat also in dem Landhaus gewohnt?«

»Fünf Tage pro Woche. An den Wochenenden hatte er frei. Aber er ist doch Ihr Freund.«

»Ja.«

»Dann werden Sie ihn wahrscheinlich in seinem Cottage außerhalb von Stoborough finden. Wissen Sie, wo das ist?«

»Wir sind heute morgen durchgefahren.«

»Es ist schwer zu finden. Ich werde es Ihnen aufzeichnen ...«

Newman hatte gerade die Skizze eingesteckt, als ein sehr großer Mann in die Bar gestampft kam. Er hatte dichtes schwarzes Haar, breite Schultern und große Hände. Sein Kinn war mit dunklen Bartstoppeln übersät. Er trug eine schäbige Windjacke und Jeans. Philip fühlte sich an den großen Mann erinnert, den er in der letzten Nacht mit dem Motorrad auf dem Treidelpfad gesehen hatte.

»Ein Glas Mild and Bitter. Beeilen Sie sich. Ich kann nicht den ganzen Tag hier herumhängen. Machen Sie Platz an der Bar«, fuhr er Newman an.

»Es gibt Platz genug.«

»Wollen Sie frech werden?« Die Augen des neuen Gasts funkelten. »Sie kommen mir bekannt vor. Ja, Sie sehen aus wie dieser Zeitungstyp, Robert Newman.«

»Vielleicht, weil ich's bin.«

»Mein Name ist Craig. Die Leute gehen mir aus dem Weg.« Er brachte seinen Ellbogen auf der Bar nah an Newman heran. »Ich habe gesagt, dass Leute, die mich kennen, mir aus dem Weg gehen. Haben Sie mich verstanden? Oder sind Sie taub?«

Der Barkeeper hatte den Krug vor Craig auf die Theke gestellt. Craig bewegte seinen Ellbogen und kippte ihn um. Philip hörte das Brummen ankommender Motorräder. Drei Fahrer betraten die Bar, und er dachte daran, was Newman widerfahren war, als er in der letzten Nacht zur Telefonzelle gegangen war. Während Craig Newman gegenüberstand, wandte er sich um.

»Sie haben gerade meinen Krug umgekippt. Bestellen Sie mir einen neuen.«

»Den haben Sie selbst umgestoßen«, erwiderte Newman sanft.

»Sie haben es so gewollt ...«

Craig ballte die Faust, um Newman zu schlagen, aber die Hände des Auslandskorrespondenten bewegten sich blitzschnell. Er packte Craigs Arme an einer Stelle, wo Nervenstränge enden. Craig erstarrte und schluckte vor Schmerzen, während Newman ihn herumwirbelte und gegen die Wand presste. Nachdem er eine Hand losgelassen hatte, packte er den Kopf seines Gegners und knallte ihn gegen die Wand.

»Jetzt werden Sie mal vernünftig. Sonst könnte es schmerzhaft werden. Tatsächlich glaube ich, dass es klüger wäre, wenn Sie verduften. Und zwar *sofort*.«

Während des Kampfs hatte Philip zwischen den beiden Männern und den drei Motorradfahrern gestanden, die den Anschein machten, als wollten sie Newman von hinten angreifen. »Sind Sie auf einen Drink gekommen, oder wollen Sie Ärger?«

»Lasst uns Hackfleisch aus dem Knaben machen«, schlug einer von ihnen vor.

»An Ihrer Stelle würde ich keinen Stunk machen«, knurrte eine Stimme hinter den drei Jugendlichen.

Sie wirbelten herum und sahen Marler im Türrahmen stehen. Er hielt eine kleine, automatische Beretta in der rechten Hand, warf sie hoch und fing sie dann wieder auf. Dann richtete er sie nacheinander kurz auf jeden der Männer.

»Meiner Ansicht nach ist das ein Spielzeug, aber die Pistole ist geladen. Ich habe auch einen Waffenschein. Warum gehen Sie nicht zu Ihren komischen Maschinen zurück und hauen ab?«

Marlers sanfter Tonfall und seine Waffe verängstigten sie. Als sie sich anschickten, den Raum zu verlassen, trat Marler zur Seite. Jetzt war Craig auf sich allein gestellt.

»Wir sehen uns vor Gericht wegen schwerer Körperverletzung«, murmelte er. Weil Newman seinen Kopf gegen die Wand geknallt hatte, war er benommen, aber sein Blick war rachsüchtig. »Das werde ich nicht vergessen«, sagte er.

»Das glaube ich auch«, antwortete Newman. »Wird ein paar Tage dauern, bis Ihr Schädel nicht mehr schmerzt. Vergessen Sie Ihren Drink.«

»Lecken Sie mich.«

Mit unsicherem Schritt verließ Craig die Bar. Der Barkeeper wartete mit seinem Kommentar, bis er das Hotel verlassen hatte.

»Ich will nicht, dass der Typ noch einmal vorbeikommt. Außerdem hat er sein Bier nicht bezahlt.«

»War er früher schon mal hier?«

»Ein paar Mal während der letzten Woche. Er hat mir die gleichen Fragen gestellt wie Sie. Ob ich einen Mann namens Marchat kenne und wo er wohnt.«

»Und was haben Sie ihm erzählt?«

»Nichts. Ich habe gesagt, dass ich den Namen noch nie gehört habe und nicht weiß, wo der Typ wohnt. Von Devastoke Cottage, Marchats Zuhause, habe ich kein Wort gesagt.«

Als sie ihre Gläser geleert hatten, war Marler genauso schnell wieder verschwunden, wie er aufgetaucht war. Nachdem sie dem Barmann gedankt hatten, gingen sie zu Newmans Mercedes. Philip blickte sich auf der South Street um, die fast verwaist war, wenn man von einer merkwürdigen Frau mit Einkaufstasche absah. Keine Spur von den Motorradfahrern, die er nach dem Ende des Kampfs davonfahren gehört hatte.

»Wohin geht's jetzt?« fragte Philip, während er sich auf dem kleinen Platz in der Nähe der Brücke und des Flusses umblickte.

»Sagen Sie nichts, und starren Sie nicht nach hinten in den Wagen«, warnte Newman, der automatisch die Rückbank überprüft hatte, während er ins Auto stieg. »Wir werden das Devastoke Cottage suchen, wo Marchat lebt. Es wird Zeit, dass wir ein Wörtchen mit ihm reden, um herauszufinden, was er über das Feuer in Sterndale Manor weiß.«

Bevor er auf dem Beifahrersitz Platz nahm, blickte Philip flüchtig in den hinteren Teil des Wagens. Dort lag Marler zusammengerollt auf dem Boden. Er hielt ein Leinwandfutteral, und Philip vermutete, dass sich darin seine Lieblingswaffe für große Entfernungen verbarg, ein Armalite-Gewehr.

Stoborough war kaum mehr als ein kleines Nest mit ein paar Häusern und einer Kneipe. Nachdem er einen flüchtigen Blick auf die Skizze des Barkeepers geworfen hatte, fuhr Newman eine von Hecken gesäumte Landstraße mit überschwemmten Feldern zu beiden Seiten hinab.

»Wissen Sie, wer dieser Prügelknabe ist?« fragte Marler von hinten.

»Ein Typ namens Craig.«

»Sie nennen ihn ›Crowbar‹ Craig. Sein wirklicher Vorname ist Carson.«

»Warum dann Crowbar?« fragte Philip.

»Wenn ich Ihnen das erzähle, wird Ihnen gefallen, was Bob mit ihm angestellt hat. Will unser Freund Craig von irgend jemandem Informationen haben und dieser sie nicht sofort ausspucken, zerschmettert er ihm die Kniescheiben mit einer Brechstange. Ein wirklich netter Typ.«

»Woher wissen Sie das?«

»Archie, ein Informant, mit dem ich mich zum Lunch in einer sicheren Bar getroffen habe, hat es mir erzählt. Er hat gesagt, dass er verdammt schnell davonrennen würde, wenn ihm Craig über den Weg liefe. Das Interessante ist, dass er die rechte Hand eines reichen Mannes namens Leopold Brazil ist.«

»So ein Schläger?« fragte Philip ungläubig. »Brazil gehört doch zur High Society.«

»Ich hatte den Eindruck, dass sein Cockney-Akzent falsch ist«, bemerkte Newman. »Weshalb sind Sie so sicher, dass der Mann dieser Crowbar Craig war?«

»Archie hat mir eine sehr gute Beschreibung von ihm gegeben, die perfekt gepasst hat.«

»Bremsen Sie!« rief Philip. »Sie sind gerade an dem Haus vorbeigefahren. Da an der Hecke war ein Schild.«

Newman blickte in den Rückspiegel, setzte zurück und erkannte, warum ihm Devastoke Cottage nicht aufgefallen war. Hinter einer dornigen Hecke lag das Haus ein gutes Stück von der Straße entfernt. Es war klein und hatte ein grünliches Rietdach und ein einziges Dachfenster.

Marler begleitete sie, während Newman ein quietschendes Holztor öffnete. Sieht nicht so aus, als ob das Haus bewohnt ist, dachte Newman, als er auf dem grasbewachsenen Weg voranging, dessen Farbe zu der des Dachs passte. Er war irritiert – alle Vorhänge waren zugezogen.

»Ich frage mich, was wir hier finden sollen«, sagte er halb zu sich selbst.

Nachdem er viermal geklingelt hatte, öffnete sich die schwere Holztür. Im Türrahmen stand ein glattrasierter Mann mit rundem Gesicht und weicher Haut. Sein Haar war unfrisiert, und über dem Pyjama trug er einen Morgenmantel.

»Tut mir leid, wenn ich Sie geweckt habe«, entschuldigte Newman sich. »Ich nehme an, Sie sind Mr. Marchat?«

»Nein. Mein Name ist Partridge. Mr. Marchat hat Devastoke Cottage an mich vermietet. Heute morgen bin ich hier eingetroffen, völlig übernächtigt.«

»Können wir uns mit Ihnen über Mr. Marchat unterhalten? Ich entschuldige mich nochmals für die Unannehmlichkeiten, aber es ist sehr dringend.«

»Alle drei?« fragte Partridge nervös.

»Vielleicht wird Sie das beruhigen.« Newman zog den Special-Branch-Ausweis aus der Tasche, den die geschickten Tüftler im Keller von Park Crescent gefälscht hatten.

»Special Branch. Ich bin noch nie jemandem von Ihrer Organisation begegnet. Kommen Sie herein, und entschuldigen Sie die Unordnung. Lassen Sie uns ins Wohnzimmer gehen. Ich werde die Vorhänge zurückziehen ...«

Er führte sie in einen kleinen Raum zu ihrer Rechten, von dem aus man auf den Garten vor dem Haus und die dahinter liegende Straße blickte. Nachdem er die Vorhänge geöffnet hatte, bat er sie, Platz zu nehmen. Die Bezüge der Armsessel passten zu den Vorhängen. Newman und Philip setzten sich, während Partridge in einem anderen Sessel Platz nahm. Seiner Gewohnheit entsprechend lehnte sich Marler gegen eine Wand neben dem Fenster und steckte sich eine Zigarette zwischen die Lippen.

»Sie können ruhig rauchen«, sagte Partridge. »Ich glaube, ich könnte selbst eine Zigarette gebrauchen«, fügte er hinzu und zog ein Päckchen aus der Tasche seines Morgenmantels. »Wie kann ich Ihnen helfen, Gentlemen?«

»Wir hatten erwartet, Mr. Marchat hier anzutreffen«, erklärte Newman. »Können Sie uns sagen, wo er sich aufhält?«

Obwohl er offensichtlich übermüdet war, schilderte Partridge, den Newman auf Mitte Vierzig schätzte, kurz die Ereignisse, die ihn hergeführt hatten. »Es ist außergewöhnlich, dass wir uns so ähnlich sehen«, schloss er. »Ich war ziemlich verblüfft, als ich ihm zum ersten Mal begegnet bin.«

»Glauben Sie, dass er Sie aus diesem Grund als Mieter ausgewählt hat?« fragte Newman.

»Nein. Wir haben uns praktisch schon beim ersten Telefonanruf, mit dem ich auf seine Annonce in der örtlichen Zeitung reagiert habe, darauf geeinigt, dass ich die Wohnung miete. Vorausgesetzt natürlich, dass mir das Haus gefällt.«

»Wann haben Sie zum ersten Mal mit ihm gesprochen?«

»Vor ungefähr einer Woche – länger ist es nicht her. Hat er irgend etwas Unrechtes getan?«

»Nein«, beruhigte Newman ihn. »Aber vielleicht kann er uns bei unseren Nachforschungen helfen. Hat er Ihnen die Adresse seiner Tante in London gegeben?«

»Nein. Er hat gesagt, dass er mich telefonisch über alle Einzelheiten informieren würde, wenn definitiv klar ist, dass seine Tante auszieht. Für ihn bestand daran kein Zweifel.«

»Würde es Ihnen etwas ausmachen, Ihre Identität zu beweisen?« fragte Newman sehr taktvoll.

»Überhaupt nicht. Sie sind davon ausgegangen, Marchat hier anzutreffen. Reicht Ihnen mein Führerschein?«

»Das wäre in Ordnung.«

Während sie darauf warteten, dass Partridge zurückkam, trat Marler, der immer noch neben einem der Fenster stand, zurück und spähte hinter einem der zusammengezogenen Vorhang hervor.

Ein grauer Volvo, der aus Richtung Stoborough kam, fuhr sehr langsam an dem Cottage vorbei. Die Fenster des Autos waren beschlagen, der Fahrer hatte zuvor die Scheibe abgewischt. Marler hatte den flüchtigen Eindruck, dass ein großer Mann hinter dem Lenkrad saß. Newmans Mercedes war auf dem Grasstreifen vor der Hecke geparkt, und der Volvo beschleunigte, als er an dem Haus vorbei war.

»Stimmt was nicht?« fragte Philip.

Marler blieb keine Zeit für eine Antwort, weil Partridge zurückgekehrt war und Newman seinen Führerschein reichte, der auf den Namen Simon Partridge ausgestellt war. Er gab ihn dem Mieter zurück und stand auf.

»Danke, Mr. Partridge. Nochmals, es tut uns sehr leid, dass wir Sie geweckt haben.«

»Schon in Ordnung.« Partridge blickte auf eine Couch an einer Wand. »Ich werde mich dort hinlegen und die Vorhänge offen lassen. Sonst werde ich gar nicht mehr wach, und ich muss noch soviel auspacken …«

»Seltsam«, bemerkte Newman, als sie draußen den Weg entlanggingen. »Dass Marchat es nach der Tragödie in Sterndale Manor so eilig hatte zu verschwinden.«

»Aber er wollte das Haus bereits vor einer Woche vermieten«, sagte Marler. »Dieser Partridge schien harmlos zu sein.«

»Merkwürdig, die Geschichte von seiner Ähnlichkeit mit Marchat«, warf Philip ein.

»Man sagt, dass wir alle einen Doppelgänger haben«, antwortete Newman.

Während sie sich in dem Haus aufgehalten hatten, hatte sich das Wetter geändert. Die Scheiben von Newmans Wagen waren beschlagen, und er begann, sie mit einem Ledertuch abzuwischen. Um die Windschutzscheibe zu säubern, schaltete er die Scheibenwischer ein, wrang dann das Ledertuch aus und trocknete sich die Hände mit einem Lappen ab.

»Wir sollten nach Wareham zurückkehren. Früher oder später werden wir uns sowieso den Sermon von Chief Inspector Buchanan anhören müssen. Unseren Besuch bei Partridge werden wir vergessen. Ich schlage vor, dass Sie sich aus der Sache heraushalten. Gehen Sie ins Black Bear Inn zurück. Es hat keinen Sinn, unseren Lieblingsbullen wissen zu lassen, wie viele von uns hier sind. Das würde ihn misstrauisch machen …«

Nachdem er sich das Armalite-Gewehr gegriffen hatte, dass er unter einem Teppich versteckt hatte, rollte sich Marler wieder auf dem Boden hinten im Wagen zusammen. Auf dem Rückweg nach Wareham dachte Philip über ihn nach. Während Newman die Scheiben gewischt hatte, hatte Marler mit abwesendem Gesichtsausdruck dagestanden. Als ob er irgend etwas vorhätte.

Sie hatten Stoborough hinter sich gelassen und befanden sich in der Nähe der Brücke über den Frome, als Marler sich zu Wort meldete. »Kehren Sie bitte um, Bob. Zum Devastoke Cottage.«

»Warum, zum Teufel?«

»Vertrauen Sie mir. Kehren Sie um.«

»Okay. Aber Sie müssen mir einen Grund nennen«, knurrte er, während er auf der leeren Straße wendete.

»Als wir uns in dem Haus aufhielten, ist draußen langsam ein Volvo vorbeigefahren. Die Sache gefiel mir nicht. Und je länger ich darüber nachdenke, desto weniger gefällt sie mir.«

»Ich habe den Wagen bemerkt«, sagte Philip. »Er kam vorbei, während Partridge seinen Führerschein holte. Meiner Ansicht nach könnte eine Frau am Steuer gesessen haben.«

»Schwer zu sagen – man konnte ja kaum mehr als eine Silhouette erkennen«, antworte Marler. »Warum fahren wir so langsam?«

»Weil ein Traktor und ein Wagen vor uns sind«, erklärte Newman, als ob er mit einem Kind redete. »Auf der Gegenspur ist Verkehr. Ich kann nicht überholen. Zügeln Sie Ihre Ungeduld. Wir sind gleich an der Abfahrt.«

»Und der Traktor wird auch abbiegen«, zischte Marler.

Die Spannung im Wagen stieg. Auch Newman begann, sich Sorgen zu machen. Er hatte Erfahrung mit Marlers Intuitionen gesammelt, die sich nur allzu oft als wohl begründet herausgestellt hatten. Der Traktor und das Auto vor ihnen fuhren jedoch weiter geradeaus, und er bog in die verwaiste Straße ab und beschleunigte.

»Es wirkt alles genauso wie eben«, bemerkte Newman, als sie vor dem Cottage aus dem Mercedes stiegen.

»Nein«, widersprach Marler und zog seine Beretta. »Partridge hat gesagt, dass er die Vorhänge im Wohnzimmer für sein Nickerchen nicht zuzieht. Jetzt sind sie zu.«

»Vielleicht hat er seine Meinung geändert«, sagte Newman.

»Da führt ein Weg um das Haus herum, wahrscheinlich zu einer Hintertür. Ich schlage vor, wir gehen hin und sehen nach ...«

Auf dem moosbewachsenen Weg verursachten ihre Schritte keinerlei Geräusch. An der Rückseite des Hauses fanden sie die Hintertür. Als Marler auf etwas zeigte und einen Finger vor die Lippen legte, stoppten sie abrupt. Die Hintertür stand etwas offen. Das gesplitterte Holz des Rahmens ließ auf Gewalteinwirkung schließen. Mit gezückter Waffe stieß er langsam die Tür auf, und sie schlichen in eine verdunkelte Küche mit einem alten Herd in einer Nische.

Newman umklammerte seine 38er Smith & Wesson, Philip hatte die Walther gezogen. Langsam betraten sie einen engen Flur. Die Tür zum Wohnzimmer, das diesmal zu ihrer Linken lag, stand halb offen. Marler stieß sie weit auf. Mittlerweile hatten sich ihre Augen an das Halbdunkel gewöhnt.

»Mein Gott«, flüsterte Philip.

Partridge lag halb auf der Couch, den Kopf bizarr angewinkelt auf dem Boden. Marler betrat den Raum, bückte sich, prüfte die Halsschlagader und blickte dann auf.

»Mausetot. Mit gebrochenem Genick. Ich glaube, ich weiß, wer das war. In Europa ist ein neuer Killer unterwegs, der für große Geldbeträge tötet. Eine einfache Technik. Er taucht hinter seinem Opfer auf und schlingt auf eine bestimmte Art und Weise seinen Arm um dessen Hals. Und das ist dann das Resultat. Sie nennen ihn ›Motormann‹.«

»Ein seltsamer Name«, sagte Philip leise. »Warum Motormann?«

»Weil er sich wie ein geölter Blitz bewegt. Ich bin mir sicher, dass es auch hier so war. Er hat geglaubt, er hat Marchat umgebracht.«

5

»Sie denken also, der Killer glaubt, er hat Marchat umgebracht?« fragte Tweed.

Er saß in seinem Büro, als Monica ihn benachrichtigte, dass Newman am Telefon sei. Während der kurz die Ereignisse resümierte, hörte er mit Pokerface zu. Newman erzählte auch von der Begegnung mit Crowbar Craig. Da unterbrach Tweed ihn zum ersten Mal.

»Das könnte die rechte Hand von Leopold Brazil sein, ein Mann namens Carson Craig. Aber Monica hat noch mehr über diesen Gentlemen herausgefunden. Gewöhnlich ist er Geschäftsmann mit einem vornehmen Akzent.« Sein Tonfall wurde ironisch. »Der Typ von Mann, den man in seinen Club einladen würde.«

»Wenn man davon absieht, dass ich meine Zeit nicht damit vergeude, irgendeinem Club anzugehören«, antwortete Newman. »Ich habe seinen Cockney-Akzent für falsch gehalten. Aber als ›Gentleman‹ würde ich ihn nicht bezeichnen. Im Grunde ist er ein sadistisches Raubein. Er hat den Spitznamen ›Crowbar‹, weil er den Leuten mit einer Brechstange die Kniescheiben zertrümmert, wenn sie ihn ärgern.«

»Verstehe. Monica hat außerdem herausgefunden, das Brazil der Eigentümer von Grenville Grange ist. Das Haus liegt in der Nähe von Sterndales und des Felsens bei Lyman's Tout. Sehen Sie sich mal da um. Aber nicht allein, sondern nehmen Sie Philip und Marler mit.«

»Wenn Sie darauf bestehen.«

»Das tue ich. Drei Morde in Dorset sind drei zu viel. Versuchen Sie, Buchanan solange wie möglich aus dem Weg zu gehen. Und schicken Sie Butler zur vorherigen Wohnung dieses Partridge, damit er sich kundig machen kann. Ich nehme an, dass Sie seine Adresse gesehen haben, als er Ihnen seinen Führerschein gezeigt hat.«

»Ja. Ich sollte besser verschwinden, bevor Buchanan am Horizont auftaucht.«

»Tun Sie das, ich habe das Gefühl, dass etwas in der Luft liegt. Bleiben Sie mit Philip im Priory. Gibt's irgend etwas

Neues über Philips neue Freundin Eve Warner? Ich weiß noch nicht, ob sie zum Special Branch gehört oder nicht.«

»Heute morgen war bisher nichts von der Lady zu sehen. Ich mache jetzt Schluss.«

»Passen Sie auf sich auf ...«

»Warum kann ich bloß meine große Klappe nicht halten?« fragte Newman sich, als er die Telefonzelle in der South Street in Wareham verließ. Am Bordstein stand Eve Warner an ihren roten Porsche gelehnt. Sie trug einen schneeweißen Anorak mit Kapuze und winkte ihm zu. Selbst im Anorak und in engen Blue Jeans war sie sehr attraktiv. Kein Wunder, dass Philip so fasziniert von ihr war, dachte er.

»Hier kommt der Höhepunkt des Morgens für Sie, Bob«, sagte sie frech. »Ich habe Ihren Mercedes hinter meinem Wagen stehen sehen. Na, wohin geht's? Ich werde mitkommen. Hallo, Philip. Gut geschlafen, so ganz allein?«

»Sehr gut«, knurrte Philip, der gerade aus dem Black Bear Inn gekommen war. Er fand ihre Bemerkung taktlos, weil er ihr erzählt hatte, dass dies sein erster Urlaub seit Jeans Tod war.

»Dann reden Sie nicht, als ob Sie Kopfschmerzen hätten. Wohin fahren wir heute?«

»Sie sind nicht eingeladen«, sagte Newman unverblümt, als sie auf ihn zukam.

Marler hatte das Hotel verlassen und war hinten in den Wagen geklettert, ohne dass Eve etwas gemerkt hatte. Sie war zu sehr damit beschäftigt, Newman verführerisch anzulächeln, um ihn zu überzeugen.

»Seien Sie kein Spielverderber. Ich brauche Gesellschaft.«

»Dann sehen Sie sich woanders danach um. Entschuldigen Sie mich ...«

»Ich kann Ihnen jederzeit folgen«, rief sie ihm nach, während er im Hotel verschwand. Er brauchte nur ein paar Minuten, um den stämmigen Harry Butler zu finden und ihm Tweeds Anweisungen zu übermitteln, dass er sich um Partridges frühere Wohnung in Poole kümmern und Informationen über ihn einholen sollte.

»Und was ist mit meinem Kumpel Pete Nield? Er ist auf seinem Zimmer.«

»Sagen Sie ihm, dass er unauffällig das Priory im Auge behalten und darauf achten soll, ob Chief Inspector Buchanan dort auftaucht. Er ist hier irgendwo in der Gegend. Ich komme später zurück, um mir Ihren Bericht anzuhören.«

Als er wieder auf der Straße war, lehnte Eve mit verschränkten Armen an ihrem Wagen.

»So einfach werden Sie mich nicht los.«

»Das werden wir ja sehen.«

Er versuchte, sich seinen Ärger über ihre Hartnäckigkeit nicht anmerken zu lassen, und setzte sich hinters Steuer. Philip hatte bereits auf dem Beifahrersitz Platz genommen, Marler lag hinten. Newman fuhr auf die Brücke zu, zunächst in Richtung Corfe, dann nach Kingston. Beim Frühstück hatte Philip ihm den Weg beschrieben. Im Rückspiegel sah er, dass Eve ihnen folgte.

»Die hänge ich ab«, sagte er laut.

»Sie ist in Ordnung«, protestierte Philip.

Newman gab keine Antwort.

Vom Büro aus hatte Tweed Paula und Monica das wichtigste von seinem Gespräch mit Newman erzählt.

»Der Motormann?« wiederholte Paula. »Hört sich alles ziemlich bösartig an. Nach dem, was Sie erzählt haben, muss er ganz schön schnell gewesen sein, um diesen üblen Mord im Devastoke Cottage zu verüben.«

»Wahrscheinlich hat er deshalb den Spitznamen Motormann«, sagte Tweed grimmig. »Ich habe schon früher von ihm gehört und weiß auch, von wem: von Arthur Beck, dem Chef der Schweizer Bundespolizei. Rufen Sie ihn an, Monica. Wahrscheinlich erreichen Sie ihn in seinem Hauptquartier in Bern.«

Als sie gerade nach dem Hörer greifen wollte, klingelte das Telefon. Sie nahm ab und nickte Tweed zu. »Noch einmal Lasalle aus Paris. Hört sich dringend an.«

»Tweed«, platzte Lasalle heraus, als sie verbunden waren. »Wir haben gerade entdeckt, dass ein weiterer hochkarätiger Wissenschaftler mit seiner Familie verschwunden ist. Aus Grenoble, vor über einem Monat. Er war im Urlaub, deshalb hat sein Team es erst mit Verspätung bemerkt.«

»Ein weiterer? Damit werden in Europa und Amerika insgesamt zwanzig der weltweit renommiertesten Wissenschaftler vermisst. Ich bitte um Einzelheiten. Was war sein Spezialgebiet?«

»Hochmoderne Satellitenkommunikation. Die Tätigkeit ist streng geheim. Wahrscheinlich war er der führende Mann auf diesem Fachgebiet. Georges Blanc. Wie bei den anderen ist auch seine Frau verschwunden.«

»Entführt?«

»Dafür gibt es keine Beweise. Vor seinem Verschwinden hat er seinen Anwalt damit beauftragt, sein Haus samt Mobiliar zu verkaufen, inklusive aller Antiquitäten. Der Anwalt musste das Geld auf ein Nummernkonto bei einer belgischen Bank überweisen. Der Präsident tobt. Wir waren in dieser Technologie führend.«

»Irgendeine Idee, wie Blanc Grenoble verlassen hat?«

»Sein Chauffeur, den ich nach Paris fliegen lasse, um ihn persönlich zu verhören, hat mir am Telefon erzählt, dass er Blanc, seine Frau und jede Menge Gepäck über die Grenze zu einem entlegenen Flugplatz in Deutschland gebracht hat. Nachdem Blanc ihm eine ansehnliche Bonusprämie gegeben hat, damit er den Mund hält, sollte er nach Grenoble zurückfahren. Blanc hat ihm erzählt, dass er auf einer Top-Secret-Mission wäre.«

»Hat der Chauffeur irgendein Flugzeug auf der Startbahn gesehen?«

»Nein. Blanc ist ein brillanter Wissenschaftler, der an einem hochmodernen Kommunikationssatelliten gearbeitet hat.«

»Ich werde ihn auf die Liste setzen. Wo wir schon gerade miteinander reden, haben Sie jemals von einem gewissen Motormann gehört?«

»Guter Gott! Warum fragen Sie?«

»Weil er vielleicht bei uns umgeht.«

»Er ist ein geschickter Killer, erst seit kurzem im Geschäft. In der Unterwelt gehen Gerüchte um, dass er sehr viel Geld nimmt. In Paris hat er zwei Banker umgebracht. Das ist vertraulich. Wir halten uns sehr bedeckt, während wir ihn verfolgen. Bis jetzt haben wir keinerlei Hinweise.«

»Was für Banker waren das?«

»Beide waren Eigentümer einer kleinen, sehr exklusiven Bank. Familienbanken. Eine wurde zu Napoleons Zeiten gegründet.«

»Wie können Sie sicher sein, dass der Motormann dafür verantwortlich war? Hinterlässt er eine Visitenkarte?«

»Natürlich nicht. Es ist seine Technik. Um das Haus beider Banker gab es einen Ring von Sicherheitsbeamten. Gott allein weiß, wie er den überwunden hat. Beiden wurde das Genick gebrochen. Einer wurde in seiner Bibliothek ermordet, während seine Frau sich im Nachbarzimmer aufhielt. Sie hat nichts gehört.«

»Wurde Geld gestohlen?«

»Merkwürdig, dass Sie danach fragen. In beiden Fällen wurde ein Großteil des Kapitals in Form von Inhaberschuldverschreibungen angelegt. Die sind verschwunden. Wie zum Teufel soll ich die Spur von Inhaberschuldverschreibungen verfolgen?«

»Sind die Banken Pleite gegangen?«

»Nein. In jeder Filiale gab es genug Bargeld, um die Zahlungsfähigkeit zu gewährleisten. Die Arbeit wächst mir über den Kopf, Tweed.«

»Sie werden's schon schaffen«, beruhigte ihn Tweed. »Sie haben es immer geschafft. Wir bleiben in Verbindung ...«

Seufzend legte Tweed auf. Monica fragte, ob sie immer noch Arthur Beck anrufen solle, und er nickte. Sofort wählte sie die Nummer.

»Hier Beck. Worum geht's, Tweed?« Der Tonfall des Schweizer Polizeichefs, normalerweise in jeder noch so schwierigen Situation höflich und ruhig, klang brüsk.

»Sie haben kürzlich einen Profikiller namens Motormann erwähnt, Arthur. Hatten Sie bereits das Glück, ihn zu identifizieren?«

»Warum?«

»Er hat in Frankreich operiert.«

»Ich weiß ...«

»Wahrscheinlich wissen Sie aber nicht, dass er sich nach unseren Informationen jetzt bei uns aufhält. Er hat versucht, einen wichtigen Zeugen eines Doppelmordes zu töten, aber irrtümlich den falschen Mann erwischt.«

»Sein erster Fehler.« Er schwieg einen Augenblick. »Das gefällt mir gar nicht, er wird international tätig. Ich kann ihn nirgendwo verfolgen, er löst sich einfach in Luft auf. Er hat drei Schweizer auf dem Gewissen.«

»Was für einen Beruf hatten die Opfer?«

»Es waren Bankiers.«

»Eigentümer kleiner, schon lange etablierter Privatbanken?«

»Wie um alles auf der Welt kommen Sie darauf? Wir haben seine Aktivitäten geheim gehalten. Ich habe angenommen, dass er dann vielleicht weniger vorsichtig sein würde.«

»Und Sie wissen, dass es der Motormann war, weil er all seinen Opfern das Genick gebrochen hat?«

»Ja. Er ist der verdammte Mann mit der Tarnkappe. Selbst größte Sicherheitsmaßnahmen halten ihn nicht auf. In allen drei Fällen waren die Security-Maßnahmen intakt, und Sie können sich vorstellen, wie sehr Bankiers um ihre Sicherheit besorgt sind.«

»Umgeht er die Security auf irgendeine unheimliche Weise?«

»Mittlerweile überlege ich, ob er eine attraktive Frau dabeihat, mit deren Hilfe er sich Zutritt verschafft.«

»Könnte der Motormann eine Frau sein?«

»Dann müsste sie ganz schön stark sein. Einer der Bankiers war ein wahrer Bulle, aber das hat ihm auch nicht geholfen. Und in keinem der drei Fälle gibt es irgendein Anzeichen für einen Kampf. Wenn man davon absieht, dass die Füße des bulligen Mannes über den Teppich schleiften.«

»Ein anderes Thema: Wissen Sie irgend etwas über Leopold Brazil?«

Beck schwieg erneut, diesmal länger. »Man hat mich

davor gewarnt, Nachforschungen über ihn anzustellen, Tweed.«

»Das glaube ich nicht. Niemand könnte Sie unter Druck setzen. Von wem reden Sie?«

»Das kann ich Ihnen nicht sagen. Verdammt, sei's drum. Er besitzt eine teure Villa am Zürcher See. Unter uns gesagt, ich beschatte ihn unauffällig. Sehr unauffällig. Irgend etwas ist merkwürdig an diesem mächtigen Mann. Er ist in seinem Privatjet von Kloten in Zürich nach Paris geflogen.«

»In was für einem Jet?«

»Nun, das ist eine knifflige Frage. Er hat zwei Privatjets, beides Lears. Bei einem steht in riesigen Buchstaben ›Brazil SA‹ auf dem Rumpf der Maschine – das ist der Name seines Schweizer Unternehmens. Der andere Privatjet ist weiß und hat keine Beschriftung, die ihn als Eigentümer identifiziert. Den weißen Jet benutzt er, um Beobachter zu verwirren, die wissen wollen, ob er an Bord ist oder nicht. Die beiden Crews halten sich rund um die Uhr bereit. Zum Flughafen Charles de Gaulle in Paris hat er den weißen Jet genommen. Das wär's.«

Tweed legte auf und konzentrierte sich so sehr auf das, was Beck ihm gerade erzählt hatte, dass er nicht bemerkte, dass Monica ihren Telefonhörer hochhielt und ihn ungeduldig anstarrte.

»Noch einmal Lasalle aus Paris. Er hat mich zweimal gebeten, dass wir uns vergewissern, dass die Leitung sicher ist.«

»Ist sie.« Erneut griff er zum Telefonhörer. »Tut mir leid, dass Sie warten mussten.«

»Ich habe Ihnen ja erzählt, dass man mich gewarnt hat, Nachforschungen über Leopold Brazil anzustellen. Deshalb habe ich es unterlassen, Ihnen zu sagen, dass er gestern von Zürich nach Paris gekommen ist. Er hat sich in einer Limousine mit getönten Scheiben zu seiner Villa in der Avenue Foch chauffieren lassen. Als er aus dem Auto gestiegen ist, hat ihn einer meiner besten Männer identifiziert.«

»Und warum erzählen Sie mir das jetzt?«

»Weil ich mir nun sicher bin, dass er sich innerhalb der

nächsten zwei Stunden auf den Weg nach England machen wird.«

Tweed schloss die Augen halb, was Paula seine Anspannung verriet.

»Woher wissen Sie das?«

»Der Pilot des weißen Privatjets hat gerade einen Flugplan aufgestellt.«

»Wohin geht's?«

»Zum Bournemouth International Airport in Dorset ...«

Nachdem er Lasalle mit knappen Worten gedankt hatte, sprang Tweed auf, rannte zu einem Schrank und zog zwei Koffer hervor, die für Notfälle immer gepackt waren. Einer war für ihn bestimmt, der andere für Paula.

»Wir nehmen den Ford Escort. Ich fahre. Sie sollten besser Ihre automatische Browning einstecken. Monica, rufen Sie bitte im Priory an, und buchen Sie bis auf weiteres zwei Zimmer für uns. Dort können Sie mich erreichen, aber verschlüsseln Sie jede Botschaft.«

»Was ist los?« fragte Paula.

Sie hatte bereits eine verschlossene Schublade geöffnet, die automatische 32er Browning herausgeholt und in die Spezialvorrichtung ihrer Handtasche gesteckt, aus der sie die Waffe blitzschnell ziehen konnte. Tweed studierte die Wandkarte von Dorset.

»Monica«, rief er, noch bevor sie wählen konnte. »Wenn Newman anruft, sagen Sie ihm, dass er einen Mann direkt südlich von Stoborough Green postieren soll. Nicht Stoborough, sondern Stoborough *Green*. Ein weiterer Mann soll die Fähre an der Hafenausfahrt von Poole beobachten. Beide sollen auf eine Limousine mit getönten Scheiben achten. Wer den Wagen sieht, soll ihm vorsichtig folgen. Ich vermute, dass er nach Grenville Grange in den Purbecks in der Nähe von Lyman's Tout fahren wird. Die Verantwortung hier überlasse ich Ihnen ...«

Während er hinter das Lenkrad des draußen geparkten Ford Escort sprang, nahm Paula auf dem Beifahrersitz Platz.

»Also, was ist los?« wiederholte sie.

»Leopold Brazil ist auf dem Weg nach England. Innerhalb von zwei Stunden wird er von Paris zum Bournemouth International Airport fliegen.« Er fuhr bereits in Richtung Baker Street, als Paula ihren Sicherheitsgurt anlegte. »Vom Flugplatz hat er nur zwischen zwei Wegen die Wahl, und dort haben wir Leute postiert. Das bedeutet, dass wir ihn in Wareham eingeholt haben sollten.«

»Was läuft da? Plötzlich ist alles in Bewegung.«

»Ich glaube, dass Dorset kurz vor der Explosion steht.«

6

»Das ist gar nicht schön«, sagte Newman, während sie Corfe hinter sich ließen und er die steile, gewundene Straße nach Kingston hochfuhr. »Ihre Eve Warner ist eine verdammt gute Fahrerin, ich werde sie nicht abhängen können.« Er blickte in den Rückspiegel. »Gerade ist sie wie ein Profi in Brand's Hatch um die enge Kurve hinter uns geschossen.«

»In diesem Fall ist es unnötig, dass ich mich verstecke. Warnen Sie mich, wenn wir zur nächsten Kurve kommen, dann werde ich mich aufsetzen. Wenn Sie mich sieht, glaubt sie vielleicht, ich hätte die ganze Zeit dort gesessen«, knurrte Marler.

»Dann halten Sie sich bereit ... *Jetzt!*«

Newman hatte plötzlich beschleunigt und schoß durch eine gefährliche Kurve. Hinten kletterte Marler in einer Ecke auf die Sitzbank und entspannte seine schmerzenden Beine.

»Perfekt! Sie hat Sie nicht gesehen«, sagte Newman.

»Ich glaube immer noch, wir hätten meinen Wagen nehmen sollen, er hat Allradantrieb«, bemerkte Philip.

»Dann hätten Sie riskiert, Buchanan über den Weg zu laufen, wenn Sie versucht hätten, den Wagen vor dem Hotel abzuholen.«

»Ihr Mercedes wird den Weg über Lyman's Tout nie schaffen.«

»Wer hat denn gesagt, dass wir das versuchen werden?« fragte Newman.

»Wo zum Teufel fahren wir denn dann hin?«

»Direkt nach Grenville Grange, zum Haus eines gewissen Mr. Leopold Brazil.«

»Das gibt Ärger.«

»›*L'audace, toujours l'audace*‹, wie Danton ungefähr gesagt hat. Die Karte habe ich mir genau angesehen. Wir werden Kingston hier verlassen, um zu der Auffahrt zu gelangen.«

»Und was ist, wenn wir von Wachtposten erwartet werden?«

»Dann werde ich bluffen. Sie scheinen vergessen zu haben, dass ich früher Auslandskorrespondent war. In dem Job lernt man, überall hinzukommen.«

»Bereiten wir uns auf die Schlacht vor«, sagte Marler.

Die Auffahrt zu Grenville Grange tauchte plötzlich an einer verlassenen Landstraße hoch in den Purbecks auf. Ein massives Stahltor öffnete sich, und vor ihnen erstreckte sich ein Kiesweg. In einer halben Meile Entfernung sah Philip den düsteren Bau. Von Wachtposten oder irgendeinem lebenden Wesen war nichts zu sehen.

»Halten Sie einen Augenblick an«, sagte Philip.

»Okay. Aber warum?« fragte Newman.

»Ich möchte zurückgehen und Eve überzeugen, dass sie an der Straße auf uns warten soll. Sie haben ja gehört, was Marler gesagt hat.«

»Gute Idee. Sie würde uns nur in die Quere kommen. Ich habe gerade selbst über dieses Problem nachgedacht.«

Der Porsche hatte ein paar Meter hinter ihnen angehalten, hinter der hohen grauen Mauer an der Straße. Als Philip auf sie zu kam, hob Eve ihre dunklen Augenbrauen und lächelte ihn an.

»Ich wette, dass Newman mich gern auspeitschen würde. Sagen Sie ihm, dass wir in einem freien Land leben.«

Philip stützte seine Ellbogen auf den Rahmen des geöffneten Autofensters. »Das hier könnte eine sehr verzwickte Angelegenheit werden, Eve. Sogar gefährlich ...«

»Aber Sie werden mich beschützen, stimmt's? Ich glaube, wenn es zum Äußersten kommen sollte, würde mir selbst Bob helfen. Wer ist eigentlich der Typ auf der Rückbank? Ich habe ihn doch schon einmal gesehen, oder nicht?«

»Ich bitte Sie zurückzufahren, Eve. Wir kommen dann nach.«

»Natürlich«, bemerkte sie sarkastisch. »Sagen Sie Newman, dass ich ihm im Nacken sitzen werde. Ich bin verdammt halsstarrig.«

»Allerdings«, bellte Philip.

»Verlieren Sie nicht die Fassung.«

Philip zuckte die Achseln, eilte zum Mercedes zurück und setzte sich neben Newman.

»Sie will nichts davon wissen«, erriet Newman.

»Stimmt, ich konnte sie nicht überzeugen. Woher wussten Sie das?«

»Ihr Gesichtsausdruck hat es mir verraten. Und Ihrer. Was hat sie jetzt vor? Sie kommt auf uns zu gerannt. Ich glaube, ich sollte ihr besser etwas Verstand einbläuen.«

Eve steckte den Kopf auf Newmans Seite durch das Fenster und blickte Marler an.

»Hallo, netter Mann. Wer sind Sie? Vielleicht spendieren Sie mir bald einen Drink. Am liebsten trinke ich Wodka.«

»Fahren Sie zurück«, riet Newman ihr.

Eve steckte sich am Stummel ihrer Zigarette eine neue an, blies den Rauch aber nicht Newman ins Gesicht. Jetzt wurde sie ernst. »Ich könnte Ihnen von Nutzen sein, Bob. Meine Augen sind so gut wie die einer Katze.«

»Ihre Krallen zweifellos auch.«

»Das habe ich überhört. Sind Sie hier zu Besuch, oder schauen Sie sich nur um? Wenn letzteres zutrifft, sehen Sie die Gabelung der Auffahrt? Ein Weg bringt Sie zu der großen Terrasse vor dem Eingang, der andere zur Rückseite dieses architektonischen Meisterwerks. Er führt an der Rückseite vom Bleak House weg und einen Abhang zum Meer hinab. In der Nähe des Felsrandes, und da sollten Sie besser aufpassen, schlängelt er sich an einem Mauerende entlang nach Lyman's Tout.«

»Woher wissen Sie das?«

Jetzt hatte sie Newmans Aufmerksamkeit gewonnen. Er blickte sie neugierig an.

»Als ich mit Philip nach Lyman's Tout gefahren bin, habe ich durch eine Lücke, wo die Mauer zerbröckelt war, den Weg um das Haus bemerkt. Ich bin eine gute Beobachterin. Glauben Sie mir ...«

Sie rannte zu ihrem Porsche zurück, und Newman fuhr langsam los, das düstere, riesige Haus studierend. Sämtliche Fensterläden waren geschlossen, und als sie sich näherten, sahen sie, dass sie kürzlich schwarz gestrichen worden waren. Schrecklich!

Der düstere Kasten schien auf sie zu zu kommen. Philip sah, dass sie mehrere große Scheunen passieren würden, die der von General Sterndale glichen. Doch hier waren die großen Tore alle geschlossen.

»Dann wollen wir mal hoffen, dass sie weiß, wovon sie redet«, bemerkte Newman. »Sie sitzt mir im Nacken. Wenn sie sich zurückfallen lässt, werde ich misstrauisch ...«

Seit sie Wareham verlassen hatten, war das Wetter unvorhersagbar gewesen. Über Nacht hatte es nicht mehr geregnet, und Philip dachte über diese Faktoren nach, während sie an den Scheunen vorbeifuhren.

»Vielleicht schaffen Sie den Rückweg über Lyman's Tout sogar in Ihrem Mercedes«, sagte er. »Ich glaube, dass der Schlamm etwas getrocknet sein könnte, verspreche aber nichts.«

Immer noch gab es keinerlei Anzeichen dafür, dass irgend jemand in Grenville Grange war. Aber Newman war nicht beruhigt, als er hinten um das Haus bog, wo der Kiesweg weiter zum Meer führte, den halben Abhang hinab zum Rand des Felsens. Er stellte den Motor ab, und der Wagen glitt in den mittlerweile trockenen Fahrspuren den Abgang hinunter.

»Was denken Sie?« fragte Marler.

»Dass irgend etwas nicht stimmt. Das offene Tor stört mich.«

»Warum?« fragte Philip.

»Es deutet darauf hin, dass jemand erwartet wird. Und deshalb glaube ich, dass Bedienstete im Haus sind. Ruhe jetzt. Wir sind nahe am Abgrund ...«

Er schaltete den Motor wieder ein, um den Wagen besser unter Kontrolle zu haben. Als sie aus dem Schutz des Hauses heraus waren und den nackten Felsabhang hinabfuhren, traf der Seewind sie mit der Wucht eines Hammerschlags. Das Meer glänzte tiefblau, und die riesigen Wellen brandeten gegen die Felsen.

Als sie das Ende der Mauer erreicht hatten, steuerte Newman darum herum und blickte nach links. Sie waren sehr nahe am Abgrund. Hinter ihm folgte Eves Porsche in einem Abstand von wenigen Zentimetern. Nachdem er die landeinwärts führende Biegung nach Lyman's Tout bemerkt hatte, beobachtete er Eve im Rückspiegel. Sie hatte die Nerven, Newmans Beispiel zu folgen. Er parkte den Mercedes dicht hinter der Mauer, die höher als das Auto war. Eve stellte ihren Wagen hinter ihm ab.

»Was nun?« fragte Philip.

»Wir werden das Haus eine Weile beobachten. Sie und Marler bleiben ein Stück hinter mir, um aufzupassen. Nehmen Sie Eve mit, wenn Sie sie dazu zwingen müssen.«

Er nahm das große »Ornithologen«-Fernrohr, das er sich von Butler geliehen hatte, stieg aus und bemerkte, dass der Boden nicht matschig war. Dann legte er sich an einer Stelle auf die Erde, von der aus er um die Mauer herum das Haus sehen konnte.

Während er das Fernglas einstellte und wartete, spürte Newman die Kälte durch seine Kleider dringen. Hinter ihm waren Marler, Philip und Eve in einiger Entfernung hinter riesigen Felsbrocken verschwunden. Außer dem Heulen des Windes und dem Donnern der riesigen Wellen, die unter ihm an den Fels brandeten, hörte er nichts.

In diesem Moment wurde ihm die runde, metallische Mündung einer Waffe gegen den Hals gepresst.

»Das ist eine geladene Knarre, und ich werde Ihnen das Gehirn aus dem Schädel blasen«, sagte eine vertraute Stimme. »Mein Kopf tut immer noch weh, weil Sie mich in der

Bar kalt erwischt haben. Also, was haben Sie auf diesem Privatgrundstück verloren? Ich kann ja genauso gut etwas mit Ihnen plaudern, bevor ich auf den Abzug drücke ...« Diesmal klang Craigs Stimme sehr viel bedrohlicher.

Pete Nields Erscheinung und seine Manieren waren ganz anders als die seines Partners, mit dem er eng zusammenarbeitete, Harry Butler. Während der stämmige Butler Jeans und einen abgetragenen Anorak trug, war Nield schlank und elegant gekleidet.

Nield trug ein kariertes Jackett und eine Hose mit messerscharfer Bügelfalte. Sein weißes Hemd war makellos, seine elegante Krawatte grau. Er war von seinem Beobachtungsposten vor dem Priory zurückgekommen, wo er nach Buchanan Ausschau gehalten hatte, um Tweed von Newmans Fahrt nach Grenville Grange zu berichten.

»Tweed ist nicht hier«, unterbrach Monica ihn.

»Wo ist er?«

»Das hat er nicht gesagt.«

»Ist Paula zu sprechen?«

»Nein. Ich habe Anweisungen für Sie und Harry. Sie rufen aus einer Telefonzelle an, schätze ich?«

»Ihre Intuition ist erstaunlich, Monica.«

»Mit Komplimenten kommen Sie bei mir nicht weiter. Hören Sie ...«

Nield schwieg, während sie Tweeds Anweisungen zusammenfasste. Nach dem kurzen Gespräch kehrte er in der Hoffnung ins Black Bear Inn zurück, dass Butler aus Poole anrufen würde.

Weil das sehr unwahrscheinlich ist, muss ich jetzt Beobachtungsposten in Stoborough Green beziehen, dachte er, aber es kam anders. Als er gerade die Tür seines Hotelzimmers abschließen wollte, klingelte das Telefon. Er eilte ins Zimmer zurück und befürchtete, nicht rechtzeitig am Telefon zu sein. Er nahm den Hörer ab. »Ja, bitte?«

»Sie scheinen außer Atem zu sein und etwas Training nötig zu haben«, spottete Butlers dunkle Stimme.

»Sehr witzig.«

»Ist Partridge in Ordnung für ein Abendessen heute? Partridge ist okay.«

»Mein Leibgericht«, antwortete Nield auf Butlers verschlüsselte Botschaft. »Sind Sie immer noch in Poole? Gut. Es gibt neue Anweisungen. Ein wichtiger Kunde kommt möglicherweise mit der Fähre an der Hafenausfahrt in Poole ...«

»Sandbanks auf dieser Seite, Shell Bay auf Ihrer Seite. Fahren Sie fort ...«

»Er muss wie ein Mitglied des Königshauses behandelt werden. Wenn er diesen Weg nimmt, sitzt er wahrscheinlich in einer Limousine mit getönten Scheiben. Sie sind seine Eskorte – eine sehr unauffällige Eskorte. Er könnte in der nächsten Stunde kommen. Vielleicht dauert es auch ein bisschen länger.«

»Verstanden. Dann setze ich mich wohl besser in Bewegung.«

»Ich mich auch.«

In Sandbanks verließ der stämmige Butler die Telefonzelle und rannte zu seinem Ford Fiesta. Pete Nield würde den Kern seiner Botschaft, dass er Partridge überprüft hatte, verstanden haben.

Er hatte nach seiner Ankunft ins Telefonbuch geschaut und die vier dort aufgeführten Partridges angerufen, hatte sich bei den ersten drei entschuldigt und erklärt, dass er einen Freund suche. Beim vierten Versuch hatte er Glück. Er war auf ein kleines Haus gestoßen, bei dem in einem der Fenster ein Schild mit der Aufschrift »Zimmer zu vermieten« hing. Die korpulente Vermieterin war hilfsbereit gewesen.

»Es tut mir leid, aber Ihr Freund ist in ein Cottage in der Nähe von Wareham umgezogen. Alles ging sehr schnell. Ich finde es schade, dass er weg ist. Er war ein ruhiger Mieter. Hat zu Hause gearbeitet, mit vielen merkwürdigen elektronischen Geräten, die er Computer nannte. Und einem Gerät, das bedruckte Papiere ausspuckte.«

»Wahrscheinlich sein Fax«, vermutete Butler.

»Er war so ein netter und ruhiger Mann, der keinerlei Ärger gemacht hat, aber er hat eine ruhige Wohnung auf dem Land gesucht. Manche Leute mögen das eben. Für mich wäre das nichts. Ich mag es lebhafter ...«

»Könnten Sie ihn vielleicht beschreiben, damit ich sicher bin, dass er der richtige Mann ist?« unterbrach Butler sie, um ihren Wortschwall zu stoppen. Er wartete. Die Leute waren lausig schlecht darin, einen guten Bekannten zu beschreiben.

»Sehr viel kleiner als Sie. Nicht so kräftig, wenn Sie mir das nicht übel nehmen. Ich habe mich gefragt, ob er Ausländer ist. Er sprach sehr gut englisch, aber dann war da seine äußere Erscheinung. Er hatte eine so extrem weiche Haut, dass ich mich gefragt habe, ob er sich je rasieren musste ...«

»Könnten Sie mir seine neue Adresse geben?« fragte Butler entnervt.

»Devastoke Cottage in der Nähe von Stoborough. Das liegt südlich von Wareham. Sie nehmen die ...«

»Vielen Dank.« Butler wich zurück, um dem Wortschwall zu entgehen. »Ich kenne den Weg und, tja, dann gehe ich mal ...«

Zuversichtlich ging er zu der Telefonzelle, die ihm aufgefallen war, um Nield mitzuteilen, dass Partridge in Ordnung zu sein schien. Dann fuhr er zum Hafen für Autofähren.

Butler hatte sich bereits entschieden, wo er warten würde. Er hatte Poole mit der Fähre aus Shell Bay erreicht, und auf der anderen Seite in der Nähe des Strands war ihm ein Autoparkplatz aufgefallen. Eine große Fähre, die von einer von Ufer zu Ufer reichenden Kette gehalten wurde, wollte gerade den Hafen verlassen. Das einzige andere Fahrzeug an Bord war ein Regionalbus. Die Auffahrtsrampe hob sich, als er dahinter stehen blieb.

Die Überfahrt dauerte nur ein paar Minuten, und in der Ferne sah Butler das Vorgebirge der Purbecks. Nachdem er die Fähre verlassen und für die Überfahrt bezahlt hatte, bog er nach links ab und fuhr zu dem einige hundert Meter entfernten Parkplatz. An diesem sonnigen, aber bitterkalten Februartag war sein Wagen auf dem Parkplatz der einzige.

»Perfekt«, sagte er zu sich selbst. »Wenn der Fahrer eines

vorbeikommenden Autos nicht sehr aufmerksam ist, bemerkt er den Parkplatz nicht.« Und weil er aus Sandbanks kam, würden Verkehrsteilnehmer aus Richtung Bournemouth ihn nicht sehen können. Er schraubte eine Thermosflasche auf, trank heißen Kaffee und wartete geduldig.

Die Mündung der Waffe bohrte sich tiefer in Newmans Hals. Er lag still, während Craig in verspottete.
»Das Blatt hat sich gewendet. Mein Kopf tut zwar immer noch weh, aber das ist immerhin besser, als wenn einem das Gehirn aus dem Schädel geblasen wird. Wer hat Sie hergeschickt?«
»Niemand«, murmelte Newman mit gegen den Boden gepresstem Kinn. »Für den Fall, dass Sie es vergessen haben sollten – ich bin Reporter.«
»Riskieren Sie keine dicke Lippe, Kumpel! Ich frage Sie nur noch einmal. Dann drückt mein nervöser Finger auf den Abzug. Denken Sie darüber nach. Anschließend kann ich Ihre Leiche in den Abgrund werfen. Bald ist Ebbe. Warum parken da zwei Autos an der Mauer?«
»Der Porsche gehört meiner Freundin. Der Motor ist hinüber. Sie ist schon vor einer Weile losmarschiert, um jemanden zu suchen, der helfen kann.«
»Und Sie sind gleich auch hinüber. Ich werde es wie die Typen im Film machen und bis zehn zählen. Wer hat Sie hergeschickt? Eins ... zwei ... drei ...«
Hinter einem großen Felsbrocken kauerte Philip Schulter an Schulter mit Eve. Weiter hinter ihnen stand Marler hinter einem anderen Felsbrocken. Sein Armalite-Gewehr zielte auf Craigs Rücken, aber Philip begriff, dass er lieber nicht schießen würde. Zwar würde er Craig erwischen, aber der Gangster könnte in einer Reflexhandlung auf den Abzug drücken. Dann wäre Newmans Hals in Stücke gerissen.
»Ich werde versuchen, an Craig heranzuschleichen«, sagte Philip und griff nach seiner Walther.
»Und ich versuche, ihn abzulenken«, antwortete Eve, deren Zähne vor Kälte oder Angst klapperten – vielleicht auch wegen beidem.

»Wenn Sie etwas Bestimmtes vorhaben, warten Sie um Himmels willen so lange, bis ich nahe genug bei dem Bastard bin, um ihm meine Knarre in den Rücken zu rammen.«

»Ich bin doch keine Idiotin ...«

Philip stand auf und schlich über den weichen, trockenen Rasen, der den Weg zu beiden Seiten säumte. Seine Schritte verursachten keinerlei Geräusch, und mit zusammengebissenen Zähnen kam er Craig näher. Wenn sich der umgedreht hätte, wäre Philip wegen der geringeren Reichweite seiner Walther in Schwierigkeiten gewesen. Während er sich Craig weiter näherte, fragte er sich, was um alles auf der Welt Eve vorhaben mochte.

Hinter dem Felsbrocken fand Eve einen großen runden Stein, ergriff ihn und stand auf, während Marler sie irritiert beobachtete.

Philip hatte sich Craig bis auf einen knappen halben Meter genähert, als Eve mit all ihrer Kraft den Stein gegen die Mauer schleuderte, wo dessen Aufschlag ein lautes Geräusch verursachte.

Während sich der überraschte Craig umwandte und die Waffe zurückzog, packte Newman deren Lauf und drehte ihn weg. In diesem Augenblick presste sich die Mündung von Philips Walther in Craigs Rücken.

»Meine Kugel wird Ihre Wirbelsäule zertrümmern. Rühren Sie sich nicht. So ist es brav, mein Junge. Lassen Sie jetzt langsam die Waffe los ...«

Während Craig gehorchte, riss Newman, der immer noch den Lauf umklammerte, sie an sich. Marler rannte auf sie zu.

»Alles in Ordnung?« fragte er Newman.

»Ja.« Newman entspannte seine rechte Hand. »Aber hier ist noch eine kleine Rechnung offen.« Urplötzlich ballte er die Hand zur Faust und versetzte Craig einen Kinnhaken. Nachdem der große Mann zusammengebrochen war, überprüfte Newman seinen Puls. »Kalt erwischt, aber das ist auch alles. Er wird wohl noch eine halbe Stunde lang bewusstlos sein.«

»Bleiben wir weiter auf Beobachtungsposten?« fragte Marler.

»Natürlich.«

»Dann will ich mal ein kleines Paket schnüren …« Er zog eines von mehreren Paar Handschellen hervor, die er bei sich trug, bückte sich, drehte Craig auf den Rücken und fesselte seine Handgelenke. Dann kramte er zwei Stofffetzen aus seinen geräumigen Taschen. Den dunklen band er um Craigs Augen. Anschließend blickte er auf. »Das wird ihn verwirren, wenn er wieder zu sich kommt. Und das hier wird ihn stumm machen wie ein schlafendes Baby.«

Aus dem weißen Tuch formte er einen behelfsmäßigen Knebel und befestigte ihn vor Craigs Mund. Dann zog er den Mann zur Mauer hinüber und lehnte ihn dagegen.

Schließlich wandte er sich zu Philip um, der seine Walther wieder ins Holster steckte. »Danke, Philip. Sie haben mir wahrscheinlich das Leben gerettet. Selbst ich habe nicht gehört, wie Sie näher kamen.«

»Sie sollten Eve danken«, sagte Philip, als sie zu ihnen stieß. »Sie hat Craig abgelenkt.«

»Tatsächlich?« Newman starrte Eve überrascht an. »Nun …«

»Ich bin glücklich, dass Sie es zu schätzen wissen.« Eve tat so, als ob sie ihre langen, wohlgeformten Finger betrachten würde. »Vielleicht kommt ja eines Tages die Zeit, wo Sie begreifen werden, dass eine Frau hilfreich sein kann.«

»Die ist bereits gekommen.« Newman schüttelte ihr die Hand. »Danke. Jetzt sehe ich Sie mit anderen Augen.« Sein Tonfall wurde energisch. »Wir beobachten Grenville Grange weiter, weil wir wissen, dass es nicht so unbewohnt ist, wie es aussieht. Wie war es übrigens möglich, dass Craig in meinem Rücken auftauchte?«

»Wir haben nicht gut genug aufgepasst«, erwiderte Eve unverblümt. »Philip und ich haben miteinander getuschelt.«

»Und ich habe mein Gewehr überprüft«, fügte Marler hinzu. »Aus dem Augenwinkel habe ich gesehen, dass Craig durch die Lücke geschlüpft ist, wo die Mauer zerbröckelt ist. Mein Gott, für einen Mann seiner Größe hat er sich schnell bewegt. Er schien nur einen Augenblick zu benötigen, um hinter ihnen aufzutauchen und ihnen die Waffe gegen den Hals zu pressen.«

»Schon in Ordnung«, antwortete Newman. »Aber ich schlage vor, dass Sie ab jetzt an der Mauerlücke Position beziehen, Marler. Philip, Sie suchen sich einen Felsbrocken in der Nähe von Marler und geben ihm Rückendeckung. Nehmen Sie Eve mit. Ich werde wieder das Haus beobachten.«

Er legte sich am Ende der Mauer auf den Boden, als ob nichts geschehen wäre, und griff nach dem Fernglas, das er fallen gelassen hatte. Es hatte keinen Sinn, es den anderen zu erzählen, aber er war sich jetzt sicher, dass etwas geschehen würde.

7

Butler saß hinter dem Lenkrad seines Fiesta, verschloss die Thermosflasche mit dem Kaffee und warf sie in das Fach an der Tür. Er wartete noch immer auf dem Parkplatz, bei geöffnetem Fenster, um die Fähre, den rauen Seewind und das Anschlagen der Wellen am nahe gelegenen Strand zu hören. Schwarze Wolken näherten sich den Purbecks.

Die Ankunft eines weiteren Busses hatte ihn alarmiert. Kurz danach hörte er Motorradfahrer mit gleich bleibender Geschwindigkeit näher kommen. Die Männer in schwarzen Lederanzügen fuhren in Richtung der Purbecks. Butler ließ den Motor an und hielt dann inne.

Eine glänzende, schwarze Limousine mit bernsteinfarben getönten Fensterscheiben glitt vorbei, gefolgt von zwei weiteren Motorradfahrern.

»Guter Gott«, murmelte er vor sich hin. »Nield hat ja gesagt, dass es wie bei einem Mitglied des Königshauses zugehen würde.«

Nachdem er noch kurz gewartet hatte, folgte er der Limousine in gebührendem Abstand. Durch die getönte Heckscheibe war nichts zu sehen. Rechts neben der leeren Straße lag trostloses, überschwemmtes Land mit Schilfinseln. Zu seiner Linken verdeckte eine dornige Hecke den Ausblick aufs Meer.

»Du hättest ein bisschen länger warten sollen«, sagte er zu sich selbst.

Im Rückspiegel sah er, dass ihm ein Motorradfahrer in schwarzer Ledermontur hinterherjagte. Wie die anderen fuhr auch er eine kraftvolle Fireblade. Als er neben Butler auftauchte, sah dieser das Wort *Polizei* auf der Jacke. Der Mann bedeutete ihm, an den Straßenrand zu fahren und anzuhalten. Butler gehorchte.

Der Motorradfahrer nahm seinen Helm ab. Er hatte harte Gesichtszüge, und die Augen standen zu nahe beieinander. Während der Mann ihm durch das offene Fenster etwas zubrüllte, schwieg Butler. Sein Kopf befand sich praktisch in Butlers Wagen.

»Folgen Sie dieser Limousine?«

»Ich fahre nach Hause. Dies ist eine öffentliche Straße.«

»Es handelt sich um eine wichtige Persönlichkeit.«

»Und deshalb werden unwichtige Persönlichkeiten angehalten?« fragte Butler unschuldig.

»Das hier ist eine Sache der Polizei. Fahren Sie zurück zur Fähre.«

»Warum sollte ich?«

»Weil ich es sage. Wenden Sie jetzt.«

Butler zündete sich eine Zigarette an und legte seinen Arm auf die Kante des Fensterrahmens. »Können Sie mir einen Ausweis zeigen, der besagt, dass Sie wirklich Polizist sind?«

Der Mann streifte seinen rechten Handschuh ab und griff unter seine Jacke. Als Butler die Hand mit einer großen Pistole wieder auftauchen sah, beugte er sich vor und presste ihm die Zigarette gegen den Handrücken.

Der Mann schrie vor Schmerz auf, und Butler ergriff die Waffe, eine 7.65mm Luger. Das war keine Waffe, wie sie die britische Polizei bei sich trug. Mit aller Macht knallte er die Wagentür gegen den Mann, und er fiel mit seiner Maschine seitlich zu Boden.

Halb unter der Maschine liegend, versuchte er sich zu befreien, als Butler ihm mit dem Griff der Luger einen Schlag auf den Kopf versetzte. Bewusstlos sank der Mann auf die Straße.

Butler vergewisserte sich, dass keine anderen Fahrzeuge kamen, und durchsuchte dann schnell sämtliche Taschen des Motorradfahrers. Keine Spur von einem Polizeiausweis. Er zog ihn an den Schultern hoch, schleifte ihn über die Straße und zerrte ihn in die dichten Ginsterbüsche, so dass der Mann darin verschwand. Dann knöpfte er ihm die Jacke auf und riss sie ihm vom Leib. Wie er geschätzt hatte, waren sie ungefähr gleich groß. Er legte seinen Anorak ab und zog die schwarze Lederjacke an. Sitzt nicht schlecht, sagte er zu sich selbst, während er den Reißverschluss zuzog. Dann stieß er den Gangster tiefer in die Büsche.

Für einen stämmigen Mann bewegte sich Butler mit großer Geschwindigkeit. Den Motor der Fireblade hatte er bereits ausgeschaltet. Nun legte er seinen Anorak zusammen und öffnete den Topcase hinten an der Maschine. Unter einer schwarzen Reservejacke fand er eine ganze Kollektion von Waffen.

»Heutzutage haben wir eben andere Polizisten«, murmelte er leise vor sich hin.

Er zog seine Handschuhe wieder an, legte die Waffen auf die Reservejacke und trug sie bis zu einer Lücke in der Hecke, hinter der ein verschlammter See lag. Nacheinander warf er die Waffen ins Wasser und sah zu, wie sie darin versanken. Dann folgte die Jacke.

Er eilte zu dem am Boden liegenden Motorrad zurück, richtete es auf und stellte es auf den Ständer. Den schwarzen Helm hatte er dem Fahrer ebenfalls abgenommen, jetzt setzte er ihn auf.

Auf dem Weg von der Fähre waren ihm mehrere Sandwege aufgefallen, die zum Meer zu seiner Rechten führten. Ein paar Meter entfernt sah er einen dieser Wege – keine Reifenspuren. Wer fuhr bei diesem Wetter und zu dieser Jahreszeit auch schon ans Meer, um sich an den Strand zu setzen?

Es brauchte kaum eine Minute, um seinen Fiesta auf dem Weg hinter ein paar Büschen außer Sichtweite zu bringen.

Nachdem er das Auto abgeschlossen hatte, lief er zu dem Motorrad zurück und zog das Visier seines Helms herunter. Die Luger steckte er in den Topcase. Man konnte ja nie wissen, ob man sie nicht doch gebrauchen konnte.

Als er auf dem Motorrad saß, blickte er auf die Uhr. Drei Minuten waren vergangen, seit er den Motorradfahrer bewusstlos geschlagen hatte. Er startete den Motor und raste dann mit hoher Geschwindigkeit über die verwaiste Straße. Er wollte die Limousine noch vor der Straße nach Swanage einholen. Nachdem er durch das schläfrige Nest Studland gerast war, sah er sie in der Ferne.

Butler seufzte erleichtert. Sie fuhr immer noch mit mäßiger Geschwindigkeit, und nichts deutete darauf hin, dass sie beschleunigen würde.

»Da muss ein hohes Tier drinsitzen«, sagte Butler zu sich selbst. »Es gefällt mir nicht, wenn man mich zu Brei schlagen will.«

Als die Limousine mit der Motorradeskorte an der Abzweigung zu dem kleinen am Meer gelegenen Dorf Swanage vorbeifuhr, drosselte Butler seine Geschwindigkeit. Bald sah er zu seiner Linken direkt neben der Landstraße die steilen Abhänge der Purbeck Hills, deren Form großen Hügelgräbern glich.

»Jetzt kommt Corfe«, sagte er zu sich selbst. »Die Frage ist, wohin sie dann fahren. Nach Wareham oder rauf in die Berge?«

Seine Frage wurde beantwortet, als die Limousine am Fuß eines Berges, auf dem die große alte Burg aufragte, nach links abbog. Dann fuhr sie durch das alte Corfe. Direkt am Ortsausgang bog der Wagen hinter einem Verkehrsschild nach Kingston ab.

»Sieht stark nach Grenville Grange aus«, murmelte Butler leise, während ihn eine Windböe von einem steilen Hügel herab erfasste. »Ich frage mich, wo die anderen sind. Diese Entwicklung würde Tweed interessieren ...«

»Ist Ihnen aufgefallen, dass uns jemand seit Park Crescent folgt?« fragte Paula.

Tweed nickte hinter dem Steuer. Sie näherten sich Wareham.

»Ein blauer Vauxhall«, antwortete er. »Ein Mann. Jetzt ist er verschwunden, und ein grauer Jaguar leistet uns Gesellschaft. Vielleicht wechseln sie sich ab und hoffen, uns auf diese Weise zum Narren halten zu können. Das mit dem Jaguar ist wahrscheinlich Zufall. Er ist erst vor ein paar Kilometern aufgetaucht.«

»Normalerweise glauben Sie doch nicht an Zufälle.«

»Hinter dem Jaguar fährt ein blauer Renault, der meiner Meinung nach den Jaguar als Deckung benutzt. Das alles ist sehr viel versprechend.«

»Vielversprechend?« fragte Paula überrascht.

»Ja. Weil es bedeutet, dass sie meine Nachforschungen über die Aktivitäten von Leopold Brazil beunruhigt haben.«

»Das klingt, als ob Sie vorsätzlich einen Verdacht gestreut hätten.«

»Ich habe ein paar Kontaktleute gebeten, die Neuigkeit zu verbreiten, dass ich Fragen über Seine Lordschaft gestellt habe.«

»Ich hätte es mir denken können. Lieber Himmel, schauen Sie sich diese Felder an, sie sehen aus wie große Seen.«

Sie fuhren über die Brücke auf die Hauptstraße von Wareham, das wie ausgestorben wirkte. Paula blickte auf die alten georgianischen Terrassen und die in verschiedenen Farben gestrichenen Haustüren.

»Bei schönem Wetter könnte dies ein hübsches, verschlafenes Nest sein.«

»Sehr verschlafen«, kommentierte Tweed. »Drei Morde innerhalb von vierundzwanzig Stunden. Das erinnert mich daran, dass es wichtig ist, den echten Marchat zu finden. Ich habe so eine Ahnung, dass er über Heathrow das Land verlassen wollte.«

»Dann ist er weg.«

»Nicht unbedingt. Während Sie ein paar Minuten nicht im Büro waren, um sich frisch zu machen, habe ich Jim Corcoran angerufen, den Chef der Security in Heathrow, und ihm Newmans Beschreibung von Partridge durchgegeben.

Offensichtlich sah er unserem Phantom Marchat sehr ähnlich. Ich habe ihn gebeten, alle Frühmaschinen von Heathrow überprüfen zu lassen, besonders die Flüge aufs europäische Festland.«

»Warum gerade dorthin?«

»Dort war der Motormann am aktivsten. Erwähnen Sie ihn übrigens niemandem gegenüber. Außerdem hat Brazil mindestens zwei Häuser in Europa, die uns bekannt sind. Eins in Paris in der Avenue Foch und eins am Zürcher See.«

»Warum beunruhigt Sie Leopold Brazil?«

»Weil es Gerüchte aus vertrauenswürdigen Quellen gibt, dass er irgendeine groß angelegte Operation plant. Weil er mit seinen Kontakten zu den höchsten Ebenen so große Macht hat. Und weil man mich gewarnt hat, Nachforschungen über ihn anzustellen, genau wie Lasalle in Paris und Arthur Beck in Bern. So, da wären wir ...«

Tweed bog hinter einer Brücke links von der South Street an einer Stelle ab, von wo aus Paula in der Ferne die grimmig wirkenden Purbecks sehen konnte, deren Hügel in dunkle Wolken gehüllt waren. Als sie vor dem Priory ankamen, stellte er den Wagen in einer Parklücke vor einer Mauer in der Nähe des Eingangs ab. Da fuhr der graue Jaguar neben sie, und der Fahrer winkte ihnen zu.

»Was für eine angenehme Gesellschaft«, sagte Tweed. »Sie kennen doch Bill Franklin, Ex-Mitglied des Militärgeheimdienstes?«

»Ich nenne ihn Onkel Bill ...«

Paula sprang aus dem Wagen, während der große Mann aus dem Jaguar stieg. Sie rannte auf ihn zu und umarmte ihn.

»Ich bin Ihnen gefolgt, Tweed«, sagte Franklin über ihre Schulter.

Franklin war ein gutgebauter Mann Mitte Vierzig, der kein Gramm Fett auf den Rippen hatte und permanent lächelte. Er war glattrasiert, hatte energische Züge und einen spöttischen Gesichtsausdruck. Franklin entließ Paula aus seiner Umarmung.

»So ein herzliches Willkommen an einem Tag wie diesem. Verbringen Sie und Tweed einen Ihrer seltenen Urlaube? Sie könnten ihn beide gebrauchen.«

Er lächelte sie charmant an. Franklin sprach langsam und mit dem Akzent des Absolventen einer Eliteschule, der bei ihm ganz natürlich wirkte. Durch seine gemächlichen Bewegungen hinterließ er den Eindruck eines behäbigen Mannes, der nie in Eile war. Aber Paula wusste, dass er trotz seiner ruhigen Art ein sehr aktiver Mann war. Sie hatte ihn immer gemocht.

»Sie sind uns also gefolgt«, sagte Tweed mit gespielter Ernsthaftigkeit. »Darf ich nach dem Grund fragen?«

»Sie haben es gerade getan.« Franklin lächelte herzlich. »Ich war reif für eine Luftveränderung und habe mich entschlossen, ein paar Tage Urlaub zu machen. Während ich herumfuhr und nach einem anständigen Hotel Ausschau hielt, habe ich Sie an einer Abfahrt an mir vorbeifahren sehen. Ich sagte mir, dass ich gute Gesellschaft gebrauchen könnte, und da war sie. Aber es hat mich beinahe umgehauen, als ich Sie und Paula sah.«

»Das Priory ist ein sehr gutes Hotel«, antwortete Tweed. »Warum bleiben Sie nicht hier? Wenn ich Zeit haben sollte, könnten wir über alte Zeiten reden.«

»Großartige Idee. Lass mich das machen ...« Als er Paula die Tasche abnahm, erinnerte sie sich, dass er immer höflich und zuvorkommend war. Nachdem sie sich an der Rezeption ins Gästebuch eingetragen hatten, gab man ihnen drei Zimmer im Hauptgebäude des Hotels.

»Ich habe einen Vorschlag«, sagte Franklin. »Warum bringen wir unser Gepäck nicht auf die Zimmer und treffen uns dann in der Lounge? Eine Tasse Kaffee könnte ich gut gebrauchen.«

»Schwarz und stark wie die Sünde, wie du früher immer gesagt hast«, ergänzte Paula.

»So, habe ich das? Ich erinnere mich, dass du Unterhaltungen wortwörtlich im Gedächtnis behältst.« Er lächelte erneut. »Also werde ich vorsichtig sein müssen, was ich sage. Es ist etwas zu früh am Tage, um mich selbst zu kompromittieren.«

Tweed unterbrach sie. »Wenn Sie Ihren kleinen Flirt bis dahin beendet haben, treffen wir uns in fünf Minuten in der Lounge.«

Ein gutes Stück hinter Kingston verringerte Butler seine Geschwindigkeit und hielt dann an. In einiger Entfernung von ihm waren die Limousine und die Motorradeskorte durch eine Maueröffnung in eine Auffahrt abgebogen. Dann fuhr er langsam weiter und sah gerade noch, wie sich das schwere Stahltor langsam schloss. Da es keinerlei Anzeichen gab, dass das von Hand geschehen war, ging er davon aus, dass das Tor automatisch durch eine Fernbedienung geschlossen wurde.

Nachdem er das Motorrad auf dem Grasstreifen abgestellt hatte, schlenderte er langsam zum Tor und beschleunigte dann seinen Schritt. Während er am Tor vorbeiging, sah er die Limousine am Ende einer langen, gebogenen Auffahrt, die sich dann gabelte. Er hielt an und bückte sich, als ob er seine Schnürsenkel zubinden würde.

Die Motorradfahrer versammelten sich um die Limousine herum. Eine große Tür des grimmig und düster wirkenden Hauses, die auf die Terrasse führte, öffnete sich. Ein großer Mann, den er nicht deutlich erkennen konnte, stieg aus dem Fond der Limousine, eilte die Stufen hinauf und verschwand im Haus. Die Motorradfahrer, die ihre Maschinen abgestellt und ihre Helme abgenommen hatten, folgten ihm wie eine militärische Eskorte. Dann schloss sich die Tür.

Auf dem geschlossenen Tor las er die goldene Aufschrift GRENVILLE GRANGE.

Meine Vermutung war richtig, dachte er. Sie scheinen nicht bemerkt zu haben, dass einer ihrer Männer fehlt. Vielleicht soll er auch vor dem Grundstück Wache halten. Ich werde warten, ob noch etwas passiert, und Newman dann informieren ...

Newman lag auf dem Boden am Ende der Mauer und fror. Erneut hob er sein Fernglas und erhaschte einen Blick auf die Hauptauffahrt, wo die Limousine samt Eskorte eintraf.

»Unterrichten Sie Marler, dass er sich hinten im Mercedes verstecken soll«, sagte er zu Philip, der neben ihm lag. »Eve soll sich hinter das Lenkrad ihres Porsches setzen. Warnen Sie beide, dass wir eventuell sofort bereit sein müssen, auf dem Weg über Lyman's Hill zu verschwinden. Eve soll mir folgen. Keine Diskussionen. Vielleicht steht unser Leben auf dem Spiel.«

»In Ordnung.«

Nachdem Newman ein paar Minuten gewartet hatte, hob er erneut das Fernglas. An der ganzen Rückseite des Hauses erstreckte sich eine Terrasse, und in der Nähe einer Treppe hatte sich eine zweiflügelige Tür geöffnet.

Ein großer, gut gekleideter Mann mit grauem Haar war aufgetaucht. Er hatte einen riesigen, grimmig aussehenden Wolfshund dabei, der an seiner Leine zerrte und dann einen Augenblick lang Witterung aufnahm.

»Verdammter Mist«, murmelte Newman. »Der Wind kommt aus unserer Richtung, und dieses ekelhafte Biest könnte uns wittern.«

»Ein entsetzliches Vieh«, antwortete Philip. »Der Typ ist imposant. Guter Gott, er kommt auf uns zu.«

Der Mann mit dem Hund war die Treppe hinuntergegangen und kam jetzt mit energischen Schritten den Weg herab, auf dem Newman zuvor zum Rand des Felsens gefahren war. Während er näher kam, ließ Newman das Fernglas sinken, das jetzt an seinem Hals baumelte. Ungläubig starrte er auf den Mann.

»Das darf nicht wahr sein«, sagte er. »Wir können genauso gut aufstehen. Er wird uns sehen.«

Trotz des rauen Windes und der niedrigen Temperatur kam der Mann weiter auf sie zu. Er trug einen teuren, mitternachtsblauen Anzug, ein weißes Hemd und eine hellgraue Krawatte und ging mit hocherhobenem Kopf. Seine Haut war rötlich, und er hatte energische Gesichtszüge mit einer römischen Nase und einem breiten Mund über einem eindrucksvollen Unterkiefer. Sein Gang verriet das enorme Selbstbewusstsein eines Mannes, der daran gewöhnt ist, Befehle zu erteilen. Als er ihnen bereits sehr nahe gekommen war, wich er vom Weg ab und stieg auf einen großen, flachen Felsbrocken, während der Hund an der Leine zerrte.

»Sitz, Igor«, befahl er.

Der Hund gehorchte sofort. Mit gefletschten Zähnen starrte er auf Newman, als ob die Zeit für sein Fressen gekommen wäre.

»Ich nehme an, Sie sind Mr. Robert Newman«, begann der große Mann. »Hat sich so nicht Stanley an Livingstone gewandt, oder war es umgekehrt?«

»Einer von beiden«, antwortete Newman ruhig. »Sie haben recht, mein Name ist Robert Newman.«

»Willkommen in Grenville Grange. Ich bin Leopold Brazil.«

8

Bevor er reagierte, studierte Newman den großen Mann, der eine Aura der Macht zu verströmen schien, während er gelassen in dem starken Wind auf dem Felsbrocken stand. Er hatte erstaunlich blaue Augen, und Newman begriff, dass ihm eine der ungewöhnlichsten und mächtigsten Persönlichkeiten der Gegenwart gegenüberstand.

»Ich habe einmal versucht, ein Interview mit Ihnen zu machen.«

»Allerdings.« Ein geisterhaftes Lächeln huschte über Brazils Gesichtszüge. »Ich gebe fast nie Interviews, aber jetzt, wo ich Sie kennen gelernt habe, wünsche ich mir fast, dass ich Ihrer Einladung nachgekommen wäre. Haben Sie einen meiner Leute gesehen, einen gewissen Carson Craig?«

»Ja. Er liegt gefesselt hinter der Mauer. Er hat den Fehler gemacht, mich mit seiner Waffe zu bedrohen.«

»Mein Gott«, seufzte Brazil. »Er ist einer meiner fähigsten Leute, ein brillanter Verwalter. Aber er hat ein hitziges Temperament. Ständig muss ich ihn ermahnen, sich am Riemen zu reißen. Könnte Ihr Freund ihn gütigerweise befreien, so dass ich ihn wieder ins Haus schicken kann?«

»Tun Sie es«, sagte Newman leise zu Philip.

»Außerdem habe ich bemerkt, dass da zwei Autos stehen. In einem sitzt eine Frau hinter dem Steuer ...«

Jetzt begriff Newman, dass Brazil von seinem Aussichtspunkt auf dem Felsbrocken über die Mauer hinweg die Fahrzeuge sehen konnte. Er blickte zu dem Porsche hinüber. Eve hatte ein Kopftuch umgebunden und eine Brille mit getönten Gläsern aufgesetzt.

»Hoffentlich hatten Sie nicht vor, auf dem Weg über Lyman's Tout zurückzufahren«, fuhr Brazil freundlich fort. »Das ist eine gefährliche Route. Ich rate Ihnen, wie auf dem Hinweg wieder über meine Auffahrt zu fahren. Das Tor ist geschlossen, aber ich werde Craig anweisen, es für Sie zu öffnen.«

»Ich bin mir nicht sicher, ob dieser Weg nicht noch gefährlicher ist«, erwiderte Newman unverblümt.

»Ah, ein Mann wie ich. Vorsichtig, geht kein Risiko ein, wenn er nicht dazu gezwungen ist.« Brazil lachte in sich hinein. »Ich werde Sie persönlich auf dem Beifahrersitz bis zur Straße begleiten, Mr. Newman. Wir müssen Craig Zeit lassen, das Haus zu erreichen, damit er die automatische Toröffnung bedienen kann.«

Obwohl er sich äußerlich nichts anmerken ließ, war Newman überrascht. Philip, dem Marler zuvor die Schlüssel für die Handschellen gegeben hatte, bevor er sich im Mercedes versteckt hatte, hatte Craig von der Augenbinde, dem Knebel und den Handschellen befreit. Nachdem Craig mühsam wieder auf die Beine gekommen war, erblickte er Newman und stolperte auf ihn zu.

»Sie elender ...«

»Craig.« Brazils Stimme klang wie die eines Mannes, der mit einem Kind spricht. »Machen Sie nicht alles noch schlimmer, und halten Sie freundlicherweise den Mund. Gehen Sie zum Haus, und öffnen Sie das Tor. Mr. Newman und seine Begleiter verlassen uns. Ich werde Mr. Newman begleiten, weil ich ihm sicheres Geleit versprochen habe. Setzen Sie sich in Bewegung, Mann!« donnerte er plötzlich.

Verstört stolperte Craig hinter der Mauer hervor und hielt inne, als er seine Waffe auf dem Boden liegen sah.

»Ich habe doch gesagt, dass Sie sich in Bewegung setzen sollen«, befahl Brazil mit sanftem Tonfall, der Craig jedoch zu verängstigen schien.

Als Craig an Brazil vorbeikam, übergab im Brazil wortlos die Hundeleine. Der Mann übernahm den Wolfshund und eilte zum Haus zurück.

»So etwas wollen wir hier nicht«, sagte Brazil brüsk. Nachdem er athletisch von dem Felsbrocken heruntergesprungen war, griff er nach der Waffe, überprüfte sie und schleuderte sie über den Felsrand ins Meer. Brazils körperliche Stärke beeindruckte Newman – es war nicht einfach, einen schweren Gegenstand so weit zu werfen.

»Ich werde im Porsche mitfahren«, sagte Philip zu Newmans Erleichterung.

Er reagiert schnell in dieser bizarren Situation, dachte Newman. Philip hatte begriffen, dass er nicht im Fond des Mercedes mitfahren konnte, in dem Marler zusammengerollt unter dem Teppich lag.

»Ich fahre bei Ihnen mit«, rief Philip, während er sich Eve näherte. »Wir folgen Newman und verlassen das Grundstück auf demselben Weg, den wir gekommen sind.«

»Was zum Teufel ist hier los?«

»Wenden Sie einfach, und folgen Sie Bob.«

»Sie benehmen sich wie der Boss.«

»Wenn's notwendig ist.«

Newman öffnete die Beifahrertür seines Wagens. Brazil stieg ein und schnallte sich an. Er lachte.

»Eine Vorsichtsmaßnahme für den Fall, dass Sie es nicht schaffen und in den Abgrund stürzen.«

»Ich versuche, es zu vermeiden«, antwortete Newman scherzhaft. »Woher wussten Sie, dass jemand hinter der Mauer war – dass ich dort war?« fragte Newman, während er Richtung Haus fuhr.

»Eine simple Schlussfolgerung, mein lieber Watson. Ich liebe die Ordnung. Als ich zum letzten Mal hier war, habe ich Anweisungen gegeben, den Weg, über den wir gleich fahren werden, zu harken. Von der Terrasse aus habe ich Reifenspuren bemerkt. Eine simple Schlussfolgerung.«

Der Kies knirschte jetzt unter den Reifen. Der Porsche war hinter ihnen. Brazil faltete sehr entspannt seine großen Hände.

»Sie sehen, dass das Tor geöffnet ist«, bemerkte er, während sie um die Ecke des Hauses bogen. »Würde es Sie stören, wenn ich Sie um einen wichtigen Gefallen bitte, Mr. Newman?«

»Fragen Sie. Es hängt davon ab, ob ich Ihnen helfen kann.«

»Es wäre mir sehr wichtig, in der nächsten Woche Mr. Tweed zu treffen.«

Zum dritten Mal hatte Brazil Newman aus dem Gleichgewicht gebracht, aber er benötigte nur Sekunden für seine Antwort.

»Meiner Ansicht nach wird Tweed wissen wollen, warum sie ihn treffen möchten.«

»Natürlich. Er ist ein imponierender Mann. Ich würde gerne mit ihm über die aktuelle Weltlage sprechen. Mich interessiert seine Meinung, was getan werden sollte, um eine chaotische Situation zu korrigieren. Sie können ihm ausrichten, dass ich von globalen Problemen spreche.«

»Und wie nimmt er Kontakt zu Ihnen auf, vorausgesetzt, er ist dazu bereit?«

»Ich werde den Kontakt herstellen, wenn Ihnen das nicht unhöflich erscheint. Dann werde ich ein Treffen vorschlagen, das beiden Seiten zusagt.«

»Wenn ich ihn das nächste Mal sehe, werde ich es ihm ausrichten.«

»Danke.«

Im Rückspiegel überprüfte Newman, ob sich vor dem Haus etwas tat. Es gab keinerlei Anzeichen dafür. Inzwischen wirkte alles wieder wie unbewohnt. Nachdem die beiden Autos durch das Tor gefahren und wieder auf der Straße waren, hielt Newman an. Brazil stieg aus und starrte Newman durch die offene Tür an.

»Wenn Sie dieses Interview immer noch machen wollen, werde ich vielleicht eines Tages dazu bereit sein. Gute Fahrt. Ich kann Ihnen ernsthaft versichern, dass ich Ihre Gesellschaft genossen habe, wenn es auch nur kurz war.«

Sie gaben sich die Hand. Brazil lächelte ihn herzlich an,

und Newman bemerkte, dass er einen festen Händedruck hatte. Er wartete noch einen Augenblick, während Brazil mit großen, energischen Schritten zu seinem Grundstück zurückging und sich das Tor hinter ihm schloss.

Ein Stück weiter entfernt stand Butler neben dem Motorrad an der Straße nach Kingston. Er hatte den Helm abgenommen, damit sie ihn erkannten. Newman winkte ihm zu.

Butler ließ den Motor an und fuhr etwa dreißig Meter vor dem Mercedes und dem Porsche her. Diesmal war Butler die Eskorte, die nach Anzeichen für einen Hinterhalt Ausschau hielt, aber Newman hätte ihm versichern können, dass es keinen gab. Als der Wagen eine lange Kurve entlangfuhr und der Porsche kurz außer Sicht war, rief er Marler zu, sich wieder aufzusetzen.

»Sie haben soeben Leopold Brazil kennen gelernt«, sagte er, während Marler es sich auf der Rückbank bequem machte.

»Zumindest habe ich seine Stimme gehört. Sehr beeindruckend. Aber er wusste nicht, dass Sie hier hinten noch einen Begleiter bei sich hatten.«

»Ich bin mir sicher, *dass* er es wusste. Es wäre ein großer Fehler, Brazil zu unterschätzen«, warnte Newman. »Aber er hat Sie nicht gesehen, und damit haben wir einen Trumpf im Ärmel.«

»Woher weiß er von Tweed?«

»Sie sind nicht auf dem neuesten Stand.« Newman lächelte. »Ich bin mir ziemlich sicher, dass Mr. Brazil über fast alles Bescheid weiß ...«

9

In der Lounge des Priory warteten Paula und Tweed auf Franklin. Die Kellnerin hatte Kaffee, Kuchen und Biskuits gebracht. Außer ihnen war niemand in dem geräumigen, behaglichen Raum mit den großen Glastüren, durch die man den großen Garten und den Weg zum Bootshaus sah.

»Übrigens«, flüsterte Paula, »habe ich Bill Franklin an der Abfahrt erkannt, an der er uns bemerkt hat. Ich habe Ihnen gegenüber nichts davon gesagt, weil Sie mir gerade etwas erklärten.«

»Hat er gesehen, dass Sie ihn bemerkt haben?«

»Mit ziemlicher Sicherheit.«

»Dann war es vielleicht wirklich ein Zufall. Bill mag Sie sehr …«

»Das ist aber auch alles«, erwiderte sie scharf.

»Ich möchte herausfinden, wie er seine Zeit verbringt, seit …«

Tweed verstummte, als Franklin den Raum betrat. In der schweren Safari-Jacke und der entsprechenden Hose wirkte er sehr stattlich. Lächelnd setzte er sich neben Paula auf die Couch.

»Tut mir leid, dass ich Sie habe warten lassen. Ein Kaffee ist jetzt genau das Richtige …«

»Was tun Sie mittlerweile, Bill?« fragte Tweed sofort. »Sind Sie ein Ex-Ex-Mitarbeiter des Militärgeheimdienstes?«

»Ich frage mich, was diese kryptische Bemerkung zu bedeuten hat.«

Franklin lächelte und dankte Paula, die ihm eine Tasse Kaffee reichte. Dann begann er, ein Stück Kuchen zu essen, und beugte sich vor, um den neben Paula sitzenden Tweed sehen zu können, der sich mit der Antwort beeilte.

»Sind Sie wieder beim Geheimdienst eingestiegen?«

»Glauben Sie, dass ich Ihnen das erzählen würde, wenn es so wäre?« fragte Franklin. »Meiner Ansicht nach war es an der Zeit, etwas Geld zu verdienen. Sie wissen ja, dass ich sehr extravagant bin. Vor über einem Jahr habe ich in Europa eine kleine Kette von Privatdetekteien gegründet. Das Geschäft blüht. Ich habe dem Unternehmen einen ziemlich originellen Namen gegeben: Illuminations.«

»Ein sehr klug gewählter Name«, bemerkte Paula. »Meiner Meinung nach bedeutet er, dass sie Dinge herausfinden, die die Menschen zu verbergen versuchen. Sie versuchen, eine Situation zu erhellen.«

»Spot an. Und mit den Beziehungen, die ich während

meiner Zeit beim Geheimdienst knüpfen konnte, klappt es ganz gut. Warum nutzen Sie nicht irgendwann mal meine Dienste, Tweed?«

»Wo sind Ihre Niederlassungen?«

»In Genf, Paris und Rom.«

»Da ist es ein Vorteil, dass du fließend französisch, englisch und italienisch sprichst«, sagte Paula zwischen zwei Bissen.

»Es ist hilfreich. Das Problem bestand darin, gute Mitarbeiter zu finden.«

»Und wie sieht's mit London aus?« erkundigte Tweed sich.

»Ich habe mit der Idee geliebäugelt, aber es gibt dort sehr viel Konkurrenz. Ich denke aber immer noch darüber nach. Machen Sie beide *wirklich* Urlaub?«

»Wir untersuchen drei merkwürdige Morde. Mein Interesse daran wurde durch seltsame Vorfälle auf dem Kontinent ausgelöst.«

»Wie gewöhnlich lassen Sie sich nicht in die Karten blicken.« Franklin grinste Paula an. »Blut aus einem Stein herauszupressen, ist ein Kinderspiel verglichen mit dem Versuch, Tweed etwas zu entlocken.«

»Ihre Metaphern waren auch schon mal besser«, gab Tweed zurück.

Er blickte auf, als der Eigentümer des Hotels in der Tür erschien und ihm zuwinkte. Nachdem er sich entschuldigt hatte, traf er den Mann in der leeren Eingangshalle. Er wirkte beunruhigt, was bei ihm ungewöhnlich war.

»Es tut mir leid, Ihr Gespräch zu stören, Mr. Tweed, aber ein Chief Inspector Buchanan von Scotland Yard hat angerufen und gefragt, ob Mr. Robert Newman bei uns wohnt. Ich musste die Frage bejahen, und dieser Buchanan wollte wissen, ob er auf seinem Zimmer ist. Ich habe geantwortet, dass er ausgegangen ist und ich nicht weiß, wo er ist und wann er zurückkommt.«

Der Eigentümer, der sich sichtlich unbehaglich fühlte, schwieg einen Augenblick. Tweed sagte nichts, und sein Gesichtsausdruck verriet nicht, ob er irgend etwas über Newman wusste.

»Dann hat er noch gefragt, ob ein Mr. Tweed bei uns wohnt. Weil Sie zu diesem Zeitpunkt noch nicht hier waren, habe ich das verneint. Ich hatte keinen Grund, ihm mitzuteilen, dass Sie schon früher unser Gast waren.«

»Danke, dass Sie mich informiert haben. Wir sind gerade im Begriff, zu einer wichtigen Verabredung zu gehen, und ich habe keine Ahnung, wann wir zurückkommen werden.«

»Es tut mir leid ...«

»Machen Sie sich nichts daraus.«

Tweed schlenderte lässig in die Lounge zurück, wo Franklin mit Paula scherzte, die einen sehr entspannten Eindruck machte.

»Es tut mir leid, aber wir müssen sofort verschwinden«, sagte Tweed. »Vielleicht sind wir erst zum Dinner wieder zurück.«

»Stört es Sie, wenn ich Sie begleite?« fragte Franklin. »Falls es eine geheime Angelegenheit sein sollte ...«

»Sie können ruhig mitkommen. Früher oder später werden Sie erfahren, was passiert ist. Aber jetzt sollten wir uns beeilen ...«

Als sie draußen über das Kopfsteinpflaster zu ihren Autos gingen, schien der Wind noch kälter geworden zu sein. Franklin holte einen dicken Regenmantel aus seinem Jaguar und zog ihn an. Er hatte breite Revers und einen breiten Gürtel. Paula fand, dass er sehr militärisch wirkte. Tweed zog seinen neuen Mantel an, zu dessen Kauf ihn Paula gedrängt hatte, aber sie selbst fühlte sich in ihrer Windjacke ziemlich behaglich.

»Wohin geht's?« rief Franklin.

»Folgen Sie uns einfach.«

Nachdem Tweed am Steuer Platz genommen hatte, ließ er den Motor an und setzte schnell zurück. Dann wendete er und steuerte den kleinen Platz an, über den man die South Street erreichte.

»Also, wohin fahren wir?« fragte Paula.

»Irgendwohin außerhalb von Wareham. Buchanan ist hier. Er hat zuerst nach Newman und dann nach mir gefragt.«

»Nach Ihnen? Das ist aber merkwürdig.«

»Unser Freund Buchanan ist sehr clever. Meiner Ansicht nach hat er auf einen Zufallstreffer gehofft. Moment, da kommt Bob, und Philip sitzt in Eve Warners Porsche. Und Butler im Gangsteroutfit auf einer Fireblade.«

Tweed hielt auf dem Platz an der South Street. Dort waren andere Wagen geparkt, aber niemand war in der Nähe. Er rannte zu Newman hinüber, der gerade gebremst hatte.

»Stellen Sie jetzt keine Fragen. Lassen Sie sich nicht in der Nähe des Priory sehen, und folgen Sie mir. In dem Jaguar sitzt Bill Franklin. Er ist unerwartet aufgetaucht und begleitet uns. Eine Sekunde …«

Er rannte zum Porsche hinüber, und Eve öffnete das Fenster. Tweed wandte sich an Philip.

»Steigen Sie aus, und setzen Sie sich in Bobs Wagen.« Er blickte Eve an und studierte den Gesichtsausdruck von Philips neuer Bekannten, während Philip ausstieg und sich zu Paula gesellte. Eve starrte Tweed an.

»Ich nehme an, Sie sind Eve Warner«, begann er, aber sie unterbrach ihn.

»Woher wissen Sie von mir, wenn ich fragen darf? Woher kennen Sie meinen Namen?«

»Newman hat Sie am Telefon erwähnt. Ich hoffe, es stört Sie nicht, aber wir müssen alle zu einem Treffen.«

»Wer sind Sie, dass Sie glauben, mich so herumschubsen zu können?« fragte sie selbstbewusst.

»Mein Name ist Tweed«, antwortete er zögernd. Wenn Sie im Priory bleiben würde, hätte sie es sowieso herausgefunden. »Mein Wunsch wäre, dass Sie im Priory warten. Philip wird später zurückkommen.«

»Ich habe keine Lust, allein zu bleiben. Und wir haben ein Abenteuer hinter uns. Vielleicht würde es Ihnen gefallen, wenn ich erzählen würde, was passiert ist …«

»Später. Entschuldigen Sie mich bitte.«

Tweed kam sich wie ein Grashüpfer vor, als er wieder zu Butler hinüberrannte. »Folgen Sie uns, Harry.«

»Es gibt Neuigkeiten. Und Pete Nield ist wahrscheinlich immer noch in der Gegend, wo ich ihn Ihrer Anweisung gemäß hinschicken sollte. Oder Monica …«

»Wir müssen von hier verschwinden.«

»Okay. Aber Pete verschwendet seine Zeit.«

»Dann fahren wir bei ihm vorbei, und Sie sagen ihm, dass er wieder das Priory beobachten soll, für den Fall, dass Buchanan dort auftaucht.«

Tweed rannte zu seinem Wagen zurück, setzte sich hinter das Steuer, startete und bog nach links in die South Street ab. Nachdem er die Brücke überquert hatte, fuhren sie aufs Land hinaus.

»Sie sind fit und haben noch nicht einmal nach Luft geschnappt, als Sie zurückkamen.«

»Vermutlich liegt das daran, dass ich häufig zu Fuß ins Büro gehe. Das gefällt mir gar nicht«, sagte er, als er in den Rückspiegel blickte.

»Wir bilden einen regelrechten Konvoi – wir, dann Bob, dann Franklin. Und ob Sie es glauben oder nicht, Eve Warner folgt ihm in ihrem Porsche. Wenigstens hält Butler einen vernünftigen Abstand. Stellen Sie sich vor, wenn Buchanan uns sieht. Er würde uns sofort folgen.«

»Dann wollen wir mal hoffen, dass wir ihm nicht begegnen«, sagte Paula gelassen.

»Gehen Sie mit Eve nicht zu hart ins Gericht«, ließ Philip sich von der Rückbank vernehmen. »Sie hat Bob praktisch das Leben gerettet, vielleicht auch mir.«

»Tatsächlich? Ich dachte, ich hätte angeordnet, dass Sie sich zu Bob in den Wagen setzen sollten.«

»Haben Sie. Aber ich habe Ihnen eine Menge zu erzählen.«

»Dann tun Sie es jetzt, wo die attraktive Eve unserem Gespräch nicht lauschen kann ...«

Philip fasste sich kurz. Er begann mit der Fahrt nach Grenville Grange und den dann folgenden Ereignissen. Auch als er vom Auftauchen Leopold Brazils mit seinem Wolfshund Igor erzählte, verzog Tweed keine Miene.

»Mr. Brazil will sich also mit mir treffen«, sagte Tweed, nachdem Philip seinen Bericht abgeschlossen hatte. »Nun, da wird er sich wohl gedulden müssen.«

»Warum?« fragte Paula.

»Weil ich mehr Informationen brauche über das, was er vorhat.«

Er verringerte die Geschwindigkeit, weil sie die Gegend südlich von Stoborough Green erreicht hatten. Pete Nield saß in seinem Fiesta und las offensichtlich Zeitung. Tweed fuhr weiter langsam, damit Butler nicht den Anschluss verlor, nachdem er Nield die Anweisungen übermittelt hatte.

Hinter ihnen hatte Eve den Motorradfahrer bemerkt, der dem Jaguar folgte. Weil der Fahrer das Visier seines Sturzhelms heruntergezogen hatte, konnte sie sein Gesicht nicht erkennen. Auch Pete Nield sah sie nicht, weil sie sich darauf konzentrierte, Newmans Wagen zu folgen.

Sobald Butler sie eingeholt hatte, beschleunigte Tweed wieder. Nachdem er die Kreuzung unterhalb von Corfe Castle erreicht hatte, bog er vor dem Ortseingang nach rechts auf eine ruhige Landstraße ab, wo ein Verkehrsschild mit der Aufschrift CHURCH KNOWLE – KIMMERIDGE stand. Er verringerte die Geschwindigkeit. Jenseits der Straße lagen vereinzelte Cottages, und es waren nur sehr wenige Autos unterwegs. Dies war eine jener Straßen, wo Kinder auf die Fahrbahn rannten, ohne auf den Verkehr zu achten.

»Wohin fahren wir denn jetzt?« fragte Paula.

»Haben Sie das Schild nicht gesehen? Diese Straße ist zeitweilig eine Sackgasse, wenn die Armee ihre Schießübungen abhält, meistens mit Panzern. Kimmeridge ist ein kleines Nest am Meer. Buchanan wird mit Sicherheit nicht auf dieser Straße kommen.«

Langsam fuhr Tweed durch scharfe Kurven und dann aufs offene Land hinaus. Zu ihrer Rechten ragten direkt neben der schmalen, zweispurigen Straße steil die mit Gras bewachsenen Abhänge der Purbecks auf.

Tweed wollte gerade an einem etwas zurückgesetzten Haus vorbeifahren, als er den Blinker setzte und anhielt.

»Was ist los?« fragte Philip.

»Ich will verdammt sein«, antwortete Tweed, dem kaum je auch nur ein milder Fluch über die Lippen kam. »Ich bin mir sicher, dass dieser Typ vor dem Haus da der Finanzprüfer Keith Kent ist. Ich wusste nicht, dass er hier ein Haus hat. Lassen Sie uns ein paar Worte mit ihm reden.«

Nachdem Newman den Motor seines Autos abgeschaltet hatte, stieg er aus und sah Tweed den langen Pfad entlang gehen. Auch er hatte Keith Kent erkannt, obwohl er ihn zuvor nur als Gentleman in eleganter Stadtkleidung gesehen hatte. Stirnrunzelnd beobachtete er die Szenerie.

Trotz der Kälte trug Keith ein kariertes Hemd mit hochgekrempelten Ärmeln und eine alte Cordhose. Er hackte Holz und schwang mühelos die schwere Axt, mit der er einen dicken Ast spaltete. Als er die Axt erneut hob, sah er seinen Besucher.

»Hallo, Tweed. Angenehm, Sie zu sehen.« Sein Oberklasse-Akzent klang ganz unaffektiert. »An Ihrer Stelle würde ich einen Augenblick lang dort stehen bleiben, Sie könnten von einem Holzscheit getroffen werden.«

Erneut wurde die Axt geschwungen und sauste dann mit großer Wucht nieder, um einen riesigen Ast zu zerteilen. Interessant, dachte Newman. Kent legte die Axt nieder und begrüßte seinen Besucher mit einem breiten Lächeln.

Der schlanke, mittelgroße Mann war Ende Dreißig oder Anfang Vierzig. Er war glattrasiert und hatte ordentlich gekämmtes, dichtes schwarzes Haar und graue Augen. Nachdem er sich die Hände an seiner Cordhose abgewischt hatte, gab er Tweed die Hand. Dieser wurde sich plötzlich der Tatsache bewusst, dass jemand dicht hinter ihm stand. Als er sich umwandte, sah er Eve Warner, die ihn freudlos anblickte.

»Das ist Eve Warner, eine Freundin von Philip. Keith Kent.«

Sie gaben sich die Hand.

»Hoffentlich sind meine Hände nicht dreckig. Willkommen in Bradfields. Entschuldigen Sie meine Aufmachung, aber wir sind es hier nicht gewohnt, feine Klamotten zu tragen«, erklärte Kent grinsend mit einem imitierten Cockney-Akzent. »Möchten Sie einen Kaffee? Ich könnte einen ganzen Liter trinken. Treten Sie ein ...«

Das einstöckige alte Haus bestand aus weiß gestrichenen

Backsteinen und war rietgedeckt. Kent führte sie in ein großes Wohnzimmer mit alten Ledersesseln und forderte sie auf, Platz zu nehmen.

»Ich koche Kaffee. Wie mögen Sie ihn?«

»Schwarz und ohne Zucker«, sagte Eve schnell.

»Ich werde Ihnen helfen«, bot Paula an und folgte Kent. Ihr fiel auf, dass Eve es sich mit übereinandergeschlagenen Beinen in einem Sessel bequem gemacht hatte. Offensichtlich hatte sie nicht die Absicht, ihrem Gastgeber zu helfen. Sie hörte Tweed etwas sagen, das ihr merkwürdig vorkam, weil sie wusste, dass es nicht stimmte.

»Ich glaube, ich habe vergessen, mein Auto abzuschließen.«

Während sich alle anderen im Haus aufhielten, eilte Tweed über den Weg zur Straße. Ein Stück außer Sichtweite des Grundstückes saß Butler auf seinem Motorrad, und Tweed ging schnell auf ihn zu.

»Ich habe gehofft, dass Sie kommen würden«, sagte Butler. »Meinen Wagen habe ich auf einem Weg in der Nähe von Studland versteckt. Jetzt würde ich gerne dorthin fahren und ihn holen.«

»Tun Sie das. Dann gehen Sie wieder ins Black Bear Inn. Ich werde Kontakt zu Ihnen aufnehmen. Wo haben Sie die Fireblade her?«

Butler erklärte, was geschehen war, nachdem die Limousine mit den getönten Scheiben und die Motorradeskorte, die mit der Fähre eingetroffen waren, an ihm vorbeigefahren waren.

»Gute Arbeit. Sehr gut. Passen Sie auf sich auf …«

Als Tweed wieder im Haus war, ging er in die Küche. Es kam ihm komisch vor, dass es kein Schild mit dem Namen Bradfields gab. Paula schenkte aus einer großen Kanne Kaffee in die auf einem Tablett bereitstehenden Tassen ein.

»Sehen Sie«, sagte Paula. »Wedgwood. Keith hat sehr schönes Porzellan.«

»Keith genießt die Sachen, die er sich nicht leisten kann«, sagte Kent grinsend. »Wenn Sie Arbeit für mich hätten, wäre die Hilfe sehr willkommen.«

»Finden Sie heraus, wo Leopold Brazil diese Unmengen Geld herkriegt«, flüsterte Tweed. »Die Sache ist dringend.«

Sie gingen ins Wohnzimmer. Keith hatte darauf bestanden, das schwere Tablett zu tragen. Während Paula den Kaffee servierte, würdigte sie Eve keines Blickes. Diese bemerkte das jedoch nicht, weil sie viel zu sehr damit beschäftigt war, auf Bill Franklin einzureden. Philip schien über ihre Begeisterung nicht besonders glücklich zu sein.

Tweed nahm in einem Sessel Platz, schlürfte seinen Kaffee und beteiligte sich nicht an den Gesprächen. Er bemerkte Philips Verärgerung, zugleich aber auch, dass er sich im Raum umsah, um sich über Kents Persönlichkeit und Interessen klar zu werden. Er erledigte seine Arbeit.

Newman wirkte entspannt und blickte zuerst zu ihrem Gastgeber und dann zu Franklin hinüber, der ungewöhnlich schweigsam war. An einer Seitenwand standen vom Boden bis zur Decke voll gestopfte Bücherregale. Ihm war gerade aufgefallen, dass sich unter den Büchern auch einige befanden, die sich mit der Geschichte alter britischer Banken beschäftigten.

Da wurde das Haus insgesamt sechsmal kurz hintereinander erschüttert.

»Was zum Teufel war das?« schrie Eve auf. »Es hat sich wie Donner angehört, andererseits aber auch wieder nicht.«

»Kein Grund zur Sorge«, beruhigte ihr Gastgeber sie. »Das sind Feuerübungen für Panzer im nahen Lulworth. Im Bovington Camp, um genau zu sein.«

»Mir würde es nicht gefallen, hier zu leben«, erwiderte sie offen.

»Man gewöhnt sich daran. Wie wenn man an einer Eisenbahnstrecke wohnen würde.«

Tweed beugte sich vor und legte einen Finger auf Kents Arm, um seine Aufmerksamkeit zu erregen. Die anderen schnatterten weiter, und er sprach mit leiser Stimme. »Können wir nicht einen kurzen Spaziergang machen, Keith? Ich möchte mich etwas bewegen und Sie nach Ihrer Meinung wegen eines Versicherungsproblems fragen.«

Der Hinweis auf Versicherungen war für Eve bestimmt.

Bereits jetzt vermutete Tweed, dass sie die Fähigkeit besaß, zugleich an einem Gespräch teilzunehmen und ein anderes zu belauschen. Keith erhob sich und fragte sie, ob sie in London einen guten Job habe.

»Einen sehr guten.« Ihre Augen glänzten. »In der Security-Branche. Näheres kann ich Ihnen leider nicht verraten. Ich musste ein Schriftstück unterschreiben.«

Den Official Secrets Act? fragte Tweed sich. Er stand auf, während Keith sich auf ihren Spaziergang vorbereitete. Er öffnete einen Schrank, zog eine teure, bisher offenbar nicht getragene Wildlederjacke hervor und entschuldigte sich, während er sie anzog.

»Hoffentlich stört es Sie nicht, wenn wir Sie für ein paar Minuten allein lassen. Mir ist klar, dass ich der Gastgeber bin ...«

»Ich werde mich um alles kümmern«, sprang Paula umgehend ein.

»Dann hätte ich gerne noch einen Kaffee«, sagte Eve lässig.

Während sie sich auf dem Pfad vom Haus entfernten, wies Kent auf das überschwemmte Grasland zu beiden Seiten des Weges.

»Ein falscher Schritt, und Sie stecken im Sumpf. Ich habe gehört, dass es hier seit einer Woche stark geregnet hat. Dorset steht unter Wasser. Glücklicherweise habe ich in der Nähe des Hauses den gepflasterten Hof, wo ich Holz gehackt habe. Also, worüber wollen Sie wirklich mit mir reden?«

»Haben Sie gehört, dass Sterndale Manor in Flammen aufgegangen ist?«

»Nein. Ich bin von Heathrow gekommen und erst bei Einbruch der Dämmerung hier eingetroffen. Sie haben Glück gehabt, dass Sie mich angetroffen haben.«

»Heathrow. Waren Sie wieder auf einer Ihrer Reisen?«

»Nur ein kurzer Abstecher nach Paris. Reine Zeitverschwendung. Mein potentieller Kunde wollte mir keine ausreichenden Informationen geben. Ich habe darauf bestanden, dass er für meine Auslagen aufkommt. So ein Unfug. Ich bin mit dem ersten Flug zurückgekommen und so schnell wie möglich hierher gefahren, um alles hinter mir zu lassen. Aber Sie haben doch etwas im Sinn. Hat es etwas mit meiner Überprüfung von Leopold Brazils Finanzen zu tun?«

»Ja. Sie wissen natürlich über Inhaberschuldverschreibungen Bescheid?«

»Gewöhnlich werden sie von den großen internationalen Ölgesellschaften oder anderen großen Firmenkonglomeraten herausgegeben. Sie ermöglichen es, wirklich große Geldsummen zu bewegen oder zu lagern. Eine einzige Inhaberschuldverschreibung kann eine riesige Summe wert sein. Ihr Nachteil besteht darin, dass man sie wie Gold bewachen muss, nichts an ihr weist auf den Besitzer hin, so dass sie überall auf der Welt begebbar sind. Eine Inhaberschuldverschreibung kann einen sechsstelligen Pfundbetrag wert sein. Aber das wissen Sie doch. Warum ist das wichtig?«

»Weil General Sterndale, der gemeinsam mit seinem Sohn Richard in dem Inferno ums Leben gekommen ist, den Großteil des Kapitals seiner Bank in einem großen alten Safe in seinem Haus aufbewahrt hat.«

»Guter Gott! Heißt das, dass Sterndales Bank Pleite gehen wird, wenn die Inhaberschuldverschreibungen verbrannt sind?«

»Nein. Offensichtlich hat er genug Geld in seinen verschiedenen Filialen aufbewahrt, um die Solvenz zu gewährleisten.«

»Woher wissen Sie das?«

»Von jemandem, dem ich vertraue und der dem alten Mann nahe stand. Aber ich frage mich, ob die Papiere vielleicht nicht mehr in dem Safe waren. In einer Reihe von anderen europäischen Privatbanken sind Inhaberschuldverschreibungen gestohlen worden, besonders in Frankreich und der Schweiz ...«

»Stimmt.«

»Finden Sie heraus, in welcher Form sie ihr Geld angelegt hatten.«

»Hängt das mit Leopold Brazil zusammen?«

»Ja. Die wichtigste Frage ist, woher er das ganze Geld hat. Und passen Sie gut auf sich auf.«

»Okay. Ich sollte Sie aber lieber warnen, dass das eine Stange Geld kosten wird.«

»Schicken Sie die Rechnung an mich.«

»Wenn Sie fahren, sollten Sie sich Richtung Kimmeridge halten. In einem kleinen Cottage namens Bird's Nest wohnt ein interessanter Typ, der nützlich sein könnte. Er ist mir in Paris über den Weg gelaufen und heißt Archie ...«

10

Nachdem sie zum Haus zurückgekehrt waren, hatte Tweed beschlossen, dass ein Besuch bei Archie, einem Informanten, den auch Marler während seiner Reise nach Paris getroffen hatte, noch warten konnte.

Während die anderen bei Kent waren, hatte Marler hinten in Newmans Wagen gewartet. Tweed hatte ihn nicht eingeladen, sondern nur gesagt: »Bleiben Sie in Deckung ...«

Der Mercedes parkte ein paar Meter hinter Tweeds Auto, und Marler war in der Ecke auf der Rückbank sitzen geblieben. Er trug jetzt eine dunkel getönte Brille und den Hut eines Viehknechts, so dass ihn selbst ein Bekannter nicht wieder erkannt hätte.

Als er wieder im Haus war, bemerkte Tweed überrascht, dass Eve Paula in der Küche beim Spülen half. Hatte Paula sie dazu gedrängt? Die beiden schienen sich freundschaftlich zu unterhalten. Eve hängte gerade ein Geschirrtuch an einem Drahthaken über einem altmodischen Ofen zum Trocknen auf.

»Wir sind gerade fertig geworden«, sagte sie aufgeräumt. »Wie geht's jetzt weiter?«

»Wir werden zum Lunch zurück ins Priory fahren. Ich hoffe, dass es dafür nicht zu spät ist.«

Während Kent sie in den Garten vor dem Haus begleitete, ging Newman über einen gepflasterten Weg zu dem Hof, wo Kent zuvor Holz gehackt hatte. Er hob die Axt, ließ sie auf einen sehr großen Ast niedersausen und zerteilte ihn in zwei kleinere Holzstücke.

Nachschub für den Kamin, dachte er.

Nachdem sie Keith für seine Gastfreundschaft gedankt hatten, gingen Newman und Tweed auf dem Weg zu ihren Autos ein kurzes Stück voran.

»Das ist eine verdammt schwere Axt«, kommentierte er, als sie wieder an der Straße angelangt waren.

»Wer ist dieser Typ, der es liebt, ganz allein zu leben?« fragte Eve.

»Wenn Sie nichts dagegen haben, würde ich gerne bei Eve mitfahren«, sagte Philip.

»Warum nicht?« erwiderte Tweed.

Paula stieg ein, Tweed wendete und fuhr dann in Richtung Corfe und Wareham, während die anderen ihnen folgten.

»Mussten Sie Eve an den Haaren in die Küche zerren?« fragte er.

»Überhaupt nicht. Sie hat ihre Hilfe von sich aus angeboten. Eine merkwürdige Frau. Einerseits warm und freundschaftlich, anderseits ziemlich rüde.«

»Sie hat das Bedürfnis, sich in den Vordergrund zu spielen, besonders dann, wenn ein paar Männer anwesend sind. Zumindest glaube ich das. Mir ist aufgefallen, dass Newman im Haus sehr schweigsam war.«

»Mir auch. Er hat unseren Gastgeber und Franklin beobachtet.«

»Also, an wem hat er Interesse, und aus welchem Grund? An Franklin oder an Keith?«

Sie parkten ihre Autos auf dem Kai, einem kleinen Platz am Ufer des Frome. Nachdem sie Geld in die Parkuhren geworfen hatten, legten sie den kurzen Weg zum Priory zu Fuß zurück. Im Hotel wartete Ärger – in Gestalt von Chief Inspector Buchanan.

»Tweed und Newman, ich muss allein mit Ihnen reden. In der Lounge ist niemand. Folgen Sie mir ...«

»So?« platzte es aus Tweed heraus. »Wir haben noch nichts gegessen, und wenn wir jetzt nicht zum Lunch gehen, werden wir ziemlichen Hunger bekommen.«

»Das ist Ihr Problem.«

Buchanan war ein großer, schlanker Mann Mitte Vierzig und normalerweise eher zurückhaltend. Seine grauen Augen funkelten Tweed an. Hinter ihm stand sein Assistent, Sergeant Warden, ein großer glattrasierter Mann, der Tweed immer an eine Indianerstatue aus Holz erinnerte. Doch jetzt kam plötzlich Leben in Warden.

»Es ist wichtig, dass der Chief Inspector Sie jetzt befragt.«

»Wer hat Sie denn gefragt?« knurrte Tweed aggressiv, was bei ihm nur selten vorkam.

»Ab in die Lounge«, befahl Buchanan standhaft, während er an seinem ordentlich gestutzten Schnurrbart herumfingerte.

»Haben Sie einen Haftbefehl?«

»Natürlich nicht ...«

»Dann gehen wir erst zum Lunch.« Tweed blickte zu einer Kellnerin mit weit aufgerissenen Augen im Esszimmer hinüber. »Können wir bitte etwas zu essen bekommen? Es tut mir leid, wir sind ziemlich spät dran.«

»Schon in Ordnung, Sir«, antwortete die Kellnerin. »Der Koch ist bereit, wenn Sie es auch sind.«

»Ich habe gesagt, dass Sie mit mir in die Lounge kommen sollen«, wiederholte Buchanan schneidend. »Ich habe heute sehr viel zu tun.«

»Dann haben Sie zwei Alternativen«, sagte Tweed. »Wenn Sie noch etwas anderes zu erledigen haben, würde ich vorschlagen, dass Sie sich darum zuerst kümmern. Ansonsten warten Sie in der Lounge, und wir kommen, wenn wir gemütlich gegessen haben.«

»Sie sind verpflichtet, mit der Polizei zusammenzuarbeiten«, schnappte Buchanan.

»Nicht, wenn Sie uns so überfallen und wir hungrig sind. Ich werde nicht einen Augenblick länger über dieses Thema diskutieren.«

»Und ich habe drei Morde zu untersuchen«, sagte Buchanan, der einen Schritt näher an Tweed herangetreten war.

»Warum hängen Sie dann hier herum?«

»Ich erwarte Sie nach Ihrem Lunch in der Lounge. Und lassen Sie sich nicht zu viel Zeit ...«

»Wir nehmen uns soviel Zeit, wie es uns gefällt. Übrigens kann man in der Lounge Kaffee bestellen, und der ist hier sehr gut«, sagte Tweed höflich.

Dann wandte er sich um und ging ins Esszimmer.

Geschickt arrangierte Tweed die Sitzordnung so, dass er mit Paula, Newman und Philip an einem Tisch an der Rückwand saß. Dann ergriff er Eves Arm und führte sie zu einem etwas weiter entfernten Tisch, von dem aus man in den Garten blickte.

»Würde es Ihnen etwas ausmachen, sich um Eve zu kümmern, Bill?« fragte er Franklin.

»Es ist mir ein Vergnügen.«

»Buchanan wird uns gleich in die Mangel nehmen«, sagte Tweed, nachdem die beiden Platz genommen hatten. »Ich glaube, Ihnen wird das nicht gefallen, Bill. Warum verlassen Sie nicht leise vor uns den Raum und machen mit Eve eine Spritztour aufs Land?«

»Was ist mit Philip?« fragte Eve.

»Ich werde ihn in ein paar Minuten zu Ihrem Tisch hinüberschicken. Dann kann er Sie bei Ihrer Spritztour begleiten. Kommen Sie nicht zu früh zurück ...«

»Was haben Sie vor?« fragte Paula leise, nachdem sie ihr Essen bestellt hatten. »Ich habe gesehen, wie Sie eine kurze Nachricht gekritzelt haben, bevor Sie nach unserer Ankunft aus dem Wagen stiegen. Sie haben den Zettel zusammengeknüllt und ihn Marler in den Schoß geworfen.«

»Das war eine Anweisung, dass er sofort ins Black Bear Inn zurückgehen und sich mit Nield versteckt halten soll. Und mit Butler, wenn er mit seinem Wagen zurückkehrt. Also, Philip, wenn Buchanan Sie schnappen sollte, sagen Sie, dass Sie mit einer Freundin hier Urlaub machen. Ansonsten schweigen Sie. Ich schlage vor, dass Sie sich jetzt zu Eve und Bill setzen. Später werden Sie sie auf einer kleinen Landpartie begleiten.«

»Dann gehe ich jetzt zu ihnen.«

»Lange ermuntern mussten Sie ihn ja nicht«, kommentierte Newman. »Welche Strategie verfolgen wir, um mit Buchanan fertigzuwerden? Er ist auf dem Kriegspfad.«

»Paula, Sie und ich sind hergekommen, weil wir glaubten, dass Philip allein wäre. Sie beide haben darauf bestanden. Direkt nach unserer Ankunft haben wir dann herausgefunden, dass Philip eine junge Frau kennen gelernt hat. Buchanan weiß, wie sehr Philip um Jean trauert.«

»Und was ist mit Marchat und solchen Leuten?« fragte Paula.

»Wir haben nie von ihm gehört. Ich bin überrascht, dass Buchanan etwas von ihm weiß.«

»Partridge«, sagte Newman.

»Sie haben recht. Aber Buchanan hat schnell aufgeholt. Er hat von *drei* Morden gesprochen.«

»Das liegt an mir«, erklärte Newman. »Bevor ich mit Marler Devastoke Cottage verlassen habe, bin ich in die Küche geschlichen, wo das Telefon steht. Ich habe anonym bei der Polizei von Dorchester angerufen und dabei ein Taschentuch auf die Sprechmuschel gelegt, um meine Stimme zu verstellen. Erzählt habe ich nur, dass dort eine Leiche liegen oder dass ich den Mann zumindest für tot halten würde. Dass sie aber einen Notarzt mitbringen sollten. Ich konnte nicht einfach verschwinden und den armen Teufel tagelang dort liegen lassen.«

»Das haben Sie wieder einmal richtig gemacht. Aber warum Dorchester?«

»Weil ich angenommen habe, dass Buchanan sein Hauptquartier in der Polizeistation in der West Street am Ende von Wareham einrichtet. Wir brauchten Zeit, um uns aus dem Staub zu machen. Dorchester musste in Wareham anrufen, und die Chancen standen zehn zu eins, dass Buchanan unterwegs war.«

»Gut durchdacht. Ah, da kommt der Hauptgang. Ich könnte ein ganzes Pferd verputzen.«

»Hoffentlich werden Sie das nicht versuchen«, scherzte Paula.

»Nicht hier in diesem erstklassigen Hotel. Essen Sie, wir brauchen einen vollen Magen, bevor wir es mit meinem alten Freund Buchanan zu tun bekommen ...«

»Sie hatten recht, Tweed«, begrüßte Buchanan sie mit einem trockenen Lächeln. »Der Kaffee ist exzellent. Nehmen Sie Platz, und entspannen Sie sich.«

Innerlich war Tweed sofort alarmiert. Mit so einer freundlichen Begrüßung hatte er nicht gerechnet. Buchanan war ein gefährlicher Gegner und erfahren darin, andere kalt zu erwischen. Er hatte alles clever arrangiert.

Sergeant Warden hielt sein Notebook bereit, und Buchanan saß mit übereinandergeschlagenen Beinen auf einer Couch hinter einem großen Tisch. Auf der anderen Seite des Tischs standen harte Stühle mit Armlehnen.

Tweed, Paula und Newman hatten gerade Platz genommen, als Buchanan sich vorbeugte und Tweed anstarrte. »Haben Sie je von einem Mann namens Marchat gehört?«

»Wie soll der Mann heißen?«

»Ich werde Ihnen den Namen buchstabieren«, sagte Buchanan schroff. Er tat es, und als er damit fertig war, blickte er plötzlich Newman an. »Sie kennen einen Mann namens Partridge.«

Das war eher eine Feststellung als eine Frage, eine typische Strategie Buchanans.

»Noch nie in meinem Leben habe ich mit einem Mann mit diesem Namen gesprochen«, erklärte Newman ruhig.

»Irgendwelche anonymen Anrufe bei der Polizei?« brüllte Buchanan fast, noch bevor Newman ausreden konnte.

»Nicht seit heute morgen«, antwortete Newman breit grinsend. »Ist nicht gerade mein Zeitvertreib.«

»Ich meine es ernst.« Buchanan wandte sich wieder Tweed zu. »Warum sind Sie mit einem so großen Team hier?«

»Groß?«

»Jetzt sind Sie zu dritt, und eben war auch Philip Cardon bei Ihnen. Wohin ist er verschwunden? Vielleicht wären Sie so freundlich, mich aufzuklären, Paula.«

Sie gab ihm die Erklärung, die Tweed vorgeschlagen hatte. Aus ihrem Mund wirkte die Geschichte plausibel, und Buchanan sah enttäuscht aus.

»Sie lügen alle drei«, sagte er grimmig. »Wahrscheinlich

werden Sie mir erzählen, dass Sie nichts von den drei Morden gehört haben.«

»Sprechen Sie von General Sterndale und seinem Sohn Richard?« warf Tweed ein.

»Das sind nur zwei Opfer. Woher wissen Sie etwas darüber?«

»Die Leute hier reden«, antwortet Newman gelangweilt. »Ich habe sogar gehört, dass Sterndales Landhaus abgebrannt ist und dass es Brandstiftung war …«

»War es auch. Alles wurde mit Benzin übergossen und dann angesteckt, während Sterndale und sein Sohn im Haus waren.« Plötzlich wandte er seine Aufmerksamkeit wieder Paula zu. »Kennen Sie ein Haus namens Devastoke Cottage?«

»Wie schreibt man das?«

»Vergessen Sie's.«

Buchanan griff in die Tasche und zog einen kleinen, billigen Bilderrahmen mit einem Foto heraus. Dann warf er ihn Tweed in den Schoß. Der Bilderrahmen rutschte zwischen seinen Beinen hindurch auf den Boden und zerbrach. Während er sich bückte, um ihn wieder aufzuheben, sah Tweed, dass zwei Fotografien darin steckten. Er fingerte am Rahmen herum, zog das hintere Foto heraus und setzte seinen Fuß darauf. Dann steckte er für alle sichtbar das andere Bild, das einen Mann in einem Garten zeigte, wieder in den Rahmen und studierte das Foto.

»Haben Sie den Mann zuvor schon mal irgendwo gesehen?«

Buchanan blickte Tweed unnachgiebig an. Seine Frage klang wie eine Anklage.

Paula stellte ihre Tasche auf den Boden und rieb sich die Schulter, als ob der Druck des Riemens unangenehm gewesen wäre. Während Buchanan sich auf Tweed konzentrierte, bückte sie sich und hob das Foto auf, nachdem Tweed seinen Schuh gehoben hatte. Dann steckte sie das Bild in ihre Tasche. Als sich ihre Hand wieder hob, hielt sie ein Taschentuch darin und tat so, als ob sie sich die Nase putzen wollte.

»Sie hatten lange genug Zeit, das Foto zu betrachten.«

»Ich habe den Mann noch nie gesehen«, antwortete Tweed wahrheitsgemäß. »Er hat aber ein interessantes Gesicht. Wer ist es?«

»Marchat. Da sind wir uns sicher. Wir haben das gerahmte Bild unter einigen ausländischen Zeitungen in einer Schublade gefunden.«

»Sie haben von drei Morden gesprochen. Ist dieser Mann das dritte Opfer?«

»Unserer Ansicht nach ja. Marchat lebte allein im Devastoke Cottage. Dort haben wir eine Leiche gefunden. Aber das war ein Mann namens Partridge. Wir haben einen Mietvertrag für das Cottage mit Partridge gefunden und glauben, dass der Mörder den Fehler begangen hat, Partridge, der gerade eingezogen war, für Marchat zu halten.«

»Warum?« fragte Newman.

»Weil Marchat Sterndales einziger Diener war. Normalerweise hat er fünf Tage in der Woche bei ihm gewohnt und die Wochenenden in Devastoke Cottage verbracht.«

»Ich verstehe immer noch nicht.«

»Wir glauben, dass Marchat uns einen Hinweis geben könnte, wer den Brandanschlag auf Sterndale Manor verübt hat, dem er zusammen mit den Sterndales zum Opfer fallen sollte.«

»Ich nehme an, dass das nur eine Theorie ist«, sagte Newman.

Buchanan nahm den Bilderrahmen wieder an sich. »Dann weiß also niemand von Ihnen etwas?«

»Wir wissen, was Sie uns erzählt haben«, antwortete Tweed ruhig. »Sie haben erwähnt, dass Sie das Foto unter einigen ausländischen Zeitungen fanden. Aus welchem Land stammten sie?«

»Es waren Kopien aus dem *Journal de* Genève, mindestens zwei Wochen alt. Genf in der Schweiz ...«

11

Nachdem er auf der Straße vor Keith Kents Haus mit Tweed gesprochen hatte, fuhr Harry Butler auf der Fireblade über Corfe und Studland zu der Stelle zurück, an der er sein Auto abgestellt hatte.

Er ließ das Motorrad auf dem Grasstreifen stehen und ging die letzten hundert Meter zu dem sandigen Weg zu Fuß. Vorsichtig näherte er sich mit der gezückten Walther dem Sierra. Der Wagen schien genau an der Stelle zu stehen, wo er ihn abgestellt hatte.

Butler lauschte ein paar Augenblicke lang, hörte aber nur die unablässige Brandung von der Küste. Dann legte er sich auf den Boden und kroch unter das Auto. Unter der Karosserie war keine Bombe versteckt. Er rannte zum Motorrad zurück.

Nachdem er die Fireblade auf die Gegenfahrbahn geschoben hatte, fand er den Ginsterbusch, wo er den bewusstlosen falschen Polizisten zurückgelassen hatte. Der Mann war verschwunden. Wahrscheinlich ist er in Richtung Grenville Grange getrampt, dachte Butler.

Jetzt wurde er aktiv. Er schob das Motorrad zu der Lücke in der Hecke zurück, dann zum Rand des Sumpflandes, in das er die Maschine stieß. Das Vorderrad versank zuerst, und dann verschwand die Fireblade in dem tückischen, wässrigen Schlamm.

Zuvor hatte er seine Windjacke und die Luger aus dem Topcase herausgenommen. Nachdem er die schwarze Lederjacke ausgezogen hatte, schleuderte er sie ebenfalls in den Sumpf, dann warf er die Luger hinterher, die er in seiner behandschuhten Hand gehalten hatte. Innerhalb von Sekunden ging die Waffe unter.

Er kehrte zu seinem Wagen zurück und wollte gerade den Motor anlassen, als er aus Richtung Studland Motorradfahrer auf die Fähre kommen hörte. Jetzt wünschte er sich, dass er die Luger etwas länger behalten hätte. Nachdem er aus dem Auto ausgestiegen war, kroch er hinter einen dichten Busch.

Er konnte gerade noch die große Limousine mit den getönten Scheiben in Richtung Fähre vorbeifahren sehen. Ein einzelner Motorradfahrer, wie die anderen in schwarzer Ledermontur, fuhr hinter der Limousine her.

Ich glaube, es wird Tweed interessieren, dass das hohe Tier nicht lange in dem düsteren alten Haus geblieben ist, dachte Butler.

Nachdem er noch ein paar Minuten gewartet hatte, bog er auf die Straße ein und fuhr in Richtung Studland und Wareham davon.

»Ich könnte etwas frische Luft gebrauchen«, hatte Tweed in freundlichem Tonfall nach dem Ende des Gesprächs zu Buchanan gesagt.

Paula, Newman und Tweed gingen zu dem Platz, über den man die South Street erreichte, als Buchanan und Warden in einem Zivilauto an ihnen vorbeifuhren.

»Meiner Ansicht nach sind wir ziemlich gut mit der Situation klargekommen«, stellte Paula fest.

»Er hat uns mit Sicherheit nicht in den Griff bekommen«, stimmte Tweed zu. »Aber er hat uns kein Wort geglaubt. Lassen Sie uns ins Black Bear Inn gehen ...«

Als sie die South Street überquerten, war von Buchanans Wagen nichts zu sehen.

Im Hotel lehnte Marler an der Bar. »Das ist Ben«, stellte er den Barkeeper vor, der sie freundlich begrüßte. »Er vertritt einen Freund, der im Urlaub ist. Was möchten Sie trinken?«

»Ich brauche einen doppelten Scotch«, sagte Newman.

»Für mich bitte ein kleines Glas Weißwein.«

Tweed hatte sich gerade Orangensaft bestellt, als er sich zur Tür umwandte und sah, dass Butler ihm vom Korridor aus zuwinkte. Tweed täuschte einen Gang zur Toilette vor und verließ die Bar.

Butler berichtete ihm von dem Konvoi, der auf demselben Weg zurückgefahren war.

»Sagen Sie Newman, dass ich gleich zurückkommen werde. Ich gehe zu einer dieser öffentlichen Telefonzellen, in denen ich einen Großteil meines Lebens verbringe ...«

Als Tweed die Privatnummer von Jim Corcoran, dem Security-Boss in Heathrow, gewählt hatte, war er überrascht, dass sich sein alter Freund im Büro aufhielt. »Irgendwelche Neuigkeiten über Marchat?« fragte er.

»Ja. Glücklicherweise ist es Februar.«

»Warum?«

»Es gibt nur wenige Passagiere, und deshalb musste ich nicht so viele Unterlagen überprüfen. Ich habe sogar die Frau gefunden, bei der er sich eingecheckt hat. Sie hat sich an ihn erinnert. Er schien nervös gewesen zu sein.«

»Kommen Sie zur Sache.«

»Sie hätten am liebsten alle Informationen immer schon gestern. Mit vollem Namen hieß der Passagier Anton Marchat.«

»Mittlerweile habe ich ein Foto von ihm. Wenn ich wieder in London bin, werde ich Ihnen per Kurier eine Kopie zukommen lassen. Fragen Sie die Frau, ob sie Marchat auf dem Foto wieder erkennen würde.«

»Sie werden nie aufhören, mich zu plagen. Okay.«

»Er ist nach Genf geflogen«, sagte Tweed.

»Mit der Swissair. Warum zum Teufel fragen Sie mich, wenn Sie es schon wissen?«

»Nur die Vermutung eines klugen Mannes.«

»Wer hat gesagt, dass Sie klug sind?«

»Ich muss Sie um einen weiteren Gefallen bitten. Gehen Sie nicht gleich in die Luft. Kennen Sie den Security-Boss von Bournemouth International?«

»Allerdings. Jeff ist ein Kumpel, den ich manchmal besuche. Worum geht's?«

»Ich bin mir ziemlich sicher, dass Leopold Brazil von diesem Flughafen aus mit seinem Privatjet starten wird. Vielleicht hat er es bereits getan. Er oder sein Pilot haben einen Flugplan aufgestellt. Es ist sehr wichtig für mich, sein Ziel zu kennen. Wenn ich vor der Landung Bescheid wüsste, wäre das wunderbar.«

»Wunderbar, genau«, erwiderte Corcoran zynisch. »Soll ich in Park Crescent anrufen?«

»Ja. Informieren Sie Monica über das Flugziel.«

»Sie stehen in meiner Schuld ...«

Die Leitung war unterbrochen. Tweed wusste, dass Corcoran sehr schnell arbeitete und sicherlich bereits die Nummer von Jeff im Bournemouth-International-Flughafen wählte. Nachdem Tweed die Nummer von Park Crescent gewählt hatte, erklärte er Monica kurz die Situation.

»Wenn Corcoran anruft, hinterlassen Sie eine Nachricht im Priory für mich. Nur den Ort der Landung.«

»Verstanden. Bleiben Sie dran, hier ist eine Nachricht für Marler von einem Mann namens Archie. Er fragte nach der General and Cumbria Assurance. Ich glaube nicht, dass er weiß, wer wir wirklich sind. Er hat gefragt, ob Marler ihn in einer dringenden Angelegenheit treffen könnte. Die Adresse: The Bird's Nest, Kimmeridge. Also wirklich, The Bird's Nest? Zum Kuckuck.«

Tweed lächelte kurz in sich hinein, weil Monica nur selten witzelte. »Woher weiß dieser Archie, dass Marler hier ist?« fragte er.

»Das wollte ich Sie auch gerade fragen. Er hat Bob Newman irgendwo gesehen und geglaubt, dass Marler bei ihm sein könnte.«

»Tatsächlich. Ich werde ihm die Nachricht überbringen ...«

Nie wirkte Tweed selbstzufrieden – das passte nicht zu seinem Wesen. Als er aber ins Black Bear Inn zurückeilte, erweckte er den Eindruck eines Mannes, der Genugtuung empfand. Alles war in Bewegung, und der Lauf der Dinge beschleunigte sich.

Als er wieder in der Bar war, sah er Paula, Newman und Marler an einem großen Tisch in der Nähe des Erkerfensters mit Blick auf die South Street sitzen. Der Barkeeper saß zwischen Marler und Newman. Er wollte aufstehen, aber Tweed gebot ihm Einhalt.

»Ich habe meinen Orangensaft noch nicht getrunken.«

»Ben hat auf Ihre Rückkehr gewartet«, sagte Marler. »Offensichtlich hat er uns etwas Wichtiges über Marchat zu erzählen.«

»Tatsächlich?«

Tweed setzte sich und entspannte sich. Ben war ein kleiner, korpulenter Mann mit rötlichem Teint und einer rotblonden Mähne. Bevor er zu sprechen begann, lächelte er Tweed zu und räusperte sich dann. Paula amüsierte sich. Irgend etwas an Tweeds Erscheinung und Persönlichkeit brachte die Menschen dazu, Dinge auszusprechen, die sie normalerweise verschwiegen hätten.

»Wie ich bereits erwähnte, vertritt Ben einen Freund, der im Urlaub ist«, sagte Marler. »Er ist für einen Monat in der Karibik.«

»Vor ungefähr einer Woche war Marchat hier und hat mehr als gewöhnlich getrunken«, begann Ben. »Ich würde nicht behaupten, dass er betrunken war, aber nüchtern war er auch nicht. Er hat mir erzählt, er sei beunruhigt, weil er vor Sterndales Haus mehrere Nächte lang Schnüffler gesehen hat. Als er dem General von seiner Entdeckung berichtet hat, hat der ziemlich unwirsch reagiert und gesagt, dass niemand in das Haus gelangt, wenn er alles verrammelt.«

»Vor ungefähr einer Woche?« fragte Tweed nachdenklich.

»Ja, das kommt hin«, stimmte Ben zu. »Ich habe ihm geraten, die Polizeistation in der Worgret Road zu benachrichtigen.«

»Das ist der Name«, warf Newman ein. »Ich hatte West Street gesagt.«

»Den Fehler machen viele. Die West Street führt auf die Worgret.« Ben wandte sich immer noch an Tweed, während er mit einer Hand sein Mondgesicht rieb. Tweed erschien der Barkeeper als ein liebenswerter, anständiger Mann, der bestimmt nicht übermäßig intelligent war, aber seine Kunden gut beschreiben konnte. Einen Augenblick lang schwieg er, und Tweed wartete, weil er merkte, dass Ben sich fragte, ob er noch etwas anderes erzählen sollte. Während Tweed seinen Orangensaft schlürfte, begann der Barkeeper mit gedämpfter Stimme weiterzureden, obwohl außer ihnen niemand in der Bar war.

»Er hat mir noch etwas erzählt, das bedeutsam klang. Marchat hielt es für sehr wichtig ...«

Als zwei Männer den Raum betraten und sich an die Bar stellten, schwieg er. Einer pochte mit einer Münze auf den Tresen.

»Ich muss sie bedienen.« Ben wirkte unentschlossen. »Kennen Sie Bowling Green?«

»Ja«, sagte Newman. »Das ist eine Grasfläche so ziemlich am Ende der South Street. Dort gibt's einen Fußweg, der an der St. Martin's Church vorbeiführt ...«

»Genau«, antwortete Ben. »Ich wohne in der Nähe des Flusses Trent und gehe dort um elf Uhr nachts mit meinem Hund spazieren. Könnten wir uns dort treffen? Aber geben Sie acht, der Wetterbericht sagt eine kalte, frostige Nacht voraus.«

»Wir werden kommen«, versprach Newman. »Vielleicht kommen wir über die East Walls.«

»Da sind Sie auf dem richtigen Weg.«

An der Bar wurden die beiden Männer ungeduldig, und einer pochte erneut mit dem Geldstück auf den Tresen. Newman blickte zu ihnen hinüber, während Ben langsam zur Bar zurückschlenderte. Er senkte die Stimme.

»Könnten das weitere von Mr. Brazils höflichen Freunden sein?«

»Vielleicht hat er zwei von ihnen zurückgelassen, um alles im Auge zu behalten, aber ich halte das für unwahrscheinlich«, gab Tweed leise zurück. »Butler hat mir erzählt, dass die Limousine, die ihn nach Grenville Grange gebracht hat, wieder auf dem Rückweg zur Fähre war. Er wird das Land wohl wieder verlassen.«

»Dann haben wir seine Spur also verloren«, sagte Paula.

»Vielleicht ...«

»Ich würde gerne unter vier Augen mit Marler reden«, sagte Tweed, als sie die Bar verließen und in den Korridor hinaustraten.

»Wir könnten durch den Gang zum so genannten Biergarten gehen«, schlug Marler vor. »Um diese Jahreszeit ist es dort nicht sehr gemütlich. Kopfsteinpflaster und Holzbänke.«

»Ideal.« Tweed blickte Paula und Newman an, aber seine Vertraute ergriff zuerst das Wort.

»Unten am Fluss ist mir ein Platz namens Old Granary aufgefallen. Wir werden dort auf Sie warten …«

»Eine gute Idee. In der Nähe der Stelle, an der die Autos vor dem Priory parken …«

Tweed war vorsichtig, weil er vermutete, dass Archie sorgfältig darauf achtete, dass die Leute, für die er als Informant arbeitete, nichts voneinander wussten und sich nicht kannten. Er fragte sich, ob Newman wusste, dass Archie Marlers Informant war.

Als sie auf der kalten, harten Holzbank Platz genommen hatten, erzählte er Marler von Archies Anruf bei Monica und fragte ihn, ob er allein hinfahren werde.

»Ich glaube nicht«, beschloss Marler. »Sie folgen mir in Ihrem Wagen, und Paula und Newman nehmen den Mercedes. Wenn ich angekommen bin, fahren Sie ein Stück weit an dem Cottage vorbei, und ich werde Archie befragen.«

»Dann sollten wir uns besser auf den Weg machen.«

»Wenn es Sie nicht stört, werde ich sehr schnell nach Kimmeridge fahren. Hört sich so an, als ob Archie beunruhigt wäre …«

»Wir werden es schon schaffen, Ihnen zu folgen.«

Es war immer noch hell, als die drei Autos über die gewundene Straße unter Corfe Castle fuhren. Kurz vor Keith Kents Haus mussten sie wegen einer Kurve abbremsen. Während sie an dem Haus vorbeifuhren, sah Tweed, wie sich einer der Vorhänge in Kents Wohnzimmer teilte. Sie wurden beobachtet.

Später bogen sie nach links in eine enge Straße ab, die laut einem Verkehrsschild nach Kimmeridge führte. Die Straße war an beiden Seiten von Hecken und einem seltsamen Dickicht kleiner Bäume gesäumt. Dann lag die offene Landschaft in der Abenddämmerung vor ihnen, und sie sahen das unter ihnen liegende Meer.

»Raue See«, bemerkte Paula. »Ich sollte Bob vorschlagen, eine Stunde schwimmen zu gehen.«

»Dieses kleine Nest Kimmeridge besteht nur aus einer kurzen Straße mit Cottages an beiden Seiten, die am Meer endet«, sagte Tweed.

»Scheint zu passen«, scherzte Paula. »Hier sieht's aus wie am Ende der Welt.« Sie glaubte noch nie eine so trostlose, fremdartige Küste gesehen zu haben. Nachdem sie auf dem Weg nach Kimmeridge bergab durch mehrere enge Kurven gefahren waren, sahen sie eine große, von grimmig wirkenden Felsen gesäumte Bucht. Nirgendwo gab es ein Lebenszeichen.

Marler fuhr vor einem düsteren, zweistöckigen Backsteingebäude vor, das sehr klein und unauffällig war. Die anderen beiden Autos fuhren vorbei und hielten ein Stück weiter, während Marler ausstieg.

Energisch schritt er auf die Eingangstür zu, die sich sofort öffnete. Im Türrahmen stand Archie.

»Diese Autos, die Ihnen gefolgt sind ...«

»Die vertrauenswürdigsten Menschen auf der Welt. Einer von ihnen ist mein Chef.«

»Tweed«, sagte Archie. »Und Bob Newman. Ist die Dame Paula Grey?«

Marler starrte ihn erstaunt an. Nie hatte er irgendeinen dieser Namen gegenüber seinem Gastgeber erwähnt. Archies Wissen machte ihn nervös, und er dachte rasch nach. »Ja, Sie haben recht.«

»Bitten Sie sie herein.«

Wieder war Marler erstaunt, aber er ließ sich nichts anmerken. Von der Straße aus winkte er den anderen zu. Er wollte sie einander vorstellen, aber Archie verschloss die Haustür und führte sie in ein kleines, unaufgeräumtes Zimmer mit abgenutzten Armsesseln und Bücherstapeln auf dem Boden.

»Miss Grey, Tweed, Mr. Newman – bitte nehmen Sie Platz.«

»Er wusste, wer Sie sind«, erklärte Marler schnell, als er Tweeds Gesichtsausdruck bemerkte.

»Ich brauche Schutz«, begann Archie. »Um so besser, wenn mich so viele wie möglich von Ihnen kennen. Ich werde Kaffee kochen. Möchte jemand eine Tasse?«

Die Gäste lehnten höflich ab.

Paula studierte Archie fasziniert. Er war ein kleiner, schlanker Mann mit blasser Gesichtsfarbe und einem kleinen, dunklen Schnurrbart, der sie an Fotos von Hitler erinnerte; aber damit erschöpfte sich jede Ähnlichkeit. In einem Mundwinkel hing eine zur Hälfte gerauchte, erloschene Zigarette, und sie vermutete, dass sich daran, bis er ins Bett ging, nichts ändern würde. Der Ausdruck seiner grauen Augen verriet Höflichkeit und Klugheit, und seine Bewegungen waren schnell und von Nervosität charakterisiert. Sie fand, dass er leicht wieder zu erkennen war, und das überraschte sie. Sein graues Haar fiel ihm ständig ins Gesicht. Er sprach sehr schnell, artikulierte aber jedes einzelne Wort deutlich. Mit seiner Kaffeetasse hatte er sich auf einen kleinen Holzstuhl gesetzt, und von diesem Augenblick an war er sehr ruhig. Alle Anzeichen von Nervosität waren wie weggeblasen.

»Ich werde sofort zur Sache kommen ...« Während des Gesprächs wandte er sich an Tweed, gelegentlich aber auch höflich an Paula.

»Ich spreche von einem Mann, von dem sie gehört haben werden. Mr. Leopold Brazil, dem so genannten Milliardär. Haben Sie von den verschwundenen Wissenschaftlern gehört, die zu den besten ihres Fachs gehören?«

»Ja«, antwortete Tweed.

»Zusammen mit ihren Ehefrauen sind sie über Nacht verschwunden, häufig aber schon Monate, bevor es bemerkt wurde. Ihren Nachbarn und Freunden wird immer ein plausibler Grund genannt. Es handelt sich um eine sehr gut organisierte Operation. Direkt oder indirekt beschäftigen sie sich alle mit Kommunikation – speziell mit dem so genannten Information Superhighway.«

»Ja«, bestätigte Tweed.

»Brazil zahlt ihnen fantastische Gehälter. Irgendwo hat er ein High-Tech-Labor mit fortschrittlicher Technologie eingerichtet.«

Tweed beugte sich vor. »Sind Sie sich da wirklich sicher?«

»Ich habe einen Informanten. Mehr kann ich im Augenblick nicht sagen.«

12

Tweed saß schweigend da und machte keinerlei Anstalten, weitere Informationen aus ihrem Gastgeber herauszupressen. Paula war aufgefallen, dass Newman sich verhalten hatte, als ob Archie ein Fremder wäre, dem er nie zuvor begegnet wäre. Sicherheit spielte in der Beziehung zwischen einem Agenten und einem Informanten eine entscheidende Rolle. Offensichtlich waren Marler und Newman für Archie getrennte Fälle.

Ihr Gastgeber weckte Paulas Neugierde. Er trug einen blauen Anzug und Chirurgenhandschuhe. Sie bemühte sich, nicht darauf zu blicken, und sah sich im Zimmer um. Seit Monaten war kein Staub gewischt worden. Archie schien ihre Gedanken zu erraten.

»Die Handschuhe, die ich trage, machen Sie offenbar neugierig«, sagte er. »Sie verhindern, dass ich Fingerabdrücke hinterlasse, und ich trage sie ständig. Die Leute, die auf der Suche nach mir sind, sind sehr geschickt. Außerdem haben Sie den Staub bemerkt, durch den das Zimmer wirkt, als ob es seit Monaten unbewohnt wäre. Und diesen Eindruck will ich auch erwecken, falls jemand einbrechen sollte.«

»Sie sind sehr gründlich.«

»Das ist das Geheimnis des Überlebens.«

»Aber was ist mit den Nachbarn?« insistierte Paula. »Falls jemand die befragen sollte?«

»Dann würden sie antworten, dass das Haus seit Monaten leer steht und ein Urlaubsdomizil ist. In einem kleinen Dorf wie diesem mögen die Einwohner Fremde nicht besonders.« Er blickte Marler an. »Werden Sie mich beschützen?«

»Wir haben nicht genug Leute, um sie vierundzwanzig Stunden zu beobachten. An was für eine Art Schutz haben Sie gedacht?«

»Es geht nur um die nächsten paar Stunden. Morgen muss ich nach Heathrow gefahren werden, aber bis dahin ist es noch ein weiter Weg.«

»Im Kofferraum meines Wagens«, schlug Newman vor.

»Das wird zwar nicht bequem, aber Sie können im Black Bear Inn in Wareham übernachten. Dort wohnt Marler.«

»Bequem?« Die Zigarette in Archies Mundwinkel erzitterte, während er in sich hineinlachte. »Ich kann auch ohne Bequemlichkeit leben und habe schon häufig auf der Straße geschlafen, vor allem auf dem Kontinent. Es wird dunkel.« Er runzelte die Stirn.

Auch Paula hatte die Dämmerung bemerkt. Weil kein Licht eingeschaltet war, war Archie nur noch eine Silhouette im Zwielicht. Er stand auf. »Wir werden uns am Strand treffen. Fahren Sie durch das Dorf, ich komme nach. Ich muss hier die Spuren verwischen. Diese Tasse muss gespült werden. Und es gibt noch andere Dinge, um die ich mich kümmern muss. In ein paar Minuten werde ich bei Ihnen sein.«

»Kann ich Ihnen irgendwie helfen?« fragte Paula, als sie aufstanden.

»Sehr freundlich, aber allein schaffe ich es schneller.«

»Ist es unhöflich, wenn ich Sie frage, wovor Sie Angst haben?«

»Gehen Sie jetzt. Um Ihre Frage zu beantworten – der Motormann ist aktiv. In Devastoke Cottage hat er den falschen Mann umgebracht ...«

Sie fuhren langsam auf einer schmalen Straße mit Feldern zu beiden Seiten in Richtung Küste. Die Dämmerung war hereingebrochen, und der Mond stand schon am Himmel. Paula erschauerte. Das Ende der Welt.

Auf einem eingeebneten Platz über dem Meer, der während der Saison wahrscheinlich als Parkplatz diente, hielten sie an. Tweed schaltete den Motor ab, und Paula stieg aus und knöpfte ihre Windjacke zu.

Die an beiden Seiten von Felsen gesäumte Bucht war menschenleer. Vom Meer her mit seinen aufgewühlten Wellen blies ein eiskalter Wind. Als sie sich umwandte und auf Kimmeridge blickte, sah sie ein paar Lichter. Newman beschäftigte sich bereits mit dem Kofferraum seines Wagens. Während Marler zusah, ging sie zu ihm hinüber.

Nachdem er die hinteren Fußmatten aus seinem Wagen

herausgeholt hatte, arrangierte er sie im Kofferraum zu einem behelfsmäßigen Bett.

»Wird er die ganze Nacht über Luft bekommen?« fragte Paula.

»Ja, reichlich«, beruhigte Newman sie. »Ab und zu werde ich zweimal hupen«, informierte er Tweed, der sich zu ihnen gesellt hatte. »Warten Sie dann auf mich. Ich werde überprüfen, ob es Archie gut geht. Können Sie ihm ein Zimmer im Black Bear Inn besorgen?« fragte er Marler.

»Kein Problem. Wahrscheinlich würde er gern dort bleiben. Den Bediensteten werde ich erzählen, dass er an einem Erschöpfungszustand leidet und sie eine Mahlzeit für ihn zubereiten sollen. Sie werden morgen früh vom Priory herüberkommen, um ihn nach Heathrow zu bringen.«

»Ich frage mich, was er vorhat«, sagte Paula.

»Fragen Sie ihn das nicht«, warnte Tweed. »Er ist eine der bemerkenswertesten Persönlichkeiten, denen ich seit langem begegnet bin, und es ist beunruhigend, wie gut er über alles Bescheid weiß. Begleiten Sie Newman auf dem Rückweg nach Wareham, Marler?«

»Wohin werden Sie fahren?«

»Mit Paula nach Sterndale Manor.«

»Da werden nur Ruinen zu besichtigen sein.«

»Ja, aber ich würde den Tatort gern selbst sehen. Wahrscheinlich wegen der alten Zeiten, als ich Polizeichef bei Scotland Yard war.«

»... und der jüngste Polizeichef im Morddezernat vom Yard aller Zeiten. Was erwarten Sie dort zu finden?« fragte Paula, aber Tweed zuckte nur die Achseln.

»Einen alten Freund. Wer zum Teufel kommt da?«

Marler zog eine Walther aus dem Holster. Eine an eine Vogelscheuche erinnernde Gestalt kam auf sie zu geradelt.

Ungläubig sah Paula zu, wie der Mann von seinem Fahrrad stieg. Er trug einen ramponierten alten Hut, eine schief auf dem Nasensattel sitzende Brille und einen abgetragenen, ölverschmierten Regenmantel. Nur die erloschene Zigarette im Mundwinkel verriet ihnen, dass es Archie war.

»Das Fahrrad muss ich loswerden«, sagte Archie eindringlich. »Ich werde es über die Felskante ins Meer schieben. Gleich wechseln die Gezeiten.«

»Das werde ich erledigen«, sagte Paula bestimmt.

»Danke. Seien Sie vorsichtig.«

Nachdem Archie den Hut abgenommen hatte, zog er den Regenmantel aus, unter dem er noch den blauen Anzug trug. Aus einer Fahrradtasche zog er eine Reisetasche hervor und ging dann zu Newman hinüber, um in den Kofferraum zu klettern.

Im Mondlicht schob Paula in einiger Entfernung zu ihrer Linken das Fahrrad bergauf. An einer erhöhten Stelle packte sie den Sattel, stellte den Lenker gerade und stieß das Rad kraftvoll in den Abgrund. Eine riesige Welle krachte gegen den Felsen, wobei die Gischt hoch aufspritzte, dann war das Fahrrad verschwunden. Als sie wieder zu den anderen zurückgeeilt war, erteilte Tweed Newman und Marler seine Anweisungen.

»Paula und ich werden zum Dinner ins Priory zurückfahren. Vergessen Sie nicht, dass wir um elf mit dem Barkeeper verabredet sind. Sie kennen doch den Weg nach Bowling Green, Bob? Es wird finster sein.«

»Der Mond scheint. Viel Spaß mit ihrem mysteriösen Freund im Landhaus …«

Nachdem sie Corfe hinter sich gelassen hatten, beschleunigte Tweed auf der steilen, gewundenen Straße. In Kingston bremste er ab und gab dann erneut Gas. Er hatte sich die Karte von Dorset eingeprägt und bog auf die asphaltierte Straße ab, die nach Sterndale Manor führte. In der Ferne sahen sie Scheinwerfer, die die Trümmer des Hauses beleuchteten. Uniformierte Polizisten waren am Tatort, und ein Kran auf der Ladefläche eines kleinen Lastwagens hob etwas aus den Trümmern. Als ein Polizist mit erhobener Hand an der Auffahrt erschien, bremste Tweed.

»Das also ist Ihr Freund«, sagte Paula.

Hinter dem Polizisten war Buchanan aufgetaucht. Er kam auf den Wagen zu, und Tweed bereitete sich schon auf eine Auseinandersetzung vor. Statt dessen blickte Buchanan sie zynisch lächelnd an.

»Ihr Timing ist wie immer perfekt. Wenn Sie schon mal hier sind, können Sie auch alles sehen.«

»Was denn?« Tweed und Paula stiegen aus.

»Den Kran und was sich in seinem Greifer befindet. Der Safe des alten Generals. Ärgerlich ist nur, dass die Hitze die Tür einen Spalt weit aufgedrückt hat und der gesamte Inhalt verbrannt sein wird ...«

Direkt vom Meer her blies ein starker Wind durch das Tal. Sie beobachteten, wie der Kran den Safe auf dem Boden absetzte. Sofort baute eine Einheit ein großes Leinwandzelt auf, um den Wind abzuhalten.

»Alles gut organisiert«, flüsterte Paula.

»Wie immer bei Buchanan«, gab Tweed zurück.

Er hatte es gerade ausgesprochen, als der Chief Inspector ihnen zuwinkte. Sie folgten ihm in das Zelt, und ein Polizist schloss den Eingang hinter ihnen. Nachdem Buchanan Asbesthandschuhe angezogen hatte, öffnete er vorsichtig die Tür des Safes. Darin befand sich eine Masse schwarzer Asche. Nichts war übrig geblieben.

»Wir werden alles zu den Experten schicken«, sagte Buchanan. »Allerdings habe ich keine große Hoffnung, dass wir jemals herausfinden werden, was in dem Safe aufbewahrt wurde.«

»Vielleicht könnte ich helfen?« schlug Tweed vor. »Meine Leute haben Erfahrung mit einer sehr fortschrittlichen Technik, die es ermöglicht, Hand- oder Maschinenschriften aus den Überresten verbrannter Papiere zu rekonstruieren. Sie waren sehr erfolgreich.«

»Tatsächlich?« Buchanan dachte gerade darüber nach, als Sergeant Warden das Zelt betrat. »Mal angenommen, ich überlasse Ihnen eine Probe, und Sie haben Erfolg? Erklären Sie uns dann als Ausgleich Ihre Methode?«

»Einverstanden.«

Mit einer kleinen Schippe füllte Buchanan vorsichtig etwas Asche in eine Plastiktüte für Beweisstücke und verschloss sie. Dann reichte Warden ihm eine größere Tüte, und er steckte die kleinere hinein, verschloss auch diese und reichte sie Tweed.

»Das wäre in meiner Handtasche sicherer«, schaltete sich Paula ein.

»Okay.«

Als sie das Zelt verlassen hatten, blickten Tweed, Paula und Buchanan auf die Ruinen des Hauses. Ein von Stacheldraht umhüllter Kaminschacht war übrig geblieben. Buchanan deutete darauf.

»Instabil. Er wird zusammenbrechen.«

»Was für ein geschichtsträchtiges Bauwerk«, sagte Paula. »Das Ende einer Ära.«

»Ein sehr professioneller Brandanschlag«, informierte Buchanan Tweed. »Wir wissen inzwischen, dass nicht nur Benzin zum Einsatz kam, sondern dass zusätzlich auch Hitzebomben verwendet wurden. Gnadenlos.«

»Wie auch immer die Resultate unserer Experimente ausfallen werden, ich bleibe mit Ihnen in Verbindung«, sagte Tweed. »Es könnte ein paar Tage dauern.«

»Ist das alles?« Buchanan wirkte überrascht. »Vielleicht haben Sie etwas vor ...«

Tweed bog von der South Street auf den von georgianischen Häusern gesäumten Platz ab, von dem aus die kurze Straße zum Priory führte. In diesem Augenblick blitzten die Scheinwerfer eines geparkten Autos zweimal auf. Er bremste, während Paula ihren automatischen Browning zog und die linke Hand auf Tweeds Unterarm legte.

»Seien Sie vorsichtig. Es ist dunkel und niemand in der Nähe.«

Sie hatte recht. Der Platz wurde nur trübe durch Wandlaternen beleuchtet. Eine schlanke Gestalt stieg aus dem Wagen, einem Rover, wie Tweed jetzt sah. Er erkannte Keith Kent, der seine Wildlederjacke und ordentlich gebügelte graue Hosen trug. Als Keith ins Auto spähte, ließ er die Scheibe hinunter und nickte dann Paula zu.

»Auf ein paar vertrauliche Worte«, sagte er zu Tweed.

»Soll ich mich hinters Steuer setzen und zum Priory fahren?« fragte Paula, erleichtert, weil es Kent war.

»Nicht nötig, meine Gute«, versicherte Kent lächelnd. Im Gegensatz zu Franklin lächelte er nur selten, aber wenn er es tat, hatte man den Eindruck, dass er einen wirklich mochte. »Ich bin sicher, dass Sie über die Ereignisse mindestens so viel wissen wie Tweed.«

»Wir werden aussteigen und mit Ihnen um den Platz schlendern«, beschloss Tweed.

»Eine gute Idee. Ich ziehe es vor, dass wir drei allein sind. Ich habe aus einer Telefonzelle in der South Street im Priory angerufen, aber man hat mir gesagt, Sie wären noch nicht zurück. Deshalb habe ich hier gewartet. Ich habe Bob Newman in seinem alten Mercedes zurückkommen gesehen. Kurz danach sind dieser Franklin, Eve Warner und Philip Cardon eingetroffen.«

Während sie über das Kopfsteinpflaster um den verwaisten Platz spazierten, war es unheimlich still. Tweed wartete darauf, dass Kent das Wort ergriff.

»Es geht um diese Nachforschungen über Leopold Brazil, um die Sie mich gebeten haben. Ich könnte in London beginnen – er hat ein Haus in der City. Aber mein Instinkt rät mir, nach Paris oder Genf zu fliegen.«

»Genf.«

»Haben Sie auch Interesse an irgendwelchen anderen Informationen über Brazil, außer an denen über sein Geld?«

»Jede noch so unbedeutende Information ist wichtig. Sie haben *Carte blanche*.«

Unter einer Laterne blieb Kent stehen und legte seinen Kopf zur Seite, wie immer, wenn er sich konzentrierte, wie Paula aufgefallen war. »*Carte blanche*«, wiederholte er. »Das kann eine sehr kostspielige Angelegenheit werden.«

»Geben Sie so viel Geld aus, wie sie brauchen«, antwortete Tweed, während sie weitergingen. »Übrigens, haben Sie je von einem Mann namens Marchat gehört?«

»Nein«, erwiderte Kent prompt.

Die Antwort kam etwas zu schnell, fand Paula. Außerdem war er der erste, der nicht nach der Schreibweise des Namens fragte.

»Sollte ich etwas von ihm gehört haben?«

»Es hätte mich überrascht, wenn es so gewesen wäre. Ich sollte Ihnen erzählen, dass Franklin eine kleine Kette von Detektivbüros unterhält, von denen es auch eines in Genf gibt. Die Firma heißt Illuminations. Ich sage Ihnen das, damit Sie nicht übereinander stolpern. Obwohl ich ihn bis jetzt noch nicht darum gebeten habe, stellt wahrscheinlich auch er Nachforschungen über Brazil an.«

»Wird er wissen, dass ich mich mit demselben Mann befasse?«

»Nein. In diesem Fall könnten wir in einen Schlamassel geraten, und er würde seine Nachforschungen in eine andere Richtung lenken als Sie. Er hat nicht den gleichen finanziellen Sachverstand wie Sie.«

»Dann weiß ich also von ihm, aber er weiß nicht von mir?«

»Genau.«

»Franklin schien mir ein sehr fähiger Mann zu sein«, bemerkte Kent, während sie langsam weitergingen.

»Früher war er beim Militärgeheimdienst.«

»Ein guter Hintergrund für einen Inhaber von Detektivbüros. Wenn ich ihm über den Weg laufen sollte, bin ich privat dort?«

Das war typisch für Kent, dachte Paula. Bis jetzt war er immer ein extrem verlässlicher Mitarbeiter gewesen.

»Das ist Ihre beste Tarnung«, stimmte Tweed zu.

»Haben Sie diesen merkwürdigen Archie gefunden, den ich Ihnen gegenüber in Bradfields erwähnt habe?«

»Ja. Es war ein kurzer Besuch. Ich war Archie bei seiner Flucht ins Ausland behilflich. Aber fragen Sie mich nicht, wohin, er ist nicht sehr entgegenkommend.«

»Typisch Archie. Nie lässt er die linke Hand wissen, was die rechte tut. Ich mag ihn, er hat Mut.«

»Sehen Sie ihn ab und zu aus irgendeinem Grund, oder sollte ich danach besser nicht fragen?«

»Einem anderen würde ich es nicht sagen, aber er hat mir

erzählt, dass er seinen Lebensunterhalt damit verdient, dass er interessante Neuigkeiten über wichtige Persönlichkeiten an Zeitungen überall auf der Welt verkauft. Es geht nicht um Skandalgeschichten oder ähnlichen Dreck. Finanzdaten von einigen großen Unternehmen – das ist ein schwieriges Geschäft, und niemand kann ihm das Wasser reichen. Eine Ungereimtheit in einer Bilanz entdeckt er genauso schnell wie ich.«

»Wie haben Sie ihn kennen gelernt?«

Kent schwieg einen Augenblick, neigte erneut seinen Kopf zur Seite und blickte dann nacheinander Tweed und Paula an.

»Ein Freund in Paris konnte mir nicht die Informationen geben, hinter denen ich her war, hat aber gesagt, dass Archie Kontakt mit mir aufnehmen würde. Gegen Geld. Als ich mich gerade in meinem Zimmer im Georges Cinq rasierte, hat er an meine Tür geklopft. Er hat gewusst, was ich herausfinden wollte, und sein Honorar war vertretbar. Natürlich hat er Barzahlung verlangt. Ich glaube nicht, dass er Steuern bezahlt.«

»Dann wissen Sie also, wie Sie in Paris Kontakt zu ihm aufnehmen können?«

»Guter Himmel, nein!« Er lächelte in sich hinein. »Bei Archie läuft das nicht so. Wenn ich in Paris bin, schlendere ich die Rue St.-Honoré hinab, und plötzlich spaziert er neben mir her. Ich habe mich gefragt, ob er einen Kumpel im Flughafen Charles de Gaulle mit Zugang zu den Passagierlisten hat. Das ist eine Vermutung. Ich mag und bewundere ihn wirklich. Jetzt, wo ich Bescheid weiß, sollte ich besser verschwinden und mir die Tarnkappe überstülpen wie Archie.«

»Halten Sie Kontakt mit uns.«

»Falls Sie oder Paula nicht da sein sollten, wenn ich in Ihrem Büro anrufe, kann ich Monica eine Nachricht hinterlassen?«

»Sie können ihr alles erzählen. Seien Sie vorsichtig, Keith. Der Motormann ist unterwegs.«

»Schon in Ordnung. Das baut mein Selbstvertrauen auf.«

Kent setzte sich hinters Steuer des Rovers. Er hatte den

Platz bereits verlassen, bevor Tweed und Paula die Straße zum Priory erreicht hatten.

»Könnte ich kurz mit Ihnen reden, Sir? Es ist ziemlich vertraulich.«

Als ob er auf Tweed gewartet hatte, beugte sich der Eigentümer des Priory an der Rezeption vor. Paula entfernte sich taktvoll, um auf ihr Zimmer zu gehen.

Einen Augenblick später kam Eve mit einem Glas Wodka in der Hand aus der Lounge. Sie trug ein eng anliegendes grünes Kleid mit Rollkragen und einem goldenen Gürtel. »Kommen Sie, Tweed!« rief sie. »Wir versuchen gerade, unsere Gedanken zu ertränken. Soll ich Ihnen einen Drink bestellen?«

»Danke, jetzt nicht. Ich komme gleich.«

Als sie wieder allein waren, beugte der Eigentümer sich noch weiter zu Tweed vor. »Die Dame, die am Telefon nach Ihnen gefragt hat, hat betont, dass ich die Nachricht nicht aufschreiben dürfe, sondern Sie Ihnen mündlich mitteilen solle, wenn wir unter uns sind.«

»Das sind wir ja jetzt.«

»Die Anruferin hieß Monica, und sie hat gesagt, dass das Ziel Genf ist. Dann hat sie den Namen Genf wiederholt.«

13

Tweed glaubte, leise die Treppe hinaufgeschritten zu sein, aber Paula öffnete ihre Zimmertür. Sie trug einen Bademantel und bat ihn herein, bevor sie die Tür schloss.

»Schon in Ordnung. Ich bin eine anständige Frau. Ich wollte gerade duschen, und meine Kleidung hängt im Badezimmer. Irgendwelche Neuigkeiten?«

»Monica hat mir mitgeteilt, dass Brazil nach Genf geflogen ist.«

»Genf! Dann war Ihre Vermutung richtig. Wie sind Sie darauf gekommen, wo wir doch wussten, dass er ein

Hauptquartier in Paris und in Zürich hat, Genf aber von niemandem erwähnt wurde?«

»Zum Teil genau aus diesem Grund. Ich beginne, Mr. Brazil richtig einzuschätzen. Er legt sehr viel Wert auf Diskretion, und deshalb wird er wahrscheinlich sein wirkliches Hauptquartier geheim halten wollen. Dazu kommt die Tatsache, dass Genf eine so international geprägte Stadt ist. Und noch etwas, über das Sie Bescheid wissen.«

»Schon in Ordnung, nehmen Sie mich ruhig auf den Arm. Worum geht's?«

»Um das Foto von Marchat, von dem Buchanan uns erzählt hat. Er hat es unter Ausgaben des *Journal de* Genéve gefunden.«

»Daran hätte ich mich erinnern sollen. Ich werde übrigens mein taubengraues Kostüm tragen.«

»Das steht Ihnen gut. Eve ist ziemlich aufregend angezogen. Ich habe sie unten gesehen.«

»Sie will Philip rumkriegen. Mein graues Kostüm ist warm. Mit einer Windjacke darüber bin ich gerüstet, egal wie kalt es draußen auch ist. Nach dem Dinner treffen wir ja noch den Barkeeper in Bowling Green.«

»Eigentlich wollte ich Sie nicht mitnehmen. Es könnte gefährlich werden.«

»Gerade deshalb bestehe ich darauf mitzukommen. Wenn ich soweit bin, klopfe ich an Ihre Tür. In fünf Minuten?«

»In Ordnung. Ich werde mich nur schnell waschen. Es gibt eine Menge, worüber ich nachdenken muss. Besonders über eine Bemerkung, die heute jemand mir gegenüber gemacht hat.«

»Von der sie mir nichts erzählen wollen?«

»Noch nicht.«

»Sie werden Franklin genau wie Keith bitten, Nachforschungen über Brazil anzustellen?«

»Ja. Ich habe mich dazu entschlossen, als ich Monicas Nachricht erhielt.«

»Sie spinnen ein ziemlich großes Netz um Mr. Leopold Brazil.«

»Um große Fische zu fangen, braucht man ein großes Netz ...«

Auf dem Cointrin-Flughafen in Genf landete ein weißer Privatjet abseits der großen Rollbahn. In der Dunkelheit fuhr eine Limousine mit getönten Scheiben vor dem Flugzeug vor. Brazil war in Begleitung von Carson Craig, der jetzt einen teuren Anzug trug. Er schritt die Gangway hinab und stieg in den Fond der Limousine.

Ohne Zoll- und Passkontrolle verließ der Wagen den Flughafen, wobei sie an den Bürogebäuden berühmter internationaler Firmenkonglomerate vorbeikam. Eine Zeit lang fuhr die Limousine langsam, aber als sie die Hauptstraße erreicht hatten, beschleunigte der Chauffeur.

Vom Flughafen rief ein Polizist in Zivil Arthur Beck, den Chef der Bundespolizei, in seinem Büro in der Kochergasse in Bern an. »Inspektor Carnet am Apparat. Ich rufe aus einer Telefonzelle im Flughafen an. Unser Mann ist eingetroffen. Direkt nach der Landung des Privatjets wurde er von einer Limousine abgeholt.«

»Und jetzt haben Sie seine Spur verloren?« fragte Beck ruhig.

»Nein. Zwei Zivilautos und ein Motorradfahrer folgen der Limousine. Sie fährt in östlicher Richtung nach Ouchy und Montreux.«

»Halten Sie mich auf dem Laufenden. Rufen Sie mich aber auch weiterhin über meine Privatleitung an ...

In dem großen Kellerraum, in dem das Dinner serviert wurde, saß Eve am Kopf eines großen Tischs und schwang Reden. Beim Hinabsteigen der Wendeltreppe blickte Tweed Paula über die Schultern und beobachtete ihre Vorstellung.

»Wir gehören zu den Gästen dort«, sagte Tweed zum Oberkellner.

»Willkommen zur Party«, rief Eve aus und winkte mit ihrem Glas. Tweed bemerkte, dass es bereits aufgefüllt worden war. In der anderen Hand hielt sie eine Zigarette. »Das war ja ein Supertag«, fuhr sie fort, während sie Tweed zulächelte und Paula ignorierte. »Bill ist ein hervorragender Fahrer ...« Sie hielt inne und lächelte auch den Mann zu ihrer Rechten an. »Genauso gut wie Philip.«

Eve saß zwischen Bill Franklin und Philip. Tweed ergriff Paulas Ellbogen, um sie zum Tisch zu geleiten.

»Paula kann sich neben Bill setzen«, rief Eve, als ob es ganz natürlich wäre, dass man ihr gehorchte. »Und Sie, Tweed, setzen sich neben Philip ...«

»Zahlen Sie hier die Rechnung?« fragte Tweed, der immer noch neben Paula stand.

Diese Frage brachte Eve aus der Fassung. Sie trank einen weiteren Schluck Wodka, während Tweed Paula zu dem Platz neben Philip führte und dann um den Kopf des Tisches herumging, um sich neben Franklin zu setzen. Am anderen Ende des Tisches nahm Newman Platz.

»Sie sitzen auf den falschen Plätzen«, sagte Eve energisch.

»Allerdings.« Tweed lächelte. »Aber hier bezahle ich die Rechnung. Eigentlich sollten Sie jetzt erleichtert sein.«

»Okay. Setzen Sie sich hin, wo es Ihnen gefällt. Ich nehme an, dass Sie mir nicht erzählen werden, was Sie mit Paula vorhatten.«

»Nein«, antwortete Tweed freundlich. »Tatsächlich werde ich Ihnen nicht den geringsten Anhaltspunkt geben.«

Er sah, dass Paula erstarrte und im Begriff war, etwas zu sagen. Unter dem Tisch berührte er sie mit dem Fuß, um ihr zu bedeuten, dass sie ihm die Sache überlassen sollte.

»Hört sich so an, als ob Sie tatsächlich das Beste aus ihrer gemeinsam verbrachten Zeit gemacht hätten«, bemerkte Eve, die entschlossen war, beim Thema zu bleiben.

»Hören Sie auf«, tadelte Philip.

Überrascht wandte Eve sich ihm zu und starrte ihn mit hoch erhobenem Kopf an. »Was haben Sie gesagt?«

»Dass Sie damit aufhören sollen«, wiederholte Philip. »Und trinken Sie den Wodka nicht so schnell.«

Als Reaktion darauf leerte Eve ihr Glas, rief nach dem Kellner und steckte sich an der Glut ihrer Zigarette eine neue an. Jetzt ergriff Franklin mit breitem Lächeln das Wort.

»Auch wir haben einen ausgefüllten Nachmittag hinter uns. Ich habe mit Eve eine Tour durch die Purbecks gemacht, und wir sind auf dem Worth Matravers gelandet, der, wie Sie wahrscheinlich alle wissen werden, ziemlich hoch ist. Wir haben einen kleinen Pfad genommen, von dem aus man einen atemberaubenden Blick aufs Meer hat. Ich war froh, nicht auf dem Wasser zu sein, so aufgewühlt war das Meer.«

»Und dieses komische kleine Gasthaus«, warf Eve ein. »In dem es keinen Wodka gab.«

»Das spielte keine Rolle.« Franklin lachte gut gelaunt. »Dafür haben Sie sich ja am Kognak schadlos gehalten. Diese Dame ist hart im Nehmen. Wahrscheinlich könnte sie mich unter den Tisch trinken ...«

Mein Gott, dachte Paula. Erst Wodka, dann Kognak, jetzt noch mehr Wodka.

Während des langen Essens widmete Eve ihre Aufmerksamkeit zum großen Teil Franklin. Philip schien das nicht zu stören, er unterhielt sich mit Paula und Tweed.

Die Atmosphäre war gelöst und heiter, während Tweed sich mit zweierlei beschäftigte. Er blickte auf die Uhr – sie mussten pünktlich gehen, um den Barkeeper in Bowling Green zu treffen. Außerdem beobachtete er Eve.

Seiner Ansicht nach musste sie immer im Zentrum des Interesses stehen. Er vermutete, dass dies an einem gut kaschierten Minderwertigkeitskomplex lag. Dennoch kam es vor, dass sie charmant war, so wie jetzt, wo sie sich mit Philip lebhaft beim Kaffee unterhielt. Oder gefiel es ihr nicht, dass er Paula zu viel Aufmerksamkeit schenkte?

»Ich hoffe, es stört Sie nicht«, sagte er, während er die Rechnung beglich, »aber Philip und Paula begleiten mich zu einem Treffen. Meiner Ansicht nach werden wir nicht länger als eine Stunde weg sein. Würden Sie sich noch mal um Eve kümmern, Bill?«

»Es wird mir ein Vergnügen sein«, versicherte Franklin strahlend.

»Kann ich nicht mitkommen?« bettelte Eve. »Ich habe den ganzen Abend über kaum ein Wort mit Philip geredet.«

»Tut mir wirklich leid«, sagte Tweed. »Es geht um ein vertrauliches Versicherungsgeschäft, das sich als dringlich herausgestellt hat.«

»In Ordnung«, sagte Eve lächelnd. »Ich werde auf Philips Rückkehr warten.« Sie wandte sich Philip zu. »Bleiben Sie nicht zu lange, Darling. Bill und ich werden uns in der Lounge betrinken.«

»Ich bin schon blau«, sagte Franklin, während sie alle aufstanden. »Aber ich werde mit Eve mithalten. Mein guter Ruf steht auf dem Spiel.«

Nachdem Tweed seinen Mantel geholt hatte, folgte er Newman durch den Flur im Erdgeschoss zum Ausgang des Hotels. Paula stand hinter ihm, während Newman mit dem Eigentümer sprach, der an der Rezeption Unterlagen studierte.

»Wir machen einen Spaziergang«, erklärte Newman. »Nach dem exzellenten Essen brauchen wir das. Wir werden den Treidelpfad am anderen Ufer des Frome nehmen ...«

»Der wird schlammig und sehr glitschig sein«, warnte der Eigentümer mit einem Blick auf ihre Schuhe.

»Das habe ich schon vermutet. Haben Sie vielleicht zufällig ein Paar Gummistiefel in Reserve?«

»Jede Menge. Die wurden von den Gästen hier zurückgelassen. Ich zeige Ihnen eine Auswahl.«

»Und für mich?« rief Paula.

»Ich denke, das lässt sich machen ...«

Innerhalb weniger Minuten waren sie alle mit Gummistiefeln ausgerüstet. Dann bat Newman um ein weiteres Paar Gummistiefel, dessen Schuhgröße etwas kleiner als seine sein sollte.

»Wir treffen einen Freund«, sagte er. »Unsere Schuhe werden wir in meinem Wagen lassen – so verschmutzen wir Ihre Teppiche nicht, wenn wir zurückkommen ...«

Newman ging zum Black Bear Inn voran, wo sie Marler abholten. Die Gummistiefel passten ihm gut.

»Archie ist schlafen gegangen, und Butler behält sein

Zimmer im Auge«, berichtete Marler, während Newman sie auf denselben Weg führte, den sie gekommen waren.

»Wozu die Gummistiefel, wenn wir nicht den Treidelpfad nehmen?« fragte Paula. »Und was ist in Ihrer Stofftasche?«

»Das werden Sie sehen, wenn wir die East Walls besteigen. Außerdem sollte jeder eine starke Taschenlampe haben. Bei mir liegt sie immer hinten im Wagen.«

»Die Tasche ist ein sehr unbequemes Kopfkissen«, bemerkte Marler. »Hoffentlich sind alle bewaffnet. Ich habe meine Walther dabei. Der Himmel weiß, warum wir uns um diese nächtliche Uhrzeit mit jemandem treffen. Vielleicht mit dem Motormann.«

»Machen Sie nicht noch solche Witze«, protestierte Paula. »Nachts ist es hier schon unheimlich genug.«

Um diese Uhrzeit war Wareham wie ausgestorben. Keine Seele war zu sehen, als Newman zum Platz vorausging und sie dann auf einen verborgenen Weg bei der Kirche führte, deren Turm das nahe gelegene Priory überragte.

Tweed zeigte darauf, während er neben Paula herging. »Mehrere Jahrhunderte alt. Das Hotel war einst ein Kloster. Wareham ist ein sehr geschichtsträchtiger Ort.«

»Und was sind diese East Walls, die Sie erwähnt haben?« fragte Paula Newman.

»Man nimmt an, dass das die Wälle sind, die die Sachsen bauen ließen, um sich vor dänischen Invasoren zu schützen. Sie umgeben die Ostseite der Stadt. Es gibt auch die North und die West Walls. Sie sind miteinander verbunden, so dass man auf ihnen entlangspazieren und aus der Vogelperspektive einen Blick auf die Stadt werfen kann.«

»Gibt's auch South Walls?«

»Nein. Der Fluss war Schutz genug, so dass dort kein Wall erforderlich war.«

»Es ist sehr dunkel und still«, bemerkte Paula.

»Es wird noch viel dunkler und stiller werden. Da wären wir ...«

Gelegentlich hatte Newman seine Taschenlampe angeschaltet, und das tat er auch jetzt. Jenseits einer Straße sah

Paula einen steilen, schlammigen Pfad auf einem begrasten Hügel.

»Ich sehe keine Wälle«, sagte Paula, als sie mit dem Aufstieg auf dem glitschigen Weg begannen.

»Angeblich sind sie unter uns«, erklärte Tweed. »Tatsächlich gleichen diese so genannten Wälle eher einem großen Damm, der drei Viertel der Stadt umgibt.«

Links unter ihnen lag eine verlassene Straße, und rechts gab es hinter ein paar Häusern armselige Felder.

Paula zeigte auf die Straße. »Wäre es nicht bequemer, auf der Straße zu gehen? Sie scheint parallel zu diesem schlammigen Weg zu verlaufen.«

»Das wäre gefährlicher«, rief Marler, der direkt hinter Newman ging. »Dort könnte eher jemand auf uns warten. Man sollte stets den beschwerlicheren Weg wählen.«

Sie bemerkte, dass Marler seine Walther gezogen hatte. Als sie ihren Browning hervorholte, rief Tweed ihr leise zu:

»Unser Gespräch mit Ben wird wahrscheinlich ohne Zwischenfälle verlaufen.«

»Berühmte letzte Worte ...«

Sie gingen weiter den engen Pfad entlang, der hier und dort bergab und dann wieder bergauf führte. Im Mondlicht sah Paula, dass jenseits der Außenbezirke von Wareham die Felder unter Wasser standen. Unter dem Sternenhimmel wanderten sie weiter. Paula hielt ihre Windjacke am Kragen zu. Obwohl es windstill war, war es bitterkalt. Plötzlich hob Newman die Hand, um ihnen zu bedeuten, dass sie stehen bleiben sollten.

»Wir sind da. Der Pfad biegt nach links ab und gehört dann zu den North Walls. Dort liegt Bowling Green.«

Mit seiner Taschenlampe leuchtete er in eine begraste Senke zu ihrer Linken, die verlassen unter ihnen lag. Marler ging voran und bog in rechtem Winkel vom Pfad ab. Newman suchte mit seiner Taschenlampe die ganze Niederung ab.

»Keine Spur von Ben und seinem Hund. Wahrscheinlich ist er ein Stück weiter auf dem Fußweg.«

»Sehen Sie sich nur das ganze Wasser an«, sagte Paula.

»Da ist ein Fluss, und es sieht so aus, als ob er über die Ufer getreten wäre.«

Tweed stimmte ihr zu. »Wareham ist von zwei Flüssen umgeben. Der, den wir auf der Brücke am Ortseingang überquert haben, ist der ›Pißbach‹ oder der Trent, wenn sie einen vornehmeren Namen bevorzugen.«

»Bleiben Sie, wo Sie sind!« befahl Marler. Angesichts seines Tonfalls begann Paulas Herz wie wild zu pochen.

Marler stand auf einer Anhöhe über Bowling Green, wo der Pfad nach Westen abbog. Er richtete den hellen Lichtstrahl seiner Taschenlampe auf einen Sumpf neben dem Pfad, wo der Trent ein großes Stück Land überflutet hatte.

»Guter Gott«, rief Philip, der hinter Paula und Tweed gegangen war. »Das ist Ben! Er muss ausgerutscht sein.«

»So leicht lasse ich mich nicht aufs Glatteis führen«, sagte Newman grimmig. »Und das ist kein Scherz.«

»Es ist doch niemand in der Nähe, oder?« fragte Tweed.

»Nicht um diese Uhrzeit«, antwortete Newman.

Im Lichtstrahl der Taschenlampe sah Paula einen Teil des Körpers eines Mannes aus dem wässrigen Schlamm herausragen. Er war bis zur Hüfte im Sumpf versunken und hielt immer noch einen Arm hoch, als ob er um Hilfe rufen würde. Der Kopf war auf groteske Weise verdreht.

Mit Unterstützung Newmans und im Licht seiner eigenen Taschenlampe rutschte Marler einen steilen Abhang hinunter und erreichte den Rand des überfluteten Geländes. Vorsichtig steckte er einen Fuß in den Morast, der sofort bis zur Hälfte seines Gummistiefels reichte.

Paula hielt den Atem an, als Marler seinen Handschuh abstreifte und sanft einen Finger an die Halsschlagader des Mannes hielt. Nachdem er wieder festen Boden unter den Füßen hatte, machte er sich auf den Rückweg zu den anderen.

»Nun?« fragte Tweed.

»Es ist Ben. Sein Genick ist gebrochen.«

»Und was ist mit dem Hund?« fragte Paula.

»Den hat er, gleich nachdem er Ben umgebracht hatte, in den Sumpf geworfen. Er sollte nicht herumrennen und allzu schnell die Aufmerksamkeit auf diesen Ort lenken. Das ist die Lage.«

»Was ... was bedeutet das?« fragte Paula benommen.

»Es war wieder der Motormann«, sagte Marler.

14

Außer einem Mitarbeiter waren früh am nächsten Morgen alle nach London zurückgekehrt. Die Entdeckung der Leiche in Bowling Green hatte Tweed elektrisiert.

»Wir werden Dorset sofort verlassen«, hatte er sein Team während einer kurzen Besprechung in seinem Hotelzimmer informiert.

»Warum die Eile?« fragte Paula.

»Weil das der vierte Mord ist, und auf die eine oder andere Weise waren wir Zeugen der Taten. Wir können es nicht riskieren, hier zu bleiben, bis Buchanan uns ein paar sehr heikle Fragen stellt. Außerdem werde ich von Park Crescent aus das Tempo der Ermittlungen beschleunigen ...«

Nur Pete Nield blieb zurück. Er hatte Anweisungen erhalten, die Augen offen zu halten und über alle neuen Entwicklungen Bericht zu erstatten. Um zehn Uhr morgens saß Tweed mit Paula, Newman und Marler in seinem Büro. Newman erzählte Tweed, was er zu Eve und Franklin gesagt hatte.

»Ich habe mich mit jedem allein getroffen. Franklin habe ich erklärt, dass Sie durch eine wichtige Nachricht nach London zurückgerufen worden seien. Dabei habe ich es belassen.«

»Und wie hat er reagiert?«

»Er hat gesagt, dass es ihm gut gepasst hat, nach London zurückzukehren und die Fortschritte bei verschiedenen Nachforschungen zu überprüfen ...«

»Und Eve?«

»Auch sie hat behauptet, dass sie glücklich sei, Dorset zu verlassen. Offensichtlich hat sie üble Magenbeschwerden bekommen, nachdem wir zu unserem Treffen mit Ben aufgebrochen waren. Sie ist sofort in ihre Suite gegangen, weil sie geglaubt hat, ihr wäre das Essen nicht bekommen.«

»Wahrscheinlich waren es zu viele Wodkas und Cognacs«, sagte Paula sarkastisch.

Das Telefon klingelte. Monica nahm ab und winkte Tweed zu. »Arthur Beck aus der Schweiz. Er möchte Sie dringend sprechen ...«

»Gibt's Ärger, Arthur?« fragte Tweed.

»Ich habe versucht, Sie während der letzten Nacht zu erreichen, um ungefähr elf Uhr britischer Zeit. Man sagte mir, dass Monica gerade nach Hause gegangen sei. Brazil ist in der letzten Nacht auf dem Cointrin-Flughafen in Genf gelandet, wo eine Limousine auf ihn gewartet hat. Einer meiner Männer am Flughafen sah ihn mit diesem gewalttätigen Bastard namens Carson Craig verschwinden. Dem Wagen sind zwei unauffällige Autos und ein Motorrad gefolgt. Er ist in Richtung Ouchy/Montreux gefahren ...«

»Merkwürdig. Ich habe gehört, dass er Büros in Paris und Zürich hat, aber nicht ...«

»Lassen Sie mich ausreden. In Ouchy verloren die beiden Autos seine Spur. Mit den Fahrern habe ich ein ernstes Wörtchen geredet, aber der Motorradfahrer war intelligenter. Er hat gesehen, wie Brazil und Craig in Ouchy in eine völlig identisch aussehende Limousine mit einem identischen Nummernschild umgestiegen sind. Er ist ihnen nach Bern gefolgt. Keine hundert Meter von dem Platz, an dem ich sitze, keine hundert Meter von *meinem* Hauptquartier hat *Brazil* ein geheimes Hauptquartier.«

»Ein einfallsreicher Typ.«

»Meiner Ansicht nach wird er bald wieder verschwinden. Sie wissen, dass wir hier außerhalb der Stadt in Belp einen kleinen Flughafen haben. Der Privatjet, der ihn nach Genf gebracht hat, ist jetzt hier gelandet, und der Pilot hat einen Flugplan angemeldet. Raten Sie mal, wohin es gehen soll.«

»Ich rate nie.«

»Doch, Sie tun es ständig. Laut Flugplan fliegt der Jet

heute abend nach Genf. Ich habe Beobachter am Belp-Flughafen stationiert.«

»Er gleicht einem immer wieder verschwindenden Grashüpfer, unser Mr. Brazil.«

»Ich muss jetzt Schluss machen, werde Sie aber weiter auf dem Laufenden halten, selbst wenn es mich meinen Job kosten sollte ...«

Tweed seufzte, legte auf und gab Becks wichtigste Informationen an die anderen weiter.

»Was denken Sie?«

»Dass Genf immer wieder auftaucht.«

»Nach allem, was Sie uns erzählt haben, bin ich misstrauisch«, meinte Paula, während sie Gesichter auf ihren Notizblock zeichnete. »Ich an Becks Stelle würde jemanden am Flughafen postieren, der Brazil und nach Möglichkeit auch Craig definitiv identifizieren kann. So könnte er sichergehen, ob es sich wirklich um Brazil und Craig handelt, wenn zwei Männer die Maschine besteigen.«

»Meiner Ansicht nach hatten Sie gerade einen Geistesblitz.« Einen Moment lang dachte Tweed nach, dann sah er Monica an. »Würden Sie Beck bitte zurückrufen und ihn von Paulas Gedanken unterrichten? Sagen Sie ihm, dass es ihre Idee war, denn er schätzt sie. Und dass ich ihren Vorschlag voll unterstütze.«

Als er gerade ausgeredet hatte, klingelte das Telefon erneut. Monica nahm den Anruf entgegen, runzelte die Stirn und blickte Tweed an. »Bill Franklin wartet unten. Wenn Sie Zeit haben, möchte er Sie kurz sprechen.«

»Wir nehmen uns Zeit für ihn. Rufen Sie Beck an, wenn er wieder gegangen ist ...«

In einer kleinen Villa in der Kochergasse in Bern, nicht weit vom Hauptquartier der Bundespolizei entfernt, saß Brazil hinter einem riesigen Louis-quinze-Schreibtisch. Die einzige andere Person in dem Raum, dessen Wände mit alten Wandteppichen geschmückt waren, war José, ein großer, schlanker Mann in einem grauen Anzug. Er saß in einer Ecke hinter einem viel kleineren Schreibtisch.

»Nun, José«, rief Brazil gut gelaunt, »würden Sie nicht sagen, dass ich in der letzten Nacht alle zum Narren gehalten habe? Ihre Idee, die Limousine zu wechseln, war brillant.«

»Nach dem, was ich über Tweed gehört habe, würde ich es für gefährlich halten, sich zu sehr in Sicherheit zu wiegen.«

»Ich rede nicht von Tweed, sondern von Beck«, sagte Brazil scharf.

»Ich bleibe bei meiner Warnung.«

Brazil starrte seinen vertrauenswürdigsten Informanten an. José war Ende Vierzig und stammte aus Französisch-Guyana, der ehemaligen französischen Kolonie in Südamerika, die heute ein Übersee-Departement ist. Nach einer von Armut verdüsterten Kindheit hatte er durch harte Arbeit genügend Geld gespart, um ein Flugticket in die Vereinigten Staaten zu bezahlen.

Dort war er Zeitungsverkäufer und Tellerwäscher gewesen und hatte in einem armseligen Zimmer in den frühen Morgenstunden gelernt, um Bilanzbuchhalter zu werden. Nachdem er seine Examen mit Bestnoten bestanden hatte, hatte er sich bei einem von Brazils Unternehmen in den Vereinigten Staaten um einen entsprechenden Job beworben.

Während des Vorstellungsgesprächs war Brazil in das Büro gekommen und hatte sich persönlich weiter mit José unterhalten. Seine Intelligenz und Professionalität hatten ihn so beeindruckt, dass er José als seinen Stellvertreter eingestellt hatte. Auch nach Brazils Umzug nach Europa hatte José diesen Posten noch inne.

Seine Haut war kaffeebraun. Er war glattrasiert, immer tadellos gekleidet und der einzige Mann, der nicht zögerte, seinem Chef zu widersprechen. Brazil bewunderte diese Eigenschaft.

»Da Sie gerade einen Augenblick Zeit haben«, sagte José, »kann ich über einen Anruf aus England berichten, der heute früh kam. Es war ein Mann, dem Sie den Spitznamen Recorder gegeben haben.«

»Irgendwelche Informationen?« fragte Brazil.

»Der Recorder hat mir ein paar Namen von Top-Mitgliedern aus Tweeds Team genannt: Robert Newman, Paula Grey und, was noch bestätigt werden muss, William Franklin.«

»Ist das alles?« Brazils Stimme klang etwas angespannt. »Ich muss so früh wie möglich alle Namen von Tweeds führenden Teammitgliedern haben. Das erinnert mich daran, dass ich in England anrufen muss.«

Paula fand, dass Franklin elegant aussah, als er das Büro betrat. Er trug einen bis zu den Oberschenkeln reichenden marineblauen Mantel und eine dazu passende, gut geschnittene Hose. Unter dem Mantel lugten ein marineblauer Blazer mit Goldknöpfen, ein blaugestreiftes Hemd und eine hellgraue Krawatte hervor.

»Guten Morgen zusammen«, begrüßte er die Anwesenden. »Draußen ist es so kalt, dass ein Eskimo erfrieren könnte.«

Tweed bedeutete ihm, Platz zu nehmen.

»Möchten Sie eine Tasse Kaffee?« fragte Monica. »Ohne Zucker und mit einem Schuss Milch.«

»Sie haben Engel in Ihrem Team«, sagte er lächelnd, während er Paula anblickte. »Ja bitte, Monica.«

»Wo ist Eve jetzt?« fragte Tweed.

»Ich nehme an, dass Philip sie vor ihrer Wohnung in South Kensington abgesetzt hat. Nicht weit von Ihrer Wohnung entfernt«, sagte er, an Newman gewandt.

»Ich habe gehört, dass es ihr nicht gut ging, nachdem wir gegangen waren«, sagte Tweed schnell.

»Stimmt. Sie hatte viel gegessen und sagte gleich, nachdem sie gegangen waren, dass sie sich krank fühle. In ihrer Suite habe sie ein Mittel gegen Magenschmerzen, und damit war sie verschwunden. So blieb ich allein zurück, zündete mir eine Zigarre an und ging dann nach ein paar Minuten nach draußen, um auf dem Platz etwas frische Luft zu schnappen. Ich wollte die Ruhe genießen, und was geschah? Ein Motorradfahrer raste mit Höchstgeschwindigkeit über die South Street auf die North Street zu. Er muss fast hundert Stundenkilometer gefahren sein.«

»Wieviel Zeit war da nach unserem Aufbruch vergangen?« fragte Tweed nachdrücklich.

»Ungefähr zehn Minuten.«

»Und wie lange«, fragte Tweed Newman, »haben wir Ihrer Schätzung nach für den Weg nach Bowling Green gebraucht?«

»Etwa fünfundzwanzig Minuten. Nach unserem Aufbruch und nach unserem Fund habe ich auf die Uhr gesehen.«

»Was haben Sie gefunden?« fragte Franklin, nachdem er Monica für den Kaffee gedankt hatte. »Oder ist das ein Staatsgeheimnis?« Tweed schüttelte ablehnend den Kopf.

Franklin hob entschuldigend eine Hand. »Ich hätte nicht fragen sollen. Ich will Ihre Zeit nicht übermäßig in Anspruch nehmen, und deshalb komme ich jetzt direkt zu dem Punkt, weshalb ich hier bin. In Dorset haben Sie gesagt, dass sie mich vielleicht einsetzen wollen. Auf meinem Schreibtisch ist gerade ein Angebot für einen lukrativen Job gelandet. Die Sache ist langweilig, und wenn ich für Sie Nachforschungen anstellen soll, könnte ich das an ein Mitglied meines Teams delegieren.«

»Ich habe es nur mit einem kleinen Fisch zu tun.« Tweed lächelte grimmig. »Mit einem Mann namens Leopold Brazil.«

»Verstehe.« Franklin antwortete mit einem trockenen Lächeln. »Was wollen Sie über diesen Gentleman wissen, und wo sollte ich Ihrer Meinung nach beginnen?«

»Ich will über alles Bescheid wissen, was Sie herausfinden können. Besonders über all die Orte, von denen aus er operiert. Beginnen Sie in Genf. Sie haben gesagt, dass Sie dort eine Niederlassung haben.«

»Bin schon unterwegs.« Franklin leerte seine Kaffeetasse, stand auf, zog seinen Mantel an und blickte zu Paula hinüber. »Wenn Sie jemanden zu mir schicken müssen, Tweed, wäre ich glücklich, wenn es Paula wäre.«

»Und Paula wäre glücklich, zu dir zu kommen«, antwortete Paula.

Franklin lächelte in die Runde. Dann blickte er zu Marler hinüber, der rauchend an der Wand lehnte und geschwiegen hatte. »Ich glaube nicht, dass ich Ihren Namen kenne.«

»Nein«, gab Marler zurück.

»Noch ein Staatsgeheimnis«, sagte Franklin grinsend zu Tweed, bevor er das Büro verließ.

»Viel Zeit verschwendet er nicht«, bemerkte Paula.

»Und Sie finden ihn interessant, stimmt's?« hänselte Tweed sie.

»Ja. Er ist höflich, intelligent und unterhaltsam. Außerdem mag er Frauen.«

»Was kann man mehr verlangen?«

Paula wechselte das Thema. »Warum waren Sie so an dem Motorradfahrer interessiert, den Bill gehört hat, nachdem wir vom Priory zu dem Treffen mit dem armen Ben aufgebrochen waren?«

»Weil ich glaube, dass das vielleicht der Motormann war, der nach Bowling Green fuhr, um vor unserer Ankunft Ben umzubringen.«

»Aber wie um alles auf der Welt hätte jemand über Zeit und Ort unseres Treffens Bescheid wissen sollen?«

»Sie haben etwas vergessen«, sagte Tweed. »Als wir uns mit ihm verabredet haben, hat Ben ein paar Mal lauter gesprochen, und an der Bar lehnten zwei merkwürdige Männer, von denen einer mit einem Geldstück auf den Tresen klopfte. Sie könnten es irgend jemandem erzählt haben, der dem Motormann Anweisungen gab. Ich hätte die Gefahr erkennen sollen.«

»Man kann nicht an alles denken. Ich frage mich, wie Philip mit Eve klarkommt.«

Philip hatte Wareham in seinem Land Rover verlassen, und Eve folgte ihm in ihrem Porsche. Wann immer es möglich war, überholte sie ihn. Dann wartete Philip, bis die Straße frei war, und überholte sie, wobei er ihr zuwinkte, wie sie es auch getan hatte. Dieses Spiel setzten sie fort, bis sie in den Londoner Verkehr gerieten.

Philip war überrascht, wie nahe ihre Wohnung bei der Bob Newmans lag. Eve wohnte in einem großen Haus aus rotem Backstein, das in Apartments aufgeteilt worden war und teuer wirkte. In ihrer Wohnung im ersten Stock warf sie ihren Mantel achtlos auf eine große Couch.

»Das da drüben ist der Schrank mit den Drinks. Machen Sie mir einen großen Wodka, während ich ins Bad gehe.«

Er öffnete den Schrank, nahm ein Glas heraus und schenkte eine bescheidene Portion Wodka ein – bescheiden für ihre Verhältnisse. Dann ging er zum Erkerfenster hinüber und blickte auf die South Kensington Road hinab. Mitten am Vormittag herrschte hier nicht viel Verkehr.

Im Priory war Eve sehr spät zum Frühstück eingetroffen, hatte dann zwei Spiegeleier mit Schinken und Tomaten gegessen und ihm den Grund für ihre Verspätung erklärt. »Ich habe fast die ganze Nacht über kein Auge zugetan und gelesen ...«

Zu diesem Zeitpunkt hatte Philip das seltsam gefunden. Bevor er ins Bett gegangen war, war er an ihrer Suite vorbeigegangen und hatte kein Licht brennen sehen.

Während er darüber nachdachte, kam Eve wieder ins Zimmer, und er reichte ihr das Glas.

»Um Himmels willen, nennen Sie das einen großen Wodka?«

»Ist es nicht ein bisschen früh ...«

»Nein«, schnappte sie, während sie ihr Glas erneut füllte. »Trinken Sie nichts? Sie können sich jederzeit einen starken Orangensaft einschenken.«

Eve warf sich auf eine große Couch und streckte die Beine aus, während Philip sich an das andere Ende setzte und beobachtete, wie sie ihren Wodka mit zwei Schlucken austrank. Sie hatte sich beruhigt, und Philip ergriff ihre Hand.

»Noch nicht. Wir kennen uns doch kaum, Darling.«

Nachdem sie aufgesprungen war, setzte sie sich in einen Armsessel und schenkte ihm ein warmes Lächeln. Dann beugte sie sich vor.

»Ich weiß noch nicht einmal etwas über Ihren Job.«

»Ich arbeite in der Versicherungsbranche«, antworte er, vorsichtig geworden.

»Was für Versicherungen? Wer sind die führenden Leute? Ist Tweed der Top-Mann in Ihrem Unternehmen? Er ist nett.

Mit wem arbeitet er noch zusammen außer mit Ihnen? Das interessiert mich.«

»Auch Sie erzählen nichts über Ihren Job außer der Tatsache, dass Sie nicht darüber reden dürfen ...«

»Ist Ihre Arbeit auch geheim?« fragte sie hastig.

»Nein. Es ist langweilig, darüber zu reden. Und ich hatte Ihnen schon vorher erzählt, dass ich in der Versicherungsbranche arbeite.« Er sah auf die Uhr. »Jetzt, wo ich Sie sicher nach Hause gebracht habe, muss ich ins Büro.«

Verärgert über ihren plötzlichen Stimmungswechsel, wollte er nur noch die Wohnung verlassen. Doch sie sprang auf, umarmte ihn und küsste ihn auf den Mund.

»Ruf mich heute abend vor sechs Uhr an, Philip. Vielleicht muss ich wegen eines Jobs ins Ausland.«

»Wohin?«

»Das weiß der Himmel. Und mein Boss. Ich selbst weiß es erst, wenn er es mir sagt.«

»Ich werde anrufen ...«

Tweed ging in seinem Büro auf und ab, und seine Gedanken rasten, während er mit den Teilen des Puzzles spielte, das er zusammenzusetzen versuchte.

»Sie errichten einen eisernen Vorhang um Leopold Brazil«, bemerkte Paula. »Zuerst schicken Sie Keith Kent nach Genf, und jetzt ist auch Bill Franklin dorthin unterwegs, um seine Detektive in Bewegung zu setzen.«

»Wir werden einen eisernen Vorhang benötigen, um herauszufinden, was Brazil vorhat.«

»Sind Sie sich denn sicher, dass er etwas vorhat?«

»Ich folge Becks Hinweisen. Warum sollte sich Brazil sonst so viel Mühe geben, seinen Verfolgern zu entkommen, in Ouchy die Limousine zu wechseln und dann in Bern seinen Jet zum Flughafen Belp zu bestellen? Er errichtet Nebelwände, um etwas zu verbergen. Die Frage ist, was er kaschieren will. Übrigens, Bob, Sie sind früh gekommen, nachdem Sie Archie in Heathrow abgesetzt hatten. Wie geht es ihm?«

»Ich habe ihn im Black Bear Inn abgeholt.« Newman setzte einen resignierten Gesichtsausdruck auf. »Es schien noch mitten in der Nacht zu sein, so früh am Morgen. Aber Archie war frisch rasiert und munter wie ein Eichhörnchen. Wir sind rechtzeitig in Heathrow angekommen.«

»Haben Sie heimlich überprüft, welchen Flug er genommen hat?«

»Mit Archie spielt man solche Spielchen nicht. Er erwartet, dass man ihm vertraut. Als wir in der Halle des Flughafens angekommen waren, bat er mich, am Buchladen zu warten. Er ging zum Schalter der Swissair, und ich dachte, dass ich ihn danach nicht mehr sehen würde. Anschließend wollte ich hierher fahren.«

»Geschah dann noch etwas?«

»Etwas Unerwartetes. Archie kam zurück und zeigte mir sein Flugticket. Und jetzt raten Sie mal, wohin er geflogen ist? Vor ein paar Stunden muss er eingetroffen sein.«

»Spucken Sie's aus«, sagte Tweed ungeduldig.

»Nach Genf.«

15

Nachdem Newman Archies Ziel genannt hatte, herrschte ein paar Augenblicke lang Schweigen im Büro. Tweed saß in seinem Schreibtischsessel und starrte auf eine Karte von Europa, die Paula zuvor auf seinen Wunsch an der Wand angebracht hatte.

Auf der Karte hatte Tweed mit Stecknadeln mit farbigen Köpfen bestimmte Städte markiert: Paris, Zürich, Bern, Genf, Ouchy und Montreux. Paula hatte den Eindruck, dass er gar nicht auf die Karte blickte, sondern in Gedanken weit weg war. Plötzlich richtete er sich kerzengerade in seinem Sessel auf.

»Monica, rufen Sie Butler in seiner Wohnung an, und sagen Sie ihm, dass er warme Sachen einpacken und dann hierher kommen soll. Wenn Pete Nield aus Dorset anruft, richten Sie ihm aus, er soll ebenfalls so schnell wie möglich herkommen. Wenn er nicht innerhalb einer Stunde anrufen sollte, versuchen Sie, ihn im Black Bear Inn zu erreichen.«

»Und was ist mit uns?« fragte Paula.

»Bereiten Sie sich alle darauf vor, sofort nach Europa zu fliegen, und packen auch Sie warme Kleidung ein.«

»Warum?« fragte Marler, der immer noch an der Wand lehnte.

»Ich habe mich sofort nach meiner Rückkehr hierher in einer Zeitung über die Temperaturen in der Schweiz informiert. Sie liegen deutlich unter Null, und es hat stark geschneit. Deshalb sollten Sie auch passendes Schuhwerk für Schnee und Eis einpacken.«

»Viel los heute«, kommentierte Paula. »Wir fahren in Urlaub.«

»Noch nicht«, erwiderte Tweed. »Aber ich will, dass alle reisebereit sind.« Er erhob sich. »Und jetzt habe ich noch zwei Verabredungen wahrzunehm…«

Das Klingeln des Telefons unterbrach ihn. Monica hob ab. Sie wirkte überrascht, dabei kam es selten vor, dass sie Gefühle zeigte. Sie legte eine Hand über die Sprechmuschel. »Sie werden es nicht glauben, Tweed, aber Leopold Brazil ist am Apparat. Der große Mann möchte persönlich mit Ihnen reden.«

»Notieren Sie sich folgende Nachricht, die Sie ihm dann Wort für Wort wiederholen: ›Mr. Tweed ist den ganzen Tag über nicht hier …‹ Monica stenographierte den Text schnell auf ihrem Notizblock mit. ›Mr. Newman hat mir Ihre Bitte übermittelt, mich zu treffen, aber im Augenblick habe ich sehr viel zu tun.‹ Das ist die Nachricht. Sagen Sie zuerst, dass die Leitung nicht einwandfrei ist und Sie das Gespräch auf ein anderes Telefon legen müssen. Dann beginnen Sie zu reden, sobald ich abgenommen habe, damit ich mithören kann …«

Als Monica nickte, nahm Tweed den Hörer ab und lauschte konzentriert. Nachdem sie die Nachricht verlesen hatte, begann Brazil zu sprechen.

»Wenn Sie Mr. Tweed sehen, könnten Sie ihm dann freundlicherweise mitteilen, dass ich ihn dringend sprechen muss, bevor es zu einer Katastrophe kommt? Mein Privatjet kann ihn in Heathrow abholen und ihn zu jedem kontinentaleuropäischen Flughafen seiner Wahl bringen. Ich würde es vorziehen, wenn er allein käme. Auch ich werde ohne Begleitung sein. Meinen herzlichen Dank ...«

Im gleichen Augenblick wie Monica legte Tweed den Hörer auf. Dann wiederholte er für die anderen, was Brazil gesagt hatte, und blickte Newman an.

»Ich habe ihn mal kennen gelernt, aber das ist schon eine ganze Weile her, und wir hatten nur ein kurzes Gespräch. Am Telefon wirkt er sehr charmant und macht den Eindruck eines Mannes von großer Autorität ohne jede Spur von Arroganz. Seine Stimme ist fest, aber auch mit einem Hauch von Mitleidslosigkeit. Was hatten Sie für einen Eindruck, als Sie ihm in Grenville Grange begegnet sind?«

»Den gleichen wie Sie.«

»Interessant. Ich bin froh, für Vorsichtsmaßnahmen gesorgt zu haben, die Monica gleich einleiten wird.«

»Ich muss mal schnell in meiner Wohnung vorbeischauen«, sagte Marler.

»Dann tun Sie es besser sofort.«

»Um Himmels willen, unter diesen Umständen werden Sie sich doch nicht mit ihm treffen, oder?« fragte Newman. »Wenn Sie in seinem Jet ins Ausland reisen, hat er Sie in der Hand.«

»Das werden wir sehen ...«

»Sie brauchen Unterstützung. Sehr viel Unterstützung«, insistierte Newman.

»Wir werden sehen ...« wiederholte Tweed, während er aufstand und nach seinem Mantel griff. »Jetzt muss ich mich beeilen ...«

»Sie haben uns nicht erzählt, mit wem Sie sich treffen werden«, sagte Paula ängstlich.

»Tut mir leid, ich war in Gedanken woanders. Zuerst treffe ich Miss Maggie Mayfield. Ich habe ein Zimmer im Brown's Hotel reserviert, damit wir unter uns sind.«

»Wer um alles in der Welt ist das?«

»General Sterndales Nichte und seine einzige lebende

Verwandte. Sie wollte eigentlich in jener Nacht bei ihm sein, als das Landhaus abbrannte, ist aber wegen einer Erkältung zu Hause geblieben.«

»Und Ihre zweite Verabredung?« fragte Paula.

»Ich treffe mich mit Professor Grogarty in der Harley Street. Lässt dieser Name bei jemandem die Glocken klingeln?«

»Er ist der größte lebende Allround-Wissenschaftler«, sagte Newman.

»Das erinnert mich daran«, sagte Tweed zu Monica, »dass ich eine Liste von den zwanzig vermissten Wissenschaftlern mit Ihren jeweiligen Fachgebieten brauche.«

Monica reichte ihm eine Akte. Er blickte sich im Raum um, während er sie sich unter den Arm klemmte.

»Wenn ich zurückkomme, werden wir vielleicht mehr über die Vorkommnisse wissen. Grogarty ist ein Exzentriker, aber ein genialer Mann ...«

Nachdem er versucht hatte, mit Tweed zu sprechen, legte Leopold Brazil in seinem Berner Büro den Hörer auf und starrte ins Leere. Seine Reaktion war so merkwürdig wie eine von Tweeds Eigenheiten. José schwieg ein paar Minuten, bevor er das Wort ergriff.

»Er war also nicht zu sprechen, Sir?«

»Mit Sicherheit kann ich es nicht sagen, aber ich glaube, dass Tweed jedes einzelne Wort mitgehört hat. Als seine Assistentin das Gespräch unterbrochen und dann gesagt hat, dass er nicht im Büro sei, habe ich seine Anwesenheit gespürt.«

»Unser Mr. Tweed ist nur sehr schwer zu fassen.«

»Um so mehr liegt mir daran, ihm erneut zu begegnen, und diesmal geht es um ein wirklich ernsthaftes Gespräch. Meiner Ansicht nach ist ihm das klar. Ich zähle darauf, dass ihm das Wort ›Katastrophe‹ im Gedächtnis haften bleibt.«

»Und in der Zwischenzeit warten wir ab?«

»Nein«, donnerte Brazil, stand auf und blickte auf seinen Assistenten hinab. »Wir machen mit unserem Projekt weiter, das frühestens in ein paar Tagen beendet sein wird. Rufen

Sie Konrad an, und sagen Sie ihm, dass alles nach Plan läuft. Konrad, seltsamer Name für einen Russen, für Karow, den mächtigen Mann.«

In einem Zimmer im Brown's reichte Tweed Maggie Mayfield die Hand. Sie war eine unkomplizierte, rundliche Frau Mitte Vierzig mit einem intelligenten Gesichtsausdruck und klugen braunen Augen. Sie lächelte.

»Es tut mir leid, dass ich Sie habe warten lassen«, entschuldigte Tweed sich.

»Ich komme immer zehn Minuten zu früh zu meinen Verabredungen.« Sie grinste boshaft. »Ich war bekannt dafür, immer im falschen Augenblick aufzutauchen. Also – wie kann ich Ihnen helfen?«

Nachdem sie Platz genommen hatten, schenkte sie ihnen Kaffee ein. Tweed hatte seinen Mantel abgelegt. Sie saßen sich an einem kleinen, rechteckigen, alten Tisch gegenüber.

»Nach der Tragödie in Sterndale Manor war ich dabei, als die Polizei den großen Safe geborgen hat, von dem sie mir erzählt hatten. Von seinem Inhalt war nur noch Asche übrig, aber meine Leute arbeiten an einer Technik, um die Schrift auf den Papieren zu rekonstruieren.«

»Müll. Bestimmt wird alles Müll sein.«

»Wie können Sie sich da so sicher sein?«

»Als ich meinen Onkel anrief, um ihm mitzuteilen, dass ich ihn nicht besuchen kann, habe ich ihn gefragt, ob die Inhaberschuldverschreibungen wieder zurückgegeben worden sind. Schließlich hat er mir gestanden, dass sie an einen bemerkenswerten Mann zur Finanzierung eines Projekts ausgeliehen sind, das Europa zu einem sichereren Kontinent mache.«

»Hat er den Namen dieses Mannes genannt?«

»Nein. Er hat es strikt abgelehnt und gesagt, das sei seine Angelegenheit. Allerdings hat er gesagt, dass sie am Monatsende wieder in seinem Safe liegen würden. Wir haben jetzt bald Ende Februar.«

»Wie lange liegt Ihr Telefongespräch mit dem General zurück?«

»Zwei Tage. Ich erhole mich gerade von der Erkältung, aber Sie werden bemerkt haben, dass ich noch nicht ganz gesund bin.«

»Sie bezweifeln also, dass die Papiere wieder im Safe waren, als das Feuer ausbrach?«

»Genau. Ich kenne, oder besser: ich kannte ihn gut. Mit Monatsende hat er wahrscheinlich Ende März gemeint.«

»Haben Sie die Inhaberschuldverschreibungen mal in dem Safe gesehen?«

»Ja. Wie ich Ihnen am Telefon schon sagte, hat er den Safe einmal in meiner Anwesenheit geöffnet. An seine Worte kann ich mich erinnern: ›Würdest du gerne einmal dreihundert Millionen Pfund sehen, den Großteil des Kapitals der Bank?‹ Dann hat er den Safe geöffnet, der mit Schnellheftern voll gestopft war. Nachdem er einen geöffnet hatte, hat er mir eine der Inhaberschuldverschreibungen gezeigt. Ich war konsterniert, wie viel sie wert war. Eine große Ölgesellschaft, aber ich habe vergessen, welche. Das war natürlich, bevor er sie diesem geheimnisvollen Mann geliehen hat.«

»Können Sie sich an die Farbe der Schnellhefter erinnern?«

»Ja. Es waren diese altmodischen Ordner mit verschiedenen Unterteilungen. Sie hatten ein verblichenes Grün. Ich glaube, sie lagen seit Jahren in dem Safe.«

»Glauben Sie immer noch, dass diese riesige Summe nicht das Gesamtkapital der Bank war?«

»Ja. Der General hat erklärt, dass alle Filialen über eigene Guthaben verfügten, die mehr als ausreichend waren, um den Betrieb aufrechtzuerhalten.«

»Und Sie haben ihm geglaubt?«

»Ja.« Sie lächelte herzlich. »Mein Onkel war ein ehrenhafter Mann. Nie hat er das Vermögen der Filialen angezapft. Er glaubte, eine Verpflichtung gegenüber den Anlegern zu haben, die ihr Geld in den Filialen in Sicherheit wähnten.«

»Wenn Sie in der Lage gewesen wären, seine Einladung anzunehmen, diese Nacht in seinem Landhaus zu verbringen, liege ich dann mit meiner Annahme richtig, dass seine einzigen Angehörigen anwesend gewesen wären? Und die einzigen drei Menschen, die wussten, dass er die Inhaberschuldverschreibungen jemandem geliehen hatte?«

»Ja, Sie haben recht. Sein Sohn Richard wusste über die Sache Bescheid und war gar nicht damit einverstanden.« Sie trank einen Schluck Kaffee und starrte Tweed an, während sie ihre Tasse auf den Tisch stellte. »Sie denken, dass niemand mehr etwas von diesen Papieren gewusst hätte, wenn ich in dieser Nacht dort gewesen wäre, stimmt's?«

»Ja.« Tweed bewunderte, wie beherzt diese Frau war. »Wer wusste noch, dass Sie kommen wollten?«

»Nur Marchat, der Butler, Koch und Reinigungskraft zugleich war. Ein netter und sehr stiller Mann.«

»Könnte er mit irgend jemandem über Ihren bevorstehenden Besuch und darüber geredet haben, dass alle Familienmitglieder in dieser Nacht im Landhaus sein würden?«

»Warum nicht? Marchat besuchte abends ein Pub in Wareham. Es wird für ihn keinen Grund gegeben haben, das als Geheimnis zu betrachten. Ich nehme an, dass er nach ein paar Drinks ziemlich gesprächig wird.«

»Ich sollte Sie besser davor warnen, Miss Mayfield, dass Chief Inspector Roy Buchanan von Scotland Yard Sie früher oder später verhören wird. Erzählen Sie ihm alles, was Sie auch mir mitgeteilt haben, abgesehen von dem, was Sie gerade über Marchat gesagt haben. Und betonen Sie, dass die Bank weiterhin solvent und mit den Filialen alles in Ordnung ist. Wenn Informationen wie die über die Inhaberschuldverschreibungen durchsickern, könnte das Panik auslösen.«

»Ich werde es ihm sagen. Er hat bereits bei mir zu Hause angerufen und will mich bald treffen.«

»Vielen Dank, dass Sie mir Ihre Zeit geschenkt haben«, sagte Tweed, während er ihr in den Mantel half. »Sie waren eine große Hilfe.«

Sie wandte sich um und starrte ihn an. Ihre Lippen zitterten, aber dann festigte sich ihr Gesichtsausdruck, und sie wirkte sehr entschlossen. »Mir sind Gerüchte zu Ohren gekommen, Mr. Tweed, und ich habe die Zeitungen gelesen. Ist mein Onkel ermordet worden?«

»Ja. Daran kann kein Zweifel bestehen. Es tut mir leid, dass ich es so unverblümt aussprechen muss, aber meiner Ansicht nach gehören Sie zu den Frauen, die Aufrichtigkeit bevorzugen.«

»Allerdings. Ich bin Ihnen dankbar dafür.« Sie zögerte. »Besteht irgendeine Chance, dass der Täter jemals vor Gericht gebracht wird?«

»Ich arbeite persönlich an dem Fall. Sollte ich je beweisen können, wer es getan hat, werde ich dafür sorgen, dass er eine angemessene Strafe erhält. Aber erzählen Sie das, was ich Ihnen gerade anvertraut habe, auf keinen Fall weiter.«

»In Ordnung. Nochmals vielen Dank.« Sie reichte ihm die Hand.

»Noch eine letzte Frage. Haben Sie irgendeine Idee, was für eine Staatsangehörigkeit dieser Marchat haben könnte?«

»Ja. Er ist Schweizer. Sie können hart arbeiten, diese Schweizer ...«

Während er mit einem Taxi zu dem Treffen mit Professor Grogarty fuhr, wirbelten Tweeds Gedanken durcheinander. Er mochte Maggie Mayfield – sie war eine Frau, die er vermutlich heiraten könnte, wenn sie bereit wäre. Aber seine Frau, die ihn vor langer Zeit über Nacht verlassen hatte, um mit einem griechischen Schiffsmagnaten zusammenzuleben, war immer noch seine Frau. Er hatte sich nie um eine Scheidung bemüht.

Das war ein Thema, über das in seinem Team nie geredet wurde. Nur mit Paula sprach er gelegentlich darüber. Du bist ein Idiot, auch nur darüber nachzudenken, dachte er.

Er dachte an Philip und Eve. Maggie Mayfield wäre eine sehr viel bessere Wahl gewesen, aber er hatte nicht die Absicht, sich da einzumischen. Philip musste seine eigenen Entscheidungen treffen, ob diese nun gut oder schlecht waren.

Marchat – er konnte den Namen nicht aus seinen Gedanken verbannen. Noch immer glaubte er, dass Marchat die Schlüsselfigur sein könnte, um den mysteriösen Fall aufzuklären. Wenn Sie ihn jemals fanden, und wenn er dann noch am Leben war ...

»Hallo, Tweed«, begrüßte Professor Grogarty ihn mit schriller, krächzender Stimme. »Schnappen Sie sich einen Stuhl, wenn Sie einen leeren finden können. Möchten Sie einen Scotch? Nein? Nach elf Uhr morgens gestatte ich mir einen, aber keine Minute früher ...«

Nachdem Tweed seinen Mantel abgelegt hatte, blickte er sich im Raum um, der früher von einem Berater genutzt worden war. Überall standen Armsessel mit abgenutzten und verblichenen Bezügen, auf denen Buch- und Papierstapel lagen. Er hob einen Stapel Zeitungen hoch und legte ihn vorsichtig auf den Boden.

»Jetzt fragen Sie sich, wie ich meine Sachen finde«, krächzte Grogarty. »Aber ich kann innerhalb von Sekunden ein bestimmtes Blatt Papier finden. Cheers! Schade, dass Sie keinen Scotch mit mir trinken wollen ...« Tweed saß in einem Armsessel und beobachtete seinen Gastgeber, dessen außergewöhnliche Persönlichkeit und Erscheinung ihn immer wieder faszinierten.

Grogarty war ein stämmiger, gut einen Meter achtzig großer Mann mit breiten Schultern. Er hatte einen großen Kopf, struppiges graues Haar, dicke Tränensäcke unter seinen leuchtend blauen Augen und eine auffällige Hakennase, auf der schief eine Halbbrille saß. Ein Auge spähte durch das Brillenglas, während das andere darüber hinwegblickte. Sein Mund war breit.

»Immer kommen Sie mit einem Problem zu mir, Tweed, und ich vermute, dass es heute nicht anders ist. Warum überraschen Sie mich nicht einmal und schneien auf ein Gespräch und einen großen Drink herein? Also gut – worum geht's?« Mit seiner freien Hand schob er Bücher von einem Stuhl auf den Boden und setzte sich dann.

»Jetzt ist Ihr Ordnungssystem zerstört«, stichelte Tweed.

»Nein. Da liegen zwölf Bücher auf dem Teppich, und ich kann von hier aus sehen, welches wo ist. Ich bin soweit.«

»Sicher haben Sie davon gehört, dass zwanzig Top-Wissenschaftler verschwunden sind. Trotz der merkwürdigen Tatsache, dass man die Neuigkeiten aus den Zeitungen herausgehalten hat, sogar in den Vereinigten Staaten, was etwas heißen will ...«

»Ich habe tatsächlich davon gehört, und zwar auf viel direkterem Weg, und bei dem Astrophysiker Katz in South Carolina angerufen. Ein Fremder hat mir erzählt, dass er der Hauseigentümer ist und Mr. Katz ins Ausland gezogen ist. Katz ist wirklich ein großer Mann. Er hat ein System erfunden, wie ein Satellit in einer Umlaufbahn hundertfünfzig Kilometer über der Erde durch die Sternenkonstellation gelenkt werden kann.«

»Er steht auf der Vermisstenliste. Da gibt es auch eine Notiz über sein Spezialgebiet.«

Grogarty öffnete den Schnellhefter, den Tweed ihm gegeben hatte, rückte seine Brille zurecht und überflog die Liste in ein paar Sekunden. Dann reichte er Tweed die Unterlagen zurück. Immer wieder staunte Tweed, wie schnell er jedes Detail auf einem eng bedruckten Stück Papier wahrnahm.

»Ich vermute, dass Sie nach einem Muster suchen, nach irgendeiner Erklärung, nach welchen Kriterien diese sechzehn Männer und vier Frauen ausgesucht worden sind, damit daraus ein Team wird.«

»Wie schnell Sie das wieder begriffen haben. Stundenlang habe ich diese Liste angestarrt, aber ich weiß nicht, was es ist.«

»Ich stimme Ihnen zu, es gibt da etwas.« Grogarty blickte an die Decke, als ob er dort die Antwort finden könnte. »Natürlich geht es um weltweite Kommunikation. Das globale System, von dem wir auf eine viel zu gefährliche Art und Weise abhängig werden, das Internet. Der Information Superhighway – eine dumme Phrase, die von unwissenden Journalisten erfunden worden ist. Aber hier geht es um mehr.«

»Worum denn?«

»Lassen Sie mir etwas Zeit, mein Freund.« Noch immer blickte Grogarty zur Decke hinauf. Selbst mit zurückgelehntem Kopf schaffte er es, einen weiteren Schluck Scotch zu nehmen. »Ein Mann auf dieser Liste ist der Schlüssel in diesem Spiel. Wenn ich doch nur auf den Namen käme, der in meinem Hinterkopf etwas ausgelöst hat.«

Tweed schwieg und sah sich in dem großen Raum um, von dem aus man auf die Harley Street blickte. Die Möbelstücke an den Wänden waren echte Antiquitäten, und die gerahmten Bilder fast unbezahlbar. Darunter war auch ein Gauguin – Grogarty war ein wohlhabender Mann.

Angesichts seiner Kleidung wäre niemand darauf gekommen. Er trug eine alte, graue Cardiganweste mit heraushängenden Wollfäden, an der zwei Knöpfe fehlten, zu denen sich bald ein dritter gesellen würde. Das blaukarierte Hemd war an seinem dicken Hals nicht zugeknöpft, der Kragen zerknittert. Die Hose war seit Jahren nicht gebügelt worden.

»Merkwürdig ist, dass Irina Kriwitskij, die weltweit größte Autorität auf dem Gebiet der Lasertechnologie und ihrer Anwendung zur Satellitenkontrolle, auf dieser Liste steht«, sagte Grogarty plötzlich. »Entschuldigen Sie, dass ich mit Ihnen rede und gleichzeitig nachdenke.«

Tweed starrte den Professor fragend an. Ihm war klar, dass Grogarty manchmal diese seltsame Methode des Nachdenkens anwandte, wenn er mit einem schwierigen Problem beschäftigt war. Einerseits sprach er, aber ein anderer Teil seines Gehirns konzentrierte sich ganz auf das Problem, mit dem er kämpfte.

»Sie können ruhig mit mir reden. Ich werde nicht abgelenkt sein, eher wird das Gegenteil der Fall sein.«

»Was ist seltsam an der Sache mit dieser Irina Kriwitskij?« fragte Tweed.

»Nach dem, was ich zuletzt auf Umwegen über sie gehört habe, hat sie in einem dieser geheimen russischen Laboratorien hinter dem Ural in Sibirien gearbeitet ...«

Grogarty schwieg einen Augenblick. Weil er den Kopf schüttelte, saß die Brille auf seiner Nase nun erneut schief. Er schien es nicht zu bemerken, nickte aber, weil ihm ein Gedanke gekommen zu sein schien.

»Reden Sie weiter«, bat Tweed.

»Diese geheimen, unterirdischen Laboratorien in der

Tundra können von den US-Satelliten nicht entdeckt werden. Sie sind so stark gesichert wie zu Stalins Zeiten. Warum sollten sie ihr also gestatten, außerhalb Russlands zu arbeiten?«

»Wenn sie sich außerhalb Russlands aufhält.«

»Es muss so sein. Einige der Männer auf Ihrer Liste würden nie russischen Boden betreten, geschweige denn dort arbeiten.«

»Vielleicht sind sie entführt worden.«

»Nein, sind sie nicht. Ein Amerikaner namens Reynolds hat direkt vor seinem Verschwinden telefonisch mit mir gesprochen. Er hat von einem Angebot erzählt, das er nicht ablehnen könne, und dass er sein Unternehmen in Kalifornien verlassen und mit seiner Frau umziehen werde. Er hat gesagt, die Sache sei ziemlich geheim, aber Ed konnte noch nie ein Geheimnis für sich behalten.«

»Für mich ist das alles Sciencefiction ...«

»Nein. Der wissenschaftliche Fortschritt macht Riesensprünge, und das beunruhigt mich. Das Tempo der Entwicklung ist ungesund. Der Himmel weiß, wie das alles enden wird.«

»Das werden wir zu gegebener Zeit seh...«

Er konnte seinen Satz nicht beenden. Plötzlich schien der Professor aus einer Art Trance aufzuwachen. »Ed Reynolds!« brüllte er beinahe. »Ed Reynolds, das ist der Schlüsselspieler. Sein Spezialgebiet ist die Sabotage des Kommunikationsnetzwerks.«

»*Sabotage*?« Tweeds Nerven waren bereits aus einem anderen Grund angespannt, aber das Wort ließ ihn bis zur Stuhlkante vorrücken.

Sein Gastgeber wirkte aufgeregt. »Er hat an Methoden gearbeitet, um die weltweite Kommunikation zu sabotieren und die Welt ins Chaos zu stürzen. Sein Ziel bestand darin, Mittel gegen diese Methoden zu finden, wie bei einem Arzt, der an einem Impfstoff arbeitet, um Menschen vor einer bestimmten Krankheit zu schützen. Verstehen Sie?«

»Ja. Aber worin besteht der Zusammenhang mit den anderen Wissenschaftlern?«

»Es gibt einen, wenn es in Wahrheit bei diesem Projekt um Sabotage geht.«

»Das ist es also?«

»Ja, das ist es.« Der Professor seufzte und stand auf. »Nett, Sie wieder einmal gesehen zu haben, Tweed. Machen Sie sich besser an die Arbeit, die Sache ist von globaler Bedeutung. Vielleicht geht es um eine völlige Veränderung der Machtverhältnisse auf der Welt.«

16

Philip zögerte, als es Eves Wohnung verließ, schloss dann die Tür wieder und ging ins Wohnzimmer zurück.

»Das ging ja schnell mit deinem Besuch im Büro.«

Er blickte sie an, wie sie da, die Beine übereinandergeschlagen, im Armsessel saß. Sie trug dunkelblaue Hosen und einen blassblauen Sweater. Als er auf sie zu kam, ruhten ihre Arme auf den Armlehnen des Sessels.

Sie sah einen dunkelhaarigen, glatt rasierten Mann Mitte Dreißig mit nachdenklichem Blick. Erneut war Philip innerlich aufgewühlt, weil ihn diese Frau stark anzog, er aber andererseits immer noch sehr um seine verstorbene Frau trauerte.

»Ich habe ja deine Telefonnummer ...« begann er, um ihr zu versichern, dass er am Abend anrufen würde.

»Und ich habe Ihre, Mr. Philip Cardon«, antwortete sie, sprang auf und küsste ihn auf die Wange.

Als er sich ihr näherte, hob sie beide Hände, um ihn auf Distanz zu halten. Dann verschränkte sie die Arme vor der Brust.

»Vielleicht könnten wir einen wirklich aufregenden gemeinsamen Urlaub auf den Bermudas verbringen. Wenn ich Zeit dafür haben sollte.«

»Eine gute Idee.«

»Ich habe gesagt, vielleicht.«

»Wie lange wirst du nicht hier sein, wenn du ins Ausland musst?«

»Keine Ahnung.« Sie stand vor einem Wandspiegel und fuhr sich mit beiden Händen durch ihr tiefschwarzes Haar. Dann wandte sie sich zu ihm um. »Ich habe absolut keine Ahnung, werde dich aber anrufen, wenn ich kann. Unter welcher Nummer kann ich dich im Büro erreichen? Vielleicht kann ich nur tagsüber anrufen.«

»Ich kann dir die Nummer nicht geben. Persönliche Anrufe werden im Büro nicht gerne gesehen.«

»Armselige alte Versicherungstypen. Dann musst du eben jeden Abend in deinem leeren Haus in Hampshire herumsitzen und auf das Telefon starren.«

Ihre Bemerkung und der Gedanke an das leere Haus schmerzten Philip, aber er ließ sich nichts anmerken. Er sah zu, wie sie eine brennende Zigarette aus dem Aschenbecher nahm und sich an der Glut eine neue ansteckte, und bewunderte ihre schlanke Figur.

»Kann ich mich jetzt frisch machen? Schau nur, wie ich aussehe. Wirklich, Philip, ich brauche eine Dusche..«

»Ich wollte gerade gehen ...«

Nachdem er die Wohnungstür geschlossen hatte, stieg er verwirrt die Treppen hinab. Eve hatte die Angewohnheit, ihn in den Himmel zu heben und dann wieder fallen zu lassen. Ihm war klar, dass manche Frauen sich diese Methode zu eigen machten, aber Eve war darin eine Expertin.

In seinem Büro traf Tweed nur Monica und Newman an, der gerade den Telefonhörer abnahm.

»Hallo, Archie. Ja, ich bin's, Bob. Wie kommen Sie voran?«

»Es gibt Neuigkeiten, Bob. Ich rufe aus Genf an. Eine verzwickte Stadt – man versucht, mich zu verfolgen. Ich habe sie abgeschüttelt. Jetzt die Neuigkeit: Brazil scheint eine Liste über die Mitglieder von Tweeds Team anzulegen. Bisher weiß er von Ihnen und Paula Grey, aber auch Franklin scheint ihm als mögliches Mitglied bekannt zu sein.«

»Sind Sie sich da ganz sicher?«

»Mein Informant ist absolut zuverlässig. Er spricht noch nicht einmal für Geld, was einiges heißen will. Jetzt muss ich aber Schluss machen. Ich nehme an, dass Hilfe unterwegs ist …«

Newman stand auf und überließ Tweed, der seinen Mantel abgelegt hatte, wieder den Sessel hinter seinem Schreibtisch. Dann erklärte er, was Archie ihm erzählt hatte.

»Glauben Sie, dass Brazil mein Team ins Visier genommen hat?«

»Hört sich ein bisschen so an.«

Erneut stand Tweed auf und begann, im Büro auf- und abzugehen. »Er weiß von Ihnen und Paula, möglicherweise auch von Franklin, der nicht zu unserem Team gehört. Die fehlenden Namen sind viel sagend – Marler, Butler und Nield.«

»Ich verstehe nicht«, sagte Newman.

»Dorset. Nur einer kann die Liste weitergegeben haben: Franklin selbst, Eve Warner oder Keith Kent.«

»Warum sollte Franklin sich selbst auf die Liste setzen?«

»Zur Tarnung. Zugegeben, es wirkt etwas weit hergeholt.«

»Nach der Fahrt am frühen Morgen bin ich immer noch etwas schläfrig, aber ich verstehe nicht, warum Sie einen dieser drei als Informanten von Brazil verdächtigen.«

»Denken Sie an Dorset. Marler ist die ganze Zeit über in Deckung geblieben. Keiner meiner drei Verdächtigen hat seinen Namen erfahren, und als Marler und Franklin gemeinsam hier im Büro waren, hat Marler sich geweigert, Franklin seinen Namen zu nennen. Butler und Nield tauchten auch nicht in seiner Anwesenheit auf.«

»Das ist unheimlich«, sagte Monica.

»Was sollte Archies Schlussbemerkung bezüglich der Hilfe?« fragte Tweed.

»Archie hat angerufen, bevor Bob eintraf«, warf Monica ein. »Sie hatten mir von ihm erzählt, und er hat gesagt, dass er verzweifelt auf Unterstützung wartete. Paula hat sich freiwillig auf den Weg nach Heathrow gemacht, um nach Genf zu fliegen.« Monica bemerkte Tweeds Gesichtsausdruck. »Sie war begeistert von ihrer Idee …«

»*Sie lassen sie allein gehen?*« brach es aus Tweed heraus. »Sie zieht allein in diese Schlacht! Ein paar Stunden lang bin ich nicht im Büro, und Sie billigen diesen verrückten Entschluss?«

Tweed geriet nur selten so in Rage, und Monica schien verängstigt. In all den Jahren, seit sie für ihn arbeitete, hatte er noch nie so mit ihr gesprochen. Tweed rannte im Büro auf und ab.

»Ich hätte sie nicht aufhalten können«, stammelte sie.

Ruhig wie immer zündete sich Newman eine Zigarette an. Er beobachtete, wie Tweed sich in seinen Schreibtischsessel fallen ließ. Einen Augenblick lang schwieg er, dann starrte er Newman an.

»Kann ich eine Zigarette haben?«

Newman hielt ihm die Packung hin und gab ihm dann Feuer. Es kam kaum vor, dass Tweed rauchte, und er hielt die Zigarette ungeschickt wie ein Nichtraucher und nahm kurze Züge.

»Sie haben etwas vergessen«, sagte Newman.

»So? Was denn?«

»Vor einiger Zeit haben Sie die Anweisung gegeben, dass Paula an Ihrer Stelle handeln und selbständig Entscheidungen treffen soll, wenn Sie nicht im Büro sind. Als der Notfall eintrat, waren Sie nicht hier.«

»Stimmt, Sie haben recht.« So schnell, wie er in Rage geraten war, hatte Tweed sich auch wieder beruhigt. »Ich entschuldige mich für meinen völlig unangebrachten Wutanfall. Es tut mir sehr leid.«

»Schon in Ordnung«, kam Monica ihm entgegen. »Aber Sie hatten recht, auf ihren Flug konnte Paula ihren Browning nicht mitnehmen. Archie hat das in seinem ersten Anruf bedacht.«

»Tatsächlich? Wie denn?«

»Er hat mir den Namen und die Adresse eines illegalen Waffenhändlers gegeben, der Marler versorgt. Sie wird sofort vom Flughafen aus zu ihm fahren.«

»Eine gute Nachricht.« Tweed blickte auf die Glut seiner kaum gerauchten Zigarette und drückte sie dann in einem Kristallaschenbecher aus. Monica hatte sich auf die Kante seines Schreibtischs gesetzt. »Aber wie wird sie Archie finden?«

»Auch darüber hat er bei seinem ersten Anruf gesprochen. Alle treffen ihn in einem Restaurant in der Altstadt jenseits der Rhône. Es heiß Les Armures. Laut Archie kennt es jeder Taxifahrer.«

»Ich kenne es«, antwortete Tweed. »Dort gibt's den besten Kir Royal der Welt.«

»Außerdem hat Archie gesagt«, fuhr Monica fort, »dass er heute abend um neun Uhr dort sein wird. Also weiß Paula, wie sie Kontakt zu ihm aufnehmen kann.«

»Ich bin immer noch beunruhigt. Die Altstadt in der Nähe der Kathedrale ist ein Labyrinth von engen Gassen und Straßen, und dort liegt auch Les Armures. Außerdem wird es früh dunkel, und in dieser Gegend gibt es keine gute Straßenbeleuchtung. Wann ist Paula nach Genf geflogen?«

»Sie wird jetzt unterwegs sein.«

»Wann geht der nächste Flug?«

»In zwei Stunden«, antwortete Monica aus dem Gedächtnis.

»In diesem Fall ...«

Er verstummte, da Philip in einem schweren Mantel mit Pelzkragen, den er sofort auszog, das Büro betrat. Dann blickte er Tweed an. »Ich habe meinen Koffer mit den Wintersachen unten gelassen.«

»Buchen Sie für Philip einen Platz in der nächsten Maschine nach Genf, Monica«, sagte Tweed kurzentschlossen. »Geben Sie Archies Informationen an ihn weiter, inklusive der Details über den illegalen Waffenhändler. Philip, Paula könnte in Schwierigkeiten geraten, mit denen einer allein nicht fertig wird. Dass sie eine Frau ist, spielt dabei keine Rolle.«

17

Leopold Brazil stand am Fenster des geräumigen Büros in seiner Villa in Bern. Wegen der dicken Vorhänge war er von außen nicht zu sehen. Hinter ihm befand sich Carson Craig, der einen grauen Anzug trug, der ihn tausend Pfund gekostet hatte.

»Es ist Zeit, dass ich mich auf den Weg nach Belp mache«, sagte Craig zu seinem Chef. »Ihr Doppelgänger hält sich bereit, um mit mir an Bord des Jets zu gehen. Wir werden bald in Genf landen.«

»Sie reden von meinem Doppelgänger, Craig.« Brazil wandte sich um und starrte ihn an. »Manchen Bossen würde es gar nicht gefallen, dass einer ihrer Leute genauso aussieht wie sie.«

»Tut mir leid.« Craigs brutales Gesicht verzog sich zu etwas, das er für einen entschuldigenden Ausdruck halten mochte. »Er sieht ja nicht *genauso* aus wie Sie.«

Brazil war amüsiert. Ihm war es völlig egal, wie ähnlich ihm der so genannte Doppelgänger war, aber es machte ihm Spaß, seinen humorlosen Lakaien zu verwirren.

»An Ihrer Stelle würde ich mir darum nicht zu viele Gedanken machen, Craig. Aber das, was ich jetzt sage, meine ich auch so. Lassen Sie es in Genf langsam angehen.«

»Wir haben Grund zu der Annahme, dass aus London Ärger droht«, erwiderte Craig. »Unser Mann in Heathrow hat berichtet, dass einer von Tweeds Lakaien, nämlich diese Paula Grey, eine Maschine nach Genf bestiegen hat. Der Recorder hatte ihm eine gute Beschreibung geliefert. Ich werde Tweeds Leute ausschalten, bevor sie irgendwelchen Ärger machen können.«

»Wie in Sterndale Manor?« fragte Brazil in schärferem Ton. »Niemand hat sie beauftragt, alle Anwesenden in dem Haus umzubringen. Mein Befehl lautete, den Safe zu plündern, damit es nach einem Raubüberfall aussieht.«

»Wir sind nicht in das Haus hineingekommen«, verteidigte sich Craig. »Da habe ich die Initiative ergriffen.«

»Ich habe nur gesagt, dass Sie es in Genf langsam angehen lassen sollen. Das ist alles.«

Craig verließ das Zimmer und traf im Vorraum seinen Helfer Gustav, einen fetten, gemein aussehenden Mann mit einem dünnlippigen, grausamen Mund.

»Er sagt, dass wir es in Genf langsam angehen lassen sollen«, knurrte Craig, während sie eine breite, gewundene Marmortreppe ins Erdgeschoss hinabstiegen. »Du hast alles dabei?« fragte er, während er auf Gustavs Stofftasche blickte.

»Alles da, Boss. Schwarze Ledermontur und Helm. Unsere Maschinen und das restliche Team stehen in Genf bereit.«

»Gut. Wir werden ihnen die Hölle heiß machen. Sie kommen dem Laboratorium zu nahe.«

»Und wo ist das?«

»Halt's Maul.«

Eine Stunde später rief Arthur Beck aus dem Gebäude der Bundespolizei bei Tweed an. »Sie sollten wissen, dass der Jet mit drei Männern an Bord vor ein paar Minuten in Belp gestartet ist. Nach dem Bericht meines Mannes war Carson Craig mit Sicherheit dabei. Ein anderer sah auf den ersten Blick aus wie Brazil, aber er war es nicht.«

»Wie konnte er das erkennen?« fragte Tweed.

»An seiner Körpersprache. Er beobachtet die Bewegungen der Menschen.«

»Und wohin ist der Jet geflogen?«

»Nach Genf. Und er wird sehr bald dort landen. Weil Craig mit an Bord ist, erwarte ich Ärger, ernsthaften Ärger. Das wäre im Moment alles ...«

In seinem Büro legte Tweed den Hörer auf und blickte Newman und Marler grimmig an. Dann informierte er sie über das, was Beck gesagt hatte. »Sieht so aus, als ob Paula in ein Inferno geraten könnte«, bemerkte er freudlos.

»Dann haben Sie recht daran getan, Philip loszuschicken«, erwiderte Newman. »Machen Sie sich nicht zu viele Sorgen. Philip wird seine emotionalen Probleme zu Hause lassen. Er mag Paula.«

»Wenn ich früher Bescheid gewusst hätte, hätte ich Sie beide als Verstärkung für Philip losgeschickt. Aber ich wollte mich mit Ihnen über mein Gespräch mit Professor Grogarty unterhalten. Worin liegt Ihrer Meinung nach die Bedeutung dessen, was er mir erzählt hat?«

»Ich glaube, dass Sie sich jetzt so schnell wie möglich mit Leopold Brazil treffen sollten, wenn man das nach unseren

Vorstellungen arrangieren kann«, sagte Marler. »Wenn wir Ihre Sicherheit garantieren können.«

»Was schlagen Sie vor?«

»Dass mindestens vier von uns getarnt in der Nähe des Treffpunkts sind. Ich schlage vor, dass Bob, Butler, Nield und ich selbst das übernehmen.«

»Pete Nield muss bald aus Dorset zurückkommen«, sagte Tweed. »Eins habe ich übersehen, nämlich dass ich Eve Warner hätte beschatten lassen sollen.«

»Kein Grund zur Unruhe«, antwortete Newman aufgeräumt. »Weil ich wusste, dass Sie bis über beide Ohren in Arbeit steckten, habe ich in der letzten Nacht kurz bei Philip im Priory angerufen und ihn um Eves Adresse gebeten. Sie wohnt in einer ziemlich luxuriösen Wohnung in meiner Nähe. Deshalb kam Marler zu spät.«

»Kommen Sie zur Sache, Bob.«

»Als sie nach Philip ihre Wohnung verließ, ist Marler ihr gefolgt. Nach Heathrow, wo sie eine Maschine nach Genf genommen hat.«

Zum Glück habe ich warme Kleidung mitgenommen, dachte Paula.

Das Flugzeug flog über der Schweiz. Es war Nacht, der Himmel war sternenübersät, und der Mond schien hell. Sie flogen über das schneebedeckte Juragebirge, und ein kleiner, zugefrorener See glänzte im Mondlicht.

Wie bei manchen Flügen üblich, steuerte der Pilot erst in südliche, dann in östliche Richtung, bevor er über den Genfer See flog. Sanft setzte das Flugzeug auf der Rollbahn auf, und ihr amerikanischer Sitznachbar, mit dem sie geplaudert hatte, stand auf. Sie war Business Class geflogen und zog schnell ihren pelzbesetzten Mantel an, den ihr eine Stewardess gebracht hatte.

»Seit meiner Kindheit kann ich mich an diesen Flughafen erinnern«, sagte der Amerikaner, der mit ihr durch den endlosen Korridor ging. »Jetzt ist er viel zu groß und wird immer größer.«

»Ja, daran kann auch ich mich erinnern«, antwortete

Paula. »Der Flughafen war gemütlich, und man musste keine langen Wege gehen.«

»Sie reisen allein? Darf ich Sie heute abend zum Essen einladen? Ohne Hintergedanken.«

»Sehr nett von Ihnen, aber ich habe bereits eine Verabredung.«

Jetzt ging der Amerikaner schneller, und Paula seufzte erleichtert auf. Er war ein netter Mann, und es war angenehm, dass man sie immer noch attraktiv fand, aber sie hatte keine Zeit zu verlieren.

Vom Flughafen aus nahm sie ein Taxi zum Hôtel des Bergues, buchte ein Zimmer und gab dem Mann, der ihre schwere Tasche getragen hatte, ein Trinkgeld. Aus dem geräumigen Zimmer blickte man auf die Rhône und ein Wirrwarr von Neonlichtern. Auf den Wellen des Wassers reflektierten und verzerrten sich die Lichter. Sie rief in Park Crescent an, und Monica meldete sich.

»Hier spricht Paula. Ich bin im Hôtel des Bergues, Zimmernummer ...«

»Verstanden.«

Nachdem sie aufgelegt hatte, packte sie schnell ihre Tasche aus und ging dann im Mantel wieder hinunter in die Eingangshalle.

»Seien Sie vorsichtig«, warnte der Portier, als sie gerade auf die Straße hinaustreten wollte. »Draußen ist es so glatt, dass man Schlittschuh laufen könnte ...«

Vor der Tür blieb sie stehen, testete die Rutschfestigkeit ihrer pelzbesetzten Stiefel mit Spezialsohlen und kleinen Spikes und war zufrieden. Nach den paar Minuten in dem warmen Hotel wurde sie jetzt von eisiger Kälte erfasst und setzte die Kapuze auf.

Im Flugzeug hatte sie die Adresse des Waffenhändlers überprüft und herausgefunden, dass sie die Straße kannte, die am anderern Ufer parallel zur Rhône verlief. Sie überquerte den Fluss auf der Fußgängerbrücke, und der Wind, der vom Rhône-Gletscher über den See nach Genf hinüberwehte, traf ihre entblößten Wangen. Durch ihre dicken Handschuhe hindurch, mit denen sie sich am Geländer festhielt, um nicht das Gleichgewicht zu verlieren, spürte sie die eisige Kälte. Die Temperatur lag deutlich unter Null.

Hinter der Brücke ging sie ein kurzes Stück weiter, bog nach rechts ab und überprüfte die Hausnummern. Ihr Ziel war ein Laden mit dem Schriftzug ANTIQUATEREN an der Fassade. Keine Spur von dem Namen Rico Sava.

Mehrfach hatte sie überprüft, ob ihr jemand gefolgt war. Aber die Straße war menschenleer. Auch im Laden schienen keine Kunden zu sein. Die Schaufenster waren dunkel und vergittert, selbst die schwere alte Tür hatte ein vergittertes Sichtfenster. Sie klingelte ein paar Mal, aber niemand kam. Mein Gott, ist der Mann nach Hause gegangen? fragte sie sich. Ich brauche doch eine Waffe.

Da hörte sie ein rasselndes Geräusch, und das Sichtfenster öffnete sich, ohne dass sie erkennen konnte, wer sich dahinter befand.

»Rico Sava?«

»*Oui*.«

»Sprechen Sie Englisch?« fragte sie, obwohl sie die französische Sprache fließend beherrschte, aber sie glaubte, dass Sava dann größeres Vertrauen hätte. »Mein Freund Marler hat mich hierher geschickt. Marler. Er hat gesagt, dass Sie mir etwas besorgen könnten.«

»Ich spreche Englisch. Sind Sie allein? Sie behaupten, Sie sind es. Schließen Sie jetzt die Augen.«

Überrascht folgte sie seiner Aufforderung. Über der Tür flammte ein so grelles Licht auf, dass sie es selbst mit geschlossenen Augen wahrnahm. Mehrere Schlösser wurden aufgeschlossen, Riegel zurückgezogen, und dann öffnete sich die Tür. Sie hielt die Augen weiterhin geschlossen.

»Sie können die Augen jetzt wieder öffnen.«

Das Licht war erloschen. Blinzelnd starrte sie in der Dunkelheit auf die Silhouette eines kleinen Mannes. Nachdem Sava sie hereingebeten hatte, ergriff er ihren Ellbogen und warnte sie vor einer Stufe. Dann verrammelte er die Tür und schaltete das normale Licht ein.

Rico Sava war ein kleiner Mann mit Bauchansatz, der Cordhosen und eine aufgeknöpfte Weste mit einem sauberen weißen Hemd trug, das am Hals offen stand. Paulas Schätzung nach war er Mitte Sechzig, und er hatte einen spitz auf das Kinn zulaufenden Kopf. Seine dunkle Haut war faltig, aber er hatte strahlende, sehr wache Augen.

»Beschreiben Sie Marler«, sagte er, die Hände in die Hüften gestemmt.

Sie tat es, wobei sie besonders seinen Oberklasse-Akzent und seine lässigen Manieren betonte.

»Ahmen Sie seine Stimme nach.«

Wiederum folgte sie seinem Wunsch, wobei sie besonders seine gedehnte Sprechweise akzentuierte. Sava nickte zufrieden.

»Sie sind vorsichtig.«

»In meinem Geschäft muss man das sein. Also, wie kann ich Ihnen helfen?« fragte er lächelnd.

»Ich brauche einen automatischen 32er Browning in perfektem Zustand mit Reservemagazinen. Haben Sie einen?«

»Ich denke, dass lässt sich machen.«

Schnell ging Sava hinüber zu einem Bücherschrank an einer Wand, die man von den Schaufenstern aus nicht sehen konnte, schloss ihn auf und steckte dann einen anderen Schlüssel in ein Schloss. Selbst Paulas scharfer Blick konnte nichts erkennen. Das gesamte Innere des Schranks öffnete sich vom Fußboden bis zur Decke und enthüllte ein weiteres Fach. Auf den Regalen war eine große Anzahl von Handfeuerwaffen ordentlich verteilt. Er wandte sich um und reichte ihr einen Browning.

»In perfektem Zustand, sagten Sie. Dieser hier ist von einem Lastwagen gefallen, der zu einer Waffenkammer der Polizei unterwegs war.« Er lächelte in sich hinein. »Das ist ein britischer Witz, oder?«

»Ja«, antwortete Paula lächelnd.

Nachdem sie sich vergewissert hatte, dass die Waffe nicht geladen war, überprüfte sie sie. Sava reichte ihr ein Magazin. Sie stieß es mit der Handkante in den Griff, hob die Waffe mit beiden Händen, um zu prüfen, wie viel er wog und wie er in der Hand lag. Dann blickte sie über die flache Kimme. Der Browning lag ihr in der Hand wie ihr eigener.

»Großartig. Einfach großartig. Was bin ich Ihnen schuldig, zusammen mit den Reservemagazinen?«

»Dreitausend Schweizer Franken, weil Sie es sind. Inklusive der Reservemagazine.«

»Und was würde es einen anderen kosten?«

»Dreieinhalbtausend«, antwortete er ernst, und sie glaubte ihm. »Sie sind eine Freundin von Marler.«

Nachdem sie mit Tausend-Franken-Scheinen bezahlt hatte, steckte sie die Waffe in ihr Hüftholster. Normalerweise verwahrte sie ihre Waffe in der Spezialvorrichtung der Handtasche, aber ihre Finger waren sehr kalt, und so konnte sie die Waffe schneller aus dem Holster ziehen.

Sie wandte sich zu Sava um, der den vermeintlichen Bücherschrank bereits geschlossen hatte. Er war ein sehr vorsichtiger Mann.

»Vielen Dank für Ihre Hilfe.«

»Bestellen Sie Mr. Marler Grüße, wenn Sie ihn das nächste Mal sehen.«

»Wird gemacht. Und ich werde ihm von dem großzügigen Preisnachlass berichten.«

»Ach, nicht der Rede wert.«

Er spreizte die Hände und runzelte die Augenbrauen. Paula fragte sich, ob er noch etwas sagen wollte.

»Ich würde nicht im Traum daran denken, zu fragen, warum Sie hier sind, aber ich hoffe, dass Sie sich heute nacht nicht in der Nähe der Altstadt blicken lassen.«

»Warum warnen Sie mich, wenn ich fragen darf?«

»Natürlich dürfen Sie fragen. Eine Killer-Gang, der wir den Spitznamen Leather Bombers gegeben haben, patrouilliert dort. Das sind Motorradfahrer in schwarzer Ledermontur, die kürzlich eine Frau umgefahren haben, die eine der Straßen in der Altstadt überquerte. Nachdem sie die Leiche über den Sitz eines Motorrads gelegt haben, sind sie verschwunden.«

»Das ist ja entsetzlich. Danke für die Warnung ...«

Nachdem Paula in das Hôtel des Bergues zurückgeeilt war, aß sie im Pavillonrestaurant neben der Hotelhalle zu Abend.

Sie hatte das Gefühl, dass in dieser Nacht allerlei passieren konnte, und nach der leichten Mahlzeit fühlte sie sich wacher.

Sie verließ das Restaurant, winkte ein Taxi heran und bat den Fahrer, sie nach Les Armures zu bringen. Der Chauffeur nickte und fuhr über die Pont du Rhône.

Von diesem Augenblick an hatten sie die Lichter des international geprägten Zentrums von Genf hinter sich gelassen und tauchten in das Dämmerlicht der hochgelegenen Altstadt ein. Trotz Winterreifen fuhr der Fahrer vorsichtig. Die Straßen waren jetzt steiler und hatten gefährliche Kurven. Die enge Kopfsteinpflasterstraße war an beiden Seiten mit alten Häusern gesäumt, die Paula an einen verlassenen Stadtbezirk erinnerten. Dreimal geriet der Wagen ins Rutschen, aber der Fahrer schaffte es, ihn wieder unter Kontrolle zu bekommen. Sie fuhren weiter und weiter bergauf, bis zu Paulas Erleichterung die Kathedrale auf dem Gipfel in Sichtweite kam, die im Mondlicht bedrohlich wirkte.

Der Taxifahrer fuhr neben einer seltsamen Steinplattform vor und wandte sich um. »Das Restaurant ist dort drüben. Näher komme ich da nicht heran«, sagte er auf französisch.

Nachdem sie bezahlt hatte, trat sie auf das glatte, vereiste Kopfsteinpflaster. Dann war das Taxi verschwunden. Sie konnte beinahe hören, wie sich eine unbehagliche Stille über die Szenerie legte. Niemand war zu sehen. Paula blickte auf ihre beleuchtete Uhr, es war acht Uhr abends. Absichtlich war sie eine Stunde vor Archies frühestem Eintreffen gekommen, weil sie die Gegend unter die Lupe nehmen wollte.

Nachdem Philips Maschine in Genf gelandet war, ging er sofort zu einer Telefonzelle und rief Monica an.

»Hier spricht Philip. Ich bin gerade auf dem Flughafen von Genf eingetroffen. Irgendwelche Neuigkeiten von Paula?«

»Ja. Sie wohnt im Hôtel des Bergues, Zimmernummer …«

»Danke. Ich muss Schluss machen.«

»Wenn Sie auflegen, sind Sie gefeuert«, sagte Tweed grimmig.

»Zum Teufel«, knurrte Philip. »Wir sind zu spät gelandet. Wegen irgendwelcher Maschinenwartungen in Heathrow hatten wir Verspätung. Um Himmels willen, hier ist es acht Uhr ...«

»Wichtige Informationen«, sagte Tweed, mittlerweile wieder ruhig. »Vor über einer Stunde hat Beck angerufen. Carson Craig ist nach Genf geflogen, und Beck hat von einer Motorradgang in der Stadt berichtet, die eine Frau getötet und ihre Leiche mitgenommen hat. Die Polizei kann die Gang nicht ausfindig machen.«

»Verstanden. Ich lege jetzt auf ...«

»Viel Glück«, sagte Tweed, aber Philip hörte nichts mehr, weil er den Hörer bereits auf die Gabel geknallt hatte.

Philip wünschte sich verzweifelt, rechtzeitig am Restaurant sein zu können, aber er musste noch einige wichtige Dinge erledigen. Nachdem er aus der Flughafenhalle gerannt war, stieg er in ein Taxi und bat den Fahrer, ihn zum Hôtel des Bergues zu fahren.

Im Hotel buchte er schnell ein Zimmer und überließ einem Kofferträger seine Tasche, die dieser nach oben bringen sollte. Dann fragte er, ob seine gute Bekannte Paula Grey im Hotel sei.

»Nein, Sir. Sie ist ausgegangen.«

»Danke.«

Philip rannte nach draußen und hätte auf dem Eis beinahe das Gleichgewicht verloren, obwohl er Stiefel mit Spezialsohlen trug. Nachdem er wieder in das wartende Taxi gestiegen war, gab er dem Fahrer die Adresse von Marlers Waffenhändler. Als sie dort angekommen waren, gab er dem Taxifahrer ein sehr großzügiges Entgelt.

»Wenn Sie auf mich warten, gibt es ein saftiges Trinkgeld. Warten Sie also um Himmels willen. Ich bin spät dran für eine Verabredung mit einer Freundin.«

»Ich werde warten.« Der Taxifahrer hatte Humor. »Mein Motto ist, niemals eine Frau warten zu lassen ...«

Philip hatte französisch gesprochen, was ihm nicht schwer fiel. Als Rico Sava ihn der gleichen Prozedur unterzog wie Paula, wäre er beinahe verrückt geworden, weil es

Jahrhunderte zu dauern schien, bis das Sichtfenster und dann die Tür geöffnet wurden. Dann kam die Frage nach Marlers Personenbeschreibung.

»Ich brauche eine automatische Walther mit acht Patronen.«

»Vielleicht benötigen Sie mehr.«

»Wovon reden Sie?« fragte Philip, der seine wachsende Ungeduld zu kontrollieren suchte.

»Heute war eine sehr nette Dame hier, die einen automatischen Browning gekauft hat.«

»Tatsächlich?«

»Ich habe sie vor der Altstadt gewarnt, glaube aber, dass sie meine Warnung ignorieren wird. Wenn Sie hier sein sollten, um sie zu beschützen, brauchen Sie mehr.«

»Und wenn es so wäre?«

»Es gibt da eine brutale Motorradgang ...«

»Ich habe davon gehört.«

»Nachdem die Dame gegangen war, war ein nach Mordgelüsten aussehender Mann mit gemeinem Gesichtsausdruck hier und hat ein Vermögen ausgegeben. Ich habe sein Motorrad ein Stück die Straße hinunter bremsen gehört.«

»Worum geht's?«

»Ich breche meine goldene Regel«, sagte Sava bedauernd, »nie einen Kunden über einen anderen zu informieren, aber Marler hat Sie geschickt. Außerdem mochte ich den Mann nicht.«

»Nach Ihren Worten hat er ein Vermögen ausgegeben. Was hat er gekauft?«

»Eine große Anzahl von Schrapnellgranaten, außerdem eine Reihe Armeegranaten. Tödliches Material. Dann noch zwölf Handfeuerwaffen mit reichlich Munition. Und das hier, was mich irritiert hat.«

Nachdem er Philip durch den Laden in einen anderen Raum geführt hatte, zeigte er ihm eine Art großen Suchscheinwerfer, der nicht gerade handlich war. Sava reichte ihn Philip, der überrascht war, wie leicht er war, dann demonstrierte er, wie einfach er sich einschalten ließ.

»Motorräder«, erinnerte ihn der Waffenhändler. »Ich

kann den Suchscheinwerfer in einer Tuchtasche an Ihre Schulter hängen.«

»Was ist mit den beiden Granatentypen?«

»Sie würden in separate Taschen innerhalb der Schultertasche passen.«

»Was bin ich Ihnen schuldig? Vergessen Sie nicht die Walther mit den Reservemagazinen.«

»Das wird teuer, besonders wegen des Suchscheinwerfers. Fünfzehntausend Schweizer Franken.«

»Packen Sie alles außer der Walther schnell in die Tasche. Sehr schnell bitte ...«

Zum Glück bestand Tweed immer darauf, dass die führenden Mitglieder seines Teams große Summen in Schweizer Franken und in Deutscher Mark bei sich trugen. Philip gab Sava fünfzehn Scheine.

»Entschuldigen Sie«, sagte der Waffenhändler, als Philip den Laden verließ. »Aber Sie sind ein mutiger Mann ...«

Mit der Tasche über der Schulter setzte sich Philip wieder in das wartende Taxi und bat den Fahrer, ihn zum Les Armures zu fahren.

»Tut mir leid, Sir, aber ich kann Sie nur bis zur Kathedrale bringen. In der Altstadt gibt es reichlich Ärger. Die Polizei macht alles falsch. Sie durchsucht die Außenbezirke von Genf, um zu überprüfen, wer in die Innenstadt kommt, aber die Leute, die sie suchen, sind bereits hier.«

»In Ordnung. Zur Kathedrale.«

Philip blickte auf die Uhr – zehn vor neun. Das alles hatte zu lange gedauert, und er hatte das furchtbare Gefühl, zu spät zu kommen.

18

Nachdem das Taxi in der Dunkelheit verschwunden war, stieg Paula die paar Stufen zu der erhöhten Steinplattform hinauf, die überdacht und zu drei Seiten offen war. Nachdem sie an zwei antiken Kanonen vorbeigegangen war, schritt sie die Treppe an der anderen Seite hinunter, und ein Türsteher öffnete ihr die Tür des Restaurants.

»Guten Abend, Madame. Sind Sie allein?

»Nicht mehr lange. Ich treffe mich hier mit meinem Freund.«

»Möchten Sie einen Drink an der Bar nehmen, während Sie auf ihn warten?«

»Danke. Ich hätte gerne einen ruhigen Tisch in einer Ecke.«

Darauf wird Archie auch Wert legen, dachte sie. Der Kellner zeigte ihr einen kleinen Tisch für zwei Personen in einer Ecke des Raums. Der Eingang war von hier aus nicht zu sehen.

»Perfekt. Vielleicht dauert es noch eine Weile, bis er kommt.«

»Das spielt keine Rolle, Madame.«

Als der Kellner gegangen war, blickte sich Paula im Restaurant um. Seit sie hier einmal mit Tweed gegessen hatte, hatte sich das Lokal nicht verändert. Es war sehr alt und hatte einen großen gewölbten Durchgang, durch den man in einen weiteren Raum gelangte. Die Stimmung war lebhaft. Die meisten Tische waren besetzt, und man hörte Stimmengewirr, Gelächter und das Klirren von Gläsern, die gegeneinander gestoßen wurden. Die Tischtücher wirkten brandneu, und die Kellner eilten geschäftig hin und her. Keine Spur von Archie im zweiten Raum, aber sie war auch sehr früh dran. Sie wandte sich um und ging zur Eingangstür.

»Madame, verlassen uns wieder?«

»Madame braucht frische Luft …«

»Frische Luft! Draußen ist es so kalt wie am Nordpol! Ich muss Sie warnen, die Straße ist vereist.«

»Ich weiß.« Sie lächelte. »Ich werde vorsichtig sein.«

Nach der herrlichen Wärme im Restaurant traf die kalte Luft Paula wie ein Schlag. Ich hätte drinnen meinen Mantel ausziehen sollen, dachte sie. Sie stieg die Stufen zu der seltsamen Plattform hinauf, die sehr breit und tief war. Hinter den beiden Kanonen befanden sich in gebührendem Abstand solide Steinwände.

Sie schritt die Treppe zur Straße hinab, wo der Taxifahrer sie abgesetzt hatte, und hätte fast das Gleichgewicht verloren. Sei vorsichtig, ermahnte sie sich.

Dies war die Hauptstraße, die von der Kathedrale wegführte und dann steil abfiel. Die einzigen Lichtquellen waren an den Mauern angebrachte Laternen. Sie lauschte. Die völlig Stille war beunruhigend.

Vorsichtig schritt sie die Kopfsteinpflasterstraße hinab. Auf beiden Seiten standen alte Häuser mit Geschäften im Erdgeschoss, in denen zumeist Antiquitäten oder Bilder verkauft wurden. Vor einem dieser Geschäfte blieb sie stehen und betrachtete das einzige Gemälde in dem Schaufenster, das einen Wasserfall darstellte und kein Preisschild hatte.

Sie begann, die Seitenstraßen und Gassen zu ihrer Rechten zu erforschen, die sämtlich steil abfielen. Noch immer war niemand zu sehen. So war es auch damals gewesen, als sie mit Tweed zu Fuß in die Innenstadt zurückgegangen war. Als ob die Gegend unbewohnt wäre.

Die Stimmung war unheimlich. Nachdem sie zurückgekehrt war, untersuchte sie eine enge Seitenstraße gegenüber der Plattform. Als sie auf die Uhr blickte, sah sie, dass es fast neun war. Sie hatte sich länger umgeblickt, als sie gedacht hatte. Vielleicht war Archie bereits eingetroffen.

Auf dem Rückweg zum Restaurant Les Armures stieg sie gerade die nicht vereiste Treppe zur Plattform hoch, als der erste Motorradfahrer mit dröhnendem Motor und blendendem Scheinwerfer den Berg heraufkam. Sie presste sich gegen die hintere Wand, zog ihre Handschuhe aus, klemmte sie sich unter den linken Arm und zog den automatischen Browning. Flüchtig streifte das Scheinwerferlicht sie, der Motorradfahrer in schwarzer Ledermontur bremste ab und warf mit etwas nach ihr.

Das von der Form her an einen Kiefernzapfen erinnernde Objekt war kurz im Scheinwerferlicht zu sehen. Es beschrieb eine Kurve und landete hinten auf der Plattform. Dann rollte es die Stufen hinunter und explodierte mit ohrenbetäubendem Krachen. Eine Granate! dachte sie. Der Typ war ein echter Scheißkerl.

Die Maschine folgte ihr, und sie sah eine kleine Armee von Motorradfahrern die Straße heraufrasen, ihr entgegen. Ihr blieb keine Zeit, sich ins Restaurant zu retten. Es gab keinerlei Garantie, dass die sich nähernden Männer nicht ebenfalls Gangster waren.

Nachdem der zweite Fahrer sie im Scheinwerferlicht erblickt hatte, riss er den Lenker hoch, aber mittlerweile hatte Paula eine Sonnenbrille aufgesetzt, damit die Scheinwerfer sie nicht mehr blendeten. Sie hob den Browning und drückte auf den Abzug. Der Motorradfahrer erstarrte auf seinem Sattel. Den Gegenstand, mit dem er nach ihr hatte werfen wollen, hielt er noch in der Hand. Er verlor die Kontrolle über seine Maschine, und während er stürzte, explodierte die Granate. Die Häuser auf beiden Straßenseiten wurden von Schrapnellstücken getroffen, aber Paula vermutete, dass der tödliche Inhalt der Granate vor allem in den Körper des Mannes eingedrungen war, der jetzt bewegungslos auf der Straße lag.

Weitere Motorradfahrer kamen näher, und in diesem Augenblick wurde sie von einem kraftvollen Lichtstrahl aus der letzten Seitenstraße zu ihrer Linken, die sie untersucht hatte, erfasst. Sie stand im Scheinwerferlicht wie der Star eines Musicals. Alles hatte sich in einen blutigen Alptraum verwandelt.

Paula presste ihre Schultern gegen die Mauer hinter sich – es gab keinen Ausweg. Am Eingang des Restaurants hatte sie einen Kellner gesehen, der ein Gitter an der Innenseite der Eingangstür heruntergelassen hatte. Sie biss die Zähne zusammen. Dann kam ihr die Idee, so viele von diesen Typen wie möglich umzulegen. Ihre Nerven waren kälter als das Eis auf der Straße. Sie konzentrierte sich auf den nächsten Motorradfahrer, der ebenfalls eine Hand hob, und traf den Scheinwerfer, der daraufhin erlosch. Die Maschine glitt auf dem Eis aus, und der Fahrer wurde wie eine Bombe gegen eine Wand geschleudert, während das Motorrad mit rotierenden Reifen liegen blieb. Der Suchscheinwerfer aus der Seitengasse beunruhigte Paula am meisten.

Eine nicht erkennbare Gestalt erschien rechts auf der Plattform, und sie wirbelte herum.

»Ich bin's, Philip!«

Seine Ankunft hatte sie für ein paar entscheidende Sekunden abgelenkt. Ein weiterer Motorradfahrer tauchte auf, und seine Granate fiel vor ihr auf den Boden. Philip hechtete darauf zu, packte die Granate und schleuderte sie in Richtung des Suchscheinwerfers. Paula hörte die Explosion und die gegen die Häuserwände schlagenden Schrapnellgeschosse. Sie hätten sie töten können, aber statt dessen war nur der Suchscheinwerfer erloschen. Sie glaubte, aus derselben Richtung einen Schrei zu hören. War es der Mann, der den Suchscheinwerfer eingeschaltet hatte? Ein weiterer Motorradfahrer näherte sich.

»Ich werde mich um ihn kümmern«, sagte Philip. »Wir schlagen sie mit ihren eigenen Mitteln …«

Er zog eine Granate aus seiner Schultertasche hervor, zog den Stift heraus und warf. Die Granate fiel dem Motorradfahrer in den Schoß und explodierte dröhnend. Der Fahrer wurde von der Maschine geschleudert, und seine zerfetzte, verkrümmte Leiche blieb auf der Straße liegen, während das Motorrad mitten auf der engen Straße umkippte.

»Das versperrt den nächsten den Weg«, sagte Philip.

Nachdem er schnell den Suchscheinwerfer aus seiner Tasche gezogen hatte, platzierte er ihn zwischen den Kanonen und schaltete ihn ein. Der kräftige Lichtstrahl erfasste einen Großteil der Straße, und Paula sah, dass der erste Fahrer seine Motorradbrille mit der Hand bedeckte und so plötzlich bremste, dass der nachfolgende Fahrer mit ihm kollidierte. Die Straße war mit verbogenem Stahl übersät. In der Ferne sahen sie weitere Motorräder anhalten und dann wenden.

»Es ist Zeit, dass wir verschwinden«, sagte Philip.

»Es ist Zeit nachzusehen, ob Archie im Restaurant ist.«

Der Kellner, der den Tisch für Paula reserviert hatte, erkannte sie wieder, kurbelte das Gitter hoch und öffnete die Tür. Während sie die Plattform überquert hatten, wechselte Paula das Magazin Ihres Brownings. Jetzt herrschte tödliche

Stille in dem Lokal, und die Gäste saßen da wie Gestalten aus einem Wachsfigurenkabinett. Niemand beachtete sein Essen. Philip ergriff eilig das Wort.

»Eine Gang hat versucht, jemanden umzubringen. Wir wissen nicht, wen«, fuhr er auf französisch fort.

Er setzte auf die Vermutung, dass niemand nervenstark genug gewesen war, aus dem Fenster zu blicken.

»Ist mein Gast eingetroffen?« fragte Paula.

»Ja, da hinten sitzt er«, antwortete der Kellner. Er schluckte. »Sind Sie in Ordnung?«

»Ja.« Sie gab ihm einen Geldschein. »Aber nach dem, was passiert ist, ist uns der Appetit vergangen. Wir werden bloß unseren Freund abholen ...«

Archie saß vor einem Kir Royal und einem Glas Wasser an einem Tisch in der Ecke. In seinem Mundwinkel hing eine nur zu Hälfte gerauchte, erloschene Zigarette. Paula beugte sich vor, um ihm etwas zuzuflüstern. »Zeit, sich aus den Staub zu machen. Wir werden in meinem Hotelzimmer essen.«

»Okay.«

Mehr sagte Archie nicht – die meisten anderen Menschen hätten gefragt, was passiert sei, und gesagt, dass sich die Geräusche draußen entsetzlich angehört hätten. Aber das war nicht Archies Art.

Er stand auf, nahm die Zigarette aus dem Mund und verstaute sie in der Tasche. Seine Hände steckten in Latexhandschuhen. Ein Bediensteter brachte seinen Mantel. Er zog ihn an und wickelte sich so in einen Schal ein, dass sein Schnurrbart nicht zu sehen war. All das geschah in Sekundenschnelle, und Paula begriff, dass er sein normales Erscheinungsbild änderte.

»Die Seitengasse entlang«, sagte Paula draußen. Sie führt zur Fußgängerbrücke über die Rhône. Die Polizei wird jeden Augenblick eintreffen ...«

Paula ging vor, gefolgt von Archie und Philip. Sie schlenderten über das Kopfsteinpflaster. Seit Paula eingetroffen war, war das Eis teuflisch glatt geworden.

Sie zitterten, weil die Kälte durch ihre Kleidung drang,

und während sie über die Rhônebrücke gingen, hielten sie sich am Geländer fest, um nicht auszurutschen. Als sie den Eingang des Hotels erreicht hatten, hörten sie das endlose Heulen von Polizeisirenen. Mit eingeschaltetem Blaulicht fuhr ein Wagen nach dem anderen über den Pont du Rhône auf die Altstadt zu.

Nachdem sie das Hotel betreten hatten, gingen sie in Paulas Zimmer, das tatsächlich eine Suite mit Wohn-, Schlaf- und Badezimmer war. Mit eiskalten Fingern zog Paula ihren Mantel aus und legte ihn auf einen Stuhl.

»Ich bin in ein paar Minuten wieder da.« Sie ging ins Schlafzimmer und ließ die Tür halb geöffnet. Dann brach sie zusammen.

Philip hörte sie. Er bat Archie, Platz zu nehmen und sich ganz wie zu Hause zu fühlen. Nachdem er die Schlafzimmertür aufgestoßen und hinter sich geschlossen hatte, sah er Paula zusammengekrümmt in einem Sessel kauern. Sie zitterte am ganzen Körper und weinte hemmungslos.

Er ging ins Badezimmer, füllte ein Glas mit Wasser, hielt einen Waschlappen unter den Warmwasserhahn, legte ihn auf ein Handtuch und ging zu ihr zurück, während sie ihn durch die gespreizten Finger ihrer vors Gesicht geschlagenen Hände beobachtete.

»Nehmen Sie diesen warmen Waschlappen«, sagte er bestimmt. »Dann trocknen Sie sich mit dem Handtuch ab. Und dann trinken Sie etwas.«

»Was ist das? Ich könnte einen Brandy gebrauchen.«

»Nein. Alkohol ist das Letzte, was Sie jetzt brauchen, weil Sie an einem mit Verzögerung auftretenden Schock leiden. Na los.«

»Danke, Philip. Sie sind sehr zuvorkommend.«

Sie fuhr sich mit dem Waschlappen übers Gesicht, trocknete sich mit dem Handtuch ab und begann dann, das Wasser hinunterzustürzen.

»Nicht so schnell. Nippen Sie erst einmal daran.«

»Okay ...«

Nachdem sie das Wasserglas geleert hatte, atmete sie tief

durch, stand auf und ging zu einem Wandspiegel hinüber. »Ich sehe furchtbar aus.«

»Sie sehen großartig aus, und das meine ich ernst.«

»Was macht Archie?«

»Er raucht eine Zigarette.«

»Was? Ich dachte, er raucht nicht.«

»Tut er auch nicht. Er zündet sich eine Zigarette an, nimmt ein paar Züge und legt sie dann in einen Aschenbecher. Wenn sie erloschen ist, steckt er sie sich in den Mundwinkel.«

»Das ist ja lächerlich ...« Sie begann zu lachen und konnte nicht aufhören. Er ging zu ihr hinüber und versetzte ihr eine saftige Ohrfeige. Nachdem sie ihn einen Moment lang blinzelnd angestarrt hatte, hörte sie zu lachen auf.

»Sie waren hysterisch«, sagte er sanft.

»Das ist das erste Mal, dass ein Mann so für mich sorgt und ich mich nicht wehre, Philip. Ich habe mich noch nicht bedankt, aber Sie haben mir das Leben gerettet.«

»Wir sind ein Team.«

Paula beugte sich vor und presste ihren Kopf gegen seine Brust, und er nahm sie fest in die Arme, während sie erneut leise zu weinen begann. Schließlich löste sie sich sanft aus seiner Umarmung und wischte sich dann mit einem Taschentuch die Tränen aus den Augen. Als sie zu sprechen begann, war ihr Tonfall wieder normal.

»Wie kommen Sie mit Eve klar? Aber vielleicht sollte ich nicht danach fragen.«

»Warum nicht? Die Situation ist ziemlich verfahren.« Hilflos wedelte er mit den Händen. »Ich bekomme sie nicht aus meinem Kopf, trauere aber immer noch sehr um Jean. Das könnte mein Urteil beeinträchtigen.«

»Mir ist nie jemand wie sie begegnet.«

»Mir auch nicht. Sie kann einschüchternd sein, und das beunruhigt mich.« Weil er spürte, dass sich die Atmosphäre emotional zu sehr aufzuladen begann, wechselte er das Thema. »Wir sollten Tweed über die Ereignisse des Abends informieren.«

»Nicht, bevor ich geduscht und gut gegessen habe. Mein Magen rumort. Übrigens sind die Kopien von Marchats Foto noch vor meiner Abreise fertig geworden, und ich habe eine dabei. Glauben Sie, dass wir sie Archie zeigen sollten?«

»Ich bezweifle, dass er von ihm gehört hat. Vielleicht nach dem Dinner. Erholen Sie sich gut unter der Dusche.«

»Es wird nur zehn Minuten dauern. Bestellen Sie beim Zimmerservice was für uns. Sie wissen ja, was ich mag.«

»Lassen Sie sich ruhig zwanzig Minuten Zeit. Dann können Sie in Ruhe duschen und sich umziehen. Das wird Ihre Stimmung heben.«

»Sie wissen ja eine Menge über Frauen, Philip ...«

19

»Beck ruft aus Bern an«, informierte Monica Tweed, der sich in seinem Schreibtischsessel zurückgelehnt hatte. »Hört sich so an, als ob er schlechte Laune hätte.«

»Das fehlte gerade noch.« Tweed blickte erst Newman, dann Marler an, die nach einem gemeinsamen Abendessen ins Büro zurückgekehrt waren. »Dennoch sollte ich den Anruf besser entgegennehmen ...«

»Tweed?« Becks Tonfall grenzte an Verärgerung. »Haben Sie irgend jemanden von Ihren Leuten auf mein Terrain geschickt? Genauer gesagt, nach Genf?«

»Warum?« Tweed unterdrückte seine Sorge. »Es ist nicht meine Gewohnheit, Hinz und Kunz darüber zu informieren, wo ich meine Teammitglieder einsetze.«

»Es hat hier vor einem Restaurant namens Les Armures in der Altstadt ein Gemetzel gegeben. Ziel war eine Frau.«

»Erzählen Sie, was passiert ist. Reden Sie nicht um den heißen Brei herum!«

Tweed hielt den Telefonhörer fest umklammert, sein Gesichtsausdruck war ernst.

»Eine Motorradgang hat sie angegriffen. Seit ein paar Tagen terrorisieren sie diese Gegend. Mir liegen bisher nur erste Berichte vor, aber darin steht, dass sechs Leichen gefunden wurden.«

»Und was geschah mit dem Zielobjekt des Anschlags? Erzählen Sie mir bitte alles.«

»Sie klingen besorgt. Offensichtlich ist die Frau unversehrt entkommen. Sie war in Begleitung eines Mannes. Es waren Pistolenschüsse und Granatenexplosionen zu hören.«

»Woher wissen Sie das?«

»Die übliche Informationsquelle. Eine neugierige alte Frau, die in der Nähe wohnt, hat alles hinter der Gardine beobachtet. Sofort nach diesem Telefonat werde ich nach Genf fliegen und herausfinden, was dort los ist. Ich werde die Bediensteten im Les Armures befragen, die sich bis zu meiner Ankunft weiterhin dort aufhalten werden.«

»Eine gute Idee, Arthur. Sie haben gesagt, dass die Bande die Altstadt seit zwei Tagen terrorisiert. Warum um alles in der Welt haben Sie nicht längst etwas dagegen unternommen?«

Wie er gehofft hatte, verärgerte die provokative Frage Beck.

»Weil dieser Narr von Inspektor, der in Genf die Verantwortung trägt, es sich in den Kopf gesetzt hatte, seine Männer vor der Stadt zu stationieren, um alle Neuankömmlinge zu beobachten. Er hätte sie in der Altstadt patrouillieren lassen sollen, aber es kam ihm nicht in den Sinn, dass sie sich dort aufhalten könnten. Deshalb.«

»Ein schlimmer Fehler.«

»Glauben Sie nicht, dass mir nicht aufgefallen ist, dass Sie keine Antwort auf meine Frage gegeben haben, ob irgend jemand von Ihren Leuten in der Stadt ist.«

Am anderen Ende wurde der Hörer auf die Gabel geknallt, und die Verbindung war unterbrochen. Noch nie hatte Beck Tweed so behandelt. Er lehnte sich zurück, seufzte erleichtert auf und erzählte dann den anderen, was geschehen war.

»Zumindest sieht es so aus, als ob Paula entkommen wäre, und ich bin mir sicher, dass der von ihm erwähnte Mann Philip war. Sie wollten sich mit Archie in dem Restaurant treffen.«

»Soll ich Paula im Hôtel des Bergues anrufen?« fragte Monica.

»Meiner Ansicht nach ist es taktvoller abzuwarten, ob sie

heute abend selbst anruft. Hört sich so an, als ob sie und Philip ein höllisches Feuergefecht hinter sich hätten. Lassen wir ihr ein paar Stunden Zeit. Während Sie essen waren, kam Fred übrigens aus dem Keller herauf. Er hat herausgefunden, was es mit den verbrannten Papieren aus General Sterndales Safe auf sich hat.«

»Was denn?« drängte Monica.

»Er hat Blätter mit Telefonnummern und Überbleibsel eines dickeren, blaßgrünen Materials gefunden. Maggie Mayfield ... Ich habe Ihnen ja erzählt, dass ich mich heute mit ihr im Brown's getroffen habe. War das heute? Doch, natürlich. Die letzten paar Stunden kommen mir wie eine Woche vor. Jedenfalls, sie hat mir erzählt, dass der General ihr die Inhaberschuldverschreibungen gezeigt hat, die er in grünen Schnellheftern aufbewahrte. Fred ist sicher, dass diese Überbleibsel zu blaßgrünen Schnellheftern gehören.«

»Und die Telefonnummern?« fragte Marler.

»Offensichtlich stammen die Seiten aus alten Telefonbüchern – sie lagen in den Schnellheftern, damit es so aussah, als ob sich die Inhaberschuldverschreibungen noch darin befänden. Sie waren aber eindeutig nicht mehr im Safe.«

»Dreihundert Millionen Pfund.« Newman pfiff durch die Zähne. »Das sind nicht gerade Peanuts, wie man zu sagen pflegt.«

»Vielleicht ist es ein langer Weg bis zur Finanzierung von Brazils Projekt – worum es sich dabei auch handeln mag«, sagte Tweed. »Wenn er der Mann ist, dem Sterndale seine Inhaberschuldverschreibungen geliehen hat. Gerade erinnere ich mich daran, dass Beck mich in einem früheren Telefonat informiert hat, dass Carson Craig heute abend nach Genf geflogen ist.«

»Genau der richtige Typ, um ein Massaker zu dirigieren«, bemerkte Newman.

Das Telefon klingelte. Als Monica den Hörer abnahm, hob Tweed die Augenbrauen.

»Irgend etwas sagt mir, dass dies eine lange Nacht werden wird. Außerdem bin ich glücklich, dass Butler und Nield in Wartestellung sind.«

»Keith Kent ist am Apparat«, sagte Monica.

»Haben Sie etwas herausgefunden, Keith?« fragte Tweed schnell.

»Ich rufe von einem öffentlichen Fernsprecher auf dem Flughafen in Genf an. Die Leitung ist also sicher. Meiner Ansicht nach bin ich auf schmutzige Geldgeschäfte gestoßen. Ich habe einen Mann in Zürich angerufen, der weiß, was dort läuft. Eine Privatbank namens Zürcher Kredit wäre beinahe in Konkurs gegangen. Eine große Anzahl von Inhaberschuldverschreibungen ist verschwunden. Raten Sie mal, wer ihr Berater und stellvertretender Direktor war? Leopold Brazil. Es wird Sie vermutlich interessieren, was dem Präsidenten zugestoßen ist.«

»Reden Sie weiter.«

»Der Präsident von Zürcher Kredit wurde ermordet. Als seine Frau nicht da war, ist jemand in seine Villa eingedrungen und hat ihm das Genick gebrochen.«

»Das Genick gebrochen?« Tweed bemerkte, dass Newman und Marler ihn anstarrten. »Gibt es Verdächtige?«

»Beck glaubt, dass es sich um jemanden handeln muss, der über gute Überredungskünste verfügt, um in die Villa zu gelangen«, fuhr Kent atemlos fort. »Der Security-Ring um die Villa war intakt.«

»Woher wissen Sie das?«

»Von dem Freund eines Freundes, der Beck kennt. Die gleiche Geschichte wie bei Sterndale, wenngleich sich da niemand die Mühe gegeben hat, sich durch Überredungskunst Eintritt zu verschaffen. Ich werde eine weitere Privatbank überprüfen und über die Resultate Bericht erstatten.«

»In Genf ist eine Motorradgang aktiv, Keith ...«

»Ich weiß. Eine Horde von Rowdys. Machotypen, die darauf abfahren, alte Damen zu erschrecken.«

»Das ist noch nicht alles. In der Altstadt hat es ein Feuergefecht mit sechs Todesopfern gegeben. Alle sind Motorradfahrer. Das sind nicht nur einfach Macho-Typen.«

»Ja, vielleicht ...« Ausnahmsweise schwieg Keith einen Augenblick. »Hört sich so an, als ob es in Genf ziemlich ungemütlich wäre. Danke für die Warnung. Morgen früh werde ich nach Bern fahren. Sehr früh sogar, nach allem, was Sie mir da erzählt haben. Ich halte Kontakt ...«

Tweed legte auf und informierte Monica und die beiden Männer.

»Jetzt haben wir eine direkte Verbindung zwischen Brazil und den verschwundenen Inhaberschuldverschreibungen«, bemerkte Newman.

»Sieht so aus«, antwortete Tweed.

»Den Motormann haben Sie gegenüber Keith nicht erwähnt«, knurrte Marler.

»Ich habe es vergessen.« Tweed zog aus einer Schreibtischschublade einen Umschlag mit zwei Fotos heraus und reichte Newman und Marler eins. »Das sind Kopien des Fotos von Marchat, das wir in Dorset gefunden haben. Nur für den Fall, dass wir ihn jemals auftreiben sollten. Monica hat mir erzählt, dass Paula auch eine Kopie mit nach Genf genommen hat.«

Die Bürotür öffnete sich, und Howard, der aufgeblasene Direktor, betrat den Raum. Er war ein großer, gut gepolsterter Mann Ende Fünfzig und wie immer tadellos gekleidet. Er trug einen blauen Nadelstreifenanzug von Chester Barrie, der von Harrods stammte. Seine Gesichtshaut war gerötet, und er hatte sich gründlich rasiert. Seine Gebaren waren auftrumpfend.

»Guten Abend, alle zusammen«, sagte er im Tonfall des Lehrers einer Eliteschule. »Im Westen nichts Neues?«

Das sollte ein Witz sein, aber niemand lächelte. Tweed erhob sich, ging hinüber zum Fenster, zog den Vorhang beiseite und starrte in die Nacht hinaus.

»Könnte man sagen«, meinte er schließlich.

»Ich hoffe, dass Sie nicht mehr Mr. Leopold Brazil jagen. Der Premierminister war sehr verärgert darüber, dass wir Nachforschungen über ihn angestellt haben. Bald wird er sich in Downing Street mit Brazil auf ein paar Drinks treffen.«

»Wie angenehm für den Premierminister.«

Howard setzte sich, legte ein Bein über die Lehne des Armsessels und korrigierte den Sitz seiner rassiermesserscharfen Bügelfalte.

»Die Computerausrüstung, die ich einen Stock höher habe installieren lassen, funktioniert traumhaft gut. Reginald ist sehr gut.«

»Reginald?« fragte Marler.

»Der Experte für Kommunikationstechnologie, der uns die Technik des einundzwanzigsten Jahrhunderts bringt. Dann können Sie Ihre alten Karteikarten wegwerfen, Tweed.«

»Ich werde den Karteikarten die Treue halten«, gab Tweed zurück, der den anderen – und Howard – immer noch den Rücken zukehrte.

»Warum, um alles in der Welt?«

»Weil ich weiß, dass das Speichersystem mit den wichtigen Daten eines jeden Computers geknackt werden kann.« Tweed wirbelte herum und blickte seinen Chef an. »Von so genannten Hackern, wie sie gemeinhin genannt werden.«

»Ich wollte vorschlagen ...« Howard schwieg einen Augenblick und blickte Newman und Marler an, die ihn unbeweglich anstarrten, als ob er gar nicht da wäre. »Ich wollte vorschlagen«, fuhr Howard verunsichert fort, »dass wir die Namen aller unserer Informanten im Computer speichern ...«

»Nein«, antwortete Newman und Marler gleichzeitig.

»Es ist wohl kaum Ihre Sache, Gentlemen ...«

»Doch, es ist ihre Sache.« Tweed setzte sich wieder in seinen Schreibtischsessel und blickte Howard grimmig an. »Es ist die Aufgabe dieser Gentlemen, die Namen ihrer geheimen Informanten niemals preiszugeben, selbst mir gegenüber nicht. Haben Sie immer noch nicht begriffen, dass hier Menschenleben auf dem Spiel stehen, nämlich das Leben unserer Informanten?«

»Nun ...« Howard stand auf und steckte einen Finger unter seinen Hemdkragen, als ob er sich unwohl fühlen würde. »Wenn Ihnen die Sache so am Herzen liegt, würde ich vorschlagen, alles zu verschieben ...«

»Für immer«, schnappte Tweed.

»Ja. Ich habe verstanden. Schließlich geht es um Ihre Verantwortung.«

»Und zwar ständig«, antwortete Tweed, der sich kein bisschen Mühe gab, Howard dabei zu helfen, sein Gesicht zu wahren.

»Ich würde es schätzen, wenn Sie mich auf dem Laufenden hielten. Natürlich nur, wenn es möglich ist ...« Howard, in die Defensive geraten, verließ das Büro, die Tür sehr leise schließend.

»Sie haben ihn abserviert«, rief Monica mit unverhohlener Genugtuung.

»Er hat keine Ahnung«, knurrte Tweed. »Oben gibt es so viel Elektronik, dass es für das Pentagon ausreichen würde. Reginald, ein Trinker, verfügt über eine Reihe von PCs und Laptops und drei Mitarbeiter. Die Computer sind per Kabel mit den Telefonen verbunden, solchen entsetzlichen grünen Videobildschirmen. Die ganze Ausrüstung muss ein Vermögen gekostet haben. Howard hat darauf gezählt, dass unsere Unterlagen das Glanzstück seiner neuen Spielzeugabteilung bilden würden. Mit dieser Vorstellung habe ich aufgeräumt. Der Himmel weiß, wie sie jetzt die Existenz dieser Abteilung rechtfertigen.«

»Ein Freund von mir, Abe Wilson, arbeitet zu Hause«, sagte Newman. »Er hat jede Menge Computerelektronik. Wenn er nachts aus seinem Arbeitszimmer herunterkommt, hat seine Frau mir erzählt, setzt er sich ins Wohnzimmer, schaltet den Fernseher an und schläft sofort ein. Sie hat mich gefragt, ob ich sie mal zum Abendessen einlade.«

»Ist sie attraktiv?« fragte Marler.

»Sehr. Ich habe ihren Wunsch so taktvoll wie möglich zurückgewiesen. Abe würde durchdrehen.«

»Bob«, unterbrach Tweed, »was für einen Eindruck haben Sie, wie Philip mit Eve zurechtkommt?«

»Der arme Teufel weiß nicht, was er tun soll. Sie hält ihn an der langen Leine. Aber bei der Arbeit wird Philip wieder ganz der Alte sein.«

»Ich frage mich, wo Eve Warner sich jetzt aufhalten mag.«

Nachdem ihre Maschine in Genf gelandet war, handelte Eve Warner schnell, kaum hatte sie die Pass- und Zollkontrolle hinter sich gebracht. Sie ging direkt zur Autovermietung, zeigte ihren Ausweis und unterschrieb die Papiere für den Renault, den sie telefonisch in Heathrow gemietet hatte. Dann bezahlte sie und blieb in der Nähe stehen. Sie zündete sich eine Zigarette an und beobachtete lässig die wenigen Passagiere, die Richtung Ausgang eilten. Ende Februar ging es auf dem Flughafen ruhiger zu als während der Saison.

Eve hielt Ausschau, ob ihr jemand gefolgt war. Sie hatte ein beinahe fotografisches Gedächtnis für Gesichter, selbst wenn sie sie nur für einen Sekundenbruchteil gesehen hatte. Niemand erweckte ihren Verdacht, daher ging sie zur Autovermietung zurück und sagte zu der Angestellten, dass sie zur Abfahrt bereit sei.

Die Frau begleitete sie zu dem wartenden Renault und gab ihr die Schlüssel.

»Der Wagen ist rot«, beschwerte Eve sich und schlug mit ihrer behandschuhten Hand auf die Motorhaube. »Ich habe doch auf einer neutralen Farbe bestanden.«

»Es tut mir leid, Madame, aber am Telefon haben Sie einen Renault verlangt. Und wir haben nur noch diesen.«

»Dann muss es wohl so gehen. Danke – für was auch immer.«

Nachdem sie den Kamelhaarmantel ausgezogen hatte, warf sie ihn auf die Rückbank. Ein Tuch verbarg ihr pechschwarzes Haar, und sie trug eine getönte Brille. Zu identifizieren war sie nur an ihrem Gang.

Sie verließ die Stadt und nahm die Landstraße in nordöstlicher Richtung. Während sie ein Fahrzeug nach dem anderen überholte, hielt sie gerade noch das Tempolimit ein. Ein Lastwagenfahrer hupte, als sie in einer lang gestreckten Kurve an ihm vorbeijagte, und sie winkte ihm zu.

Eine Stunde später fuhr sie vor einem kleinen Hotel am Rand einer Stadt vor. Nachdem sie schnell gegessen und sich mit einem Wodka begnügt hatte, trug sie nervös ein Parfüm auf, um den Alkoholgeruch zu kaschieren. Schweizer Polizisten waren strenge Bastarde, wenn es um Alkohol am Steuer ging.

Bevor sie das Hotel verließ, ging sie noch zum Telefon

und wählte aus dem Gedächtnis eine Nummer. Als eine männliche Stimme antwortete, verzog sie das Gesicht. Dieser Idiot.

»Eve Warner in Genf. Ich werde gleich losfahren und heute abend bei Ihnen eintreffen. Geben Sie diese Information weiter ...«

Sie knallte den Hörer auf die Gabel, ging nach draußen und fuhr in nordöstlicher Richtung auf der großen Landstraße weiter.

Zuvor war sie am Juragebirge vorbeigekommen, das schneebedeckt im Mondlicht glänzte, und durch malerische Dörfer gefahren, deren schmale Kirchtürme an Nadeln erinnerten. Nichts davon hatte sie wahrgenommen. Touristenattraktionen interessierten sie nicht. Sie steckte sich eine weitere Zigarette an und überholte pausenlos, weil sie es nicht ertragen konnte, ein anderes Fahrzeug vor sich zu sehen. Es war ein sehr gutes Gefühl, allen zu zeigen, was für eine wunderbare Fahrerin sie war. Ihr Ziel würde sie zeitig erreichen, und sie liebte es, andere zu überraschen.

In seinem Büro in Bern wurde Leopold Brazil immer wütender. Er ging mit auf dem Rücken verschränkten Händen auf und ab und schimpfte. Sein Wolfshund Igor beobachtete erst ihn, dann den Adressaten von Brazils Zorn.

Der große, schlanke Hund mit dem schmalen Kopf hatte die Ohren hochgestellt und nahm die Stimmung seines Herrn wahr. Craig war von Genf nach Bern zurückgeflogen und von einem wartenden Auto in die Villa in der Kochergasse gebracht worden. Jetzt blickte er auf den Hund, der ihn mit gefletschten Zähnen anstarrte.

Craig hatte Brazil von dem Fiasko in der Altstadt von Genf berichtet, wenngleich er sich gehütet hatte, das Wort »Fiasko« zu benutzen. Nur weil er ihn in die Mangel genommen hatte, hatte Brazil die Wahrheit aus ihm herausgepreßt.

»Sie sind der größte Idiot auf der ganzen Welt!« brüllte Brazil. »Gerade jetzt, wo wir eine ganz andere Publicity brauchen, liegen die Leichen Ihrer Männer auf der Straße herum, ganz zu schweigen davon, dass Sie für ihren Tod verantwortlich sind. Habe ich Sie nicht nach dem Massaker in Sterndale Manor gewarnt, dass wir unauffällig agieren müssen?«

»Wir wurden von vielen Männern erwartet«, log Craig.

»Ich verfüge über unabhängige Quellen, die diese Aussage überprüfen werden. Halten Sie sich denn für den Chef einer Mörderorganisation? Ich kenne diese Einstellung aus den Vereinigten Staaten, deshalb habe ich dieses gewalttätige Land verlassen. Sie sollen Leute verängstigen und einschüchtern, sie aber nicht töten.«

»Sie haben zuerst geschossen«, log Craig erneut.

»Wer ist ›sie‹?« donnerte Brazil.

»Tweeds Männer, nehme ich an …«

»Nehmen Sie an? Sie lügen. Ich weiß einiges über Tweed und habe ihn kennen gelernt. Er gehört nicht zu den Männern, die so agier…«

»Sicher können Sie sich da nicht sein …«

»Unterstehen Sie sich, mich zu unterbrechen! Ich *bin* mir sicher. Und ich werde Tweed in Kürze treffen, wenn er einem Treffen nach diesem Alptraum noch zustimmen sollte …«

Brazil zog die Hundeleine an, weil das Tier sich auf den zurückweichenden Craig zu bewegt hatte. »Und noch etwas«, dröhnte er. »Bis jetzt habe ich mit Unterstützung gewisser befreundeter Schweizer Banker Arthur Beck neutralisieren können.« Er stand reglos da, die Hände in die Hüften gestemmt. »Falls Sie sich erinnern, Beck ist der Chef der Schweizer Bundespolizei, deren Hauptquartier nur einen Steinwurf von hier entfernt liegt. Wenn er nur den kleinsten Hinweis über eine Verbindung der Ereignisse in Genf und mir findet, sitzt er mir im Nacken, ausgerechnet jetzt, kurz vor dem Start meines Projekts.«

»Wenn ich nur wüsste, worum es bei dem Projekt geht …«

»Sie wissen es nicht, und Sie werden es auch nicht erfahren. Nicht vor der Stunde Null. Und jetzt würde ich es sehr schätzen, wenn Sie mir aus den Augen gehen und den Raum verlassen. Meine Anweisungen erhalten Sie morgen früh. Um Himmels willen, gehen Sie …«

Nachdem sie vor der Villa eingetroffen war, hatte José Eve hereingelassen. Dann eilte sie mit ihm im Schlepptau die Wendeltreppe zu Brazils Büro hoch. Selbst durch die schwere Tür hindurch konnte sie Brazils Stimme hören. Sie vermutete, dass er mit Craig schimpfte.

Das muss ich sehen, dachte Eve. Sie mochte Craig nicht, weil er sie meistens ignorierte. Ihre Hand lag schon auf der Türklinke, als José sie von hinten packte.

»Sie können da jetzt nicht rein ...«

»Ich kann. Ich habe Informationen ...«

»Sie müssen warten.«

Sie rang mit José, um sich zu befreien, hob einen Fuß und stieß ihn gegen sein Schienenbein. Obwohl sie ihn stöhnen hörte, ließ er nicht von ihr ab.

»Lassen Sie mich los, Sie kolumbianisches Drecksstück ...«

»Ich komme aus Französisch-Guayana«, berichtigte José ruhig.

Er hielt sie weiter fest und presste ihr die Arme gegen die Seiten. Eve hatte nicht gedacht, dass er so stark war, und fluchte, aber er hielt es nicht für nötig, auf ihre Beschimpfungen zu antworten. Dann öffnete sich die Tür, und Craig schloss sie mit gerötetem Gesicht hinter sich. Er starrte Eve an.

»Wieder mal an der Tür gelauscht?«

»Hörte sich so an, als ob Sie eine anständige Abreibung gekriegt hätten«, antwortete sie mit einem wilden Lächeln.

Nachdem Craig verschwunden war, ließ José Eve los. Sie zog ihren Mantel aus, legte das Tuch ab und betrat den Raum. José folgte ihr und nahm seinen üblichen Platz hinter dem Schreibtisch in einer Ecke ein.

»So früh hatte ich Sie nicht erwartet«, sagte Brazil, der sich inzwischen beruhigt hatte.

»Ich bin eine gute Fahrerin«, antwortete sie, während er hinter seinem großen Schreibtisch Platz nahm. »Hat er ...« Sie zeigte auf José, ohne ihn anzublicken. »Hat er Ihnen die Namen der führenden Mitglieder von Tweeds Team genannt, die ich herausgefunden habe? Bob Newman, Paula Grey und wahrscheinlich auch William Franklin?«

»José denkt immer an alles. Ja, er hat mir die Namen genannt.«

»Da ist noch einer, den Sie auf Ihre Liste setzen können. Philip Cardon.«

20

In Paulas Suite im Hôtel des Bergues hatten die drei gerade ein erstklassiges Abendessen verzehrt, das Kellner auf zwei Servierwagen, die sie anschließend zusammengerückt hatten, herangefahren hatten.

»Die Seezunge war wunderbar«, sagte Paula. »Ich fühle mich wie neugeboren.«

»Das Essen war superb«, stimmte Archie zu. »Vielen Dank.«

Er zog die halb gerauchte Zigarette aus der Tasche und steckte sie sich in den Mundwinkel. Philip hatte sich gefragt, ob er auch mit der Zigarette im Mund essen würde.

»Wir sollten uns auf die Couch setzen, um den Kaffee zu trinken«, schlug Paula vor. Nachdem sie dort Platz genommen hatten, zog sie die Kopie der Fotografie von Marchat aus ihrer Tasche und reichte sie Archie. »Ich nehme an, dass Sie keine Ahnung haben, wer das ist?«

Archie studierte das Foto und hielt es dabei unter eine Lampe auf dem Kaffeetisch. Fast eine Minute lang starrte er auf das Bild. Er kennt ihn nicht, dachte Paula. Aber es war einen Versuch wert gewesen. Archie gab ihr das Foto zurück.

»Ist er wichtig?« fragte er.

»Er könnte sehr wichtig sein.«

»Verstehe.«

Archie griff nach seiner Tasse und nippte an seinem Kaffee. Obwohl er die Zigarette im Mund behielt, vergoss er nicht einen Tropfen. Vorsichtig stellte er die Tasse wieder auf den Tisch. Paula war bereits aufgefallen, dass jede seiner Bewegungen bedacht war. Er wischte sich mit einer Serviette den Mund ab.

»Stimmt irgend etwas nicht?« erkundigte sich Philip.

»Ist der Mann auf dem Foto in Gefahr?« fragte Archie.

»Vielleicht. Auch er sollte in den Flammen von Sterndale Manor in Dorset umkommen, genau wie der General und sein Sohn Richard. Auch die einzige noch lebende Angehörige wäre dort gewesen, wenn sie nicht krank geworden wäre.«

»Verstehe.«

»Nur keine Eile«, sagte Paula. »Nehmen Sie sich Zeit.«

»Anton Marchat«, sagte Archie plötzlich. »Er ist Schweizer und lebt mit seiner Frau im Wallis.«

Einen Augenblick lang war Paula verdutzt, weil sie nicht mehr mit dieser Antwort gerechnet hatte. »Wallis?«

»Der Kanton Wallis östlich von hier.«

»Ach ja, richtig. Er ist aus England verschwunden, und wir wissen, dass er nach Genf geflogen ist. Das ist aber auch alles.«

»Das Wallis ist eine gebirgige Region«, sagte Archie bedächtig. »Die Menschen dort sind widerstandsfähig und robust. Das muss man auch sein, wenn man dort lebt – besonders im Winter ist es schlimm.«

»Glauben Sie, dass er dorthin zurückgekehrt ist?« drängte Paula.

»Hatte er Angst?«

»Meiner Ansicht nach war er zu Tode verängstigt«, sagte Philip. »Ein Killer hat versucht, ihn zu ermorden, hat aber den falschen Mann erwischt.«

»Wenn er nach Genf geflogen ist ...« Archie schwieg einen Augenblick lang und dachte nach. »Wenn er nach Genf geflogen ist, ist es mehr als wahrscheinlich, dass er einen der internationalen Expresszüge am Bahnhof Cornavin genommen hat. Dann wird er im Wallis ausgestiegen und nach Hause gefahren sein.«

»Seine Adresse kennen Sie nicht zufällig?« fragte Philip nebenbei.

»Wird ihn jemand besuchen, um ihn zu beschützen?«

»Ich«, erwiderte Philip.

»*Wir*«, betonte Paula.

»Ich weiß, was vor dem Restaurant passiert ist«, sagte Archie ruhig. »Einer der Kellner kauerte hinter einem Tisch und konnte von dort aus alles sehen. Er hat gesagt, er hätte einen Mann und eine Frau gesehen. Stellen Sie sich nur vor, dass die beiden mit dieser Bande mordlüsterner Ganoven fertiggeworden sind.« Nacheinander blickte er Paula und Philip an. »Sie saßen ganz schön in der Patsche, als die angefahren kamen.«

»Sagen wir, dass es ein lebhafter Abend war«, entgegnete Philip vorsichtig.

Diese Antwort schien Archie zu genügen. Er griff nach einem Notizblock, auf den die Adresse des Hotels gedruckt war, riss ein Blatt ab, drehte es um und begann mit dem Stift zu schreiben, der neben dem Block lag.

Paula bemerkte, dass er so schrieb, dass sich die Schrift nicht auf das darunterliegende Blatt Papier durchdrückte. Er hatte den Notizblock wieder auf den Tisch gelegt, hielt den Zettel aber noch in der Hand.

»Sion«, sagte er.

»Wo?«

»Sion.«

»Das liegt tief im Wallis«, erklärte Philip. »Die internationalen Schnellzüge von Genf nach Mailand halten im Wallis nur dreimal, in Martigny, Sion und Brig.«

»Das Wetter wird fürchterlich sein«, warnte Archie, den Zettel immer noch in der Hand. »Schwere Schneefälle, jede Menge Eis. Das Wallis ist ein rauer Landstrich. Anton Marchat wohnt in einem alten Haus am Rande der Stadt. Es liegt unter einem großen Felsen, einem Berg mit einem Schloss oder einer Kathedrale. Sie sehen diesen abschüssigen Hügel, wenn sich der Zug Sion nähert. Hier ist die Adresse.«

Er gab den Zettel Paula, die ihn an Philip weiterreichte. Erneut dachte Archie nach, weiterhin auf seiner Zigarette herumbeißend.

»Wenn Sie hinfahren, sollten Sie besser bewaffnet sein ...« Er blinzelte Paula zu. »Aber die beiden Leute vor dem Les Armures hatten ja Waffen. Noch ein wichtiger Punkt: Wenn Sie Anton Marchat oder seine Frau treffen sollten, müssen Sie meinen Namen erwähnen. Sonst wird er Ihnen die Tür vor der Nase zuschlagen.«

Nachdem Philip den Zettel zusammengefaltet hatte, steckte er ihn in ein Geheimfach seiner Brieftasche. Archie stand auf und suchte seinen Mantel.

»Sie werden doch heute nacht nicht mehr rausgehen?« fragte Paula besorgt. »Hier gibt es eine Schlafcouch. Sie können hier schlafen, ohne im Gästebuch an der Rezeption aufzutauchen.«

»Danke für die Einladung, aber ich muss jetzt gehen.« Paula half ihm in den Mantel, den sie aus dem Schlafzimmer geholt hatte. »Bei meiner Arbeit gibt es keinen Feierabend. Ich muss einen Nachtzug erwischen.«

»Wohin?« wollte Philip wissen. »Oder sollte ich besser nicht fragen?«

»In einer ganz bestimmten Stadt wird morgen jede Menge los sein. Ich muss dort sein, um zu sehen, was passiert. Vielleicht sollten auch Sie dabei sein.«

»Wo denn?«

»In Bern.«

Monica hatte den Hörer abgenommen und wirkte überrascht. Das war allen sofort aufgefallen, weil sie üblicherweise nie durch irgend etwas aus dem Gleichgewicht gebracht wurde.

»General and Cumbria Assurance«, hatte sie sich gemeldet.

»Guten Abend. Entschuldigen Sie die späte Störung. Hier spricht Carson Craig. Mr. Brazil hat mich gebeten, ein Treffen zwischen ihm und Mr. Tweed zu arrangieren. Natürlich nur, wenn es Mr. Tweed recht ist.«

»Bitte bleiben Sie dran. Vielleicht liegt ein Irrtum vor. Ich bin nicht sicher, ob Sie die richtige Nummer gewählt haben ...«

»Halten Sie mich bitte nicht für unhöflich, aber ich weiß, dass ich die richtige Nummer gewählt habe. Ich habe Zeit und werde warten.«

Monica legte die Hand über die Sprechmuschel und

informierte Tweed. Dann blickte sie Newman und Marler an.

»Ich dachte, das wäre ein brutaler Gangster. Er klingt aber wie ein gebildeter Mann.«

»Ich werde mit ihm reden«, sagte Tweed zur Überraschung aller.

Er gab Monica ein Zeichen, Newman ihren Hörer zu reichen, damit dieser mithören konnte. »Guten Abend, Mr. Craig. Tweed am Apparat. Ich glaube nicht, dass ich bereits das Vergnügen hatte, Ihre Bekanntschaft zu machen.«

»Stimmt. Aber wie man so sagt, die Welt ist klein, Mr. Tweed. Ich hoffe, dass wir diesem Zustand eines Tages Abhilfe schaffen werden. Mr. Brazil ist wegen eines Treffens mit dem deutschen Bundeskanzler nach Bonn geflogen. Ich nehme an, dass er bis spät in die Nacht arbeiten wird, aber morgen früh ist er wieder hier.«

»Darf ich fragen, von wo aus Sie anrufen?«

»Aber natürlich. Entschuldigung. Ich sitze in Mr. Brazils Büro in seiner Villa in der Kochergasse in Bern. Mr. Brazil hat noch einmal über seinen früheren Vorschlag nachgedacht und glaubt, dass Sie sein Angebot nicht annehmen wollen, mit seinem Privatjet zu einem Ort Ihrer Wahl zu fliegen. Sollten Sie einen eigenen Vorschlag hinsichtlich des Treffens haben, wäre er nur zu glücklich.«

»Habe ich. Aber was schlagen Sie vor?«

»Unserer Meinung nach steht es Ihnen zu, den Ort des Treffens zu bestimmen. Wie Ihr Vorschlag auch lauten mag, Mr. Brazil wird kommen.«

»Zürich«, schlug Tweed vor.

»Natürlich ...« Vor seiner zustimmenden Antwort war eine kurze Pause entstanden. »Können Sie mir den Ort und die Uhrzeit nennen?«

»Im Hotel Schweizerhof ...« Tweed schwieg einen Augenblick und sah, dass Newman mit hochgerecktem Daumen seine Zustimmung signalisierte. »Es liegt am Bahnhofsplatz, dem Hauptbahnhof gegenüber. Kennen Sie das Hotel, Mr. Craig?«

»Ich weiß, von welchem Hotel Sie sprechen, wenngleich

ich es persönlich noch nie betreten habe. Schwebt Ihnen eine bestimmte Uhrzeit vor?«

»Ja. Morgen abend um sieben Uhr europäischer Zeit. Ich werde Mr. Brazil in der Eingangshalle erwarten.«

»Ich kann Ihnen versichern, Mr. Tweed, dass Mr. Brazil nicht nur zufrieden, sondern auch sehr erleichtert sein wird. Wenngleich ich bezweifle, dass ich ihn begleiten werde, hoffe ich doch, Sie später auf einen Drink oder zum Dinner treffen zu können. Das Lokal und die Zeit bestimmen selbstverständlich Sie.«

»Danke für den Anruf. Gute Nacht, Mr. Craig ...«

»War *das* Craig?« fragte Tweed Newman, nachdem er den Hörer aufgelegt hatte.

»Mit großer Sicherheit, ja.« Newman wirkte verwirrt. »Dr. Jekyll and Mr. Hyde. In Dorset bin ich dem bösartigen Mr. Hyde begegnet, und Sie haben gerade mit dem sanften Mr. Jekyll telefoniert. Es ist unglaublich. Eine derart gespaltene Persönlichkeit ist mir noch nie untergekommen.«

»Wollen Sie mich nicht einweihen?« schaltete sich Marler ein.

»Sie haben ihn während der Auseinandersetzung im Black Bear Inn kennen gelernt.« Newman fuhr in seinem Drehsessel herum und blickte Marler an, der wie immer an der Wand lehnte. »Wie hätten Sie ihn charakterisiert?«

»Als harten, großmäuligen, brutalen Gangster.«

»Nicht gerade der Typ, den man in seinen Club einladen möchte«, ergänzte Monica, Howards Oberklasse-Akzent imitierend.

»So ungefähr«, stimmte Marler zu. »Also?«

»Gerade am Telefon klang er wie ein höflicher, gebildeter Geschäftsmann, zuvorkommend und respektvoll.«

»Warum haben Sie Zürich vorgeschlagen?« wollte Monica wissen.

»Ich glaube, dass Tweed sich daran erinnert hat, wie gut wir die Stadt kennen«, erwiderte Newman.

»Noch kann Tweed selbst antworten«, sagte Tweed. »Wir müssen reagieren. Heute nacht werden wir wahrscheinlich die ganze Zeit über hier sein. Buchen Sie Flüge für die erste Maschine nach Zürich. Für mich, Newman, Marler, Butler und Nield. Dann reservieren Sie im Schweizerhof Zimmer für Newman und mich. Für Marler, Butler und Nield buchen Sie im Hotel Gotthard.«

»Das liegt direkt hinter dem Schweizerhof«, sagte Marler.

»Genau. Und ich sollte besser warme Kleidung einpacken.«

»Das kann ich ja übernehmen«, bot Monica an.

»Nein. Kümmern Sie sich um die Flugtickets und die Hotelzimmer. Auf diese Entwicklung habe ich gewartet. Brazils Geduld ist erschöpft. Was für ein Projekt er auch geplant haben mag, er wird bald damit beginnen. Erinnern Sie sich daran, dass er beim letzten Anruf das Wort ›Katastrophe‹ benutzt hat? Der Ballon beginnt zu steigen ...«

21

Während Craig mit Tweed telefoniert hatte, hatte Eve ihre Fingernägel poliert. Sie lauschte Craigs Worten und lächelte höhnisch. Nachdem er den Hörer aufgelegt hatte, versuchte sie, ihn fertig zu machen. Schließlich hatte Craig Ärger mit Brazil, und dies war der richtige Augenblick, es ihm zu zeigen.

»Wie schmierig Sie sein können. Sie sind Tweed ja förmlich in den Hintern gekrochen.«

»Wenn's sein muss, können wir so kriecherisch wie nötig sein«, antwortete Craig freundlich.

Sie hatte die Beine, die unter dem Schlitz ihres Rocks zu sehen waren, übereinandergeschlagen. Während er sich eine Zigarette anzündete, erhaschte Craig einen Blick darauf.

Ich frage mich, ob ich ihn ködern und dann mit einem Knall wieder fallen lassen kann, dachte sie. »Nun, Sie hatten einen Job zu erledigen.« Sie lächelte ihn an. »Sie haben Ihre Sache gut gemacht. Hat der Fisch angebissen?«

»Morgen wird Tweed sich in Zürich mit dem Boss treffen, falls Sie das meinen.«

»Statt Kritik werden Sie jetzt Medaillen ernten.«

»Zumindest besteht mein Job nicht darin, mächtige Männer zu ködern.«

»Was haben Sie da gesagt?« Wütend setzte Eve sich sehr aufrecht hin. »Wollen Sie damit andeuten, dass ich ein Callgirl für die Oberklasse bin? Ich habe ein klares Abkommen mit Brazil, dass ich nicht mit den Männern ins Bett gehe, die ich für ihn ins Visier nehme.«

»Ich weiß«, antwortete er leise. »Sie gehen schon in die Luft, wenn Sie eine Stecknadel fallen hören, dabei habe ich gar keine dabei.«

»Haha, wie witzig. Sie reißen billige Witze, an die ein ernsthafter Komödiant nicht einmal im Traum denken würde. Nun, Carson, wir könnten doch Freunde sein, obwohl wir uns die ganze Zeit streiten. Leopold mag das nicht. Übrigens sollte das Tier nicht hier sein. Der Hund war in England, als der Boss Grenville Grange besucht hat. Die britischen Gesetze schreiben sechs Monate Quarantäne vor.«

»Der Boss war vorsichtig. Igor wurde am Bournemouth-International-Flughafen aus dem Jet geschmuggelt und dann in Brazils Haus gebracht. Während wir in Grenville Grange waren, hat Igor kein anderes Tier auch nur gesehen.«

»Er hat gegen das Gesetz verstoßen«, insistierte Eve. »Aber das ist seine Sache«, fügte sie hastig hinzu. »Wenn Sie mich bei ihm anschwärzen sollten, werde ich behaupten, dass Sie alles erfunden haben.«

»Keine Frage. Vielleicht sollten wir irgendwann einmal zusammen ausgehen, ein paar Wodkas trinken und plaudern.«

»Vielleicht. Wo findet das Treffen mit Tweed statt?«

»Das ist streng vertraulich.«

»Sie haben von einem Hotel gesprochen. Von welchem?«

»Das bleibt ein Geheimnis.« Er stand auf. »Geben Sie nicht mir die Schuld, und kläffen Sie hier nicht herum. Anweisungen vom Chef. Ich werde dafür bezahlt, seine Befehle zu befolgen.«

»Aber er bezahlt Sie nicht so gut wie mich.«

»Keine Ahnung. José verteilt die Kohle.«

»Ich vertraue José nicht«, sagte sie, während sie Craig fixierte.

Er ging auf sie zu, und sie wartete darauf, dass er seine Hand auf ihre Beine legte, um ihm den Inhalt ihres vollen Wodkaglases ins Gesicht und über den feinen Anzug zu kippen. Doch Craig ging an ihr vorbei, um den Wolfshund zu streicheln. Igor saß mit heraushängender Zunge und einem verträumten Gesichtsausdruck in einer Ecke. Er hatte eben erst zu fressen bekommen. Als Craig näher kam, begann er zu knurren.

»Vorsicht.« Eve stürzte ihren Wodka hinunter, erhob sich und ging auf die Tür zu. Sie wandte sich zu Craig um. »Ich gehe jetzt ins Bett, und zwar allein.«

Im Hôtel des Bergues konnte Paula nicht wieder einschlafen. Sie schaltete die Nachttischlampe ein und blickte auf ihren Reisewecker. Zwei Uhr morgens. Großartig.

Beim Zimmerservice bestellte sie telefonisch Kaffee für zwei Personen, wenngleich sie den Eindruck hatte, dass Philip schlief. Nachdem sie ihren Morgenmantel angezogen und zugebunden hatte, öffnete sie leise die Tür zum Wohnzimmer.

Philip schlief nicht. Er lag auf der Schlafcouch, hatte die Nachttischlampe eingeschaltet und las ein Buch. Als sie den Raum betrat, legte er es zur Seite und zog seinen Bademantel an.

»Sie können auch nicht schlafen?« fragte er.

»Nein. Es war ein ziemlich aufregender Abend. Ich habe Kaffee bestellt, auch für Sie. Für den Fall, dass Sie wach sein sollten. Gerechnet habe ich allerdings nicht damit.«

Nachdem der Kellner an die Tür geklopft und einen Wagen mit Kaffee und Gebäck hereingeschoben hatte, entließ ihn Paula mit einem großzügigen Trinkgeld. Dann schenkte sie Kaffee ein.

Als sie gerade daran nippen wollte, klingelte das Telefon.

»Ein Mann will Sie sprechen, Miss Grey. Er hat keinen Namen genannt, aber erklärt, dass Sie mit ihm reden wollen.«

»Verbinden Sie.«

»Hier spricht Ihr Dinner-Gast, Paula. Es tut mir sehr leid, Sie um diese Uhrzeit zu stören, aber ich habe mein Ziel erreicht und mit einem Freund gesprochen ...« Archie schwieg einen Augenblick, und Paula begriff, dass er von einem Informanten redete. »Er hat ein Wort genannt, dessen Sinn ich nicht verstehe, einen Frauennamen. Ariane ... Es sei sehr wichtig. Gute Nacht.«

Sie informierte Philip. »Ein weiblicher Name. Ariane. Läuten bei Ihnen irgendwelche Glocken?«

»Nein. Aber wenn Archie um diese Uhrzeit anruft, muss er es für wichtig gehalten haben. Meiner Meinung nach hat er einen Informanten in einer wirklichen Führungsposition.«

»Er hat gesagt, dass es sehr wichtig sei. Verdammt, wir sind beide hellwach. Ich werde Tweed anrufen ... Er könnte noch auf sein.«

Tweed kam ins Büro zurück, trocknete sein Haar mit einem Handtuch und scheitelte es vor einem Spiegel, den Monica ihm geliehen hatte. Dann blickte er Newman und Marler an.

»Ich fühle mich fit für einen weiteren Tag ohne Schlaf. Erstaunlich, wie einen so ein Bad erfrischt. Kann ich nur empfehlen.«

Als er sich hinter seinen Schreibtisch setzte, klingelte erneut das Telefon. Monica nahm den Hörer ab.

»René Lasalle in Paris. Hört sich dringend an.«

»Verbinden Sie. Guten Morgen, René. Dann haben Sie also auch durchgemacht ...«

»Sie sollten über folgendes Bescheid wissen, was mir gerade zu Ohren gekommen ist, Tweed. Brazil hat ein Team nach Cayenne in Französisch-Guayana geschickt. Daraufhin habe ich meine eigene Mannschaft mit Spezialkameras losgesandt. Sie kennen doch Ariane, unser Rakentenprogramm in Guayana? Mit dem Flugzeug hat Brazil seinen eigenen Satelliten einfliegen lassen, damit er von einer Ariane-Rakete in die Erdumlaufbahn katapultiert wird. Wie Sie wissen, verdienen wir Geld damit, die Anlagen an zahlungskräftige

Kunden zu vermieten, die mit einer Ariane-Rakete einen Satelliten starten wollen.«

»Ja.«

»Nun, es ist etwas Merkwürdiges passiert. Die Leute von Brazils Team haben behauptet, den Satelliten überprüfen zu wollen, und haben als Sichtschutz eine Leinwand aufgebaut, aber meine Mannschaft ist im richtigen Augenblick in einem Helikopter darüber hinweggeflogen und hat jede Menge Fotos geschossen. Der Satellit wurde gegen einen anderen ausgetauscht. Die Fotos sind auf dem Weg nach Paris. Für meine Experten ergibt das Ganze keinen Sinn, obwohl sie über Innenaufnahmen des Satelliten verfügen.«

»Seltsam.«

»Ich weiß, dass Sie über diesen merkwürdigen Mann verfügen, der wissenschaftliche Probleme gelöst hat, bei denen alle anderen versagt hatten. Ich habe mir erlaubt, Ihnen Kopien der Fotos zu schicken. Ein Kurier ist mit dem Flugzeug nach Heathrow unterwegs.«

»Wann kann ich mit den Fotos rechnen?«

»Innerhalb von ein oder zwei Stunden. Ich habe in Heathrow angerufen und einen Wagen gemietet.«

»Ich werde sofort bei Professor Grogarty anrufen.«

»Man hat mich erneut im Elysée antanzen lassen, und der Präsident hat mir persönlich eine Abreibung erteilt. Er hat mir die sofortige Entlassung angedroht, wenn meine Leute Brazil irgendwie zu nahe kommen sollten. Das wär's ...«

Tweed legte auf und informierte Newman, Marler und Monica über Lasalles Bericht.

»Was um alles auf der Welt hat dieser Mann vor?« fragte Monica.

»Vielleicht werden wir mehr wissen, wenn Grogarty auf den Fotos irgend etwas erkennen kann. Er hat ein außergewöhnliches Mikroskop erfunden, mit dem man winzige, dreidimensionale Ziffern erkennen kann. Versuchen Sie, Grogarty zu erreichen, Monica. Er arbeitet die Nächte durch.«

Bevor Monica die Nummer des Professors wählen konnte, klingelte das Telefon erneut.

»Es ist Paula ...«

Tweed griff nach dem Hörer und atmete tief durch, um seine Sorge zu kaschieren. »Schön, von Ihnen zu hören. Ich habe oft an Sie gedacht.«

»Danke«, sagte Paula schnell. »Ich rufe aus dem Hôtel des Bergues an«, warnte sie ihn. »Aus meinem Schlafzimmer. Kürzlich hat unser Freund angerufen, der Zigaretten raucht, ohne zu rauchen. Sie wissen, wen ich meine?«

»Ja.« Tweed vermied es, Archies Namen zu nennen.

»Er verfügt über Informationen aus einer verlässlichen Quelle. Es ist merkwürdig, aber es geht nur um ein Wort. Einen weiblichen Vornamen. Ariane.«

»Ich weiß, was er meint.«

»Gott sei Dank. Philip ist bei mir und versucht, auf der Couch im Wohnzimmer zu schlafen, aber wir sind beide hellwach.«

»Ist alles in Ordnung? Ich weiß, was in der Altstadt passiert ist. Beck hat mich wutentbrannt angerufen. Machen Sie sich keine Sorgen. Wie geht es Ihnen?«

»Gut. Ziemlich gut. Das gilt auch für Philip. Unsere Feinde scheinen über jeden unserer Schritte im voraus Bescheid zu wissen.«

»Sie sind gut organisiert und haben jede Menge Geld zur Verfügung. Das hilft.«

Sorgfältig lauschte er auf jedes Wort und versuchte, Anzeichen von Stress zu erkennen. Keine Spur davon.

»Hat ein bestimmter wichtiger Mann, den Newman in Dorset kennen gelernt hat, ein Haus in Bern?« fragte Paula.

»Ja. Warum?«

»Morgen werden wir dorthin fahren.«

»Es ist in der Kochergasse. Fahren Sie gemeinsam? Gut. Ich möchte, dass wir uns am Spätnachmittag im Hotel Schweizerhof treffen. Wir haben dort schon einmal gewohnt. Erinnern Sie sich?«

»Ich bin mir sicher, dass wir es einrichten können. Hätten Sie sich nicht besser ins Bett legen sollen?«

»Das gleiche gilt für Sie. Ich muss noch ein weiteres Telefonat führen. Seien Sie sehr vorsichtig ...«

Nachdem er Monica zugenickt hatte, wählte diese die Nummer des Professors und teilte ihm mit, dass Tweed ihn sprechen wolle.

»Tweed! Dann sind Sie also auch so eine Nachteule wie ich.« Grogarty gab ein heiseres Lachen von sich. »In den frühen Morgenstunden arbeite ich am besten. Sie haben ein weiteres Problem. Natürlich! Sonst hätten Sie nicht angerufen.«

Tweed hatte den wunderlichen Einfall, Grogarty danach zu fragen, ob sein Kneifer verbogen sei, sah aber davon ab. »Ja, ich habe ein Problem, und zwar ein sehr seltsames.« Ohne Lasalles Namen zu nennen, berichtete er von dem Anruf aus Paris. Abschließend erzählte er Grogarty, dass ein Kurier mit den Fotos des Satelliten unterwegs sei, der heimlich gegen den ursprünglichen ausgetauscht worden war.

»Hört sich interessant an«, bemerkte Grogarty. »Und Sie wollen meine Meinung möglichst bald hören?«

»Nein, noch schneller.«

»Warum lassen Sie den Kurier nicht warten, sehen sich die Fotos an, und schicken ihn dann direkt zu mir?«

»Kurz nach Tagesanbruch fliege ich ins Ausland.«

»Dann sollten Sie den Kurier besser verdammt schnell zu mir schicken. Noch etwas. Es wäre hilfreich, wenn ich die Umlaufbahn kennen würde und wüsste, über welche Bereiche der Erde der Satellit fliegt.«

Tweed legte auf und fluchte laut, was bei ihm selten vorkam.

»War er nicht kooperativ?«

»Er wird alle Probleme für mich lösen, aber jetzt will er die Umlaufbahn wissen. Über welche Teile des Planeten der Satellit fliegt. Das ist ein Problem für Sie.«

»Kleinigkeit.« Aus dem Gedächtnis wählte Monica eine Nummer. »Mit ein bisschen Glück habe ich die Antwort – Cord Dillon. Er ist Stellvertretender Direktor der CIA und ein alter Kumpel von Ihnen. Er macht Überstunden, und im Hauptquartier in Langley ist es so spät wie in Washington, also fünf Stunden früher als bei uns ...«

»Was sollte ich nur ohne sie anfangen?« fragte Tweed Newman, während er aufstand.

»Sie würden zusammenbrechen.«

»Ich gehe mal kurz auf die Toilette. Vielleicht kommen Sie in einer Minute hoch, und wir gucken uns Reginald und seinen Schrott an. Ich habe einen Schlüssel für den Raum.«

Die Tür zum Kommunikationszentrum stand offen. In dem großen Raum befand sich Reginald mit zwei seiner Teammitglieder. Tweed trat ein, gefolgt von Marler und Newman.

»Kommen Sie herein, Mr. Tweed«, forderte Reginald sie auf, vor dem Großrechner sitzend.

»Ist bereits geschehen.«

»Ich bin hocherfreut, dass Sie sich endlich für unsere Arbeit interessieren und sich von der modernen Technologie überzeugen lassen.«

»Tue ich nicht.«

Gemächlich blickten sich die drei Gäste im Raum um, wo an Metalltischen an den Wänden kleine Computer und PCs standen. Auf einigen der wie wild flackernden grünen Bildschirme erschienen Textzeilen.

Reginald war schlank und Mitte Zwanzig. Er trug eine rahmenlose Brille, und sein Kopf ähnelte fast einem Totenschädel. Nachdem er auf den großen Computer vor sich gezeigt hatte, glitten seine Finger über die Tastatur. »Das ist unser Großrechner, deshalb ist er auch größer, wenngleich der Trend dahin geht, dass die Computer immer kleiner werden. Der Großrechner ist mit dem Telefonsystem verbunden, genau wie die anderen. Unser Sicherheitssystem ist todsicher.«

»Ist es nicht«, widersprach Tweed. »Kürzlich habe ich meinen Bankdirektor gefragt, ob er mir garantieren könnte, dass niemand mein Konto knackt. Er wirkte irritiert, gestand dann aber, dass so etwas geschehen könnte und auch bereits ein paar Mal passiert wäre. Arbeiten Sie gewöhnlich immer so lange?«

»Nein. Aber seit Monty eingetroffen ist, sind wir scharf darauf, alle Verbindungen herzustellen.

»Monty?«

»So nennen wir den Großrechner.«

»Ich will Sie nicht weiter bei der Arbeit stören ...«

»Monty«, wiederholte Tweed angewidert, als sie wieder die Treppe zu seinem Büro hinuntergingen. »Ich frage mich, wie sich diese blinkenden Monitore auf ihre Augen auswirken werden.«

Als sie wieder im Büro angelangt waren, legte Monica gerade befriedigt den Telefonhörer auf.

»Cord war sehr offen. In Langley sind sie wütend, dass Paris sie nicht über den Start eines neuen Satelliten informiert hat.«

»Paris?« fragte Tweed. »Das ist Brazils Satellit.«

»Offensichtlich hat er seine Eigentümerschaft dadurch kaschiert, dass er ihn als einen neuen französischen Satelliten ausgegeben hat. Wenn er so gut mit dem Präsidenten im Elysée-Palast klarkommt, genießt er meiner Ansicht nach Unterstützung. Cord sagt, dass sie vom Start einer Ariane mit Rogue One gehört hätten und den Satelliten lokalisiert haben.«

»Rogue? Schurke?«

»So haben sie den Satelliten in Langley getauft. Ein ziemlich guter Name.«

»Das wäre ein passender Name für Leopold Brazil«, sagte Marler.

»Mr. Brazil ist zurück«, informierte José Eve. »Er erwartet Sie in seiner Bibliothek.«

»Ich habe noch nichts gegessen und muss dringend frühstücken.«

»Im Gegensatz zu Mr. Brazil haben Sie zumindest geschlafen. Wenn er schläft, dann nur vier Stunden. Er verfügt über viel Energie und ist eine dynamische Persönlichkeit.«

»Sollten Sie mit Ihrer Schleimerei nicht besser warten, bis wir bei ihm sind? Bei mir gibt es keine Medaillen zu holen.«

Der Gesichtsausdruck des dunkelhäutigen José veränderte sich nicht – er änderte sich fast nie. Er wiederholte, dass Mr. Brazil in seiner Bibliothek auf Eve warte.

Sie ging die Treppe in den ersten Stock hinunter und

machte sich nicht die Mühe anzuklopfen, sondern trat sofort ein. Brazil saß hinter seinem Schreibtisch, neben ihm stand der Hund auf und knurrte.

»Igor ist es lieber, wenn Besucher anklopfen«, sagte Brazil sanftmütig. »Für ihn ist das ein Ausdruck besserer Manieren.«

»Verstehe.« Eve warf den Kopf herum. »Soll ich wieder rausgehen, respektvoll anklopfen und auf Ihre Antwort warten?«

»Werden Sie nicht unverschämt. Setzen Sie sich.« Brazil trug einen eleganten grauen Anzug und eine konservative Krawatte, die er in der Bond Street gekauft hatte. Er verströmte eine Aura von Macht und Durchsetzungsvermögen. Auf seinem Schreibtisch lag ein dicker Umschlag, und es amüsierte ihn zu beobachten, wie Eve ihn zu ignorieren versuchte. Nachdem sie sich gesetzt hatte, begann er mit seiner dunklen Stimme zu reden.

»Heute werde ich mich mit Tweed treffen. Sie arbeiten für mich, weil Sie bei Männern den richtigen Riecher haben, ihre Schwächen erkennen und sie in Ihren Händen zu Wachs werden. Was für ein Mann ist dieser Tweed? Könnten Sie ihn so weit bringen, dass er Ihnen aus der Hand frisst?«

»Er ist ein rätselhafter Mensch.«

»Kommen Sie, das können Sie besser. Sie haben mir erzählt, dass Sie an jenem Abend gemeinsam mit ihm im Priory zu Abend gegessen haben. Das ist eine gute Gelegenheit, um herauszufinden, wie jemand wirklich ist.«

Eve runzelte die Stirn und zwang sich, nicht auf den dicken Umschlag zu blicken, der der einzige Gegenstand auf Brazils Schreibtisch war. Wie gewöhnlich versuchte sie herauszufinden, welche Antwort ihren Boss zufrieden stellen würde.

Brazil wartete und schien ihre Gedanken zu lesen. »Ich will nicht das hören, was ich Ihrer Meinung nach hören möchte, sondern eine aufrichtige Einschätzung. Ihre Aufgabe ist es, clever zu sein, wenn es um Männer geht.«

»Kein Mann, dem ich je begegnet bin, ist so schwer zu einzuschätzen. Er unterliegt Stimmungsschwankungen.

Machmal ist er ziemlich freundschaftlich, fast jovial. Bei anderen Gelegenheiten kann man seinem Gesichtsausdruck nicht entnehmen, was er wirklich denkt.«

»Ist er unscheinbar?«

»Nein, sogar weit davon entfernt. Nur ist er meiner Ansicht nach vorsichtig und unternimmt ungern etwas, bevor er weiß, woran er ist. Ihn könnte keine Frau in eine Falle locken. Wenn sie es versuchen würde, würde sie eine böse Überraschung erleben. Er mag Frauen, ist aber sehr wählerisch.«

»Schon besser. Viel besser. Fahren Sie fort.«

»Nehmen Sie Paula Grey. Ihr vertraut er meiner Meinung nach.«

»Was für eine Frau ist diese Paula Grey?«

»Sie ist attraktiv«, erwiderte Eve zögernd. »Klug und wahrscheinlich Tweed gegenüber sehr loyal. Ich glaube, sie haben eine ganz besondere, auf gegenseitigem Respekt beruhende Beziehung. Manchmal habe ich gedacht, sie wäre in ihn verliebt.«

»Und er in sie?«

»Wenn dem so sein sollte, hat er sich nie etwas anmerken lassen. Mir ist zumindest nichts aufgefallen.«

»Glauben Sie, dass Sie jemals miteinander geschlafen haben?«

»Mit Sicherheit nicht. Es ist eine sehr dauerhafte, aber platonische Beziehung. Eine Frau merkt so etwas.«

»Zurück zu Tweed. Bisher habe ich den Eindruck eines sehr intelligenten, nachdenklichen, selbstbeherrschten und ruhigen Mannes gewonnen. Angenommen, er hätte es mit einem seiner Ansicht nach sehr gefährlichen Feind zu tun, wie würde er reagieren?«

»Unnachgiebig. Er würde sehr schnell Entscheidungen treffen und handeln.«

»Interessant. Gute Arbeit. Jetzt können Sie den Umschlag mitnehmen, den anzuschauen Sie mit so viel Mühe vermieden haben. Er enthält Ihr Honorar und einen großzügigen Bonus.«

»Danke.«

Wie durch einen Zaubertrick verschwand der Umschlag in ihrer Handtasche. Sie hatte die frischen Banknoten gefühlt und lechzte danach, den Umschlag zu öffnen, aber vor Brazils Augen wäre das ein Fehler gewesen. Es hätte gierig gewirkt.

Eve hatte keine Ahnung, dass Brazil, als er sie eingestellt hatte, Geldgier als ihr Hauptmotiv ausgemacht hatte. Jetzt, wo ihr der Umschlag sicher war, entschied sie sich, die Frage zu stellen, die sie innerlich beschäftigt hatte.

»Nachdem ich den Direktor vom Zürcher Kredit kennen gelernt hatte, bin ich mit dem Mann zu seinem Haus gegangen, den ich Ihrer Weisung gemäß unter der Bahnhofsuhr getroffen hatte. Sie hatten mich beauftragt, ihn als Mr. Danziger Brown vorzustellen. Ich habe den Bankdirektor davon überzeugt, dass dieser Mann eine Idee hat, wie die Bank einen großen Profit machen kann. Am Abend habe ich ihn dem Bankdirektor vorgestellt und bin wie verabredet verschwunden. Später habe ich in der Zeitung gelesen, dass der Bankdirektor ermordet wurde.«

»Tatsächlich?«

»Habe ich ihm seinen Mörder vorgestellt?«

»Beschreiben Sie Mr. Danziger Brown.«

»Ich konnte nicht erkennen, ob er groß oder eher von mittlerer Statur war. Er schien sehr dick zu sein, sein Mantel spannte über dem Bauch. Außerdem hatte er abfallende Schultern. Weil er eine schwarze Mütze trug, konnte ich weder seine Haarfarbe noch sein Gesicht erkennen. Es war eine kalte Nacht, und er hatte den größten Teil seines Gesichts unter einem Schal verborgen.«

»Er war Finanzberater. Wer immer den Bankdirektor auch umgebracht haben mag, muss nach ihm gekommen sein.«

»Das gleiche ist auch passiert, als ich mich auf Ihre Anweisung hin mit diesem Bankier in Genf angefreundet habe. Er wurde in der gleichen Nacht umgebracht, in der ich ihm einen anderen Mann vorgestellt hatte.«

»Zufall«, erwiderte Brazil ruhig.

»Verstehe.« Eve zögerte. »Haben Sie von jemandem namens Motormann gehört?«

»Wie bitte?«
»Motormann.«
»Nein. Hört sich nach einem Rennfahrer an.«

Brazil log, aber an seinem Gesichtsausdruck war nichts zu erkennen. Nur in dieser Hinsicht glich er Tweed.

Nachdem Eve den Raum verlassen hatte, streichelte Brazil Igor und begann leise mit dem Hund zu sprechen.

»Das mit Tweed hört sich sehr viel versprechend an. Wenn ich ihn nur davon überzeugen könnte, dass wir ein unschlagbares Team sein könnten ...«

22

Mitten in der Nacht hatten Paula und Philip im Hôtel des Bergues eine Auseinandersetzung, und eine Zeit lang wollte keiner der beiden nachgeben.

»Wir sollten den Frühzug nach Bern nehmen«, sagte Paula.

»Damit bin ich nicht einverstanden«, erwiderte Philip. »Wir werden mit einem Mietwagen fahren.«

»Die Straßen werden in einem höllischen Zustand sein«, sagte Paula vehement.

»Ich werde fahren. Oder glauben Sie, ich wäre dazu nicht in der Lage?«

»Das glaube ich nicht! Seien Sie doch nicht so empfindlich. Wir werden mit dem Zug fahren. Schweizer Züge sind immer sicher ...«

»Nur für den Fall, dass Sie es vergessen haben sollten, wir müssen später noch nach Zürich.«

»Ich habe gar nichts vergessen.« Paula begann wie Tweed im Wohnzimmer der Hotelsuite auf- und abzugehen. »Aber Sie bedenken offensichtlich nicht, dass zwischen Bern und Zürich Schnellzüge verkehren.«

»Das weiß ich ...«

»Warum sind Sie dann so halsstarrig?«

»Nicht halsstarrig, sondern vorausschauend«, schnappte

Philip zurück. »Wir können von Bern nach Zürich fahren und zu dem von Tweed vorgeschlagenen Zeitpunkt dort sein.«

»Meiner Ansicht nach ist ein Zug sicherer ...«

»Nein. Wenn Craigs Gangster herausgefunden haben, dass wir hier abgestiegen sind, könnten sie sich in denselben Zug wie wir setzen.«

»Wie um alles auf der Welt sollten sie herausgekriegt haben, dass wir hier wohnen?« Sie schwieg einen Augenblick. »Oder könnten sie es vielleicht wissen?«

»Ja, sie könnten sich als Polizisten ausgeben und Einsicht in das Gästebuch des Hotels erbitten. Glauben Sie, dass Craig nicht an so etwas denken könnte, wo seine Männer schon lange über gefälschte Polizeiausweise verfügen?«

Paula stand ruhig mit vor der Brust verschränkten Armen da, Philip schenkte Kaffee nach.

»Danke. Ich glaube, Sie haben recht, Philip. Wir werden mit einem Mietwagen fahren. Aber ich frage mich, was um alles auf der Welt ›Ariane‹ zu bedeuten hat? Tweed schien es zu wissen.«

In Park Crescent war der Kurier mit den Fotos aus Französisch-Guyana eingetroffen. Tweed bat ihn, unten zu warten, zog ein Bündel großer Hochglanzfotografien aus dem Umschlag und breitete sie auf seinem Schreibtisch aus. Marler, Newman und Monica blickten ihm über die Schulter.

»Die Bilder sagen mir gar nichts«, bemerkte Tweed, nachdem er die Fotografien mit einer Lupe betrachtet hatte. Er reichte Newman die Lupe, und dieser studierte die Abzüge ebenfalls schnell.

»Ich kann in dem Durcheinander nichts erkennen. Hoffentlich ist Grogarty schlauer als wir. Monica, stecken Sie die Fotos in einen Umschlag, adressieren Sie ihn an den Professor, und geben Sie ihn dem Kurier. Butler oder Nield sollen ihn zu Grogarty in die Harvey Street chauffieren. Der Kurier soll warten, falls Grogarty die Fotos schnell zurückschicken will.«

»Der Umschlag ist fertig ...«

Als Monica zurückgekommen war und berichtet hatte, dass der Kurier mit Butler unterwegs sei, ergriff Marler das Wort.

»Ich habe mich gerade entschieden, nach Genf zu fliegen statt nach Zürich. Dort würde ich gerne einen Kontaktmann besuchen. Wir werden jede Menge Waffen benötigen.« Er dachte an den Waffenhändler Rico Sava. »Dann werde ich einen Schnellzug nach Zürich nehmen und rechtzeitig zu dem Treffen mit Brazil eintreffen ...«

»Bitte buchen Sie für Marler um, Monica.«

Sie hatte nach ihrem Anruf in Heathrow gerade den Hörer aufgelegt, als das Telefon erneut klingelte. Monica hob die Augenbrauen. »Sie haben ja gesagt, dass es eine lange Nacht werden wird«, wandte sie sich an Tweed. »Keith Kent ist am Apparat – Ferngespräch.«

»Wie läuft's, Keith?«

»Wahrscheinlich bekomme ich die Information über die Genfer Bank morgen – nein, heute. Wo kann ich Sie erreichen?«

»Bleiben Sie dran ...« Tweed fragte Monica nach der Telefonnummer des Schweizerhofs in Zürich und teilte sie Keith mit.

»Zürich?« Keith gluckste in sich hinein. »Überprüfen Sie mich wegen der Zürcher Kreditbank?« scherzte er.

»Natürlich. Ich überprüfe Ihre Aussagen immer«, witzelte Tweed. »Jetzt wissen Sie, wo Sie mich erreichen können. Nach fünf Uhr nachmittags mitteleuropäischer Zeit.«

»Ich melde mich ...«

»Keith Kent ist in Genf«, informierte Tweed die anderen, nachdem er den Hörer aufgelegt hatte. »Scheint ein beliebter Ort zu sein.«

Er hatte kaum geendet, da klingelte das Telefon wieder.

»Bill Franklin«, sagte Monica.

»Heutzutage scheint niemand mehr zu schlafen«, begrüßte Tweed Franklin ihn.

»Ich bezweifle, dass das bei Ihnen jemals anders war«, griff Franklin den Scherz auf. »Ihr Durchhaltevermögen überrascht mich immer wieder.«

»Sie sind auch nicht schlecht in Form. Was ist passiert?«

»Ich habe gehofft, Sie noch zu erreichen. Mein Telefon ist abhörsicher.« Er schwieg einen Augenblick. »Ihres auch?«

»Regen Sie sich ab, Bill. Das wissen Sie doch.«

»Gut für Sie, dass Sie sich daran erinnert haben, auf den Knopf zu drücken.« Dann wurde sein Tonfall geschäftsmäßig. »Meine Leute waren sehr fleißig. Im Augenblick hält sich Mr. Brazil in seiner Villa in Bern auf. Sie liegt in der Kochergasse, dem Bellevue Palace Hotel fast gegenüber. In der letzten Nacht ist eine Frau in einem roten Renault dort eingetroffen.«

»Beschreibung?«

»Schwierig. Sie hatte einen Schal um den Kopf und einen um die untere Gesichtshälfte gewickelt. Sie verließ die Tiefgarage sehr langsam, nachdem sie dort geparkt hatte. Die Garage befindet sich direkt unter dem östlichen Ende des Bellevue Palace. Nach Meinung meines Informanten war sie Mitte Fünfzig, vielleicht auch schon über Sechzig. Er vermutete das wegen ihres Gangs.«

»Falls sie nicht sehr schlau ist.«

»Was soll das heißen?«

»Nichts. Nur so ein Gedanke. Sonst noch was?«

»Ja. Vor der Frau ist Carson Craig eingetroffen, Brazils Stellvertreter. Er hat die Villa gemeinsam mit einem gemein aussehenden Ganoven, einem kleinen, schlanken Mann, betreten. Wenn ich mehr weiß, sage ich Bescheid.

»Notieren Sie sich diese Nummer ...« Er nannte ihm die Nummer des Schweizerhofs in Zürich. »Morgen abend werde ich dort sein.«

»Dann gehen Sie also wieder auf Reisen. Starten Sie eine Großoffensive?«

»Nicht unbedingt. Halten Sie mich auf dem laufenden.«

»Legen Sie noch nicht auf«, sagte Franklin hastig. »Ich habe noch was. Mein Beobachter bei Brazils Villa hat berichtet, dass kurz nach dem Eintreffen von Craig & Co. eine Gruppe von zehn Motorradfahrern durch die Kochergasse gefahren kam. Nachdem sie ihre Maschinen in der Garage geparkt hatten, betraten sie gemeinsam die Villa. Sie haben alle schwarze Ledermontur und Sturzhelme getragen. In der Altstadt von Genf hat es gestern einen Kampf zwischen ähnlich aussehenden Motorradfahrern und einem mir unbekannten Gegner gegeben. Die völlig verängstigten Einwohner haben ihnen den Spitznamen Leather Bombers gegeben. Sieht so aus, als ob sie jetzt in Bern aufgekreuzt wären.«

»Sehr interessant. Danke, Bill ...«

Während Tweed die anderen über Franklins Anruf informierte, lehnte Marler stirnrunzelnd an einer Wand und spielte mit einer Zigarette, ohne sie anzuzünden.

»Der letzte Teil von Franklins Informationen bringt mich auf eine Idee«, sagte er langsam. »Sie werden Schutz brauchen, wenn wir nach Zürich fliegen, Tweed.«

»Ja«, stimmte Newman zu. »Ich glaube immer noch, dass alles eine Falle sein könnte.«

»Ich nicht. Langsam kann ich mir von Leopold Brazil ein Bild machen. Wofür er auch verantwortlich sein mag, ich glaube, dass er seinen eigenen, speziellen Ehrenkodex hat. Jetzt werde ich eine halbe Stunde vor mich hin dösen – wenn mich das Telefon nicht stört.«

Er hatte gerade Jackett und Krawatte abgelegt und sein Hemd aufgeknöpft, als Pete Nield den Raum betrat.

»Komme ich ungelegen?«

»Nein. Was gibt's?«

»Ich hatte noch keine Gelegenheit, Ihnen zu erzählen, was ich herausgefunden habe, als ich allein in Dorset war. Da unten spielt Buchanan verrückt. Er hat sich in den Kopf gesetzt, dass bei den vier Morden der verschwundene Marchat des Rätsels Lösung ist, und stellt ganz Dorset auf den Kopf, um ihn zu finden.«

»Danke für die Information. Ich wünsche ihm viel Glück. Marchat hält sich irgendwo in der Schweiz auf.« Tweed schloss die Augen und schlief sofort ein.

Es schneite, als sie Genf am frühen Morgen verließen. Philip saß am Steuer eines gemieteten Audis, den er am Flughafen abgeholt hatte. Ich hab's dir ja gesagt, dachte Paula, schwieg aber.

Die bedächtig vom Himmel fallenden Schneeflocken schufen ein seltsames Licht, der Mond wich der Dämmerung. Zu ihrer Linken sah Paula das hohe, schneebedeckte Juragebirge und verstreute alte Dörfer mit weißen Dächern.

»Die Gegend ist wunderschön«, bemerkte sie. »Übrigens, nur der Vollständigkeit halber, glauben Sie, dass uns jemand folgt?«

»Bis jetzt gibt es keinerlei Anzeichen dafür.«

»Wann werden wir Ihrer Meinung nach in Bern ankommen?«

»Pünktlich zum Frühstück im Bellevue Palace. Ich habe mich gefragt, was Archie im Sinn hatte, als er Bern erwähnte.«

»Wahrscheinlich ist er auf der Suche nach einem weiteren Ort, den Tweed in sein Puzzle einbauen kann.«

»Außerdem habe ich mich gefragt, wo der Motormann sich im Augenblick aufhält.«

»Verderben Sie mir nicht die Reise. Ich genieße sie gerade.«

So war es auch. Als routinierte Fahrerin genoss Paula es, von jemandem wie Philip chauffiert zu werden, den sie für einen erstklassigen Fahrer hielt. Gerade in diesem Moment gerieten sie ins Schlittern, aber Philip ließ den Wagen rutschen und fing ihn dann gekonnt ab, so dass sie nicht gegen die Leitplanke prallten.

»Das Eis wird durch den lockeren Neuschnee verdeckt.«

»Sie haben genau richtig reagiert. Außerdem war es klug, den Portier beim Verlassen des Hotels nach dem kürzesten Weg nach Basel zu fragen.«

»Sollte irgend jemand nachforschen, wo wir geblieben sind, wird er lange brauchen, bis er uns findet.«

»Das hatte ich schon begriffen. Ich habe das Gefühl, dass unsere Reise nach Bern ohne Zwischenfälle verlaufen wird.«

»Berühmte letzte Worte ...«

Tweed wachte auf und reckte seine Glieder. Nachdem er sein Hemd zugeknöpft und seine Krawatte vor einem Spiegel gerichtet hatte, den Monica ihm vorhielt, zog er sein Jackett an. Er fühlte sich taufrisch.

»Sie haben eine halbe Stunde lang fest geschlafen«, sagte Monica. »Cord Dillon hat aus dem CIA-Hauptquartier in Langley angerufen, und Sie haben nichts davon mitgekriegt.«

»Was hat er gesagt?«

»Soweit sie wissen, befindet sich Brazils Satellit Rogue One auf einer Umlaufbahn, die über Asien, Europa, London, den Atlantik, Washington, San Diego und den Pazifik führt. Sie haben es zweimal abgecheckt. Er sagt, dass die Umlaufbahn sprunghaft zu wechseln scheint, was keinen Sinn ergibt. Außerdem ist er wütend, weil die wichtigste Umlaufbahn über dem Pentagon zu verlaufen scheint. Er wird sich später mit weiteren Informationen melden.«

»Merkwürdig.«

Tweed ging zu einem Globus hinüber, der auf einem Tischchen in der Ecke stand, und fuhr mit dem Finger über die Route, die Cord beschrieben hatte. In diesem Augenblick klingelte das Telefon.

»Professor Grogarty«, rief Monica.

»Dann war er schnell. Oder er hat eine Frage.«

»Tweed?« Grogarty gluckste zufrieden. »Mit Hilfe des von mir erfundenen Mikroskops habe ich das Problem geknackt. Es war schwierig. Die Fotos zeigen, dass dieser Satellit eine fliegende, extrem erfinderische Telefonvermittlung ist. Tausende von Nummern, aber eine habe ich erkannt.«

»Welche?«

»Die geheimste Nummer des Pentagons, die mit den Computern dort verbunden ist.«

»Und Sie kennen diese Nummer?« fragte Tweed skeptisch.

»Natürlich. Da die mir ständig Fragen stellen, brauche ich ihre Nummer, um sie zu verständigen, wenn ich die Antworten herausgefunden habe.« Er gluckste erneut. »Noch eine zweite Telefonnummer ist mir aufgefallen – Ihre! Auf welcher Umlaufbahn fliegt das verdammte Ding?«

Tweed erzählte es ihm und fügte hinzu, dass Rogue One seinen Kurs zu verändern schien.

»Das ist Irina Kriwitskijs Werk. Erinnern Sie sich, dass ich Ihnen erzählt habe, dass einer der Namen auf Ihrer Liste der einer führenden russischen Wissenschaftlerin war? Ihr Spezialgebiet ist die Steuerung und Manövrierung von Satelliten durch Laser. Der Satellit ist mit einem Lasersystem ausgestattet, aber es muss irgendwo auf der Erde eine Bodenstation und ein weiteres Lasersystem geben, um das in dem Satelliten zu aktivieren. So einem Haufen von Tricks bin ich noch nie begegnet.«

»Braucht man ein Team dafür?«

»Mit Sicherheit. Ein Team aus den vermissten Wissenschaftlern. Die könnten es schaffen. Es ist eine extrem schwierige Aufgabe, dieses kleine Baby über unseren Köpfen rotieren zu lassen. Den Kurier mit den Fotos habe ich zurückgeschickt.«

»Ich weiß nicht, wie ich Ihnen danken soll ...«

»Ich schon. Schicken Sie mir eine Flasche von Ihrem exquisiten Château d'Yquem.«

Tweed legte auf, dachte einen Augenblick lang nach und stellte dann Monica eine Frage. »Ich nehme an, dass meine persönliche Telefonnummer nicht über den Computerschrott da oben läuft?«

Monica wirkte irritiert. Sie stand auf und bat Tweed, hinter ihrem Schreibtisch auf den unteren Teil der Wand zu blicken.

»Ich wollte es Ihnen erzählen, aber wir waren zu beschäftigt. Nein – in Wahrheit wusste ich nicht, wie ich es Ihnen beibringen sollte. Ich hatte Angst, dass Sie mir die Schuld geben würden.«

»Wofür?«

»Als Sie in Dorset waren, kam Howard mit ein paar Männern, die ein Kabel installiert haben, um Ihr Telefon mit diesen idiotischen Computern da oben zu verbinden. Ich habe protestiert, aber Howard hat mir keine Chance gelassen.«

»Ich gebe sicherlich nicht Ihnen die Schuld. Offensichtlich hat er abgewartet, bis ich weg bin. Er weiß, dass meine Nummer die sicherste im ganzen Haus ist.«

Tweed untersuchte das dicke graue Kabel, das mit der

grauen Fußleiste zu verschmelzen schien und durch ein gut getarntes Loch nach draußen in die Halle führte.

»Auf seine alten Tage spielt Howard noch verrückt. Aber wir können unsere Zeit nicht mit so etwas vergeuden ...«

Er informierte die anderen über Grogartys wichtigste Auskünfte.

»Das ist zu hoch für mich«, gab sich Monica geschlagen. »Hat er es nicht genauer erklärt?«

»Ich habe ihn extra nicht darum gebeten, es hätte den ganzen Tag gedauert ...«

Monica nahm einen Anruf entgegen und verzog das Gesicht. »Es ist noch mal Grogarty.«

»Hallo«, begrüßte Tweed ihn. »Fassen Sie sich bitte kurz. Ich muss mein Flugzeug erreichen.«

»So wie immer. Ich wollte Sie nur daran erinnern, dass einer der Männer auf der Liste, Ed Reynolds aus Kalifornien, ein Experte für Kommunikationssabotage ist. Haben Sie mich verstanden?«

»Ja. Fahren Sie fort ...«

»Die Fachidioten dieser Erde haben ein globales Kommunikationssystem erfunden und die Kommunikation *zentralisiert*. Meiner Ansicht nach könnte Ihr Satellit in den Himmeln über unseren Köpfen ein sehr effektives Instrument sein, um weltweit die Kommunikation zu sabotieren. Die Frage ist, warum sie das wollen. Und wann. Gute Reise ...«

Erneut informierte Tweed kurz die anderen.

Marler nickte und blickte auf die Uhr. »Ich muss jetzt los, um pünktlich am Flughafen zu sein. In Genf werde ich ein Wörtchen mit unserem freundlichen Waffenhändler reden.« Er grüßte kurz, schlüpfte in seinen eleganten Wintermantel mit Astrachankragen, griff seine Tasche und verließ den Raum.

»Wir müssen die Bodenstation lokalisieren«, sagte Tweed, »von der aus der Satellit kontrolliert wird.«

»Und wie?« fragte Newman.

»Keine Ahnung.«

23

Nachdem er in Genf gelandet war, trat Marler zunächst in Paulas Fußstapfen. Von einem Taxi ließ er sich vor dem Hôtel des Bergues absetzen, ging aber anders als Paula nicht hinein.

Statt dessen überquerte er auf der Fußgängerbrücke die Hochwasser führende Rhône. Mehrfach hielt er an und stellte seine Tasche ab, als ob sie sehr schwer wäre, und nahm sie dann in die andere Hand. Dabei blickte er zurück, aber die Fußgängerbrücke war verwaist. Für Rico Sava war es wichtig, dass ihm niemand folgte.

Eigentlich sollte es hell sein, aber es war Anfang März, die beste Jahreszeit für schlechtes Wetter. Dunkle Wolken zogen über die gerade erst erwachende Stadt. In der schmutziggrauen Dämmerung musste er auf seine Schritte achten, weil die Fußgängerbrücke stark vereist war.

Nachdem er sie überquert hatte, stahl er sich in die Straße, wo Sava lebte und seinen illegalen Geschäften nachging. Obwohl die Straßenlaternen noch eingeschaltet waren, war es noch immer fast dunkel. Er ging an Savas schwerer Ladentür vorbei, weil sein Instinkt ihm sagte, dass er beobachtet wurde.

Dabei habe ich noch keine Waffen, dachte er. Nachdem er noch ein Stück gegangen war, wandte er sich abrupt um. Niemand zu sehen. Du beginnst, an Verfolgungswahn zu leiden, sagte er sich. Als er erneut vor der schweren Tür stand, schloss er die Augen, während er klingelte, weil er sich an das gleißende Licht erinnerte.

Das Licht ging an, und dann folgte die übliche Wartezeit. Schließlich öffnete sich das kleine Fenster in der Tür.

»Wir haben geschlossen«, sagte Sava auf französisch.

»Nicht für mich. Ich bin's, Marler.«

Das gleißende Licht wurde ausgeschaltet und die Tür aufgeschlossen. Langsam trat er in die Dunkelheit. Nachdem Sava die Tür verriegelt und das Licht eingeschaltet hatte, ergriff er mit beiden Händen Marlers ausgestreckte Rechte.

»Wie immer sind Sie sehr willkommen, und das nicht nur

wegen der Geschäfte. Warum rufen Sie mich nie an, um sich mit mir auf einen Drink zu verabreden?«

»Eines Tages werde ich es tun. Was ist Ihr Lieblingsgetränk?«

»Ein guter, alter Brandy.«

»Wenn ich Zeit habe, werde ich Ihnen einen spendieren. Vielleicht auch zwei?« fragte Marler lächelnd.

»Zwei. Ich werde langsam trinken, damit wir Zeit haben, uns zu unterhalten. Was kann ich jetzt für Sie tun?«

Marler zog eine lange Liste hervor, und zum ersten Mal, seit sie sich kannten, zeigte sich Sava erstaunt.

»Wollen Sie in der Schweiz aufräumen und einen kleinen Krieg anzetteln?«

»Die gegnerische Seite wird den Krieg beginnen, wir werden ihn beenden.«

»Aber Sie benötigen Material dafür.«

Marler knallte seine Tasche auf einen Tisch, öffnete sie und zog zwei zusammengefaltete Rucksäcke hervor, die auf seinen ordentlich verstauten Kleidungsstücken lagen. Er reichte sie Sava, der die Gegenstände von Marlers Liste zusammenzusuchen begann und sie sorgfältig einpackte.

»Gestern haben sich zwei Freunde von Ihnen hier gemeldet«, bemerkte Sava mit einem Lächeln.

»Ich weiß.«

Während er mit einer nicht angezündeten Zigarette spielte, bemerkte Marler, dass Sava nicht erwähnt hatte, dass einer der Besucher eine Frau gewesen war. Sava, ein sehr diskreter Mann, stellte einen Zinnaschenbecher auf den Tisch.

»Bitte rauchen Sie ruhig. Ich werde ohnehin nicht mehr lange hier sein.«

Jeder einzelne Gegenstand wurde sorgfältig in Polyäthylen verpackt und so befestigt, dass sich nichts bewegte. Marler hielt das angesichts einiger der bestellten Sachen für wichtig.

»Ich glaube mich zu erinnern, dass es am Ende der Straße einen Taxistand gibt«, sagte Marler. »In der Nähe der Brasserie.«

»Ja. Sie werden schwer zu tragen haben.«

»Ein Sack über jeder Schulter, dann kann ich die Tasche mit der Hand tragen. Geben Sie mir die Walther und ein Hüftholster. Ich brauche es, um schnell an die Pistole zu kommen.«

»Sie sind ein kluger Mann.«

Nachdem er seinen Mantel und sein Jackett ausgezogen hatte, legte Marler das Hüftholster an, überprüfte kurz die Walther, legte ein Magazin ein und steckte die Waffe in das Holster.

Sava nannte den Preis, wobei er ihm einen großzügigen Nachlass einräumte. Marler zog einen dicken Umschlag aus der Innentasche seines Jacketts und blätterte Tausend-Franken-Scheine auf den Tisch.

»Passen Sie gut auf sich auf«, sagte Sava, während er Marler in den Mantel half.

Nachdem er die Säcke über die Schultern gehievt hatte, griff Marler nach seiner Tasche, während Sava zur Tür ging und die Festung aufschloss.

»Passen auch Sie gut auf sich auf. Die beiden großen Brandys werde ich nicht vergessen.«

An diese Bemerkung sollte er sich später mit Bitterkeit erinnern.

Der Mann unter der verdunkelten Arkade auf der anderen Straßenseite verharrte so lange in seinem Versteck, bis Marler verschwunden war. Dann überquerte er die Straße, blieb vor der schweren, etwas zurückgesetzten Ladentür stehen und blickte sich um. In der Ferne sah man die undeutlichen Silhouetten von Menschen auf dem Weg zur Arbeit. Er streckte die Hand aus und zog an einem kleinen Metallkästchen, das an der Wand befestigt worden war. Als er es gelöst hatte, setzte er seine Kapuze ab, hielt das Kästchen dicht an sein Ohr und drückte auf den Knopf des Abhörgeräts.

Wir haben geschlossen ...
Nicht für mich. Ich bin's, Marler ...

Die Worte waren leise, aber deutlich zu hören. Er verstaute das Kästchen in der Manteltasche, atmete tief durch und klingelte. Das gleißende Licht ging an.

Er musste lange warten, aber er war daran gewöhnt. Dann öffnete sich das kleine Fenster.

»Worum geht's? Wir haben geschlossen.«

»Marler hat mich zurückgeschickt, er braucht noch etwas«, antwortete die Stimme auf französisch, der gleichen Sprache wie auf dem Band. Das gleißende Licht erlosch.

Während die Tür aufgeschlossen und Riegel zurückgezogen wurden, musste der Mann erneut warten. Dann öffnete sie sich, und der Besucher trat vorsichtig ein. Sava schloss die Tür und schaltete das Licht ein.

Sein Besucher war von mittlerer Größe und hatte hängende Schultern. Er schien fett zu sein – sein Mantel spannte über dem Bauch. Seine untere Gesichtshälfte war unter einem Schal verborgen, und er hatte seinen Hut tief in die Stirn gezogen. Er stand sehr ruhig da.

»Nun?« fragte Sava unsicher. »Ich dachte, dass ich alles eingepackt hätte.«

»Eine 38er Smith & Wesson.«

»Er will eine zweite?«

»Ja.«

»Merkwürdig.« Sava zögerte. »Noch nie hat er irgend etwas vergessen.«

»Eine Waffe wie die dort.«

Der Besucher zeigte auf etwas. Reflexhaft drehte sich Sava um, obwohl er wusste, dass dort keine Waffe zu sehen war.

Als er sich umwandte, reagierte der Mann schnell. Ein kraftvoller Arm legte sich um Savas Hals, während der andere das Opfer an der Schulter festhielt. Mit einer gezielten Bewegung brach er Sava das Genick. Er war auf der Stelle tot und sank zu Boden. Wer immer ihn auch finden mochte, würde sofort bemerken, dass sein Hals in einem grotesken Winkel verbogen war und seine geöffneten Augen nichts mehr sahen.

Der Besucher zog die dicken Motorradhandschuhe aus, unter denen er Latexhandschuhe trug. Geschickt machte er sich an den Sicherheitsvorkehrungen an der Tür zu schaffen, öffnete sie ein Stück weit und spähte nach draußen. Es war niemand zu sehen. Nachdem er seine Motorradhandschuhe wieder angezogen hatte, lehnte er die Tür nur an und stapfte die Straße hinab. Er wollte, dass man die Leiche bald entdeckte. Schließlich musste er seinen Anspruch auf Bezahlung geltend machen.

24

»Ich frage Sie, Craig – warum wollten Sie von mir die Beschreibungen von Paula Grey, Bob Newman und Philip Cardon haben? Von Bill Franklin ganz zu schweigen?«

Eve hielt sich in ihrem Zimmer in der Villa in Bern auf. Als sie Craig auf der Treppe begegnet war, hatte sie ihm ein einladendes Lächeln zugeworfen und ihn in ihr Zimmer gebeten. Wie geplant, hatte Craig sie gründlich missverstanden. Wie ein Lamm, das zur Schlachtbank geführt wird, hatte er das Zimmer betreten.

Jetzt nahm sie ihn in die Mangel, und er war völlig aus dem Gleichgewicht gebracht. Craig konnte es nicht fassen, dass eine Frau so mit ihm sprach. Er blickte sie an und versuchte, sie verbal zu attackieren.

»Worauf zum Teufel wollen Sie hinaus? Warum sprechen Sie so mit mir?«

»Sie haben meine Frage nicht beantwortet, Sie Dreckskerl!« schrie Eve, die Hände in die Hüften gestemmt.

»Und ich werde es auch nicht tun.«

»Das werden wir ja sehen. In der letzten Nacht habe ich Sie am Telefon in Ihrem Büro gehört, als Sie diese Beschreibungen an jemanden durchgegeben haben. Bevor sie losgeeilt sind, um die Maschine in Belp zu bekommen. Weiß Mr. Brazil, mit wem Sie telefoniert haben und dass Sie diesen Anruf getätigt haben?«

Craigs Aggressivität schmolz wie Schnee in der Sonne dahin. Er war entsetzt, und sein Gesichtsausdruck verriet es. Eve hatte ihn genau dort, wo sie ihn haben wollte – mit dem Rücken zur Wand.

»Das war vertraulich«, sagte er beinahe einfältig. »Ich habe Verpflichtungen, und der Boss hält mich an der langen Leine ...«

»Dann weiß Brazil also *nichts* von dem Anruf«, zischte sie triumphierend. »Mit wem haben Sie telefoniert?«

Craig war verängstigt. Nie hätte er vermutet, was für eine Wildkatze diese Frau sein könnte. Offensichtlich hatte sie an der Tür gelauscht und sie leise einen Spalt geöffnet, während er über seine Privatverbindung telefoniert hatte. Er konnte unmöglich preisgeben, mit wem.

Craig wischte sich die schwitzenden Hände an seiner Hose ab und lächelte sie schleimig an. Eve wartete mit hämischem Gesichtsausdruck, die Hände noch immer in die Hüften gestemmt. Sie genoss es, wie dieser Gangster, der sie immer ignoriert hatte, nun vor ihr kroch. Jetzt hatte sie die Situation unter Kontrolle.

»Ich bin sicher, dass Sie einen exklusiven Geschmack haben. Vielleicht könnte eine kleine Bonuszahlung weiterhelfen, von der nur wir etwas wissen.«

»Das Wort ›klein‹ kann ich gar nicht leiden.«

Nachdem er seine Brieftasche hervorgezogen hatte, hielt er ihr zwei Tausend-Franken-Scheine in.

»Legen Sie sie auf den Tisch«, befahl sie.

Er tat es und hasste sie für die Demütigung, dass sie ihn wie einen Diener behandelte. Sie blickte auf das Geld und machte eine Geste mit dem Zeigefinger. Craig ging langsam auf sie zu.

»Bleiben Sie, wo Sie sind«, keifte sie ihn an. »Sind Sie so dumm? Haben Sie nicht begriffen, dass ich Ihnen bedeuten wollte, erneut Ihre Brieftasche zu zücken?«

»Haben Sie noch nicht genug?«

»Nicht annähernd. Sie haben die Taschen voll.«

Wortlos zog er die Brieftasche erneut hervor und legte drei weitere Tausend-Franken-Scheine auf den Tisch. Jetzt waren es fünftausend Schweizer Franken – Erpressung im großen Stil.

»Lassen Sie das Geld liegen, und verschwinden Sie ...«

Craig wischte sich den Schweiß von der Stirn und eilte in sein Büro. Kaum hatte er die Tür geschlossen, klingelte auch schon das Telefon. Er stieß einen obszönen Fluch aus, setzte sich hinter seinen Schreibtisch und nahm den Hörer ab.
»Craig. Wer spricht?« fragte er böse.
»Jemand, mit dessen Anruf Sie gerechnet haben«, antwortete eine dünne, flüsternde Stimme auf englisch.
»Bleiben Sie bitte einen Augenblick dran, während ich die Tür überprüfe ...« Sein Tonfall war jetzt geschäftsmäßig und höflich. Er rannte zur Tür und verriegelte sie. Das hätte er auch beim letzten Mal tun sollen, als Eve, diese dumme Kuh, die Tür einen Spalt geöffnet und ihn belauscht hatte.
»Ich bin wieder da.«
»Ist dies Ihre persönliche Telefonleitung?«
»Ja. Machen Sie sich keine Sorgen ...«
»Ich mache mir niemals Sorgen, sondern überprüfe nur alles zweimal. Der Job ist erledigt. Mr. Rico Sava weilt nicht mehr unter den Lebenden.«
»Verstehe.«
»Bitte überweisen Sie die erforderliche Summe bar auf mein Nummernkonto. Ich schätze prompte Bezahlung.«
Die Verbindung war unterbrochen, und Craig fluchte erneut. Irgend etwas beunruhigte ihn immer an dem Mann mit der flüsternden Stimme. Seine Identität war ihm völlig unbekannt, und es bereitete ihm Kopfschmerzen, ihn zu bezahlen. Craig hatte die Vollmacht über große Geldsummen, mit denen er zum größten Teil sein Team von Motorradfahrern aushielt. Allerdings veranstaltete José in regelmäßigen Abständen Rechnungsprüfungen bei den Kosten von Brazils Aufträgen. Außerdem hatte Craig keine Ahnung, wie er Kontakt zum Motormann aufnehmen konnte. Er oder ein Mitglied seiner Mannschaft würde im Laufe des Vormittags erneut einen Anruf erhalten und eine Telefonnummer genannt bekommen, unter der Mr. Brown zu erreichen war. Die Nummer war immer die eines Anrufbeantworters, der ihm eine weitere Telefonnummer mitteilte.
Craig ging zu einem Schrank, schenkte sich großzügig Scotch ein, trank die Hälfte und setzte sich wieder hinter

den Schreibtisch. Seit langem fand er Brazils Methoden zu sanft und suchte das insgeheim zu beheben.

Vor ein paar Monaten hatte er Kontakt zu einem Freund mit Verbindungen zur Unterwelt aufgenommen. Er hatte einen wirklich harten Killer haben wollen, und schließlich hatte man ihm den Namen Motormann und eine Telefonnummer genannt, unter der Craig ihn vielleicht erreichen konnte. Eine Woche später hatte der Motormann zurückgerufen und Craig erzählt, was ein Mord an einer Zielperson koste. Das war der Beginn von Craigs geheimen Kontakten zu dem Killer gewesen.

Es klopfte zum wiederholten Male. Als er die Tür aufgeschlossen und entriegelt hatte, stand José vor ihm.

»Mr. Brazil möchte Sie dringend sprechen ...«

»Ich werde Mr. Tweed heute nachmittag im Schweizerhof in Zürich treffen, Craig. Nur für den Fall, dass Sie Kontakt zu mir aufnehmen wollen. José wird mich dorthin chauffieren. Wir werden gleich losfahren, so dass ich vor meinem Treffen mit Tweed noch mit einem Freund aus Zürich reden kann.«

»Sie brauchen Schutz.«

»Nein. Keinen Schutz. Ich vertraue Tweed. Ich bin ihm bereits einmal kurz bei einem Dinner in London begegnet.«

»Sie brauchen Schutz«, wiederholte Craig. »Ich werde sofort dafür sorgen ...«

Er verstummte abrupt, weil Brazil mit der Faust auf den Schreibtisch geschlagen hatte.

»Nein! Sind Sie taub? Sie können jetzt gehen.«

Philip und Paula erreichten Bern, kurz nachdem es zu schneien aufgehört hatte. In der Stadt lag viel Schnee.

Paula zeigte auf ein Gebäude. »Sehen Sie sich das an. Die Eiszapfen hängen wie ein Palisadenzaun von der Dachrinne. Es ist kalt, und ich bin hungrig.«

»Nun, wir sind in der Kochergasse, und dort ist auch das Bellevue Palace. Wir werden in der Tiefgarage parken und ein englisches Frühstück bestellen.«

»Gut. Mein Magen rumort.«

Sie gingen zu dem großen Hotel und betraten die Halle. Der erste, den sie sahen, war Archie, der an einem Tisch in der Nähe eines Fensters saß und Kaffee trank.

»Ich glaub's nicht«, sagte Paula, während sie auf ihn zu ging. »Wie ist es möglich, dass wir Sie hier treffen?«

»Weil ich von hier aus Brazils Villa beobachten kann«, flüsterte er.

»Dann werden wir hier frühstücken, wenn Sie nichts dagegen haben«, sagte Philip.

»Setzen Sie sich zu mir«, entgegnete Archie mit seiner erloschenen Zigarette im Mundwinkel. Er winkte einen Kellner herbei. »Was möchten Sie?«

Während sie ihre Bestellung aufgaben, wandte Archie seinen Blick nicht von der Villa ab. Paula saß neben ihm.

»Es ist bereits etwas los«, bemerkte Archie. »Meiner Ansicht nach fährt dort Brazils Limousine mit José am Steuer vor der Villa vor. Ja, da kommt Brazil aus dem Haus. Er sieht sehr elegant aus und wird wohl eine wichtige Persönlichkeit treffen.«

Paula tauschte einen Blick mit Philip, sagte aber nichts.

»Das ist ja interessant«, fuhr Archie fort, während die Limousine startete. »Er reist ohne die Gangster, die Craig immer für ihn abstellt. Wen er auch treffen mag, er muss ihm völlig vertrauen.«

Erneut setzte Paula ihr Pokerface auf, und diesmal verzichtete sie auf einen Seitenblick zu Philip.

»Meiner Ansicht nach ist Brazil unruhig«, fuhr Archie fort. »Ich habe kurz sein Gesicht gesehen. Er wirkte wie ein Mann, der auf einen Erfolg hofft, aber Angst vor einem Fehlschlag hat.«

»Woher wissen Sie das, wo Sie ihn doch nur auf der anderen Straßenseite gesehen haben?«

»Weil ich schon in verschiedenen Teilen der Welt lange Stunden damit verbracht habe, auf Mr. Brazil zu warten. Ich habe ihn sorgfältig beobachtet. Er ist eine sehr beeindruckende Persönlichkeit. Kein Wunder, dass ihm Präsidenten und Premierminister aus der ganzen Welt Gehör schenken.«

»Die Eier mit Schinken sind gut«, lobte Paula, die sich um das Naheliegende kümmerte.

»Der Kaffee auch«, sagte Philip. »Was gibt's?«

Archie wirkte plötzlich angespannt und hatte sich vorgebeugt. »Jetzt passiert etwas Interessantes. Etwas sehr Interessantes.«

»Was denn?« fragte Philip, der mit dem Rücken zur Villa saß.

»Ein weiterer großer Wagen ist vor der Villa vorgefahren, ein Volvo. Und wenn ich mich nicht irre, wird er von einem besonders ekelhaften Typ gefahren. Von einem gewissen Gentleman namens Gustav, Craigs rechter Hand.«

»Reden Sie weiter.«

Philip wollte sich nicht umdrehen, weil er Angst hatte, dass sie die Aufmerksamkeit auf sich lenken könnten.

»Es wird immer interessanter. Seine Herrschaft ist aufgetaucht, der große Carson Craig persönlich. Er hat eine Tasche dabei, die sehr schwer zu sein scheint.«

»In dem Anzug sieht er wie ein einflussreicher Geschäftsmann aus«, sagte Paula. »Es ist merkwürdig, sein Äußeres entspricht überhaupt nicht Newmans Beschreibung des Mannes in der Bar in Grenville Grange.«

»Und jetzt kommt der höfliche Gustav ebenfalls mit einer Tasche. Wahrscheinlich Waffen.«

»Zwei weitere Typen, die wie Gangster aussehen, kommen die Treppe hinunter«, ergänzte Paula. »Sie wirken, als ob sie keinen Spaß verstehen würden. Sie setzen sich hinten in den Volvo. Gustav fährt, und Craig sitzt auf dem Beifahrersitz.«

Philip sah den Volvo in derselben Richtung wie Brazils Limousine am Hotel vorbeifahren.

Archie wirkte nachdenklich. »Mein Informant hat mir ein bisschen was über Craig erzählt, der nach Brazils Vorstellungen für die Sicherheit zuständig ist. Aber Craig glaubt, am besten zu wissen, wie er seinen Job zu erledigen hat, und er ist bekannt dafür, dies auf brutale Art zu tun. Ich glaube, dass Brazil vielleicht keine Eskorte für diesen Trip wünscht, aber Craig folgt erneut seinen primitiven Instinkten.«

»Das gefällt mir nicht«, bemerkte Philip und sah Paula an. »Ganz und gar nicht. Wir sollten uns jetzt zu unserem Ziel aufmachen.«

»Das finde ich auch«, stimmte Paula zu.

Nachdem Philip ihr Frühstück und Archies Kaffee bezahlt hatte, zog er seinen Mantel an. »Passen Sie gut auf sich auf, Archie. Die Wölfe sind auf der Jagd.«

»An etwas möchte ich Sie noch erinnern«, sagte Archie, der die Warnung nicht beachtete. »Vergessen Sie Anton Marchat im Wallis nicht ...«

Am Fenster ihres Zimmers in der Villa in der Kochergasse hatte Eve Brazils Abfahrt beobachtet. Später war sie irritiert gewesen, als sie gesehen hatte, dass Craig und die anderen Männer, unter ihnen auch der verabscheuungswürdige Gustav, in dem Volvo den gleichen Weg genommen hatten.

Warum fuhr Craig nicht direkt hinter der Limousine her, um Brazil zu schützen, wie es der üblichen Prozedur entsprach? Hatte er etwas vor und spielte sein eigenes Spiel, wie er es so häufig tat, ohne das Brazil etwas davon wusste? Eve rieb sich die Hände. Sie würde abwarten, ob ihr ein Gerücht zu Ohren kam, was hier gespielt wurde. Vielleicht könnte sie Craig weitere fünftausend Schweizer Franken aus der Tasche leiern.

Dann erstarrte sie. Obwohl sie wegen der dicken Gardinen von der Straße aus nicht zu sehen war, wäre sie fast einen Schritt zurückgetreten, ließ es dann aber. Eine Bewegung hätte sie verraten können. Sie wollte ihren Augen nicht trauen. Philip und Paula Grey hatten das Bellevue Palace Hotel verlassen.

Als sie jemanden ins Zimmer kommen hörte, wandte sie sich um. Marco, einer der Wachtposten, schloss eine Schublade auf. Schnell zog er ein langes Messer heraus und steckte es in eine Scheide an seinem Gürtel.

»Kommen Sie her, Marco. Aber berühren Sie die Gardine nicht ...«

»Was gibt's?«

Marco stand schon neben ihr. Sie zeigte auf Philip und Paula, die auf die Tiefgarage zu gingen.

»Sehen Sie die beiden? Folgen Sie ihnen. Das sind Feinde von Mr. Brazil ...«

»Bin schon unterwegs ...«

Paula ging neben Philip eng an der Rampe entlang, die in die Tiefgarage führte, wo sie ihren Wagen geparkt hatten, als sie ausrutschte. Philip fing sie auf, und dann erstarrte sie. Sie zog ihn ein Stück zu sich hinunter.

Auf der gegenüberliegenden Straßenseite schlenderte ein großer Mann in einem russischen Pelzmantel und mit Pelzmütze entlang. Philip blickte ihn an und öffnete den Mund, aber Paula ergriff zuerst das Wort.

»Das ist Bill Franklin. Ich habe ihn an seinem Gang erkannt. Was macht er in Bern? Lassen Sie es uns herausfinden.«

»Er ist in eine Apotheke gegangen. Da ist eine Schlange vor der Theke. Ich gehe runter und sehe nach, ob mit unserem Wagen alles in Ordnung ist.«

»Bern gleicht einem Taubenschlag.«

Aber Philip war bereits die Rampe hinuntergerannt und hörte sie nicht. Sie fieberte vor Ungeduld und war sich sicher, dass Franklin die Apotheke verlassen würde, bevor Philip zurückkommen würde. Als Philip ein paar Augenblicke später heraufkam, war sie erleichtert.

Während er vorgab, die Speisekarte des Bistros zu studieren, dem Schnellrestaurant des Bellevue Palace, sah Marco Philip verschwinden und runzelte die Stirn. Offensichtlich wollte er mit dem Parkplatzwächter reden, um herauszufinden, wohin Brazil chauffiert wurde.

Marco, ein extrem dünner und leichenblasser Mann, war stets misstrauisch und ging immer vom Schlimmsten aus. Als er Philip zwei Minuten später aus der Tiefgarage kommen und zurückrennen sah, fand er seinen Verdacht bestätigt.

Offensichtlich hatte seine Zielperson den Parkplatzwächter bestochen, um Brazils Ziel in Erfahrung zu bringen. Wäre der Wächter verschwiegen gewesen, hätte er sich länger in der Tiefgarage aufhalten müssen, denn dann hätte es eine längere Auseinandersetzung gegeben.

»Er ist immer noch in der Apotheke«, berichtete Paula.

»Lassen Sie uns die Straße überqueren, solange es möglich ist. Über die Aare-Brücke kommen Straßenbahnen.«

Als sie gerade die Straße überquert hatten, rumpelte eine kleine grüne Trambahn über die Brücke. Franklin kam aus der Apotheke, blickte sich um und wartete, bis an dieser Stelle, wo mehrere Straßen aufeinander stießen, kein Verkehr war. Dann schlenderte er zur Münstergasse hinüber, einer ruhigen Straße mit Kopfsteinpflaster, die zu dem riesigen Münster hinabführte, dessen hoher Turm Bern überragte.

Auf seiner Straßenseite war eine Arkade. Philip und Paula folgten ihm langsam, wobei sie gelegentlich kurz anhielten, um ein Schaufenster zu betrachten. Es gab Bäckereien, Galerien, Antiquitätengeschäfte und eine Pâtisserie. Die Temperatur lag unter Null, und das Kopfsteinpflaster war vereist.

Marco folgte ihnen. Den braunen Ledermantel trug er offen, damit er schnell an sein Messer kam. Sie waren an mehreren Seitengassen vorbeigekommen, als Franklin plötzlich verschwunden war.

»Wo um alles auf der Welt kann er geblieben sein?« fragte Philip.

»Lassen Sie uns weitergehen, und wir werden es herausfinden.«

Sie gelangten zu einer weiteren, sehr engen Seitengasse, in der kaum zwei Menschen aneinander vorbeigehen konnten. Als sie in die Dämmerung starrten, sahen sie, dass die Person im Pelzmantel durch eine Wand zu verschwinden schien. Sie bewegten sich schneller durch die Gasse und hielten sich mit den Händen an den Wänden fest, um nicht auszurutschen.

In dem Sträßlein war es sehr finster geworden. Paula blickte zu den Dächern der alten Gebäude hinauf, die sich einander bis auf einen Schlitz anzunähern schienen. Am Himmel zogen dichte, niedrige pechschwarze Wolken dahin, und es begann stark zu schneien.

»Dort ist er hineingegangen«, sagte Paula, kurz bevor sie eine Kurve erreichten, von wo ab die Seitengasse parallel zur Münstergasse verlief.

In einem kleinen Alkoven führten zwei im Verlauf von Generationen ausgetretene Stufen zu einer geschlossenen Tür. Auf dem Schild daneben stand EMIL VOIGT – SACHWALTER. Über der Tür gab es kein Fenster.

»Er besucht einen Rechtsanwalt«, sagte Paula. »Meiner Ansicht nach sollte ich zur nächsten Straße vorgehen, für den Fall, dass er dort herauskommen sollte, wenn er das Haus verlässt. Sie gehen in die Münstergasse zurück. Wenn einer von uns herausgefunden hat, wo er hin will, treffen wir uns am Eingang der Tiefgarage.«

»Gute Idee.«

Paula war gerade um die Kurve in der Seitengasse verschwunden, und Philip wandte sich eben um, um den anderen Weg zu nehmen, als er sah, wie sich ihm in dem Schneegestöber ein schlanker Mann in einem braunen Ledermantel näherte.

»Sie sind ein Spion!« brüllte Marco in schwerfälligem, kehligem Deutsch. »Sie wollten herausfinden, wohin Mr. Brazil gefahren ist. Sie sind sein Feind!«

Der impulsive Marco zog sein langes Messer und versuchte, Philip zu attackieren. Marco war sich sicher, dass ihm seine Tat ein Lob von Craig eintragen würde, vielleicht sogar eine Beförderung. Während er nach seiner Walther griff, wich Philip schnell ein paar Schritte zurück. Er rutschte auf dem Eis aus, fiel hintenüber und schützte seinen Kopf, indem er die Schultern hochriß. Marco hob sein Messer, kam zwei Schritte näher, rutschte an der gleichen Stelle aus wie Philip und fiel gegen die Wand.

Weil sie die von Marco gebrüllten Drohungen gehört hatte, tauchte Paula auf. Als der Angreifer sich wieder hochzurappeln versuchte, schlug sie ihm mit dem Griff ihres Brownings auf den Kopf. Marco ging zu Boden, und diesmal machte er keinen Versuch mehr, wieder auf die Beine zu kommen. Die Farbe des Schnees passte zu seinem leichenblassen Gesicht.

»Meiner Ansicht nach sollten wir Franklin vergessen«, sagte Philip schnell, während er sich mit einer Hand an der Wand hochzog. »Es wird Zeit, nach Zürich zu fahren. Franklin wird überrascht sein, wenn er herauskommt. Und vielen Dank dafür, dass Sie mir das Leben gerettet haben ...«

25

Eve war genervt, weil sie die Villa auf Brazils Befehl hin nicht verlassen durfte. In Bern war sie noch nie gewesen, und sie hätte sich liebend gern die Geschäfte angesehen. Außerdem verlangten die fünftausend Schweizer Franken, die sie Craig abgeluchst hatte, geradezu danach, an den Mann gebracht zu werden. Wenn Eve Geld hatte, gab sie es auch aus. Außerdem hatte sie die interessante Neuigkeit für Brazil, dass sie Paula Grey und Philip in der Kochergasse gesehen hatte.

Ihre Gedanken wurden vom Klingeln des Telefons unterbrochen. Sie rannte darauf zu, neugierig, was passiert war.

Brazil meldete sich und teilte ihr mit, dass er von einer Tankstelle aus anrief. Weil er aus Versehen statt des englischen den amerikanischen Ausdruck verwendete, beschwerte er sich darüber, dass »die Yankees« die englische Sprache nicht beherrschten.

»Was gibt's?«

»Setzen Sie sich mit Ihrem Koffer ins Auto, und kommen Sie sofort nach Zürich. Ich habe für Sie ein Zimmer im Bauran-Ville bestellt. Das ist in der Bahnhofsstraße in der Nähe von ...«

»Ich weiß. In Zürich war ich schon mal.«

»Dann machen Sie sich bitte auf den Weg. Ich bin sehr in Eile. Warten Sie nach Ihrer Ankunft in Ihrem Hotelzimmer im Baur-en-Ville. Wir sehen uns dort ...«

Dann war die Verbindung unterbrochen. *Warten Sie in Ihrem Hotelzimmer ...* Da müsste er Glück haben, dachte Eve, während sie in ihr Zimmer eilte, um ihren Koffer zu packen.

Die Bahnhofsstraße mit all diesen wunderschönen Geschäften vor der Haustür ...

»Ich frage mich, ob ich den Kerl getötet habe«, dachte Paula laut.

Philip saß hinter dem Lenkrad. Sie fuhren über eine breite Landstraße. Eine Stunde zuvor hatten sie Bern verlassen. Es schneite beständig, und sie waren bereits an mehreren Schneepflügen vorbeigekommen.

»Nein, Sie haben ihn nicht umgebracht«, sagte Philip mit fester Stimme. »Bevor ich Ihnen aus der Seitengasse gefolgt bin, habe ich seine Halsschlagader überprüft. Sein Pulsschlag war normal. Außerdem – und wenn Sie ihn getötet hätten? Entweder er oder ich. Er hätte mich mit seinem langen Messer abgestochen. Wie hätten Sie sich gefühlt, wenn Sie nicht schnell genug reagiert hätten? Denken Sie daran.«

Paula sah Philip an, der sich auf die Straße konzentrierte. Im Augenblick war er nicht mehr in Eves Fängen, die ihrer Meinung nach nur ein mieses Luder war. Und wenngleich sie keinerlei Zweifel hegte, dass er innerlich immer noch sehr um seine verstorbene Frau Jean trauerte, war er doch im Vollbesitz seiner Fähigkeiten. Sie erinnerte sich an etwas, das Tweed zu ihr gesagt hatte. *Letztlich muss Philip allein damit fertigwerden. Keiner von uns hat etwas Ähnliches erlebt, und wir wissen nicht, wie es ist ...*

Tweed war gemeinsam mit Newman nach Zürich geflogen. Butler und Nield saßen auf seine Anweisung hin im selben Flugzeug, taten aber so, als ob sie nichts mit ihnen zu tun hätten.

»Der springende Punkt ist«, erklärte Tweed Newman, nachdem die Maschine gestartet war, »dass Brazil laut Archie nur eine unvollständige Liste unseres Teams hat. Er weiß von Paula, von Ihnen und von Bill Franklin, aber nichts von Philip, Butler oder Nield, und dabei soll es auch bleiben. Außerdem weiß er nichts von Marler.«

»Und die einzigen Leute, die ihn aus Dorset informiert haben könnten, sind Eve, Kent oder Franklin.«

»Franklin nicht«, sagte Tweed. »Er würde sich kaum, auch nicht als möglicher Mitarbeiter, selbst auf diese Liste setzen. Ich bin neugierig, warum Brazil unbedingt eine Liste zusammenstellen will.«

»Hört sich nach einer Abschussliste für Mr. Craig an«, meinte Newman ruhig. »Vielleicht auch für den Motormann.«

»Ich frage mich, wo der Motormann jetzt ist«, sagte Tweed, während die Maschine zur Landung in Zürich ansetzte.

Keith Kent fuhr in seinem gemieteten Audi mit hoher Geschwindigkeit von Genf nach Zürich. Weil er ein Frischluftfanatiker war, hatte er das Fenster geöffnet. Gut vermummt pfiff er vor sich hin und überholte die Lastwagen.

Er hörte eine Kassette der Popsängerin Sade, deren weiche, verführerische Stimme zu seiner guten Laune passte. Er verdiente wieder Geld, und das war immer ein befriedigendes Gefühl. Vielleicht würde er sich in der Bahnhofsstraße einen wirklich teuren, in Deutschland angefertigten Anzug kaufen – die Deutschen hatten sich zu großartigen Modedesignern entwickelt.

Kent hatte Genf früh verlassen und war auf dem Weg zur Zürcher Kreditbank in der Talstraße, die parallel zur Bahnhofsstraße verlief, was sehr bequem war. Während er einen Mercedes-Sportwagen überholte, warf er einen Blick zur Seite. Hinter dem Steuer saß eine attraktive Blondine. Er lächelte und winkte, und die Frau erwiderte sein Lächeln. Kent war ein gut aussehender, attraktiver Mann, der bei Frauen ankam.

Schade, dass wir uns nicht im Verkehrsstau in Zürich begegnet sind, dachte er. Vielleicht hätte ich sie überreden können, mit mir essen zu gehen. Als aufmerksamer Beobachter war ihm aufgefallen, dass sie keinen Ring an der linken Hand trug.

Kent war immer darauf bedacht, sich nicht auf Affären mit verheirateten Frauen einzulassen. Dabei ging es kaum um Moral, aber mit einem Ehemann konnte es Scherereien geben.

Um die Mittagszeit erreichte er Zürich und fuhr gemächlich durch die Talstraße, in der wenig Verkehr herrschte. Erstaunt riss er die Augen auf und verlangsamte die Geschwindigkeit – an der Zürcher Kreditbank war ein überlanger schwarzer Mercedes mit bernsteinfarben getönten Scheiben vorgefahren.

Kent hielt an der erstbesten Stelle an, blieb sehr ruhig im Wagen sitzen und rieb sich das Kinn. Ein großer, imposanter Mann hatte die Limousine verlassen und schlenderte auf die Bank zu, wo ihn ein Mann im schwarzen Anzug begrüßte.

Kents Gedanken rasten. Es gab keinen Zweifel. Der Mann, der die Bank betreten hatte, war Leopold Brazil – der letzte Mann auf dieser Welt, von dem er erwartet hatte, dass er in dieses Geldinstitut zurückkehren würde.

Während er mit einem Auge nach Politessen Ausschau hielt, vergegenwärtigte er sich die bisherige Entwicklung. Es war durchgesickert, dass die Inhaberschuldverschreibungen, die man für das gesamte Kapital der Bank gehalten hatte, verschwunden waren. Und dann war da auch noch der Mord an dem Bankdirektor, aber damit hatte man sich nicht weiter aufgehalten.

Die Neuigkeit von den fehlenden Inhaberschuldverschreibungen hatte Zürich in den Grundfesten erschüttert. Beinahe wäre Panik ausgebrochen, und man hatte davon geredet, dass ein aus allen großen Banken bestehendes Konsortium gebildet werden würde, um die Zürcher Kreditbank zu retten. Anschließend hatte man festgestellt, dass die Filialen alle über ausreichend Kapital verfügten, um Solvenz gewährleisten zu können. Brazil war Berater dieser Bank gewesen, ein nebenamtlicher Geschäftsführer. Wie er an die zweite Position herangekommen war, wusste Kent nicht – die Schweizer Gesetze waren sehr streng, und nur Schweizer Staatsbürger konnten einen solchen Posten bei einer Bank innehaben.

Ich muss meinen Besuch verschieben, solange er in der Bank ist, dachte Kent.

Vor seinem Wagen fuhr ein Taxi vor, und eine sehr alte Dame stieg langsam aus. Der Fahrer trug mit beiden Händen einen großen Koffer. Die Frau gab ihm etwas Geld. Er blickte darauf, machte eine verächtliche Geste, stieg wieder in sein Taxi und fuhr los. Verstört blickte sich die alte Dame um. Kent sprang aus dem Wagen und sprach sie auf Deutsch an.

»Beunruhigt Sie irgend etwas?«

»Mein schwerer Koffer. Ich habe dem Taxifahrer gesagt, dass ich im dritten Stock dieses Hauses wohne. Wie kann ich den Koffer in meine Wohnung schaffen?«

»Dritter Stock? Kein Problem. Folgen Sie mir. Sie brauchen sich nicht zu beeilen …«

Er hob den Koffer hoch, der so schwer war, als ob er mit Zementblöcken gefüllt wäre. Ohne zu verschnaufen, rannte der schlanke Kent die Treppen hoch. Er musste ewig lange warten, bis die alte Dame mit dem Schlüssel in der Hand erschien. Sie schloss die Tür auf, und Kent folgte ihr mit dem riesigen Koffer und legte ihn auf einen Diwan. In der mit altmodischen Möbeln voll gestopften Wohnung roch es modrig. Die alte Dame sank in einen Sessel und blickte ihn ohne jede Herzlichkeit an.

»Sie gehen jetzt besser«, sagte sie.

»Bin schon unterwegs. Alles in Ordnung?«

»Gehen Sie …«

Er rannte durch das düstere Treppenhaus und fragte sich, ob er einen Strafzettel erhalten hatte, weil er kein Geld in die Parkuhr geworfen hatte. Abgesehen von der geparkten Limousine war die Straße verlassen. Der dunkelhäutige Chauffeur polierte die Windschutzscheibe. Kent war beeindruckt gewesen, dass Brazil nicht darauf gewartet hatte, bis der Chauffeur ihm den Schlag öffnete, was bei einem Mann, der zur Elite zählte, die normale Prozedur gewesen wäre.

Als er wieder in seinem Wagen saß, spreizte Kent die Hand, mit der er den Koffer getragen hatte. Sie schmerzte nicht einmal. Kent war nicht nur stark, sondern auch extrem fit.

Er fuhr los und folgte wegen der Einbahnstraßen einem

umständlichen Weg durch die Stadt. Schließlich parkte er in der Tiefgarage des Globus, einem großen Kaufhaus in der Nähe der Stelle, wo die Bahnhofsstraße begann.

Weil er nach der Fahrt von Genf nach Zürich das Bedürfnis hatte, sich die Beine zu vertreten, ging er zum Bahnhofsplatz vor dem Hauptbahnhof. Er fuhr mit dem Aufzug ins Shopville hinunter, das Einkaufszentrum unter dem Bahnhofsplatz, schlenderte hindurch und nahm dann einen anderen Aufzug hinauf zum Hauptbahnhof.

Vor einer Imbissstube trank er einen Becher Kaffee. Hier war ständig Betrieb, und Zürichs große blaue Straßenbahnen fuhren in alle Richtungen. Auf der anderen Seite des Platzes lag das Hotel Schweizerhof.

Er nahm wieder einen Schluck, als ihm etwas auffiel. Vor dem Schweizerhof war ein Taxi vorgefahren, dem Tweed und Newman entstiegen.

Die Atmosphäre im Hotel war nicht so friedlich und ruhig, wie Tweed es vor seinem Treffen mit Brazil gehofft hatte. Während er mit Newman in der Eingangshalle wartete, sprang ein großer Mann in einem dunklen Anzug mit ergrauendem Haar, grauen Augen und einem ordentlich gestutzten Schnurrbart auf und kam auf sie zu – Arthur Beck von der Schweizer Bundespolizei.

»Ich muss sofort mit Ihnen reden, Tweed. Mit Ihnen auch, Newman. Ich habe einen Raum reservieren lassen, wo wir unsere Ruhe haben. Hier entlang.«

»Hoffentlich bezahlen Sie die Rechnung«, sagte Tweed spöttisch.

»Für die Polizei kostet das nichts«, erwiderte Beck, während sie einen Aufzug betraten und er auf einen Knopf drückte.

»Wir hätten uns eintragen sollen.«

»Der Portier kennt Sie gut.«

»Verdammt«, sagte Newman, verärgert über Becks Überfall. »Wir haben noch nichts gegessen, und ich bin hungrig.«

»Das hat Zeit.«

Beck hielt einen Schlüssel in der Hand. Nachdem sie den

Aufzug verlassen hatten, schloss er eine Tür auf und wartete, bis sie den Raum betreten hatten.

»Vielleicht sollten Sie sich besser setzen.«

»Das hätte ich sowieso getan«, erwiderte Tweed, nachdem er seinen Mantel abgelegt und in einem Armsessel Platz genommen hatte. Er blickte Newman an. »Fühlen Sie sich ganz wie zu Hause. Es ist doch nett von Arthur, dass wir es uns dank ihm so bequem machen können.«

Beck zog einen Stuhl unter einem Tisch hervor und platzierte ihn vor Tweed und Newman, der gleichfalls in einem Sessel Platz genommen hatte. Er setzte sich rittlings auf den Stuhl, stützte seine Arme auf die Rückenlehne, blickte die beiden an und schwieg.

Auch Tweed und Newman, die diese polizeiliche Taktik kannten, sagten kein Wort. Schließlich ergriff Beck das Wort und sah dabei Tweed an. »Waren einige Mitglieder Ihres Teams heute morgen in Bern?«

»Meines Wissens nicht«, antwortete Tweed wahrheitsgemäß. »Warum?«

»Kennen Sie einen Gangster namens Marco?«

»Nein.«

»Ich habe einen anonymen Anruf von einem Mann in meinem Hauptquartier in Bern erhalten. Er hat mir erzählt, dass er durch eine Seitengasse in der Nähe der Münstergasse gegangen sei und dort einen Mann im Schnee liegen gesehen habe. Dieser Mann habe nach einem Messer gegriffen – deshalb habe ihn der Anrufer vor den Kopf getreten. Das Opfer war Marco. Läuten irgendwelche Glocken?«

»Haben Sie eine Glocke läuten gehört?« fragte Tweed Newman.

»Marco ist wohlauf«, sagte Beck aggressiv. »Er wurde entlassen, nachdem wir ihn zur Ambulanz gebracht hatten. Aber ich mag keine Gewalt vor meiner Haustür. Die Schweiz ist als friedliches Land bekannt. Letzte Nacht hat es ein mörderisches Feuergefecht in Genf gegeben. Jetzt liegen sechs Tote in der Leichenhalle. Außerdem wurde gerade, ebenfalls aus Genf, ein weiterer merkwürdiger Mord gemeldet.«

»Und was für ein merkwürdiger Mord?« erkundigte sich Tweed.

»In Genf wurde ein unseliger Waffenhändler umgebracht, ein Mann namens Rico Sava.« Er schwieg einen Augenblick. »Jemand hat ihm das Genick gebrochen.«

»Der Motormann?« fragte Tweed leise.

»Genau seine Methode. Das macht sieben Leichen. Und jetzt Marco, dieser Gangster in Bern.« Er lächelte. »Das war's.«

»Was?«

»Sie sind informiert, und das bringt mich aus der Schusslinie. Nur für den Fall, dass mich irgendein einflussreicher Mann, etwa ein Freund von Brazil, nach Ihnen fragen sollte.«

Becks gesamtes Verhalten hatte sich geändert. Er stand auf, drehte den Stuhl herum und setzte sich normal darauf. »Es gibt eine Entwicklung, über die Sie Bescheid wissen sollten. Ich kann nicht beweisen, dass sie für Brazil arbeiten, aber ich weiß es.«

»Wer?« fragte Tweed schnell.

»Eine ganze Armee von harten Jungs, die als Skiurlauber firmieren, ist von Frankreich nach Genf gekommen. Sie sind in mehreren Gruppen aufgebrochen und haben verschiedene Züge Richtung Wallis genommen. Gott allein weiß, was sie dort suchen. Die Saison ist fast zu Ende. Die Abhänge sind gefährlich, und es besteht Lawinengefahr. Dennoch haben sie das Gebiet wie eine kleine Invasionsarmee überflutet.«

Beck stand auf und verabschiedete sich von Tweed und Newman mit einem herzlichen Händedruck. »Warum genehmigen Sie sich nicht ein gutes Mittagessen? Zumindest in Zürich ist alles ruhig. Die nächsten paar Tage bin ich im Hauptquartier der hiesigen Polizei. Sie wissen ja, dass es in der Nähe des Hotels ist, an der Limmat.« Er schwieg einen Augenblick. »Passen Sie gut auf sich auf. Wir wissen jetzt, dass der Motormann zurück ist.«

26

In dem behaglichen Restaurant im ersten Stock des Schweizerhofs hatten Tweed und Newman gerade exzellent gegessen. Wie immer, wenn er in Zürich war, hatte sich Tweed Zürcher Geschnetzeltes gegönnt.

»Wir sollten uns die Beine vertreten«, schlug Newman vor. »Ein Spaziergang wird uns gut tun nach dem Gespräch mit Beck.«

»Er hat seine eigenen Probleme«, erwiderte Tweed, während er in eine Seitenstraße des Bahnhofsplatzes einbog. »Aber das hilft uns auch nicht. Früher konnte er uns hier jedes Mal volle Rückendeckung geben. Jetzt sind wir auf uns allein gestellt.«

Sie kamen an der Eingangstür der Hummer-Bar vorbei, einem der Restaurants des Hotels Gotthard. Newman blieb stehen.

»Ich könnte nachsehen, ob Marler, Butler und Nield eingetroffen sind.«

»Von Butler und Nield wissen wir, dass sie hier sind.« Tweed ging weiter. »Sie sind mit derselben Maschine wie wir geflogen. Marler kommt aus Genf.«

»Ich weiß. Das mit Butler und Nield hatte ich nicht vergessen. Aber wir wollen nicht, dass sie vor Ihrem Treffen in der Stadt umherstreifen.«

»Nein ...«

Während sie aßen, hatte es zu schneien aufgehört. Sie eilten durch eine weitere Straße, die in die Bahnhofsstraße mündete.

Newman blieb stehen und ergriff Tweeds Arm. »Sehen Sie. Gerade sind Paula und Philip zu Fuß am Schweizerhof eingetroffen. War es klug, Paula gegenüber den Namen des Hotels zu erwähnen, als Sie aus London mit dem Hôtel des Bergues telefonierten? Die Leitung wurde doch über die Anlage des Hotels geschaltet.«

»Es gibt mehrere Hotels namens Schweizerhof in diesem Land. Beispielsweise ein großes in Bern, von Zürich ganz abgesehen. Paula hat gewusst, wovon ich sprach. Was ist denn jetzt los?«

Erneut hatte Newman Tweeds Arm ergriffen. Sie standen ruhig da, während Newman zur hinteren Seite des Platzes vor dem Hauptbahnhof blickte. »In dem großen Volvo sitzt Craig auf dem Beifahrersitz, und es sind noch drei weitere Gangster in dem Wagen. Brauchen Sie immer noch keinen Schutz?«

Sie standen am Rande des Bürgersteigs. Der Volvo glitt weiterhin um den Platz und fuhr dann langsam am Eingang des Hotels Schweizerhof vorbei. Craig saß jetzt auf der Seite des Bürgersteigs, und fast hätte das Auto neben Newman gehalten.

Craig grinste und riss plötzlich die Tür auf, um Newman zu erwischen. Aber der packte den Griff und knallte die Tür mit aller Kraft wieder zu. Er sah Craigs schmerzverzerrtes Gesicht – die zuschlagende Tür hatte seinen Ellbogen getroffen. Er blickte Newman hasserfüllt an. Dann fuhr der Wagen weiter.

»Mir ist egal, was Sie sagen«, schnappte Newman. »Ich gehe zum Gotthard zurück, um mit unseren Leuten zu reden.«

Bevor Tweed protestieren konnte, war Newman schon verschwunden.

Paula und Philip hatten sich gerade ins Gästebuch eingetragen, als Tweed die Eingangshalle des Hotels betrat. Ein Bediensteter hatte ihre Taschen zu einem Aufzug getragen und verschwand. Erleichtert küsste Tweed Paula auf die Wange.

»Bob und ich haben schon gegessen.«

»Haben Sie zuerst Ihren Koffer ausgepackt?«

»Nein«, gestand Tweed. »Ein Angestellter hat unsere Koffer auf unsere Zimmer gebracht, und wir sind sofort ins Restaurant gegangen.«

»Sie hätten zuerst auf Ihr Zimmer gehen sollen. Dann hätten Sie wenigstens Ihren Koffer ausgepackt und Ihre Jacketts auf den Bügel gehängt. Jetzt wird Ihre Kleidung zerknittert sein.«

»Darauf hat Jean auch immer bestanden«, erinnerte sich Philip. »Ich muss mit Ihnen reden, Tweed. Es gibt ein Problem.«

»Und ich muss etwas essen«, versetzte Paula.

»Gehen Sie nur, ich komme später nach«, antwortete Philip, als sie gemeinsam einen Lift betraten.

Tweed begleitete Philip auf sein Zimmer, während Paula ihres aufsuchte, das in entgegengesetzter Richtung lag. Im Schlafzimmer, von dem aus man auf den Bahnhofsplatz blickte, begann Philip schnell seine Tasche auszupacken, während Tweed in einem Sessel Platz nahm.

»In Bern haben wir Archie getroffen ...« Er informierte Tweed über alles, was dort vorgefallen war. Mit der Episode von Bill Franklin und dem Gangster in der Seitengasse beendete er seinen Bericht und wandte sich dann Tweed zu.

»Ich habe nicht alles ausgepackt, weil ich bald abreise.«

»Tatsächlich? Darf ich fragen, warum und wohin?« fragte Tweed angespannt.

»Archies letzte Worte waren, dass wir Anton Marchat nicht vergessen sollten, der offensichtlich in Sion im Wallis lebt. Er hat mir Marchats Adresse gegeben. Auf der Fahrt haben wir im Autoradio gehört, dass die Bergpässe immer noch geschlossen sind. Deshalb werde ich den Mietwagen zurückgeben und mit dem Zug nach Genf fahren.«

»Warum nach Genf? Sie sollten sich in Lausanne in einen Schnellzug setzen.«

»Nein, Genf«, insistierte Philip hartnäckig. »Dort kann ich von Anfang an in dem Schnellzug sitzen und sehen, wer noch mitfährt. Wenn man mir folgt, will ich wissen, wer es ist – ich kann mich dann später darum kümmern. Erzählen Sie es Paula nicht, bis ich verschwunden bin. Sie würde mich begleiten wollen.«

Philip blickte auf die Kleidungsstücke, die er auf den Bügel gehängt hatte, ging zum Fenster und sah, die Hände in den Taschen, hinaus. Tweed begriff, dass er innerlich aufgewühlt war – Erinnerungen. Er dachte an die Zeiten, als er gemeinsam mit Jean gereist war. Geräuschvoll putzte sich Philip die Nase.

Tweed war verunsichert. Sein Instinkt riet ihm, Philip zu befehlen, in Zürich zu bleiben, wo er durch seine Freunde geschützt war. Wenn er das aber tat, würde Philip sofort denken, dass Tweed ihn bemutterte und ihm wegen seiner emotionalen Instabilität immer noch nicht zutraute, auf eigene Faust aktiv zu werden. Ich muss ihn ziehen lassen, dachte er.

»Philip«, sagte er, als dieser mit zusammengekniffenen Lippen vom Fenster zurückgekommen war. »Beck, der Chef der Schweizer Bundespolizei, hat uns über etwas informiert, das Sie wissen sollten ...«

Er erklärte, was Beck ihm und Newman über die Invasion der falschen Touristen aus Genf mitgeteilt hatte, die in Züge nach Mailand gestiegen waren, die aber durch das Wallis fuhren.

»Da haben Sie's«, rief Philip aus. »Ein weiterer Hinweis auf das Wallis. Und Archie hat sich bis jetzt als äußerst verlässlicher Informant erwiesen. Wenn er kein erstklassiger Mann wäre, würde Marler nicht mit ihm zusammenarbeiten.«

»Ja«, stimmte Tweed zu. »Ich sollte Sie besser über alles informieren.«

Er fasste kurz Professor Grogartys Meinung über die Liste der vermissten Wissenschaftler und seine Theorie zusammen, warum ein solches Team weltweit führender Wissenschaftler eingesetzt werden konnte, erzählte von Lasalles Anrufen aus Paris, von der Konstruktion des Satelliten, der mit einer Ariane-Rakete in Französisch-Guyana gestartet war. Tweed schloss mit den Fotos des Satelliten vor dem Start, die Grogarty untersucht hatte.

»Ich kann mir immer noch nicht vorstellen, was für eine Bedeutung das Wallis haben könnte«, sagte Tweed. »Das ist eine raue, verlassene Gegend, in der nichts los ist.«

»Vielleicht«, antwortete Philip, »aber nach dem, was Sie gerade erzählt haben, muss sich dort die Bodenstation befinden, von der aus der Satellit gesteuert wird, der so viele Menschen zu beunruhigen scheint.«

Nachdem er das Hotel Gotthard betreten und nach Marler gefragt hatte, nannte man Newman eine Zimmernummer. Obwohl Newman sich eines vertrauten Klopfzeichens bedient hatte, öffnete der muskulöse Butler vorsichtig die Tür. Als er das Zimmer betrat, verstand Newman den Grund.

»Willkommen im Waffendepot«, sagte Marler, der taufrisch wirkte.

Über ein Bett war ein Tuch gebreitet, auf dem der Inhalt von zwei großen Taschen lag. Newman starrte auf das Bett.

»Wollen Sie einen kleinen Krieg anzetteln?« fragte er.

»Rico Sava hat sich fast genauso ausgedrückt«, sagte Marler grinsend. Jetzt setzte Newman sein Pokerface auf. Ihm wurde klar, dass Marler noch nicht wusste, dass der Motormann Sava umgebracht hatte. Marler hatte Sava gemocht. Er beschloss, mit der schlechten Nachricht noch zu warten.

Auf dem Tuch lagen etliche Gaspistolen mit jeder Menge Reservepatronen, ein 38er Smith & Wesson-Special-Revolver samt Munition, fünf automatische 7.65mm Walther-Pistolen mit reichlich Ersatzmagazinen, eine große Anzahl Granaten, Rauchbomben, ein automatischer 38er Browning für Paula, mehrere exzellente Ferngläser und ein Armalite-Gewehr, Marlers Lieblingswaffe.

»Wie zum Teufel haben Sie dieses riesige Waffenarsenal hier reingeschmuggelt? Was, wenn Sie von einem Streifenwagen angehalten worden wären? Ich nehme doch an, dass Sie mit dem Wagen hergekommen sind?«

»Allerdings. Die Bullen hätten das hier gesehen.« Marler griff nach den beiden Tuchtaschen, deren Reißverschluss er aufgezogen hatte. Aus beiden ragte der Absatz eines Schlittschuhs hervor.

»Ich bezweifle, dass sie auch nur gefragt hätten, wenn sie die Schlittschuhe gesehen hätten«, bemerkte Marler. »Wenn sie gefragt hätten, hätte ich geantwortet, dass die Ausrüstung für eine Bergtour gedacht ist.«

»Clever. Und wenn ich Ihnen erzählt habe, was passiert ist, als ich mit Tweed vorhin durch diese friedliche Stadt geschlendert bin, würden Sie uns vermutlich noch Tränengaspistolen geben ...«

Ein paar Minuten später hatte Newman eine Smith & Wesson und ein Hüftholster, die Marler ihm gegeben hatte. Zudem hatte er wie die anderen unter seinem weit geschnittenen Wildledermantel eine Tränengaspistole versteckt, und außerdem trug er noch eine Tasche mit zusätzlichen Waffen.

»Ich gehe zurück zum Schweizerhof«, sagte Newman. »Meiner Ansicht nach wäre es vielleicht eine gute Idee, wenn Marler und Butler als Verstärkung um den Bahnhofsplatz patrouillieren würden.« Dann wandte er sich Nield zu, der schweigend in einem Sessel saß und eine Zigarette rauchte. »Sie halten sich hier bereit. Wenn Sie ab und zu auf dem Bahnhofsplatz nach dem Rechten schauen wollen, ist das Ihre Entscheidung ...«

Gemäß Brazils Anweisungen war Eve im Hôtel Baur-en-Ville eingetroffen, das sich in der Nähe des Paradeplatzes befand, ungefähr auf halbem Weg vom Bahnhofsplatz, bevor dieser an den Zürcher See grenzte. Das luxuriöse Hotel fand ihren Beifall. Nachdem sie ihre Tasche ausgepackt hatte, bestellte sie beim Zimmerservice eine Flasche Wodka. Nach ein paar Gläsern begann sie sich zu langweilen.

Entgegen Brazils Anweisungen ging sie mit einem um den Kopf gewickelten Tuch zur Bahnhofsstraße. Außerdem trug sie eine getönte Brille, so dass sich ihre gesamte äußere Erscheinung verändert hatte. Einige Zeit verbrachte sie damit, sich die Schaufenster exklusiver Geschäfte anzuschauen, in denen Juwelen, Uhren und teure Kleidungsstücke auslagen.

Schließlich kaufte sie eine goldfarbene Jacke und einen dazu passenden Rock. Dabei ging der größte Teil der fünftausend Franken drauf, die sie Craig abgeknöpft hatte. Mit der Einkaufstasche in der Hand ging sie langsam auf den Bahnhofsplatz zu.

Ich werde wieder irgend jemandem Geld aus der Tasche leiern müssen, dachte sie.

Die großen Summen, die Brazil ihr zahlte, gab sie innerhalb weniger Tage für Kleidung und Kosmetik aus. Während sie langsam weiterschlenderte, wäre sie beinahe stehen geblieben, zwang sich aber, gemessenen Schrittes weiterzugehen. Gerade hatte Newman mit einer kleinen Tasche das Hotel Gotthard verlassen.

Dann habe ich also Glück gehabt, dachte sie. Zum Teufel mit Brazil und seinem Befehl, im Hotel zu warten. Hier ist Geld herauszuholen ...

Sie folgte Newman, der auf den Bahnhofsplatz einbog und dann den Schweizerhof betrat.

Am anderen Ende des Platzes, im Eingang des Bahnhofs, aß Keith Kent genüsslich ein Sandwich. Dann hielt er inne, als er gerade einen weiteren Bissen zu sich nehmen wollte.

Er sah Newman auftauchen und schnell im Schweizerhof verschwinden. Doch seine Aufmerksamkeit wurde von einer Frau mit Kopftuch in Anspruch genommen, die nur dahinzuschlendern schien, dann aber anhielt und um eine Straßenecke spähte, als Newman das Hotel betrat.

Durch Übung war Keith Kent zu einem erstklassigen Beobachter geworden. Irgendetwas am Verhalten der Frau verriet ihm, dass sie Newman verfolgte. Sie stand an der Straßenecke und richtete ihr Kopftuch, nachdem es ihr von einem bitterkalten Windstoß vom Kopf gerissen worden war. Nur ihre schnelle Reaktion verhinderte, dass das Tuch davonflog, aber ein paar Augenblicke lang war ihr Kopf zu sehen. Kent starrte auf ihr pechschwarzes, glatt am Kopf liegendes Haar.

Hier ist irgend etwas los, dachte er.

Newman unterhielt sich mit dem Portier in der Eingangshalle.

»Miss Grey ist im Restaurant, aber Mr. Tweed ist immer noch auf seinem Zimmer. Er ist mit einem Freund nach oben gegangen.«

»Mit Mr. Cardon?«

»Ja.«

»Ich habe ihre Zimmernummern vergessen ...«

Nachdem der Portier ihm die Nummern genannt hatte, klopfte Newman zuerst an Tweeds Zimmertür im zweiten Stock. Als keine Antwort kam, ging er zu Philips Zimmer. Tweed öffnete die Tür zuerst einen Spalt und ließ ihn dann herein.

»Wie geht es den anderen?« fragte er. »Sind alle eingetroffen? Und was ist in dieser Tasche, die Sie noch nicht hatten, als wir uns trennten?«

»Fährt Philip irgendwo hin?«

Newman fragte, weil Philip seinen Mantel trug und gerade nach seiner Tasche gegriffen hatte. Mit einer Geste bedeutete Tweed Newman, dass er Platz nehmen solle.

»Ja«, bestätigte er. »Philip fährt mit dem Zug nach Genf und von dort aus nach Sion im Wallis. Seiner Meinung nach sollte er Anton Marchat besuchen, weil Archie so darauf bestanden hat, Kontakt zu ihm aufzunehmen.«

»Allein?« fragte Newman.

»Ja. Was dagegen?« antwortete Philip aggressiv.

»Es war nur eine Frage. Sind Sie bewaffnet? Nach dem, was mir zu Ohren gekommen ist, ist das Wallis eine einsame Gegend.«

»Ich habe meine Walther dabei.«

»Hier ist noch eine mit Reservemunition.« Newman hatte seine Tasche geöffnet und schwieg, während Philip nach der Waffe griff. »Wenn Sie Ärger bekommen sollten, können diese Granaten ziemlich nützlich sein.« Er zog ein paar davon hervor. Sie waren in Polyäthylen verpackt.

Philip öffnete seine Tasche und verstaute sie vorsichtig unter seinen Kleidungsstücken. Dann sah er Newman an. »Vielen Dank, Bob.«

»Können Sie irgendwie Kontakt zu uns aufnehmen?« fragte Newman.

»Ja. Egal wo er ist, Tweed wird Monica informieren und ihr eine Telefonnummer geben. Ich muss dann nur bei Monica anrufen, um die Nummer zu erfahren.«

»Dann ist ja alles in Ordnung. Viel Glück ...«

»Wir sehen uns ...«

Erst als Philip den Raum verlassen hatte, ergriff Tweed das Wort. »Ich bete zu Gott, dass wir ihn lebend wieder sehen.«

27

Keith Kent hatte beschlossen, dass es an der Zeit war, zur Züricher Kreditbank zurückzukehren, weil er zuversichtlich war, dass Brazil das Gebäude inzwischen verlassen hatte. Wie auch immer – er würde ja sehen, ob die Limousine noch auf ihn wartete.

Nachdem er aus der Globus-Garage gefahren war, nahm er erneut eine umständliche Route. In Zürich konnte man kaum einen Ort auf direktem Weg erreichen – das tückische System der Einbahnstraßen ließ das nicht zu.

Als er später zum zweiten Mal durch die Talstraße fuhr, sah er, dass die Limousine verschwunden war. Er stellte seinen Wagen ab und warf Geld in die Parkuhr. Bei Politessen hatte man nie zweimal Glück.

Während er langsam durch die Bank schlenderte, beobachtete er die Bankangestellten hinter ihren mit Gittern versehenen Schaltern. Seinen Mantel hatte er absichtlich im Auto gelassen, damit man seinen teuren Anzug sah, der in Schweizer Banken auf einen verlässlichen Kunden hinwies. Er wandte sich an eine lethargisch wirkende Frau, die gerade ein Gähnen unterdrückte.

Kent lehnte sich lächelnd an die Theke und blickte sie bewundernd an, bevor er das Wort ergriff.

»Mein Name ist Benton. In Kürze muss ich eine sehr große Summe auf Mr. Leopold Brazils Hauptkonto überweisen. Er hat darauf bestanden, dass das Geld auf diesem Konto gutgeschrieben wird.«

»Das wäre dann in Sion«, antwortete die Frau.

»Im Wallis.« Kent lächelte sie erneut an. »Ich bin Ihnen sehr dankbar. Mr. Brazil wird es ebenfalls sein …«

Bevor sie seine Frage gegenüber einem anderen Bankangestellten erwähnen konnte, verließ Kent schnell die Bank. Durch sein charmantes Verhalten hatte er sie dazu verleitet, alle Regeln der Diskretion zu missachten.

Wo Newman ist, ist Tweed nicht weit, dachte er. Also wieder zurück zur Globus-Garage und dann zum Schweizerhof …

Kent hatte fast das Ende der Bahnhofsstraße erreicht, wo diese in den Bahnhofsplatz mündete, als er zur gegenüberliegenden Straßenseite blickte. An der Straßenecke, von der aus man den Eingang des Schweizerhofes sehen konnte, stand die Frau mit dem pechschwarzen Haar, die Newman verfolgt hatte.

Jetzt konnte er ihr Haar nicht sehen, aber er erkannte das Kopftuch. Keith Kent war ein Mann der schnellen Entschlüsse. Er wartete ab, bis eine Straßenbahn vorbeigefahren war, überquerte die Straße und lächelte die Frau an.

»Hallo, Sie sehen einsam aus. Ich heiße Tom Benton.«

»Wie Tom und Jerry?« fragte sie, während sie ihn von Kopf bis Fuß unter die Lupe nahm.

»Sie sind auch aus England? Ich kenne das beste Restaurant in Zürich – es liegt in der Altstadt. Und wer sind Sie?«

»Sharon Stone. Ich warte auf meinen Freund.«

Sie hatte ihren Satz kaum beendet, als wie aus dem Nichts Bill Franklin auftauchte. Er grinste. »Oder Eve Warner. Es ist ein langer Weg von Dorset nach Zürich.« Er blickte Kent an und war kurz davor, ihn zu erkennen, als dieser das Wort ergriff.

»Hallo, Bill. Gerade habe ich mich der Dame als Tom Benton vorgestellt und sie zum Essen eingeladen, aber sie ziert sich.«

»Ich habe Ihnen doch gesagt, dass mein Freund kommt«, antwortete Eve schnell und ergriff Franklins Arm. »Ich habe schon gedacht, dass du gar nicht mehr auftauchst. Lass uns zum See gehen.«

»Einen Augenblick«, antwortete Franklin, der sich nicht von der Stelle rührte. »Was soll das alles, Eve? Ich wusste nicht einmal, dass Sie in Zürich sind.«

»Sie sind ja sehr hilfsbereit«, keifte sie und stürmte die Bahnhofsstraße hinab.

»Eine seltsame Dame«, sagte Franklin, während er seine Hand ausstreckte. »Was haben Sie in dieser reichen Stadt zu erledigen, Keith?« fragte er, nachdem sie sich begrüßt hatten.

»Ich bin geschäftlich hier. Eine vertrauliche Angelegenheit.«

»Verschwiegen wie eh und je.« Franklin grinste erneut. »Da Sie früher Aufträge für mich erledigt haben, finde ich das beruhigend. Jetzt muss ich wegen einer Verabredung mit einem Freund in den Schweizerhof.«

»Hat dieser Freund einen Namen?« fragte Kent. »Ich will nämlich auch dorthin.«

Franklin schwieg und brach dann in Gelächter aus. Mit einem Taschentuch wischte er sich die Tränen aus den Augen. »Dann lassen Sie uns zusammen gehen. Sie setzen sich in die Halle, während ich ein Wörtchen mit dem Portier rede. Das Ganze könnte in der Tat sehr lustig werden. Was für ein Zufall, Eve Warner und Sie zu treffen.«

»Zufälle sind für mich Glücksbringer. Durch sie habe ich eine Menge Geld verdient ...«

Während sie durch die Bahnhofstraße zum Baur-en-Ville zurückging, zog Eve hektisch an ihrer Zigarette. Sie war wütend. So sehr sie sich auch bemühte, die Vorstellung aus ihren Gedanken zu verdrängen, sie war sich sicher, dass Bill Franklin früher oder später bei Tweed in London anrufen und ihm mitteilen würde, dass sie in Zürich war. Und dabei war sie bei ihrer Abreise so vorsichtig gewesen. Dann kam ihr ein Gedanke, der sie mehrere Sekunden lang wie angewurzelt verharren ließ.

Sie hatte gesehen, wie Newman das Hotel Schweizerhof betrat. War es möglich oder sogar wahrscheinlich, dass Tweed in demselben Hotel wohnte? Leise fluchend ging sie weiter. Zweimal blickte sie sich um, aber Franklin und der Mann, der sich als Tom Benton vorgestellt hatte, waren nirgends zu sehen.

In ihrem Hotelzimmer warf sie ihren Mantel und ihr Kopftuch auf einen Sessel. Der Mantel rutschte auf den Boden, aber sie ignorierte es. Jetzt war ihr der Wodka am wichtigsten. Sie schenkte sich ein großes Glas ein, streifte ihre Schuhe ab, legte sich auf eine Couch und leerte das Glas zur Hälfte. Da bemerkte sie, dass ihre brennende Zigarette aus dem Aschenbecher auf den Boden gefallen war.

Sie fluchte erneut, hob die Zigarette auf und steckte sich

an der Glut eine neue an. Im Teppich war ein Brandloch, aber das interessierte sie nicht. Die Zimmermiete kostete ein Vermögen, da war sie sicher. Doch die Rechnung bezahlte schließlich Brazil.

Nachdem sie sich wieder auf der Couch ausgestreckt hatte, leerte sie ihr Glas und konzentrierte sich, während sie rauchte.

»Wie kann ich aus dem, was eben geschehen ist, Geld herausholen?« dachte sie laut. »Ich würde zu gern einmal richtig dick absahnen.«

Franklin stand an der Rezeption und hielt den Telefonhörer in der Hand, den der Portier ihm gereicht hatte.

»Bill Franklin. Ich bin unten in der Halle. Kann ich hochkommen, Tweed?« Er atmete tief durch. »Übrigens wartet noch jemand auf Sie. Keith Kent. Wir haben uns auf der Straße getroffen.«

»Dann sollten Sie besser beide heraufkommen«, antwortete Tweed ohne Zögern. »Der Portier soll Ihnen die Zimmernummer nennen. Ich vergesse sie immer ...«

Tweed legte auf und wandte sich Newman zu, während er in sich hineinlachte. »Sie haben mich ertappt, Bob. Franklin kommt mit Keith Kent nach oben. Sie sind sich auf der Straße über den Weg gelaufen.«

»Spielt das eine Rolle?«

»Ich glaube nicht. Vielleicht ist es sogar nützlich. Jetzt wissen sie, dass sie Konkurrenten sind. Nichts inspiriert so sehr wie ein bisschen Rivalität.«

»Ich wusste gar nicht, dass sie sich kennen«, sagte Paula, die aus dem Restaurant zurückgekehrt war.

»Ich auch nicht«, gestand Tweed. »Aber ich kann mir vorstellen, weshalb sie sich kennen. Keith Kent hat einen sehr guten Ruf, Geldbewegungen zurückverfolgen zu können. Es ist möglich, dass ein Klient Franklins Detektivagentur einen entsprechenden Auftrag erteilt hat, und Bill, der auf diesem Gebiet keine Ahnung hat, sofort an Kent gedacht hat. Dann wollen wir mal sehen, was sie uns zu erzählen haben.« Er stand auf. »Ich glaube, sie kommen ...«

Da Paula und Newman die beiden Männer kannten, wurde keine Zeit mit gegenseitigen Vorstellungen vergeudet, und Tweed bat die Besucher sofort, Platz zu nehmen. Weil er wusste, wie angespannt er war, erteilte Tweed zuerst Kent das Wort.

»Leopold Brazils Hausbank ist jetzt eine Filiale der Zürcher Kreditbank in Sion im Wallis.«

Tweed, der Paula vorher von Philips Abreise ins Wallis erzählt hatte, bemerkte, wie sie die Lippen zusammenkniff.

»Bevor ich das erfahren habe, habe ich gesehen, wie Brazil die Zürcher Kreditbank hier in der Talstraße besuchte«, fuhr Kent fort. »Es ist nur eine Vermutung, aber ich glaube, dass er den Rest seines Kapital von Zürich nach Sion überwiesen hat. Das ist alles sehr seltsam, schließlich liegt Sion am Ende der Welt. Das wär's auch schon.«

»Das ist mehr als genug«, knurrte Tweed grimmig. »Jetzt sind Sie dran, Bill.«

»Heute morgen war ich in Bern. Dort gibt es einen Rechtsanwalt namens Voigt, der früher für Brazil gearbeitet hat. Als Brazil versucht hat, ihm vorzuschreiben, wie er die Geschäfte führen soll, hat Voigt alle Beziehungen zu ihm abgebrochen. Aber Voigt kann seltsame Quellen in ganz Europa anzapfen. Er hat mir erzählt, dass Brazil seine Leute aus Frankreich und Deutschland in die Schweiz kommen lässt. Ihr Ziel ist das Wallis.«

»Verstehe«, sagte Tweed, ohne Paula anzublicken.

»Als ich Voigts Kanzlei verließ, hatte ich ein seltsames Erlebnis«, fuhr Franklin fort. »Er residiert in einer engen, alten Seitengasse, die von der Münstergasse abgeht. Als ich aus dem Haus kam, sah ich einen dünnen Mann mit bleichem Gesicht im Schnee liegen. Als er mich sah, hat er sofort nach einem langen Messer gegriffen. Ich habe seinen Angriff nicht abgewartet und ihm einen deftigen Tritt vor den Kopf versetzt. Das schien seiner Begeisterung für einen Kampf einen Dämpfer zu versetzen. Ich habe keine Ahnung, warum er mich angreifen wollte.«

»Wir müssen Tweed noch etwas erzählen«, sagte Kent.

»Allerdings.« Franklin verschränkte seine Finger hinter

dem Kopf. »Auf dem Weg hierher sah ich Keith mit jemandem sprechen, den ich hier in hundert Jahren nicht zu sehen erwartet hätte: Eve Warner.«

Plötzlich herrschte Schweigen. Tweed blickte Paula an, die mit dem Daumen nach unten zeigte. Newman zuckte die Achseln.

»Die Dame kommt viel herum.«

»Und die Dame weiß, dass Sie in diesem Hotel wohnen«, fügte Kent hinzu.

Er erklärte, dass er sie zweimal gesehen hatte, zum ersten Mal, als sie Newman ab dem Hotel Gotthard gefolgt war.

»Ihre Informationen sind von unschätzbarem Wert«, sagte Tweed zu den Besuchern. »Darf ich vorschlagen, dass Sie beide weitere Nachforschungen anstellen?«

»Wir werden keine Zeit damit verschwenden, uns gegenseitig zu überwachen«, sagte Franklin mit breitem Grinsen.

»Ihre Talente sind unterschiedlich, und Sie haben beide andere Kontakpersonen«, sagte Tweed und stand auf. »Diese Angelegenheit ist so ernst, dass ich auf alle Informationen angewiesen bin, die Sie beschaffen können. Danke für das, was Sie bis jetzt geleistet haben«, sagte er, während er die beiden zur Tür begleitete.

Als sie gegangen waren, explodierte Paula.

Während Tweed sich setzte, um die Neuigkeiten zu verdauen, stand Paula auf und starrte ihn an.

»Jetzt sehen Sie, was Sie angerichtet haben«, sagte sie verbittert. »Sie haben Philip allein in die Höhle des Löwen geschickt. Oder ist das Ihre Art, ihm die Möglichkeit zu geben, Selbstbestätigung zu finden? Ist es das?«

»Philip kommt damit klar ...«

»Tatsächlich?« Paula baute sich vor ihm auf. »Wo uns doch Bill Franklin gerade erzählt hat, Voigt hätte gesagt, dass Brazil all seine Leute aus Frankreich und Deutschland in der Schweiz zusammenzieht und diese Horde nach Sion fährt? Philip ist gerade auf dem Weg dorthin, um Marchat aufzusuchen.«

»Bitte setzen Sie sich, und schweigen Sie einen Augenblick.«

Irgend etwas an Tweeds Gesichtsausdruck veranlasste Paula, seiner Bitte Folge zu leisten. Eine Zeit lang schwieg Tweed und wartete darauf, dass sie sich beruhigte.

»Ich kann Ihre Reaktion verstehen«, sagte er. »Aber ich wiederhole nochmals, dass Philip es schaffen wird. Glauben Sie nur stärker an ihn.«

»Wenigstens weiß er nicht, dass diese Eve hier ist.«

»In gewisser Hinsicht hat Paula recht«, bemerkte Newman. »Das Problem ist nur, ich würde davon abraten, dass wir alle auf einmal nach Sion fahren. Heute abend hat Tweed eine wichtige Verabredung mit Leopold Brazil. Tweed und ich haben bereits Craig und drei seiner Gangster draußen in einem Auto gesehen. Wir alle, einschließlich Marler, Butler und Nield, müssen für den Fall hier bleiben, dass es Ärger gibt, bevor das Treffen beendet ist.«

»Haben wir Marchats Adresse in Sion?« fragte Paula, deren Stimme jetzt wieder normal klang.

»Ja. Philip hat sie uns gegeben. Außerdem haben wir Kopien des Fotos von Marchat.«

Tweed öffnete eine Aktentasche, zog eine Brieftasche hervor und reichte Paula ein Blatt Papier und Newman vier Zettel. Von den fünf Fotos erhielt Paula wiederum eins, Newman vier.

»Marchats Name steht hier nicht drauf«, sagte Paula.

»Er stand auch nicht auf dem Original, auf das Archie die Adresse geschrieben hat. Er ist sehr vorsichtig«, antwortete Tweed.

»Natürlich. Ich hätte daran denken sollen. Übrigens habe ich eine Entscheidung getroffen.« Entschlossen stand Paula auf. »Ich akzeptiere, dass der Großteil unseres Teams hier bleiben muss, bis Brazil weg ist, aber ich werde den nächsten Schnellzug nach Genf nehmen. Von dort werde ich weiter ins Wallis reisen.«

»Sie sollten warten«, gab Tweed zu bedenken. »Es ist möglich, dass ich in der Lage bin, Brazil davon zu überzeugen, sein geplantes Projekt fallen zu lassen, worum es dabei auch gehen mag. Dann besteht keine Gefahr mehr.«

»Ich werde trotzdem fahren«, antwortet Paula, während sie auf die Tür zu ging.

»Ich habe gesagt, dass Sie damit warten sollen«, befahl Tweed.

»In diesem Fall kündige ich fristlos.«

Ihre Hand lag auf der Türklinke, als Tweed mit ruhiger Stimme antwortete. »Abgelehnt.«

Newman sprang auf und begleitete Paula zu ihrem Zimmer. Als sie den Raum betreten hatten, wandte sie sich ihm zu. »Ich muss packen.«

»Ich weiß«, sagte Newman grinsend. »Philip habe ich mit ein paar zusätzlichen Waffen versorgt, und bei Ihnen würde ich es gerne genauso halten. Ich bin sofort wieder da und melde mich mit dem üblichen Klopfzeichen.«

»Das Klopfzeichen ist ein bisschen veraltet. Sie sollten sich ein neues einfallen lassen«, meckerte Paula.

Newman kam zurück, als Paula mit dem Packen fast fertig war. Aus einer kleinen Tasche zog er einen Pappkarton mit einem blauen Band und der Aufschrift *Dumbo* hervor. Dann reichte er ihn Paula.

»Was ist das, Bob?«

»Ein Geschenk für Ihren Neffen – auch wenn Sie keinen haben. Sie finden darin eine Tränengaspistole, Reservepatronen und Rauchbomben, mit denen Sie vorsichtig sein sollten. Es sind besondere Granaten, aber Sie haben sie ja früher schon benutzt.«

»Dann haben Sie ja gar keinen Grund, Marler & Co. hinter mir her zu schicken«, witzelte sie.

Er wartete, bis sie das »Geschenk« verstaut hatte. Sie zog ihren Mantel und ihre Handschuhe an und lächelte Newman an.

»Darf ich Ihre Tasche tragen, Madame?«

»Dafür wäre ich Ihnen dankbar. Vielleicht bekommen Sie sogar ein Trinkgeld.«

Als sie im Hauptbahnhof waren, blickte Newman auf

den Fahrplan und sah, dass in fünf Minuten ein Schnellzug nach Genf fuhr. Er riet ihr, sich ein Abteil zu suchen, und rannte dann los, um ihr eine Fahrkarte für die Erste Klasse zu besorgen.

Paula lehnte sich aus dem offenen Fenster, als Newman auf dem Bahnsteig eintraf und ihr die Fahrkarte reichte. Sie beugte sich vor und küsste ihn auf die Wange. »Das Trinkgeld.«

Der Schnellzug fuhr los, und sie winkte. Newman sah dem Zug nach, bis der letzte Wagen hinter einer Kurve verschwunden war.

28

In Marlers Zimmer im Hotel Gotthard gab Newman gerade die letzten Anweisungen, als das Telefon klingelte. Er spitzte die Lippen und sah Butler und Nield an, während Marler den Hörer abnahm.

»Wer ist dort?« fragte er barsch.

»Es tut mir leid, Sie zu belästigen, Mr. Marler, aber ich habe hier eine Frau in der Leitung, die Mr. Robert Newman sprechen möchte.«

»Und warum rufen Sie dann bei mir an?«

»Als Mr. Newman ankam, habe ich ihn gefragt, ob ich ihm helfen könnte. Ich war während des Personalwechsels für einige Minuten an der Rezeption und habe ihn erkannt, weil ich ihn schon auf Zeitungsfotos gesehen hatte. Ich habe dem Anrufer nicht gesagt, dass er hier ist, sondern nur, dass ich mich erkundigen würde.«

»Aber wer will ihn sprechen?« fragte Marler brüsk.

»Eine Miss Eve Warner ...«

»Warten Sie bitte einen Augenblick.«

»Sie werden es nicht glauben«, sagte er zu Newman, »Eve Warner möchte Sie sprechen.«

»Wieso weiß sie, dass ich hier bin? Nun, sie weiß es jedenfalls, und ich sollte besser herausfinden, woher.«

»Von wo aus rufen Sie an?« waren seine ersten Worte.

»Aus einer Telefonzelle in der Bahnhofsstraße.«

»Dann sagen Sie jetzt sofort, wie Sie darauf gekommen sind, dass ich hier zu erreichen bin. Sonst lege ich auf.«

»Seien Sie nicht so, Bob. Ich werde ehrlich sein: Ich habe Sie heute aus dem Gotthard kommen sehen. Bob, ich habe wichtige Informationen für Sie.«

»Wieviel?« fragte er zynisch.

»Das ist nicht nett. Das ist ganz und gar nicht nett. Nach Geld habe ich nicht gefragt. Diesmal nicht.«

»Warum rufen Sie dann an, und was für Informationen haben Sie?«

»Tweeds Leben ist in Gefahr. Ich habe gehört, wie Craig sagte, dass er und seine Truppe die Bahnhofsstraße und den Platz im Auge behalten würden, wenn Brazil und Tweed sich im Schweizerhof treffen.«

»Hat er gesagt, dass Tweed das Opfer sein soll?«

»Nun ...« Einen Augenblick lang schwieg sie. »Eigentlich nicht. Ich glaube, dass er vorhaben könnte, Sie zu töten.«

»Danke für die Information.«

»Sobald ich Neuigkeiten habe, könnte ich wieder anrufen. Sie sehen also, dass Sie mich falsch eingeschätzt haben. Nicht jeder auf dieser Welt ist nur an Geld interessiert.«

Nachdem er den Telefonhörer aufgelegt hatte, erstattete Newman den anderen Bericht. Marler zündete sich eine Zigarette an und inhalierte.

»Ich verstehe nicht, was sie vorhat. Nach Ihren Erzählungen, Bob, ist sie stets auf ihren Vorteil aus.«

»Ich glaube, sie ist es noch immer. Vielleicht war das nur der Startschuss.« Er klatschte in die Hände. »Wir dürfen mit ihr nicht noch mehr Zeit verschwenden. Weiß jetzt jeder, welche Position er auf der Bahnhofsstraße einnehmen soll, wenn Tweed dieses verrückte Treffen mit Brazil abhält?«

»Mir ist alles klar. Auch meine Rauchbomben sind einsatzbereit«, antwortete Butler.

»Mir auch«, bestätigte Nield, »und ich habe ebenfalls Rauchbomben. Aber warum sollen wir sie einsetzen?«

»Weil es bei einer Schießerei Tote geben könnte und der

Polizeichef, Arthur Beck, dann in großen Schwierigkeiten wäre. Gehen wir.« Er blickte auf die Uhr.

»Nicht mehr lange bis zur Stunde Null«, bemerkte Marler.

Aufgebracht verließ Eve die Telefonzelle – sie war wütend auf Newman. Dieser Gedanke, dass sie nur an Geld interessiert wäre! Es war beleidigend. Dennoch, es kam darauf an, dass sie einen direkten Kontakt zu ihm hergestellt hatte.

Sie war so verärgert, dass ihr nicht auffiel, dass ein Mann sie aus einem Torweg heraus beobachtete. Wahrscheinlich wäre es ihr auch sonst nicht aufgefallen. Gustav, der ihr vom Hotel aus gefolgt war, war ein Experte für Beschattungen.

Eine attraktive Frau blickte in den Torweg, schaute aber gleich wieder weg, als sie ihn sah. Gustav blickte finster drein. Er wusste, warum sie sich abgewandt hatte. Sein Gesicht bot keinen schönen Anblick. Die lange Nase war bei einem Kampf gebrochen worden und wirkte jetzt wie eine Art Hakennase. Sein Mund war schmallippig und unbarmherzig. Langsam hatte er genug von Frauen – vom Sex einmal abgesehen.

Er fragte sich, was Eve vorhaben mochte. Irgend etwas Heimliches – warum hätte sie sonst den öffentlichen Fernsprecher und nicht das Telefon auf ihrem Zimmer benutzen sollen? Wenn sich die Möglichkeit ergab, würde er es Brazil erzählen. Wenn er den Mund hielt, würde wahrscheinlich Craig sich das Verdienst anrechnen lassen und behaupten, er hätte angeordnet, dass Gustav Eve beschattete.

Während Eve sich dem Baur-en-Ville näherte, sah sie die Limousine mit den getönten Scheiben am Bordstein halten. Sie blieb stehen und gab vor, sich ein Schaufenster anzuschauen. Aus dem Augenwinkel erkannte sie, wie Brazil selbst die Autotür öffnete und aus dem Fond stieg. Mit einem schnellen Blick auf die Uhr ging er ins Hotel. Sie wartete, bis José losfuhr, um den Wagen zu parken, und eilte dann auf ihr Zimmer. Glücklicherweise befand es sich auf der gleichen Etage wie Brazils Suite. Sie verschloss die Tür, öffnete einen Hängeschrank, kniete nieder und tastete zwischen ihren auf dem Boden verstreuten Schuhen herum.

Dann zog sie das Stethoskop hervor, das sie in Zürich gekauft hatte, und steckte es in ihre Handtasche.

Auf dem Flur ging Eve gelassen auf die Tür zu, die in Brazils Wohnzimmer führte. Als sie sie öffnete und in den Raum spähte, hatte sie sich bereits eine Ausrede zurechtgelegt. Es war niemand da. Sie schloss die Tür, huschte über den weichen Teppichboden und öffnete ein Schränkchen. Dann nahm sie eine Flasche Wodka heraus, schenkte sich ein Glas ein und stellte es auf den Tisch in der Nähe der Schiebetür, die zum Konferenzraum mit dem langen Tisch führte.

Sie legte ein Ohr an die Tür, die aus einem so dünnem Material bestand, dass sie Stimmen hören konnte. Nachdem sie die Ohrstöpsel eingesteckt hatte, presste sie das andere Ende des Stethoskops gegen die Tür. Wenn sie jemanden kommen hörte, würde sie es schnell wieder in der Tasche verschwinden lassen und behaupten, sie wäre gekommen, um einen Wodka zu trinken. Mit Hilfe des Stethoskops konnte sie alles deutlich verstehen.

»Dann sind Sie also sicher aus Sion zurückgekehrt, Luigi. Wie läuft es dort?« ließ sich Brazils laute Stimme vernehmen.

»Die Station ist einsatzbereit. Wir haben die Laserverbindung zum Satelliten getestet, und es war ein voller Erfolg«, erklang eine unangenehm pedantische Stimme mit italienischem Akzent.

»Drücken Sie sich bitte präziser aus. Was genau ist während des Experiments passiert?«

»Wir haben die Ausrüstung im Zimmer des alten Hauses auf dem Berg benutzt. Der Laser war auf die Nummer des Telefons in dem Raum ausgerichtet, die auch im Schaltkreis des Satelliten gespeichert ist. Es war unglaublich.«

»Aber was genau ist passiert, als Sie wieder in das Zimmer kamen, nachdem Sie das Signal für die Nummer ausgestrahlt hatten?«

»Jedes einzelne Teil des Equipments war zertrümmert, die angebundene Ziege tot – getötet durch das schreckliche Kreischen.«

»Dann funktioniert es also. Lassen Sie mich nachdenken ...«

Eve ließ das Stethoskop wieder in der Tasche verschwinden. Schnell trank sie das halbe Glas Wodka aus und hielt es, für den Fall, dass Craig sich im Korridor aufhalten sollte, weiter in der Hand, als sie den Raum verließ. In Ihrem Zimmer ließ sie sich auf eine Couch fallen.

»Worum zum Teufel ging es da?« fragte sie sich.

Eve wusste nicht einmal, wo Sion lag. Dann hatte sie eine Idee. Sie sprang auf, vergaß aber nicht, vor dem Verlassen des Raums das Stethoskop zu verstecken. Kaum hatte sie leise die Tür geöffnet, als sie auf dem Korridor Stimmen hörte. Sie erstarrte.

»Wie verhalten sich die Wissenschaftler, Luigi? Es ist extrem wichtig, dass keiner von ihnen das Laboratorium verlässt. Wenn einer entkommen sollte ...«

»Es wird keiner entkommen, Mr. Brazil.«

Sie hörte eine Tür ins Schloss fallen. Mit ihrem Schlüssel verursachte sie Geräusche, als ob sie gerade aufschließen würde, verließ das Zimmer und verschloss die Tür. Ein kleiner, fetter Mann in einem teuren Anzug kam auf sie zu. Er hatte ein dickes Gesicht, sinnliche Lippen, dichtes, dunkles Haar und einen Schnurrbart. Als sie aneinander vorbeigingen, musterte er sie mit schamlosem Interesse. Dann blieb er stehen und wandte sich um.

»Ich heiße Luigi, schöne Frau.«

»Und ich kenne Sie nicht ...«

Eve ließ den Mann mit übel gelauntem Gesichtsausdruck stehen und ging ins Foyer. Dort schlenderte sie umher, um sicherzugehen, dass keiner von Craigs Verbrechern anwesend war. Dann ging sie zum Portier.

»Ein Freund hat mir erzählt, dass eine Stadtbesichtigung von Sion interessant wäre, und ich weiß nicht einmal, wo das liegt.«

»Im Wallis, Madame.«

Während der Portier weiterredete, studierte sie die Karte.

»Ich kann Ihnen Sion zu dieser Jahreszeit nicht empfehlen.«

»Warum nicht?«

»Es liegt im Kanton Wallis und ist während der Saison bei Wintersportlern sehr beliebt. Aber die Saison dort ist beinahe vorbei und das Wetter schlecht. Es gab mehrere Meldungen über Lawinen. Wenn Sie mit dem Gedanken ans Bergsteigen liebäugeln sollten, rate ich Ihnen davon ab.«

»Ich danke Ihnen.«

Eve ging auf ihr Zimmer und verschloss die Tür. Sie zündete sich eine Zigarette an und stützte dann ihren rechten Arm auf die linke Handfläche. So ging sie in ihrem Zimmer auf und ab.

Es war seltsam, dass der immer auf Sicherheit bedachte Brazil vor anderen von Wissenschaftlern und einem Laboratorium sprach. Aber dann fiel ihr ein, dass der lange Flur, wenn man von dem dicken Luigi absah, menschenleer gewesen war. Zweifellos hatte Brazil dafür gesorgt, bevor er zu sprechen begonnen hatte.

Sie rief sich das sonderbare Gespräch, das sie belauscht hatte, ins Gedächtnis zurück. Obwohl sie den Sinn nicht verstand, konnte sie sich an jedes einzelne Wort erinnern. Eve war sicher, dass Newman und Tweed alles verstanden hätten. Sie sollte ihnen diese Informationen nicht vorenthalten.

Tweed wartete im Foyer des Schweizerhofs, als Brazil ankam, aus dem Auto stieg und eilig das Hotel betrat. Die beiden begrüßten sich per Handschlag.

»Ich habe oben ein Zimmer gemietet, wo wir uns unterhalten können«, sagte Tweed und ging voran zum Aufzug.

Brazil trug einen blauen Nadelstreifenanzug, ein weißes Hemd und, was bei ihm ungewöhnlich war, eine grelle Krawatte in exotischen Farben. Er sprühte vor Energie und lehnte Tweeds Angebot ab, etwas zu trinken.

»Bei geschäftlichen Gesprächen trinke ich keinen Alkohol.«

Tweed hatte für Sessel auf beiden Seiten eines langen Glastisches gesorgt, und sie saßen sich wie zwei Duellanten gegenüber. Tweed schwieg und nahm seine Brille ab, um sie mit seinem Taschentuch zu putzen.

»Ich bin gekommen, um Ihnen die Partnerschaft bei einer großen historischen Unternehmung anzubieten«, sagte Brazil. »Es geht um den Plan, die Machtverhältnisse auf der Welt zu ändern.«

»Klingt ziemlich ehrgeizig.«

»Der Westen, der seine Verteidigungsfähigkeit aufs Spiel setzt, weil er die Militärhaushalte beinahe täglich zusammenstreicht, steht vor einem rapiden Verlust seiner weltpolitischen Bedeutung. In Großbritannien und anderen Ländern sind die Menschen demoralisiert. Sie haben keine Ziele mehr und sind orientierungslos, Mr. Tweed. Recht und Ordnung brechen überall zusammen, und die Straßen werden von Gangstern beherrscht. Wir brauchen wieder die alte Disziplin, Stabilität und die traditionellen Werte. Durch moralische Dekadenz droht ein immer stärkerer gesellschaftlicher Verfall. Sind Sie nicht meiner Meinung?«

»Bis jetzt haben Ihre Bemerkungen Sinn, aber an was für Lösungen denken Sie?« fragte Tweed, während er seine Brille wieder aufsetzte.

»Wir brauchen eine starke, rücksichtslose Führung. Das einzige, was die Menschen aufwecken kann, ist die Rückkehr der *Angst*. Als die Sowjetunion noch mächtig war, herrschte die Angst, und der Westen hatte die Kraft, die NATO aufzubauen. Man war wachsam und auf der Hut. Nur das Wiederaufleben eines starken Russlands kann dem Westen das Gefühl der Angst einimpfen, das notwendig ist, um ihm ein Ziel zu geben: den Kampf ums Überleben. Stimmen Sie mir zu, Tweed?«

»Fahren Sie fort.«

»In den Vereinigten Staaten herrscht völliges Chaos. Der Präsident ist ein fauler Irrer. Ich weiß es, ich habe ihn kennen gelernt. Überall herrscht der weit verbreitete Irrglaube, dass Russland nicht mehr zählt. *Nicht mehr zählt!*« Seine Stimme wurde immer lauter. »Die Russen haben ein großes Arsenal von Interkontinentalraketen, die London, Chicago und die ganze Welt erreichen können. Jeden Monat läuft in den geheimen Schiffswerften im vom Eis frei gehaltenen Hafen von Murmansk ein nicht lokalisierbares Atom-U-

Boot vom Stapel. Hinter dem Ural gibt es unterirdische Fabriken, wo man sich mit den neuesten Techniken der atomaren Kriegsführung beschäftigt. Einen amerikanischen Diplomaten, der sich in diese Gegend gewagt hat, haben sie unter Spionageverdacht ausgewiesen. Warum, wenn es doch nichts auszuspionieren gibt? Russland ist ein schlafender Riese, der bald erwachen wird.«

»Man sagt, dass die russische Wirtschaft am Boden liegt«, warf Tweed ein.

»Wenn dem so wäre, wie könnten sie die Waffen produzieren, die ich gerade aufgezählt habe?«

»Das ist allerdings ein Rätsel«, gab Tweed zu.

»Es ist eine riesige Nebelwand, um den Westen im dunkeln tappen zu lassen. Im Hintergrund zieht Iwan Marow die Fäden, und er bedient sich des stümperhaften amtierenden Präsidenten wie einer Marionette, um dem Westen den Eindruck zu vermitteln, Russland sei am Ende. Währenddessen arbeiten er, die Generäle und MOVAK daran, die russische Macht wiederherzustellen. Haben Sie von Marow gehört?«

»Der Name klingt vertraut.«

»Mit Ihnen möchte ich nicht pokern, Mr. Tweed. Ich bin mir sicher, dass Sie eine ganze Menge über Marow wissen. Er ist aus Georgien und hat seinen Namen geändert. Ich bin ihm begegnet. Er ist Georgier wie Stalin und sieht auch fast so aus, besonders wenn er seinen Charme spielen lässt. Im Augenblick bemüht er sich sehr, im Hintergrund zu bleiben. Die Amerikaner wissen nichts von seiner Existenz«, sagte Brazil voller Verachtung.

»Haben Sie nicht einige Zeit in Amerika gelebt?«

»Ich bin in Großbritannien geboren und als junger Mann nach Amerika gegangen. Dort wurde ich Chief Executive eines großen Mischkonzerns. Ich erkannte schnell, dass er in sechs ziemlich unabhängige Einheiten zerschlagen werden musste. Bei diesem riesigen Gebilde hatten die Führungskräfte keine Vorstellung davon, was sich weiter unten abspielte. Tag und Nacht habe ich daran gearbeitet, das durchzusetzen, was getan werden musste. Wissen Sie, was dann geschah?«

»Erzählen Sie es mir.«

»Die anderen Vorstandsmitglieder haben sich zusammengetan, um meinen Rücktritt zu erzwingen. Und warum? Weil diese saturierten Bonzen dank der Kontrolle über diesen riesigen Dinosaurier ungeheuerliche Gehälter und große Optionspakete bekamen, die sie zu Millionären machten. Diese beschränkten Amis. Ich bin nach Großbritannien zurückgekehrt.«

»Sie erwähnten eine Organisation namens MOVAK.«

»Das ist Marows Erfindung. Es ist eine geheime Einheit, die den hoffnungslos korrupten KGB ersetzen soll. Ich bin mir sicher, dass er, wenn seine Zeit gekommen ist und er die Macht übernimmt, alle KGB-Offiziere erschießen lassen wird.«

»Ich bin immer noch ganz Ohr.«

»Deshalb benötigt der Westen einen schrecklichen Schock, um wieder stark zu werden. Dieser Schock wird der plötzliche Wiederaufstieg Russlands zur Weltmacht sein. Das Fundament dazu ist gelegt. Die Zollkontrollen und Grenzen zwischen Russland und Weißrussland sind abgeschafft. Das bedeutet, dass Russland Weißrussland einfach geschluckt hat. Und das nächste Ziel ist die Ukraine.«

»Sie helfen Leuten wie Marow bei der Verwirklichung seines Ziels, ein neues, allmächtiges Russland zu schaffen?«

»Nur wenn Sie mein Partner werden, kann ich Ihnen erzählen, was ich tue. Das wäre ein perfektes Bündnis. Sie müssen sich jetzt entscheiden. Es wird Zeit.«

»Warum ich?« fragte Tweed.

»Ich habe Ihre bisherigen Leistungen mitverfolgt. Sie sind unbestechlich, ungeheuer entschlossen und halten Wort.« Zum ersten Mal lächelte Brazil. »Sie sind ein seltener Vogel.«

»Danke für das Kompliment.«

Tweed stand auf und ging langsam durch den Raum. Brazil sah ihn an und schwieg. Seine Gedanken überschlugen sich, während er über Brazils Worte nachdachte. Er sah sich gezwungen, einigen seiner Thesen zuzustimmen. Der Westen driftete wie ein ruderloses Schiff auf stürmische See zu.

»Ich kann behaupten, dass Sie ähnlich denken wie ich. Sie können es nicht bestreiten. Der Westen braucht einen erdbebenähnlichen Schock.«

Tweeds Schultern versteiften sich. Er drehte sich um und starrte Brazil direkt in die eisblauen Augen. Ein wirklich bemerkenswerter, interessanter Mann, ganz in der Art eines General de Gaulle, Winston Churchill oder Konrad Adenauer, dachte er und lächelte. »Ich muss Ihr Angebot ablehnen, Mr. Brazil.«

»Widerwillig?« fragte Brazil, während er aufstand.

»Ich muss es ablehnen.«

»Dass Sie diese Entscheidung treffen würden, habe ich befürchtet. Dann werde ich jetzt gehen.«

Brazil verließ den Raum und schloss leise die Tür. Es schien Tweed, als herrschte plötzlich eine Leere, als ob eine bemerkenswerte Kraft ein Vakuum hinterlassen hätte.

Newman trug einen Trenchcoat mit breiten Revers im Militärstil, einen breitkrempigen Hut und einen Schal, der das halbe Gesicht verhüllte, als er über den Bahnhofsplatz ging. Es begann zu schneien. Auf der Treppe zum Hauptbahnhof stand ein Mann, der ebenfalls Trenchcoat und Hut trug. Er wirkte wie ein Reisender, der gerade aus dem Zug gestiegen war und jetzt darauf wartete, dass es zu schneien aufhörte.

Newman blieb neben ihm stehen, scheinbar, um sich eine Zigarette anzuzünden.

»Nun, Marler, haben Sie die Kleidung für Nield und Butler bekommen?«

»Ja. Sie warten um die Ecke, in der Bahnhofsstraße. Ihre Kleidung sieht genauso aus.«

»Gut. Ich frage mich, ob das nötig sein wird. Haben Sie schon irgendeine Spur von dem Volvo gesehen?«

»Bisher nicht. Wenn er auftaucht, gebe ich Butler und Nield Bescheid. Ich bin sicher, dass das Versteckspiel klappen wird.«

»Lassen Sie es uns für den Fall hoffen, dass es nötig sein sollte. Ich gehe in die Nähe des Eingangs des Schweizerhofs zurück. Zumindest sind wir vorbereitet ...«

29

Nachdem er Tweeds Zimmer verlassen hatte, vermied Brazil es, den Aufzug zu nehmen. Er lief die Treppe hinunter und ging dann durch die Hotelhalle zur Bar. Wie er gehofft hatte, war sie um diese Jahreszeit bis auf den Barmann und einen Gast leer. Der Gast war Craig.

»Einen Cointreau«, sagte Brazil und legte einen großen Geldschein auf die Theke. »Sie brauchen mir kein Wechselgeld herauszugeben, aber mein Freund und ich haben etwas Vertrauliches zu besprechen. Würde es Sie stören, im Foyer zu warten? Von dort aus können Sie sehen, ob ein weiterer Gast die Bar betritt.«

»Vielen Dank, Sir. Sollten Sie mich brauchen, ich warte draußen.«

»Na, macht er mit?« fragte Craig, kaum dass sie allein waren.

»Bedauerlicherweise nicht. Er hat abgelehnt.«

»Dann ist seine Schonzeit abgelaufen.«

Craig trug einen schweren Mantel und einen Seidenschal. Er konnte seine Genugtuung kaum verbergen.

»Wenn Tweed irgend etwas zustoßen sollte, hat Ihr letztes Stündchen geschlagen. Und so, wie Sie Ihre Handlanger behandeln, wird es jedem ein Vergnügen sein, meinen Befehl auszuführen«, sagte Brazil ruhig.

»Okay.« Craig war entsetzt und trank eilig den Rest seines Scotch. »Ich hab verstanden. Aber was ist mit seinem Team? Sie können darauf wetten, dass uns seine Leute in die Quere kommen werden.«

»Ich fürchte, da haben Sie recht.«

»Also habe ich Ihre Genehmigung, seine Mitarbeiter zu eliminieren.«

»Ja.« Einen Augenblick lang schwieg Brazil. »Ich nehme an, das ist das einzig Vernünftige.«

»Gut. Warten Sie hier auf Ihren Wagen.« Er zog ein Handy aus der Tasche und wählte. »Craig hier. Holen Sie mich ab, es gibt Arbeit. Und verfrachten Sie die Truppe ins Auto ...«

Newman stand an der Ecke, wo die Bahnhofsstraße auf den gleichnamigen Platz traf, und streifte den Schnee von seinem Trenchcoat. Die ganze Zeit über hatte er seinen Blick auf Marler gerichtet, der noch immer auf der Treppe vor dem Bahnhof stand. Jetzt sah er, wie dieser die Arme reckte, als ob er müde wäre.

Der Volvo war aufgetaucht und fuhr um den Platz herum. Craig stand am Hotelausgang und ging dann wie Newman in der entgegengesetzten Richtung einige Schritte die Straße entlang. Der Volvo mit seinen drei Insassen, von denen einer im Fond saß, hielt, Craig öffnete die Tür und setzte sich auf den freien Platz.

Newman steckte seinen Hut und seinen Schal in den Mantel und wartete an der Straßenecke. Craig erblickte gleich und sagte etwas zum Fahrer. Langsam näherte sich der Volvo Newman. Im gleichen Augenblick erschienen zwei Männer, die eine schwarze Ledermontur und Sturzhelme trugen, und gingen auf das Auto zu. Einer von ihnen schlug auf die Heckscheibe.

Verwirrt befahl Craig dem Fahrer zu halten. Überzeugt, dass die zwei Leather Bombers ohne Befehl erschienen waren, kurbelte er die Scheibe herunter. Newman kam auf ihn zu.

»Kein schöner Abend, Craig«, rief er laut.

»Auch für Sie nicht. Sie sind als erster dran.«

Er griff nach einer Schrotflinte, aber einer der Männer in Ledermontur – Butler – zückte eine Tränengaspistole und feuerte in den Fond des Autos. Gleichzeitig schoß Nield über Butlers Schulter in den vorderen Teil.

Würgend geriet der Fahrer in Panik und trat in dem Augenblick aufs Gaspedal, als eine der blauen Zürcher Trambahnen, die solide wie ein Panzer waren, auf die Bahnhofsstraße einbog. Obwohl ihm die Tränen in Strömen die Wangen hinabliefen, sah Craig undeutlich eine riesige Silhouette. Er suchte den Griff, riss die Tür weit auf und warf sich auf den Bürgersteig. Wie ein Fallschirmjäger rollte er sich so ab, dass sein Sturz abgefangen wurde.

Der Volvo schoß noch einige Meter nach vorne – einige Meter zu weit. Er kollidierte voller Wucht mit der Straßenbahn und wurde beim Aufprall zusammengepresst. Die drei Insassen verschwanden im Chaos zermalmten Stahls. Die Fahrgäste der Straßenbahn waren erschüttert, blieben aber unversehrt.

Benommen und mit weichen Knien stand Craig auf. Er kam wieder zu sich, lief in die entgegengesetzte Richtung und verschwand. Die unbenutzte Schrotflinte blieb auf dem Pflaster liegen. Newman nickte Butler und Nield zu, und beide rannten über den Platz und liefen in die ruhige Seitenstraße, durch die Tweed vorher gegangen war.

Sie rissen sich die Lederkleidung vom Leib und stopften sie zusammen mit den Helmen in einen Abfalleimer. Durch die Tür, die zur Hummer-Bar führte, verschwanden sie im Hotel Gotthard. Newman war bereits in der Hotelhalle des Schweizerhofs auf dem Weg zu den Aufzügen.

»Schlimmer Unfall da draußen«, sagte er zum Portier, der auf dem Weg zur Eingangstür war. »Irgendein betrunkener Dummkopf ist gegen eine Trambahn geknallt. Zumindest hat man mir das erzählt.«

Er ging direkt zu Tweeds Zimmer. Brazil, der sich noch immer in der Bar aufhielt, hatte Newmans Worte gehört. Er spitzte die Lippen. Wenn Craig daran beteiligt war, würde er zu einer Belastung werden. Falls er noch lebte.

»Ich habe es gesehen«, sagte Tweed, nachdem er Newman in sein Zimmer gebeten hatte. »Also hat der Krieg wirklich begonnen.«

»Craig hatte eine Schrotflinte …«

»Ich weiß. Ich habe sie gesehen, sie lag auf dem Trottoir. Brazils Angebot, mit ihm zusammen eine Partnerschaft einzugehen, habe ich abgelehnt. Jetzt sind kaum zwanzig Minuten vergangen, seit er diesen Raum verlassen hat, und seine Leute haben bereits versucht, Sie zu ermorden. Brazil selbst muss den Befehl gegeben haben. Er ist skrupellos und brutal.«

Lange hatte Newman Tweed nicht mehr so grimmig erlebt.

»Was für eine Partnerschaft?«

Tweed nahm Platz und berichtete von seinem Gespräch mit Brazil.

»Es ist seltsam«, kommentierte Newman, der auf einem anderen Stuhl saß, »aber ich muss einigen seiner Überlegungen zustimmen. Allerdings nur einigen.«

»Mir ging es genauso. Einen weiteren Gesichtspunkt hat er bei seiner Einschätzung der Weltlage nicht erwähnt, aber ich bin mir sicher, dass er daran gedacht hat. Wenn Russland wieder mächtig werden sollte, wäre es eine Barriere gegen die von Tag zu Tag aggressiver werdenden Chinesen, die in Lop Nor erfolgreich Interkontinentalraketen mit einer Reichweite von fünftausend Meilen getestet haben. Das bedeutet, dass sie London oder die Westküste der Vereinigten Staaten erreichen können. Brazil hat die Logik auf seiner Seite. Er denkt global, wozu nur wenige unserer kraftlosen Politiker in der Lage sind. Aber seine Methoden sind mir zuwider. Er würde argumentieren, dass es der einzige Weg sei, um einen notwendigen Wandel der internationalen Machtbalance zu erreichen.«

»Was tun wir also?«

»Wir werden Brazil und sein Werk vernichten ...«

Craig hatte sich durch die Seitenstraßen geschlagen und stieß beinahe gegenüber vom Baur-en-Ville wieder auf die Bahnhofsstraße. Er trat in die Hotelhalle und sah Eve auf sich zu kommen.

»Craig, ich wollte ...«

»Zischen Sie ab.«

Er marschierte weiter und musterte die Gäste, die sich bei einem Glas Tee unterhielten. Er ging auf einen leichenblassen Mann zu, der hinten am Kopf eine Bandage trug.

»Kommen Sie mit nach oben, Marco. Wir werden in Brazils Sitzungssaal mit Luigi eine Besprechung abhalten. Setzen Sie sich in Bewegung.«

»Charmanter Mann«, sagte Eve zu sich selbst.

Dann hörte sie genau zu. Durch das gedämpfte Gemurmel der Gäste hindurch bekam sie jedes Wort mit, das Craig zu Marco sagte. Eve hatte ein gutes Gehör, und Craig, der immer noch wütend war, hatte lauter als beabsichtigt gesprochen. Sie sah beide in einem Aufzug verschwinden, wartete und folgte ihnen dann. Sie war kaum in den langen Flur eingebogen, der zu ihrem Zimmer führte, als sie stehen blieb und dann einige Schritte zurückging. José hatte gerade Brazils Wohnzimmer betreten. Vermutlich waren Craig und seine Helfershelfer bereits im Sitzungsraum.

Sie ging zurück auf ihr Zimmer, ließ die Tür aber angelehnt. Noch immer hatte sie das volle Glas Wodka in der Hand, das sie an der Bar bestellt hatte, bevor sie dem von draußen kommenden Craig begegnet war. Sie stand in der Nähe der Tür und nippte daran.

Einige Minuten später hörte sie, wie sich eine Tür schloss. Als sie nach draußen lugte, sah sie José, der in die entgegengesetzte Richtung verschwand. Sie entschloss sich, es noch einmal darauf ankommen zu lassen, nahm das Stethoskop vom Schrank und verstaute es in ihrer Tasche. Dann ging sie zu Brazils Wohnzimmer und öffnete leise mit dem halb vollen Glas Wodka in der Hand die Tür. Der Raum war leer. Auf den Zehenspitzen schlich sie zu der geschlossenen Schiebetür, die zum Sitzungsraum führte. Sie stellte den Wodka auf ein Sims, nahm das Stethoskop und lauschte.

»Ich wiederhole, dass Tweed kein Haar gekrümmt werden darf«, sagte Craig in einem unangenehmen Tonfall. »Der Allmächtige weiß warum, aber das ist Brazils persönliche Anweisung.«

»Das sagten Sie bereits«, protestierte Marco.

»Halten Sie die Klappe! Ich wiederhole das nur, damit es in Ihren Holzkopf geht. Hören Sie zu, Luigi?«

»Klar, mit beiden Ohren.«

»Versuchen Sie nicht, mich auf den Arm zu nehmen. Verdammt, hören Sie zu! Jedes einzelne Mitglied aus Tweeds Truppe ist zu eliminieren. Dazu gehören Paula Grey, Robert Newman, Philip Cardon und vielleicht auch Bill Franklin, aber den lassen wir vorerst außen vor, bis wir seine wirkliche Stellung kennen.«

»Entschuldigen Sie, aber wissen sie über Sion Bescheid?«

»Darauf komme ich noch zu sprechen. Ich habe gesagt, dass Sie *zuhören* sollen. Es gibt noch zwei weitere Mitglieder in Tweeds Mannschaft, deren Identität uns bisher unbekannt ist. Sie sind heute am späten Nachmittag in schwarzer Motorradkluft auf der Bahnhofsstraße erschienen. Wenn wir wissen, wer sie sind, werden auch sie umgebracht. Gibt es bis hierhin irgendwelche Fragen?«

»Wissen sie etwas über Sion?« fragte Luigi besorgt.

»Nein, da ich bin mir sicher. Und selbst wenn – sie werden nie dort ankommen. Nun zu meinem Plan. Sie werden Zürich nicht lebend verlassen. Wie wir das erreichen werden? Indem wir eine Gruppe am Flughafen Kloten postieren und, für den Fall, dass sie versuchen sollten, mit dem Zug zu fahren, eine weitere am Hauptbahnhof. Sie sollen erschossen werden. Vergewissern Sie sich, dass sie wirklich tot sind.«

»Angenommen, sie benutzen die Straße?« insistierte Luigi.

»Für diesen Fall haben wir an allen Autobahnen Gruppen von Motorradfahrern postiert. Zürich wird völlig abgeriegelt.« Einen Augenblick lang schwieg Craig. »Haben Sie als eiserne Reserve Motorradfahrer in Sion stationiert?«

»Dort wartet eine Elitetruppe ...«

Eve ließ das Stethoskop in ihrer Schultertasche verschwinden und achtete darauf, das Wodkaglas mitzunehmen, während sie sich aus dem Raum stahl und in ihr eigenes Zimmer zurückkehrte. Schwer atmend lehnte sie sich an die Tür.

»So, das war mehr als genug. Craigs Stellvertreter sind also Marco, der Experte im Messerwerfen, Luigi, anscheinend der Verantwortliche für das, was auch immer in Sion geschieht, und Gustav, der Meisterschütze mit der Pistole. Aber warum war er nicht da?« fragte sie sich.

Gustav betrat die Bar des Schweizerhofs, um Brazil zu treffen, der auf seine Uhr schaute und verärgert dreinblickte. Als er Gustav sah, runzelte er die Stirn.

Sogar Männer fürchten mein Gesicht, selbst der Chef, dachte Gustav.

Er eilte auf ihn zu und entschuldigte sich, nicht früher gekommen zu sein.

»José ist mit dem rechten Fuß umgeknickt und hatte Schwierigkeiten zu fahren. Der Wagen steht draußen.«

»Dann lassen Sie uns gehen. Und öffnen Sie mir nicht die Tür – ich mag keine Umstände.«

Eine halbe Stunde später rief der Telefonist Newman in seinem Zimmer an.

»Ich habe hier einen Herrn am Apparat, der seinen Namen nicht nennen möchte. Er behauptet, Sie würden ihn gut kennen und hätten ihn zuletzt an einem Ort namens Kimmeridge getroffen. Ich habe ihn den Namen buchstabieren lassen und hoffe, ihn richtig ausgesprochen zu haben.«

»Haben Sie. Stellen Sie ihn bitte zu mir durch.«

»Mr. Newman?«

Es waren nur zwei Worte, aber Newman hatte die Stimme sofort erkannt: Archie.

»Ja, am Apparat. Angenehm, Ihre Stimme zu hören.«

»Ich weiß, wo Sie sich aufhalten, und rufe aus einer Telefonzelle in Ihrer Nähe an, Mr. Newman. Könnten wir uns vielleicht treffen?«

»Selbstverständlich, Mr. Sullivan. Der Portier wird Ihnen meine Zimmernummer geben.«

Archie hatte aufgelegt. Er war klug genug, um zu begreifen, dass er sich beim Portier als Mr. Sullivan vorstellen sollte. Auch wenn Newman sicher war, dass Tweed Archie ebenfalls treffen wollte, ging er zu dessen Zimmer, um nachzufragen.

Tweed war zwar überrascht, dass Archie sich in Zürich aufhielt, sagte aber, dass er bei dem Treffen dabei sein wollte. »Ich würde aber mein Zimmer vorschlagen, es ist größer. Sie sollten daher besser dem Portier Bescheid sagen.«

Newman traf Archie am Aufzug und schwieg, bis er ihn zu Tweeds Zimmer geleitet hatte. Tweed begrüßte ihn herzlich, wies ihm einen bequemen Stuhl zu und bot Getränke an.

»Nur Wasser, bitte.«

Archie trug einen schweren Pelzmantel und seinen abgenutzten Hut, und wie immer hatte er den erloschenen Stummel einer halbgerauchten Zigarette im Mundwinkel.

»Darf ich fragen, woher Sie wussten, dass Bob sich hier aufhält?« fragte Tweed freundlich.

»Ganz einfach. Ich habe Monica in Park Crescent angerufen. Sie hat mich sehr gründlich überprüft und mir dann die Telefonnummer des Hotels gegeben. Sie sind in sehr großer Gefahr, Gentlemen.«

»Um was für eine Art von Gefahr handelt es sich?« fragte Tweed.

»Sie sollen verschont bleiben, Tweed. Brazil hat angeordnet, dass Sie unter keinen Umständen zu Schaden kommen dürfen.« Archie schwieg einen Moment und blickte Newman an. »Mein Informant hat mir eben erzählt, dass Craig mit Brazils Zustimmung seinen Verbrechern befohlen hat, jedes Mitglied Ihres Teams zu eliminieren.« Er sah wieder Tweed an. »Sie haben die Namen Paula Grey, Robert Newman, Philip Cardon und wissen von zwei weiteren Männern, deren Namen sie noch nicht kennen.«

»Verstehe.« Tweed stand auf und steckte die Hände in die Taschen seines Jacketts, um die Tatsache zu verbergen, dass er sie abwechselnd ballte und entspannte, um die Selbstkontrolle wieder zu erlangen. Er war so wütend, wie er es bei sich nur selten erlebt hatte. Der Gedanke, verschont zu werden, während man sein Team ausrottete, brachte ihn auf die Palme. Er ging eine Weile im Zimmer auf und ab und setzte sich dann Archie gegenüber.

»Wissen Sie zufällig, ob das Wort ›eliminieren‹ auch von Craig gebraucht wurde?«

»Ich glaube ja«, erwiderte Archie und trank einen Schluck Wasser aus dem Glas, das Newman ihm gegeben hatte.

»Verstehe.«

»Die Lage ist ernst. Mein Informant hat mir gesagt, dass

am Flughafen und am Hauptbahnhof Killergruppen warten und Teams von Motorradfahrern die Zürcher Autobahnen überwachen.«

»Sie haben uns ziemlich eingeschnürt«, bemerkte Newman.

Archie lächelte, und es war ein herzliches Lächeln. »Ich muss jetzt gehen.«

»Was schulde ich Ihnen für Ihre Ausgaben und als Honorar?« fragte Newman.

»Zweitausend Schweizer Franken für die Ausgaben, aber diesmal möchte ich kein Honorar annehmen. Marler ist immer sehr großzügig mir gegenüber. Und ich bin angesichts der ernsten Nachrichten, die ich bringe, zufrieden, Ihnen einen Gefallen erweisen zu können.«

Newman zückte sein Portemonnaie und blätterte vier Tausend-Franken-Scheine vor Archie auf den Tisch, der zwei Scheine nahm und die anderen beiden liegen ließ.

»Bringen Sie mich nicht in Verlegenheit. Ich muss jetzt gehen.«

»Das Hotel könnte beobachtet werden«, warnte Tweed, der aufstand, um aus dem Fenster zu sehen, aber bemerkte, dass die Vorhänge bereits geschlossen worden waren. »Draußen wird es dunkel sein«, warnte er ein weiteres Mal.

»Es war bereits dunkel, als ich durch das Bistro, das man von der Straße aus betreten kann, hierher gekommen bin. Auf dem Rückweg sollte ich denselben Weg nehmen, einen Kaffee trinken und warten, bis einige Mädchen gehen. Ich werde mich ihnen anschließen und sie nach dem Weg zum See fragen. Wie ich schon sagte, bin ich über das Bistro ins Foyer und ins Hotel gelangt. Ein Beobachter dürfte nur einen Mann gesehen haben, der in das Café ging und es in Gesellschaft einiger Mädchen wieder verlassen hat. Ich bin sehr vorsichtig.«

»Danke für Ihre Hilfe«, sagte Tweed und stand auf, um ihn zur Tür zu begleiten. »Passen Sie auf sich auf, die Raubtiere sind unterwegs.«

»Ich danke Ihnen. Und denken Sie in Sion an Marchat.«

Nachdem Newman Archie bis ins Erdgeschoss begleitet,

den Aufzug aber nicht verlassen hatte, traf er Tweed kurz darauf wieder auf- und abgehend in seinem Zimmer an.

»Sieht so aus, als ob wir in der Falle sitzen«, bemerkte Newman.

»So scheint es.«

30

Am selben Morgen hatte Philip den Schnellzug von Zürich nach Genf genommen. Er wäre zwar gerne in den Speisewagen gegangen, hatte aber das Gefühl, dass er seinen Koffer nicht in dem Abteil der Ersten Klasse zurücklassen konnte. Die Fahrt verlief ruhig, und er hatte das Abteil den ganzen Weg quer durch die Schweiz für sich.

Kurz nach der Abfahrt in Zürich begann es stark zu schneien, und Philip wäre beim Anblick dieses Vorhangs aus Schnee beinahe eingeschlafen. Er stand auf und ließ einige Minuten lang eiskalte Luft in das Abteil, bevor er das Fenster wieder schloss. Nach einem kurzen Aufenthalt in Bern fuhr der Zug weiter, und es hörte auf zu schneien. Später, etwas weiter im Osten, klarte der Himmel auf, und die Sonne kam heraus. Ein Panoramablick bot sich ihm, und er sah das westliche Ende der wuchtigen Bergkette des Berner Oberlandes, die die Einfahrt ins Wallis bewachte.

Sieht nicht allzu einladend aus, dachte er.

Nach der Ankunft in Genf nahm er ein Taxi zum Hôtel des Bergues, wo er um ein Zimmer mit Aussicht auf die Rhône bat. Er aß früh zu Abend, und es war bereits dunkel, als er auf sein Zimmer zurückkehrte. Dort blickte er von seinem Fenster aus auf den FLuss, auf dem kleine Eisschollen trieben.

Philip dachte zurück an das Feuergefecht, an dem er mit Paula in der Altstadt beteiligt gewesen war. Guter Gott, wie mutig diese Frau war. Er wünschte, sie würde ihn begleiten. Die Stille des Raumes fing an, ihm auf die Nerven zu gehen. Er schaltete das Radio ein, um etwas Musik zu hören. Seit dem Tod seiner Frau war er nicht mehr in der Lage, die Stille in einem Zimmer allein zu ertragen.

Weil er am nächsten Tag früh aufstehen wollte, stellte er seinen Reisewecker, nahm eine Dusche, zog seinen Pyjama an und ließ sich ins Bett fallen. Er las noch einige Seiten und schaltete dann die Nachttischlampe aus. Aber die Gedanken an Jean ließen ihn nicht einschlafen.

Mit seiner verstorbenen Frau hatte Philip auch in diesem Hotel gewohnt. Er hatte bei seiner Ankunft darauf geachtet, nicht das gleiche Zimmer wie damals zu bekommen. Reglos lag er auf dem Rücken. In seinem Zimmer stand ein Doppelbett, genau wie in dem Raum, den er mit Jean geteilt hatte. Automatisch hatte Philip die vom Fuß des Bettes aus rechte Seite gewählt. Jean hatte immer auf der anderen Seite geschlafen.

Dann kam ihm Eve in den Sinn, und Philip bemerkte plötzlich, dass er, wenn er allein war, oft, ja sogar täglich, an Jean dachte, aber nur selten an Eve, trotz der Zeit, die er mit ihr verbracht hatte. Nur wenn er bei ihr war, schlug sie ihn in ihren Bann. Er wusste, dass sie ihm von Mal zu Mal näher kam. Aber er wusste auch, dass sie nicht auf einer Wellenlänge lagen.

Er drehte sich um und fiel in tiefen Schlaf. Beim Klingeln des Weckers war er mit einem Schlag wach. Eine Seite des Kopfkissens war feucht. Er hatte geträumt, dass er mit Jean durch eine fremde Stadt gegangen war und sie sich angeregt unterhalten hatten. Sie hatten sich immer etwas zu sagen gehabt.

Er wusch und rasierte sich und zog sich dann schnell an. Mit Mantel und Koffer in der Hand ging er zum Pavillonrestaurant. In der Hotelhalle begegnete ihm ein dicker Mann mit buschigem Bart. Einen Augenblick lang trafen sich ihre Blicke.

Am Abend zuvor hatte Philip beim Essen den Fahrplan studiert, und nun traf er einige Minuten vor der Abfahrt des Schnellzuges am Bahnhof Cornavin ein. Bei Ankunft des Zuges hatte er sich hinter einen Pfeiler gestellt, von wo aus er einen Überblick über alle Waggons hatte. Auf den an den

Außenseiten angebrachten Metallschildern standen alle großen Bahnhöfe bis zur Endstation in Mailand.

Abgesehen von einigen uniformierten Bahnangestellten war niemand zu sehen. Da die Züge in der Schweiz immer absolut pünktlich abfuhren, achtete Philip auf den Sekundenzeiger der Bahnhofsuhr. Anscheinend war, bis er losrannte, um in sein Abteil in der Ersten Klasse zu gelangen, sonst niemand eingestiegen. Die Tür schloss sich automatisch, und der lange Schnellzug verließ den Bahnhof Cornavin.

Der erste Wagen war der einzige Teil des Zuges, den Philip wegen einer Kurve auf dem Bahnsteig nicht hatte beobachten können. Es überraschte ihn nicht, dass er der einzige Fahrgast war, weil es Anfang März war und er zu dieser Tageszeit nur mit wenigen Reisenden gerechnet hatte.

Im Abteil saß er in Fahrtrichtung auf einer Bank für zwei Personen. Er hatte die linke Seite gewählt, da auf der anderen bald der Genfer See zu sehen sein würde. Die Erinnerung an seine letzte Reise mit Jean, als sie den Panoramablick über den See und auf die am fernen Ufer liegenden französischen Berge genossen hatten, wollte er nicht heraufbeschwören.

Philips Stimmung hatte sich verdüstert.

Der Allmächtige möge dem beistehen, der mir in die Quere kommt, dachte er.

Die Tür zum nächsten Waggon öffnete sich, und ein dicker Mann mit buschigem Schnurrbart und gesunder Gesichtsfarbe kam langsam auf Philip zu. Es war der Mann, den er heute morgen in der Halle des Hôtel des Bergues gesehen hatte.

»Darf ich mich Ihnen gegenüber setzen?« fragte er auf englisch. Der Mann, der seinen Mantel über den Arm gelegt hatte, trug einen schwarzen Anzug und ein sauberes weißes Hemd mit einer blaßgelben Krawatte. Er blieb stehen und wartete auf Philips Antwort.

Äußerlich war Philip freundlich. Er lächelte sogar und deutete auf den Platz. »Ja, bitte.«

Innerlich war er ganz in Alarmbereitschaft versetzt und

eiskalt. Wenn der Ärger jetzt begann, nur zu. Er würde den Neuankömmling bewusstlos schlagen.

»Sehr zuvorkommend«, sagte der dicke Mann, während er es sich bequem machte. »Es scheint, dass wir bis jetzt die einzigen Fahrgäste sind, und ich schätze Gesellschaft beim Reisen. Meine Karte, Sir.«

Philip nahm die kleine Visitenkarte und las erschrocken, was darauf stand. LEON VINCENAU. INSPEKTEUR. POLICE. GENÈVE.

»Danke«, sagte er schnell und lächelte, als er dem dicken Mann die Visitenkarte zurückgeben wollte. Vincenau winkte ab.

»Bitte behalten Sie sie für den Fall, dass Sie sich mit mir in Verbindung setzen möchten.«

»Wieso sollte ich das wollen?« fragte Philip und steckte die Karte, auf der auch eine Telefonnummer stand, in sein Portemonnaie.

»Weil Sie allein reisen und weil die Welt – sogar die Schweiz – zu einem gefährlichen Zoo geworden ist. Jeden oder jeden zweiten Tag sammeln wir nach einem Feuergefecht in den Straßen von Genf Leichen ein.«

»Da trifft es sich gut, dass ich Genf verlasse. Sind Sie, wenn ich fragen darf, beruflich oder privat unterwegs?«

»Da bin ich mir selbst nie sicher. Als Kriminalbeamter ist man vierundzwanzig Stunden am Tag im Dienst.«

»Fahren Sie weit?«

Zum Teufel, was für ein Spaß, hier bin ich es, der dem Inspektor die Fragen stellt, dachte Philip.

»Bis zur Endstation in Mailand. Eine schreckliche Stadt. Wenn man eine Straße überqueren will, muss man um sein Leben fürchten. Auch wenn die Ampel auf Grün steht, springt sie spätestens nach drei Vierteln der Strecke um, und eine Armada von Autos schießt auf einen zu. Wenn Sie sich dann nicht beeilen, werden Sie über den Haufen gefahren.« Er winkte ab. »Andere Länder, andere Sitten. Stört es Sie, wenn ich eine Zigarre rauche?«

»Nur zu. Ich werde es mit einer der wenigen Zigaretten versuchen, die ich mir am Tag gönne …«

Der dicke Mann nahm eine Zigarre aus einem Etui und schnitt sie fein säuberlich an. Nachdem er sie in den Aschenbecher gelegt hatte, entzündete er ein Streichholz und steckte sich die Zigarre dann an.

Während der nächsten Stunde schwieg Philip, den der Blick aus dem Fenster mehr und mehr neugierig und sogar ängstlich machte. Vincenau schmauchte, ganz in Rauchwolken gehüllt, seine dicke Zigarre und schwieg ebenfalls. Philip vermutete, dass es sich um die alte Polizeitaktik handelte, die Stille zu nutzen, um einen Verdächtigen zu einer Äußerung zu bewegen.

Nachdem der Schnellzug Montreux verlassen hatte, fuhr er durch eine endlos lange Schlucht, die schon zum Kanton Wallis gehörte. Philip blickte auf die eisige Landschaft, die auf beiden Seiten ununterbrochen von hohen, schroffen und düster wirkenden Bergketten umgeben war.

Die Felsen waren zugeschneit, und ihre Gipfel überragten den Zug so weit, dass Philip sie nicht sehen konnte. In regelmäßigen Abständen verschwanden Täler, deren Zugang von riesigen Felsen bewacht wurde, hinter der Gesteinswand.

Gelegentlich tauchten tiefe Schluchten mit gefrorenen Wasserfällen auf, die an bedrohlich klaffende Wunden erinnerten. Das Eis wirkte wie dolchartige Stalaktiten, die bis zu dreißig Meter lang waren und Palisaden glichen.

Sie kamen durch die Kleinstadt Martigny, die unter einem bedrohlich großen Felsüberhang kauerte, der wie ein riesiger Spiegel leuchtete, als der wolkenverhangene Himmel einen Sonnenstrahl durchließ. In den stark zugeschneiten Straßen sah man keine Spur von Leben.

Philip konnte sich nicht daran erinnern, jemals zuvor eine solche Einöde gesehen zu haben, die den Eindruck erweckte, als ob erneut eine Eiszeit angebrochen wäre. Er setzte eine ausdruckslose Miene auf, weil ihm klar war, dass Vincenau ihn durch die Rauchwolke hindurch beobachtete.

Das Tal, durch deren Mitte der Zug fuhr, war eine eisige, große Schneefläche. Nur gelegentlich gab es Anzeichen von Leben. Aus dem Schornstein eines am Rande thronenden

Steinhauses stieg eine Rauchfahne direkt in den düsteren Himmel. Konnte Sibirien schlimmer sein?

Vincenau streifte die Asche seiner Zigarre ab und benutzte sie als Zeigestock. »Sehen Sie dieses schneckenähnliche Gebilde auf halber Höhe des Berges? Es ist ein kleiner Zug.«

Philip starrte ungläubig auf die zwei kleinen Waggons, die an der Felswand zu kleben schienen, während sie immer höher fuhren. »Wohin fährt er?«

»Die Strecke endet in der Nähe des Gletschers. Dort sind Dörfer, die versorgt werden müssen. Bis März ist das ihre einzige Verbindung zur Außenwelt. Dann wird ein kleiner Schneepflug vor die Bahn gespannt.«

»Wenn man das ruhige Leben mag.«

»Die Leute, die hier wohnen, sind widerstandsfähig und robust. Das Problem ist nur, dass die jungen Leute vom Glanz der Städte angezogen werden. In den hiesigen Bergen gibt es verlassene Dörfer, deren Häuser verfallen. Alte Häuser mit Schindeldächern. Wenn man vom Tourismus und den Weinbergen absieht, liegt das Wallis im Sterben.«

Für Vincenaus Verhältnisse war das eine lange Rede gewesen, und Philip hatte erneut den Eindruck, dass sein Begleiter, der die Unterhaltung auf französisch führte, ihn genau beobachtete. Philip blickte auf die Uhr und stand auf, um seinen Koffer aus dem Gepäcknetz zu heben.

»Sie steigen in Sion aus?«

»Ja.«

»Schauen Sie aus dem Fenster.«

Sie fuhren langsam durch einen Bahnhof. Auf dem Bahnsteig stand eine Gruppe wartender junger Menschen, die wie Flüchtlinge aussahen. Einige von ihnen hatten zerbrochene Skier dabei. Ein Mädchen ging auf Krücken, ihr rechtes Bein war dick bandagiert. Sie sahen alle mitleiderregend aus. Vincenau seufzte.

»Sie tun es trotzdem.«

»Was?«

»Skilaufen. Trotz der Warnung, dass das Wetter umschlägt und die Pisten tückisch sind.«

Während der Zug die Geschwindigkeit weiter drosselte,

sah Philip in der Nähe der Gleise einen Flugplatz. Am Ende einer gerade geräumten Rollbahn stand ein Schneepflug.

»Er liegt knapp außerhalb von Sion. Anscheinend wird dort gerade ein Flugzeug erwartet«, sagte Vincenau.

»Ich gehe wohl besser zum Ausstieg. Diese Züge halten nicht lange.«

»In Sion eine Minute.«

Nachdem er seine Zigarre ausgedrückt hatte, stand Vincenau zum Abschied auf. Jetzt sah Philip die roten Äderchen auf seiner Nase. Offensichtlich war der Schweizer Inspektor dem Wein nicht abgeneigt.

»Gehen Sie nicht in die Berge«, sagte Vincenau mit Nachdruck.

»Ich danke Ihnen für Ihre Gesellschaft und hoffe, dass das Wetter in Mailand besser ist.«

Philip wartete, bis der Zug zum Stehen kam und die Tür sich automatisch öffnete. Er war der einzige Fahrgast, der ausstieg. Auf dem Bahnsteig sah er weder Bahnangestellte noch sonst jemanden. Der Schnellzug fuhr los, und Philip verlor ihn schnell aus den Augen. Er hatte das Gefühl, gerade den letzten Kontakt zur Zivilisation verloren zu haben.

Vincenau fuhr nicht weiter nach Mailand, sondern stieg am nächsten Bahnhof in Brig aus. Er eilte zu einer Telefonzelle und wählte Becks Privatnummer im Zürcher Polizeihauptquartier.

»Hier Beck.«

»Kommissar Vincenau. Ich rufe aus Brig im Wallis an. Ich habe Philip Cardon im Schnellzug von Genf aus begleitet. Er hat zwar nicht seinen richtigen Namen genannt, aber Ihre Beschreibung stimmte genau. Ich wiederhole ...«

In seinem Büro mit Blick auf den Fluss Limmat hörte Beck aufmerksam zu und ergriff erst dann das Wort, als Vincenau seinen Bericht beendet hatte.

»Ja, das dürfte Philip Cardon gewesen sein. Wohin fuhr er?«

»Er ist in Sion ausgestiegen.«

»Wer war bei ihm?«

»Niemand. Er war allein, da bin ich mir ganz sicher.«
»Allein! Ach du lieber Gott ...«

Nachdem sie sich geeinigt hatten, dass Vincenau mit dem nächsten Zug nach Genf zurückfahren sollte, legte Beck, der die ganze Nacht nicht geschlafen hatte, grübelnd den Telefonhörer auf. Obwohl ihn die Neuigkeiten entsetzten, traf er eine schnelle Entscheidung und kündigte Tweed telefonisch seinen Besuch im Schweizerhof an.

In seinem Hotelzimmer informierte Tweed Newman über das Gespräch mit Beck. Auch er war die ganze Nacht auf den Beinen gewesen und hatte mit Newman, Marler, Butler und Nield erörtert, wie sie lebend aus Zürich herauskommen würden.

»Ich habe einen Plan. Wir nehmen einen Schnellzug, am besten sehr früh, bevor Pendler den ganzen Bahnhof verstopfen. Ich werde eine Wachmannschaft in Eisenbahnerkleidung anführen«, schlug Marler vor.

»Wie wollen Sie die bekommen ...« fragte Newman, aber Tweed unterbrach ihn.

»Das ist keine gute Idee. Es *werden* einige Fahrgäste dort sein, und wenn es zu einem Schusswechsel kommen sollte, könnten dabei Unschuldige ums Leben kommen.«

Was sie auch vorschlugen, alles scheiterte an Tweeds Einwand, dass das Leben Unschuldiger auf dem Spiel stehen würde. Zum ersten Mal in seinem Leben hatte Tweed das Gefühl, schachmatt gesetzt zu sein.

Sie waren noch immer in dem Zimmer, als Beck an die Tür klopfte und mit seinem schneebedeckten Pelzmantel über dem Arm eintrat. Es war typisch für ihn, dass er sofort zur Sache kam.

»Gerade habe ich gehört, dass Philip Cardon in Sion angekommen ist.«

Er erläuterte kurz die Umstände, die Kommissar Vincenau zum Hôtel des Bergues geführt hatten. »Dort haben sich Philip Cardon und Paula Grey in der Nacht des Blutbads in Genf aufgehalten. Instinktiv habe ich angeordnet, das Hotel zu überwachen.«

»Nun, zumindest ist Philip sicher gelandet«, bemerkte Tweed.

»Was zum Teufel ist mit Ihnen los?« explodierte Beck. »*Ein* Mann gegen all die Typen, die Brazil aus Frankreich und Deutschland hat kommen lassen?«

»Er wird damit fertigwerden ...«

»Das hoffen Sie.«

Das war keine Bemerkung, nach der Tweed sich besser fühlte. Er informierte Beck, dass sie in Zürich eingeschlossen seien, und erläuterte ihm den Grund. Beck hörte zu, setzte sich und runzelte die Stirn.

»Das werde ich mir nicht gefallen lassen«, sagte er wütend. »Sie werden zwei Stunden lang hier warten. Frühstücken Sie in Ruhe. Dann gehen Sie zum Bahnhof und nehmen den nächsten Schnellzug.«

»Was haben Sie vor?«

»Eine Abteilung uniformierter Polizisten und Männer in Zivil werden die Personalien aller Leute im Bahnhofsbereich überprüfen und sie nach Waffen durchsuchen. Nach dem, was Sie mir erzählt haben, *werden* Brazils Gangster bewaffnet sein, und ich werde dafür sorgen, dass mehrere Polizeistationen Zellen für sie freihalten.« Er grinste. »Mr. Brazil steht nicht mehr unter dem Schutz der Banker, die mich unter Druck gesetzt haben.«

»Warum nicht?«

»Er hat ihnen für geliehenes Geld große Profite versprochen, und nun glauben diese angeblich cleveren Männer, von Brazil übers Ohr gehauen worden zu sein. Sie wissen, dass er große Summen an die Zürcher Kreditbank in Sion überwiesen hat. Zweifellos, um die Armee von gedungenen Verbrechern zu bezahlen, die er dort zusammengezogen hat. Diese Söldner kosten eine Stange Geld. Aber selbst wenn die Banker ihre Meinung nicht geändert hätten, würde ich diese Säuberungsaktion anordnen.«

»Sie sind wirklich ein guter Freund.«

»Ich bin ein guter Polizist. Nun muss ich schnell zurück ins Hauptquartier, um diese Aktion zu organisieren, und ich werde sie auch selbst leiten.«

Im Wohnzimmer seiner Suite im Baur-en-Ville gab Brazil Gustav, einem der wenigen Männer, denen er vertraute, geheime Anweisungen. »Ich bin sicher, dass es in unserer Organisation eine undichte Stelle gibt, und ich will, dass der Informant aufgespürt und eliminiert wird. Sie haben doch diese kleinen Abhör- und Aufnahmegeräte, die man überall verstecken kann. Benutzen Sie sie.«

»Zuerst würde ich gerne eins in Josés Büro installieren.«

»José? Meinen Sie wirklich?«

»Wir können ihn zumindest kontrollieren. Zusätzlich denke ich auch noch an einen weiteren Verdächtigen, bei dem ich eine Wanze installieren könnte. Habe ich Ihre Erlaubnis, jeden zu überprüfen, den ich checken will?«

»Meiner Meinung nach ist das die einzige Methode, um völlig sicherzugehen. Wer ist Ihr zweiter Verdächtiger?«

»Darüber möchte ich jetzt noch nichts sagen.«

Brazil starrte ihn an und streichelte Igor, der sich vom Boden neben dem Sessel erhoben hatte, als hätte er die Verärgerung seines Herrn gespürt. Der Wolfshund fletschte die Zähne, legte sich aber wieder hin, als sein Herr ihn erneut streichelte.

Es klopfte an der Tür, und nach Brazils Aufforderung kam Marco herein, der einen Mantel trug und eine Hundeleine in der Hand hielt.

»Zeit für einen Spaziergang, Igor«, sagte Brazil.

Bei einigen Hundebesitzern hatte er das Wort »Gassi« gehört, aber er verachtete diesen Ausdruck und alles, was sich mit ihm verband. Für Brazil war Igor ein Wachhund, der im Notfall angreifen musste. Igor zeigte beim Anblick der Leine Erregung, ließ sie sich anlegen und verließ eilig das Zimmer, bevor Marco die Tür schloss.

»Dieses wilde Tier merkt, wenn Sie verärgert sind.«

»Igor ist nur ein Hund«, sagte Brazil schroff. »Wie werden Sie vorgehen, wenn Sie einen Informanten entdeckt haben?«

»Ich werde Ihnen die Aufnahme bringen, damit Sie sie sich anhören können.«

»Tun Sie das.«

Brazil musterte den Mann mit der Hakennase, der gerade

gehen wollte. Wahrscheinlich war Gustav von all seinen Männern der zuverlässigste. Noch zuverlässiger als Craig, dem häufig die Sicherungen durchbrannten. In diesem Augenblick betrat eben dieser Craig das Zimmer, das Gustav verließ, ohne ihn auch nur anzublicken. Craig hatte sich wie immer nicht die Mühe gemacht, an der Tür zu klopfen. Er ließ seinen fetten Körper auf einen geschnitzten Stuhl fallen, der unter dem Gewicht ächzte.

»Es ist alles vorbereitet, Chef. Niemand hat den Schweizerhof verlassen. Ich habe das Hotel rund um die Uhr beobachten lassen.«

»Dann sind sie also eingeschlossen. Ich werde Zürich verlassen. José und Gustav werden noch eine Weile hier bleiben, um zu sehen, wie sich die Lage entwickelt. Noch jemand könnte José hier unterstützen.«

»Wer?«

»Das spielt keine Rolle. Mein Flugzeug ist von Belp nach Kloten gebracht worden, und Sie werden mich begleiten.«

»Wie wäre es mit Eve?«

»Sie wird ebenfalls hier bleiben. Ich habe es ihr schon gesagt.«

»Wohin fliegen wir?«

»Natürlich nach Sion.«

31

»Polizei.«

Im Hauptbahnhof hielt ein Polizist in Zivil einem Mann mit harten Gesichtszügen, der so tat, als ob er eine Zeitung lesen würde, seinen Ausweis unter die Nase.

»Ihre Papiere, bitte.«

Die harten Gesichtszüge erstarrten, und der Mann ließ verstohlen eine Hand in seinen Regenmantel gleiten, aber ein anderer Polizist packte sie von hinten und zog sie langsam wieder heraus. Dann griff er selbst in die Innentasche des Mantels und holte eine 7.65 mm Luger hervor.

»Bringen Sie ihn zum Wagen«, befahl der erste Kriminalbeamte.

Die Handschellen klickten, als der zweite Polizeibeamte sie an seinem eigenen und am Handgelenk des Verhafteten anlegte und ihn abführte.

Überall im Hauptbahnhof wiederholte sich diese Szene. Kriminalbeamte in Zweiergruppen überprüften sogar jeden der uniformierten Bahnangestellten. Innerhalb einer Stunde konnte der Leiter der Aktion Beck telefonisch Bericht erstatten.

»Am Hauptbahnhof ist alles in Ordnung. Wir bleiben noch, falls weiteres zwielichtiges Gesindel auftauchen sollte …«

Im Polizeihauptquartier zog Beck seinen Mantel an, rannte die Treppe herunter und ging schnell zum Schweizerhof, wobei er die vereisten Stellen vermied.

Tweed war die ganze Nacht auf den Beinen geblieben. Marler hatte er zusammen mit Butler und Nield ins Hotel Gotthard zurückgeschickt, damit sie ihre Koffer packen und auf seinen telefonischen Befehl warten konnten, sich sofort zum Bahnhof aufzumachen. Sie waren einzeln in sein Zimmer gekommen und gingen auch einzeln wieder, um mögliche Beobachter des Hotels in die Irre zu führen. Tweed wusste, dass Craigs Leute ihre Identität bis jetzt nicht kannten. Als Beck an die Tür klopfte, unterhielt sich Tweed gerade mit Newman. Wieder trug der Polizeichef seinen verschneiten Mantel über dem Arm.

»Hat es immer noch nicht zu schneien aufgehört?« fragte Tweed.

»Nach der Wettervorhersage wird es vorläufig auch nicht aufhören. Ich bin gekommen, um mir etwas die Beine zu vertreten und Ihnen zu sagen, dass die Luft am Bahnhof rein ist. Wir haben elf Bewaffnete verhaftet. Wohin werden Sie fahren?«

»Nach Genf.«

»In einer Stunde geht ein Schnellzug. Wie viele Fahrkarten brauchen Sie?«

»Fünf. Erste Klasse. Warum?«

»Ich werde sie besorgen und in einem geschlossenen Umschlag beim Nachtportier hinterlegen. Sie werden mich doch auf dem Laufenden halten? Ich bin weiterhin im Züricher Polizeihauptquartier zu erreichen.«

»Wenn es etwas zu berichten gibt, werde ich Sie nach Möglichkeit anrufen.«

»Da ist noch eine Kleinigkeit, die Sie interessieren könnte. Brazil hat sein Flugzeug von Belp nach Kloten fliegen lassen, und der Pilot hat den Start für kurz nach Morgengrauen angekündigt. Raten Sie mal, wohin.«

»Nach Sion.«

»Sie haben gewonnen.«

Nachdem Beck gegangen war, setzte Newman die Unterhaltung fort. Wie Tweed waren auch ihm die Strapazen nicht anzumerken.

»Ich bin überrascht, dass Beck mich nicht wegen des Autos befragt hat, das gegen die Trambahn gefahren ist.«

»Wahrscheinlich glaubt er, dass wir schon genug unter Druck stehen. Sie haben den Unfallort schnell geräumt. Vom Fenster aus habe ich Polizeiwagen gesehen, die einen Kleinkran eskortierten. Sie haben das Autowrack sehr vorsichtig hochgehoben und es dann vermutlich zur Untersuchung fortgeschafft.«

»Mit drei Toten! Ich beneide sie nicht darum.«

»Wahrscheinlich hoffen sie, die Zulassungsnummer herauszufinden, aber ich schätze, dass die Chancen nicht allzu gut stehen.«

»Und Craigs Schrotflinte? Da sind seine Fingerabdrücke drauf. Er trug keine Handschuhe.«

»Auch da dürfte es eine Enttäuschung geben. Ich habe gesehen, wie irgendein Dummkopf von Fußgänger sie aufgehoben und genau angeschaut hat, bevor ein uniformierter Polizist ihn mitsamt der Waffe abgeführt hat. Craigs Fingerabdrücke dürften bis zur Unkenntlichkeit verwischt sein.«

»So ein Pech. Dann wird er wahrscheinlich seine weiße Weste behalten. Craig ist mehr als nur ein gedungener Verbrecher. Er ist amoralisch, und seine Taten bereiten ihm ein sadistisches Vergnügen. Ich würde ihm gerne wiederbegegnen.«

»Das könnte durchaus passieren. Seien Sie also vorsichtig«, warnte Tweed und blickte auf die Uhr. »Wir müssen gleich gehen, wenn wir den Zug kriegen wollen. In einer halben Stunde wird es draußen dunkel sein. Hoffen wir, dass es einen Speisewagen gibt.«

Brazil war gerade mit seinem vorgezogenen Frühstück fertig, das er beim Zimmerservice bestellt hatte, als es an der Tür klopfte. Nachdem er hereingebeten worden war, betrat Gustav mit einem kleinen Kästchen in der Hand das Zimmer.

»Was ist das?«

»Mein Plan war bereits erfolgreich. Darf ich diese Kassette in Ihren Rekorder legen, damit Sie sich die Aufnahme anhören können?«

Brazil war angespannt. Er hatte gehofft, dass Gustav mit seinem Verdacht, dass es in der Organisation Informanten und somit Verräter gab, falsch lag. Dabei hatte er seine Leute immer so sorgfältig ausgesucht und sie selbst überprüft. Brazil nickte zustimmend und hörte zu, nachdem Gustav die kleine Kassette eingelegt hatte.

Sie wissen, wer hier spricht? erklang Josés Stimme.

Ja. Haben Sie weitere Informationen für mich? fragte eine andere Stimme, ebenfalls auf englisch, aber mit einem gutturalen Akzent, den Brazil für gespielt hielt.

Brazil und drei Schlüsselfiguren aus seinem Team, Craig, Luigi und Marco, werden heute morgen Kloten mit dem Flugzeug in Richtung Sion verlassen. Das war wieder unverwechselbar Josés flüsternde Stimme.

Ich danke Ihnen. Ich bin immer noch bereit, Sie zu bezahlen.

Nein. Mir geht es nicht um Geld. Brazil ist ein brutaler und bösartiger Mann. Ich werde Sie über die Entwicklungen auf dem Laufenden halten.

Gustav spulte die Kassette zurück und blickte seinen Boss an, der aus dem Fenster starrte, wo man durch einen Spalt zwischen den Vorhängen den Schnee fallen sehen konnte.

»Soll ich Ihnen das Band noch einmal vorspielen?« fragte Gustav. »Ich war José gegenüber immer misstrauisch. Er ist aalglatt.«

»Nein. Ich will diese verdammte Aufnahme nicht mehr hören. Wie haben Sie das geschafft?«

Gustav zeigte ihm einen Miniatur-Kassettenrecorder, an dessen Unterseite vier Saugnäpfe angebracht waren.

»Ich habe ihn unter seiner Schreibtischplatte befestigt, so dass er Telefongespräche aufnehmen konnte.«

»Sehr raffiniert.« Brazil klang enttäuscht. »Wenn Sie gegangen sind, lasse ich José kommen. Er wird dann mit mir an Bord des Flugzeugs gehen. Gibt es für Sie noch einen Grund, länger hier zu bleiben?«

»Steht der Hubschrauber, der mich nach Sion bringen sollte, immer noch in Kloten?«

»Ja.«

»Lassen Sie ihn bitte noch etwas auf mich warten. Es gibt noch einen weiteren Verdächtigen, den ich überprüfen möchte.«

»Wer ist es?«

»Dazu möchte ich lieber nichts sagen. Schließlich könnte ich mich täuschen.«

»Wie Sie wünschen.«

Während sein Angestellter das Zimmer verließ, dachte Brazil nach. Gustav neigte zur Geheimnistuerei, und das trug wohl zu seiner Zuverlässigkeit bei. Ich hoffe bei Gott, dass nicht noch ein Verräter auftaucht, dachte er, als er den Knopf der Gegensprechanlage drückte, um José herbeizuzitieren.

Es klopfte ein weiteres Mal an der Tür, und Brazil nahm all seine Kräfte zusammen, um José nicht seine Gefühle zu zeigen. Aber es war Marco, der Igor zurückbrachte. Der Hund sprang herein und landete neben Brazil auf den Boden.

»Er ist gefüttert worden und wird im Nu einschlafen.«

»Danke, Marco. Ich erwarte jemanden …«

Geistesabwesend dachte Brazil immer noch an die Aufnahme auf der Kassette. Aus dem goldenen Kästchen auf seinem Schreibtisch nahm er eine Zigarette. Er rauchte nur selten, so in Momenten innerer Anspannung. Nachdem er angeklopft hatte, war José hereingekommen. Er beeilte sich, seinem Boss mit dem Onyxfeuerzeug Feuer zu geben, und Brazil musste all seine Selbstbeherrschung aufbieten, um es ihm nicht aus der Hand zu schlagen. Er ließ sich die Zigarette anzünden und lehnte sich in seinem Stuhl zurück.

»Wartet in Sion ein Wagen auf mich, José?«

»Ja, Sir. Und ich habe Ihren Anweisungen gemäß einen weiteren Fahrer hingeschickt.«

»Ich bin zu dem Schluss gekommen, dass ich mich nur wohl fühle, wenn Sie hinter dem Steuer sitzen. Deshalb werden Sie mit mir nach Sion fliegen.«

»Es wird mir ein Vergnügen sein.«

»Das ist alles.«

Als José Brazil Feuer gegeben hatte, war Igor aufgestanden und hatte geknurrt. Es war schon seltsam, wie der Hund seine unterdrückten Hassgefühle José gegenüber spürte, dachte Brazil und streichelte das Tier.

»Bald wirst du für dein Fressen arbeiten müssen, Igor. Wir werden sehen, ob du dich noch an deine Ausbildung erinnerst.«

In seinem Hotelzimmer schaute Tweed erneut auf die Uhr und blickte dann Newman an, der ziemlich entspannt auf einem Stuhl saß. Neben ihm lagen ein gepackter Koffer und eine Stofftasche mit Schultergurt.

»In zehn Minuten sollten wir zum Bahnhof gehen«, bemerkte Tweed.

»Am besten ist es, wenn wir nicht zu früh da sind«, stimmte Newman zu. »Ich weiß, dass Beck am Hauptbahnhof aufgeräumt hat, aber man kann nie sicher sein. Seine Leute könnten einen Beobachter übersehen haben. Außerdem haben wir die Fahrkarten schon«, fügte er hinzu und zog einen Umschlag hervor, den er beim Portier abgeholt hatte. Das Telefon klingelte, und Tweed spitzte die Lippen, bevor er abnahm.

»Ja, wer spricht dort, bitte?«

»Der Mann aus Kimmeridge«, sagte Archie.

»Haben Sie weitere Informationen?«

»Ja. Unser sehr einflussreicher Freund reist heute mit den Top-Leuten seiner Mannschaft ab. Sie werden von Kloten ins Wallis fliegen.«

»Ich danke Ihnen. Wir werden hier bald verschwinden. Ich weiß es zu schätzen, dass Sie uns auf dem Laufenden halten.«

Er erzählte Newman, was Archie gesagt hatte, und Newman zuckte die Achseln.

»Das wussten wir schon. Beck hat es uns erzählt.«

»Aber es zeigt, wie nah Archie an der Sache dran ist. Er ist von unschätzbarem Wert.«

Kaum hatte er aufgehört zu sprechen, klingelte erneut das Telefon. Tweed kniff die Lippen zusammen. Sollte er abnehmen? Sie mussten jeden Moment los. Er griff zum Hörer.

»Hier Monica. Gott sei Dank, dass ich Sie noch erreiche.«

Sie sprach schnell, und obwohl sie von Natur aus ausgeglichen war, konnte Tweed Besorgnis in ihrer Stimme hören.

»Was ist geschehen? Bitte fassen Sie sich kurz.«

»Howard ist in Panik geraten und dreht durch. Hier wird dringend jemand benötigt, um die Sache unter Kontrolle zu bringen.«

»Was hat ihn dazu veranlasst?« erkundigte sich Tweed mit einem Blick auf die Uhr.

»Die internationale Gerüchteküche – das Gerede, dass in Moskau ein Staatsstreich bevorsteht.«

»Woher kommen diese Gerüchte?«

Er erhielt die Antwort, die er am wenigsten zu hören wünschte.

»Das ist das Merkwürdige daran. Ich bin mir sicher, dass die Gerüchte von einer gut platzierten Organisation gestreut werden, aber nicht von Russland aus, sondern von irgendwo anders in Europa. Howard trifft den Premierminister beinahe stündlich und macht ihn mit seiner Panik ganz verrückt. Die Sache ist sehr ernst.«

»Ist die Situation so schlimm, dass ich sofort nach London zurückkehren muss?«

»Sie laufen hier wie aufgescheuchte Hühner herum, und die Stimmung wird von Stunde zu Stunde schlechter. Ich glaube, dass Sie zurückkommen sollten. Howard weiß nichts von diesem Telefonat.«

»Wo ist er jetzt? Könnte ich ihn mal eine Minute sprechen?«

»Ich fürchte nicht. Er ist in Downing Street und wartet darauf, den Premierminister noch nervöser zu machen.«

»Monica, Sie haben diese Gerüchte offensichtlich sorgfältig geprüft. Wo kommen sie her?«

»Schwer zu sagen.« Einen Augenblick lang schwieg Monica. »Aus Zürich.«

Tweed sagte Monica, dass er zurückrufe, wenn er eine Entscheidung getroffen habe. Anschließend erstattete er Newman über die Ereignisse Bericht.

»Könnte dies alles aus einer einzigen Gerüchteküche stammen? Sie als Auslandskorrespondent haben mit so etwas doch große Erfahrung.«

»Gut möglich. Alles, was man dazu braucht, ist eine erstklassige Organisation, viel Personal und einen Kopf wie Brazil für die Planung. Sie sorgen dafür, dass der richtige Mann oder die richtige Frau bei den maßgebenden Zeitungen, Radio- und Fernsehstationen angerufen wird, und stimmen das Ganze zeitlich so ab, dass die Anrufe gleichzeitig in London, Paris, Bonn, Madrid, Stockholm und Washington eingehen. Sie würden sofort anfangen, die Sache untereinander zu überprüfen, und überall auf die gleichen Gerüchte stoßen.«

»Das wäre die erste Phase von Brazils Plan. Manchmal glaube ich, dass er Amerika mehr hasst als Russland, weil sie ihn in den Staaten als Chief Executive rausgeschmissen haben. Die Amerikaner sind leicht zu erschrecken. Stellen Sie sich bloß die Panik in Washington vor, wenn Russland über Nacht wieder wild wird.«

»Was werden Sie wegen Howard unternehmen?«

»Ich denke daran, Ihnen die alleinige Führung des Teams zu übertragen, das wir nach Sion schicken, und selbst nach

London zurückzukehren, bevor Howard weiteren Schaden anrichten kann.«

»Ich bin bereit.« Newman stand auf. »Wir werden nach der Bodenstation Ausschau halten, von der aus der Satellit Rogue One gesteuert wird.«

»Das muss Brazils Hauptwaffe sein, um auf irgendeine Art und Weise Chaos zu stiften. Wenn ich nicht seine gewaltsamen Methoden verabscheute, würde ich eine heimliche Sympathie für Brazils Ziel hegen, den Westen aufzurütteln.«

»Er ist ein Schurke, der Schurken beschäftigt.« Newman sah Tweed an, während er den Gurt der Stofftasche über seine Schulter streifte. »Eine Frage wollte ich Ihnen noch stellen. Weder Bill Franklin noch Keith Kent gegenüber haben Sie die Existenz des Motormannes erwähnt.«

»Das muss ich vergessen haben ...«

»Ich bitte Sie.«

»Nun, ich habe das Gefühl, dass wir dem Motormann schon begegnet sind und ihn kennen.«

32

Während er auf dem Bahnsteig stand und den Schnellzug mit Inspektor Leon Vincenau verschwinden sah, verspürte Philip Durst. Er erkundete den vereinsamten Bahnhof und fand zu seiner Erleichterung ein Restaurant. Nachdem er hineingegangen war, bestellte er bei einer freundlichen Kellnerin auf französisch einen Kaffee.

Plötzlich fühlte er sich schwermütig und verspürte das dringende Bedürfnis, in diesem schrecklichen Wallis mit jemandem zu reden. Es war kein anderer Gast da, und Philip lächelte die Kellnerin an. Sie erwies sich sofort als gesprächig.

»Hoffentlich denken Sie nicht ans Bergsteigen. Das Wetter ist schlecht, und es hat bereits ein Unglück gegeben.«

»Was denn für ein Unglück?«

»Zwei Engländer und eine Amerikanerin sind gestern, obwohl man sie gewarnt hatte, beim Skilaufen durch eine Lawine umgekommen.«

»Auch wenn sie gewarnt worden sind, tut es mir leid, so etwas zu hören.«

»Aber nach dem, was wir mitbekommen haben, ist irgend etwas an der Sache ein wenig rätselhaft. Die Amerikanerin hatte eine Kugel im Rücken. Die Polizei hat die Leichen nach Genf gebracht.«

»Eine Kugel im Rücken? Sie meinen, dass sie erschossen worden ist? Wo ist diese Tragödie denn passiert?«

»Ich werde Ihnen eine Karte bringen.«

Offensichtlich zufrieden, mit jemandem reden zu können, holte die Kellnerin schnell eine Karte herbei, die sie auseinander faltete und auf dem Tisch ausbreitete. Sie zeigte auf ein Gebiet in den Bergen, die nördlich von Sion emporragten.

»Es ist in der Nähe des Col du Lemac auf dem Keilerhorn passiert. Der Gipfel erinnert an einen Wildschweinkopf. Um dort hinzukommen, müssen Sie diese gefährliche Straße hochfahren …« Sie deutete auf eine Straße, die auf der Karte nur eine dünne gelbe Linie war. »Dort ist die neue meteorologische Station gebaut worden, die vor einiger Zeit in Betrieb genommen wurde.«

»Eine Wetterstation? Eine staatliche Einrichtung?« erkundigte sich Philip beiläufig.

»Oh, nein! Ein sehr reicher Mann hat sie bauen lassen. Er ist daran interessiert, Wetterprognosen präziser zu machen. Die Station wurde sehr schnell vor dem ersten Schnee hochgezogen und muss ihn ein Vermögen gekostet haben. Er hat die Arbeiter von außerhalb geholt, und die haben Tag und Nacht in drei Schichten geschuftet.«

»Wie konnten sie nachts arbeiten?«

»Er ist raffiniert und hat drei riesige Bogenlampen aufbauen lassen, so dass seine Männer leicht während der Dunkelheit arbeiten konnten. Die meisten Arbeiter, die nun mit den Taschen voller Geld wieder zu Hause sind, hat er vom Balkan kommen lassen.«

»Und diese Wetterstation liegt in der Nähe des Keilerhorns?«

»Sie liegt *auf* dem Keilerhorn, nahe dem Gipfel. Er hat sie gegen Vandalismus gut geschützt. Seine Wachmannschaft patrouilliert Tag und Nacht in der Gegend.«

»Ist das Unglück in der Nähe der Wetterstation geschehen?«

»Ja. Wir haben gehört, dass die Polizei bei dem Sicherheitschef war, aber weder er noch einer seiner Leute hat die Skifahrer gesehen.«

»Seien Sie doch bitte so freundlich, und zeigen Sie mir auf der Karte, wo die Station liegt.«

Die Kellnerin machte ein kleines Kreuz unter dem Namen Keilerhorn und blickte Philip an. »Es scheint Sie zu interessieren. Sie können die Karte behalten, ich habe noch eine andere.«

»Danke.« Er nahm die Karte, die sie zusammengefaltet hatte, und steckte sie in die Tasche. »Sie kennen nicht zufällig den Namen des Mannes, der die Station bauen ließ? Er muss hier in der Gegend doch sehr bekannt sein.«

»Seinen Namen kennt niemand. Er landet mit einem Privatflugzeug auf dem Flugplatz außerhalb von Sion, wo ein großes Auto mit getönten Scheiben, durch die man nichts sehen kann, auf ihn wartet, um ihn zu seiner Villa zu bringen.«

»Seine Villa? Liegt sie in der Nähe der Wetterstation?«

»Oh, nein. Sie liegt in den Bergen auf der anderen Seite des Tals. Er hat sie gleichzeitig mit der Wetterstation bauen lassen. Die Villa ist zuerst fertig gestellt worden und liegt abseits, mit Blick auf den Gletscher. Ich kann es Ihnen auf der Karte zeigen.«

Philip entfaltete sie erneut, und die Kellnerin fuhr mit einem Finger einen anderen dünnen gelben Strich entlang, der wie die erste Straße in regelmäßigem Zickzack verlief. Sie markierte die Lage der Villa und den Gletscher. Die Gegend hieß Col de Roc.

»Wenn Sie die Villa sehen wollen, müssen Sie ein Auto mit Schneeketten mieten. Die Straße ist genauso gefährlich wie die andere. Aber fahren Sie jetzt besser nicht.«

»Warum?«

»Weil wir gehört haben, dass dieser sehr einflussreiche Mann auf dem Flugplatz erwartet wird. Ein Freund, der jemanden bei der Flugkontrolle kennt, hat es mir erzählt, und der Mann wird immer von Motorradfahrern eskortiert.«

»Wissen Sie, wo ich einen Wagen mit Schneeketten mieten kann? Ich könnte mir die Villa anschauen, wenn er wieder weg ist.«

»Warten Sie einen Augenblick. Ich habe einen Stadtplan von Sion ...«

Die Kellnerin eilte davon, erpicht darauf, diesen Mann zufrieden zu stellen, an dem sie Gefallen gefunden hatte. Er war so höflich und zeigte Interesse am Wallis. Als sie mit dem Stadtplan zurückkam, zeigte sie auf ein Kreuz, das sie bereits eingetragen hatte.

»Hier können Sie das Auto mieten. Es wird keine Probleme geben, weil alle Touristen bereits abgereist sind. Das liegt am Wetter, und die wenigen, die vielleicht geblieben wären, haben von dem Unglück gehört.«

»Auch von der Kugel im Rücken der Amerikanerin?«

»Oh, nein! Das ist ein Geheimnis. Die Polizei hat uns aufgetragen, den Gästen nichts davon zu sagen. Ich hätte es Ihnen also eigentlich nicht erzählen dürfen, aber ich habe mich hinreißen lassen.«

»Ich verspreche Ihnen, kein Wort darüber zu verlieren. Also, ich hatte drei Tassen Kaffee. Was schulde ich Ihnen?«

Sie nannte den Betrag und sagte, dass er den Stadtplan von Sion behalten könne. Als Philip ihr ein großzügiges Trinkgeld geben wollte, runzelte sie die Stirn.

»Das ist zu viel. Außerdem haben Sie mich nach dem Namen der wichtigen Persönlichkeit gefragt, und den konnte ich Ihnen nicht nennen. Aber ich erinnere mich gerade an den des unbeliebten Mannes, der den Bau der Villa und der Wetterstation überwacht hat.«

»Warum war er unbeliebt?«

»Er war ein kräftiger Kerl ohne Manieren. Ein Engländer. Sie entschuldigen, wenn ich das sage. Sie sind doch auch Engländer? Ja, das dachte ich mir. In der Regel sind Englän-

der so höflich, aber er war unverschämt. Er sprach zu den Leuten, als ob sie Sklaven wären.«
»Und wie lautete sein Name?«
»Craig.«

Verwirrt verließ Philip die Gaststätte. Ihm kam wieder etwas in den Sinn, das Newman einmal über seine Erfahrungen als Auslandskorrespondent erzählt hatte.
»Wenn Sie in einer fremden Stadt sind und etwas herausfinden möchten, stellen Sie keine Suggestivfragen, Philip. Mischen Sie sich in einer Bar oder einem Café unter die Leute, und bringen Sie sie zum Reden. Auf dieser Welt gibt es viele einsame Menschen, die einem Fremden etwas erzählen. Seien Sie ein guter Zuhörer. Und wenn Sie einer Frau zuhören, der Sie gefallen, werden Sie überrascht sein, wie viel sie Ihnen erzählen wird ...«
Er war froh, dass er seinen pelzbesetzten Mantel ausgezogen hatte, bevor er in der Gaststätte Platz genommen hatte. Auf dem Bahnsteig schlug ihm eiskalte Luft entgegen. Eine Tür ging auf, und die Kellnerin lief auf ihn zu.
»Sie haben Ihre Handschuhe vergessen. Ziehen Sie sie an. Die Luft ist feucht, und Sie könnten sich Frostbeulen zuziehen.«
»Danke. Sie sind sehr freundlich.«
Die Kellnerin war schon wieder ins Restaurant zurückgelaufen, als er spürte, wie kalt seine Hände waren. Er blickte auf Sion. Ein dichter weißer Nebel hatte sich über das Wallis gelegt und hüllte die Stadt in einen Schleier. Zu seiner Rechten ragte eine Bergspitze aus dem Dunst. Auf dem Gipfel, wohl in einigen Hundert Metern Höhe, sah er etwas, das einer alten Burg glich. Während er hinüberschaute, stieg der Nebel bis zum Gipfel und das burgähnliche Gebäude schien in der Luft zu schweben.
Auf dem Weg zum Ausgang des Bahnhofs wäre er beinahe stehen geblieben, ging aber weiter. Drei Motorradfahrer in schwarzer Ledermontur waren aufgetaucht und stolzierten mit heruntergelassenem Visier auf ihn zu.
»Suchen Sie ein Mädchen?« rief ihm einer von ihnen auf

französisch zu. »Dann kommen Sie mit. Sie wird Sie aufwärmen.«

»Tut mir leid, aber ich verstehe Sie nicht«, antwortete Philip auf Deutsch.

Die drei ließen ihn vorbei.

»Verdammter Sauerkrautfresser«, rief ihm ihr Anführer nach.

Philip ignorierte die Beleidigung und verließ den Bahnhof. Es schien in Sion von Craigs Leibwächtern nur so zu wimmeln.

Während Philip ein Hotel suchte, hatte sich der Nebel überall ausgebreitet. Er glitt wie die eiskalten Finger eines Geistes über sein Gesicht. Es war ein unangenehmes Gefühl. Hier und dort klarte es etwas auf, und man konnte die Gebäude erkennen.

Dieser Teil von Sion – der, wie er später feststellte, schon beinahe ganz Sion war – entsprach nicht seinen Erwartungen. Statt alter Häuser gab es große Bürogebäude aus Beton und Schaufensterfronten, die ebenso modern wie langweilig waren. Weil er vom Bahnhof geradewegs die Avenue de la Gare entlang gegangen war, erkannte er das Hôtel Touring gleich, ein kleines weißes Betongebäude.

Philip zögerte nicht. Das Hotel lag in der Nähe des Bahnhofs, und der Nebel wurde dichter. Er ging hinein und mietete ein Zimmer. Während an der Rezeption noch die Einzelheiten aus Philips Pass aufgenommen wurden, lugte er in die Bar, wo die gesamte Einrichtung aus Holz gefertigt war. In der Schweiz muss es viel Holz geben, dachte er.

In seinem Zimmer packte er seine Reisetasche aus, ließ aber seine Unterwäsche als Tarnung für sein kleines Waffenarsenal darin. Er nahm zwei Gummikeile und schob sie unter die Tür. Das war ein Trick, den Marler ihm beigebracht hatte.

»In Hotels gibt es immer Leute mit Generalschlüsseln«, hatte er ihn erinnert.

Philip hatte bereits seinen Mantel aufgehängt, aber nun zog er auch sein schweres Sportjackett aus. In dem Hotel hielt man offensichtlich viel davon, dass es die Gäste warm hatten, denn das Zimmer war beinahe überheizt. Er wäre gerne nach unten gegangen, um ein zweites Frühstück einzunehmen, aber er wurde von einem Müdigkeitsanfall übermannt. Das war die Strafe für die unruhige Nacht im Hôtel des Bergues in Genf und die ständige Wachsamkeit, die er den ganzen Tag über hatte aufbringen müssen. Dazu kam auch, dass er sich in der Gegenwart von Inspektor Vincenau keine Sekunde lang entspannt hatte. Er schleuderte seine Bergstiefel in die Ecke, ließ sich auf das Bett fallen und vertiefte sich in die Karte, die die Kellnerin ihm gegeben hatte. Mit halb geschlossenen Augen zwang er sich, beide Routen genauer zu studieren. Dabei führte er leise ein Selbstgespräch. Solange er sich dessen bewusst war, fand er das nicht schlimm.

»Die Straße, die zum Col du Lemac, dem Keilerhorn und der so genannten Wetterstation hochführt, sieht wirklich tückisch aus. Zu viele Zickzacklinien. Das verheißt teuflische Haarnadelkurven und das Risiko, auf einer Seite der Straße ins Nichts zu stürzen.«

Er gähnte, atmete einige Male tief durch und widmete seine Aufmerksamkeit dann der Route, die zu Brazils Villa führte.

»Das sieht auch nicht besser aus, und wenn das Kreuz der Kellnerin an der richtigen Stelle ist, schwebt das Haus direkt am Gletscher. Und ein Teil der Straße kurz davor balanciert ebenfalls am Gletscher. Großartig …«

Philip gähnte wieder und nahm, weil das bequemer war, die Walther aus dem Holster. Nachdem er die Waffe unter das Kopfkissen geschoben hatte, schlief er schnell ein, die Landkarte noch auf der Brust.

Als Paula in Zürich den Schnellzug nach Genf bestieg, entschied sie sich für ein leeres Abteil im letzten Waggon. Von dort konnte sie später zusteigende Fahrgäste sehen, aber es war niemand mehr erschienen, als der Zug den Bahnhof verließ. Weil der Zug erst nach ungefähr einer Stunde in Bern wieder halten würde, stand sie auf und steckte eine Nadel in ihre Reisetasche im Gepäcknetz. Bei ihrer Rückkehr würde sie dann sehen, ob sich jemand daran zu schaffen gemacht hatte.

Dann schlenderte sie langsam durch den Gang und warf einen Blick in die anderen Abteile. Der Zug war fast leer. Als sie ungefähr die Hälfte des Wegs zurückgelegt hatte, wäre sie beim Blick in ein weiteres Abteil beinahe stehen geblieben, aber sie zwang sich weiterzugehen.

In einer Ecke saß Keith Kent und schlief offensichtlich. Seine Hand berührte den neben ihm liegenden Koffer, als ob er sichergehen wollte, dass ihn niemand untersuchte.

Als sie weiterging, bemerkte sie Anzeichen dafür, dass doch noch andere Reisende im Zug waren: hier ein zusammengefalteter Mantel, dort Bücher auf den Sitzen oder Reisetaschen in den Gepäcknetzen. Gern hätte sie gewusst, was die Leute lasen, aber das Risiko, dass die Besitzer zurückkommen würden, war zu groß.

Vor dem Speisewagen blieb sie stehen. Durch die Türscheibe sah sie, dass er fast voll besetzt war. Kellner servierten Essen, und sie entschied sich, in ihr Abteil zurückzukehren. Es schien ihr zu auffällig, bis ans Ende des Speisewagens zu spazieren.

Sie setzte sich auf ihren Platz und nahm sich vor, bei den wenigen Haltestationen vor Genf aus dem Fenster zu schauen. Kents Anwesenheit verwirrte sie. Wenn er bis Genf fuhr, musste sie als letzte aussteigen, um nicht von ihm gesehen zu werden.

Als sie endlich in Cornavin angekommen waren, sah sie Kent mit seinem Koffer den Zug verlassen. Sie hatte bereits Mantel und Handschuhe angezogen und beeilte sich, ihm zu folgen. Vor dem Bahnhof bat sie einen Taxifahrer, sie zu einem kleinen Hotel in der Nähe zu bringen, in dem sie schon einmal übernachtet hatte.

Der Gedanke, dass Philip die Nacht im Hôtel des Bergues verbringen könnte, kam ihr nicht. Nach dem Abendessen lieh sie sich an der Rezeption einen Fahrplan und schaute nach den Schnellzügen, die am nächsten Morgen nach Mailand fuhren und in Sion hielten.

Wieder kam sie nicht darauf, dass Philip einen früheren Zug genommen haben könnte. Sie zog sich aus, nahm eine Dusche, sank ins Bett und schlief augenblicklich ein. Beim Aufwachen am nächsten Morgen fuhr sie zusammen, als sie sich an ihren Traum erinnerte. Der Motormann hatte sie verfolgt und beinahe geschnappt.

Paula verzehrte ein komplettes englisches Frühstück und dachte an Newmans Rat. »Wenn man einen Job zu erledigen hat, isst man im Gehen und nimmt, wo immer man nur kann, eine Mahlzeit zu sich, weil man nie weiß, wann es die nächste gibt ...«

Mit einem Taxi fuhr sie nach Cornavin und stieg so früh wie möglich in den Zug. Als sie es sich gerade in einem leeren Abteil der Ersten Klasse bequem machte, eilte jemand am Zug vorbei, um weiter vorne einzusteigen.

Keith Kent.

Als der Zug den Kanton Wallis erreicht hatte, löste das bei ihr die gleichen Reaktionen aus wie bei Philip. Mit einem zunehmenden Gefühl von Faszination und Entsetzen starrte sie aus dem Fenster.

Sie spürte, dass sie in eine weiße Hölle fuhr. Die schneebedeckten Berge ragten direkt an der Strecke bedrohlich in die Höhe, während der Zug durch Martigny fuhr. Sie sah die Täler, die gefrorenen Wasserfälle und das tief eingeschneite, scheinbar ausgestorbene flache Land, das auf beiden Seiten von Bergen eingeschlossen war.

In Sion muss ich mir zusätzliche Pullover kaufen, dachte sie.

Sie hatte zwar einen Trenchcoat mit Pelzbesatz und Kapuze dabei, aber als sie das Fenster des gut geheizten Abteils auch nur einen Augenblick lang öffnete, wurde es innerhalb von Sekunden eiskalt.

Während sie lange aus dem mittlerweile wieder geschlossenen Fenster blickte, versuchte sie, einen Plan zu schmieden, wie sie Philip finden könnte. Mittlerweile war sie sicher, dass er den vorherigen Zug genommen haben musste. Wenn er einen Auftrag hatte, stand Philip immer sehr früh auf. Plötzlich hatte sie eine Idee.

Das Aussteigen in Sion machte ihr Sorgen, falls Keith Kent ebenfalls dort den Zug verlassen sollte. Der Zug hielt schließlich nur eine Minute. Über Lautsprecher verkündete eine Männerstimme, dass sie sich Sion näherten. Beim Aufstehen sah sie noch den Flugplatz, dann wurde alles von weißem Nebel verschluckt, der an dicke Baumwolle erinnerte.

Reizend, dachte Paula. Genau das, was ich brauche. Ich glaube nicht ...

Die Türen des Zugs öffneten sich automatisch, und Paula stieg aus. Auf dem Bahnsteig blieb sie stehen. Weiter vorne eilte Kent bereits zum Ausgang.

»Glück gehabt.« sagte sie sich, »Jetzt brauche ich nur noch eine Liste der Hotels.«

Sie sah die Bahnhofsgaststätte, ging hinein und setzte sich, nachdem sie ihren Mantel ausgezogen hatte. Bei der Kellnerin, die auch Philip bedient hatte, bestellte sie einen Kaffee.

»Haben Sie vielleicht eine Liste der Hotels von Sion?« erkundigte sie sich.

»Ich kann Ihnen eine Broschüre geben.«

Die Kellnerin holte sie schnell und gab sie Paula, um dann wieder zu verschwinden. Als Kunden zog sie Männer vor, besonders, wenn sie allein waren. Ihrer Meinung nach konnten Frauen zwar in Ordnung, aber auch sehr unangenehm sein.

Während sie ihren Kaffee trank, studierte Paula die Broschüre. Sie bestand aus einem Stadtplan, einer Karte der Gegend und einer Hotelliste. Sie zählte die Hotels, die man anhand von Buchstaben auf der Karte finden konnte.

Meine Güte, 22 Hotels, dachte sie. Also trink deinen Kaffee und mach dich auf die Socken. Zum Teufel mit dem verdammten Nebel ...

Unweit des Bahnhofs fand sie ein Hotel. Als sie an der Rezeption stand, hatte sie sich ihre Worte bereits zurechtgelegt. »Ich suche einen Freund. Er heißt Philip Cardon und wohnt in irgendeinem Hotel in Sion, aber ich weiß nicht, in welchem. Das Problem ist, dass seine Mutter in London schwer krank ist und ich ihn davon unterrichten muss. Wohnt er hier? Philip Cardon. Soll ich es buchstabieren?«

»Tut mir leid, aber hier wohnt niemand mit diesem Namen.«

Paula schleppte sich weiter, und obwohl sie sich in ihre Kapuze einmummte, war ihr Gesicht wegen des Nebels eiskalt. Sie fand Sion trostlos und die Architektur langweilig. Vielleicht lag das auch daran, dass nirgendwo jemand zu sehen war, und zusätzlich an der bedrückenden Stimmung, die der Nebel verbreitete.

Sie betrat ein anderes kleines Hotel. An der Rezeption stand ein Mann mit einer offenen, abgetragenen Weste. Sein Hemd war am Hals aufgeknöpft und hätte längst gewaschen werden müssen. Es war fettig, die Haut unrein. Paula erzählte ihre Geschichte.

»Für wie blöd halten Sie mich?« fragte der Mann und blickte sie lüstern an. »Ihr Freund ist verschwunden, nicht wahr? Wollen Sie nicht mit mir vorlieb nehmen? Außerdem sind Gästebücher vertraulich.«

Ohne eine Miene zu verziehen, zog Paula einen Zehn-Franken-Schein aus ihrem Portemonnaie. Seine Äuglein leuchteten, und sie erwartete, dass er sich gleich die Lippen leckte. Der Mann griff nach dem Schein und ließ ihn blitzschnell verschwinden.

»In Ordnung. Hier wohnt er nicht. Ich zeige Ihnen das Gästebuch …«

»Geben Sie nicht alles auf einmal aus«, unterbrach sie ihn, bevor sie das Hotel verließ.

Während sie weiter die Straße entlangging, hörte sie, wie sich ein Motorrad näherte. Der mit einer schwarzen Ledermontur bekleidete Fahrer hielt neben ihr an.

»Gerade angekommen?« fragte er auf französisch. »Sind Sie geschäftlich oder zum Vergnügen hier?«

»Ich reise ab.«

Er sagte noch etwas Unverständliches und fuhr durch den Nebel davon. Diese Stadt macht mich langsam fertig, dachte Paula, als sie ein Textilgeschäft sah. Sie ging hinein und kaufte, ohne viel Zeit zu verschwenden, zwei Pullover mit Polokragen, einen weißen und einen hellblauen.

»Die werde ich bald beide gleichzeitig tragen«, sagte sie sich. Dann stapfte sie weiter und überprüfte ein Hotel nach dem anderen.

Bevor sie das Hôtel Touring betrat, atmete sie tief durch.

»Paula!«

Sie wandte sich ruckartig um. Philip war gerade in die Hotelhalle gekommen und eilte auf sie zu. Paula ließ ihre Reisetasche und den Beutel mit den Pullovern fallen, und er umarmte sie.

»Ich bin froh, Sie zu sehen.«

»Das gilt auch für mich. Das ist jetzt das zehnte Hotel.« Sie vergrub ihren Kopf an seiner Brust und brach in Tränen aus.

33

Nachdem Paula sich ins Gästebuch eingetragen hatte, brachte Philip ihre Reisetasche auf ihr Zimmer. Er wollte sie allein lassen, aber sie hielt ihn zurück.

»Gehen Sie nicht. Zum Auspacken brauche ich nur ein paar Minuten, also nehmen Sie doch dort Platz.«

»Sie sind erschöpft und brauchen Ruhe.«

»Was ich brauche, ist ein ordentlicher Brandy an der Bar.«

Er blickte Paula erstaunt an. Ihre Stimme klang jetzt wieder energisch und ganz normal. Ungläubig sah er zu, wie sie rasch ihre Sachen auspackte. Nachdem sie ihre Kleidung eingeräumt hatte, hielt sie inne.

»Ja, ich weiß, wo ich es verstecke.«

»Wo Sie was verstecken?«

»Die ziemlich tödliche Reiseausrüstung, die ich dank Marler bei mir habe.«

»Ich verstehe. Meine steckt unter der Unterwäsche im Koffer, den ich für alle sichtbar offen gelassen habe. Falls jemand mein Zimmer durchsucht, wird er an ausgefalleneren Stellen nachschauen.«

»Gute Idee. Meiner Ansicht nach hatten Sie nicht genug Zeit, um etwas Interessantes herauszufinden.«

»Sie werden überrascht sein.«

»Dann überraschen Sie mich.«

Er berichtete, was ihm die Kellnerin im Bahnhofsrestaurant erzählt hatte. Während er sprach, räumte sie ihr kleines Waffenarsenal in die festen Tüte aus dem Kleidergeschäft. Danach packte sie die beiden dicken Pullover darüber und stellte die Tüte auf einen Stuhl am Fußende des Bettes. Sie erledigte alles schnell, aber gründlich. Trotzdem dauerte es einige Minuten, bevor sie zufrieden war. Jetzt hatte auch Philip seinen Bericht beendet. Sie setzte sich auf die Bettkante und verschränkte die Arme vor der Brust.

»Sie meinen also, wir sollten warten, bis der Nebel sich lichtet, um dann den Col du Lemac, das Keilerhorn und diese höchst verdächtige Wetterstation unter die Lupe zu nehmen?«

»Ja, und ich habe auf dem Weg hierher ein Geschäft gesehen, wo wir einen Wagen mit Allradantrieb und Schneeketten mieten können.«

»Da gehen wir jetzt hin.« Sie zog den Mantel über ihre Windjacke. Darunter trug sie einen Jumper und zwei Garnituren Unterwäsche. »Zeigen Sie mir die Karte und die Route.«

Er holte die Karte heraus, breitete sie auf dem Bett aus und zeichnete für sie den Weg nach. Vornübergebeugt versuchte sie, sich jedes Detail einzuprägen. Dann richtete sie sich auf.

»Gehen wir, Philip.«

»Es wäre vielleicht besser, wir mieten das Fahrzeug später.«

»Dann können wir uns nicht jetzt auf den Weg zum Keilerhorn machen.«

»Warum jetzt? Der Nebel ...«

»Wegen des Nebels wird man unsere Abfahrt aus Sion nicht bemerken. Niemand wird auch nur im Traum daran denken, das wir bei so einem Wetter die Route zum Keilerhorn in Angriff nehmen. Und wenn Brazil – ich gehe davon aus, dass es sich in Ihrem Bericht um ihn handelt – hier später landet, könnte die Sache ziemlich schnell losgehen.«

»Möglicherweise haben Sie recht.« Philip stand auf und zog Mantel und Schal an. Beides hatte er vorher aus seinem Zimmer mitgenommen, weil er einen Spaziergang machen wollte.

»Ich könnte mich auch irren, aber es gibt nur einen Weg, das herauszufinden.«

»Was haben Sie in Ihrer Tasche?«

»Ostereier – für den Fall, das wir jemandem begegnen sollten, der nicht ganz so freundlich ist.«

»Was wird aus dem Brandy?«

»Alkohol am Steuer ... Ich brauche den Brandy nicht mehr. Und es tut mir leid, dass ich mich bei meiner Ankunft zum Trottel gemacht habe.«

»Eine völlig natürliche Reaktion. Mich erstaunt vielmehr, wie Sie sich seitdem verändert haben.«

»Eiserne Kraftreserven. Ich frage mich, wie Tweed und die anderen in Zürich vorankommen«, sagte Paula grüblerisch, als sie das Zimmer verließen.

Ohne auf Newmans Proteste zu hören, hatte Tweed mitten in der Nacht das Hotel Schweizerhof verlassen. Es hatte aufgehört zu schneien, und Tweed schaute sich auf dem Weg zum Polizeihauptquartier auf dem Bahnhofsplatz um. Er hatte ein langes Telefonat mit Beck geführt. Weil Newman auf der Toilette gewesen war, hatte er das Gespräch nicht mitgehört.

Es war eine raue Nacht, aber die Luft wirkte belebend auf Tweed. Er bemerkte einen Mann an einer Straßenecke, der in seine Richtung schaute. Tweed winkte ihm zu. Der Mann machte eine Reflexbewegung und hob seine Hand, ließ sie aber schnell wieder sinken.

»Verdammte Idioten«, sagte sich Tweed, »Amateure.«

Beck hatte ihn in seinem Büro erwartet, in dem der Blick auf die Limmat durch die Vorhänge verdeckt war. Nachdem Tweed seinen Mantel ausgezogen hatte, beendete Beck ein Telefongespräch.

»Es hat geklappt«, sagte er, während er den Hörer auflegte. »Mein Freund Vincenau hat blitzschnell gehandelt. Ihm stand eine paramilitärische Einsatztruppe zur Verfügung, die am Flughafen Genf wartete. Die Männer trugen Monteurskleidung, als sie sich Brazils zweitem Flugzeug näherten, auf dessen Rumpf überall sein Name steht. Der unbeschriftete Jet wartet in Kloten.«

»Ein Glück, dass Sie wussten, dass die andere Maschine in Genf wartete. Steht sie jetzt auch in Kloten?«

»Meiner Ansicht nach sollte die Maschine in Genf für eine eventuelle Flucht bereitstehen.«

»Besteht die Möglichkeit, dass Brazil erfährt, was mit dem Jet geschehen ist?«

»Keine Chance. Vincenau versteht sich auf verdeckte Operationen. Die Crew ist verhaftet und an einen geheimen Ort gebracht worden.«

»Ich sollte besser Jim Corcoran, den Security-Chef in Heathrow, anrufen, um ihn auf den neusten Stand zu bringen. Darf ich Ihr Telefon benutzen?«

Beck schob eines der Telefone über den Schreibtisch. »Das ist das wirklich abhörsichere …« Mit einem amüsierten Lächeln sah er, wie Tweed aus dem Gedächtnis Corcorans Nummer wählte.

Wie Tweed gehofft hatte, war Corcoran in seinem Büro. Auch er gehörte zu den Menschen, die die Nächte durcharbeiteten. Tweed sprach sehr schnell. »Sie werden es zum späteren Gebrauch außer Sichtweite verstecken?« fragte Tweed.

Corcoran versicherte ihm, dass er persönlich dafür sorgen werde. Tweed legte auf, und Beck zitierte über die Gegensprechanlage einen Mann namens Joinvin herbei.

»Er ist sehr intelligent. Mit ihm als Geleit wird Sie in Kloten niemand sehen.« Der Polizeichef stellte Tweed einen großen, gutgebauten Mann vor, den man, so wie er aussah, bei Auseinandersetzungen gern auf seiner Seite gewusst hätte.

»Joinvin weiß bereits, was er zu tun hat. So rätselhaft Sie sich am Telefon auch ausgedrückt haben, ich habe es verstanden und mich danach mit ihm unterhalten.«

»Worauf warten wir dann noch?« fragte Tweed und stand auf.

»*Bon voyage*«, wünschte Beck.

Drei Stunden später traf Tweed mit Hornbrille und einem Schal, der sein Gesicht größtenteils verdeckte, in Kloten ein. Der Polizeiwagen, in dem er abgeholt wurde, fuhr mit Sirene und Blaulicht vor und wurde eskortiert. Auffälliger hätte man keine Ankunft gestalten können.

In Begleitung Joinvins, der eine Polizeiuniform trug, ging er an der Pass- und Zollkontrolle vorbei. Joinvin saß neben ihm, während die anderen Passagiere für den ersten Flug nach London vor Neugier große Augen machten. Es musste sich um einen VIP handeln.

Während die Passagiere der Business Class aufgerufen wurden, begleitete ihn Joinvin zum Flugzeug. Das Ticket war bereits von einem Mann in Zivil gekauft worden. Ein dünner Mann mit bleichem Gesicht hatte die Ankunft und das ganze Spektakel verfolgt und eilte zu einem Telefon.

»Tweed geht gerade an Bord eines Flugzeugs nach London«, berichtete er Brazil. »Sie sind nervös wie Rennpferde – er hatte eine Polizeieskorte mit allem Drum und Dran.«

»Danke.«

In seinem Zimmer im Baur-en-Ville lehnte sich Brazil zurück. Dann lächelte er Luigi und José an. »Gute Nachrichten. Tweed ist auf der Heimreise nach London. Er wird mir nicht mehr in die Quere kommen.« Als Eve, ohne anzuklopfen, das Zimmer betrat, blickte er auf. »Können Sie nicht schlafen?«

»Es ist zu viel los. Und *was* ist los?« fragte sie kess, nachdem sie sich in den Sessel vor dem Schreibtisch hatte fallen lassen.

»Tweed ist abgereist. Er hat gerade die erste Maschine nach Heathrow genommen und sich von Zürich und der Schweiz verabschiedet.«

»Und was ist mit den anderen, mit Newman, Paula Grey und Philip Cardon? Ganz abgesehen von den beiden, deren Identität wir bisher noch nicht kennen.«

»Das wissen wir nicht«, antwortete José. »Unsere Jungs am Hauptbahnhof sind bedauerlicherweise von Becks Leuten festgenommen worden. Es war eine Drogenrazzia, und sie sind wegen Waffenbesitz verhaftet worden.«

»So ein Pech«, bemerkte Eve ohne große Gefühlsregung.

»Eve«, sagte Brazil, »während ich weg bin, übertrage ich Ihnen hier die Verantwortung. Ich werde kurz nach Zürich zurückkommen, dann können Sie mich begleiten, wenn wir wieder abreisen.«

»Wohin geht's?«

»Das werden Sie schon sehen, wenn ich mir selbst darüber Klarheit verschafft habe. Aber ich werde erst etwas später abreisen. Zuerst möchte ich frühstücken.«

»Ich wüsste allerdings gern, für wen ich hier die Verantwortung habe.«

»Sie sind ziemlich unverschämt.«

»Bin ich nicht. Wenn ich die Verantwortung trage, will ich wissen, wer zum Personal gehört. Das liegt auf der Hand«, setzte sie in der für sie typischen, eindringlichen Art und Weise hinzu.

»Karl, Gustav und François. Ich möchte, dass Sie die Hotels Schweizerhof und Gotthard im Auge behalten.«

»Und wenn niemand da ist, an dem wir Interesse haben?«

»Ich gehe gern auf Nummer sicher.«

»Angenehme Reise ins sagenhafte Land.« Sie eilte aus dem Raum, schloss aber vorsichtig die Tür und ging dann auf ihr Zimmer.

»Drogenrazzia, ich kriege Zahnschmerzen«, sagte sie laut. Sie zündete sich eine Zigarette an, goss sich einen doppelten Wodka ein und setzte sich, um über alles nachzudenken. Dann rief sie Brazil über die Gegensprechanlage an. »Hier ist Eve. Was ist mit Igor?«

»Ich nehme ihn mit.«

»Das wollte ich nur wissen.«

Sie kam zu dem Schluss, dass es ein Pluspunkt war, sich nicht um den verdammten Hund kümmern zu müssen. Nachdem sie sich wieder gesetzt hatte, überlegte sie weiter.

An Philip Cardon, mit dem sie einige Zeit verbracht hatte, dachte sie nicht. Brazil kommt also nach Zürich zurück – das bedeutet, dass Newman nicht weit sein wird.

Philip fuhr mit Paula durch das neblige Sion. Er hatte eine Stofftasche mit Schultergurt dabei. Paula wies ihm mit Hilfe der Karte den Weg.

»Warum haben Sie nicht Anton Marchat aufgesucht, nachdem Sie hier angekommen waren? Archie hat doch gesagt, dass es wichtig wäre, und die Adresse hatten Sie.«

»Ich habe es absichtlich nicht getan. Wir werden es nach Anbruch der Dunkelheit versuchen. Hier treiben sich zu viele von diesen Motorradfahrern herum.«

»In Genf werden sie Leather Bombers genannt.«

»Wie auch immer. Jedenfalls sind zu viele Leather Bombers auf den Straßen. Wenn es dunkel ist, haben wir bessere Chancen, ihnen zu entwischen. Wir müssen Marchat so gut wie möglich schützen.«

Sie verließen Sion, und die beschwerliche Auffahrt zum Keilerhorn begann. Plötzlich war es mit dem Nebel vorbei. Er blieb wie eine weiße Wand hinter ihnen zurück, und das burgähnliche Gebäude thronte auf dem Dunst wie ein geheimnisvolles Schiff auf dem Meer. Dann begann der eigentliche Anstieg. Die Straße war so schmal, dass kaum noch zwei Autos aneinander vorbeifahren konnten.

Zu Philips Erleichterung fanden die Reifen auch auf den vereisten Stellen Halt. Auf seiner Seite war zwischen ihm und dem Tal nichts als der bloße Abgrund, und auf der anderen ragte die Bergwand senkrecht in die Höhe. Sie war so nah, dass Paula sich eingeengt fühlte. Das war ihr aber lieber, als auf dieser teuflischen Straße ohne Leitplanken in die Tiefe blicken zu müssen.

Für zusätzliche Gefahr sorgten immer wieder die plötzlich auftauchenden Kurven. Philip hatte Gegenverkehr erwartet, aber bisher war die Straße frei gewesen. Die Steigung war viel steiler geworden, und er musste sich ganz auf das Fahren konzentrieren.

Paula, die nicht länger die Fahrtrichtung angeben musste, sah an ihm vorbei ins weit entfernte Tal. Die Sonne war herausgekommen, der Nebel hatte sich aufgelöst, und das winzige Sion wirkte wie eine Straßenkarte. Sie befanden sich schon hoch in den Bergen. Philip musste eine weitere Haarnadelkurve nehmen. Er achtete auf den Straßenbelag, nachdem die Sonne herausgekommen war. Der Schnee schmolz, und das von ihm verdeckte Eis wurde sichtbar. Sie kamen zu einem großen Alkoven in der Bergwand, und Philip fuhr hinein.

»Dem Himmel sei Dank«, sagte Paula. »Es wird Zeit für eine Pause. Soll ich nicht weiterfahren?«

»Noch nicht, ich habe mich gerade an die Strecke gewöhnt. Lassen Sie uns aussteigen. Mir ist nach einer meiner wenigen täglichen Zigaretten zumute.«

»Mir können Sie bitte auch eine geben«, sagte Paula, während sie aus dem Auto stiegen, um sich die Beine zu vertreten.

»Sie rauchen doch nicht.«

»Nur gelegentlich. Im Internat habe ich geraucht, um mit den anderen Mädchen mitzuhalten.« Sie nahm die Zigarette und beugte sich vor, damit er ihr Feuer geben konnte. Nach einem vorsichtigen Zug breitete sie die Arme aus. »Was für ein spektakulärer Ausblick …« Sie brach ab. »Wo wollen Sie hin?«

»Ich schaue mich nur um«, rief er ihr über die Schulter zu.

»Sie haben den Motor laufen lassen.«

»Wollen Sie, dass wir hier oben liegen bleiben?«

Philip war bis zum Ende der Höhle gegangen, wo ein tiefer Spalt im Fels war. Dahinter stieß er auf ein schmales Tal, das sich den Berg hinabschlängelte. Der in der Spalte entspringende Wasserfall war gefroren, und das Eis leuchtete in der Sonne. In regelmäßigen Abständen ragten Felsen aus dem Eis empor, und der Schnee darauf schmolz. Philip deutete in die Höhe.

»Da ist der Gipfel des Keilerhorns. Und dort ist auch die so genannte Wetterstation.«

Fasziniert starrte Paula den Hohlweg hinauf. Eine Ansammlung eingeschossiger Gebäude aus weißem Beton drängte sich nicht allzuweit über ihnen zusammen. Auf dem Flachdach eines Gebäudes umringte ein Wald von Antennen etwas, das wie ein schlanker Kommandoturm aussah.

Philip hatte ein besonders starkes Fernglas hervorgeholt, das er von Marler bekommen hatte, und studierte die Gebäude. »Sehen Sie, was mit dem Kommandoturm passiert? Er hebt sich, und irgendeine dicke Stange ist ausgefahren worden. Sie ist flexibel und bewegt sich im Kreis.«

»Ich sehe es. Was könnte das sein?«

»Die Stange steht jetzt wieder senkrecht und verschwindet erneut in dem Kommandoturm. Wenn das eine Wetterstation ist, ist meine Tante die Kaiserin von China.«

»Ich wusste gar nicht, dass Sie eine Kaiserin als Tante haben«, bemerkte Paula, um die Spannung etwas aufzulockern.

Philip verstaute das Fernglas wieder in der Tasche und blickte lange den Hohlweg hinauf. »Wissen Sie was? Mit dem richtigen Schuhwerk könnte man hochklettern und unbeobachtet in die Nähe der Gebäude gelangen.«

»Ich glaube, dass uns einer der Wachtposten entdeckt hat.«

»Mir ist nichts aufgefallen. Wahrscheinlich haben Sie sich das eingebildet.« Aber Philip schlüpfte schnell zurück in die Höhle.

Paula ging zum Auto zurück und setzte sich auf den Beifahrersitz. »Ich glaube, eine der Wachen hat uns gesehen«, wiederholte sie, kaum dass Philip hinter dem Steuer saß.

»Einbil...«

»Wenn Sie Einbildung sagen, gibt's eins auf die Mütze.«

»Nicht, während ich fahre. Das werden Sie nicht tun.« Er grinste. »Wir fahren weiter. Fassen Sie in meine Tasche auf Ihrer Seite. Sie finden dort eine kleine Kamera. Wenn wir gleich näher dran sind, schießen Sie Fotos. Die Kamera ist schnell. Machen Sie ein Foto, und drücken Sie oben den Knopf für das Nächste. Der Film wird automatisch weitertransportiert, so dass Sie jede Sekunde eins schießen können. Nutzen Sie den ganzen Film.«

»Ich werde mein Bestes geben.«

Paula hatte das Gefühl, dass Philip nun schneller fuhr. Er wurde zwar nicht leichtsinnig, hatte aber beim Anblick des Ziels Feuer gefangen. Mit Schwung nahm er unübersichtliche Kurven, und Paula musste sich am Handgriff festhalten. Sie fuhren höher und höher, und Paula dachte, dass jetzt bei Philip keine Anzeichen einer emotionalen Krise mehr festzustellen waren. Tweed wusste, was er tat.

Sie begann sich zu fragen, wann sie den Gipfel erreichen würden, als Philip um einen weiteren Felsvorsprung fuhr, das Tempo auf einem kleinen Plateau verlangsamte und dann weit entfernt, durch einen Gebirgskamm geschützt, anhielt. Die Wetterstation lag gute dreihundert Meter von ihnen entfernt.

Paula schaute durch den Sucher der Kamera und schoß ein Foto nach dem anderen. Philip hatte erneut das Fernglas hervorgeholt, stellte es scharf und blickte von den Häusern langsam zu dem Gipfel empor.

»Jetzt können Sie sehen, warum der Berg Keilerhorn heißt«, sagte Paula, während sie weiter fotografierte.

»Allerdings.«

Der Gipfel hatte die Form eines riesigen Wildschweinkopfes. Das schmelzende Eis und der auftauende Schnee ließen ihn unheimlich erscheinen. Was Philip interessierte, war der Abhang, der steil vom Gipfel zur Wetterstation abfiel. Riesige Geröllblöcke und kleinere Felsbrocken ragten wie Haifischschnauzen aus dem Schnee heraus. Der Hang schien sehr lawinengefährdet. Philip sah, dass der Hohlweg, den sie von der Höhle weiter unten aus gesehen hatten, weiter den Hang hinaufführte.

»Sehen Sie sich diese ulkigen Häuser dort an der Peripherie des Grundstücks an«, sagte Paula. »Das Ganze wirkt wie ein altes Dorf.«

Philip richtete das Fernglas auf die Häuser und stellte es scharf. Sie waren vor langer Zeit aus Holz gebaut worden, und die Fensterläden waren geschlossen. Es gab Anzeichen dafür, dass die Dachschindeln erneuert worden waren, was Philip sehr merkwürdig vorkam. »Der Drahtzaun um das

Grundstück muss über drei Meter hoch sein«, sagte er, während er ihn durch das Fernglas inspizierte. »Und obendrauf verläuft ein Alarmkabel mit Sensoren in regelmäßigen Abständen. Als ob sie Fort Knox bewachen würden.«

»Der Film ist voll«, informierte Paula ihn, »und uns bleibt hoffentlich noch Zeit zu verschwinden.«

»Es ist kein Wachmann zu sehen.«

»Das ist es ja, was mich beunruhigt.«

Sie machten sich auf den Rückweg ins Tal. Die Sonne war hinter einer Unmenge dunkler Wolken verschwunden, die schnell von Westen her aufgezogen waren. Paula öffnete den Reißverschluss ihrer Tasche. Sie näherten sich der Höhle, wo sie auf dem Hinweg angehalten hatten.

Die Kurve, die Philip nehmen musste, bevor sie dort ankamen, war eine der gefährlichsten und haarsträubendsten der ganzen Straße. Er sah Eis und bremste auf Schneckentempo ab. Unter ihnen waren Sion und die ganze Ebene verschwunden. Langsam rollte er in Richtung Höhle.

»Vorsicht!« schrie Paula plötzlich. Philip hielt das Steuer mit beiden Händen und konnte nicht reagieren. Er blickte kurz nach links und sah drei Leather Bombers in der Höhle. Einer von ihnen zielte mit einer Maschinenpistole auf sie. Paula warf eine Handgranate, die sie aus ihrer Schultertasche genommen hatte, und sie landete unmittelbar vor den Füßen der drei Männer.

Es gab einen bösen Knall. Die Angreifer wurden gegen die Steinwand geschleudert und blieben bewegungslos liegen. Philip stellte fest, dass er schwitzte, und blickte Paula an, bevor er ausstieg.

»Sie waren misstrauisch.«

»Ja, das war ich. Es waren keine Wachleute zu sehen, und Sie hatten vorher gesagt, dass es möglich wäre, den Hohlweg hochzuklettern. Also dachte ich mir, dass es auch möglich sein müsste *herunterzuklettern* – und hier ist der optimale Ort für einen Hinterhalt.«

»Wir müssen die Leichen loswerden. Sonst fangen die Toten an zu singen.«

»Das ist nicht lustig. Vielleicht leben sie ja noch ...«

»Das bezweifle ich. In der engen Höhle mit diesen Steinwänden dürften die Splitter der Granate tödlich sein.«

»Vergewissern Sie sich bitte.«

»Okay.«

Er überprüfte die Bremsen, ließ Paula zurück und ging in die Höhle. Bei jedem der drei Männer tastete er nach der Halsschlagader. Bei zwei von ihnen fühlte er keinen, bei dem dritten einen schwachen Puls. Wenn er sich wieder erholen würde, würde er berichten, was geschehen war. Philip fasste die erste Leiche an den Beinen, schleifte sie am Auto vorbei zu dem bodenlosen Abgrund, der über dreihundert Meter tief war, und warf den Toten hinunter.

Mit dem zweiten verfuhr er genauso. Paula blickte weg. Dann zerrte er den noch atmenden dritten Mann zum Rand des Felsens und stieß auch ihn in die Tiefe.

»Wie ich vermutet hatte, waren alle tot«, log er, als er wieder ins Auto stieg.

»Dann haben Sie richtig gehandelt.«

Während der ganzen Fahrt nach Sion wurde kein weiteres Wort gewechselt.

34

Der Lear-Jet mit dem Schriftzug BRAZIL auf dem Rumpf war über Frankreich und würde bald in Heathrow landen.

Tweed verbrachte die meiste Zeit damit, sich im Cockpit mit dem Piloten und dem Co-Piloten zu unterhalten. Er hatte erfahren, dass beide bei der Schweizer Luftwaffe gewesen waren. Der Funker drehte sich in seinem Stuhl um, um sich zum fünften Mal an Tweed zu wenden. Aus Höflichkeit sprach er mit seinem Gast englisch.

»Eine wahre Flut von Berichten hat sich aufgestaut. In Moskau geschieht irgend etwas Merkwürdiges. Es gibt Gerüchte, dass der Präsident aus gesundheitlichen Gründen zurückgetreten ist, dass ein General Marow bewaffnete Divisionen in die Stadt beordert hat und die russischen Grenzen geschlossen worden sind.«

»So ziemlich das, was ich erwartet habe.«

»Ich habe für Sie noch eine persönliche Botschaft von Polizeichef Beck. Beim ersten Mal habe ich sie nicht verstanden und sie wiederholen lassen. Er sagt, dass die Gerüchte ihren Ursprung in Zürich haben.«

»Auch das habe ich erwartet. Danke.«

Das Flugzeug verlor rasch an Höhe, und der Pilot wandte sich Tweed zu. »Wir werden gleich landen, Sir.«

»Ich bin Ihnen sehr dankbar. Sie wissen, dass dieses Flugzeug und die gesamte Crew mir nach der Landung zur Verfügung stehen sollen?«

»Ja, Sir. Gehen Sie davon aus, bald wieder zu fliegen?«

»Sehr bald. Ich werde nun an meinen Platz zurückkehren.«

Ein sehr zufriedener Tweed ließ sich auf den luxuriösen Sitz fallen und legte den Sicherheitsgurt an. Er würde drei Stunden vor dem ersten planmäßigen Flug in London sein.

Beck war wütend. Er saß in seinem Büro und starrte auf die Fernschreiberbögen mit Berichten internationaler Nachrichtenagenturen und Radiostationen. Moskau ... Moskau ... Moskau ... Er blickte Joinvin an, der gerade in das Büro gekommen war, und wedelte mit den Papieren.

»Wir wissen, dass dieses ganze Zeug auf Gerüchten beruht, die Brazil von Zürich aus streut. Haben Sie herausgefunden, von wo genau?«

»Nein. Die Peilwagen versuchen, die Sendequelle aufzuspüren, aber es gibt da ein Problem.«

»Dass wir ein Problem haben, seinen Sender zu orten, weiß ich.«

»Ich meine, dass er anscheinend mit irgendwelchen Fahrzeugen unsere Peilwagen stört.«

»Er benutzt also auch eine Störausrüstung! Seien wir ehrlich, der Mann ist ein Organisationsgenie. Wie beseitigen wir dieses Problem?«

»Unten an der Bahnhofsstraße, in der Nähe des Sees, haben wir einen Lastwagen ausfindig gemacht, der einen solchen Störsender benutzt. Der Haken dabei ist, dass wir nicht die Befugnis haben, ein Privatfahrzeug zu durchsuchen. Aber ich habe eine Idee.«

»Und wie sieht die aus?«

»Ich fertige eine Liste an, auf der Leute stehen, die sich über Interferenzen beim Radioempfang beschwert haben. Die Namen suche ich mir aus dem Telefonbuch zusammen.«

»Nur zu. Ich überlege, ob ich Sie nicht befördern sollte, Joinvin.«

»Das ist alles, was Sie tun werden? Denken Sie noch einmal darüber nach«, sagte Joinvin gut gelaunt.

Beck reagierte auf einen Anruf über die Wechselsprechanlage, hörte zu und stellte sie dann per Knopfdruck ab.

»Das war eine brillante Idee. Aber vergessen Sie es. Sie senden nicht mehr. Der Mann spielt mit mir und ist immer einen Schritt voraus. Und nun muss ich auch noch vom Sicherheitschef in Kloten hören, dass der Pilot von Brazils Privatjet einen neuen Flugplan eingereicht hat. Sie wollen heute vormittag erst später nach Sion aufbrechen. Er ist mir immer einen Schritt voraus«, wiederholte Beck.

»Nicht immer«, antwortete Joinvin. »Er weiß nicht, dass Tweed bereits in London ist.«

Vollkommen angezogen ging Eve mit bleichem Gesicht in Josés Büro. Sie kam immer gut mit José aus, der aufblickte, lächelte und dann die Stirn runzelte.

»Was ist los?«

»Ich konnte nicht schlafen und habe einen Spaziergang gemacht. Und was passiert? Zwei junge Amis haben mich in einer Seitenstraße der Bahnhofsstraße nach dem Weg gefragt und dann versucht, mich zu vergewaltigen.«

»Sie haben …«

»Nein, es ist ihnen nicht gelungen. Mit meinem Absatz habe ich einem dieser Tölpel übers Schienbein gekratzt. Er hat geschrien und mich losgelassen. Dann habe ich mich umgedreht und dem anderen mein Knie in den Unterleib gerammt. Sie waren ziemlich schnell erledigt. Aber ich habe das Gefühl, ich brauche etwas Schutz.«

»Keine Pistole.« José schloss eine Schublade auf und gab ihr eine Sprühdose.

»Das ist Haarspray«, sagte sie, nachdem sie die Beschriftung gelesen hatte. »Das hätte ich auch selbst in einem Geschäft kaufen können.«

»Nein, hätten Sie nicht. Und drücken Sie nicht auf den Knopf. Dieser Behälter enthält ein besonderes Gas. Die Beschriftung dient der Tarnung, es ist illegal.«

»Kann man damit jemanden umbringen?«

»Nein, aber der Gegner ist für einige Zeit außer Gefecht gesetzt. Tragen Sie es immer in Ihrer Tasche bei sich.«

»Danke, José. Wissen Sie, dass ich, während die anderen in Sion sind, hier die Verantwortung trage? Ich frage mich nur, ob das auch Gustav einschließt, der ebenfalls in Zürich bleibt.«

»An Ihrer Stelle würde ich nicht versuchen, ihm Anweisungen zu geben. Er ist ein hässlicher Mensch, und zwar nicht nur äußerlich.«

»Ich werde Ihren Rat beherzigen.« Sie zögerte. »Ich bin vor ungefähr einer Stunde zu meinem Spaziergang aufgebrochen und habe viele von Brazils Leuten in ein Haus in der Bahnhofstraße gehen sehen. Sie hatten es eilig. Was machen sie dort zu dieser nachtschlafenen Zeit?«

»Eigentlich sollte ich es Ihnen nicht erzählen.« José zögerte. »Aber ich werde es trotzdem tun. Sie betreiben das, was Brazil seine Nachrichtenbörse nennt, und setzen sich mit Leuten in aller Welt in Verbindung. Den Grund kenne ich nicht.«

»Klingt verrückt. Ich werde besser zu Bett gehen und versuchen, etwas zu schlafen. Nochmals danke für die Sprühdose.«

Newman und sein Team befanden sich im Nachtzug nach Genf. Sie waren einzeln in den fast leeren Zug gestiegen. Newman saß allein in einer Ecke eines Erste-Klasse-Abteils. Er wusste, dass Marler Wache schob und in Abständen den

Gang entlangpatrouillierte. Er schien zu schlafen, wurde aber munter, als Marler in sein Abteil kam.

»Es ist alles ruhig. Was werden wir am Bahnhof Cornavin machen?«

»Wir werden im Bahnhofsrestaurant an getrennten Tischen frühstücken, dann in den Schnellzug nach Mailand steigen und nach einigen Stationen in Sion ankommen.«

»Und wenn wir dort sind?«

»Werden wir die Hotels überprüfen, bis wir Paula und Philip gefunden haben. Mir gefällt es nicht, dass sie sich allein in der Gegend aufhalten. Dort wird es vor Brazils Verbrechern nur so wimmeln.«

»Und was machen wir, falls wir sie finden sollten?«

»Dann werden wir versuchen, die Bodenstation ausfindig zu machen, von der aus der Satellit gesteuert wird, der über unseren Köpfen kreist. Wenn wir sie entdeckt haben – und wir werden sie entdecken –, werden wir das verdammte Ding zerstören.«

»Dabei könnte es etwas Widerstand geben.«

»Dann werden wir den Widerstand eben brechen.« Newman warf einen Blick aus dem Fenster. »In einer Minute sind wir in Cornavin.«

Monica blickte mit müden Augen von ihrem Schreibtisch hoch und war äußerst überrascht, Tweed in das Büro treten zu sehen.

»Das ist Zauberei. Ich habe von Beck die Nachricht erhalten, dass Sie in Zürich den ersten Flug nehmen würden. Sie sind drei Stunden zu früh ...«

»Manchmal braucht man ein wenig Zauberei, um die Leute auf dem falschen Fuß zu erwischen. Wobei ich betonen möchte, dass das nicht für Anwesende gilt.« Er hatte Schal und Mantel abgelegt und ließ seine Tasche neben seinen Schreibtisch fallen. »Wo ist Howard?«

»Gerade aus Downing Street zurückgekommen.«

»Wie oft war er im Allerheiligsten?«

»Innerhalb der letzten vierundzwanzig Stunden dreimal.«

»Das ist zu oft. Er wird den Premierminister nur verrückt machen. Ich muss wohl selbst in die verflixte Downing Street fahren und alle beruhigen.«

»Haben Sie von den Gerüchten gehört? Sie kommen aus aller Welt, Tokio eingeschlossen.«

»Ja.« Tweed war nicht in versöhnlicher Stimmung. Er blickte von seinem Schreibtisch auf, als Howard wie ein Wirbelwind hereinkam. »Haben Sie Ihre Zeit damit verplempert, mit dem Premierminister zu plaudern?«

Howard, normalerweise tadellos gekleidet, war jetzt eher ein Bild des Jammers. Das Jackett seines Anzuges war zerknittert, die Bügelfalte seiner Hose kaum noch sichtbar. Seine Krawatte hing schief, und er hatte den Kragen aufgeknöpft. Verglichen mit ihm sah Tweed sehr elegant aus.

»Gott sei Dank, Sie sind wieder zurück ... Ich habe nie erwartet, Sie so ... so bald wieder zu sehen«, sagte Howard beinahe stotternd. »Sie wissen ja nicht, was passiert.«

»Doch.«

»Downing Street ist in heller Aufregung, Washington hysterisch, und Paris dreht sich nur noch im Kreis ...«

»Beruhigen Sie sich, und nehmen Sie Platz. Sie führen sich wie ein Tangotänzer auf Kokain auf«, sagte Tweed ruhig.

Howard ließ sich in den größten Sessel plumpsen. Seine Arme hingen über den Lehnen, und er sah Tweed mit glasigen Augen an.

»Es ist eine internationale Angelegenheit. Die Welt spielt verrückt.«

»Dann lassen Sie uns nicht mit verrückt spielen«, sagte Tweed im gleichen gelassenen Ton. »Sie sind durcheinander und erschöpft. Ich werde zum Premierminister gehen und ihn über einiges aufklären.«

»Seien Sie vorsichtig.«

»Nein, ich werde schonungslos offen mit ihm reden – so schonungslos, wie es bei der Polizei bei Mordfällen üblich ist.«

»Du liebe Zeit! Sie gießen Öl ins Feuer.«

»Genau, und ich werde einen großen Kanister dabeihaben.«

»Wie geht es den anderen?« fragte Howard spontan.

»Ich dachte schon, Sie würden gar nicht mehr fragen. Dabei sind es immerhin Ihre Leute. Newman wäre beinahe ermordet worden, aber er ist wohlauf. Paula und Philip waren an einer Schießerei in Genf beteiligt. Das Ergebnis waren sechs Tote, zu denen sie glücklicherweise nicht gehörten. Die in beiden Fällen beteiligten Verbrecher gehören zu Leopold Brazils Mannschaft.«

»Brazil?« wiederholte Howard benommen.

»Ja, Brazil. Der nette Mann, zu dessen Unterhaltung im Weißen Haus, in der Downing Street und im Elysée-Palast Champagner-Dinners abgehalten werden. *Der* Brazil.«

»Sind Sie sicher?« fragte Howard weinerlich.

»Ich weiß es. Und zwar aus erster Hand – von Brazil selbst. Holen Sie in Ihrem Büro das Feldbett heraus, werfen Sie ein paar Laken darüber, und legen Sie sich schlafen. Monica wird Sie ins Bett stecken.«

»Nicht nötig.« Howard zwang sich aufzustehen. »Ich werde Ihren Rat befolgen. Wie sieht's an der Front auf dem Kontinent aus?«

»Das brauchen Sie jetzt nicht zu wissen. Sie befindet sich in zuverlässigen Händen. Zeit, ins Bett zu gehen, Howard ...«

Sobald sie wieder allein waren, sah Monica Tweed mit funkelnden Augen an.

»Das war auch Zeit!«

»Ich dachte, Sie hätten ihn vielleicht gern zugedeckt«, sagte Tweed boshaft. »Holen Sie den Privatsekretär des Premierministers ans Telefon, und sagen Sie ihm, dass ich in einer halben Stunde in Downing Street sein werde, um mit dem Premierminister zu sprechen. Falls er irgendwelche Vorbehalte haben sollte, sagen Sie ihm, dass ich dann nicht kommen werde. Entweder jetzt oder nie.«

»Klingt ziemlich kompromisslos«, bemerkte Monica, während sie den Hörer abnahm.

»Ich bin kompromisslos.«

In seinem Büro in Genf, in das er von Zürich aus zurückgekehrt war, nahm Bill Franklin das Telefon ab. Es war Lebrun, der Mann, der für ihn den Bahnhof Cornavin beobachtete.

»Worum geht's?« erkundigte sich Franklin freundlich.

»Der Schnellzug aus Zürich ist vor fünf Minuten eingetroffen, und einer der Fahrgäste, die ausgestiegen sind, war Robert Newman. Er ist ins Bahnhofsrestaurant gegangen und frühstückt dort. Interessant ist auch, dass drei weitere Fahrgäste ebenfalls einzeln das Lokal betreten haben. Es ist früh, und normalerweise herrscht dort um diese Zeit kaum Betrieb. Meiner Ansicht nach gehören sie zusammen.«

»Was waren die drei anderen für Typen?«

»Mit denen würde ich nicht gern die Klinge kreuzen. Ich bin mir ziemlich sicher, dass sie auf den Schnellzug nach Mailand warten, der in ungefähr einer halben Stunde einfahren wird.«

»Wie kommen Sie zu dieser Vermutung, Lebrun? Das ist doch eher wilde Spekulation.«

»So wild auch wieder nicht. Ich bin durch den Laden gegangen, und Newman studierte den Fahrplan. Aufgeschlagen war die Seite mit den Zügen nach Mailand.«

»Und er hat zugelassen, dass Sie sehen, wonach er sucht?« fragte Franklin skeptisch.

»Nun, ich bin nur kurz an seinem Tisch stehen geblieben.«

»Eine kleine Pause, die Newman aufgefallen sein dürfte. Er hat Sie absichtlich die Seite erkennen lassen. Ich muss mich auf den Weg machen. Besorgen Sie zwei Fahrkarten nach Mailand, eine Erster und eine Zweiter Klasse. Warten Sie auf dem Bahnsteig, und geben Sie mir die Fahrkarten, wenn ich dort eintreffe. Besser, Sie gehen jetzt gleich zum Fahrkartenschalter ...«

Nach dem Telefongespräch blieb Franklin noch kurz sitzen und dachte nach. Mailand? Er hatte seine Zweifel, weil er doch gerade erst herausgefunden hatte, dass Leopold Brazil eine Villa in den Bergen außerhalb von Sion besaß.

»Ich werde mich lieber darum kümmern, was in diesem Teil der Welt passiert«, sagte er sich, als er aufstand, um einen bereits gepackten Koffer aus dem Schrank zu holen.

Newman scherte sich nicht darum, wer in den Zug einstieg. Nach der Abfahrt konnte er Marler losschicken und es durch ihn in Erfahrung bringen. Daher nahm er, als er und die anderen in verschiedene Waggons kletterten, auch Bill Franklin nicht wahr, der mit einem Handkoffer und in einem Trenchcoat ganz hinten in den Zug stieg. Im Gegensatz dazu hatte Franklin gesehen, wie Newman in der Mitte des Zuges in einem Waggon verschwunden war.

15 Sekunden vor der Abfahrt betrat ein weiterer Passagier den allerletzten Waggon. Er trug eine schwarze Baskenmütze und eine schlichte Brille. Nachdem er sich in eine Ecke in einem leeren Abteil gesetzt hatte, stellte er seine Tasche auf dem Sitz gegenüber ab. Archie war nicht wieder zu erkennen, er hatte sogar auf seinen halbgerauchten Zigarettenstummel verzichtet.

Als Becks Kriminalbeamte nachts die Razzia im Züricher Bahnhof durchgeführt hatten, war auch er dort gewesen. Der Polizist, der seine Identität überprüft hatte, sah keinen Grund, diesen sanftmütigen kleinen Mann zu verdächtigen.

Sofort hatte Archie begriffen, warum diese zwielichtigen Gestalten abgeführt wurden. Er war in das kleine Hotel in der Nähe geeilt, das außer ihm hautsächlich von Vertretern bewohnt wurde. Dann war er mit seiner Tasche zum Hauptbahnhof zurückgekehrt. Dort hatte er seine Nachtwache fortgesetzt.

Archie konnte warten, ohne jemals ungeduldig zu werden oder zu ermüden. Als er Newman in den ersten Schnellzug nach Genf steigen sah, wurde sein Durchhaltevermögen belohnt. Er war ebenfalls eingestiegen und hatte bis kurz vor der Ankunft in Cornavin geschlafen. Jetzt saß er wieder in einem Zug.

In der Ecke seines Abteils dachte er an Anton Marchat. Archie war sicher, dass sie ihn vergessen würden, aber er würde selbst nach ihm sehen, wenn der Zug in Sion angekommen war …

Marler hatte seinen Gang durch den Zug noch nicht angetreten, um herauszufinden, wer sonst noch mitfuhr, als

Newman in seinem Abteil hörte, wie sich die Tür öffnete. Er schob seine Hand ins Jackett und griff nach der Smith & Wesson, während er aufblickte.

»Kein Grund zur Unruhe, Bob.«

Bill Franklin kam grinsend in das Abteil und schloss die Tür. Er warf seinen Koffer auf einen Sitz, legte den sorgfältig zusammengefalteten Trenchcoat darauf und setzte sich Newman gegenüber.

»Hoffentlich haben Sie nichts dagegen, dass ich eingedrungen bin. Mit der Pistole sind Sie blitzschnell.«

Kurzzeitig verärgert, dass Franklin seinen Griff nach der Waffe bemerkt hatte, erinnerte sich Newman daran, dass sein Begleiter früher in der Armee gewesen war. »Man kann nie wissen …«

»Allerdings. Haben Sie etwas dagegen, wenn ich mir eine Zigarre anzünde?«

»Nur zu. Ich nehme an, dass Sie den Rauch meiner Zigarette gerochen haben, die ich gerade ausgedrückt habe.«

»Stimmt, aber es ist höflicher, wenn man fragt«, antwortete Franklin lächelnd.

Newman hatte bereits gehört, dass Franklin bei Frauen den Draufgänger spielte, und nun verstand er den Grund für seinen Erfolg beim anderen Geschlecht. Sein Begleiter war umgänglich, liebenswürdig und lächelte häufig. »Woher wussten Sie, dass ich mit diesem Zug fahre?« fragte er.

»Weil ich ein gutes Team von Detektiven habe. Zur Überwachung hatte ich einen Mann am Flughafen postiert und einen in Annemasse, einem verschlafenen Bahnhof an der französischen Grenze südlich von Genf. Genau der richtige Ort für Brazil, um seine Verbrecher einzuschleusen. Ein dritter hat Sie im Bahnhof Cornavin entdeckt.«

»Deshalb haben Sie sich entschieden mitzufahren?« erkundigte sich Newman und achtete dabei genau auf Franklins Reaktion.

»Nein. Ich bin zu dem Schluss gekommen, dass Sie jede Verstärkung gebrauchen können. Meiner Ansicht nach wissen Sie nicht, was Sie im Wallis erwartet.«

»Und was erwartet mich dort?«

»Mindestens vierzig von Brazils Profis sind durch Genf gekommen und mit dem Zug Richtung Osten gefahren.« Er schnitt seine Zigarre ab und zündete sie genüsslich an. »Und wir haben bestimmt noch einige von ihnen übersehen.«

»Und Sie sind als Verstärkung hergekommen?«

Franklin hievte seinen Koffer auf den Sitz neben Newman, schloss ihn auf und hob den Deckel. Newman sah ein säuberlich zusammengefaltetes Jackett. Nachdem er in den verlassenen Zugkorridor geschaut hatte, nahm er das Jackett und enthüllte eine Heckler & Koch-MP5-9mm-Maschinenpistole, die auf zwei Schlafanzügen lag.

»Sie machen auch keine halben Sachen«, bemerkte Newman, während Franklin schnell das Jackett zurücklegte und den Koffer schloss, bevor er einen langen Zug von seiner Zigarre nahm.

»Nein, ich bin nicht für halbe Sachen. Das kleine Baby hat einen Schnitt von 650 Schuss pro Minute, und ich habe viele Ersatzmagazine.«

»Das nenne ich einen Pessimisten«, sagte Newman lächelnd.

»Ich würde mich eher als Realisten bezeichnen. Wir nähern uns einem größerem Schlachtfeld. Wissen Sie, dass Brazil eine Villa mit Blick auf den Gletscher am de Roc hat, oberhalb von Sion?«

»Nein.«

»Er hat sie nach eigenen Entwürfen bauen lassen. Sie ist mit einem Hochleistungssender ausgestattet. Ja, Bob, das ist es, was uns erwartet. Ein großes Schlachtfeld.«

35

Zwei Stunden nach seinem Aufbruch in die Downing Street war Tweed wieder in seinem Büro. Nachdem er seine Handschuhe auf seinen Schreibtisch gelegt hatte, zog er seinen Mantel aus und hängte ihn auf einen Bügel. Monica beobachtete ihn mit wachsender Ungeduld, weil sie sicher war, dass er etwas verschwieg. Dann sah sie seinen nachdenklichen Gesichtsausdruck und begriff, dass er überlegte. Als er an seinem Schreibtisch Platz nahm, wirkte sein Blick immer noch abwesend.

»Möchten Sie Kaffee?«

»Ja, bitte.« Er schwieg einen Augenblick. »Nachdem ich Ihnen erzählt habe, was passiert ist.«

»Der Premierminister ist immer noch durcheinander«, vermutete sie.

»Jetzt nicht mehr. Ich habe offen mit ihm geredet, und er hat mir zugehört. Als ich fertig war, hatte er sich beruhigt. Mittlerweile kann er sogar wieder eine Entscheidung treffen.«

»Und, hat er es getan?«

»Ja. Er hat mehreren meiner Vorschläge zugestimmt. Zunächst hat er die Rapid Reaction Force angewiesen, sich für einen Einsatz auf dem Kontinent bereitzuhalten. Dann hat er mit dem deutschen Bundeskanzler telefoniert und ihm eröffnet, dass die Maschinen auf deutschen Flughäfen landen werden.«

»Er hat es ihm *eröffnet*?«

»Es war so, wie ich es Ihnen gesagt habe. Tatsächlich war der deutsche Bundeskanzler froh, dass jemand für ihn eine Entscheidung getroffen hatte. Außerdem habe ich dem Premierminister eine Begründung vorgeschlagen, warum er keine Anrufe aus dem Weißen Haus entgegengenommen hat. Er soll dem amerikanischen Präsidenten erklären, dass er nicht in Downing Street war, und dass sein Privatsekretär ans Telefon gehen sollte.«

»Warum haben Sie ihm das empfohlen?«

»Damit die hysterische Stimmung, die in Washington herrscht, sich nicht weiter ausbreitet. Noch nie war man im Weißen Haus so in Panik. Alles in allem habe ich die Wogen geglättet.«

»Also haben Sie kein Öl ins Feuer gegossen, wie Sie Howard erzählt haben.«

»Das habe ich nur gesagt, damit er den Mund hält. Wie kommt Reginald mit seinen Computern voran?«

»Er und sein Team sind immer noch oben und arbeiten hektisch.«

»Ich gehe hoch und sehe nach. Wenn eine Tasse Kaffee auf mich warten würde, wenn ich zurückkomme, wäre ich Ihnen sehr dankbar ...«

Tweed ging ins obere Stockwerk. Die Tür zum Computerraum stand offen. Im Inneren flackerten Lichter. Der langhaarige Reginald starrte auf den Großrechner. Seine beiden Assistenten schienen gleichfalls von den Geräten hypnotisiert worden zu sein.

»Sind Sie vorangekommen?«

»Das würde ich schon sagen.« Reginalds aus den Höhlen hervortretende Augen glänzten, als er sich zu Tweed umwandte. »Das Problem ist, dass wir mit der Masse der eingehenden Daten nicht fertigwerden.«

»Daten? Der Schrott, mit dem man Sie füttert? Bis jetzt ist doch noch nichts Wichtiges passiert.«

»Sie irren sich, Sir. Werfen Sie mal einen Blick auf den Monitor. Es gibt große Truppenbewegungen in der Nähe von Moskau. Die Soldaten kreisen die Stadt von allen Seiten ein.«

»Wird das durch die Satellitenaufnahmen bestätigt? Sie müssten diese Truppenbewegungen registrieren.«

»Noch nicht.«

»Finden Sie das nicht verwirrend?« fragte Tweed sanft.

»Die moderne Kommunikationstechnik ist kompliziert«, antwortete Reginald.

»Sie haben meine Frage nicht beantwortet.«

»Es gehen Berichte aus der ganzen Welt ein ...«

»Ich habe gefragt, ob diese Berichte durch die Satelliten bestätigt werden.«

»Vielleicht behält Washington die Resultate dieser Quellen für sich.«

»Warum sollte das so sein?«

»Keine Ahnung.«

»Dann werde ich es Ihnen sagen. Die Satelliten haben noch nichts von dem bemerkt, was in diesen beunruhigenden Berichten gemeldet wird. Sie haben nichts registriert, weil nichts passiert ist. Noch nicht.«

»Was soll das heißen, Sir?«

»Machen Sie nur so weiter. Bald werden Sie von wirklich erschütternden Neuigkeiten überwältigt werden.«

Bevor Reginald Tweed nach der Bedeutung seiner Antwort fragen konnte, war dieser auf dem Rückweg zu seinem Büro. Dort schenkte Monica ihm eine große Tasse Kaffee ein und gab Milch hinzu. Tweed setzte sich und trank die ganze Tasse fast in einem Zug. Monica schenkte ihm nach.

»Ich werde in meinem Schreibtischsessel ein Nickerchen machen«, verkündete Tweed nach der zweiten Tasse.

Als er gerade die Augen geschlossen hatte, klingelte das Telefon.

»Tut mir leid, aber Beck ist am Apparat …«

»Hallo, Arthur. Ich war in Rekordzeit wieder in London. Ihre Crew ist hervorragend. Sie hält sich in Heathrow bereit, bis ich erneut starten will.«

»Gut. Es gibt weitere Neuigkeiten. Brazil hat den Abflug seines Jets ab Kloten erneut verschoben. Er spielt Katz und Maus mit uns.«

»Ihm ist nicht klar, dass ich die Katze bin und er die Maus ist. Wenn Sie erneut anrufen sollten und ich nicht hier bin, sprechen Sie mit Monica. Sie weiß, wie sie Kontakt zu mir aufnehmen kann. Wie ist das Wetter in Zürich?«

»Eine typisch britische Frage. Es schneit, wenn auch nicht stark. Das war die Begründung von Brazils Pilot, warum er den Flugplan geändert hat.«

»Er hätte aber starten können?«

»Der Chef der Flugsicherheit hat mir gesagt, dass das mit größter Wahrscheinlichkeit möglich gewesen wäre.«

»Das bedeutet, dass Brazil nach einem Zeitplan arbeitet. Danke, dass Sie mich auf dem Laufenden gehalten haben. Es würde mich freuen, wenn das auch weiterhin so bliebe …«

»Worauf warten Sie noch?« fragte Monica, nachdem sie den Hörer aufgelegt hatte. Sie hatte mitgehört.

»Auf Brazils große Attacke. Ärgerlich ist nur, dass ich nicht weiß, wie sie aussehen wird. Aber wenn es soweit ist, werden wir es wissen.«

Nachdem er seine Krawatte gelöst und den Kragen seines Hemdes aufgeknöpft hatte, schloss Tweed erneut die Augen und war sofort eingeschlafen.

In Zürich hatte Brazil Craig in sein Wohnzimmer bestellt. Igor saß neben seinem Herrn, aber als Craig den Raum betrat, stand er auf und fletschte die Zähne.

»Nehmen Sie Platz, Craig. Sind alle reisefertig, die im Jet mitfliegen?«

»Sie sind bereits seit mehreren Stunden startbereit.«

»Es wird Zeit.« Er blickte auf die Uhr. »Es ist nur ein kurzer Flug, und ich sollte rechtzeitig in der Villa sein. Ich möchte, dass Sie zu dem Lotsen vom Flugplatz in Sion Kontakt aufnehmen und dafür sorgen, dass die Rollbahn für unsere Landung frei ist.«

»Die Autos, die uns nach Kloten bringen werden, stehen bereit«, berichtete Craig selbstzufrieden.

»Das will ich hoffen.«

»Wer wird sich während des Flugs um Igor kümmern?« fragte Craig, der den Wolfshund ohne Begeisterung musterte. »José?«

»Nein. Sie werden sich um ihn kümmern. Er legt seine Vorderbeine gerne bei jemandem in den Schoß, wenn er fliegt. Dafür sind Sie genau der Richtige.«

»Sie sagten, dass Sie die Villa rechtzeitig erreichen würden. Wozu?«

»Um das erste Signal zum Laboratorium auf der anderen Seite des Tals zu senden.«

»Was für ein Signal?«

»Das werden Sie schon herausfinden, wenn es soweit ist.« Brazil lächelte breit. »Bringen Sie die anderen jetzt zum Flughafen. Eve schicken Sie zu mir. Ich habe noch ein Wörtchen mit ihr zu reden.«

»Wahrscheinlich schläft sie.«

»Dann wecken Sie sie eben.«

Eve war nicht im Bett. Sie rauchte und trank, als Craig gegen ihre Tür hämmerte.

»Können Sie nicht leise anklopfen?« fragte sie, als sie die Tür öffnete.

»Nein. Der Boss will Sie sehen, und zwar sofort. Also machen Sie sich auf den Weg.«

»Sie drücken sich äußerst charmant aus, Craig.«

Er hörte ihre Worte nicht mehr, weil er bereits den Flur entlangstampfte, um allen mitzuteilen, dass sie aufbrechen würden. Nachdem sie im Spiegel ihr Aussehen überprüft hatte, bürstete Eve ihre pechschwarzen Haare nach hinten.

Dann ging sie langsam den Flur hinab und betrat Brazils Zimmer, ohne vorher anzuklopfen. Als sie die Tür geschlossen hatte, schlenderte sie auf den Stuhl vor seinem Schreibtisch zu, setzte sich und schlug ihre wohlgeformten Beine übereinander. Sie ließ sich von niemandem zur Eile antreiben.

»Sie können sich ja bewegen«, sagte Brazil sarkastisch.

»Wo ist denn Ihr Hündchen?«

»Craig wird ihn gleich zum Flughafen bringen. Stimmt es, dass Sie mit Robert Newman gut auskommen?«

»Ja«, log sie. »Warum? Wollen Sie, dass ich mich an ihn heranmache?«

»Ich frage mich, warum die Männer so leicht auf Sie hereinfallen.«

»Männer werden von einer Sehnsucht nach attraktiven Frauen umgetrieben. Es muss an meiner unwiderstehlichen Persönlichkeit liegen«, sagte sie.

»Wenn Sie meinen.« Brazil blickte auf seine Uhr. »Ich muss in einer Minute fort.«

»Warum fragen Sie mich nach Newman?«

»Darauf wollte ich gerade zu sprechen kommen. Weil ich mich um ein unerledigtes Geschäft kümmern muss, werde ich bald wieder in Zürich sein. Es ist möglich, dass Newman mir auf dem Rückweg folgen wird, wenn er dann noch leben sollte. In diesem unwahrscheinlichen Fall können Sie Ihre magische Kunst an ihm ausprobieren. Ich will wissen, wo Tweed war. Das schaffen Sie doch, oder?«

»Sollte eigentlich möglich sein. Bei diesen Bankern hat es ja auch funktioniert.« Sie beugte sich vor. »Ich rede von den

Bankern, die von einer unbekannten Kreatur ermordet wurden.« Sie lehnte sich wieder zurück. »Und schließlich habe ich auch noch Philip Cardon, der mir hinterherlechzt.«

»Gustav wird hier bleiben, um Sie moralisch zu unterstützen«, sagte Brazil, während er aufstand und seinen schweren blauen Mantel anzog, der zusammengefaltet auf einem Stuhl neben ihm gelegen hatte. »Er wird Ihnen Gesellschaft leisten.«

»Auf diese Gesellschaft kann ich verzichten.«

»Wenn man ihn näher kennt, ist er wirklich ein netter Kerl«, sagte Brazil lächelnd und griff nach seinem Aktenkoffer.

»Ich habe nicht die Absicht, ihn näher kennen zu lernen. Der Typ ist ekelhaft. Ich wünsche Ihnen eine geruhsame Reise.«

»Sie wird alles andere als geruhsam sein, das kann ich Ihnen versichern.«

»Im Nebel sah Sion besser aus«, stellte Paula fest, als sie den Parkplatz neben dem Hôtel Touring verließen, wo Philip den Wagen geparkt hatte. »Es könnte irgendeine beliebige moderne Kleinstadt sein. Guter Gott, da sind sie wieder.«

Auf ihren Motorrädern kamen zwei Leather Bombers langsam auf sie zu. Sonst war niemand in der Nähe. Philip schob seine Hand in seine braune Lederjacke und griff nach der Walther.

»Gehen Sie weiter, und vermeiden Sie jeden Blickkontakt. Wir sind ein Liebespaar im Urlaub.«

Er legte seinen linken Arm um ihre Taille und küsste sie auf die Wange. Während sie weitergingen, machte einer der Motorradfahrer auf französisch eine schmutzige Bemerkung.

»Die Typen haben eine dreckige Fantasie«, kommentierte Philip. »Gehen Sie einfach weiter.«

Die beiden Männer auf den Motorrädern fuhren an ihnen vorbei auf den Bahnhof zu, und Paula musste der Versuchung widerstehen, sich umzublicken.

»Ich bin hungrig«, sagte sie. »Wahrscheinlich ist es noch zu früh für ein Mittagessen.«

»Nicht in dem Restaurant, an dem wir gerade vorbeigegangen sind. Dann werden wir uns also ein gemütliches Essen gönnen. Und wenn Sie ganz höflich sind, werde ich Ihnen ein Glas von dem Brandy bestellen, den Sie im Hotel trinken wollten, bevor wir auf dem Berg waren.«

»Das scheint hundert Jahre her zu sein. Ja, Sir, ich würde gerne einen Brandy trinken. War das höflich genug?«

»Ja.«

Sie bestellten Tweeds Lieblingsgericht, Zürcher Geschnetzeltes, und aßen zwei Portionen. Das Restaurant war klein und ordentlich. Die Tischdecken waren blütenweiß. Außer ihnen saß niemand in dem Lokal. Während des Essens überlegten sie, was sie als nächstes tun sollten.

»Wir könnten den de Roc erkunden, wo Brazils Villa liegt, in den Bergen auf der anderen Seite des Tals«, schlug Paula vor.

»Könnten wir, aber wir würden damit unseren Glücksstern strapazieren.«

»Wovon reden Sie? Meiner Meinung nach ist das eine gute Idee. Wo wir doch jetzt daran gewöhnt sind, diese Bergstraßen hochzufahren.«

»Wir würden unseren Glücksstern strapazieren«, wiederholte Philip. »Auf der Karte sieht die Straße zur Villa mindestens so gefährlich aus wie die zum Gipfel des Keilerhorns.«

»Haben Sie noch weitere Einwände?« fragte sie verletzt.

Philip wusste, dass Paula nach einem guten Essen energiegeladen und sofort zu allem bereit war, und er wollte ihren Mut nicht zu sehr abkühlen. »Keinen Einwand, aber eine Sorge. Weil Sie so schnell reagiert haben, sind wir bei der Höhle noch mal mit dem Leben davongekommen. Ich bin mir sicher, dass Brazils Villa genauso gut bewacht sein wird.«

»Dann werden wir eben vorsichtig zur Tat schreiten«, antwortete sie lächelnd.

»In Ordnung. Ich ergebe mich.«

Grinsend hob er beide Hände. Paula runzelte die Stirn und beugte sich vor.

»Sie haben das gleiche Recht zu entscheiden wie ich, Philip. Ich glaube, ich habe Sie ziemlich bedrängt. Was würden wir tun, wenn wir in Sion blieben?«

»Den Einbruch der Dämmerung abwarten und dann zu Marchat gehen. Ist Ihnen der alte Stadtteil unter dem großen Felsen mit dem alten Gebäude auf dem Gipfel aufgefallen?«

»Nein.«

»Da stehen alte Häuser, wie sie Sion ursprünglich geprägt haben. Ich habe sie gesehen. Es sind Holzhäuser mit Fensterläden und Schindeldächern, genau wie die, die wir bei der angeblichen Wetterstation gesehen haben.«

»Glauben Sie wirklich, dass es keine Wetterstation ist?« fragte Paula.

»Ich bin ganz sicher. Bei einer Wetterstation mag es Sicherheitsbeamte geben, aber keine Gangster mit Maschinenpistolen, die Eindringlinge ermorden sollen. Das ist die Bodenstation.«

»Wir könnten auf den de Roc fahren und dann rechtzeitig zurückkommen, um Marchat zu besuchen.«

»Okay. So werden wir es machen. Aber vorher muss ich noch eine weitere Tasse Kaffee trinken.« Obwohl Philip es nicht erwähnte, hatte er immer noch das Gefühl, dass dies eine gefährliche Unternehmung war. Außerdem konnte es passieren, dass sie nach Einbruch der Dunkelheit eine höllisch gefährliche Bergstraße hinabfahren mussten. Er konnte sich nicht von der Vorahnung befreien, dass die Erkundung des Col de Roc in einer Katastrophe enden würde.

»Ich gehe mal eben auf die Toilette«, sagte Newman zu Franklin.

Er hatte gesehen, wie Marler im Vorbeigehen in ihr Abteil gespäht und dann seinen Blick abgewandt hatte. In weniger als einer halben Stunde würden sie in Sion ankommen.

Newman fand Marler in einem Abteil der Ersten Klasse. Er war allein und rauchte eine Zigarette.

»Das war Bill Franklin, oder?« fragte Marler, bevor Newman etwas sagen konnte. »Ich bin ihm in Tweeds Büro begegnet, habe mich aber nicht vorgestellt.«

»Er war es«, antwortete Newman, während er gegenüber von Marler Platz nahm.

Nachdem er ihm kurz erzählt hatte, wie es kam, dass Franklin in dem Zug saß, informierte er Marler auch, dass Franklin eine Heckler & Koch-Maschinenpistole dabeihatte.

»Tatsächlich?« fragte Marler. »Damit könnte er mit einer einzigen Salve eine ganze Horde von Leather Bombers auslöschen.«

»Wo sind Butler und Nield?«

»Ich habe einen Plan für Sion ausgearbeitet, und werde ihn Ihnen erklären ...« Marler tat es. Als er geendet hatte, blickte er aus dem Fenster und sah einen Flugplatz mit einer komplett vom Schnee gereinigten Rollbahn.

»Ich gehe jetzt besser wieder zurück. Erteilen Sie Butler und Nield schnell Ihre Befehle. Haben Sie den Flugplatz gesehen? Gut. Ich muss gehen, gleich sind wir in Sion.«

36

Der Jet ohne Aufschrift auf dem Rumpf war gestartet und hatte Zürich bereits seit einiger Zeit hinter sich gelassen. Brazil saß in seinem bequemen Drehsessel und starrte auf die Anzeige über dem Eingang zum Cockpit.

Deutlich lesbare Zahlen verkündeten, wie viele Kilometer sie bereits zurückgelegt hatten und wie weit es noch bis Sion war. Außerdem waren die Zeit und die vermutliche Ankunftszeit auf dem Flugplatz von Sion angegeben. Brazil blickte häufig auf die Anzeige und drehte sich gelegentlich zu Craig um, der auf dem Sitz hinter ihm saß.

Igor hatte seine Vorderpranken in Craigs Schoß gelegt, und Brazil amüsierte sich, weil seinem Adlatus offensichtlich unbehaglich zumute war. Als er den Blick seines Herrn wahrnahm, bewegte sich der Hund auf ihn zu, aber Brazil hob warnend einen Finger, und Igor gehorchte.

»Eine Sache beunruhigt mich«, sagte Brazil. »Bisher haben wir uns noch nicht um Anton Marchat gekümmert. Er stellt ein Risiko dar.«

»Nicht mehr. Ich habe gewisse Vorkehrungen getroffen, damit Anton Marchat nicht mehr lange unter den Lebenden weilt.«

»Sie arbeiten wirklich sehr effizient.«

»Ich erledige meinen Job. Dazu gehört auch, dass ich mich um diesen Schoßhund kümmere.«

»An Ihrer Stelle würde ich ihn nicht wie einen Schoßhund behandeln.«

»Ein Schlag auf die Nase mit dem Griff einer Waffe, und ich würde ihn kläffend davonrennen sehen.«

»Wenn Sie dann noch leben und sein Kläffen hören können. Man könnte glauben, dass Sie Igor nicht mögen.«

»Stimmt genau.«

Brazil wandte sich um, um erneut auf die beleuchtete Anzeige zu blicken. Hinter ihm grinste Craig, weil Brazil nicht alles wusste. Bevor sie Zürich verlassen hatten, hatte Craig mit dem Motormann telefoniert. Wenn Brazil das gewusst hätte, wäre er wütend geworden. Er misstraute angeheuerten Helfern.

»Hier spricht Craig«, hatte er am Telefon gesagt.

»Haben Sie einen neuen Auftrag für mich?« fragte der Mann mit der dünnen, piepsigen Stimme.

»Diesmal sind es zwei Aufträge. Zuerst geht es um einen Mann namens Anton Marchat. Wahrscheinlich wohnt er in Sion, aber ich bin mir nicht sicher.«

»Er wohnt in Sion. Der Job wird erledigt. Und wer ist das zweite Opfer?«

»Ein Mann namens Archie. Seinen Nachnamen kenne ich nicht, aber ich habe von einem Informanten gehört, dass er gefährlich ist. Weitere Informationen kann ich Ihnen nicht geben.«

»Ist auch nicht nötig. Ich kenne Archie.«

»Wirklich?« Craig konnte die in seinem Tonfall mitklingende Überraschung nicht verbergen.

»Auch dieser Job wird erledigt.«

»Sie sind sehr zuverlässig.«

»Ich muss meinen guten Ruf wahren«, sagte der andere mit seiner piepsigen Stimme.

»Das wär's dann. Ich hab's eilig.«

»Nicht so schnell. Ich erwarte, dass die übliche Summe bar auf mein Nummernkonto eingezahlt wird. Das werden Sie doch nicht vergessen, Mr. Craig? Wenn es so sein sollte, werde ich einen Job umsonst erledigen. Das passiert, wenn Kunden ihre Schulden nicht bezahlen.«

An Bord des Jets erinnerte sich Craig zufrieden an diese Unterhaltung, aber als er an die letzten Worte des Motormannes dachte, geriet er ins Schwitzen.

In einem teuren Anzug betrat Keith Kent die Züricher Kreditbank in Sion. Er war mit demselben Zug wie Newman gekommen und im letzten Augenblick ausgestiegen.

Wie in Zürich blickte er hinter die Schutzgitter und versuchte, die Schalterbeamten einzuschätzen. Ein Mann wirkte aufgeblasen und schien zu den Typen zu gehören, die man leicht von ihrem hohen Ross herunterholen konnte. Kent ging auf ihn zu.

»Ich muss eine bestimmte Geldsumme auf das Hauptkonto von Mr. Leopold Brazil einzahlen. Ist das hier die richtige Filiale?«

»Wir geben niemals Informationen über unsere Kunden heraus«, sagte der Schalterbeamte selbstgefällig.

»Natürlich nicht. Ich habe die Summe nicht bei mir, kann sie aber innerhalb einer Stunde beschaffen.«

»Verstehe, Monsieur«, antwortete der Mann, der überhaupt nichts verstanden hatte.

»Mr. Brazil hat mich ausdrücklich gebeten, das Geld auf sein Hauptkonto einzuzahlen. Die Transaktion ist dringend.«

»Verstehe, Monsieur.«

»Das glaube ich nicht«, sagte Kent aggressiv. »Würden Sie mir bitte Ihren Namen nennen?«

»Wozu?«

»Damit ich Mr. Brazil über Ihre mangelhafte Kooperationsbereitschaft unterrichten kann.«

»Wir kooperieren jederzeit gern mit unseren Kunden.« Mittlerweile war der Angestellte leicht nervös.

»Aber Sie lassen keinerlei Bereitschaft zur Kooperation erkennen«, sagte Kent auf französisch. »Ich weiß ja, wie Sie aussehen.«

»Sie bringen mich in eine schwierige Situation, Monsieur.«

»Sie haben keine Ahnung, wie kompliziert Ihre Lage noch werden wird. Ich rede von einer Einzahlung von einer Million Schweizer Franken.«

»Auf Mr. Brazils Konto?« Der Bankangestellte wirkte sehr betroffen.

»Auf sein Hauptkonto.«

»Ja, natürlich, Monsieur. Sie haben von einer Million Schweizer Franken gesprochen?«

»Ja.«

»Darf ich sagen, dass wir uns auf Ihre Rückkehr mit dem Geld freuen?« Der Schalterbeamte lächelte.

»Das Geld muss auf das Hauptkonto eingezahlt werden. Ich verliere schnell die Geduld.« Kent verließ die Bank, als ob es das letzte Mal gewesen wäre.

»Monsieur!« rief der Mann durch das Gitter. »Das Hauptkonto des von Ihnen erwähnten Kunden wird tatsächlich in dieser Filiale geführt. Würden Sie mir Ihren Namen nennen?«

»Wenn ich zurückkomme. Bei dieser Transaktion muss ein Termin beachtet werden.«

Kent verließ die Bank und schlug seinen Mantelkragen hoch. Jetzt hatte er die gewünschte Information.

Während er gerade nach einem Restaurant suchte, tauchte Newman mit einer Tasche und einem Beutel über der Schulter auf.

In Tweeds Londoner Büro klingelte das Telefon. Entweder schlief Tweed, oder er war nicht auf eine Störung vorbereitet. Monica nahm den Anruf entgegen.

»Hier ist Beck. Können Sie mich mit Tweed verbinden?«

»Er ist nicht im Büro. Ich weiß nicht genau, wo er sich aufhält. Kann ich Ihnen helfen?«

»Ja. Es ist dringend. Auf dem Radarschirm verfolgen wir Brazils Flug nach Sion. Sagen Sie Tweed, dass Brazil innerhalb einer Viertelstunde landen wird. Das wird wegen der vielen Berge schwierig werden.«

»Vielleicht rammt der Pilot einen Berg«, sagte Monica fröhlich.

»Ein hübscher Gedanke, aber ich befürchte, dass der Teufel für seinesgleichen sorgt.«

»Ich werde es Tweed so schnell wie möglich erzählen.«

Der Schlafende in dem Sessel öffnete ein Auge und blinzelte ihr zu.

»Tweed ist wieder aufgetaucht, zumindest für ein paar Minuten. Worum ging's denn?«

Monica berichtete, was Beck ihr erzählt hatte.

»Dann wird es nicht mehr lange dauern«, sagte Tweed. Nachdem er ihr erneut zugeblinzelt hatte, schloss er die Augen und schlief wieder ein.

Weil Newman so ein guter Organisator war, hatte er Butler noch in Zürich zu einem Reisebüro geschickt, um alle Prospekte über Sion abzuholen.

Während seines kurzen Gesprächs mit Marler im Schnellzug hatte er anhand eines Stadtplans von Sion und einer Hotelliste sehr detaillierte Befehle erteilt, die Marler an seine Untergebenen weitergab.

Als der Zug in Sion hielt, stiegen Marler, Butler und Nield eilig aus, aber nicht schnell genug, um Keith Kent noch zu sehen, der in Windeseile die Treppe hinunterlief und in der Stadt verschwand. In seinem Abteil hatte Newman Franklin erzählt, dass dringende Aufgaben auf ihn warteten. Der ehemalige Soldat Franklin hatte das sofort verstanden.

»Warum treffen wir uns nicht heute abend auf einen Drink?« sagte er zu Newman, der sein Gepäck zusammenpackte. »Ich wohne im Hôtel de la Matze, direkt bei der Rue de Lausanne.«

»Ich werde Sie vorher anrufen«, erwiderte Newman, bevor er das Abteil verließ.

Newman hatte sich entschlossen, weiterhin im Hôtel Élite zu wohnen, weil es ganz in der Nähe der Avenue de la Gare lag und er es instinktiv vorzog, in der Nähe des Bahnhofs zu weilen. Während Butler und Nield in einem kleinen Hotel in der Nähe abgestiegen waren, hatte Marler Anweisungen erhalten, ins am höchsten gelegene Hotel der Stadt zu ziehen und ein nach Westen gelegenes Zimmer im obersten Stock zu mieten, von dem aus er den Flugplatz beobachten konnte. Sein erster Auftrag lautete, Newman von einer landenden Maschine zu berichten. Alle wussten, wo die anderen wohnten.

Newman verließ den Schnellzug vor Franklin und eilte die Treppe hinunter, aber keiner von ihnen sah den Reisenden, der ganz hinten aus dem Zug stieg. Es war zweifelhaft, ob Newman den Passagier erkannt hätte. Archie hatte sich sehr gut verkleidet.

»Was haben Sie denn in diesem Nest zu suchen?« fragte Newman. Er verbarg seine Überraschung darüber, dass er Keith Kent aus einer Seitenstraße auftauchen sah, die in die Avenue de la Gare einmündete.

»Sie klingen etwas aggressiv«, antwortete Kent lächelnd.

»Das ist keine Antwort auf meine Frage.«

»Tweed wird meine neuen Informationen zu schätzen wissen.« Kent ließ sich durch Newmans untypisches Verhalten nicht einschüchtern.

»Macht es Ihnen was aus, mich ebenfalls einzuweihen?«

»Falls Sie es vergessen haben sollten, wir stehen auf derselben Seite. Ich habe überprüft, wo Brazil sein Hauptkonto hat. Vielleicht wussten Sie nicht, dass er es gelegentlich verlegt«, fügte er etwas verstimmt hinzu.

»Nein, das wusste ich nicht«, erwiderte Newman zurückhaltender.

Er hatte testen wollen, wie Kent auf seine aggressiven Worte reagieren würde. Von Tweed wusste er, dass Kent an Waffen Interesse hatte und regelmäßig auf einem Schießplatz übte. Er war ein erstklassiger Scharfschütze, wenn auch kein so guter wie Marler, aber dem konnte schließlich keiner das Wasser reichen. In der gegenwärtigen Situation war es jedoch nicht ausgeschlossen, dass sie auf derselben Seite ein Feuergefecht bestehen mussten. Er glaubte, sich keine Sorgen machen zu müssen.

»Jetzt wissen Sie Bescheid.« Kent lächelte und passte sich somit Newmans plötzlichem Stimmungswechsel an. »Wenn Sie mit Tweed sprechen sollten, können Sie ihm erzählen, dass Brazil sein Hauptkonto definitiv bei der Züricher Kreditbank in Sion führt. Wo wohnen Sie? Wahrscheinlich sind Sie nicht nur einen Tag hier.«

»Im Hôtel Élite.«

»Ich kenne es. Sollte ich irgend etwas herausfinden, kann ich Kontakt mit Ihnen aufnehmen. Viel Erfolg ...«

Newman ging die Avenue de la Gare entlang, beunruhigt von der Erinnerung an eine Bemerkung Tweeds, die dieser ihm gegenüber im Schweizerhof gemacht hatte.

Ich habe das Gefühl, dass wir dem Motormann schon begegnet sind und ihn kennen.

Jetzt waren Keith Kent und Bill Franklin in Sion aufgetaucht. Doch er tat sich schwer, sich einen der beiden als professionellen Killer vorzustellen. Welches Motiv könnten sie haben?

Dann erinnerte er sich daran, dass Bill Franklin ein Vermögen ausgab, um seine anspruchsvollen Freundinnen glücklich zu machen, und dass Keith Kent einen extravaganten Geschmack hatte. Für einen Finanzprüfer war es seltsam, dass ihm das Geld nur so durch die Finger rann.

Als er ein Auto auf den Bahnhof zu fahren hörte, blickte er auf.

Hinter dem Steuer saß Philip, und Paula auf dem Beifahrersitz winkte wie verrückt. Das Auto hielt am Bordstein, und Paula kam auf ihn zu gerannt.

37

Der Jet verlor schnell an Höhe, und im mittlerweile strahlenden Sonnenschein sah Brazil durch das Fenster seine Bodenstation auf dem Keilerhorn und lächelte befriedigt. Er hatte so viele Monate Zeit opfern müssen, um mit allen Mitteln das Kapital für den Bau der Bodenstation zusammenzukratzen. Jetzt stand er kurz vor dem Ziel.

Einige Zeit vor seiner Abreise aus Zürich hatte er mit Iwan Marow in Moskau telefoniert, und ihn über den grundlegenden Zeitplan informiert, an den sich beide halten mussten. Glücklicherweise sprach Marow perfekt englisch, wenn auch mit einem amerikanischen Akzent. Früher war Marow ein unbekannter Attaché an der sowjetischen Botschaft in Washington gewesen.

Brazil drehte sich in seinem Sessel um. Endlich hatte Craig es geschafft, Igor vor der Landung sein Geschirr anzulegen. Der Wolfshund mochte ihn nicht, und nur scharfe Befehle von Brazil hatten Craig in die Lage versetzt, die ungeliebte Aufgabe zu erfüllen.

»Hervorragend«, lobte Brazil. »Aus Ihnen werden wir noch einen guten Hundehalter machen.«

»Aber nicht mit dem Köter«, grummelte Craig.

Als er sich wieder in seinem Sessel herumdrehte, amüsierte er sich über den dicken Luigi, der zu viel Pasta aß. Beim Start in Kloten hatte er nur mit Mühe seinen Sicherheitsgurt zugekriegt, im Gegensatz zu dem bleichen, dünnen Marco.

»Wir landen gleich«, tönte die Stimme des Piloten aus dem Lautsprecher.

Brazil schaute erneut aus dem Fenster. Aus dieser Höhe konnte er nur seine große weiße Villa und den Gletscher auf der anderen Seite des Tals sehen.

Er blickte auf die Uhr, weil er ihr mehr vertraute als der Zeitangabe auf der beleuchteten Anzeige. Ihm würde noch Zeit bleiben, bevor er das erste Signal an die Bodenstation sandte. Wahrscheinlich mehr als eine Stunde, auch wenn er noch die höllische Bergstraße zum Gipfel hochfahren musste.

Brazil blickte José an, der auf der anderen Seite des Ganges saß. Der Mann mit der weichen Haut war eingeschlafen. Bazils Gesichtsausdruck verdüsterte sich, weil er sich an Josés Verrat erinnerte, der durch Gustavs Tonbandaufnahme bewiesen worden war. Aufgrund der Kassette konnte kein Zweifel daran bestehen, dass José Informationen über ihn weitergegeben hatte. Er hatte einen Plan gefasst, wie er dieses Problem noch vor der Ankunft bei der Villa lösen würde.

Durch das Fenster im obersten Stock des Hotels verfolgte Marler die Landung des Jets durch sein Fernglas, das so gut war, dass er Brazil, den Hund und drei andere Männer die Gangway hinabschreiten sah.

In der Nähe des Flugzeugs wartete eine Limousine mit getönten Scheiben. José rannte zu dem Wagen, setzte sich hinters Steuer und wollte Brazil abholen. Bevor Marler Newman im Hôtel Élite anrief, wartete er noch einen Augenblick. Minuten später stieg José aus, nachdem er vergeblich versucht hatte, den Wagen zu starten, und hob frustriert die Hände. Männer in Overalls machten sich am Motor zu schaffen. Marler rief Newman an.

»Schwarzer Biber ist gelandet. Sie scheinen aufgehalten worden zu sein, die Limousine springt nicht an. Mechaniker kümmern sich um den Motor.«

»Dadurch gewinnen Sie zusätzlich Zeit. Setzen Sie sich in Ihren Wagen, und warten sie an der Rhône an der vereinbarten Stelle.«

»Bin schon unterwegs.«

Hektische Aktivität brach aus, nachdem Newman Paula und Philip in der Avenue de la Gare getroffen hatte. Er fragte sie, wo sie ihr Auto gemietet hatten. Nachdem er eingestiegen war, hielten sie auf dem Weg zum Hôtel Élite, um die Telefonnummer des Autoverleihers zu erfragen. Sofort nach seiner Ankunft im Hotel rief Newman bei Marler an, nannte ihm die Telefonnummer und trug ihm auf, mit der Firma zu telefonieren, damit sie ihm einen Wagen mit Allradantrieb und

Schneeketten schickten. Falls das Auto in einer Viertelstunde kam, sollte er bar bezahlen.

Der Wagen wurde bereits nach zehn Minuten geliefert. Nachdem er bezahlt und ein großzügiges Trinkgeld gegeben hatte, informierte Marler Newman, dass das Auto da war.

In der Zwischenzeit war Newman mit Paula und Philip in seine Suite gegangen und hatte ihnen zehn Minuten lang zugehört, ohne sie zu unterbrechen, während sie von ihren Entdeckungen an der Bodenstation auf dem Keilerhorn berichteten, um ihn ins Bild zu setzen. Philip bestand darauf, dass Paula erklärte, was geschehen war, als sie beinahe getötet worden waren. Während sie sich unterhielten, blickte Newman gelegentlich auf die Karte, die Paula auf dem Bett auseinander gefaltet hatte.

»Ich bin wirklich überwältigt von dem, was Sie erreicht haben«, sagte er, nachdem sie ihren Bericht beendet hatten. »Ich dachte, dass es für uns ein großes Problem werden würde, die Bodenstation zu finden, und Sie haben das erledigt, als ich auf dem Weg nach Sion war.«

»Wir konnten nicht einfach gelangweilt hier herumhängen«, sagte Paula und betrachtete ihre Fingernägel.

»Sie scheinen sehr fit zu sein.« Newman musterte sie.

»Es war ein gutes Training. Ein bisschen aufregend, aber ich möchte meine Zeit nicht verschwenden, mich darüber auszulassen.«

»Also, was tun wir jetzt?« fragte Philip.

»Ich bin sicher, dass Brazil nach der Landung zu seiner Villa fahren wird. Das scheint seine Schaltzentrale zu sein. Ich bin überrascht, dass Sie sie gefunden haben.«

»Das habe ich alles der Kellnerin im Bahnhofsrestaurant zu verdanken, wo ich eine Tasse Kaffee getrunken habe«, sagte Philip.

»Ja«, erwiderte Newman. »Sie haben mit ihr geredet, aber noch wichtiger war es, dass Sie sie haben zu Wort kommen lassen. Wenn Butler und Nield eintreffen, werde ich den Plan für morgen erklären. Ich hoffe, dass er sich als meisterhaft herausstellen wird.«

»Warum greifen wir die Bodenstation nicht heute an?« fragte Paula.

»Weil der Gegner im Moment in Alarmbereitschaft ist«, erklärte Newman. »Morgen vormittag werden sie alle entspannter sein. Dann werden wir sie mit allen uns zur Verfügung stehenden Mitteln attackieren.«

»Was macht Marler?« wollte Philip wissen.

»Wenn der Motor von Brazils Limousine anspringt, wird er ihr zur Villa folgen. Marler ist ein Mann, der sehr viel Schaden anrichten kann.«

»Sollte man ihm nicht Verstärkung mit auf den Weg geben?«

»Nein. Allein arbeitet er sehr viel effektiver. Übrigens saß Bill Franklin im Schnellzug nach Sion. Er hat sich zu mir ins Abteil gesetzt.«

»Gute Reisegesellschaft«, bemerkte Paula.

»Keith Kent ist auch in Sion«, fuhr Newman fort. »Er ist mir über den Weg gelaufen, bevor ich Sie getroffen habe. Interessant, was?«

»Wenn wir heute abend in Sion sein werden«, sagte Philip entschlossen, »können Paula und ich nach Einbruch der Dunkelheit Anton Marchat besuchen.«

»Eine gute Idee«, antwortete Newman zustimmend.

»Was meinten Sie mit ›interessant‹?« fragte Paula.

»Mir ist gerade eingefallen, dass sowohl Franklin als auch Kent in der Gegend waren, als der arme Ben, der Barkeeper aus dem Black Bear Inn in Wareham, ermordet wurde. Durch die Art und Weise, wie er zu Tode kam, wissen wir, dass der Motormann der Täter war.«

Weil Eve sich in ihrem Zimmer im Baur-en-Ville verloren fühlte, beschloss sie, Gustav aufzusuchen. Es war an der Zeit, dass sie herausfand, ob sie der Boss der Leute war, die in Zürich zurückgeblieben waren.

An einer Ecke des Korridors hörte sie, wie eine Tür geschlossen wurde. Als sie um die Ecke spähte, sah sie Gustav, der sehr viel eleganter als sonst angezogen war und sich heimlich davonstahl.

Sie wusste, dass Gustav ein Faible für gewisse Frauen hatte, die man in bestimmten Stadtteilen von Zürich auf der Straße ansprechen konnte. Als sie auf die Türklinke drückte, merkte sie, dass Gustav sein Zimmer nicht abgeschlossen hatte. Er hatte es wohl sehr eilig, eine Frau zu finden, dachte sie verächtlich.

Als sie die Tür öffnete, schlug ihr der strenge Geruch billiger Pomade entgegen. Das bestätigte ihren Verdacht – Gustav würde einige Zeit wegbleiben. Sie sah sich in dem unordentlichen Zimmer um und wollte es schon wieder verlassen, als sie einen Schlüssel neben einem Kissen auf dem Sofa liegen sah.

»Er hat die Schlüssel vergessen!«

Diese günstige Gelegenheit durfte sie sich nicht entgehen lassen. Nachdem sie sich vergewissert hatte, dass Gustav die Autoschlüssel mitgenommen hatte, wusste sie, dass er nicht unerwartet zurückkommen würde.

Sie ging zu einem Aktenschrank aus Stahl hinüber, den Gustav, wie ihr früher aufgefallen war, immer verschlossen hielt. Innerhalb kürzester Zeit hatte sie den Hauptschlüssel gefunden, mit dem sich jede der Schubladen darin öffnen ließ. In der obersten Schublade lagen jede Menge Schnellhefter mit Papieren über Konten und Rechnungen.

Dann öffnete sie die zweite Schublade, die Unterlagen enthielt, deren Inhalt auf Aufklebern vermerkt war. Als sie die Hefter durchsah, fand sie eine mit der Aufschrift »Wissenschaftler«.

Das erinnerte sie an irgend etwas – an einen unauffälligen Artikel auf einer der Innenseiten der *Herald Tribune* mit der Überschrift DAS RÄTSEL DER VERMISSTEN WISSENSCHAFTLER. Sie begann, die Papiere in dem dicken Hefter zu studieren. Auf jedem Blatt standen eine Menge persönlicher Angaben über einen Wissenschaftler, jene Art von Informationen, die sie ausgegraben hatte, bevor sie sich auf Brazils Geheiß an einen der Banker herangemacht hatte.

ED REYNOLDS

Alter: 45
Staatsangehörigkeit: Amerikaner
Stand: verheiratet. Name der Ehefrau: Samantha
Gehalt: 400.000 Dollar
Kinder: keine
Adresse: ...
Schwäche: Samantha ist Alkoholikerin
Spezialgebiet: Kommunikationssabotage

Sabotage? Das Wort ließ Eve innehalten. Angesichts seines Gehalts musste Reynolds ein renommierter Experte sein. Sie zog das Notizbuch, das sie immer bei sich hatte, aus ihrer Handtasche und schrieb die Angaben über Reynolds ab.

Dann studierte sie die anderen Papiere. Irina Kriwitzkijs Fachgebiet war die lasergesteuerte Kontrolle von Satelliten, was immer das auch sein mochte. Eve notierte weitere Details. Während sie die Akte gründlicher studierte, schrieb sie zahlreiche andere Namen auf, die ihr alle nichts sagten.

Du solltest hier besser verschwinden, dachte sie. Du hast genug Material, und vielleicht kommt Gustav früh zurück.

Sie bemühte sich, die Unterlagen so zurückzulassen, wie sie sie vorgefunden hatte. Dann verschloss sie den Schrank und legte die Schlüssel wieder aufs Sofa. Als sie die Tür öffnete, hörte sie sich nähernde Schritte und erstarrte vor Angst. Wenn sie die Tür schloss, konnte man das Geräusch vielleicht hören. Ein Kellner mit einem Tablett kam vorbei, ohne auf die leicht geöffnete Tür zu achten. Rasch kehrte Eve in ihr Zimmer zurück.

Nachdem sie die Tür verschlossen hatte, öffnete sie ein Geheimfach in ihrer Tasche und zog einen zusammengefalteten Zeitungsartikel heraus, der schon zu vergilben begann. Sie schenkte sich ein Glas Wodka ein, zündete sich eine Zigarette an, streckte sich auf einer Couch aus und las den Artikel, den sie in Brazils Berner Büro im Papierkorb gefunden hatte. Sie hatte ihn belauscht und sich in sein Büro geschlichen, nachdem er es verlassen hatte. Bevor Brazil den

Zeitungsausschnitt in den Papierkorb geworfen hatte, hatte er ihn zusammengeknüllt. Der Text unter der klein gedruckten Überschrift war kurz:

> Es sind merkwürdige Gerüchte im Umlauf, dass führende Wissenschaftler ihre Stellung kündigen, um sich auf dem freien Markt umzusehen. Für ein höheres Gehalt treten sie einer internationalen Organisation im Ausland bei. Unter den erwähnten Wissenschaftlern befinden sich der brillante Ed Reynolds und die Russin Irina Kriwitzkij ...

Es wurden noch verschiedene andere Namen genannt, und jedem dieser Wissenschaftler war eine Seite in dem Schnellhefter gewidmet, den Eve durchgesehen hatte. Nachdem sie den Zeitungsartikel sorgfältig zusammengefaltet hatte, steckte sie ihn wieder in das Geheimfach ihrer Tasche.

»Kommen Sie zurück nach Zürich, Mr. Bob Newman«, sagte sie laut.

Die Automechaniker hatten die Limousine auf dem Flugplatz repariert, und jetzt hielt Brazil eine Überraschung für José parat.

»Ich werde fahren. Nachdem ich die ganze Zeit im Flugzeug eingesperrt war, habe ich Lust auf ein bisschen Action.«

»Sind Sie sicher, Sir?«

»Bringen Sie Igor nach hinten. Sie werden auf dem Beifahrersitz Platz nehmen.«

»Dann habe ich aber das Gefühl, dass ich meinen Job nicht erledige.«

»Tun Sie einfach, was ich Ihnen sage. Machen Sie schon.« Brazil blickte erneut auf seine Uhr. »Trotz der Verzögerung werden wir die Villa rechtzeitig erreichen, und ich werde auch nicht die Bergstraße hochrasen, falls Sie das nervös machen sollte.«

»Ich bin nicht nervös, Sir.«

José sagte die Wahrheit – Brazil war ein hervorragender

Fahrer. In Amerika hatte er einst an der Westküste an Autorennen teilgenommen. Er hatte gewonnen und war zum Champion des Jahres gekürt worden.

»Igor wird allein auf dem Rücksitz glücklich sein«, sagte Brazil, während er das Flughafengelände verließ. »Er sieht gerne aus dem Fenster. Übrigens ist es meiner Ansicht nach an der Zeit, dass Sie mehr Geld bekommen. Wir werden in der Villa darüber sprechen ...«

Brazil fuhr eine steile Straße hoch, die in vielerlei Hinsicht der glich, die Paula und Philip während ihrer Fahrt zum Gipfel des Keilerhorns kennen gelernt hatten. Auf Brazils Seite befand sich eine Hunderte von Metern hohe Felswand, auf Josés ein steiler Abgrund, vor dem keine Leitplanke schützte.

Die Straße schlängelte sich in Serpentinen den Berg hinauf und war mit einer harten Schneedecke bedeckt. Brazil sah es mit Erleichterung, weil er wusste, dass unter dem Schnee eine Eisschicht verborgen war.

»Da fliegt ein Hubschrauber«, sagte José. »Und zwar keiner von den Schweizer Helikoptern zur Beobachtung des Wetters.«

»Nein, José. Wahrscheinlich haben Sie ihn zusammen mit einem anderen Hubschrauber auf dem Flugplatz warten sehen. An Bord dieser Maschine befindet sich Marco, der vor unserer Ankunft in der Villa alles vorbereiten wird.«

»Davon haben Sie mir nichts erzählt.«

»Ich erzähle Ihnen eben nicht alles.«

»Jetzt schwebt der Hubschrauber auf der Stelle. Warum?«

»Wahrscheinlich überprüft Marco, ob wir gut vorankommen.«

An Bord des Hubschraubers saß Marco neben dem Piloten, zeigte aber kein Interesse dafür, wie Brazil vorankam. Seine Aufmerksamkeit wurde von einem Wagen mit Allradantrieb in Anspruch genommen, der in einiger Entfernung hinter Brazil den Berg hochfuhr. Aus seinem Auto sah Marler gleichfalls den auf der Stelle schwebenden Hubschrauber, und er kannte auch den Grund dafür.

»Sie haben mich entdeckt«, sagte er laut. »Das bedeutet, dass ein Empfangskomitee auf mich warten wird. Aber damit werde ich wohl fertig.«

Sobald der Helikopter verschwunden war, verlangsamte Marler die Geschwindigkeit und bremste hinter einer Kurve. Er zog den Reißverschluss seiner Tasche auf, die auf dem Rücksitz lag, entnahm ihr mehrere Gegenstände und steckte sie in die Taschen seines pelzbesetzten, bis zu den Oberschenkeln reichenden Mantels. Dann setzte er seine Fahrt auf der schwer befahrbaren, kurvenreichen Straße fort.

»Ich glaube, dass uns jemand folgt, José«, sagte Brazil, als sie bereits weit oben auf dem Berg waren.

Er hatte gelogen – Brazil hatte keine Ahnung, dass Marler hinter ihnen herfuhr. Nachdem José sich umgeblickt hatte, schüttelte er den Kopf.

»Meiner Ansicht nach irren Sie sich. Ich habe regelmäßig in den Außenspiegel geguckt und niemanden gesehen.«

»Nennen Sie es Instinkt«, sagte Brazil gut gelaunt. »Sie kennen doch die Abzweigung, zu der wir gleich kommen und die auf ein Plateau führt?«

»Ich erinnere mich gut. Von dort hat man eine erstklassige Aussicht.«

»Es geht so. Da wir genug Zeit haben, werden wir die Abzweigung nehmen, und Sie können herausfinden, ob ich mich irre. Pflege ich mich denn zu irren?«

»Nein. Sie haben fast immer recht.«

»Ich bin mir nicht sicher, ob mir der Ausdruck ›fast immer‹ gefällt, aber ich will es überhört haben.«

José blickte seinen Boss von der Seite an. Brazil schien außergewöhnlich gute Laune zu haben. Wahrscheinlich lag das daran, dass sie die Villa bald erreichten, wo irgendetwas geschehen würde. Was, davon hatte José keine Ahnung.

Sie kamen an die Abzweigung, die kaum mehr als eine breite Lücke in der Felswand war. Nachdem Brazil von der Bergstraße abgebogen war, steuerte er den großen Wagen den steilen Weg hinauf, wo auf beiden Seiten des Wagens nur wenige Zentimeter Platz waren. Auf dem Gipfel erreichten sie ein schneebedecktes, flaches, mit Felsbrocken übersätes Plateau. Brazil fuhr hinüber und wendete etwa fünfzig Meter vom Ende des Wegs entfernt. Dann blickte er José an.

»Gehen Sie jetzt zum Überhang des Felsens, und schauen Sie auf die Straße. Beobachten Sie sie ein paar Minuten lang, bis ich Sie zurückrufe. Wenn Sie ein Auto sehen, heben Sie Ihren rechten Arm und rennen zurück zum Weg. Dort werde ich Sie abholen. Dann fahren wir bis zur Bergstraße und warten. Das ist ein perfekter Hinterhalt. Unter der Fußmatte im Fond liegt eine Maschinenpistole.«

»Ich werde die Waffe mitnehmen«, schlug José vor. »Dann kann ich die Insassen des Wagens töten.«

»Nein. Wenn sie den Überhang erreichen, können Sie sie nicht sehen. Tun Sie, was ich sage, José.«

Brazil wartete, bis José sich von der Limousine entfernt hatte, und erteilte Igor dann einen Befehl, der nur aus einem Wort bestand. Der Wolfshund sprang auf den Beifahrersitz, auf dem zuvor José gesessen hatte. Als Brazil ein Fach öffnete und einen schwarzen Handschuh über seine rechte streifte, wurde der Hund aufgeregt.

Als Igor noch jünger war, hatte Brazil ihn in einer Spezialschule in Deutschland abrichten lassen. Zu dem Leiter der Hundeschule hatte er zunächst gesagt, dass es um ein Spiel gehe, dann hatte er ihn in die Einzelheiten eingeweiht. Er hatte den schwarzen Handschuh übergestreift, und Igor hatte mannsgroße Dummies aus Pappmaché angefallen.

Als José den Rand des Felsvorsprungs erreicht hatte, der die Straße unter ihm überragte, starrte er einen Augenblick lang in den bodenlosen, über dreihundert Meter tiefen Abgrund. Dann konzentrierte er sich auf die Straße.

In der Limousine zeigte Brazil mit einem Finger seiner behandschuhten Hand auf José und öffnete die Tür auf der Seite des Beifahrersitzes. In Gedanken erinnerte er sich an Gustavs Aufnahme des Telefongesprächs; José war ein Informant, ein Verräter ...

Igor sprang aus dem Wagen und rannte mit zunehmender Geschwindigkeit auf José zu. Der Schnee verschluckte das Geräusch der Schritte des Wolfshundes. Als Igor nahe bei José war, der Brazil immer noch den Rücken zukehrte, sprang er ihn von hinten an und ließ sich dann flach auf das Plateau fallen, wie man es ihn gelehrt hatte.

Am Rande des Abgrunds verlor José das Gleichgewicht. Bevor er knapp an der Bergstraße vorbei in die Tiefe stürzte, hob er die Arme. Das Echo seines angsterfüllten Schreis hallte von den Bergwänden zurück. Dann kehrte wieder Stille im Wallis ein.

Bedrohliche Stille.

38

Während des restlichen Rückwegs zur Villa saß Igor neben seinem Herrn auf dem Beifahrersitz. Er wusste, dass er seinen »Trick« gut ausgeführt hatte.

Brazil fuhr das letzte steile Wegstück hoch und erreichte ein großes Plateau. In nicht allzu großer Entfernung, hinter einer Betonhütte, von der aus Neuankömmlinge überwacht wurden, lag am Rande des Plateaus die weiße Villa. Direkt darunter befand sich der Gletscher, dessen Eis trotz der nur schwachen Wärme der Sonne an manchen Stellen schmolz.

»Warum waren keine Wachen postiert?« fragte sich Brazil laut. »Die Truppe muss auf Vordermann gebracht werden.«

Der Helikopter, mit dem Marco gebracht worden war, stand auf dem von einem über drei Meter hohen Maschendrahtzaun eingefassten Landeplatz. Der Schutzzaun befand sich ziemlich nah an der Villa. Auf dem Flachdach war eine Unmenge von Antennen angebracht.

Nachdem Marco ihm das Tor geöffnet hatte, fuhr Brazil vor der Villa vor und stieg aus. Igor folgte seinem Herrn. Brazil rannte die Treppe zu der langen Terrasse an der Vorderseite der Villa hoch. Wegen der klaren, frischen Bergluft fühlte er sich extrem fit. Marco öffnete ihm die schwere, mit Stahl verstärkte Eingangstür.

»Wo zum Teufel sind die anderen, Marco? Im Wächterhaus war niemand.«

»Als ich eintraf, war nur die Haushälterin Elvira hier. Die Wachtposten haben die Nachricht missverstanden, die Sie aus dem Flugzeug übermittelt haben.«

»Missverstanden! Ich habe gesagt, dass sie einen Teil der Wachtposten als Verstärkung zum Laboratorium schicken sollen.«

»Ich weiß, Sir«, versuchte Marco ihn zu beschwichtigen. »Ihre Nachricht muss bis zur Unverständlichkeit verzerrt hier angekommen sein. Die Wachtposten glaubten, Sie hätten alle zum Keilerhorn beordert.«

»Ihr verdammter gesunder Menschenverstand hätte ihnen sagen sollen, dass ich nie eine solche Nachricht übermitteln würde. Soll das heißen, dass, von Elvira abgesehen, außer Ihnen niemand hier ist?«

»Sir, ich fürchte, so ist es.«

»Wir hätten den Zaun weiter von der Villa entfernt hochziehen sollen. Das kann ich jetzt aber auch nicht ändern.«

»Es gibt da ein kleines Problem, über das Sie besser sofort Bescheid wissen sollten«, sagte Marco, während er seinem Boss in die große Halle mit Marmorfußboden folgte.

»Schießen Sie los. Ich muss zum Transmitter, um innerhalb der nächsten halben Stunde das erste Signal zu senden. Nein, in weniger als einer halben Stunde«, sagte er, während er auf seine Uhr blickte. »Der Satellit wird sich dann über Deutschland befinden.«

»Man ist Ihnen auf dem Weg hierher gefolgt«, sagte Marco schnell, der einen Wutausbruch erwartete.

»Sind Sie sicher?« fragte Brazil leise.

»Ja. Ein Wagen mit Allradantrieb, in dem nur der Fahrer saß.«

»Ein Mann. Mein Gott, Marco, das sollte eigentlich kein Problem für Sie sein.«

»Ist es auch nicht«, antwortete Marco zuversichtlich. »Aber ich dachte, dass es am besten wäre, wenn Sie Bescheid wissen. Sie könnten Lärm von draußen hören.«

»Schaffen Sie ihn mir vom Hals, und sorgen Sie dafür, dass er diesen Berg nie hinunterfährt. Hier gibt es jede Menge Orte, an denen man eine Leiche mühelos verstecken kann. Zum Beispiel den Gletscher.«

»Daran hatte ich auch schon gedacht ...«

Marco schwieg, als eine kleine, sehr dicke Frau mit dunkler Hautfarbe die Eingangshalle betrat und sich verbeugte.

»Schön, dass Sie wieder hier sind, Sir. Was würden Sie gerne essen?«

»Ich muss zum Transmitter.«

Schnell ging er zu einer der verschiedenen Türen der Halle hinüber, zog seine Schlüssel aus der Tasche und suchte die beiden aus, mit denen man die zweifach verschlossene, schwere Tür öffnete, die mit Stahl verstärkt war. Marco folgte ihm.

»Was ist denn jetzt schon wieder?« schnauzte Brazil.

»Macht es Ihnen etwas aus, wenn Elvira dem Hubschrauberpiloten das Essen vor Ihnen serviert?«

»Sie kann ihn mästen, bis er platzt.«

Brazil schloss die Tür auf und betrat einen riesigen Raum mit einem großen Panoramafenster aus Panzerglas. Durch das Fenster erkannte er in der Ferne den Gipfel des Keilerhorns und darunter die Gebäude, aus denen Luigi das erste Signal an den Satelliten senden würde. Außerdem sah er die Ansammlung alter Häuser, in denen die Wissenschaftler mit ihren Ehefrauen oder Freundinnen wohnten.

Das erste Signal wird die Welt in Panik versetzen, dachte er, aber das wird nichts sein im Vergleich zu dem, was passiert, wenn morgen oder übermorgen das zweite Signal gesendet wird.

Noch nie in seinem Leben war Brazil so zufrieden gewesen wie jetzt, als er in dem gepolsterten Schreibtischsessel vor dem Transmitter saß und den Kopfhörer aufsetzte. Er nahm seine Uhr ab, um den perfekten Zeitpunkt leichter zu erwischen. Seine Finger schwebten über der Tastatur.

Als er den Flugplatz mit José verlassen hatte, hatte er im Rückspiegel gesehen, wie der dicke Luigi in den anderen Hubschrauber geklettert war, um zum Keilerhorn zu fliegen. Mit Luigi als Verantwortlichem würde das ganze System perfekt funktionieren. Wenn Luigi sein Signal empfangen hatte, würde er mittels des mobilen Kommandoturms die Position des Satelliten entdecken, mit der flexiblen Richtantenne die Verbindung herstellen und dann auf den Knopf drücken.

Als der Sekundenzeiger seiner Uhr die richtige Position erreicht hatte, begann er damit, das Signal zu senden. Bald würde die Hölle los sein.

»Was hat Professor Grogarty gesagt, als Sie mit ihm telefoniert haben?« forschte Monica.

Tweed lächelte grimmig. Er war aufgewacht, ins Badezimmer gegangen, hatte geduscht und frische Sachen angezogen. Als er wieder ins Büro zurückgekommen war, hatte er Monica gebeten, Grogarty anzurufen.

»Er studiert wieder diese Fotografien von dem Satelliten in Französisch-Guyana, die Sie ihm ein zweites Mal per Kurier zukommen ließen.«

»Glaubt er, dass noch mehr dahinter steckt?«

»Sie haben den Nagel auf den Kopf getroffen. Er ist hundertprozentig davon überzeugt, dass es sich um ein hochgradig ausgereiftes System handelt, durch das die globale Kommunikation sabotiert werden soll. Bis jetzt hat er noch nicht vollständig herausgefunden, wie dies möglich sein soll, aber er ist sicher, dass es irgendwo eine Bodenstation gibt, von der aus das ganze System gesteuert wird.«

»Wenn Newman doch nur anrufen würde«, sagte Monica traurig.

»Er wird sich schon zur rechten Zeit melden. Was ist das denn …?«

Als er aus dem Badezimmer gekommen war, hatte er die Bürotür offen gelassen, weil die Luft in dem Raum stickig war. Jetzt erfüllte ein fürchterliches, kreischendes Geräusch das Büro. Noch schlimmer aber war das grelle und blendende Flackern von Lichtern. Tweed begriff, dass das Phänomen aus dem darübergelegenen Stockwerk über die Treppe hinunterkam. Gequält hielt sich Monica die Ohren zu.

Tweed sprang auf und rannte zu Paulas Schreibtisch,

weil er wusste, dass sich darin mehrere Plastiktütchen mit Ohrstöpseln befanden, die Paula benutzte, wenn sie sich in der Nähe eines landenden Hubschraubers befand. Er riss eine der Verpackungen auf und griff dann nach Paulas Sonnenbrille.

Er rannte zu Monica und setzte ihr die Sonnenbrille auf. Als sie die Augen öffnete, zeigte er zuerst auf die Ohrstöpsel, dann auf seine Ohren. Nachdem sie sich beide vor dem Lärm geschützt hatten, griff Tweed in eine Schublade, holte seine Sonnenbrille heraus und setzte sie auf, schon auf dem Weg nach draußen zum Treppenabsatz. Als er nach unten blickte, sah er Howard, der offensichtlich gerade erst aufgewacht war, in die Halle stolpern.

»Howard!« brüllte er. »Gehen Sie in Ihr Büro, schließen Sie die Tür, und bleiben Sie dort. Bewegen Sie Ihren Arsch ...«

Geschockt von der Deutlichkeit der Befehle gehorchte Howard. Er verschwand in seinem Büro und knallte die Tür zu.

»George!« brüllte Tweed aus voller Kehle dem Exsoldaten zu, der die Eingangstür bewachte. »Laufen Sie zum Warteraum, schließen Sie die Tür, und warten Sie dort, bis ich herunterkomme.«

George wirkte verwirrt, als er zum Warteraum taumelte und die Tür schloss.

Nachdem er tief durchgeatmet hatte, korrigierte Tweed den Sitz seiner Ohrstöpsel. Das höllische, sehr hohe Kreischen hallte in seinem Kopf nach. Er zwang sich, die Treppe hochzurennen. Die Tür zum Kommunikationszentrum stand offen. Erneut hatte man dort bis tief in die Nacht gearbeitet, wobei die Betonung auf *hatte* lag.

Entsetzt betrat Tweed den großen Raum, in dem die Computermonitore verrückt spielten. Sie leuchteten nicht mehr grün, sondern flackerten mit einer immensen Geschwindigkeit, wobei eine Palette unglaublich greller Farben Tweed fast erblinden ließ. Für einen Sekundenbruchteil schien die Intensität der Farben nachzulassen, aber dann ging es wieder los.

Das kreischende Geräusch drang mit unterschiedlicher

Intensität aus den Monitoren, ein ohrenbetäubender Lärm, den Tweed trotz seiner Ohrstöpsel deutlich hörte. Am meisten entsetzte ihn aber der Zustand der drei Männer, die hier gearbeitet hatten. Reginald war in seinem Schreibtischsessel zurückgeschleudert worden, sein Kopf hing über der Rückenlehne. Tweed überprüfte seinen Puls – nichts.

Er zwang sich, gegen das Gefühl der Desorientierung anzukämpfen, das ihn zu überwältigen drohte. Die anderen beiden Männer lagen auf dem Boden neben ihren Stühlen. Auch bei ihnen war kein Pulsschlag mehr festzustellen.

Tweed blickte sich in dem Raum um und sah das Hauptkabel. Obwohl er dabei ein großes Risiko einging, packte er es und riss es aus der Wand. Auf den Bildschirmen wurde es schnell dunkel, und auch der teuflische, an- und abschwellende Lärm verstummte.

Tweed zog die Stöpsel aus den Ohren und war überwältigt von der Stille. Dann nahm er seine Sonnenbrille ab. Er rannte die Treppe hinunter und öffnete die Tür seines Büros.

Monica wirkte sehr mitgenommen. Sie hatte gerade einen ihrer Ohrstöpsel entfernt. Als sie sah, das Tweed seine Sonnenbrille abgesetzt hatte, folgte sie seinem Beispiel.
»Was ist passiert?« fragte sie heiser.

»Ich nehme an, dass das Telefon nicht mehr funktioniert.«

Nachdem er den Hörer abgenommen hatte, war Tweed überrascht, den gewohnten Ton zu hören. Er reichte Monica den Hörer.

»Rufen Sie einen Krankenwagen. Drei Männer sind bewusstlos, vielleicht sogar tot.«

Als Monica hektisch zu wählen begann, verließ Tweed das Büro. Er hatte kaum Hoffnung, dass die Notärzte etwas ausrichten könnten, aber bei Medizinern wusste man das nie. Er rannte ins Erdgeschoss und öffnete die Tür des Warteraums.

»Was war das, Sir?« fragte George. »Der Beginn des Dritten Weltkriegs?«

»Ganz so schlimm nicht. Sie können wieder an Ihren Schreibtisch zurückkehren.«

Dann eilte er zu Howards Büro und öffnete die Tür. Sein

Boss starrte aus dem Fenster und wandte sich dann verstört um. Er stand unter Schock.

»Was ist geschehen?« flüsterte er.

»Brazil hat sein Projekt gestartet, und das ist nur die erste Phase. Wir müssen ihm Einhalt gebieten, bevor er mit der zweiten Phase beginnt. Sie sind ganz blass. Gehen Sie nach Hause, und legen Sie sich ins Bett. Ich übernehme hier die Verantwortung ...«

Bevor Howard antworten konnte, verließ Tweed den Raum, aber er hatte den Eindruck, dass sein Boss nicht protestieren würde. Nachdem er die Treppe wieder hinaufgerannt war, öffnete er die Tür zu dem Raum, wo die Kollegen von der Nachtschicht arbeiteten. Hier gab es glücklicherweise keine Computer oder irgendwelchen anderen Schrott, der damit zu tun hatte. Vier Männer blickten zu ihm auf, als ob sie aus einem Traum aufgewacht wären. Die geschlossene Tür hatte sie vor einer grauenvollen Erfahrung bewahrt.

»Was war das, Sir?« fragte der Dienstälteste. »Ich habe die Tür geöffnet und sie dann wieder zugeknallt.«

»Das haben Sie gut gemacht. Dann ist bei Ihnen also alles in Ordnung?«

»Ja.«

»Fahren Sie mit Ihrer Arbeit fort. Es wird kein zweites Mal passieren. Ich habe die Geräte im Kommunikationszentrum abgeschaltet. Gehen Sie *nicht* dort hinein.«

Während er auf dem Rückweg zu seinem Büro weitere Treppen hinabrannte, rief er dem Wachtposten etwas zu.

»Die Notärzte müssen jeden Augenblick eintreffen, George. Zeigen Sie ihnen den Weg zum Computerraum, und beziehen Sie dann wieder Ihren Posten. Sagen Sie den Ärzten, wo sie mich finden.«

Wieder in seinem Büro angekommen, schloss er die Tür. Monica telefonierte und zeigte auf Tweeds Apparat. »Die Notärzte sind unterwegs. Ich habe hier jemanden vom Verteidigungsministerium an der Strippe, einen Mann namens Manders. Er ist völlig verängstigt.«

»Hallo, Manders. Tweed am Apparat.«

»Eine Katastrophe hat sich ereignet. Alle unsere Computer sind kaputt, und die Leute, die daran gearbeitet haben, sind tot. Es gab grell flackernde Lichter und ...«

»Ich weiß Bescheid«, unterbrach ihn Tweed. »Hier ist das gleiche passiert. Ich kenne den Grund.«

»Wirklich?«

»Ja«, sagte Tweed mit Nachdruck. »Also überlassen Sie mir den Fall.«

»Das Kommunikationszentrum der Regierung ist lahm gelegt. Dort gibt es weitere Tote. Ein Angestellter hat mich von einem Telefon außerhalb des Gebäudes angerufen.«

»Ich habe doch gesagt, dass ich den Grund kenne, und wiederhole, dass Sie mir den Fall überlassen sollten. Ich muss jetzt Schluss machen. Auf Wiederhören.«

Das Kommunikationszentrum der Regierung war die entscheidende Schaltzentrale in Cheltenham. Die Angestellten dort hörten weltweit Signale und Telefongespräche ab. Sogar die Amerikaner respektierten diese Institution.

»Ich habe etwas vergessen.« Tweed sprang auf und rannte zur Tür. Als er sie öffnete, sah er ein Team von Notärzten, das von George nach oben geführt wurde. Er hielt den ersten Arzt an.

»Da ist etwas, das Sie wissen sollten. Auf dem Boden liegt ein loses Kabel, das noch unter Strom steht. Seien Sie also vorsichtig.«

»Danke, Sir«, rief der Notarzt, während er mit seinem Kollegen die Treppe hinaufeilte und in der Kommunikationszentrale verschwand.

Nachdem er in sein Büro zurückgekehrt war, schloss Tweed die Tür und blickte Monica an. »Sie sollten besser Cord Dillon in Langley anrufen, wenn Sie ihn erreichen können.«

Tweed wusste, dass der Stellvertretende Direktor der CIA nur selten nicht an seinem Schreibtisch saß. Als Monica gerade nach dem Hörer griff, begann das Telefon zu klingeln. Sie lauschte und starrte Tweed an. »Ja, er ist hier. – Cord Dillon.«

»Hallo, Cord. Ich wollte Sie gerade anrufen.«

»In Washington ist absolute Panik ausgebrochen, und im

Weißen Haus spielen sie total verrückt. Alle meine Computer wurden sabotiert, und es gibt jede Menge Tote in diesem Haus.«

»Wir sind Opfer derselben Attacke. Brazil steckt dahinter, Leopold Brazil. Ich habe Sie gewarnt, ihm nicht zu trauen. Dies ist die erste Phase einer globalen Operation, die vom Satelliten Rogue One abhängt.«

»Sie sagten Phase eins. Soll das heißen, dass Sie bald mit einer zweiten Phase rechnen?« fragte er ausdruckslos.

»Ich *erwarte* sie sogar, Cord. Aber machen Sie sich keine Sorgen. Ich weiß, was los ist. Meine Leute jagen auf dem Kontinent bereits die Drahtzieher.«

»Sagen Sie ihnen, dass sie den Bastard umlegen sollen.«

»Ich glaube, sie könnten dieselbe Idee haben. Es ist alles unter Kontrolle.«

»Das Pentagon ist handlungsunfähig. Auch dort gibt es jede Menge Tote. Ich muss mit dem Präsidenten sprechen. Sein Vorgänger hat Sie bewundert, aber den jetzigen kennen Sie noch nicht. Was soll ich ihm erzählen? Dass Tweed sagt, dass die Situation unter Kontrolle ist? Dass er sich keine Sorgen machen soll? Dann wird er mich fragen, wer zum Teufel Tweed ist.«

»Dann legen Sie ein gutes Wort für mich ein«, schlug Tweed freundlich vor.

»Das könnte ich tun. Ich stehe in Ihrer Schuld. Rufen Sie mich wieder an.«

Tweed legte auf und meinte, dass eine Tasse Kaffee nicht schaden könnte. Monica eilte zu der Kaffeemaschine in einer Ecke des Raums. Nachdem er zwei Tassen getrunken hatte, läutete das Telefon erneut.

Monica nahm das Gespräch entgegen, und die Begeisterung, die sich auf ihrem Gesicht malte, weckte den Eindruck, ein lange vermisster Liebhaber hätte sich erneut gemeldet. Sie war kaum in der Lage zu reden. »Bob Newman ist am Apparat ...«

»Schön, von Ihnen zu hören, Bob«, sagte Tweed. »Von wo rufen Sie an?«

»Aus einer Telefonzelle auf der Straße. Aus Sion im Wallis. Wir haben die Bodenstation gefunden. Genauer gesagt, Paula und Philip haben sie entdeckt. Sie haben einiges erlebt.«

»Geht's den beiden gut?«

»Alles bestens, und Paula sprüht vor Tatendrang. Ich werde Sie über die Einzelheiten informieren.«

Tweed hörte zu. Besser als alle anderen Männer, denen er je begegnet war, konnte Newman komplizierte Sachverhalte in wenigen Worten zusammenfassen. Seiner Meinung nach lag das an seiner Ausbildung und seiner Erfahrung als Auslandskorrespondent.

»Wir können also frühestens morgen einen Angriff auf die Bodenstation starten, und so wird es auch kommen. Wenn Sie Kontakt zu mir aufnehmen wollen, ich wohne im Hôtel Élite, Telefonnummer …«

»Kann irgend jemand dort bleiben, mit dem ich reden kann, wenn Sie nicht da sind?«

»Nein«, antwortete Newman bestimmt. »Bei diesem Job bin ich auf das gesamte Team angewiesen.«

»Verstehe.« Tweed atmete tief durch. »Es ist unerlässlich, dass die Bodenstation vollkommen zerstört wird, selbst wenn das schwere Verluste bedeuten sollte.«

»Verstanden …«

Monica, die mitgehört hatte, starrte Tweed entsetzt an, als er auflegte. Sie nagte an ihrer Unterlippe und äußerte schließlich ihre Meinung. »In all den Jahren, die ich mit Ihnen zusammenarbeite, habe ich Sie noch nie einen solchen Befehl erteilen gehört.«

»Glauben Sie, dass wir hier eine Partie Scrabble spielen?« schnappte Tweed.

»Entschuldigen Sie.«

»Verbinden Sie mich mit dem Premierminister. Ich muss ihn sehen.«

Der Privatsekretärin, die die Verbindung herstellte und wissen wollte, warum er den Premierminister zu sehen wünsche, schenkte er keine Beachtung. »Ich habe gesagt, dass ich mit dem Premierminister sprechen will. Wenn Sie mich nicht sofort verbinden, riskieren Sie Ihren Job.«

»Entschuldigen Sie, Sir.«

»Ihr Job steht auf dem Spiel.«

»Es wird nur einen Augenblick dauern.«

Es dauerte keine Minute, bis er mit dem Premierminister verbunden war. »Hier spricht Tweed, Herr Premierminister. ... Ja, ich weiß, was passiert ist. In einer Viertelstunde werde ich in Downing Street sein. Ich möchte Sie sofort sehen, wenn ich dort eintreffe.«

Er legte auf, bevor der Premierminister antworten konnte. Dann stand er auf und zog seinen Mantel an.

»Soll ich Ihnen einen Chauffeur besorgen?« fragte Monica.

»Ich bin in der Lage, selbst dort hinzufahren. Das geht schneller.«

Zwei Stunden später kehrte Tweed zurück und betrat mit schnellen Schritten sein Büro. Nachdem er seinen Mantel aufgehängt hatte, setzte er sich an seinen Schreibtisch.

»Möchten Sie eine Tasse Kaffee?« fragte Monica zögernd.

»Gern. Ich denke, dass die Situation nach zwei Tassen verlangt.«

»Wie ist es mit dem Premierminister gelaufen?« fragte sie und füllte seine Tasse.

»Die Ereignisse haben ihn zutiefst erschüttert. Wie ich vermutete, hat er mir zugehört, ohne mich zu unterbrechen oder mit mir zu diskutieren. Der Kaffee ist sehr gut. Vielen Dank.«

»Hat er eine Entscheidung getroffen?«

»Das habe ich ihm abgenommen, selbst auf die Gefahr hin, dass ich diktatorisch wirkte. Die Rapid Reaction Force wird zu strategisch wichtigen Flugplätzen in Deutschland ausgesandt. Die ersten Maschinen starten heute abend.«

»Dann hat der deutsche Bundeskanzler also zugestimmt?«

»Zuerst nicht. Nach meinem letzten Anruf in Downing Street hat er sich in Bonn mit seinem Kabinett beraten. Die Angsthasen machten sich Sorgen und wollten die NATO konsultieren. Ich habe dem Premierminister gesagt, dass er erneut in Bonn anrufen muss.«

»Und was ist dann passiert?«

»Als der Premierminister telefonierte, habe ich mitgehört. Ich war praktisch sein guter Geist und habe ihm die Gesprächsführung diktiert, Hinweise auf einen Notizblock gekritzelt und ihm die Zettel unter die Nase gehalten. Zentrale Kommunikationseinrichtungen in Deutschland sind zerstört worden, und auch dort hat es Tote gegeben. Meiner Ansicht nach hat das den Bundeskanzler überzeugt. Er hat dem Einsatz der RRF zugestimmt und dem Premierminister sogar für seine Kooperation gedankt. Als ich Downing Street verließ, hat der Premierminister erschöpft gewirkt.«

»Das überrascht mich nicht, wenn Sie ihm alles diktiert haben«, bemerkte Monica sarkastisch.

»Versuchen Sie jetzt, Newman unter der Nummer zu erreichen, die er mir gegeben hat.«

Während Monica wählte, saß Tweed mit im Schoß gefalteten Händen da. Dann stand er nervös auf und schenkte sich eine dritte Tasse Kaffee ein. Als er die halbe Tasse getrunken hatte, gab Monica ihm ein Zeichen.

»Bob?« Einen Augenblick lang schwieg er. »Vermittlung, die Leitung ist sehr schlecht.« Er wartete auf eine Antwort der Vermittlung oder auf ein Klicken, aber er hörte nichts. »Wir sind unter uns, Bob. Ich möchte Sie nur wissen lassen, dass ich morgen mit einem Jet zum Flugplatz in Sion fliege. Mit einer Maschine von Mr. Brazil, wenngleich er nichts davon weiß, dass ich mir einen seiner Jets ausgeliehen habe, und zwar den, auf dem BRAZIL auf dem Flugzeugrumpf steht.«

»Ich kann Ihnen das nicht empfehlen. Das hier ist eine Gefahrenzone«, warnte Newman.

»Habe ich Sie nach Ihrem Rat gefragt? Muss ich Sie daran erinnern, wer für diese Operation verantwortlich ist? Ich sage Ihnen das nur, damit Sie nicht auf einen Jet mit Brazils Namen schießen.«

»Ich werde versuchen, es zu vermeiden«, sagte Newman, der seinen Humor wieder gefunden hatte.

Tweed hatte kaum den Hörer aufgelegt, da richtete er schon eine weitere Bitte an Monica. »Rufen Sie Jim Corcoran an, den Chef der Flugsicherheit in Heathrow. Er soll die Crew des Jets informieren, dass ich nach Sion fliege. Sagen Sie ihm auch, dass ich ihm eine Stunde vor meinem Start Bescheid gebe.«

»Das wird ihm nicht gefallen, weil ihm nicht viel Zeit bleibt.«

»Richten Sie es ihm dennoch aus. Mittlerweile wird er von Brazils Attacke auf die globalen Kommunikationssysteme gehört haben. Daher wird er alle Bedenken fahren lassen.«

»Sonst noch etwas?«

»Ja, ich habe noch etwas vergessen. Später rufen Sie Arthur Beck in Zürich an und erzählen ihm, was ich vorhabe. Aber erst nach dem Start des Jets.«

»Ich glaube, das wird ihm nicht gefallen.«

»Es ist nicht meine Aufgabe, mich beliebt zu machen. Mein Job ist es, Brazil zu vernichten.«

39

Marler, der Brazils Limousine den Berg hinauf gefolgt war, bremste, als er das große Plateau erreichte. Er sah den Zaun und die Villa mit den Antennen auf dem Dach. Der Wagen parkte am Fuß einer Treppe. Er konnte sich nirgendwo verstecken und hatte keine Ahnung, über wie viele Wachtposten Brazil verfügte.

Dann sah er einen kleinen Weg am Rande des Plateaus, löste die Handbremse und fuhr den Weg hinunter, bis man ihn von der Villa aus nicht mehr sehen konnte. Abrupt hielt er an. Der Weg endete urplötzlich, wo der Fels steil zum Gletscher abfiel.

Ich hätte mein Armalite-Gewehr mitnehmen sollen, dachte er.

Nachdem er aus dem Auto gestiegen war, näherte er sich

dem Rand des Abgrunds. Der Blick auf den Gletscher gehörte zu dem spektakulärsten, was er je gesehen hatte. Die riesige Eisfläche glänzte in verschiedenen Farben in der Sonne.

Er runzelte die Stirn, blinzelte, schloss die Augen und öffnete sie wieder. Ja, er hatte recht – der Gletscher bewegte sich sehr langsam, wie ein Tier, das seine Beute verfolgte. Abgrundtief wirkende Risse öffneten sich, während das Eis zerbrach. Er dachte an einen Friedhof für Dinosaurier, weil der Gletscher genauso alt war wie die prähistorischen Tiere.

Die kaum wahrnehmbare Bewegung wirkte düster und verhängnisvoll und war eine beinahe hypnotisierende Erfahrung. Er wandte den Blick von dem Naturphänomen ab. Den Beutel über der Schulter folgte er der Felskante bergauf. Zu seiner Rechten erstreckte sich vom Gipfel des Plateaus ein schneebedeckter Abhang. Vielleicht gab es hier einen Weg, sich der Villa unbemerkt zu nähern. Zu diesem Zeitpunkt war ihm bereits klar, dass er die Antennen auf dem Dach zerstören musste, die seiner Meinung nach für Brazils Kommunikation mit der Außenwelt entscheidend waren. Dann würde im Haus kein Telefon mehr funktionieren, und selbst Schweizer Techniker würden sich weigern, eine Telefonleitung zu der Villa hochzulegen; und Telefongespräche per Handy konnten unterbrochen werden.

Plötzlich blieb er stehen, weil über ihm eine Gestalt aufgetaucht war.

Das einzige Anzeichen von Vegetation war ein abgestorbener Baum ohne jedes Laub, der sich in Marlers Nähe bog und ächzte. Der dicke Stamm neigte sich, und ein paar Zweige reckten sich Richtung Himmel, als ob sie um etwas bitten würden. Er ging zu dem Baum und blickte auf.

Der schlanke Marco trug eine Sonnenbrille und einen Pelzmantel. Marler starrte ihn an. In ihm stieg eine Erinnerung an die Reeperbahn auf, den berüchtigten Rotlichtbezirk in Hamburg. Dort war er einst nachts herumgeschlendert. Vor einem Lokal hatte er das Bild eines Messerwerfers gesehen, Eintritt bezahlt und sich unter das Publikum gemischt.

Der Messerwerfer unterhielt die Menge, indem er Messer auf gemalte Figuren warf, die ohne Vorwarnung an den verschiedensten Stellen hochgezogen wurden, und jedes hatte die Brust getroffen. Der Messerwerfer war Marco gewesen, der jetzt auf ihn herabstarrte. Sein Grinsen war teuflisch. Nachdem er seinen Mantel geöffnet hatte, sah Marler, dass in seinem Gürtel mindestens ein Dutzend Messer mit breiten Klingen steckten. Er hob die Hände, legte sie an den Mund und brüllte Marler auf französisch etwas zu.

»Sie hätten nicht kommen sollen, mein Freund. Nun beten Sie, denn Ihr letztes Stündchen hat geschlagen.«

Blitzschnell hatte er ein Messer gezückt, hob die Hand über den Kopf und schleuderte die Waffe durch die eiskalte Luft. Marler, der immer noch vor dem Baumstamm stand, duckte sich. Er hörte etwas zischen und blickte auf den Baumstamm, in dem die Klinge an der Stelle zitterte, wo sich seine Brust befunden hatte.

Marler begriff, dass Marco einen taktischen Vorteil hatte – er stand auf der Anhöhe. Er musste sich irgend etwas einfallen lassen, denn er stand zu weit weg, um einen sicheren Schuss aus der Walther abgeben zu können. Als er sich hinter dem Baumstamm in Deckung gebracht hatte, war er keine leicht zu treffende Zielscheibe mehr. Wie er gehofft hatte, kam Marco den Abhang hinab und wich seitlich aus, um hinter den Baumstamm blicken zu können. Doch er war immer noch zu weit entfernt, um es mit der Walther zu versuchen. Marler musste ihn dazu bringen, alle Messer zu werfen.

Er spähte um den Baumstamm und wich sofort zurück. Ganz nah hörte er erneut das zischende Geräusch, und eine Klinge bohrte sich in den Rand des Baumstamms, wo sich eben noch sein Kopf befunden hatte. Marler ging davon aus, dass sein Gegner damit rechnete, dass er nun auf der anderen Seite hinter dem Baum hervorblicken würde. Also entschied er sich für dieselbe wie beim ersten Mal.

Marco balancierte auf dem Abhang und musste die Wurfrichtung ändern. Auch das dritte Messer bohrte sich in den Baumstamm. Glück gehabt. Dann herrschte Stille.

Marler war sicher, dass sein Gegner es mit einer neuen Taktik versuchen würde. Er griff in seine Tasche und zog etwas hervor, das er mit den Fingern ertastet hatte. Marler hatte es riskiert, einen Handschuh auszuziehen, während Marco beide trug.

Marler gab seine Deckung auf und rannte am Rand des Felsens entlang. Er hatte recht gehabt. Sein Feind war leise den Abhang hinabgelaufen, um ihn von der Seite treffen zu können. Von der Bewegung seines Gegners aus dem Konzept gebracht, hob Marco, der nah am Abgrund stand, rasch ein weiteres Messer. Marler schleuderte eine Granate, die direkt vor den Füßen des Gegners landete.

Der Messerwurf wurde nie ausgeführt. Marco riss hektisch beide Hände hoch, ließ die Klinge fallen und taumelte. Am Rand des Felsens schien er das Gleichgewicht wieder zu erlangen, stolperte dann aber weiter. Marler beobachtete, wie er in den Gletscher stürzte. Es war kein tiefer Fall. Marco, noch halb bei Bewusstsein, versuchte das Eis emporzuklimmen. Ein zweites Mal verlor er das Gleichgewicht, und Marler sah, wie der Messerwerfer in einer Gletscherspalte verschwand und sich die Eisdecke über ihm schloss.

Während Marler den Abhang hinaufeilte, sah er, dass das tödliche Duell von der Villa aus hätte beobachtet werden können. Daran war nichts zu ändern. Er musste schnell reagieren.

In der Villa hatte Brazil mit angesehen, wie Marco versucht hatte, den Eindringling zu erledigen, dann aber infolge seines Fehltritts in der Gletscherspalte versunken war. Er stürmte aus dem Raum mit dem Transmitter. »Es ist ein Eindringling auf dem Grundstück, Elvira. Marco ist tot. Der Mann nähert sich jetzt der Villa, kümmern Sie sich um ihn.«

»Ich werde die Villa nicht verlassen. Ihr Essen ist fertig.«

»Man hat Ihnen beigebracht, eine Maschinenpistole zu benutzen«, schnauzte Brazil sie an.

»Sie haben gesagt, dass Marco tot ist. Der Mann, der Marco töten konnte, muss gut sein. Ich werde die Villa nicht verlassen«, antwortete die korpulente Frau halsstarrig. »Ihr Essen ist fertig.«

»Dann halten Sie den elenden Fraß auf dem Herd warm«, brüllte Brazil sie an.

Er musste Luigi auftragen, dass einige Wachtposten mit dem Hubschrauber vom Keilerhorn zur Villa gebracht wurden. Er hatte einen Einheimischen als Helikopterpilot angeheuert, der die Gegend kannte und nicht zu seinen Männern gehörte. Nachdem er wieder in den Raum mit dem Transmitter geeilt war, schloss er die Tür und überlegte sich, welche Nachricht er übermitteln würde.

»Marco ist tot«, wiederholte Elvira immer wieder, als wäre es eine Litanei, und watschelte zurück in die Küche.

Trotz des Risikos, dass neue Wachtposten auftauchen könnten, rannte Marler den Abhang hoch. Niemand war zu sehen – äußerst merkwürdig. Er lief weiter, bis er kurz vor dem Zaun stand.

Dann zog er einen anderen Gegenstand aus seinem Beutel hervor, der mit großer Sorgfalt eingepackt war. Auf dem ganzen Weg bergauf hatte er sich Sorgen gemacht, dass er vielleicht auf eine felsige Stelle stoßen könnte, die den Wagen erschüttern würde, aber es war alles gut gegangen. Nun wäre er den Gegenstand in seiner behandschuhten Hand gerne losgeworden.

Einen Augenblick lang hielt er inne und schätzte die Entfernung ab – sie hatten den Zaun nicht weit genug von der Villa entfernt errichtet. Er holte aus und warf das Dynamit.

Der Sprengstoff landete exakt an der anvisierten Stelle und explodierte dröhnend zwischen den Antennen. Der Mast wurde erschüttert, Bruchstücke flogen durch die Luft, größere Gegenstände fielen übereinander. Wo die Antennen auf dem Flachdach gestanden hatten, sah man jetzt nur noch deformiertes Metall. Marler wandte sich um und rannte zu seinem Wagen.

Vor seinem Transmitter sitzend, wurde Brazil durch die Explosion erschüttert. Von der Decke rieselte der Putz, aber das Dach selbst war nicht beschädigt. Es war aus extra dickem Beton, um den winterlichen Eis- und Schneemengen zu trotzen.

Mit zusammengekniffenen Lippen und aufgesetztem Kopfhörer versuchte Brazil, die Nachricht zu senden. Nichts. Der Transmitter funktionierte nicht mehr. Er hatte keine Möglichkeit mehr, Luigi zu erreichen. Fluchend ging er in die Küche, die auch als Esszimmer diente.

Der Tisch war gedeckt, und Elvira servierte ihm einen Teller mit dampfender Pasta und Hackfleisch. Sie starrte ihn an. Brazil setzte sich und blickte zu dem Piloten hinüber, der in einer Ecke saß. »Haben Sie den Hubschrauber aufgetankt?«

»Ja. Es war nur ein kurzer Flug hierher.«

»Können Sie mich nach dem Essen zu den Gebäuden auf dem Keilerhorn fliegen?«

»Kein Problem, aber es wäre sicherer, wenn wir dort vor Einbruch der Dunkelheit landen würden.«

»Essen Sie«, befahl Elvira. »Ihr Magen braucht Nahrung. Ich habe einen Knall gehört.«

»Machen Sie sich deshalb keine Gedanken.«

»Marco ist tot«, wiederholte sie.

»Sagen Sie das um Himmels willen nicht noch einmal«, rief Brazil und knallte das Besteck auf den Tisch.

Als Marler die Bergstraße wieder hinabfuhr, war er zufriedener als auf der Hinfahrt. Er war nur zu froh, das Dynamit losgeworden zu sein. Es hatte seinen Dienst getan, und das bedeutete, dass Brazil keine seiner Ganoven bestellen konnte, während er selbst ins Tal fuhr.

Marler war immer noch erstaunt, dass keine weiteren Wachtposten da waren, aber er verschwendete nie seine Zeit oder Energie damit, über Rätsel nachzudenken, die er nicht lösen konnte. Statt dessen konzentrierte er sich jetzt darauf, Sion vor Einbruch der Dunkelheit zu erreichen. Im Augenblick glänzte das Tal im Licht der Abendsonne.

Mit einem Seufzer der Erleichterung erreichte er das Tal und fuhr weiter nach Sion. Er parkte seinen Wagen und ging den restlichen Weg zum Hôtel Élite zu Fuß, wo er Newman von seinem Tagewerk berichten wollte.

»Das sind ja exzellente Neuigkeiten«, freute sich Newman in seinem Hotelzimmer. Marler hatte Bericht erstattet, und auch Philip und Paula hatten zugehört.

»Brazil ist bestimmt zum Keilerhorn unterwegs«, warnte Marler. »Als ich gerade das Tal erreicht hatte, sah und hörte ich einen Hubschrauber aus der Richtung der Villa auf das Keilerhorn zu fliegen, und vor Brazils Haus stand ein Hubschrauber auf dem Landeplatz.«

»Dann gehen wir also davon aus, dass Brazil persönlich die Kontrolle über die Bodenstation übernommen hat und bereit ist, noch eine weitaus schrecklichere Katastrophe auszulösen. Wir können nur beten, dass er morgen dort ist, wenn wir unseren Angriff starten.«

»Es war schon bis jetzt schlimm genug«, warf Paula ein. »Ich habe das Radio eingeschaltet, alle regulären Programme des BBC World Service sind abgesetzt worden. Statt dessen bringen sie permanent neue Nachrichten über zerstörte Kommunikationssysteme auf der ganzen Welt, von den Todesopfern ganz zu schweigen. Zu ihnen gehören auch einige Geschäftsleute, die zu Hause gearbeitet haben und deren Computer an den Information Superhighway angeschlossen waren.«

»Dazu kommen alarmierende Gerüchte aus Moskau, dass die Stadt von Divisionen der Elitetruppen umstellt ist«, fügte Philip hinzu. »Angeblich hat General Iwan Marow eine Erklärung abgegeben, dass Russlands Grenzen von Wladiwostok am Pazifik bis zu Weißrussland im Westen geschlossen werden. Man vermutet, dass der Präsident krank ist und in eine Klinik gebracht wurde.«

»Taktische Spielchen, um den Westen aus der Ruhe zu bringen«, bemerkte Newman. »Aber in Wirklichkeit geht es um ein Duell zwischen zwei Männern, zwischen Tweed und Brazil.«

»Haben Sie einen Plan zur Zerstörung der Bodenstation?« fragte Marler. »Wenn ja, muss ich über die Einzelheiten Bescheid wissen.«

»Wir haben einen Plan«, beruhigte ihn Newman. »Ein Plan, der zum großen Teil auf etwas basiert, das Philip beobachtet hat, als er mit Paula auf dem Keilerhorn war. Sie haben den Plan gemeinsam konzipiert, und ich habe zugestimmt. Ich informiere Sie über die Details, wenn Philip und Paula gegangen sind.«

»Bob«, sagte Paula mitleidig. »Wann haben Sie zum letzten mal geschlafen?«

»Ich kann mich nicht erinnern.«

»Sobald wir gegangen sind, legen Sie sich hin. Über den Plan können Sie Marler berichten, wenn Sie wieder aufgewacht sind. Dann werden Sie sich frischer fühlen. Marler kann so lange Wache halten. So wie Sie aussehen, werden Sie einschlafen, sobald Sie Ihren Kopf aufs Kissen legen.«

»Wo sind Butler und Nield?« fragte Marler.

»Sie patrouillieren auf der Straße«, antwortete Newman. »Beide tragen schwarze Ledermonturen und Helme wie die Leather Bombers und fahren Fireblades. Sie suchen nach Spuren des Gegners. Butler behält den Flugplatz im Auge.«

»Wir könnten aus Versehen auf sie schießen,« warnte Marler.

»Daran haben wir auch schon gedacht. Auf Harrys und Petes Helme sind vorne und hinten rote Kreuze gemalt.«

»Und was haben Paula und Philip vor?« forschte Marler, der immer lückenlos informiert sein wollte.

Paula hatte ihren 38er Browning hervorgezogen und überprüfte ihn, und Philip hatte gerade das Magazin aus seiner Walther entfernt, untersuchte die Waffe und schob das Magazin dann wieder in den Griff, bevor er die Pistole wieder in seinem Hüftholster verstaute.

»Sie suchen einen Mann namens Anton Marchat.«

»Der wurde zuletzt in Devastoke Cottage in Dorset gesehen«, erinnerte sich Marler.

»Wenn Sie ihn antreffen sollten, fragen Sie ihn, ob er irgend etwas über das Keilerhorn und die Bodenstation weiß«, sagte Newman.

»Wir werden unser Bestes tun«, entgegnete Philip und stand auf, um mit Paula den Raum zu verlassen. »Wir gehen zu Fuß.«

Nach Einbruch der Dunkelheit waren die Straßen von Sion verwaist und ruhig. Philip hatte den Stadtplan studiert und wies den Weg. Paula begriff, dass sie zu dem riesigen Felsen unterwegs waren, auf dessen Gipfel, der die Stadt beherrschte, ein altes Haus stand.

»Wie läuft's mit Eve?« erkundigte sie sich. »Oder möchten Sie lieber nicht darüber reden? Sie haben sie doch eine Zeit lang nicht gesehen?«

»Ich bin zu dem Schluss gelangt, dass sie nicht die richtige Frau für mich ist. Sie ist eine notorische Lügnerin. Das war mir sogar schon zu der Zeit aufgefallen, als ich glücklich darüber war, mit ihr zusammen sein zu können. Trotz der Trauer um Jean scheint ein Teil meines Gehirns noch zu funktionieren. Ich weiß, dass meine Gefühle für Eve eine gefährliche Leidenschaft waren.«

»Dann wollen Sie ihr also den Laufpass geben?«

»So kann man es auch ausdrücken.« Philip lachte freudlos. »Ich glaube, dass Frauen bei ihren Geschlechtsgenossinnen realistischer sind als Männer und dass ihre Einschätzung schonungsloser ist. Zumindest, wenn sie Grips haben, wie das bei Ihnen ja der Fall ist.«

»Ich habe mich nicht sehr zart fühlend ausgedrückt.« Sie schwieg einen Augenblick. »Wir werden verfolgt, Philip.«

»Ich weiß.« Sie bogen um eine Straßenecke. »Verstecken Sie sich schnell in dem Hauseingang, und verhalten Sie sich ruhig. Keinen Mucks …«

Während sie sich auf die Veranda kauerten, zog Philip seine Walther. Paula hielt ihren Browning bereits in der Hand. Sie warteten und lauschten auf sich nähernde Schritte.

Paula fand die Atmosphäre unheimlich. In der Seitenstraße war es dunkel, die nächste Straßenlampe war ein gutes Stück entfernt. Die Stille lastete wie eine schwere Decke auf ihr. Sie warteten weiter, zwei Wachsfiguren, die mit keinem Muskel zuckten. Nach fünf Minuten flüsterte Philip Paula zu, dass sie hier auf ihn warten solle. Er ging langsam auf die Straße und spähte um die Ecke. Niemand war zu sehen. Dann kehrte er zum Hauseingang zurück.

»Ich glaube nicht, dass wir es uns nur eingebildet haben, aber wer es auch war, er ist verschwunden. Lassen Sie uns weitergehen. Es könnte eine Offenbarung sein, mit dem extrem schwer zu fassenden Marchat zu reden.«

40

»Wir werden Marchat mit Sicherheit erkennen«, bemerkte Philip, als sie den großen Felsen erreicht hatten.

»Er scheint ein sehr außergewöhnlicher Mensch zu sein«, stimmte Paula zu. Bevor Marler in Newmans Hotelzimmer erschienen war, hatten sie gemeinsam das Foto von Anton Marchat betrachtet. Er hatte keinen Bartwuchs und eine sehr weiche Haut. Sein Gesicht war rundlich, und am faszinierendsten waren seine Augen. Unter schweren Lidern starrten sie auf dem Foto den Betrachter an, als ob sie Geheimnisse zu verbergen hätten. Das sanfte Gesicht zeigte keinerlei Anzeichen eines Lächelns und er hatte ein Entschlossenheit verratendes Kinn. Sein dicht anliegendes Haar wirkte wie auf seinen Schädel gemalt.

»Was ist das denn?« flüsterte Paula, während sie nach Philips Arm griff.

Der Ort ermunterte einen zum Flüstern. Sie kauerten unter dem riesigen Felsen. Philip blickte sich abrupt um, wie er es auch zuvor in regelmäßigen Abständen getan hatte, und griff in seine Schultertasche. »Erschrecken Sie nicht«, zischte er.

Er wandte sich um und warf den Gegenstand in seiner Hand in die Richtung, wo er den Schatten gesehen hatte. Nachdem die Granate auf den Boden geprallt war, verschwand der Schatten hinter einer Wand. Als sie explodierte, war es mit der merkwürdigen Stille vorbei. Mit der Walther in der Hand stand Philip ruhig da.

»Sind Sie verrückt geworden?« flüsterte Paula. »Sie könnten einen Fußgänger getötet haben.«

»Ich bin mir ganz sicher, den Schatten eines uns folgenden Manns gesehen zu haben. Jetzt wird er keine allzu große Lust mehr haben, uns auf den Fersen zu bleiben. Vergessen Sie nicht, dass Newman den Motormann in Sion vermutet. Wir wollen ihm nicht den Weg zu Marchat zeigen.«

»Sie werden schon wissen, was Sie tun.«

»Genau. Wir sind in der Nähe von Marchats Straße …«

Paula starrte nach vorn. Ihre Augen hatten sich gut an die Dunkelheit gewöhnt. Als sie losgegangen waren, hatten sich Wolken vor den Mond geschoben. Jetzt war eine kleine Ansammlung alter Häuser zu sehen, und sie begriff, wie Sion einst ausgesehen hatte.

Die einstöckigen Holzhäuser standen unter dem Felsen dicht nebeneinander. Ein Haus, zu dem eine Holztreppe emporführte, war sogar auf einem Felsvorsprung errichtet worden. Die Fensterläden waren alle geschlossen. Hier und dort sickerte etwas Licht durch die Fensterläden, aber Paula war sicher, dass einige der Häuser leerstanden. Zwischen diesen Bauten und dem heutigen Sion lagen Welten und ein ganzes Jahrhundert.

»Welches ist es denn?« flüsterte Paula.

»Die Häuser haben Nummern.«

Mit einer kleinen Taschenlampe beleuchtete Philip kurz das rechteckige Holzschild, auf dem gerade noch lesbar die Nummer eingeritzt war.

»Marchat wohnt in Nummer vierzehn. Das muss das etwas zurückstehende Haus dort zwischen den beiden sein.«

Er schaltete die Taschenlampe schnell an und wieder aus.

»Hier ist es. Atmen Sie tief durch, und beten Sie. Es war ein langer Weg von Devastoke Cottage bis hier.«

Paulas Hoffnung sank, als sie sah, dass kein Licht durch die Ritzen der Fensterläden fiel. Philip bediente mehrmals den hölzernen Türklopfer, der die Form eines Tierkopfes hatte. Sie warteten.

Es schien eine Ewigkeit zu dauern, und als Paula nach oben blickte, hätte sie schwören können, dass der riesige Felsvorsprung über ihnen sich langsam vorschob. Dann hörte man einen Schlüssel im Schloss knirschen, und die Tür wurde einen Spalt weit geöffnet. Eine Sicherheitskette mit riesigen Gliedern verhinderte, dass man eintreten konnte.

»Wer ist da?« fragte eine Frau auf französisch.

»Wir sind von Dorset in England nach hier gekommen, um mit Monsieur Marchat zu sprechen«, sagte Paula, die glaubte, dass sie eine bessere Chance hatte, eine andere Frau davon zu überzeugen, nachts die Tür zu öffnen.

»Da muss man Ihnen eine falsche Adresse gegeben haben. Hier wohnt kein Marchat.«

»Mein Name ist Paula Grey, und mein Freund heißt Philip Cardon. Wir sind Engländer. Mein Freund hat gesehen, wie Sterndale Manor abgebrannt ist, wo der alte General und sein Sohn Richard ums Leben gekommen sind. Ihr Mann ist dem Tod nur entkommen, weil er in einem Lokal in Wareham etwas getrunken hat.«

Einen Augenblick lang herrschte Schweigen. Weil nirgendwo Licht zu brennen schien, konnten sie die Frau nicht sehen. Paula war sicher, dass irgend jemand dicht neben ihr stand.

»Das sagt mir gar nichts«, antwortete die Frau schließlich.

Guter Gott, dachte Paula. Habe ich fälschlicherweise angenommen, dass sie seine Frau ist? Sie versuchte es erneut. »Der Verantwortliche für die Brandstiftung war Leopold Brazil. Auch er besitzt in der Nähe von Sterndale Manor ein Haus, es heißt Grenville Grange.« Erneut herrschte Schweigen, und Paula begann langsam zu verzweifeln. »Wir wollen Herrn Marchat warnen. Partridge ist umgebracht worden, weil man glaubte, er wäre Monsieur Marchat. Sein Mörder ist jetzt in Sion. Man nennt ihn Motormann.«

»Lass sie herein, Karin«, rief eine männliche Stimme.

Paula atmete erleichtert auf, während Karin die Kette entfernte und sie hereinbat. In der Dunkelheit tastete Paula nach unsichtbaren Stufen, aber es gab keine. Nachdem die Tür geschlossen worden war, ging eine Lampe an, die in der Mitte des kleinen Raums an einer Kette hing.

Wegen der Helligkeit blinzelte Philip. In einem Schaukelstuhl saß der Mann, dessen Gesicht sie auf dem Foto studiert hatten. Er trug eine grüne Jacke, eine dicke dunkelbraune Hose, und sein aufgeknöpftes Hemd entblößte einen muskulösen Hals. Während er sie beobachtete, waren seine Lider halb geschlossen, doch dann hob er sie. Seine Stimme klang sanft.

»Nehmen Sie bitte Platz. Diese beiden Sessel sind bequem. Bring unseren Gästen bitte etwas Wein, Karin. Die Weine aus dem Wallis sind sehr gut«, erklärte er Paula.

»Sie werden sich sicher hinsichtlich unserer Identität vergewissern wollen«, sagte Philip und zog seinen SIS-Ausweis aus der Tasche.

Marchat winkte ab und lächelte. »Ich habe jedes Wort mitgehört. Ihre Informationen waren überzeugender als jeder Ausweis. Diese Dinger kann man sehr leicht fälschen. Vor Jahren habe ich selbst gutes Geld damit verdient.«

Philip hätte noch gewartet, aber Paula sprach weiter, daher blickte er sich im Zimmer um. Alle Gegenstände waren aus Holz, der Frühstückstisch gedeckt. Karin war eine sorgfältige Hausfrau. Die Holzstühle waren geschnitzt und sahen solide aus. Auf dem Holzboden lagen hier und dort geschmackvolle Brücken in angenehmen Farben. Er fühlte sich an den Anfang des Jahrhunderts zurückversetzt. Aber das Zimmer war gemütlich, und ein alter Ofen, dessen Metallrohr in einem Loch in der Holzdecke verschwand, verströmte eine angenehme Wärme.

»Sie werden noch nichts davon gehört haben, aber es hat sich eine weltweite Katastrophe ereignet ...« begann Paula.

»Entschuldigen Sie, wenn ich unterbreche, aber ich habe davon gehört.« Marchat zeigte auf ein altes Radio mit Holzgehäuse, wie es in den dreißiger Jahren verbreitet war. »Ein Kommunikations-Blackout. Das war Brazil?«

»Ja«, bestätigte Paula. »Aber es wird noch weitaus schlimmer kommen, wenn wir die Bodenstation auf dem Keilerhorn nicht zerstören können. Wissen Sie etwas über die Anlage?«

»Ich habe sie gesehen. Aber zuerst möchte ich auf Ihre Gesundheit anstoßen.«

Er hob ein altmodisches Weinglas. Auch Paula, Philip

und Karin, die neben ihrem Mann saß, erhoben ihre Gläser.
»Karin ist seit vielen Jahren meine Frau«, sagte Marchat, während er sein Glas hinstellte. »Ich bin General Sterndale durch Zufall begegnet. Er hat mich für eine gute Arbeitskraft gehalten und mir den Job in seinem Landhaus angeboten. Der Lohn war sehr gut. Das wird uns im Alter helfen. Bei der angeblichen Wetterstation handelt es sich um etwas weitaus Schlimmeres. Wissenschaftler aus der ganzen Welt arbeiten für ihn, und er zahlt ihnen ein Vermögen.«

»Sind die Wissenschaftler freiwillig dort?« fragte Philip auf französisch.

»Allerdings. Sie verdienen in einem Monat mehr Geld als in einem Jahr in ihren Heimatländern. Er war clever und sagte, dass er für Ihre Frauen oder Freundinnen luxuriöse Häuser bereitstellen würde, um sie bei Laune zu halten. Innerhalb des Zauns um die Hauptgebäude befand sich vorher ein verlassenes Dorf.«

»Verlassen?« fragte Paula.

»Ja. In den Bergen gibt es eine Reihe solcher verlassener Orte. Die jungen Leute sind nicht gewillt, ein so hartes Leben zu ertragen. Sie verlassen das Wallis und nehmen gut bezahlte Jobs in Montreux oder Genf an. Das Wallis stirbt.«

»Tut mir leid, dass ich Sie unterbrochen habe«, sagte Paula.

»Italienische Architekten haben die verlassenen Häuser in kleine Paläste verwandelt. Gelegentlich werden die Paare zum Diner in einen Privatraum eines der großen Hotels am Genfer See eingeladen.«

»Was uns Kopfzerbrechen bereitet«, unterbrach Philip ihn, »ist, wie wir die angebliche Wetterstation aus dem Weg räumen können, die Brazil dazu dient, die globalen Kommunikationssysteme zu zerstören. Als Paula und ich heute morgen dort waren, ist mir aufgefallen, dass der Abhang über dem Gebäude erdrutschgefährdet wirkt.«

»Es ist sehr gefährlich. Eines Tages wird es einen Erdrutsch geben, und das wird das Ende von Brazils teuflischem Plan sein. Nach Ansicht seiner italienischen Architekten ist alles völlig sicher. Sie wollten den Job haben und haben ihn schließlich auch bekommen.«

»Wie meinen Sie das?« fragte Paula.

»Das Projekt ist beendet. Brazil hat Flaschen mit teurem Wein verteilt und die Architekten in einen klimatisierten Bus gesetzt, der sie angeblich zum Bahnhof bringen sollte. Aber auf halbem Weg die Bremsen versagt, und der Bus stürzte in den Abgrund. Nun können sie sich nicht mehr darüber auslassen, was sie da gebaut haben.«

»Darf ich fragen, woher Sie das alles wissen?«

»Weil ich zu der Zeit hier gelebt habe. Direkt nach dem angeblichen Busunglück habe ich General Sterndale kennen gelernt und bin nach England gegangen. Früher ging ich mit einem Rucksack mit Schlafsack und Proviant bergsteigen.«

»*Zu Fuß?*« fragte Paula erstaunt. Sie konnte ihren Blick nicht von Marchats dicken Beinen abwenden, die sich unter seiner Hose abzeichneten.

»Ich habe mir Zeit gelassen. Dabei habe ich mich mit einem slowenischen Arbeiter angefreundet, der französisch sprach. Er hat mir alles erzählt. Weil ich wie einer der Arbeiter gekleidet war, bin ich den Wachtposten unter den vielen Angestellten nicht aufgefallen.«

»Ich glaube, dass wir Ihre Zeit lange genug in Anspruch genommen haben«, sagte Paula. »Ihre Informationen sind von unschätzbarem Wert.«

»Setzen Sie sie ein, um diesen Mann zu vernichten«, knurrte Marchat.

»Vielen Dank für den Wein.« Paula hatte sich der schlanken Karin zugewandt, die schweigend zugehört hatte. »Er war wirklich sehr gut.«

»Ich habe meine eigenen Weinreben«, sagte Karin, die vor Freude errötet war.

Marchat streckte seine knorrige Hand aus, ergriff das Handgelenk seiner Frau und drückte es.

»Noch etwas, bevor wir gehen«, warnte Philip, während er aufstand. »Lassen Sie unter keinen Umständen irgendeinen Fremden ins Haus, was immer er Ihnen auch erzählen mag. Öffnen Sie die Tür nicht.« Er blickte Marchat in die Augen. »Wir wissen, dass der Motormann in der Stadt ist ...«

Sie waren wieder in Newmans Hotelzimmer angekommen, wo dieser ihrem Bericht über den Besuch bei Anton und Karin Marchat lauschte.

»Scheint ein nettes Ehepaar zu sein«, sagte Philip anschließend. »Und ohne es zu bemerken, hat er bestätigt, dass unser Plan funktionieren wird. Hoffen wir, dass es bald soweit ist.«

»Bob«, sagte Philip ernst und beugte sich in seinem Sessel vor, »meiner Ansicht nach sollten wir sie bewachen. Das wäre ein idealer Job für Butler oder Nield.«

»Auch wenn es mir schwer fällt, kann ich darauf nicht eingehen«, antwortete Newman bestimmt. »Wir sind bei unserem Angriff in der Unterzahl, und jeder Mann wird gebraucht. Tut mir leid, aber so sieht's aus. Die Zerstörung der Bodenstation hat absoluten Vorrang.«

»Ich mache mir Sorgen um ihre Sicherheit«, insistierte Philip.

»Da stimme ich ihm zu«, sagte Paula.

»Dann müssen Sie beide eben die Nerven behalten«, erwiderte Newman grimmig. »Jetzt ist die Zeit für schwierige Entscheidungen, und ich habe gerade eine getroffen.«

Er sprang auf, weil von der Tür her ein spezielles Klopfzeichen ertönte. Obwohl er es erkannte, hatte er seine Smith & Wesson in der Hand, als er die Tür aufschloss und zunächst einen Spaltbreit öffnete. Butler und Nield betraten mit Motorradhelmen unter dem Arm das Zimmer, von Kopf bis Fuß in schwarzes Leder gekleidet. Paula bemerkte die roten Kreuze auf den Helmen.

»Kaffee?« fragte Newman, während er die Tür abschloss. »Er wurde vor nicht einmal zehn Minuten für Paula und Philip gebracht.«

»Für mich schwarz und stark wie die Sünde«, antwortete Butler. »Auf der Straße sind uns keine Sünder aufgefallen, jedenfalls keine Leather Bombers.«

»Und unglücklicherweise auch keine Frauen, die einen zur Sünde verführen«, fügte Nield scherzend hinzu.

»Schämen Sie sich«, neckte Paula ihn.

Newman wirkte immer noch ernst und wartete, bis Butler und Nield ihren Kaffee getrunken und Paula ihnen erneut eingeschenkt hatte. Nach ein paar Minuten in dem angenehm geheizten Raum wirkten beide Männer erfrischt.

»Glauben Sie, dass Sie erneut durch Sion patrouillieren können, wenn Sie in Ruhe Ihren Kaffee getrunken haben? Diesmal sollten Sie alle Bars und Lokale einschließlich der Hotels überprüfen.«

»Darauf haben wir uns beide gefreut«, scherzte Nield. »Ein kleiner Spaziergang bei Temperaturen unter null. Wie schön.«

»Und wonach suchen wir?« fragte Butler kurz und bündig.

»Bill Franklin und Keith Kent halten sich irgendwo in Sion auf. Ich würde gern wissen, wo. Kommen Sie ihnen nicht zu nahe. Geben Sie einfach per Telefon durch, wo sie sich aufhalten. Nur einen Namen und einen Ort, und dann machen Sie sich aus dem Staub.«

»Wir sollten lieber aufbrechen«, sagte der stämmige Butler.

»Was ich schon immer geliebt habe«, bemerkte Nield trocken, »ist Harrys Begeisterung. Wenn wir schon frieren sollen, werden wir es auch tun.«

»Kommen Sie in einer Stunde zurück«, befahl Newman. Die beiden gingen zur Tür, und er folgte ihnen. »Für morgen sollten Sie ausgeruht sein ...«

»Ich begreife nicht, was Sie damit erreichen wollen«, sagte Paula, nachdem die beiden Männer das Hotelzimmer verlassen hatten.

»Wenn Sie Glück haben und einen von ihnen oder mit sehr viel Glück beide finden, rufe ich Beck in Zürich an. Dann kann ich ihn fragen, ob er sich mit dem örtlichen Polizeichef in Verbindung setzt und für beide Männer eine Überwachung durch Polizisten in Zivil anordnet.« Er blickte Paula an. »Mehr kann ich nicht tun.«

»Aber wie können Sie davon ausgehen, dass sie Franklin oder Kent erkennen?« fragte Paula.

»Sie müssen wirklich müde sein. Butler und Nield sind Profis. Ich habe ihnen zwei Namen genannt. Nehmen Sie zum Beispiel ein Hotel. Sie werden sich eben eine Geschichte von zwei Freunden einfallen lassen. Wenn einer von ihnen in der Bar sein sollte, werden sie darum bitten, ihn auszurufen, und dann sagen, dass sie aufs Klo müssen. Anschließend verlassen sie das Hotel heimlich und rufen mich an. Das ist nur eine Möglichkeit, die ich mir ausgedacht habe, für den Fall, das ich nach ihnen suchen würde.«

»Ich muss tatsächlich müde sein«, stimmte Paula zu.

Newman schaltete das Radio ein und bestellte dann beim Zimmerservice frischen Kaffee und ein paar Sandwiches. Während er aß und trank, lauschte er der Flut von Berichten über den Zusammenbruch der Kommunikation in anderen Teilen der Welt.

Auf einer Couch unterhielten sich Philip und Paula leise. Genau eine Stunde später kamen Butler und Nield zurück.

»Wie ist es gelaufen?« wollte Newman wissen.

»Schlecht. Ich glaube, dass es keine Bar in Sion gibt, wo wir nicht waren, und wir haben auch eine Reihe von Hotels überprüft. Von Franklin und Kent keine Spur.«

»Sie haben Ihr Bestes getan«, sagte Newman. »Ziehen Sie die Klamotten aus, und machen Sie sich frisch. Wenn Sie zurückkommen, werden Sie etwas zu essen und Kaffee vorfinden.«

»Ich gehe ins Bett.« Paula stand auf, als die beiden Männer den Raum verließen. »Ich bin hundemüde. Wir sehen uns morgen früh.«

Sie ging auf ihr Zimmer, zwang sich zu duschen, legte sich ins Bett, löschte das Licht und drehte sich um. Sie war deprimiert, weil Butler und Nield die beiden Männer nicht gefunden hatten. Dann dachte sie an die Marchats, und ihre Angst nahm zu. Wenn Tweed doch nur hier wäre, war ihr letzter Gedanke, bevor sie schnell einschlief.

41

Tweed blickte auf die Uhr, die die mitteleuropäische Zeit anzeigte. Die Notärzte waren gegangen. Ihr Chef hatte kurz in Tweeds Büro vorbeigeschaut.

»Es tut mir leid, Sir, aber ich habe eine schlechte Nachricht. Die drei Männer aus dem Computerraum sind tot.«

»Das habe ich mir schon gedacht«, sagte Tweed leise.

»Ich begreife nicht, was ihnen zugestoßen ist, aber nach der Autopsie wissen wir mehr.«

»Ich kann es Ihnen sagen – es war der Schock, der durch blendendes Licht und unerträgliche Geräusche ausgelöst wurde. Das hat ihr Körper nicht ausgehalten. Haben Sie keine Nachrichten gehört?«

»Ich war zu beschäftigt, um Nachrichten zu hören.«

»Sie werden davon hören. Ich will Sie nicht aufhalten. Danke, dass Sie so schnell gekommen sind.«

Als er wieder mit Monica allein war, richtete er eine dringende Bitte an sie. »Versuchen Sie, Newman zu erreichen. Drücken Sie die Daumen, dass er noch im Hôtel Élite ist.«

»Bob ist am Apparat«, rief Monica ein paar Minuten später begeistert.

»Hier spricht Tweed. »Ich werde mich vorsichtig ausdrücken«, sagte er, weil er wusste, dass das Gespräch über die Vermittlung im Hotel lief. »Erinnern Sie sich, womit Sie und Philip gespielt haben, als Sie neulich in Send waren?«

»Ja.«

»Wann steigt denn die Party?«

»Morgen früh bei Tagesanbruch. Zumindest werden wir dann das Hotel verlassen.«

»Ich bringe Ihnen zum Flugzeug ein solches Spielzeug mit viel Zubehör mit.«

»Das wäre ideal für die Party. Aber Sie werden zu spät kommen«, sagte Newman bedauernd.

»Nein. Auf dem Flugplatz wartet eine Maschine auf mich.«

»Sie werden zu spät kommen«, insistierte Newman.

»Nicht, wenn ich heute nacht fliege.«

»Das können Sie nicht tun«, protestierte Newman. »Es ist ein kleiner Flugplatz, wo man nur tagsüber sicher landen kann.«

»Dann werde ich Beck informieren. Er wird etwas arrangieren müssen.«

»Ich rate Ihnen, diese Wahnsinnsidee aufzugeben«, sagte Newman nachdrücklich.

»Ich muss Sie daran erinnern, wer hier die Verantwortung trägt, nämlich ich. Seien Sie also so liebenswürdig, und holen Sie das Geschenk ab. Ich nehme an, dass Ihnen das möglich ist.«

»Ja, das ist es ...«

»Dann tun Sie es. Über meine voraussichtliche Ankunftszeit wird Beck Sie informieren. Schlafen Sie gut.«

Bevor Newman protestieren konnte, hatte Tweed aufgelegt.

Monica faltete die Hände in ihrem Schoß. »Die Idee einer nächtlichen Landung auf dem Flugplatz von Sion hat ihm nicht gefallen, oder?«

»Newman ist manchmal übervorsichtig«, antwortete Tweed ruhig.

»Und damit hat er auch recht. Wann werden Sie Ihrer Vorstellung nach wahrscheinlich in Sion landen?«

»Ich würde gerne um drei Uhr morgens in Heathrow starten. Dann sollte ich um halb fünf unserer Zeit beziehungsweise um halb sechs kontinentaler Zeit in Sion sein.«

»Es wird vollkommen finster sein«, meinte Monica verzweifelt.

»Sie haben etwas übersehen. Schweizer Piloten werden mich dorthin fliegen. Sie kennen ihren Luftraum besser als irgendein anderer Pilot auf der Welt, und das Mondlicht wird hilfreich sein.«

»Vielleicht auch nicht. Oft ist der Mond von Wolken verdeckt.«

»Das wird nicht passieren, denn ich bin ein Glückskind. Jetzt haben Sie eine Menge zu erledigen.« Er zählte die Punkte an den Fingern ab. »Sie rufen Jim Corcoran in Heathrow an und sagen ihm, wann ich nach Sion starten möchte. Bitten Sie ihn, die Crew zu informieren. Das Geschenk für Newman steht unten, es ist auf meine Anweisungen hin aus Send gebracht worden. Es befindet sich sorgfältig verpackt in einem Jeep, und George bewacht es gemeinsam mit den Männern, die es gebracht haben. Lassen Sie es nach Heathrow befördern, damit es an Bord des Jets gebracht werden kann. Es darf nur von den Männern verladen werden, die es aus Send hergebracht haben.«

»Ich hoffe, es ist keine Atombombe«, sagte Monica halb scherzend, halb ängstlich.

»Natürlich nicht, auch wenn es eine ähnliche Wirkung haben wird. Überprüfen Sie, ob die Crew um drei Uhr morgens startbereit ist. Warnen Sie Corcoran, dass eine heikle Fracht an Bord gebracht werden muss, die nach Heathrow unterwegs ist. Bitten Sie ihn, der Crew mitzuteilen, dass die Fracht völlig ungefährlich ist und dass es Waffen *ohne* Munition sind.«

»Ist das alles?«

»Keineswegs. Sobald die Maschine gestartet ist, soll Corcoran Sie anrufen. Dann benachrichtigen Sie Beck. Sagen Sie ihm, dass ich mich an Bord des Jets befinde. Teilen Sie ihm die voraussichtliche Landezeit in Sion mit, und bitten Sie ihn zu arrangieren, dass auf dem Flugplatz alle bereit sind, wenn der Pilot zum Kontrollturm Kontakt aufnimmt. Am wichtigsten aber ist, dass Sie nicht bei Beck anrufen, bevor ich gestartet bin.«

»Beck wird wütend werden.«

»Vielleicht, aber er wird alles tun, was er kann.«

»Das klingt unheilvoll.«

»Auf dieser Welt ist nichts sicher, und manchmal stehen wir alle am Rande eines Abgrunds.«

Tweed verließ Park Crescent und fuhr durch die Nacht zu Professor Grogarty in der Harley Street. Zuvor hatte er ihn angerufen und gefragt, ob es ihm passen würde. Grogartys Reaktion war typisch gewesen.

»Aber natürlich. Was glauben Sie denn, wo ich um diese Uhrzeit sein sollte. Im Bett? Mittlerweile wissen Sie doch, dass ich, genauso wie Sie selbst, am besten arbeiten kann, wenn der Rest der Welt schläft ...«

Grogarty öffnete Tweed persönlich die Tür, den Kneifer wieder schief auf der Nase. Guter Gott, dachte Tweed, ich werde mich entscheiden müssen, auf welches Auge ich mich konzentrieren soll.

»Trinken Sie einen Brandy«, bot Grogarty jovial an und geleitete seinen Gast zu einem bequemen Sessel. »Ich weiß, dass Sie selten trinken. Nur ein kleines Glas. Ich hasse es, allein zu trinken.«

»Wenn Sie darauf bestehen.«

»Allerdings, Sir!«

Während Grogarty ihnen Brandy einschenkte, blickte Tweed sich in dem großen, stilvoll möblierten Raum um. Auf einem alten Sideboard sah er ein seltsames, kompaktes Mikroskop mit mehreren Okularen. Grogarty bemerkte seinen Blick.

»Damit habe ich die Fotos aus Französisch-Guyana untersucht. Das Mikroskop habe ich selbst erfunden. Den größten Teil meiner Ausrüstung habe ich konstruiert. Was ich benötige, kann man bei den Herstellern nicht erhalten. Sie behaupten, dass das, was ich mir wünsche, theoretisch unmöglich ist.«

»Und das spornt Sie an, weil Sie beweisen wollen, dass sie sich irren?«

»Genau. Auf Ihre Gesundheit, Sir. Also, was kann ich diesmal für Sie tun?«

»Ich werde Ihre Zeit nicht lange beanspruchen, weil ich um drei Uhr morgens England mit dem Flugzeug verlasse.«

»Immer fliegen Sie irgendwo hin. Um drei Uhr morgens? Ich wusste gar nicht, dass um diese Uhrzeit Flugzeuge starten.«

»Ich habe das eingeführt.«

»Ja, so etwas bringen Sie fertig.«

Grogarty, ein großer Mann, stand mit herabhängenden Schultern vor ihm, und Tweed starrte ihn auf so seltsame Art und Weise an, dass sein Gast darauf reagierte. »Habe ich einen Pickel auf der Nase?«

»Entschuldigung, aber mir kam gerade eine Idee. Vergessen Sie es. Also ...«

Tweed erzählte ihm in gebotener Kürze, aber anschaulich, was im Computerraum passiert war. Abschließend unterrichtete er Grogarty, dass die drei Männer ums Leben gekommen waren.

»Darüber wollte ich mit Ihnen darüber reden. Ergibt das Ganze Sinn?«

»Mit großer Wahrscheinlichkeit ja.« Grogarty hatte sich in einen Sessel gegenüber von Tweed gesetzt. »Heutzutage werden wir von diesen verdammten Fernsehbildern überschwemmt, die von Satelliten übertragen werden, die auf einer Umlaufbahn um die Erde kreisen. Die Wissenschaftler sind zu Schülern des Teufels geworden. Solange sie sich einen Namen machen können, indem sie weitere infernalische Dinge erfinden, kümmern Sie sich nicht um die Folgen ihres Tuns. Mobiltelefone bedrohen unsere Privatsphäre, und durch die PCs kann man inzwischen auch zu Hause arbeiten. Aber was ist das Resultat dieses ganzen so genannten wissenschaftlichen Fortschritts? Weltweit rücken die Menschen so eng zusammen, dass sie praktisch alle Nachbarn sind. Der Druck auf das menschliche Bewusstsein nimmt zu. Ich bin selbst Wissenschaftler, aber ich weiß, dass die Welt sicherer wäre, wenn man die meisten führenden Forscher erschießen würde.«

»Aus ihrem Mund ist das ein origineller Gedanke.«

»Der Ihnen wahrscheinlich auch schon gekommen ist. Das zentrale Problem besteht darin, dass die Wissenschaftler dermaßen scharf darauf sind, sich auf ihrem Fachgebiet einen Namen zu machen, dass Sie niemals auch nur einen Augenblick an die Folgen ihrer projektierten Erfindungen denken. Sie sind amoralisch.«

»Ein tief schürfendes Urteil.«

»Viele halten sich auch für die Könige dieser Welt, die die Zukunft gestalten. Ich bin ein Anhänger der altmodischen Vorstellung, dass die Regierungen uns vor dieser Gefahr bewahren sollten.«

»Sie plädieren dafür, die Wissenschaft zu kontrollieren?«

»Das habe ich schon häufig getan, und zwar während geheimer Seminare ohne Publicity. Eben habe ich gesagt, dass auf dieser Welt alle Nachbarn geworden sind. Wo beginnt denn in unserem Privatleben so häufig der Ärger? Wir streiten uns am Gartenzaun mit unseren Nachbarn. Jetzt erschaffen diese verdammten Wissenschaftler eine Welt, in der sich alle Nationen gegenseitig an die Gurgel gehen werden. Ich vermute, dass der Mann hinter den Ereignissen bei Ihnen und auf der ganzen Welt das Ziel hat, die moderne Wissenschaft auszulöschen, und besonders die Kommunikationstechnologie, die die Nationen viel zu eng zusammenbringt. Ich erhebe mein Glas auf ihn.«

Grogarty hob sein Glas, trank und lächelte dann seinen Gast an. »Sie wirken gar nicht geschockt.«

»Bin ich auch nicht.«

»Ich habe es nur kurz erklärt, aber eine solche Aktion ist, angesichts des mörderischen Fortschritts der Wissenschaft, sehr gut möglich. Ich habe meine Worte sorgfältig gewählt. Sie töten den Geist unserer Zivilisation, indem sie uns zu Sklaven höllischer Maschinen machen. Außerdem glaube ich, dass Sie dabei sind, gegen diese fürchterliche Bedrohung anzugehen.«

»Ich tue, was ich kann«, antwortete Tweed, während er aufstand.

»Dann wird es klappen.«

Brazil war erleichtert gewesen, als der Helikopter innerhalb des Zauns gelandet war, der den Gebäudekomplex auf dem Keilerhorn einschloss. Sofort traf er sich mit Luigi im luxuriös möblierten Büro seines Untergebenen. An den Wänden hingen seltsame Wandteppiche und alte Poster. Die Stühle, die um den runden Glastisch herum standen, waren modern und unpraktisch.

Craig betrat den Raum und versuchte, es sich auf einem der Stühle bequem zu machen. Aber er gab bald auf, beugte sich vor und stützte seine dicken Ellbogen auf die Glasplatte des Tischs.

»Herzlichen Glückwunsch, Luigi«, begann Brazil. »Sie

haben großartige Arbeit geleistet.« Dann blickte er Craig an. »Haben Sie die Nachrichten gehört?«

»Ich habe die ganze Zeit vor dem Radio gesessen. Wie wir gehofft hatten, herrscht überall Chaos. Wie geht's weiter?«

»Morgen werde ich persönlich das zweite Signal senden, dass die Moral des Westens vollkommen brechen wird. Dann werden wir diesen Ort verlassen, nachdem wir alle technischen Einrichtungen zerstört haben.«

»Und was geschieht mit diesen nervigen Wissenschaftlern und ihren nörgelnden Frauen?« erkundigte sich Craig.

»Das ist Ihr Job. Wenn das Signal ausgestrahlt ist, werden Sie die Klimaanlagen der Häuser abschalten, in denen sie wohnen und arbeiten.«

»Abschalten?« Craig hob eine seiner buschigen Augenbrauen. »Sie haben diese alten Gebäude so abgedichtet, dass kein bisschen Luft von draußen hereindringt. Wenn man die Klimaanlage abschaltet, sind sie innerhalb einer halben Stunde tot.«

»Genau das ist meine Idee«, sagte Brazil leise. »Tote reden nicht, um einen Gemeinplatz zu bemühen.«

»Da haben Sie recht«, stimmte Craig zu. »Sagen Sie mir einfach morgen, wann ich es tun soll.«

»Die Wissenschaftler sind der Fluch der Menschheit. Immer katapultieren sie uns in eine Zukunft, über die ich gar nicht nachdenken möchte. Mit Ed Reynolds an der Spitze des Teams habe ich die Vernichtung der globalen Kommunikationssysteme organisiert, die sie erfunden haben. Wegen des Geldes und um sich selbst zu beweisen, dass es möglich ist, waren sie nur allzu glücklich, diese Aufgabe zu erledigen. Wir haben hier die Elite der Wissenschaftler dieser Welt in einem einstmals verlassenen Dorf versammelt. Wenn wir sie eliminieren, wird die Wissenschaft um viele Jahre zurück geworfen.« Er lächelte grimmig. »Man könnte sagen, dass ich ein Wohltäter der Menschheit bin, wenngleich das nur ein Teil eines weitaus umfassenderen Plans ist.«

»Wo ist José?« fragte Luigi.

»In der Villa. Jemand musste mit Elvira dort bleiben. Eine solche Kleinigkeit können Sie ruhig mir überlassen.«

»Wir packen unsere Sachen, um uns für die Abreise vorzubereiten?« fragte Luigi.

»Ja. Sie begleiten unsere Leute nach Mailand, Luigi. Sobald Sie in Italien sind, ziehen sich alle allein in ihr Zuhause oder Hotel zurück. Nehmen Sie in kleinen Gruppen verschiedene Züge, um keine Aufmerksamkeit zu erregen.«

»Und was ist mit mir?« fragte Craig.

»Sie fahren mit dem Schnellzug nach Genf und bleiben ein paar Tage in einem Luxushotel. Entspannen Sie sich, schließlich haben Sie unter großem Druck gestanden. Nach einer Woche kehren Sie nach Grenville Grange zurück, wo ich auf Sie warten werde. Nach all diesen Bergen werden wir in Dorset aufatmen.«

»Das können Sie laut sagen.«

»Ich habe nicht die Absicht, mich zu wiederholen.« Brazil lächelte trocken. »Um alle meine Papiere zu vernichten, werde ich nach Zürich zurückfliegen.«

»Was ist mit Gustav und Eve?« fragte Luigi.

»Sie sind in Zürich geblieben. Sobald ich zurück bin, werde ich ihnen Anweisungen geben.«

»Scheint so, als ob das alles wäre«, sagte Craig. »Heute ist etwas Merkwürdiges passiert. Drei unserer Männer sind verschwunden. Zuletzt hat man sie in einem engen Tal gesehen. Den Grund dafür kenne ich nicht.«

»Vielleicht sind sie in einen Abgrund gestürzt«, erwiderte Brazil.

42

Der Jet war mit Tweed und der Fracht gestartet und flog bereits über Frankreich. Tweed saß entspannt auf seinem Sitz und erinnerte sich an das Gespräch, das er direkt vor seinem Abflug geführt hatte, als Cord Dillon vom CIA ihn in seinem Büro angerufen hatte.

»Das verdächtige U-Boot, das Sie uns zu lokalisieren gebeten haben, weil Sie geglaubt haben, dass es ein Signal zu einem Landhaus in Dorset geschickt hat, ist in Murmansk eingetroffen, dem augenblicklich einzigen eisfreien Hafen im Westen des Landes.«

»Dann war es also ein russisches U-Boot«, erwiderte Tweed.

»Mit Sicherheit. Der neueste Typ eines leisen Atom-U-Boots. Schnell wie ein Torpedo. Beunruhigend.«

»Von wo aus haben Sie es entdeckt?«

»Von unserer Air Base in Keflavik in Island. Da die Russen geglaubt haben, dass das U-Boot nicht beobachtet wird, ist es über weite Strecken über Wasser gefahren«, hatte Dillon berichtet. »Deshalb besitzen wir auch Bilder.«

»Das U-Boot hat kein Signal nach Dorset gesendet«, korrigierte Tweed ihn jetzt, »sondern Signale empfangen und sie meiner Meinung nach nur bestätigt. Philip Cardon, einer meiner besten Männer, hat oben auf den Klippen gestanden, als er ein blinkendes Licht sah, das aus Grenville Grange kam. Das ist Brazils Landhaus. Einer seiner Männer muss dort gewesen sein, um zu einer verabredeten Zeit Kontakt mit dem U-Boot aufzunehmen.«

»Wieder Brazil«, erwiderte Dillon grimmig.

»Ja. Und es ist von Bedeutung, dass Sie das U-Boot lokalisiert haben. Damit gibt es eine direkte Verbindung zwischen Brazil und Marow. Ich habe gehört, dass General Marow jetzt den gesamten Militärapparat kontrolliert.«

»Er ist General?« fragte Dillon.

»Ja. Er hat diese Tatsache geheim gehalten. Vielen Dank für Ihren Anruf. Ich muss jetzt Schluss machen.« Damit hatte Tweed das Gespräch beendet.

Im Flugzeug wunderte sich Tweed erneut darüber, was für eine Rolle der Zufall im Leben spielte. Schließlich war es purer Zufall gewesen, dass Philip mit Eve gerade auf den Klippen gestanden hatte, als die Lichtsignale ausgetauscht wurden. Cardon hatte es Tweed erzählt und betont, dass es möglich war, dass er sich alles nur eingebildet hatte. Tweed hatte Philips Zweifel in den Wind geschlagen, da er sich an andere Gelegenheiten erinnerte, bei denen sein Mitarbeiter recht hatte.

Während der Jet durch die mondbeschienene Nacht flog, lenkte Tweed seine Gedanken auf die Lage in Sion. Er versuchte, sich in Brazil hineinzuversetzen. Tweed hatte eine Idee, die vielleicht der Schlüssel für den bevorstehenden Anschlag war, aber er war sich nicht sicher, ob er sich in Newmans Zuständigkeit einmischen sollte.

»Wir landen gleich, Sir.«

Tweed wurde aus seinen Gedanken gerissen und bemerkte, dass der Co-Pilot neben ihm stand. Er dankte ihm.

»Noch etwas«, fuhr der Co-Pilot fort. »Um den richtigen Weg für die Landung zu finden, fliegen wir ziemlich dicht an den Gipfeln des Berner Oberlandes vorbei. Machen Sie sich also keine Sorgen, wenn Sie aus dem Fenster blicken.«

»Ich hätte meine Kamera mitbringen sollen«, scherzte Tweed.

Nach weniger als einer Minute kam der Co-Pilot zurück und übergab Tweed einen kleinen Fotoapparat mit Blitzlicht. Dann zeigte er ihm, wie er zu bedienen war. Obwohl er das Modell kannte, hörte Tweed geduldig zu. Bald verschwand der Co-Pilot wieder in der Kabine der Crew.

Die Maschine verlor an Flughöhe und beschrieb einen Bogen. Durch das Fenster sah Tweed auf schneebedeckte Gipfel, die nur wenige Meter vom Flugzeugrumpf entfernt zu sein schienen. Ein gezackter Gipfel wirkte wie ein gigantisches Messer. Er machte ein paar Fotos.

Dann tauchte eine Ebene im Wallis auf, und sie schossen darauf zu, da der Pilot gezwungen war, steil nach unten zu fliegen. Nicht nur der Mond spendete ihnen Licht – es gab auch einen beleuchteten Pfad, der den Weg wies. Tweed fühlte sich an alte Filme über den Zweiten Weltkrieg erinnert, die er im Fernsehen gesehen hatte. In diesem Moment war er angespannt. Kurz vor der Landung blickte er aus dem Fenster, sah aber keine Rollbahn.

Der Schweizer Pilot landete so sanft, dass die Räder den Betonboden zu küssen schienen. Einen Augenblick später wurde die Tür geöffnet, Tweed zur Gangway geleitet.

Mit in die Hüften gestemmten Händen wartete Newman auf ihn.

»Können wir diesen Jet nicht irgendwo verstecken, damit wir kein Risiko eingehen, dass Brazil ihn sieht?« fragte Tweed, während Newman ihn zur Kantine führte.

»Spielen Sie sich doch nicht so in den Vordergrund.« Newman klopfte Tweed auf die Schulter, weil er sehr glücklich war, ihn zu sehen. »Wir haben an alles gedacht. Nield und Butler sind bereits an Bord, um die Waffen zu holen. Und bevor Sie fragen – wir haben auch dafür gesorgt, dass die Maschine sofort vom Flugplatz verschwindet.«

»Gut«, antwortete Tweed, während er in der gut geheizten Kantine auf und ab ging, um sich die Beine zu vertreten.

»Der Jet wird in einer kleinen Flugzeughalle untergebracht, und dann werden die Türen verschlossen«, sagte Newman grinsend. »All das hat Beck sich ausgedacht und arrangiert. Er steht in ständigem Kontakt mit dem Flugplatz.«

»Müssen Sie nicht gehen?«

»Es ist noch zwei Stunden lang dunkel, und der Kaffee hier ist doch gut, oder?«

»Fast so gut wie der von Monica«, gab Tweed zurück, der sich mit Newman an einen Tisch gesetzt hatte. »Und jetzt genau das Richtige. Wie geht's Paula?«

»Als ich sie zuletzt gesehen habe, hat sie mich genervt. Sie wollte mitkommen, um Sie zu sehen. Ich musste sie praktisch dazu zwingen, im Bett zu bleiben. Sie braucht den Schlaf. Aber es geht ihr gut.«

»Und Philip und den anderen?«

»Alles in Ordnung. Das schließt auch Marler ein, der, seit ich dabei bin, noch nie soviel geschlafen hat. Aber er hat einen ermüdenden Tag hinter sich. Fragen Sie mich nicht, warum.«

»Bob ...« Einen Augenblick schwieg Tweed, wurde aber plötzlich wieder munter, ganz Herr der Lage. »Ich habe eine Idee, die ich Ihnen erläutern möchte. Zuvor betone ich, dass Sie bei dieser Operation der Boss sind. Wenn Ihnen meine Idee, die nur ein Vorschlag ist, nicht zusagt, brauchen Sie nicht darauf einzugehen.«

»Schießen Sie los.«

»Ich habe versucht, mich in Brazils Lage hineinzuversetzen und dabei auch an die Katastrophe gedacht. Meiner Ansicht nach schwebt er auf Wolke Sieben und ist in fast ekstatischer Stimmung. Ich bin mir sicher, dass er für die nächste Zukunft noch Schlimmeres plant. Vielleicht ist es schon heute soweit. Ich glaube nicht, dass er in seiner jetzigen Euphorie mit einem Angriff auf die Bodenstation rechnet.«

»Was für eine interessante Hypothese«, sagte Newman nachdenklich.

»Wenn dem so sein sollte, hat er seine Horde von Ganoven nicht in Alarmbereitschaft versetzt. Wir müssen es mit einem fünfminütigen Anschlag aus heiterem Himmel versuchen und dann verschwinden.«

»Guter Gott, Sie haben den Nagel auf den Kopf getroffen.«

»Es ist nur ein Vorschlag.«

»Er gefällt mir, und zwar sehr.«

Newman stand auf und zog seinen Mantel und seinen linken Handschuh an. Dann reichte er Tweed die rechte Hand. »Diese eine Idee war es bereits wert, dass Sie gekommen sind. Ich muss jetzt zurückfahren und mir endgültig über den Schlachtplan klar werden. Warten Sie hier? Gut. Hinter dieser Tür gibt es ein kleines Schlafzimmer mit Waschbecken und Toilette. Nachdem ich den Angestellten Ihr Kommen angekügidt hatte, haben sie den Raum geputzt. Das Zimmer scheint in Ordnung zu sein. Wir sehen uns ...«

Durch einen Alptraum wurde Paula aus dem Schlaf gerissen. Sie hatte geträumt, dass der Motormann, ein gesichtsloser Buckliger, seine riesigen Hände um Karin Marchats Hals legte und sie strangulierte. Hinter ihm hämmerte Paula mit dem Griff ihres Brownings auf seinen Schädel ein, aber das schien keinerlei Wirkung zu haben. Karin würgte fürchterlich. Mit all ihrer Kraft schlug Paula wieder und wieder mit ihrer Waffe auf den Hinterkopf des Killers ein. Dann wachte sie auf.

»Warum zum Teufel habe ich ihn nicht erschossen?« fragte sie laut.

»Was haben Sie gesagt?«

Newman rüttelte sie sanft wach. Dann schaltete er die Nachttischlampe ein. Sie starrte ihn an und atmete erleichtert auf.

»Machen Sie sich keine Sorgen um mich, ich hatte einen Alptraum.«

»Dann war es ja gut, dass ich Sie geweckt habe.«

»Sie haben mich nicht geweckt. Ich war schon wach.« Sie setzte sich auf und legte sich ihren Morgenmantel um die Schultern. »Müssen wir denn schon aufbrechen?«

»Nein, und ich entschuldige mich, dass ich Sie gestört habe. Unser Plan hat sich geändert. Ich muss es allen erzählen, später wird dazu keine Zeit bleiben, weil wir uns früh auf den Weg machen müssen. Ich musste alle wecken, und Sie hatten Ihre Tür nicht abgeschlossen.«

»Tut mir leid. Ich war so müde. Treffen wir uns in Ihrem Zimmer?«

»Würden Ihnen fünf Minuten reichen, oder ist das zu wenig Zeit zum Anziehen?«

»Nicht, wenn Sie jetzt gehen ...«

Paula konnte sich sehr schnell anziehen. Nachdem sie ihr Gesicht mit kaltem Wasser gewaschen hatte, zog sie über zwei Garnituren Unterwäsche Leggings, zwei Pullover und ihren kurzen, pelzbesetzten Mantel an. Dann griff sie nach ihrer Handtasche mit dem Browning und ging hinüber zu Newmans Zimmer. Als er die Tür öffnete, sah sie, dass die anderen schon warteten.

»Bei Ihnen war ich zuletzt, um sie ein bisschen länger schlafen zu lassen«, erklärte Newman.

Sie blickte sich in dem Hotelzimmer um. Butler und Nield saßen dick vermummt in ihren Sesseln, und Marler lehnte wie üblich an der Wand und rauchte eine Zigarette.

»Sie habe ich ja eine Ewigkeit nicht mehr gesehen«, sagte Paula zu Marler.

»Ich habe den Schlaf der Gerechten geschlafen.«

»Sie müssen mir sagen, wie Sie das machen, damit mir das auch einmal gelingt.« Paula setzte sich. »Wo ist Philip?«

»Den habe ich zuerst geweckt«, sagte Newman. »Er

guckt gerade bei den Marchats vorbei. Er muss ihnen eine wichtige Frage stellen, die mir eingefallen ist.«

»Ich werde ihn begleiten.« Paula sprang auf.

»Setzen Sie sich wieder«, befahl Newman. »Er ist bereits seit einer Weile unterwegs und wird gleich wieder hier sein.«

»Das gefällt mir nicht«, brach es aus ihr hervor. »Er könnte den Motormann zu den Marchats führen.«

»Haben Sie so wenig Vertrauen zu Philip?« fragte Newman ironisch.

»Tut mir leid, ich bin noch nicht ganz wach. Gleich werde ich voll auf der Höhe sein.« Sie bemerkte seinen Gesichtsausdruck. »Okay, schießen Sie los, was immer Sie auch an unserem Plan geändert haben mögen.«

Newman erläuterte den neuen Plan. Und Paula hörte aufmerksam zu. Als er fertig war, stellte sie eine Frage.

»Was ist das für eine neue Waffe?«

»Zeigen Sie ihr die Waffe, die Tweed mitgebracht hat, Harry«, sagte Newman zu Butler.

»Tweed ist hier?« rief Paula. Dann senkte sie ihre Stimme. »Wo ist er denn?«

»Er wartet auf dem Flugplatz, wo er alle Anrufe von Beck entgegennimmt.«

»Ich würde gern die Waffe sehen, die für den neuen Plan so wichtig ist. Übrigens ist Ihr Plan brillant.«

»Er stammt nicht von mir. Auf dem Flug hierher hat Tweed sich das alles ausgedacht. Zeigen Sie ihr die Waffe.«

Butler ging hinter eine Couch, zog einen handlichen Raketenwerfer hervor und presste ihn gegen seine Schulter. Paula blickte auf die große Mündung, mit der Harry aus nächster Nähe auf sie zielte. Der Raketenwerfer wirkte auf sie wie eine kleine Kanone.

»Keine Sorge«, sagte Harry. »Er ist nicht geladen.«

»Wie beruhigend«, entgegnete sie lächelnd.

»Und hiermit wird der Raketenwerfer geladen, bevor er aus großer Entfernung abgefeuert wird.« Nachdem er den Raketenwerfer wieder hinter der Couch deponiert hatte, hielt er die bedrohlich wirkende Munition in der Hand.

»Das gibt einen Riesenkrach. Newman wird den Raketenwerfer benutzen. Wir anderen werden dabei sein, um ihn zu beschützen. Tweed hat auch Reservemunition mitgebracht.«

»Einer muss es ja tun, sonst sitzen wir in der Patsche«, sagte Newman.

»Meiner Ansicht nach wird es klappen«, antwortete die stets optimistische Paula.

An der Tür ertönte ein Klopfzeichen. Newman schloss auf und ließ Philip hinein, der seinen pelzbesetzten Mantel auszog. In dem Hotelzimmer war es jetzt sehr warm.

»Es schneit immer noch nicht«, berichtete er. »Es ist saukalt, aber bei dem Mondlicht kann man gut sehen.«

»Wie ist es gelaufen?« fragte Newman besorgt.

»Sie haben meine Stimme erkannt und wollten mich daher hereinlassen, aber ich habe ihnen geraten, die Kette vorgelegt zu lassen. Beide waren noch auf und angezogen. Nach dem, was Paula und ich Ihnen erzählt haben, hatten sie wahrscheinlich reichlich Gesprächsstoff.«

»Kommen Sie zur Sache.«

»Es ist alles in Ordnung. Anton hat gesagt, dass keine Dorfbewohner mehr auf dem Keilerhorn leben. Vor ein paar Jahren hat es dort einen Erdrutsch gegeben, und selbst die alten Dorfbewohner sind geflohen und nie wieder zurückgekehrt. Die Jüngeren sind in die Stadt gezogen.«

»Ich begreife das nicht ganz«, sagte Paula.

»Bob war beunruhigt, dass es Opfer unter unschuldigen Schweizern geben könnte, wenn es auf dem Berg noch bewohnte Dörfer geben sollte«, erklärte Philip.

»Ich werde Philip unseren neuen Plan erklären«, sagte Newman. »Zum Glück haben wir den Jeep.«

»Wo um alles in der Welt haben Sie um diese Uhrzeit einen Jeep organisiert?« fragte Paula.

»Butler und Nield haben schon früher bei dem Autohändler geklingelt, der uns zwei Jeeps mit Allradantrieb zur Verfügung gestellt hat. Der Eigentümer wohnt über seinem Geschäft. Zuerst war er nicht sehr begeistert, aber dann hat Nield ihm ein Bündel Geldscheine unter die Nase gehalten. Danach hätte er den ganzen Laden leerkaufen können. Somit haben wir also drei Fahrzeuge. Eins ist als Ersatz gedacht, falls ein anderes ausfallen sollte.«

»Wenn ich nun schon aufgestanden und angezogen bin, werde ich mich nicht wieder ins Bett legen«, beschloss Paula. »Ich könnte auch nur noch sehr kurz schlafen, wenn überhaupt.« Sie zog ihren Mantel aus.

»Bob wird mir alles erzählen, und ich werde mit Ihnen aufbleiben«, sagte Philip. »Wir haben noch etwas zu essen, außerdem kann ich hinuntergehen und den Nachtportier überreden, uns Kaffee zu kochen. Wenn es nötig sein sollte, lasse ich ihn meine Walther sehen.«

»Sie machen Witze«, bemerkte Paula.

»Auch ich werde aufbleiben«, sagte Marler. »Hat jemand Lust auf eine Pokerpartie mit hohem Einsatz ...?«

43

Ein fünfminütiger Anschlag, dachte Paula, als sie sich bei Tagesanbruch auf den Weg machten. Wie bei ihrer und Philips Ankunft herrschte in Sion auch jetzt dichter Nebel, der ihre Gesichtshaut reizte und alle Geräusche erstickte. Es war, als ob sie eine Geisterstadt verließen.

Philip und Paula fuhren anfangs mit einem Wagen mit Allradantrieb voran. Weil sie den Weg kannten, hatte Newman zugestimmt. Hinter ihnen folgten Butler und Nield auf ihren Motorrädern. Beide trugen schwarze Ledermontur und Sturzhelm. Sobald sie die Straße, die den Berg hochführte, erreichten, sollten sie sich an die Spitze setzen.

»Wir müssen sie ablenken, falls sie uns kommen sehen«, hatte Newman entschieden. »Wenn wir zu früh entdeckt werden, werden Butler und Nield wie zwei Leather Bombers aussehen. Das wird unseren Gegner verwirren.«

Hinter den Motorrädern kam Newman im Jeep, in dem der Raketenwerfer und die Reservemunition verstaut waren. Er hatte sich für den Jeep entschieden, weil man leicht aus dem Fahrzeug herausspringen konnte.

Am Ende des Konvois saß Marler allein in dem zweiten Wagen mit Allradantrieb. Wie Philip, Butler und Nield hatte auch er eine Schultertasche dabei. Sie fuhren mit Standlicht und sahen kein anderes Auto und keine Menschenseele.

Bald hatten sie Sion hinter sich gelassen. Als die Bergstraße in Sicht war, hielten sie an. Butler und Nield setzten sich an die Spitze des Konvois, und Newman folgte ihnen.

»Dass es so neblig sein muss«, bemerkte Philip.

»Genau richtig, damit niemand von unserer Abfahrt etwas mitkriegt«, beruhigte ihn Paula.

»Sie müssen ja nicht fahren.«

»Ich werde Sie irgendwann ablösen.«

»Ein bisschen fahre ich noch.«

Plötzlich stießen sie durch eine dichte, weiße Nebelwand, und Paula wunderte sich, wie weit sie schon den Berg hinaufgefahren waren. Der Himmel über ihnen war azurblau und wolkenlos. Sie blickte sich um und dachte, dass der riesige Felsen in der Nähe des Hauses der Marchats, der sich zu bewegen schien, einem japanischen Gemälde glich.

»Wir kommen gut voran«, sagte Philip, während er um eine weitere tückische Kurve bog. »Außerdem ist der Schnee hart, so dass wir schneller fahren können.«

»Newman ist ziemlich schnell. Das Problem ist, dass Butler und Nield vor ihm herfahren. Wenn man die auf ein Motorrad setzt, besteht Gefahr, dass sie die Schallmauer durchbrechen.«

Sie hatte ein merkwürdiges Gefühl, als sie an dem Felsen vorbeikamen, an dem sie den hinterhältigen Angriff der drei Männer abgewehrt hatten. Denk nicht weiter daran, dachte sie, sondern daran, was jetzt kommt.

Hinter ihnen pfiff Marler in seinem Wagen vor sich hin. Er hatte am Ende des Konvois gewartet, als Newman sich mit dem Jeep an die Spitze gesetzt hatte und nur noch die beiden Motorräder vor ihm waren. Wenn man bedachte, dass Newman im Gegensatz zu ihm, der am Vortag zu der Villa gefahren war, die Strecke nicht kannte, war es bewundernswert, wie er die Kurven nahm.

Butler und Nield rasten den Berg hoch, während Newman ihnen dicht im Nacken saß. Sie mussten die Bodenstation erreichen, bevor die Wächter aufwachten.

»Junge, Junge«, rief Philip. »Die rasen wirklich ganz schön.«

»Wir auch.«

Weil sie ihre Nerven stärken wollte, bevor die unvermeidliche Schlacht begann, starrte Paul nicht mehr in den Abgrund. Sie überprüfte ihren Browning.

»Das ist jetzt schon das zweite Mal«, witzelte Philip.

»Dann habe ich wenigstens etwas zu tun.«

»Verstehe. Meiner Ansicht nach ist es am besten, wenn wir möglichst früh dort sind und loslegen können.«

»Ganz meine Meinung. Ich mache mir Sorgen um Bob.«

»Warum?« Philip war etwas überrascht. »Er kann auf sich aufpassen.«

»Ich weiß. Aber wenn sie begreifen, was er vorhat, wird er ihre bevorzugte Zielscheibe sein.«

»Wir sind ja auch noch da. Er hat es uns doch mit Hilfe von Salz- und Pfefferstreuern, die die Positionen verdeutlichen sollten, demonstriert.«

»Auf der Tischdecke hat das alles überzeugend gewirkt. Aber es war Theorie.«

»Alles wird nach Plan laufen.«

»Berühmte letzte Worte.«

»Seien Sie optimistisch. Ich bin es auch.«

»Sie können Ihren Gesichtsausdruck nicht sehen. Sie blicken düster drein.«

»Ich konzentriere mich aufs Fahren. Und das ist unter diesen Umständen gut für unsere Gesundheit.«

Gerade hatte Philip eine Kurve genommen, die einem die Haare zu Berge stehen ließ, und jetzt stieg die Straße sehr steil an. Er ermunterte Paula zum Reden, damit sie nicht an das bevorstehende Ereignis dachte. Während sie sich dem Plateau näherten, wo sich die Bodenstation befand, provozierte er ab und zu eine Meinungsverschiedenheit.

»Sie sind ein sehr guter Fahrer, Philip.«

»Berühmte letzte Worte.«

»Wir sind fast da, oder?«

»Ja. Am besten überprüfen Sie noch einmal Ihren Browning«, stichelte er.

»Ich weiß schon, warum Sie das gesagt haben. Aber wenn wir in der Nähe der Bodenstation sind, werde ich Ihre spöttische Bemerkung beherzigen.«

Sie zog den Browning aus ihrer Tasche und hielt ihn so, dass die Mündung nicht auf Philip zeigte. Ihre innere Anspannung wuchs, als der an den Kopf eines Ebers erinnernde Gipfel des Keilerhorns in Sicht kam.

Im Hauptgebäude der Bodenstation war Brazil der erste, der den Konvoi erblickte, der direkt auf das Gebäude zu kam. Er schlief nur wenig und liebte es, seine unerschöpfliche Energie zur Schau zu stellen.

»Ich bin immer als erster auf den Beinen. Bevor der Rest der Menschheit aufgewacht ist«, hatte er vielen Leuten erzählt. »Daher bin ich allen immer einen Schritt voraus. Ich arbeite, während andere schlummern.«

Es blieben noch ein paar Stunden, bevor er planmäßig das zweite Signal senden wollte. Er hatte allein gefrühstückt und aus dem großen Panzerglasfenster geblickt. Der große Raum war sein Hauptquartier und zugleich sein Wohn- und Schlafzimmer. Eine Tür führte in einen noch größeren Raum, in dem der mobile Kommandoturm und das hochmoderne Lasersystem kontrolliert wurden, durch das der Kontakt zu dem Satelliten hergestellt wurde.

Während er gearbeitet hatte, war der Tag angebrochen. Nun zog er die Vorhänge zurück und starrte ungläubig auf den sich nähernden Konvoi. Ein paar Augenblicke lang war er verwirrt, weil er die Motorradfahrer für Leather Bombers hielt. Dann löste er Alarm aus. Warum zum Teufel hatte er in der Nacht das Grundstück nicht von Wachtposten umstellen lassen? Er verfluchte seinen Fehler und drückte auf einen Knopf der Gegensprechanlage.

»Wir werden angegriffen, Craig ...«

Nachdem sie die letzte Kurve genommen hatten, fuhren Butler und Nield auf die Bodenstation zu. Sie befanden sich nicht dicht nebeneinander, damit sie nicht so leicht getroffen werden konnten, und hielten zugleich nach Wachtposten Ausschau. Newman steuerte den Jeep in die Lücke zwischen ihnen.

»Er fährt zu nah ran«, sagte Paula.

»Er ist fest entschlossen, mit dem ersten Schuss ins Schwarze zu treffen«, antwortete Philip. Wie Newman zuvor angeordnet hatte, wendete er den Wagen, damit sie auf einen schnellen Rückzug vorbereitet waren. Marler fuhr dicht an sie heran, wendete ebenfalls und ließ den Motor laufen, nachdem er angehalten hatte. Philip folgte seinem Beispiel, bevor er mit Paula aus dem Auto stieg. Sie rannte über den harten Schnee, wobei sie mit beiden Händen den Browning hielt, bereit, jeden Augenblick zu feuern. Als die Wachtposten in der Nähe des Tors zu dem Grundstück auftauchten, es aufstießen und losrannten, hob sie ihre automatische Waffe. Vor dem Hintergrund des weißen Schnees wirkten die Männer, die wie Butler und Nield schwarze Motorradanzüge aus Leder trugen, bedrohlich.

Hinter ihnen und der Bodenstation ragte der riesige Gipfel des Keilerhorns auf, und darunter befand sich der schneebedeckte Abhang mit Felsvorsprüngen, der sich bis zur Rückseite der Station erstreckte.

Diesmal hatte Marler sein Armalite-Gewehr dabei. Er stand links neben Newman, in der Nähe von Nield, den Kolben des Gewehrs gegen seine Schulter gepresst. Ein Leather Bomber mit Maschinenpistole kam auf sie gerannt. Als Marler ihn im Fadenkreuz auftauchen sah, drückte er auf den Abzug. Sein Opfer fiel vornüber und blieb reglos liegen. Es war der erste Schuss, den die Wachtposten damit beantworteten, dass sie aus allen Rohren feuerten, während sie durch das Tor stürmten und sich Newman näherten.

Butler und Nield zogen Granaten aus ihren Taschen und schleuderten sie ohne Unterlass zwischen die nächsten Wachtposten, die reihenweise zu Boden gingen. Mit ihren Waffen konnten sie die Angreifer noch nicht erreichen. Noch nicht.

Mit einer Maschinenpistole in der Hand stürmte Craig geduckt durch das Tor. Er hatte es auf Newman abgesehen, der immer noch reglos wie eine Statue dastand und sehr sorgfältig auf eine Stelle des Abhangs zwischen dem Gipfel des Keilerhorns und der Bodenstation zielte. Irgendwie gelang es Craig, allen Kugeln auszuweichen, dann hob er seine Maschinenpistole.

»Für Ihr Abschiedsgebet bleibt keine Zeit, Newman. Mit Ihnen ist es aus. Für immer ...«

Trotz des Trommelfeuers hörte Newman deutlich seine hasserfüllte Stimme. Plötzlich ging ihm der Gedanke durch den Kopf, dass Craig sich daran erinnerte, wie er ihn bei dem Kampf im Black Bear in Wareham gedemütigt hatte.

Alle schienen damit beschäftigt, den Angriff der näher kommenden Wachtposten abzuwehren. Craig grinste gehässig, den Finger am Abzug.

Weitere Schüsse fielen, viele mussten ihre Waffen nachladen. Ein Schuss folgte auf den anderen. Plötzlich taumelte Craig. Sein Gesichtsausdruck verriet, dass er es nicht fassen konnte. Während er auf Newman zu stolperte, wurde er von weiteren Kugeln getroffen. Die Maschinenpistole entglitt ihm, er hob die Hände und wurde erneut zur Zielscheibe.

Marler blickte zu Newman hinüber und sah, wie Paula ungerührt mit ihrem Browning achtmal auf Craig feuerte. Nachdem sie das Magazin gewechselt hatte, hielt sie nach einem neuen Opfer Ausschau.

Den Raketenwerfer auf der Schulter, drückte Newman auf den Abzug. Das Geschoss beschrieb einen Bogen und traf in das erhoffte Ziel. Die Detonation erfolgte auf dem Abhang, wo laut Marchat Lawinengefahr drohte. Schnee und Felsbrocken flogen in die Luft, und dann folgte ein Geräusch, das alle Schüsse übertönte. Ein Furcht erregendes Grollen, das an einen riesigen Wasserfall erinnerte. Der gesamte Abhang geriet ins Rutschen.

»*Abfahrt!*« brüllte Newman aus vollem Hals.

Plötzlich bemerkte Paula, dass sich der Propeller des Hubschraubers auf dem Startplatz des Grundstücks schneller und schneller zu drehen begann. Brazil kam aus dem

Haus gerannt, kletterte an Bord und setzte sich neben den Piloten. Dann hob der Hubschrauber ab.

»Brazil flieht«, schrie sie.

»*Abfahrt*!« brüllte Newman erneut.

Sie rannten zu ihren Autos. Philip schleuderte eine Granate unter den Jeep. Der Tank explodierte, und der Jeep ging in Flammen auf. Es wäre ein Fehler gewesen, ein Fahrzeug zurückzulassen, mit dem ihnen die Wachtposten hätten folgen können. Zuvor hatten Butler und Nield ihre Motorräder umgeworfen und mit dem Kolben ihrer Waffe fahruntüchtig gemacht.

Newman setzte sich hinter das Lenkrad eines der Wagen mit Allradantrieb. Als Paula bemerkte, dass Butler taumelte, half sie ihm, hinten in den Wagen einzusteigen. Dann folgte sie ihm. Newman fuhr los.

Am Steuer des zweiten Fahrzeugs saß Marler. Philip sprang neben ihm auf den Beifahrersitz, Nield stieg hinten ein. Sie folgten Newman, der bereits wie ein Verrückter den Berg hinabraste.

Als sie ein bedrohliches Donnern hörte, drehte Paula sich um. Zugleich verängstigt und erstaunt beobachtete sie das Spektakel. Der gesamte Berg unterhalb des Gipfels löste sich auf, und eine Flut von Schnee und Felsbrocken donnerte in die Tiefe und zerstörte den Zaun um die Bodenstation, die Gebäude und die Holzhäuser der Wissenschaftler. Paula konnte nicht wissen, dass Craig zuvor das System für die Klimaanlagen abgeschaltet hatte.

Die Bodenstation und die Holzhäuser verschwanden unter der Lawine von Schnee und Felsbrocken, die mit zunehmender Geschwindigkeit den Berg hinabdonnerte. Im Rückspiegel erhaschte Newman einen Blick auf das Ereignis, und sein Gesichtsausdruck verfinsterte sich.

»Wir haben es geschafft!« rief Paula.

»Jetzt geht's ums Überleben«, warnte Newman.

Niemand kann sich vor einer Lawine retten.

Newman erinnerte sich an die Worte seines Skilehrers in St. Moritz, und deshalb fühlte er sich keineswegs besser, als er die Straße erreicht hatte und die Furcht erregende Fahrt ins Tal begann. Ihm war klar, dass er bergab nicht so schnell fahren konnte wie auf dem Hinweg. Er hatte beobachtet, dass sich die Schnee- und Felsbrockenlawine geteilt hatte. Der breitere Strom entfernte sich von der Straße, aber der andere, ebenfalls auf furchtbare Weise lebensgefährlich, beunruhigte ihn. Dieser Teil der Lawine schoß direkt auf den Rand des Felsens zu und würde die Bergstraße irgendwo unter sich begraben.

Während er erneut so schnell wie möglich die Kurven nahm, folgte Marler ihm mit geringem Abstand. Newman bemerkte, dass Paula Butler etwas ins Ohr flüsterte und dann seine schwarze Lederjacke öffnete. Erst jetzt begriff sie, dass Butler verwundet war.

Newman zwang sich, der Versuchung zu widerstehen, noch schneller zu fahren. Er konnte Paula nicht fragen, wie schwer Butler verletzt war. Das Donnern der Lawine war ohrenbetäubend. In einer Kurve bremste er ein paar Sekunden lang ab und blickte sich um. Paula hatte ihr Erste-Hilfe-Paket aus ihrer Tasche gezogen.

Fahr einfach weiter, dachte er. Vielleicht solltest du ein kleines Stoßgebet zum Himmel schicken.

Die Kugel hatte ein Loch in Butlers Jacke gerissen, und sein Hemd war blutverschmiert. Ihre Aufgabe, ein Stück von Butlers Hemd abzuschneiden, während der Wagen hin und her schaukelte, war schwierig. Sie schaffte es und war überrascht und erleichtert, dass Butler nur ein Unterhemd trug, das sehr blutig war. Nachdem sie ihn gebeten hatte, so still wie möglich zu halten, schnitt sie vorsichtig ein Stück des Unterhemds ab. Jetzt konnte sie die Wunde sehen.

»Es wird weh tun«, flüsterte sie ihm warnend ins Ohr. »Ich muss einer Infektion vorbeugen. Also ...« Während sie die Wunde behandelte, rührte Butler sich nicht.

»Tut es weh?«

»Nur, wenn ich lache.«

Mein Gott, dachte sie, unser Mr. Harry Butler ist ein harter Bursche. Sie verarztete ihn mit einer Salbe und einer Bandage und ordnete dann seine Kleidungsstücke wieder. Als sie aufblickte, erschauerte sie.

Instinktiv umklammerten Newmans Hände das Lenkrad fester. Hoch vor ihnen ragte ein riesiger Felsvorsprung über die Straße. Eine endlose Kaskade von riesigen Felsbrocken, Schnee und lehmigen Klumpen schoß neben der Straße in den Abgrund.

Bilde ich mir das nur ein? fragte Newman sich. Der Felsvorsprung schien unter dem Gewicht der Lawine langsam nachzugeben. Newman war ungefähr fünfzig Meter von der Stelle entfernt, wo die Straße ausnahmsweise einmal gerade war. Unter dem Schnee bemerkte er vereiste Stellen. Erneut widerstand er dem fast übermächtigen Bedürfnis zu beschleunigen. Während er näher und näher kam, wandte er den Blick nicht von dem Felsvorsprung ab.

Das ohrenbetäubende Dröhnen steigerte sich zu einem Crescendo. Nur in einer Hinsicht war Paula erleichtert – sie hatte es geschafft, Butlers Wunde zu verarzten. Konsterniert blickte sie auf die näher kommende Kaskade noch größerer Felsbrocken, die über den Felsvorsprung schossen. Butler zog sie sanft zurück.

Als Paula ihn anblickte, grinste er und zeigte mit dem Daumen nach oben. Sie zwang sich zu lächeln, drückte seinen Arm und starrte dann wieder nach vorn. Als Newman daran dachte, dass der ihm folgende Marler auch unter der Kaskade hindurch musste, trat er sanft aufs Gaspedal. Er spürte, wie das Fahrzeug auf den Abgrund zu zu schlittern begann, hielt aber zunächst nur vorsichtig dagegen. Zentimeter vor dem Abgrund reagierte der Wagen und kam wieder völlig auf die Fahrbahn. Jetzt fuhr er unter der herabstürzenden Lawine her, und der Krach hämmerte auf ihre Trommelfelle ein. Dann hatten sie es geschafft.

Sofort blickte Paula sich um und sah Marlers finsteren Gesichtsausdruck. Er nickte ihr zu, schaffte es auch und lächelte. Dann sah sie, dass der Felsvorsprung nachgab und herunterstürzte, gefolgt von einer Flut von Steinen, Schnee und Lehm, die den Felsvorsprung unter sich begruben, der jetzt die Straße blockierte. Sie seufzte erleichtert auf und lehnte sich zurück. Der schreckliche Lärm ließ nach. Butler beugte sich zu ihr vor.

»Das war ziemlich knapp, oder?«

Zu seiner Rechten sah Newman, wie der Hubschrauber mit dem flüchtenden Brazil an Höhe verlor, um auf dem Flugplatz außerhalb von Sion zu landen. Er fragte sich, was Tweed wohl tun und wie er reagieren würde.

44

Tweed machte eine der quälendsten Erfahrungen seiner gesamten Laufbahn beim Geheimdienst. Er stand in der bitteren Kälte vor der Kantine und beobachtete die Verwüstungen auf dem Keilerhorn durch ein Fernglas.

Wenn ich doch bloß mit ihnen dort oben gewesen wäre, dachte er immer wieder.

Zwar hatte er niemanden erkennen können, aber er hatte die Lawine gesehen und vermutete, dass Newman sie mit dem Raketenwerfer ausgelöst hatte. Einerseits war Tweed dankbar, dass er die Waffe mitgebracht hatte, andererseits fürchtete er um das Leben seiner Mitarbeiter.

Beck hatte mehrfach angerufen.

»Wie geht's, Tweed?«

»Die Bodenstation wurde durch eine gigantische Lawine zerstört.«

»Natürlich ein reines Naturereignis«, antwortete Beck prompt. »Um diese Jahreszeit ist das nicht ungewöhnlich. Es hat bereits eine Reihe kleinerer Lawinen im Wallis gegeben.«

»Diese ist monströs.«

»Verstehe. Brazils Pilot hat per Funk einen Flugplan durchgegeben, weil er bald nach Zürich weiterfliegen will.«

»Ich sollte ihn besser laufen lassen.«

»Ich bitte darum«, hatte Beck eindringlich gesagt. »Wir sollten ihn jedoch pausenlos beobachten …«

Das war der dritte Anruf gewesen, und Tweed war erneut mit seinem Fernglas nach draußen geeilt, aber selbst ohne Fernglas sah er eine riesige Staubwolke über dem Keilerhorn aufsteigen. Dann erblickte er den Hubschrauber und beschloss, sich während der Landung zu verstecken. Brazil war demnach auf der Flucht und hatte seine Männer allein zurückgelassen. Dann hatte Tweed Fahrzeuge auf der Bergstraße gesehen.

Ängstlich richtete er sein Fernglas auf die beiden Wagen. Er glaubte, Newman im ersten und Marler im zweiten Auto dicht dahinter zu sehen. Erschrocken beobachtete er, wie die Lawine in den Abgrund stürzte, dem sich auch die beiden Wagen näherten.

Er hielt das Fernglas sehr ruhig und zählte die Menschen in den Autos. Es waren sechs. Erleichtert seufzte er auf. Auf der Rückbank des ersten Wagens glaubte er Paula zu erkennen. Dann wich seine Erleichterung der Angst. Die Wagen waren ganz in der Nähe der tückischen Lawine.

Trotz eines beinahe unwiderstehlichen Bedürfnisses, das Geschehen nicht weiter zu verfolgen, starrte er weiter durch das Fernglas. Er sah, wie sie unter der Lawine hindurchfuhren und wie danach der Felsvorsprung in die Tiefe stürzte. Wenn das ein paar Sekunden eher passiert wäre, wären beide Fahrzeuge in den Abgrund geschleudert worden.

»Guter Gott«, sagte er laut.

Als er das Fernglas sinken ließ, schmerzten seine Arme und Handgelenke. Der Hubschrauber kam näher. Jetzt war sein Team in Sicherheit. Auch den restlichen Weg würden sie sicher zurücklegen. Es war an der Zeit, in Deckung zu gehen.

Er ging in die Kantine, wo eine nette Schweizerin Dienst hatte. »Ich könnte eine Tasse Kaffee gebrauchen«, sagte er. »Einen sehr starken, bitte.«

»Sie wirken erschöpft«, antwortete sie, ebenfalls auf französisch. »Soll ich etwas Cognac in den Kaffee gießen?«

»Ja, ich glaube, das ist eine gute Idee. Dann werde ich mich in mein Zimmer zurückziehen. Gleich landet hier ein Hubschrauber. Was Sie betrifft, so wissen Sie nicht, dass ich hier bin.«

»Alles klar.« Sie lächelte ihn freundlich an, als sie ihm den Kaffee mit Cognac brachte.

In seinem Zimmer angekommen, verschloss Tweed die Tür, setzte sich auf eine Couch und nippte an dem Getränk. Er trank nur sehr selten Alkohol, fand das Wärmegefühl aber angenehm. Dann stand er auf und zog die Vorhänge zu, damit niemand in den Raum hineinblicken konnte.

Dann setzte er sich wieder hin. Nach ein paar Minuten hörte er den Hubschrauber landen. Gut, dass ich keine Knarre dabeihabe, dachte er. Sonst würde ich rausgehen und das Schwein umlegen.

Tweed nahm erneut einen Schluck und fragte sich, warum ihm jetzt so warm war. Er hatte immer noch seinen Mantel an, zog ihn aus und setzte sich wieder. Draußen hörte er die Motoren eines Jets aufheulen. Brazil verschwendet nicht viel Zeit, dachte er. Wahrscheinlich hat er es deshalb so weit gebracht. Aber wenn ich irgendeinen Einfluss habe, wird er sich nicht mehr lange auf dem Gipfel seiner Macht halten.

Das Telefon klingelte, und er hob den Hörer ab, damit das Geräusch aufhörte.

»Tweed?« Wieder war es Beck.

»Am Apparat. Brazils Hubschrauber ist gelandet. Gleich startet sein Jet.«

»Wir werden auf dem Radarschirm seinen Flug nach Zürich verfolgen. Ich werde Männer nach Kloten schicken, die dort jeden seiner Schritte verfolgen werden.«

»Werden Sie ihn verhaften?«

»Weshalb? Ich habe keine Beweise.«

»Natürlich. Es war nur eine Frage.«

»Eigentlich wollte ich Ihnen mitteilen, dass Inspektor Vincenau bald mit einem Schnellzug in Genf eintreffen wird. Er ist mittelgroß und dick und wird Ihnen seinen Ausweis zeigen. Ich habe ihm befohlen, Sie voll und ganz zu unterstützen. Er glaubt, dass er neulich mit einem Ihrer Mitarbeiter im Frühzug ab Genf gereist ist.«

»Das wird Philip Cardon gewesen sein.«

»Halten Sie mich auf dem Laufenden. Und vielen Dank für alles …«

Tweed legte auf, überrascht, dass Beck ihm gedankt hatte. Dann fiel ihm jedoch ein, dass Beck Brazil als seinen Feind betrachtete, dass er aber wegen seiner offiziellen Stellung niemals einen solchen Angriff wie den von Newmans Team hätte starten können.

Als er hörte, dass die Motoren des Jets warm liefen, riskierte er es, den Vorhang ein Stück zur Seite zu ziehen und durch den Spalt zu spähen. Der weiße Jet stand startbereit am Ende der Rollbahn. Der Wolfshund Igor sprang fröhlich die Gangway hoch und verschwand, gefolgt von Brazil, im Inneren der Maschine.

Einen Augenblick lang geschah nichts, wahrscheinlich, weil Brazil es sich bequem machte. Dann wurde die Gangway weggerollt. Die Motoren fuhren lärmend hoch, die Maschine rollte immer schneller über die Startbahn und stieg schließlich in den klaren blauen Himmel auf.

Tweed beobachtete den Jet, der in gefährlich niedrig wirkender Flughöhe Kurs auf die Berggipfel nahm. Er hatte die vage Hoffnung, dass die Maschine an einem der gezackten Gipfel zerschellen würde, aber das geschah nicht. Bald war das Flugzeug nicht mehr zu sehen.

Zumindest weiß ich, wohin er fliegt, dachte Tweed.

Als er später die beiden Wagen näher kommen hörte, ging er wieder nach draußen. Ein kleiner, korpulenter Mann in einem dunklen Anzug eilte auf ihn zu.

»Mr. Tweed? Ich bin Inspektor Leon Vincenau und habe Anweisungen von meinem Chef, Sie in jeder Hinsicht zu unterstützen.«

»Danke. Entschuldigen Sie mich bitte, mein Team ist gerade eingetroffen.«

Paula sprang aus der Hintertür des Wagens, rannte auf Tweed zu und umarmte ihn. Er drückte sie.

»Ich bin so glücklich, Sie zu sehen«, begrüßte sie ihn. »Harry Butler hat eine Kugel in der Seite. Ich habe ihn so gut wie möglich verarztet ...«

»Entschuldigen Sie.« Vincenau hatte Paulas Worte gehört. »Einer Ihrer Männer wurde angeschossen? Er muss so schnell wie möglich ins Krankenhaus von Sion gebracht werden. Ich werde telefonisch alles arrangieren.«

»Bringen Sie mich zu Harry. Sehen Sie nur, er versucht, ohne Hilfe aus dem Auto zu steigen.«

Paula rannte auf den Wagen zu, aus dem Harry mühsam herauszuklettern versuchte. Auch Newman, der Harry befohlen hatte, sich nicht von der Stelle zu rühren, stürmte zu dem Auto zurück. Paula war zuerst da, gefolgt von Tweed und Newman.

»Sie verdammter Narr«, schimpfte Paula.

»Das war ich schon immer, und daran wird sich auch nichts ändern«, antwortete Butler grinsend.

Tweed und Paula ergriffen je einen von Butlers Armen und halfen ihm auf dem Weg zur Kantine. Butler sagte, das sei nicht nötig, aber sie ignorierten ihn. Als sie ihn in einem Privatraum auf eine Couch gelegt hatten, zog er eine Grimasse und blickte sie dann an.

»Was für ein dämliches Theater. Man könnte ja glauben, ich läge im Sterben.«

Nachdem Vincenau den Hörer aufgelegt hatte, informierte er Tweed, dass ein Krankenwagen unterwegs war. Paula sagte, dass sie Butler begleiten wolle. Dann unterrichtete Tweed Beck telefonisch über die Ereignisse. Gegen Ende des Gesprächs bat Beck darum, mit Vincenau sprechen zu dürfen.

»Ich werde den Namen des Krankenhauses in Sion in Erfahrung bringen. Dann werde ich den Chefarzt anrufen. Wenn Butler nach der Behandlung fit genug für einen Flug sein sollte, werde ich einen Krankenwagen nach Kloten schicken und ihn in ein hiesiges Krankenhaus bringen lassen. Wenn Sie mir jetzt bitte Leon geben könnten ...«

Während sie auf den Krankenwagen warteten, studierte Tweed die Gesichter seiner Leute. Alle, vielleicht mit Ausnahme von Marler, der wie üblich an einer Wand lehnte und eine Zigarette rauchte, wirkten mitgenommen. Marler war nicht kleinzukriegen, und Butler war glücklicherweise eingeschlafen.

»Wie geht's jetzt weiter?« Newman wirkte müde.

»Wir bleiben hier, bis sich alle ausgeruht haben«, sagte Tweed bestimmt.
»Brazil ist geflüchtet ...«
»Ich weiß. Vergessen Sie ihn für den Augenblick. Beck wird ihn beobachten lassen. Brazil ist jetzt auf dem Weg nach Zürich.«
»Kann Beck ihn verhaften lassen?«
»Nein. Ich habe Beck diese Frage auch gestellt. Er hat keine Beweise.«
»Keine Beweise!«
Newman saß zurückgelehnt in einem Sessel und erinnerte sich an das, was er auf dem Schlachtfeld in den Bergen gesehen hatte, auf dem überall Leichen im Schnee lagen. Einige hatten ausgesehen, als schliefen sie nur. Natürlich waren es Verbrecher gewesen, die nur das Gesetz der Waffe gekannt hatten, aber dort lagen sie nun wegen eines Mannes namens Brazil, der wahrscheinlich selbst in einem bequemen Sessel in seinem luxuriösen Privatjet saß und Kaffee trank. Newman drehte sich der Magen um, äußerlich aber war ihm nichts anzumerken. All das war Teil seines Berufes.

Der Krankenwagen traf ein und fuhr mit einem immer noch protestierenden Butler, der von Paula begleitet wurde, ins Krankenhaus von Sion. Mittlerweile hatte Newman mehrere Tassen starken Kaffee getrunken und fühlte sich wieder wie ein Mensch.
Er informierte Tweed kurz über die zurückliegenden Ereignisse. Während Tweed ihm zuhörte, achtete er darauf, ob Newman wieder Anzeichen von Müdigkeit zeigte. Einmal bat er Nield, auf einen Punkt genauer einzugehen. Sofort erzählte Nield weiter. Tweed fand, dass Newman ohnehin genug gesprochen hatte. Mit dem kleinen Finger strich er seinen Schnurrbart glatt.
»Dann ist die Bodenstation also komplett zerstört?«
»Die kann Brazil abschreiben.« Zum ersten Mal hatte sich Marler in das Gespräch eingeschaltet. »Sie liegt unter so vielen Tonnen Felsgestein begraben, dass ich bezweifle, dass

die Schweizer sich jemals die Mühe machen werden, sie wieder freizulegen.«

»Und was ist mit den Häusern der Wissenschaftler?«

»Sie wurden genauso von den Felsbrocken verschüttet wie die Bodenstation.«

»Beunruhigt Sie der Gedanke an den Tod dieser Experten und ihrer Frauen nicht?«

»Eigentlich nicht«, gab Marler zurück. »Schließlich haben sie das System erfunden, das weltweit Chaos angerichtet hat, und wussten dabei, was sie taten. Außerdem bin ich mir sicher, dass sie bei Brazil ein Vermögen verdient haben. Ohne sie würde es auf der Welt ruhiger zugehen.«

»Ein interessanter Standpunkt.«

»Ich bin glücklich, dass wir noch in Sion bleiben«, sagte Newman, während er aufstand und seinen Mantel anzog.

»Wohin wollen Sie?«

»Ins Hôtel Élite, ein wenig schlafen. Das war Ihr Vorschlag. Heute nacht muss ich fit sein. Meiner Ansicht nach sollten wir jetzt alle in dem Hotel wohnen. Dort gibt es ein anständiges Zimmer für Sie, Tweed. Sie sehen aus wie ausgekotzt, wenn ich das sagen darf.«

»Unterstehen Sie sich. Als Sie alle auf dem Keilerhorn waren, habe ich untätig auf dem Hintern gesessen.«

»Und verängstigt durch das Fernglas gestarrt, das dort neben Ihnen liegt. Wo wir gerade davon reden – wann haben Sie eigentlich zum letzten Mal geschlafen?«

Tweed wirkte verwirrt, weil er sich nicht daran erinnern und deshalb die Frage nicht beantworten konnte.

»Das habe ich mir gedacht«, sagte Newman, den Gesichtsausdruck Tweeds auf seine Weise deutend. »Sobald wir im Hotel sind, sollten Sie etwas essen und sich dann sofort ins Bett legen, Mr. Tweed.«

»Und ich hatte die seltsame Vorstellung, für dieses Team verantwortlich zu sein«, antwortete Tweed traurig.

»Wir alle haben unsere Illusionen«, bemerkte Marler, der sein Pokerface aufgesetzt hatte.

»Möchte noch jemand einen Kommentar zu meinem Zustand abgeben?« fragte Tweed.

»Ja«, sagte Philip, der bis jetzt geschwiegen hatte. »Sie sehen fürchterlich aus.«

»Sie sind wie Paula.«

»Ich fahre jetzt ins Élite«, sagte Newman energisch. »Philip und Pete Nield nehme ich mit. Marler kann Sie später hierher bringen, wenn Sie sich hier noch ein bisschen ausgeruht haben. Sie sehen wirklich fürchterlich aus!«

»Bob!« rief Tweed, während Philip seinen Mantel anzog, die Tür öffnete und den Raum verließ. Newman blieb an der offenen Tür stehen. »Warum haben Sie eben gesagt, dass Sie heute nacht fit sein müssen?« fragte Tweed.

»Weil der Motormann in Sion ist. Ich will ihn umlegen, bevor er weitere Menschen ermordet …«

Tweed blinzelte und versuchte, die Augen offen zu halten. Dann stand er auf und stürmte durch die offene Tür. »Ich weiß, wer der Motormann ist, Bob«, brüllte er.

Weil Philip den Motor angelassen hatte, konnte der neben ihm sitzende Newman Tweeds Worte nicht mehr verstehen.

45

In Sion war es bereits dunkel, als Philip durch seinen Wecker aus dem Schlaf gerissen wurde. Er zwang sich aufzustehen, taumelte ins Badezimmer, drehte den Kaltwasserhahn auf und wusch sich Gesicht, Hände und Arme. Schnell zog er sich warme Sachen an. In seinem Hotelzimmer schien es sehr still zu sein. Noch immer hasste er die Stille, wenn er allein war, weil das die Erinnerung an Jean zurückbrachte.

Philip beschloss, dass es sich nicht lohnen würde, das Radio einzuschalten, das zu seinem Freund geworden war. Nachdem er sein Zimmer verlassen hatte, ging er nach unten und trat in die sibirisch kalte Nacht hinaus. Er wollte die Marchats besuchen, um ihnen zu erzählen, was passiert war. Schließlich hatten ihre Informationen zu dem Erfolg auf dem Keilerhorn beigetragen.

Heute schien es sogar noch kälter zu sein als in jener Nacht, als er mit Paula zum ersten Mal bei den Marchats gewesen war. Immer wieder blieb er stehen, wandte sich um und blickte die dunkle Straße entlang. Er hatte Angst davor, den Motormann zu zwei weiteren potentiellen Opfern zu führen. Doch er sah und hörte nichts. Die Nacht war ruhig und windstill, der Mond von Wolken verdeckt.

Er bog um die letzte Ecke auf dem Weg zu den alten Häusern, ohne dass seine Schritte auf dem steinharten Schnee das leiseste Geräusch verursachten. In seiner rechten Hand hielt er die Walther. Diese Vorsichtsmaßnahme hatte er bereits getroffen, als er das Hôtel Élite verlassen hatte.

Auch diesmal sah man keinerlei Licht im Haus der Marchats. Selbst durch die geschlossenen Fensterläden drang kein Schimmer. Nachdem er sich ein letztes Mal umgedreht hatte, dicht an der Mauer eines anderen Hauses stehend, ging er auf die Eingangstür zu.

Die Tür war ein paar Zentimeter weit geöffnet, die Sicherheitskette nicht vorgelegt. Mittlerweile hatten sich Philips Augen gut an die Dunkelheit gewöhnt. Angst fuhr ihm bis ins Mark.

Er öffnete die Tür Zentimeter um Zentimeter, für den Fall, dass sie quietschen könnte, aber Karin Marchat hatte die Türangeln gut geölt. Mit einer Taschenlampe in der linken Hand trat er ins Haus und lauschte auf den Aten eines anderen Menschen, aber er hörte nur seinen eigenen.

Nachdem er sich niedergekauert hatte, um nicht so leicht von einem Schuss getroffen zu werden, schaltete er die Taschenlampe ein. Der Lichtstrahl traf Anton Marchat, der mit gebrochenem Genick vor seinem geliebten Schaukelstuhl lag. Seine Augen waren blicklos. Philip fluchte vor sich hin, was bei ihm so gut wie nie vorkam. Dann betrat er den Raum.

Die Tür, die seiner Ansicht nach in die Küche führte, stand offen. Auch dort brannte kein Licht. Er näherte sich vorsichtig, da ihm aber nichts auffiel, schaltete er seine Taschenlampe aus. Bei der offenen Tür angekommen, lauschte er erneut auf den Atem eines anderen Mannes – nichts.

Als er seine Taschenlampe wieder einschaltete, sprang ihn das Grauen förmlich an. Karin lag mit dem Oberkörper auf der Arbeitsfläche, ihr Kopf hing in dem mit Wasser gefüllten Emaillebecken. Der Hals schien noch grotesker verdreht zu sein – auch ihr hatte jemand das Genick gebrochen.

Vor seinem geistigen Auge sah Philip, was geschehen war, ganz so, als ob er Zeuge der Morde gewesen wäre. Karin war schreiend in die Küche gerannt, und der Motormann war ihr gefolgt, nachdem er Anton umgebracht hatte. Weil ihn ihr Kreischen geärgert hatte, hatte er beide Wasserhähne aufgedreht, um schnell das Spülbecken zu füllen. Dann hatte er ihren Kopf unter Wasser gedrückt, um ihr den Mund zu stopfen. Wahrscheinlich war sie schon halb ertrunken, als er ihr auf seine teuflische Art das Genick gebrochen hatte. Überall auf dem gekachelten Fußboden befand sich Wasser.

Philip verließ das Totenhaus und rannte zurück zum Hotel, um Newman Bericht zu erstatten.

Newman war aus einem tiefen Schlaf erwacht. Er hatte sich gerade gewaschen, angezogen und gekämmt, da klingelte das Telefon.

»Wer ist dran?«

»Ich bin sicher, dass Sie meine Stimme erkennen.«

Archie sprach so leise und ruhig wie immer. Seine Worte waren kaum lauter als ein Flüstern.

»Stimmt.«

»Ich steige auf den riesigen Felsen, der hinter Marchats Haus aufragt. Es gibt nur einen Pfad, der hinter seinem Haus beginnt. Der Motormann ist unterwegs, und ich werde ihn auf den Gipfel locken. Diesmal kriegen Sie ihn, der einzige Rückweg ist der Pfad ...«

»Archie!« In seiner Verzweiflung entfuhr Newman der Name. Aber die Verbindung war unterbrochen.

Als er gerade nach seinem Mantel gegriffen hatte, klopfte es an der Tür. Die Smith & Wesson in der Hand, schloss Newman die Tür auf, zuerst einen Spalt, dann ganz. Philip trat mit aschgrauem Gesicht ein und schloss die Tür.

»Ich komme gerade von Marchats Haus, weil ich den beiden erzählen wollte, was passiert ist, und weil ich ihnen danken wollte.«

»Ich muss los ...«

»Anton und Karin Marchat sind ermordet worden. Beiden wurde das Genick gebrochen. Karin ist vorher im Spülbecken halb ertränkt worden ...«

»Archie hat angerufen.« Newman zog Mantel und Handschuhe an. »Er steigt auf den Berg hinter Marchats Haus. Der Motormann ist immer noch hier, und Archie fungiert als Köder. Ich muss gehen ...«

»Ich werde Sie begleiten.«

Wie Marathonläufer, die sich dem Ziel näherten, rannten sie durch das Dunkel. Die Straßen waren verwaist, es war mitten in der Nacht. Es schneite nicht, und der Boden war immer noch von hartem Schnee bedeckt, so dass sie nicht auf dem Eis ausrutschten. Der Mond schien hell.

Der hoch aufragende Felsen kam in Sichtweite. Weil er den Weg zu Marchats Haus kannte, lief Philip vor Newman her. Hinter dem Haus fand er nach kurzer Suche den Beginn des steilen, schmalen Pfades mit einer Mauer an einer Seite. Sie blieben kurz stehen, um Atem zu schöpfen.

»Sie warten hier, Philip. Wenn der Motormann zurückkommt, muss er diesen Weg nehmen. Dann können Sie ihn kaltmachen.«

»Ich würde Sie lieber begleiten ...«

»Wer hat hier das Sagen? Das war ein Befehl.«

Philip biss die Zähne zusammen und sah zu, wie Newman mit der Smith & Wesson in der Hand schnell und leise den Berg zu erklimmen begann. Er beobachtete ihn, bis er hinter einer Wegbiegung weiter oben verschwand. Dann versteckte er sich im Schatten der Häuser und zog seine Walther.

Es machte ihn nervös, nicht sehen oder hören zu können, was oben vor sich ging. Ohne den Pfad aus den Augen zu lassen, ging er auf und ab. Beinahe hätte er Newmans Befehl ignoriert und wäre ihm gefolgt, aber während seiner Ausbildung hatte man ihm eingeschärft, dass man in einem Team die Befehle des Chefs immer zu befolgen hatte.

Newman war dankbar, dass das Mondlicht den Weg beschien, der stellenweise vereist war und aus dem spitze Steine aus dem Schnee hervorragten. Zu seiner Rechten hatte er einen Panoramablick auf die schneebedeckten Dächer von Sion, das wie eine Totenstadt wirkte. Er warf nur einen Blick auf die Stadt und konzentrierte sich dann auf den Aufstieg zum Gipfel, wo der arme Archie der Bedrohung durch einen professionellen Killer ausgesetzt war.

Auf dem Gipfel, ein Stück oberhalb von Newman, schlug Archie wegen des Frostwetters das Revers seines Mantels hoch. Er stand im Schatten einer alten Kapelle, die im Mondlicht wie eine Ruine wirkte. Mit der linken Hand fingerte er an dem Zigarettenstummel in seinem Mundwinkel herum, was ihm ein gewisses Gefühl der Behaglichkeit verschaffte.

Er stand am oberen Ende des Pfades. Ein paar Schritte vor ihm war die Mauer zerbröckelt. Um die Blutzirkulation anzuregen, bewegte er die Zehen in den Schuhen.

Aus der Dunkelheit hinter ihm tauchte leise eine wartende Gestalt auf. Archie bemerkte den Mann erst, als sich ein kräftiger Arm um seinen Hals legte.

»Sie haben zu viel geredet«, ließ sich eine piepsige Stimme hinter ihm vernehmen. »Jetzt werden Sie für immer verstummen.«

Mit der linken Hand zog Archie die kleine automatische Pistole aus der Tasche und drückte schnell die Mündung der Waffe gegen den Unterarm, der ihn strangulierte, und schoß. Der Angreifer stöhnte vor Schmerz auf und ließ ihn dann los. Rasch trat Archie zwei Schritte vor. Er befand sich jetzt in der Nähe der Lücke in der Mauer. Dann wirbelte er herum.

Jetzt hielt er die automatische Pistole mit beiden Händen und zielte auf den Bauch des Angreifers. Einige spannungsgeladene Sekunden starrten sie sich an.

»Sie können nicht noch einmal auf mich schießen«, sagte Franklin mit unverstellter Stimme.

»Ich kann Ihnen die Kugeln des ganzen Magazins in den

Bauch blasen, ohne auch nur einen Augenblick darüber nachzudenken«, sagte Archie. In Franklins Gesicht zeichnete sich Ungläubigkeit vermischt mit Angst ab. »Gehen Sie jetzt ein paar Schritte, damit Sie mir nicht zu nahe kommen.«

Franklin gehorchte. Er zwang sich, seinen rechten Arm und die Finger seiner rechten Hand zu bewegen. Er wartete auf die Chance, sich auf Archie zu werfen und ihm die Pistole aus der Hand zu schlagen.

In diesem Augenblick erschien plötzlich Newman am oberen Ende des Pfades. Verdutzt beobachtete er die Szene, die sich vor ihm abspielte. Er verhielt sich absolut ruhig, als ob er Archie nicht ablenken wollte. Noch nie in seinem Leben war er so überrascht gewesen.

»Ich habe gesagt, ein paar Schritte«, befahl Archie. »Wenn Sie nicht tun, was ich sage, leere ich das Magazin.«

Irgend etwas an dem leisen Tonfall von Archies Stimme verängstigte Franklin. Er registrierte, dass Archie die auf seinen Bauch gerichtete Waffe ruhig hielt, ohne die geringste Andeutung eines Zitterns. Fasziniert sah Newman zu, wie Franklin den Befehl befolgte.

Nach dem zweiten Schritt stürzte Franklin durch die Mauerlücke ins Leere und konnte sich gerade noch schreiend mit den Händen an zwei kleinen, aus dem Schnee herausragenden Steinen am Rande des Pfads festklammern.

»Helfen Sie mir!« brüllte er. »Um Himmels willen, haben Sie doch Mitleid.«

»Das hängt ganz davon ab, ob Sie die Wahrheit sagen«, antwortete Archie. »Sind Sie der Motormann?«

»Ja. Craig hat mir sehr viel Geld gezahlt.«

»Haben Sie, von ihren anderen Opfern einmal abgesehen, auch den Barkeeper Ben in Bowling Green bei Wareham umgebracht?«

»Ja! Habe ich!« schrie Franklin verzweifelt.

»Und Rico Sava in Genf?«

»Ja! Ich kann mich nicht länger festhalten …«

»Und hier in Sion Anton und Karin Marchat?« fuhr Archie mitleidslos fort.

Franklins rechte Hand löste sich von dem Stein, und er konnte sich nur noch mit der linken festklammern. Die Schweißtropfen, die über sein Gesicht strömten, gefroren fast sofort. Er schaffte es, mit der rechten Hand erneut den Stein zu greifen.

»Ich muss gehen«, sagte Archie.

»Sie können mich hier nicht allein zurücklassen!« kreischte Franklin. »Ich kann nicht mehr.«

»Die Menschen, die Sie auf entsetzliche Art und Weise umgebracht haben, waren meine Freunde.«

Er wandte sich ab und ging den Pfad hinunter. Newman folgte ihm. Eine Zeit lang gingen sie schweigend nebeneinander her. Newman wusste nicht, was er sagen sollte – er war immer noch überwältigt von dem Ereignis. Ausgerechnet Franklin.

»Mittlerweile müsste er in den Abgrund gestürzt sein«, sagte Newman, als sie unten angekommen waren.

Philip stand am hinteren Ende der Straße im Mondlicht. Sie gesellten sich zu ihm und starrten alle zum Gipfel hoch, wo noch immer eine kleine Gestalt über dem Abgrund baumelte. Eine ganze Weile lang sprach niemand, nachdem Newman Philip informiert hatte. »Das da oben ist der Motormann. Raten Sie mal, wer es ist. Bill Franklin ...«

Kurz darauf stürzte Franklin in den Abgrund und krachte mit solcher Wucht gegen einen Felsvorsprung, dass Newman zusammenzuckte. Er prallte ab und landete geräuschvoll etwa hundert Meter von ihnen entfernt im Schnee.

»Warum haben Sie ihn nicht auf dem Gipfel erledigt?« fragte Newman.

»Ich bin kein Sadist«, antwortete Archie. »Aber durch ihn haben viele Menschen gelitten, die Verwandten und Angehörigen all seiner Opfer. Ich glaube an Schuld und Sühne.«

46

»Woher um alles in der Welt wussten Sie, dass Bill Franklin der Motormann war?« fragte Newman am nächsten Tag Tweed. »Ich habe *geglaubt*, Ihr Rufen auf dem Flugplatz gehört zu haben, war mir aber nicht sicher.«

Es war spät, und Newman fuhr Tweed zum Flugplatz. Im Fond saßen Butler und Paula. Butler hatte darauf bestanden, aus dem Krankenhaus in Sion entlassen zu werden und gegenüber dem Arzt die Oberhand behalten.

»Durch einen Zufall«, erklärte Tweed. »Ich war bei Professor Grogarty, einem großen, gutgebauten Mann, in der Harley Street. Er stand vornübergebeugt da und richtete sich plötzlich auf. Da fiel mir ein, dass Keith Kent mittelgroß ist, genau wie Grogarty in vornübergebeugtem Zustand. Aber als Grogarty sich aufrichtete, war er so groß wie Bill Franklin. Wir wussten, dass der Motormann den Beschreibungen nach vornübergebeugt ging. Das war seine Methode, seine Größe zu kaschieren.«

»Eine einfache Methode«, rief Paula aus. »Aber Sie haben es gemerkt und die richtigen Schlussfolgerungen gezogen. Bei vielen anderen Menschen wäre das nicht so gewesen. Ich bin immer noch verwirrt, dass es Bill war. Er war ein so netter Mensch.«

»Das sagen die Leute über viele Killer«, antwortete Tweed.

Vorher war der Tag durch hektische Aktivität geprägt gewesen. Im Krankenhaus hatte man Butlers Wunde versorgt. Der Arzt hatte gesagt, dass es sich nur um eine tiefe Fleischwunde handle und dass Butler Glück gehabt habe. Butler hatte ihm eine Geschichte aufgetischt, nach der er seine Walther überprüft hatte, ohne zu wissen, dass sie geladen war. Dabei habe er sich angeblich selbst verletzt. Paula hatte erklärt, dass Arthur Beck, der Chef der Bundespolizei, ihr Freund sei, und das hatte dem Arzt genügt. Dazu kam, dass Beck arrangiert hatte, dass Butler nach ihrer Rückkehr nach Zürich am Flugplatz von einem Krankenwagen abgeholt wurde.

Aus dem Hôtel Élite, wohin er jetzt umgezogen war, hatte Tweed bei Beck angerufen, und daher wussten sie, dass Brazil noch im Baur-en-Ville in der Bahnhofsstraße wohnte. Tweed war entschlossen, vor Brazils Abreise in der Stadt zu sein.

Ganz Sion sprach über die Lawine auf dem Keilerhorn.

Bevor er den Flugplatz verlassen hatte, hatte Tweed mitbekommen, wie eine zweite Lawine vom Gipfel herabdonnerte, die die Leichen von Brazils Männern unter sich begraben hatte. Auch durch sein Fernglas hatte er keinerlei Spur mehr von ihnen gesehen, und er bezweifelte, dass die Toten je gefunden werden würden.

»Ich brauche keinen Krankenwagen, wenn wir in Zürich ankommen, weil ich mich total fit fühle«, rief Butler.

»Sie werden in den Krankenwagen einsteigen«, antwortete Paula bestimmt. »Und ich fahre mit Ihnen. Das Risiko einer Infektion dürfen wir nicht eingehen. Regen Sie sich ab.«

»Sie benehmen sich, als ob Sie der Boss wären«, grummelte Butler.

»Ich weiß«, antwortete sie lächelnd.

Hinter ihnen im zweiten Wagen saßen Marler am Steuer, Philip auf dem Beifahrersitz und Nield im Fond. Sie hatten alle Taschen mit den restlichen Waffen dabei. Auf dem Rückweg bergab hatte Newman am Tag vorher kurz an einem engen Riss im Felsen angehalten, sich durch den Spalt gezwängt und den Raketenwerfer in ein tiefes Loch im Boden fallen gelassen. Da er die Waffe nirgendwo aufschlagen hörte, wusste er, dass er den richtigen Ort gewählt hatte.

Als sie am Flugplatz ankamen, war es immer noch hell. Tweed hatte Bescheid gesagt, dass sie kommen würden, und darum gebeten, die Crew zu benachrichtigen. Paula hakte sich bei Butler ein und half ihm die Gangway hoch. Sein Kommentar war freundlich.

»Hätte nie gedacht, dass Sie sich Sorgen um mich machen ...«

Einige Minuten, nachdem sie an Bord gegangen waren, startete der Jet. Er stieg steil auf und flog auf die Berge zu.

Vom Fenster aus blickte Paula auf das Keilerhorn herab und dachte, dass sie den Berg nie wieder sehen wollte. Dann wurde es dunkel.

»Beck weiß, dass wir kommen«, rief Tweed den anderen zu. »Er wird zwei unauffällige Wagen zum Flughafen schicken, die uns zum Schweizerhof bringen. Wir werden rechtzeitig zum Abendessen dort sein.«

Brazils weißer Jet war in Zürich gelandet, und er hatte sich zu einer Bank in der Bahnhofsstraße chauffieren lassen. Als er sah, dass sie gerade geschlossen hatte, war er ungehalten. Hier befand sich der Erlös des heimlichen Verkaufs einiger seiner Inhaberschuldverschreibungen. Die beträchtliche Summe Bargeld war seine Reserve.

Wütend befahl er dem Fahrer, ihn zum Baur-en-Ville zu bringen. Weil die Bank geschlossen hatte, musste er die Nacht gegen seinen Willen in Zürich verbringen. Sein einziger Wunsch war, die Schweiz so schnell wie möglich zu verlassen und nach Dorset zurückzukehren.

Als er die Hotelhalle betrat, las Eve dort in einem Sessel ein Modemagazin. Sie trug ein teures weißes Kostüm, das sie gerade gekauft hatte.

»Hatten Sie eine angenehme Reise?« erkundigte sie sich.

Brazil ging an ihr vorbei, als ob er sie nicht gesehen hätte, und verschwand im Aufzug. Eve ließ die Zeitschrift fallen.

»Ungehobelter Teufel«, murmelte sie. »Der kann mich mal!«

Um über ihre Verärgerung hinwegzukommen, steckte sie sich an der Glut ihrer Zigarette eine neue an. Dann stand sie auf und schlenderte in die Bar. Sie setzte sich auf einen Barhocker, bestellte sich einen doppelten Wodka, stürzte ihn hinunter und orderte einen weiteren. Sie nahm zu mehreren Männern, die sie interessiert anstarrten, Blickkontakt auf und schaute sie gerade so lange an, bis die Männer vermuteten, dass sie ebenfalls Interesse hatte. Dann wandte sie sich ab und blickte woanders hin.

Sie blieb mehrere Stunden in der Bar und trank weiter Wodka, hatte aber so wenig Schlagseite wie die Waage der

Justitia. Dann beschloss sie, einen langen Spaziergang zu machen. Ihre Gedanken beschäftigten sich mit Newman. Nach Brazils Rückkehr war sie sicher, dass auch Newman und Tweed wieder in Zürich auftauchen würden. Sie hatte es auf Newman abgesehen. Seit Brazil nach Sion geflogen war, hatte sie nicht ein einziges Mal an Philip gedacht.

Es machte sie wütend, dass sie wegen der Kälte ihren Mantel anziehen musste, den sie mit in die Bar genommen hatte. Ihr hätte es gefallen, ihr neues Kostüm auf der Bahnhofstraße zur Schau zu stellen, damit die Männer sich bei ihrem Anblick die Lippen leckten.

Eve spazierte in Richtung Bahnhofsplatz und Hotel Schweizerhof. In der Eingangshalle ging sie selbstbewusst auf den Portier zu.

»Ich habe nach seiner Rückkehr eine Verabredung mit Mr. Robert Newman«, log sie.

»Wir erwarten ihn jeden Augenblick.«

Der Portier schwieg und fragte sich, ob er sich einer Indiskretion schuldig gemacht hatte. Er vertrat den hauptamtlichen Portier und hatte noch nicht herausgefunden, wer wer war. Die sehr attraktive Frau mit ihrer arroganten Verhaltensweise hatte bei ihm den Eindruck hinterlassen, dass sie im Hotel wohnte, und genau das war Eves Absicht gewesen.

Du kannst die Männer zum Narren halten, wann immer du willst, dachte sie, während sie in das Bistro neben der Eingangshalle ging.

Das überzeugte den Portier erst recht davon, dass sie ein Hotelgast war, und er fühlte sich besser. Er wäre weniger erleichtert gewesen, wenn er gesehen hätte, dass Eve das Bistro sofort durch den Ausgang zur Straße verließ.

Mit dem Aufzug fuhr sie ins Shopville hinunter. Sie ignorierte die Läden, weil sie die extrem teuren auf der Bahnhofstraße vorzog, und stieg am andere Ende erneut in einen Lift, mit dem sie in den Hauptbahnhof gelangte. Dann wartete sie an der Treppe, von wo aus sie jeden sehen konnte, der vor dem Schweizerhof ankam.

Der Gedanke, ein neues Kostüm unter ihrem Mantel zu

tragen, hatte sie so beschäftigt und ihr Wohlgefühl vermittelt, dass ihr nie der Gedanke gekommen war, jemand hätte ihr vom Baur-en-Ville folgen können. Am anderen Ende des Bahnhofsplatzes wartete Gustav geduldig in einem Hauseingang, ohne seinen Blick von Eve zu lösen.

Tweed und Newman stiegen, gefolgt von Philip, mit ihren Taschen aus dem unauffälligen Wagen aus, der sie vom Flugplatz Kloten zum Hotel gebracht hatte. Dann verschwanden sie im Schweizerhof. Tweed, immer noch vorsichtig, hatte arrangiert, dass Marler und Nield im nahe gelegenen Hotel Gotthard wohnten.

Nachdem sie gelandet waren, hatten sie sich zuerst um Butler gekümmert, der aus dem Jet getragen, dann in einen wartenden Krankenwagen verfrachtet und in ein Krankenhaus gefahren worden war, wo der Arzt ihn sofort untersuchte.

Der Arzt, der weitaus Schlimmeres erwartet hatte, war überrascht. Nachdem er Butlers Wunde behandelt hatte, legte er ihm einen neuen Verband an. Dann sprach er auf dem Flur mit Paula, während Butler in seinem Einzelzimmer tobte.

»Keine Spur von einer Infektion, Miss Grey. Der Arzt in Sion hat ganze Arbeit geleistet. Aber der Patient ist sehr rebellisch. Was würde passieren, wenn ich ihn jetzt gehen lassen würde?«

»Ich würde ihn in ein Hotel bringen und dafür sorgen, dass er sich ins Bett legt und ausruht.«

»Er muss jetzt eine Nacht lang ausschlafen.«

»Ich werde dafür sorgen«, antwortete Paula entschlossen.

»Mr. Beck hat einen unauffälligen Polizeiwagen bereitgestellt, der ihn von hier wegbringen soll, wenn ich grünes Licht gebe. Ärzte und Krankenhäuser scheint Mr. Butler nicht zu mögen. Meiner Ansicht nach sollten Sie ihn in ein Hotel bringen.«

Und so sah Eve, die den Platz halb überquert hatte und auf einer Plattform für Fußgänger stand, einen Wagen vor dem Hotel vorfahren, aus dem ein harter Bursche ausstieg, der von Paula an einem Arm geführt wurde.

Paula blickte über den Bahnhofsplatz und bemerkte, dass Eve zu ihnen hinüber starrte. Einen kurzen Moment lang blickten sie sich in die Augen. Paulas Gesichtsausdruck war gleichgültig, der Eves hasserfüllt. Sie mochte Paula nicht und lächelte höhnisch. Das ist also ihr Freund, dachte sie. Sie hängt wie ein Blutegel an seinem Arm.

Paula begleitete Butler in die Hotelhalle, erzählte dem Portier, dass er gefallen sei, und fragte, ob sie ihn sofort auf sein Zimmer bringen könne. Sie versicherte dem Portier, dass sie gleich seinen Pass herunterbringen und sich um den Eintrag ins Gästebuch kümmern werde. Ohne zu zögern stimmte er zu, nannte ihr eine Nummer und gab ihr den Schlüssel für ein gepflegtes Zimmer im ersten Stock.

Während Paula Butler in sein Zimmer brachte und dann im Bad wartete, bis er sich ausgezogen und seinen Pyjama angezogen hatte, überlegte sie. Eves unerwarteter Anblick beunruhigte sie. Sollte sie es Philip erzählen? Trotz allem, was er ihr erzählt hatte, wusste sie, dass es einige Frauen gab, die nur den kleinen Finger krümmen mussten, damit die Männer hinter ihnen her rannten.

Nachdem Butler Paula seinen Pass gegeben und sich ins Bett gelegt hatte, schlief er fast sofort ein. Sie rief den Portier an, der ihr ihre Zimmernummer mitteilte. Dann ließ sie sich versichern, dass ein Angestellter mit dem Schlüssel dort auf sie warten würde.

Nachdem sie schnell ihre Sachen ausgepackt hatte, kümmerte sie sich beim Portier um Butlers Eintrag ins Gästebuch und ging dann zu Tweeds Zimmer. Tweed, Philip und Newman saßen in Sesseln. Sie atmete tief durch und wandte sich Philip zu, nachdem sie sich gesetzt und die Beine übereinandergeschlagen hatte.

»Ich habe Eve auf dem Bahnhofsplatz gesehen, Philip.«

»Von mir aus kann sie bis in alle Ewigkeit da herumspazieren. Ich will diese Frau nie wieder sehen.«

»Merkwürdig, dass sie sich in der Nähe dieses Hotels aufhält«, sagte der stets misstrauische Tweed.

»Meiner Ansicht nach wohnt sie im selben Hotel wie Brazil«, bemerkte Paula.

»Er kommt ihr sicher gerade recht«, antwortete Philip. »Sie sind ein hübsches Paar.«

Eve überquerte den Bahnhofsplatz. Als sie vor dem Schweizerhof stand, überlegte sie, ob sie hineingehen und nach Newman fragen sollte, aber sie entschied sich dagegen. Angesichts der Forderungen, die sie ihm stellen wollte, war es am besten, einfach anzurufen.

Sie ging wieder zu der Telefonzelle in der Bahnhofsstraße, von der aus sie schon einmal angerufen hatte. In einem kleinen Notizbuch suchte sie die Nummer des Hotels, wählte und fragte nach Mr. Robert Newman.

Es entstand eine Pause. Newman war auf dem Weg zu seinem Zimmer und hörte das Telefon klingeln, als er den Raum betrat. Nachdem er die Tür verschlossen hatte, rannte er zum Telefon.

»Hallo?«

»Hier spricht Eve, Bob. Ich habe Sie vermisst.«

»Schon gut. Was wollen Sie?«

»Reden Sie nicht so. Wir könnten uns zusammentun.«

»Da käme nichts Gutes bei raus.«

»Sie sind nicht gerade nett zu mir.«

»Kommen Sie zur Sache.«

»Okay.« Ihr Tonfall wurde härter. »Was würden Sie zur besten Story Ihrer gesamten Karriere sagen? Sie ist so sensationell, dass Sie sofort auf der ganzen Welt Schlagzeilen machen würden.«

»Reden Sie weiter, wenn's sein muss.«

»Ich kann Ihnen Leopold Brazils wahre Geschichte erzählen und habe Beweise dafür, dass sie stimmt. Er hat zwanzig der führenden Wissenschaftler der Welt geködert, damit sie für ihn arbeiten.«

»Tatsächlich?« fragte Newman gelangweilt.

»Hören Sie zu«, knurrte Eve. »Ich habe mir Notizen über seine geheimen Unterlagen gemacht, in denen alle Details über diese vermissten Wissenschaftler enthalten sind. Später konnte ich Akten über Ed Reynolds, Irina Kriwitskij und andere fotografieren. Hören Sie mir zu?«

»Mit halbem Ohr.«

»Ich verlange einhunderttausend Pfund für meine Informationen.«

»Nicht gerade wenig.«

»Und Sie können Ihren Artikel an die Zeitungen verkaufen und ein Vermögen verdienen. Ich biete Ihnen das Material zu einem günstigen Preis von einhunderttausend Pfund an. Andere würden sehr viel mehr bezahlen.«

»Dann wenden Sie sich an diese anderen.«

»Sie würden die beste Story daraus machen. Ich habe einige Ihrer Artikel gelesen. Zusätzlich zu den einhunderttausend Pfund verlange ich fünf Prozent Ihres gesamten Profits.«

»Mir läuft das Wasser im Munde zusammen«, antwortete Newman sarkastisch.

»Wenn Sie darüber nachdenken, werden Sie es genauso sehen wie ich. Ich wohne im Baur-en-Ville. Nennen Sie sich Cross, wenn Sie mich anrufen.«

Angewidert legte Newman auf.

47

Nachdem Eve die Telefonzelle verlassen hatte, eilte sie ins Baur-en-Ville zurück. Es gelüstete sie stark nach einem doppelten Wodka, daher betrat sie die Bar.

Aus einem Geschäft auf der anderen Straßenseite hatte Gustav sie beobachtet. Als Eve ihn wegen einer vorüberfahrenden Straßenbahn nicht sehen konnte, rannte er sofort zur Telefonzelle. Eine schlecht gelaunt wirkende Frau streckte die Hand nach dem Türgriff der Zelle aus. Er stieß sie zur Seite, schenkte ihr dann keine weitere Beachtung und gab vor, eine Nummer zu suchen.

Sobald die Frau gegangen war, entfernte er das winzige Abhör- und Aufzeichnungsgerät, das er zuvor versteckt hatte. Gustav hatte gehofft, dass Eve bei einem weiteren Telefonanruf dieselbe Zelle benutzen würde, in der er sie zuvor gesehen hatte.

Gustav ging sofort in sein Büro ins Hotel zurück. Dort verschloss er die Tür, zog die Kassette aus dem Gerät, spulte sie in einem anderen Recorder zurück und lauschte mit wachsender Aufregung. Er hatte Eve nie gemocht.

Während er den Korridor zu Brazils Zimmer hinabging, tauchte sein Boss hinter ihm auf. Als Eve aus ihrem Zimmer trat, versteckte Gustav sich. Sie hatte sich frisch gemacht und war auf dem Weg zur Bar.

»Wo ist José?« fragte sie.

»José wollte nicht mitkommen«, antwortete Brazil gut gelaunt. »Ich glaube, es hat ihn nach Hause gezogen.«

»Für den Fall, dass Sie mich suchen sollten, finden Sie mich in der Bar.«

»Wo sonst?«

Als Brazil die Tür zu seinem Zimmer aufschloss, trat Gustav neben ihn und sagte, dass er gerne vertraulich mit ihm sprechen wolle.

»Ist es wichtig?« fragte Brazil.

»Das sollten Sie entscheiden.«

»In Ordnung. Kommen Sie herein. Viel Zeit habe ich allerdings nicht.«

Brazil setzte sich an seinen Schreibtisch und hoffte, dass Gustav schnell wieder verschwinden würde, weil er sich die aktuellen Berichte im Radio anhören und erfahren wollte, ob irgend etwas über die Lage in Moskau durchgesickert war.

»Ich möchte Ihnen eine Kassette vorspielen«, sagte Gustav.

Brazil runzelte die Stirn, nickte und lehnte sich dann zurück, während Gustav die Kassette in das Gerät auf dem Schreibtisch einlegte und den Startknopf drückte. Während er zuhörte, änderte sich Brazils Gesichtsausdruck nicht. Er besaß eine eiserne Selbstbeherrschung. Nach dem Ende der Aufzeichnung blickte Gustav seinen Boss erwartungsvoll an.

»Ich hatte sie schon vorher in dieser Telefonzelle gesehen«, erklärte er. »Weil ich mir dachte, dass sie sie erneut benutzen würde, habe ich dort ein Aufnahmegerät installiert. Denselben Recorder, den ich unter Josés Schreibtisch versteckt hatte.«
»Lassen Sie mir das Band hier.«
»Sie wollen doch nicht etwa, dass ich …«
»Ich will, dass Sie gehen und mit Ihrer Arbeit fortfahren.«
Nachdem er gewartet hatte, bis Gustav das Zimmer verlassen hatte, stand Brazil auf, verschloss die Tür und kehrte an seinen Schreibtisch zurück. Gustav hatte die Kassette zurückgespult, und Brazil hörte sie sich erneut an.

… die beste Story Ihrer gesamten Karriere …

Ich kann Ihnen Leopold Brazils wahre Geschichte erzählen …

… Später konnte ich Akten fotografieren …

… Ich verlange einhunderttausend Pfund für meine Informationen …

Nach dem Ende der Aufnahme spulte Brazil das Band zurück, nahm die Kassette aus dem Gerät und steckte sie in die Tasche. Dann setzte er sich mit grimmiger Miene wieder an seinen Schreibtisch.

Ich habe ihr vertraut und ihr sehr viel Geld gezahlt, aber selbst das war nicht genug, dachte er. Ein weiterer Verrat in meinen eigenen Reihen. Die treibende Kraft bei Eve ist ihre Gier, Loyalität kennt sie nicht.

Lange blickte Brazil auf die gegenüberliegende Wand, während er in Gedanken nochmals die Aufnahme hörte. Dann riss er sich zusammen und schaltete das Radio ein.

Jetzt würde er das zweite Signal nicht mehr senden können, das die gesamte weltweite Kommunikation ausgeschaltet hätte. Aber er hatte genug getan, um Marow eine Chance zu geben, die Kontrolle zu übernehmen. Russland war jetzt wieder eine Weltmacht, eine Bedrohung, die den Westen aufwachen lassen würde.

Eine Zeit lang war Newman noch in seinem Hotelzimmer geblieben. Schnell hatte er die wichtigsten Punkte seines Telefonats mit Eve Warner notiert. Bevor er zu Tweeds Zimmer ging, wusch und kämmte er sich.

Tweed hörte den World Service der BBC, der immer wieder neue aktuelle Berichte sendete. Paula und Philip lauschten ebenfalls. Als Philip Newman ins Zimmer ließ, schaltete Tweed das Radio aus.

»Brazil hat einen großen Teil seines Plans verwirklicht«, sagte er zu Newman. »Es ist seltsam, aber ich stimme den Ideen dieses Schurken noch immer zu. Ich bin sicher, dass Brazil geplant hatte, ein zweites Signal zu senden. Wahrscheinlich wollte er das selbst erledigen, weil er in der Bodenstation war, aber Sie haben sie zerstört. Das ist ein Segen.«

»Warum?« fragte Newman.

»Einer unserer Agenten ist geflohen, bevor Marow die Grenzen schließen ließ. Er hat versucht, mich aus Frankfurt anzurufen und mit Monika gesprochen, weil ich nicht dort war. Es hat Gerüchte gegeben, dass russische Truppen an der Grenze zur Ukraine zusammengezogen werden. Ich bin sicher, dass Marow geplant hat, mit Hilfe der beträchtlichen Anzahl von in der Ukraine lebenden Russen den Nachbarstaat zu besetzen. Das wäre dann eine Krise, die weltweit für Unruhe sorgen würde.«

»Weil die Ukraine eine lange Grenze zu Polen hat«, sagte Newman.

»Genau. Die russische Armee wäre eine Gefahr für Westeuropa gewesen. Viele Menschen haben vergessen, dass die Russen immer noch über den größten Teil des riesigen Waffenarsenals verfügen, das sie während des kalten Kriegs aufgebaut haben. Und es ist ziemlich klar, dass es einen Erlass gegeben hat, nach dem alle privaten Unternehmen wieder in staatliche Konzerne umgewandelt werden sollten. Brot ist rationiert. Es mag den Russen keinen Spaß machen, Schlange zu stehen, aber sie wissen, dass es jeden Tag Brot zu staatlich kontrollierten Preisen gibt.«

»Das ist Kommunismus«, sagte Newman.

»Nein. Marow ist sehr klug. Er stützt sich auf die Prinzipien des Kommunismus, wenn es um eine Garantie für Nahrungsmittel geht, aber der Erlass wurde im Namen der Russischen Föderation veröffentlicht. Der alternde Präsident hat ihn unterschrieben, aber Marow hat ihn gegengezeichnet, so dass wir jetzt wissen, wer die Verantwortung trägt.«

»Die russische Wirtschaft liegt immer noch am Boden.«

»Nicht wirklich. So war es, als Gorbatschow mit der kapitalistischen Wirtschaftsordnung liebäugelte und dann die Mafia die Geschäfte übernahm. Außerdem wurde angekündigt, dass der Staat alle Fabriken übernimmt, inklusive der Waffenindustrie. Wenn die Grenzen geschlossen sind, wird die Wirtschaft sich stabilisieren.« Dann wechselte Tweed das Thema. »Sie haben ein ausführliches Bad genommen.«

Newman blickte Philip an und berichtete den anderen dann von seinem Telefongespräch mit Eve.

Philip explodierte. »Da haben wir's! Jetzt hat sie ihr wahres Gesicht gezeigt. Für Geld würde sie alles tun.«

»Meiner Ansicht nach wird sie es erneut mit mir versuchen«, sagte Newman, »Wenn es so kommen sollte, werde ich erneut zuhören und schweigen.«

»Während Sie sich amüsiert haben«, bemerkte Tweed trocken, »hat Monica angerufen. Howard dreht wieder durch. Ich bin mit dem Taxi zu Becks Hauptquartier gefahren, weil ich eine sichere Leitung für mein Gespräch mit dem Premierminister brauchte.«

»Was ist passiert?« fragte Paula.

»Howard hat den Premierminister natürlich durcheinander gebracht. Ich habe ihn beruhigt und ihm vorgeschlagen, eine weitere RRF nach Deutschland zu schicken. Dann hat er die allgemeine Wehrpflicht wieder eingeführt und darüber zunächst das Unterhaus und erst dann Washington informiert. Ich habe ihm gesagt, dass die Briten das Verhalten eines entschlossenen Premierministers begrüßen. Das hat ihn überzeugt.«

»Und was ist mit Brazil?« fragte Philip.

»Den werden wir fertig machen, so oder so.«

48

Gustav verließ sein Zimmer im Baur-en-Ville und rannte Eve über den Weg, die gerade von einem langen Aufenthalt in der Bar zurückkam. Er wollte sein hässliches Gesicht zu etwas verziehen, dass er für ein Grinsen hielt, brachte aber nur eine höhnische Grimasse zustande.

»Der Boss ist nicht besonders zufrieden mit Ihnen«, sagte er.

»Tatsächlich? Das ist merkwürdig. Und ich dachte, dass wäre anders, nämlich dass er mit Ihnen absolut nicht zufrieden wäre. Woher wollen Sie das außerdem wissen? Ich glaube, Sie lügen.« Nach ihrer Provokation wartete sie darauf, dass er mehr ausspuckte. Diese Taktik benutzte sie häufig. Gustav zog erneut eine Grimasse.

»Ein kleiner Vogel hat es mir geflüstert.«

»Und wie hieß er?«

»Das würden Sie wohl gerne wissen. Ich muss jetzt gehen.«

Die Luft zwischen ihnen knisterte vor Feindseligkeit. Eve war entschlossen, Gustav zum Reden zu bringen.

»Wie ich sehe, haben Sie sich zum Ausgehen fein gemacht. Suchen Sie wieder nach einer Frau, die billig genug für Sie ist?«

»Ich gehe aus, um den Schweizerhof im Auge zu behalten«, blaffte er wütend. »Der Boss glaubt, dass Tweed und seine Speichellecker vielleicht wieder in der Stadt sind.«

»Und Sie haben noch nicht begriffen, was er wirklich vorhat?« Ihr Gehirn arbeitete fieberhaft, weil sie sich an diesem Kriecher rächen wollte. Sie senkte die Stimme. »Er will, dass Sie Tweed umlegen. Denken Sie an die fette Prämie, die er Ihnen zahlt, wenn Sie das fertig bringen.«

Gustav, der ein erfahrener Kämpfer und ein noch besserer Schütze war, ging ihr wie vermutet auf den Leim. »Glauben Sie, dass er das wirklich will?«

»Natürlich, Sie Dummkopf.« Obwohl sie sich bemühte, sich nichts anmerken zu lassen, kochte sie immer noch vor Wut. »Oft gibt er seine Anweisungen auf eine subtile Art, weil er glaubt, dass Sie genug Grips haben, seine Befehle zu kapieren.«

»Verstehe.«

Gustav schloss die Tür zu seinem Zimmer auf und ging hinein, während Eve durch die offene Tür spähte. Aus einer verschlossenen Schublade kramte er eine 7.65mm Luger hervor. Er steckte sie in die Manteltasche, kam wieder heraus und verschloss die Tür. In seinen Zügen lag Entschlossenheit.

»Sie glauben nicht, dass ich es schaffe, oder?«

»Ich bin mir sogar verdammt sicher, dass Sie's nicht schaffen«, antwortete sie, um ihn weiter anzustacheln.

Während sie Gustav um eine Ecke verschwinden sah, dachte sie darüber nach, ob sie nicht zu weit gegangen war. Sie rannte zu ihrem Zimmer, zog einen Kaschmirmantel an, verschloss die Tür und rannte den Korridor entlang, um Gustav einzuholen, bevor er auf der Straße war.

In ihrer Wut hatte sie damit gerechnet, dass Tweed gut bewacht wäre und dass Gustav niedergeschossen werden würde, wenn er versuchte, Tweed umzubringen. Jetzt versuchte sie herauszufinden, wie sie jedes Risiko ausschließen konnte. Brazil hatte ihr erzählt, wie sehr er Tweed bewunderte, auch wenn er der Boss der gegnerischen Seite war.

Sie erreichte die Hotelhalle, rannte auf die Straße hinaus und kam gerade noch rechtzeitig, um den schwarz gekleideten Gustav die Bahnhofsstraße hinauf eilen zu sehen.

»Ich habe dem Premierminister versprochen, dass ich ihn ungefähr um diese Zeit zurückrufen werde.« Tweed sah in seinem Schlafzimmer auf die Uhr. »Wegen einer sicheren Leitung muss ich wieder in Becks Hauptquartier.«

»Nehmen Sie ein Taxi«, schlug Newman vor.

»Draußen ist es dunkel, und Brazil wird es auf Sie abgesehen haben.«

»Ich bin sicher, Sie irren. Die Ironie der Situation liegt darin, dass wir gut miteinander ausgekommen sind. Außerdem wird mir die frische Luft gut tun.«

»Dann werden wir Sie begleiten«, sagte Paula, während sie ihren Mantel anzog und nach ihrer Handtasche griff.

»Ich könnte auch gut etwas eiskalte, frische Luft vertragen«, sagte Newman.

Zu dritt fuhren sie mit dem Aufzug nach unten, gingen nebeneinander, mit Tweed in der Mitte, durch die sich automatisch öffnende Hoteltür und stiegen die Treppe hinunter. Sie schritten in die Nacht hinaus, während einige wenige Autos an dem Hotel vorbeirasten.

In seinem schwarzen Mantel war Gustav zielstrebig die Straße hinaufgegangen. Weil er nicht besonders intelligent war, kam es ihm nicht in den Sinn, Eves Worte in Frage zu stellen oder sich darüber Gedanken zu machen, warum eine Frau, die er ignoriert oder verhöhnt hatte, ihm einen Gefallen tun sollte.

Er konzentrierte sich auf das, was gleich kommen sollte. Er würde Tweed erschießen, zu dem unterirdischen Einkaufszentrum rennen und im Hauptbahnhof verschwinden, um in einer öffentlichen Toilette sorgfältig die Fingerabdrücke von der Waffe zu wischen. Dann würde er an der Limmat entlangschlendern, auf der Brücke stehen bleiben, die Hände aufs Geländer stützen und die Waffe mit einer behandschuhten Hand in den Fluss werfen.

Gustav war einer von den Killern, die die Polizei am stärksten beunruhigten. Sie tauchten wie aus dem Nichts auf, erschossen ihre Opfer und verschwanden auf einem vorher ausgesuchten Fluchtweg. Kaum je wurde einer von ihnen gefasst. Mit 18 Jahren hatte Gustav in Soho in London sein erstes Opfer erschossen. Anschließend war er verschwunden. Ein älterer Mann hatte ihm gezeigt, wie man die Seriennummer einer Waffe abfeilt, und betont, dass er die Gegend kennen muss, wo der Mord stattfinden sollte.

»Wenn die Polizei dich schnappt, nachdem du die Waffe weggeworfen hast, sagst du nichts«, hatte ihm sein Lehrer eingehämmert. »Wenn du nach Stunden in dem grellen Licht wirklich durstig bist, sagst du, dass du reden wirst, wenn sie dir etwas zu trinken geben. Wenn du das Glas in einem Zug geleert hast, sagst du ›Danke‹ und sonst nichts. Wenn sie hartnäckig fortfahren, sagst du: ›Ich habe geredet, ich habe danke gesagt ...«

Hinter ihm versuchte Eve ihn einzuholen, aber sie wusste nicht, was sie hätte sagen sollen. Vielleicht wäre er so wütend, dass er auf sie schießen würde. Sie war unsicher – was bei ihr gelegentlich vorkam –, denn sie hatte etwas in Bewegung gesetzt, das sie nun nicht mehr aufhalten konnte.

Nachdem er die Straße überquert hatte, erreichte Gustav die Ecke, die dem Schweizerhof am nächsten lag. Er blieb an einer Stelle stehen, von der aus er den Ausgang sehen konnte, und beobachtete den Verkehr. Um diese Uhrzeit war nicht viel los. Nur gelegentlich fuhr ein Lastwagen am Bahnhof vorbei, umrundete halb den Platz und entfernte sich dann über die Limmatbrücke.

Gustavs rechte Hand steckte in der Manteltasche und umklammerte die Luger. Würde er das Glück haben, dass Tweed das Hotel verließ, konnte er ihn aus dieser Entfernung nicht verfehlen. Gustav war geduldig und konnte lange auf sein Opfer warten.

Er wusste nicht, dass auf der anderen Straße ein weiterer Mann wartete, der noch geduldiger war.

Als sie auf den Bürgersteig vor dem Schweizerhof hinaustraten, blieben Newman, Tweed und Paula stehen, um sich an die Kälte zu gewöhnen. Aus Gustavs Perspektive stand Paula schützend vor Tweed. Er wartete.

Ein Lastwagen mit einem müden Fahrer am Steuer kam um den Platz. Er hatte die Vorschriften gebrochen und war zu lange gefahren. Als Newman, Tweed und Paula in Richtung des Hauptquartiers der Polizei gingen, hob Gustav seine Waffe und zielte auf Tweed.

Die drei Schüsse fielen so schnell hintereinander, dass es sich beinahe wie einer anhörte.

Gustav, von drei Kugeln in den Rücken getroffen, taumelte und stolperte dann vom Bürgersteig vor den Lastwagen. Der Fahrer bremste zu spät, und der riesige Lastwagen zermalmte Gustavs Kopf und seinen Körper.

»Weitergehen«, sagte Newman schnell. »Über die Straße.«

Marlers automatische Pistole steckte wieder in seiner Manteltasche, als er sich zu den anderen gesellte, die zu Becks Hauptquartier unterwegs waren. Bis sie in einer Seitenstraße waren, schwieg Tweed. Aus der Ferne hörten sie die Sirene eines Streifenwagens, der sich dem Bahnhofsplatz näherte.

»Danke, Marler«, sagte Tweed leise. »Woher wussten Sie Bescheid?«

»Ich dachte mir, dass ich besser vor Ihrem Hotel Wache schieben sollte. Dann bemerkte ich diesen Typ, der von einem Fuß auf den anderen trat, als ob ihm kalt wäre. Trotzdem blieb er dort stehen. Ich beschloss, ihn im Auge zu behalten.«

»Und Sie haben gesagt, dass Brazil Sie bewundert«, schnaubte Newman.

»Ich habe Eve in der Bahnhofsstraße gesehen«, sagte Paula. »Als sie gesehen hatte, was passiert ist, hat sie sich ganz schnell aus dem Staub gemacht. Ich würde nicht ausschließen, dass diese Schlange das eingefädelt hat.«

Eves Gedanken rasten, während sie zum Baur-en-Ville zurückeilte. Sie saß übel in der Klemme und wusste es. Sie musste die erste sein, die Brazil informierte. Im Hotellift und auf dem Weg zu ihrem Zimmer legte sie sich eine Geschichte zurecht.

Während sie nachdachte, goss sie sich einen großen Wodka ein und zündete sich eine Zigarette an. Um ihr Selbstvertrauen aufzumöbeln, wechselte sie ihren Mantel. Jetzt trug sie einen langen Trenchcoat mit breitem Revers, der ihr vorher wegen des Windes, der vom See aus durch die Bahnhofsstraße geweht hatte, um die Beine geflattert war. Nachdem sie ihre Zigarette ausgedrückt und tief durchgeatmet hatte, ging sie zu Brazils Zimmer. Diesmal klopfte sie an.

»Treten Sie ein.«

Brazil saß an seinem Schreibtisch und lächelte breit, als er Eve sah.

»Ich mag diesen Trenchcoat«, sagte er, während sie die Tür schloss und auf ihn zu kam.

»Mein letzter Einkauf. Ich habe eine schlechte Nachricht.«

»Ziehen Sie zuerst Ihren Mantel aus. Hier ist es warm. Dann setzen Sie sich, und machen es sich bequem. Ich nehme an, dass Sie nichts gegen einen Drink haben.«

»Das wäre sehr nett.«

Sie wartete, während er ihnen Wodka einschenkte, für sie einen doppelten. Auf dem Weg zurück zum Schreibtischsessel hob er sein Glas und lächelte erneut.

»Cheers! Entspannen Sie sich, und erzählen Sie mir dann, was passiert ist.«

»Gustav ist tot«, platzte sie heraus. »Es ist furchtbar. Er hat versucht, Tweed umzubringen, aber vorher hat jemand auf ihn geschossen. Es war entsetzlich. Gustav wurde von einem vorbeifahrenden Lastwagen überfahren.«

»Dann wird es für die Polizei wahrscheinlich nicht leicht sein, ihn zu identifizieren.« Brazil nippte an seinem Drink. »Wie auch immer – wie Sie wissen, haben meine Leute nie irgendwelche Ausweise dabei, wenn sie einen Job zu erledigen haben. Aber warum hat er versucht, Tweed umzubringen?«

»Als er das Hotel verließ, war er betrunken. Wir sind uns im Korridor begegnet, ich habe seine Fahne gerochen. Ich habe mir Sorgen gemacht, was er vorhaben könnte, und bin ihm in diesem Mantel gefolgt.«

»Gustav war betrunken?«

»Ziemlich stark, würde ich sagen. Er schwankte aber nicht. Als Tweed dann mit Newman und Paula Grey aus dem Hotel kam, hat er versucht, Tweed zu erschießen.«

»Glücklicherweise hört sich das so an, als ob Tweed einen bewaffneten Mann vor dem Hotel postiert hätte. Ich habe François und den anderen Wachtposten entlassen und sie gut bezahlt. So werden nur wir beiden morgen abreisen.«

»Wohin?« fragte Eve, die ihn über ihr Glas hinweg beobachtete.

»Nach Grenville Grange in Dorset. Da lebt ein weiterer Bankier, den Sie für mich weich machen sollen.«

»In dem verschlafenen Land gibt es keine großen Geldinstitute oder Top-Bankiers.«

»O doch, es gibt einen. Die Wochenenden verbringt er dort auf seinem Bauernhof. Er ist geschieden, und deshalb wird er an weiblicher Gesellschaft Interesse haben.«

»Aber ohne Bettgeschichten«, warnte Eve.

»Natürlich. Habe ich Sie jemals gebeten, so weit zu gehen? Die Bankiers sind entgegenkommender, wenn sie sich noch Hoffnungen machen. Wir werden im Jet fliegen, auf dem Bournemouth International Airport landen und dann von einem Wagen abgeholt werden. Ich habe alles arrangiert.«

»Hört sich so an, als ob Sie an alles gedacht hätten.«

»Habe ich, glauben Sie mir. Und jetzt gehen wir hinunter und gönnen uns ein ausgiebiges, gemütliches Abendessen.« Erneut lächelte er. »Ich kann selbst angenehme Gesellschaft gebrauchen. Ihren Koffer können Sie morgen packen. Ich muss vorher noch zu einer Bank.«

49

Bevor sie das Hauptquartier der Polizei betreten hatten, hatte Tweed Paula und Newman ermahnt, nichts von dem versuchten Anschlag auf ihn zu erzählen.

»Das könnte Beck das Leben schwer machen, weil er die näheren Umstände untersuchen lassen müsste. Davon wären auch Sie betroffen, Marler. Ich möchte, dass nichts unsere Abreise aus Zürich verzögert, wenn Brazil die Stadt verlässt, und ich bin sicher, dass es bald soweit sein wird.«

Marler hatte sich freiwillig erboten, vor der Tür Wache zu schieben.

»Wir wissen nicht, wie verzweifelt Brazil ist. Vielleicht hat er seine Meinung über Sie geändert, Tweed. Mir ist klar, dass dies das Hauptquartier der Polizei ist, aber trotzdem könnten sich vier Männer mit Maschinenpistolen den Weg freischießen und in das Gebäude eindringen.«

»Frieren Sie sich nicht zu Tode«, antwortete Tweed. »Wir werden so schnell wie möglich wieder hier sein.«

Beck sprang hinter seinem Schreibtisch auf, um sie herzlich zu begrüßen. Er beauftragte den Polizisten, der sie zu seinem Büro geführt hatte, für alle Kaffee und Kuchen zu bestellen.

»Der Kuchen ist von Sprüngli«, sagte Beck, als der Polizist den Raum verlassen hatte.

»Ich werde beherzt zugreifen«, sagte Paula.

»Deshalb habe ich den Kuchen ja bestellt«, entgegnete Beck lächelnd. »Nun, es gibt Neuigkeiten. Ich bin sicher, dass Brazil Tricks benutzt, um uns zu verwirren.«

»Was für Tricks sind es diesmal?« fragte Tweed.

»Die Flugpläne des Piloten, der am Flugplatz Kloten wartete, sind provisorisch. Einer sieht einen Start um elf Uhr morgens vor, einer für ein Uhr mittags, wieder ein anderer für drei Uhr nachmittags.«

»Sehr verwirrend«, sagte Tweed. »Welches Ziel ist vorgesehen?«

»In allen drei Fällen dasselbe – Bournemouth International Airport.«

»Dann kehrt er also nach Grenville Grange in Dorset zurück, dahin, wo alles begonnen hat. Interessant. Wir werden ihm folgen.«

»Das habe ich mir schon gedacht«, antwortete Beck mit einem schiefen Lächeln. »Sie geben nie auf. Übrigens – nachdem Sie in Brazils Jet in einer abgelegenen Gegend des Flughafens gelandet waren, habe ich den Chef der Flugaufsicht gebeten, das Flugzeug zu verstecken, zu warten und aufzutanken. Zu dem von Ihnen gewünschten Zeitpunkt wird eine Schweizer Crew startbereit sein, wahrscheinlich dieselbe, die Sie von Sion nach Zürich gebracht hat. Über Nacht werden sich die Crewmitglieder ausruhen.«

Eine weibliche Polizeibeamtin in Uniform brachte ein Tablett mit Kaffee und Kuchen herein. Paula griff nach einem verlockenden Stück mit viel Schokolade und Schlagsahne.

»Delikat«, verkündete sie. »Was für eine großzügige Einladung. Ich werde noch ein Stück essen.«

»Dafür ist der Kuchen ja da«, antwortete Beck amüsiert.

»Ich würde gern um zehn Uhr morgens mit meinen Leuten an Bord des Jets sein«, sagte Tweed. »Dann sind wir bereit, direkt nach Brazil zu starten, für welche Uhrzeit er sich auch entscheiden mag.«

»In diesem Fall werde ich Sie um Viertel vor neun von zwei Zivilwagen im Schweizerhof abholen lassen. Sollte Brazil sich für den Flug um elf Uhr morgens entscheiden, werden Sie rechtzeitig an Bord des anderen Jets sein.«

»Ihre Hilfsbereitschaft und Organisation sind wirklich bemerkenswert«, bemerkte Tweed. »Vielen Dank.«

»Erzählen Sie mir später bitte, was mit Mr. Brazil passiert ist. Weiß Gott, er hat die Welt ganz schön durcheinander gebracht. Nachdem die Schweizer Armee von den Entscheidungen in London gehört hat, hat sie eine teilweise Mobilmachung angeordnet.«

Während Tweed mit dem Premierminister telefonierte, wickelte Beck ein weiteres Stück Kuchen für Paula in Servietten ein und reichte es ihr mit einer leichten Verbeugung. »Ich werde der tapferen Dame eine wirklich große Tafel Sprüngli-Schokolade schicken.«

»Danke. Sie sind immer so nett zu mir.«

Nachdem er sie in den Arm genommen hatte, verließen sie das Präsidium. Vor der Tür unterhielt sich Marler mit der attraktiven Polizistin, die ihnen Kaffee und Kuchen serviert hatte.

»Entschuldigung«, sagte Tweed, während er Marler auf die Schulter klopfte. »Die Pflicht ruft.«

Sofort ging Marler vor, sah sich vor dem Gebäude um und bedeutete den anderen dann, ihm zu folgen.

»Morgen sollte es einige interessante Entwicklungen geben«, sagte Tweed, während sie zum Schweizerhof zurückgingen.

»Es hat heute schon genug interessante Entwicklungen gegeben«, antwortete Newman.

Während des langen Essens unterhielt Eve sich halbherzig mit Brazil. Gleichzeitig versuchte sie herauszufinden, wie sie vor Ihrem Abflug aus Zürich zu Newman Kontakt aufnehmen konnte. Sie war überzeugt davon, dass Newman sich absichtlich abweisend verhielt.

Eve dachte nicht mehr daran, dass Gustav von dem Lastwagen zermalmt worden war. Dass sie für seinen grausamen Tod verantwortlich war, kam ihr nicht in den Sinn.

Insgeheim ärgerte sie sich, dass Brazil das Essen bis weit nach Mitternacht hinauszog. Als sie gemeinsam nach oben gingen, öffnete er die Tür zu seiner Suite und zeigte Eve den Wolfshund, der unter einer Decke schlafend auf einer Couch lag.

»Bevor wir zum Essen gegangen sind, habe ich ihn gefüttert«, bemerkte Brazil.

Eve war es völlig egal, ob Igor gefüttert worden war oder nicht. Nachdem sie Brazil eine gute Nacht gewünscht hatte, ging sie auf ihr Zimmer. Sie schloss die Tür ab, steckte sich an der Glut ihrer Zigarette eine neue an, goss sich ein großes Glas Wodka ein und begann, sich auszuziehen.

Aus psychologischen Gründen war es zu spät, jetzt bei Newman anzurufen. Sie würde es am Morgen versuchen, wenn Brazil auf der Bank war.

Das Telefon klingelte, und sie rannte zum Apparat, weil sie sicher war, dass es Newman war. Statt dessen meldete sich Brazil.

»Sehen Sie zu, dass Sie morgen früh um acht Uhr fertig sind. Wir frühstücken zusammen.«

»Verstanden.«

Sie knallte den Hörer auf die Gabel. Und sie hatte gehofft, ausschlafen zu können. Sie hatte keine Lust, sich weiter auszuziehen. Nachdem sie ein lästiges Kopfkissen auf den Boden geworfen hatte, drückte sie ihre Zigarette aus, legte sich ins Bett, schaltete das Licht aus und war schnell eingeschlafen. Ihr Gewissen hatte Eve Warner noch nie um den Schlaf gebracht.

Am nächsten Morgen frühstückte sie mit Brazil. Er bestellte ein komplettes englisches Frühstück und zog die Dauer des Frühstücks in die Länge, während Eve versuchte, ihre Ungeduld zu verbergen. Brazil hatte gute Laune, plauderte mit ihr und bestellte frischen Kaffee nach.

Nervös rauchte Eve eine Zigarette nach der anderen und fragte sich, wann zum Teufel er zur Bank gehen würde. Als er schließlich aufstand, war es fast neun. Er bat sie, bei seiner Rückkehr reisefertig zu sein.

»Wie lange werden Sie denn weg sein?« fragte sie beiläufig.

»Das werden Sie schon sehen. Wenn ich zurück bin, klopfe ich an Ihre Tür.«

Vor Wut kochend ging sie auf ihr Zimmer zurück und ließ die Tür einen Spaltbreit offen. Als sie hörte, wie Brazil seine Zimmertür abschloss, wartete sie ein paar Sekunden lang und spähte auf den Korridor hinaus. Sie sah ihn gerade noch um dieselbe Ecke biegen, um die auch Gustav bei seinem letzten, schicksalhaften Gang verschwunden war, aber diese Parallele kam ihr nicht in den Sinn.

Sie hatte beschlossen, dass sie es riskieren musste, Newman von ihrem Zimmer aus anzurufen. Vielleicht kam Brazil früher als erwartet zurück. Wenn Sie zu der Telefonzelle in der Bahnhofsstraße ging, lief sie Gefahr, in Schwierigkeiten zu geraten. Aus dem Gedächtnis wählte sie die Nummer des Schweizerhofs.

»Verbinden Sie mich bitte mit Mr. Robert Newman. Er wartet auf meinen Anruf.«

»Es tut mir leid, aber er ist ausgezogen.«

»Geben Sie mir den Empfangschef.«

»Hotel Schweizerhof, Empfang.«

»Stimmt es, dass Mr. Robert Newman ausgezogen ist?«

»Ja, Madame.«

»Es ist etwas geschehen, über das er Bescheid wissen muss. Wohin wollte er?«

»Keine Ahnung, Madame.«

»Wollte er ein Flugzeug oder einen Zug nehmen, oder ist er mit einem Auto weggefahren?«

»Ich habe wirklich keine Ahnung.«

»Aber er wusste, dass ich anrufen würde. Er muss eine Adresse hinterlassen haben. Sehen Sie in Ihren Unterlagen nach.«

»Wir haben hier keine Adresse.« Der Tonfall des Empfangschefs wurde unfreundlicher. »Ich kann Ihnen nicht helfen.«

»Sie sind zu nichts zu gebrauchen!« schrie sie, bevor sie den Hörer auf die Gabel knallte.

Wütend begann sie zu packen und stopfte ihre teuren Kleidungsstücke unordentlich in den Koffer. In der Reinigung würden die Knitterfalten wieder verschwinden. Wenn Sie dort keine ganze Arbeit leisten, würden sie von ihr hören.

»Dieser verdammte Newman«, murmelte sie. »Der Preis hat sich gerade auf einhundertfünfzigtausend Pfund erhöht.«

Sorgfältig ging sie nur mit den Fotografien der Unterlagen in Gustavs Schrank um, die sie angefertigt hatte. Sie faltete sie ordentlich und steckte sie in ihre Tasche, nachdem sie die Sprühdose mit Tränengas herausgenommen hatte, die José ihr gegeben hatte. Zuletzt packte sie das Tränengas wieder ein und zog dann den Reißverschluss der Schultertasche zu, die in Form der Fotos ein Vermögen enthielt.

Nachdem sie ihren Koffer geschlossen hatte, setzte sie sich und schlug die Beine übereinander, während sie auf der Suche nach ihrem nächsten Einkauf ein Modemagazin durchblätterte.

An Bord des Jets auf dem Flugplatz Kloten saß Tweed geduldig da und las ein Taschenbuch, das er sich nebst einigen anderen in dem unterirdischen Einkaufszentrum gekauft hatte. Auf der anderen Seite war Newman in die Lektüre der aktuellsten Zeitungsberichte vertieft.

Marow hatte alle russischen Grenzen schließen lassen. Kein Schiff durfte die beiden eisfreien Häfen – Murmansk im Westen und Wladiwostok an der Pazifikküste – verlassen. Eine neue Organisation namens MOVAK patrouillierte in den Straßen von Moskau und anderen Großstädten, um die russische Mafia auszuschalten. »Bis zu den Neuwahlen«, für die allerdings kein Termin genannt wurde, war das Parlament aufgelöst worden.

Hinter ihm war Butler auf dem bequemsten Sitz, der normalerweise für Brazil vorgesehen war, schnell eingeschlafen. Pete Nield, der gleichfalls eine Zeitung las, warf gelegentlich ein Auge auf ihn. Vor Tweed war Paula in ein Taschenbuch vertieft. In ihrem Schoß lag ein weiteres Buch – sie las schnell. Auf der anderen Seite des Gangs hatte Philip Platz genommen. Paula blickte zu ihm hinüber und sah ihn ins Leere starren. Sie legte ihr Buch weg und ging zu ihm hinüber.

»Denken Sie an Eve? Oder sollte ich nicht danach fragen?«

»Guter Gott, nein! Ich meine, dass es mir nichts ausmacht, wenn Sie fragen«, antwortete er hastig. »Ich habe an Jean gedacht. Vorher bin ich nur einmal durch das Wallis gefahren, als wir beide aus einem Urlaub in Verona zurückkamen, wo wir eine wunderbare Zeit verlebt hatten. Jean liebte Verona. Wir haben die Arena besucht, die in einem perfekten Zustand ist. Dann waren wir einen Tag in Venedig. Jean glaubte, dass es reichen würde, wenn wir nur einen Tag dort verbringen würden. Auch wenn die Stadt faszinierend ist, war ich derselben Meinung. Auf der Rückreise nahmen wir ab Mailand einen Schnellzug. Als wir durch das Wallis fuhren, dämmerte es, so dass wir nicht viel sehen konnten. Die letzten paar Tage unseres Urlaubs haben wir in Genf verbracht, wo wir im Les Armures Kir Royal getrunken haben. Nach dem, was wir beide dort erlebt haben, erwarte ich nicht, dass Sie sich gerne an das Restaurant erinnern.«

»Schöne Erinnerungen.«

»Ja.«

Philip schluckte, wandte sein Gesicht ab und sagte, dass er auf die Toilette gehe.

Aus der Kabine der Crew tauchte Marler auf. Ruhelos wie immer war er im Gang auf und ab geschlendert, hatte eine Zigarette geraucht und sich mit den Crewmitgliedern unterhalten. Dann ging er wieder den Gang entlang, bevor er erneut in der Mannschaftskabine verschwand.

Er kam schnell zurück und blieb vor Tweeds Sitz stehen.

»Gerade hat mir der Pilot erzählt, dass Brazil gemeinsam mit einer Frau eingetroffen ist. Sie sind an Bord des Jets gegangen und werden wahrscheinlich um elf Uhr starten. Das Ziel ist immer noch der Bournemouth International Airport.«

»Wie schnell die Zeit vergangen ist.«

Als Tweed auf seine Uhr blickte, war er überrascht, dass es schon fast elf Uhr morgens war. Er klappte sein Buch zu und bemerkte, dass auch Newman Marlers Worte gehört hatte.

»Los geht's«, sagte Newman. »Ich vermute, dass es das letzte Kapitel einer langen Geschichte sein wird.«

»Warten wir ab, bis wir sicher sind, dass die Leute vom Tower uns kurz nach Brazil starten lassen können«, warnte Tweed. »Heutzutage ist dies ein viel genutzter Flugplatz, sogar im März.«

»Ganz meine Meinung«, stimmte Newman zu. »Es wird eine verzwickte Angelegenheit werden. Wir müssen auf dem Bournemouth International Airport landen, wenn er gerade nach Grenville Grange abgefahren ist, aber auch nicht zu kurz danach.«

»Unser Jet muss landen, wenn Brazil weit genug weg ist, damit er nicht seinen Namen auf dem Rumpf des Flugzeugs sieht«, erinnerte Paula.

»Sie haben recht«, sagte Newman. »Das wird nervenaufreibend.«

50

Da José nicht mehr unter den Lebenden weilte, hielt Brazil die Hundeleine, während er mit Igor die Gangway hochging und im Inneren des Jets verschwand. Der Wolfshund flog gerne. Er saß auf seinem Lieblingssitz und spähte aus dem Fenster, während Brazil die Hundeleine an der Armlehne festband.

Als er zurückging, um seinen Koffer zu holen, begegnete

er Eve, die ihren Koffer trug. Sie stellte ihn ab und setzte sich auf den Sitz hinter Brazils Drehsessel. Er hatte gerade Platz genommen, als die Tür geschlossen und die Gangway entfernt wurde. Das Heulen der warm laufenden Motoren steigerte sich zu einem Getöse. Brazil drehte sich zu Eve um und blickte auf die Uhr.

»Großartig! Wir starten exakt um elf Uhr.«

»Toll. Haben Sie das Geld von der Bank bekommen?«

»Wer sagt denn, dass es um Geld ging?« Er pochte auf den kleineren Aktenkoffer auf seinem Schoß. »Da drin sind wichtige Dokumente«, log er.

In dem Aktenkoffer befand sich eine Million Schweizer Franken in großen Scheinen, der Erlös der Inhaberschuldverschreibungen.

Eve glaubte ihm nicht. Sie zündete sich eine Zigarette an, blies einen Rauchring in die Luft und steckte einen Finger hindurch. Da tauchte der Steward auf.

»Für mich einen doppelten Wodka«, rief sie.

»Ist es nicht noch ein bisschen früh dafür?« fragte Brazil.

»Dafür ist es nie zu früh.«

Der Jet rollte über die Startbahn, hob ab und ließ die Tannen unter sich, die diesen Teil des Flugplatzes säumten. Dann durchbrach das Flugzeug die Wolkendecke, über der strahlender Sonnenschein herrschte.

»Eines Tages werden Sie wegen Igor Ärger bekommen«, sagte Eve. »Man darf Hunde nicht so vom Kontinent nach Großbritannien bringen. Er müsste sechs Monate in Quarantäne.«

»Bevor wir landen, werde ich ihn in eine spezielle Lattenkiste stecken. Für den Fall, dass die Zollbeamten jemals auf die Idee kommen sollten, die Kiste zu öffnen, was aber nicht passieren wird, ist das obere Fach mit Schweizer Schokolade gefüllt. Auf dem Bournemouth International Airport kennen die Leute mich. Sie wissen, dass ich ein Freund des Premierministers bin.«

»Wo zum Teufel bleibt mein Wodka? Sie sollten den Steward feuern und jemanden einstellen, der weiß, wie er seinen Job zu erledigen hat.«

Sie hatte gerade ausgesprochen, als der Steward mit einem dreistöckigen Wodka erschien. Eves Gesichtsausdruck hellte sich auf, während der Kellner ein Tablett vor ihr auszog und das Glas in eine Vertiefung stellte. »Zumindest haben Sie sich daran erinnert, dass ich einen großen Wodka bestellt hatte«, sagte sie ungnädig.

Der Steward kannte ihre Wünsche. Er konnte nicht verstehen, wie sie soviel trinken und das Flugzeug trotzdem nüchtern verlassen konnte. Eve ignorierte sein Lächeln. Ihre Maxime war, dass man nicht zu nett mit Bediensteten umgehen machen durfte. Wenn man es tat, machten sie auf vertraulich.

Weil sie immer stolz auf ihre letzten Einkäufe war, hatte sie ihren Trenchcoat sorgfältig zusammengefaltet. Als sie nach dem Kauf des Mantels mit den Händen in den Taschen die Bahnhofsstraße entlang geschlendert war, hatte sie sich wie ein General gefühlt, der seine Truppen kommandierte.

»Nach der Landung wird ein Wagen auf uns warten«, sagte Brazil. »Wir werden sofort nach Grenville Grange fahren.«

»Ich hoffe, dass die Angestellten vor unserer Ankunft geputzt haben.«

»Ich habe angerufen. Hoffentlich haben sie das Datum richtig verstanden.«

»Wenn nicht, ich werde es jedenfalls nicht tun. Ich bin nicht eingestellt worden, um niedrige Dienste zu verrichten.«

»Das wäre auch eine Vergeudung Ihrer Talente«, sagte Brazil lächelnd.

»Soll das ein Kompliment sein?« fragte sie, während sie ihn über ihr Glas hinweg beobachtete.

Eve hatte bereits drei Viertel ihres Wodkas geleert und dachte, dass es an der Zeit wäre, dass der Steward wieder auftauchte.

»Aber natürlich.« Brazil lächelte noch breiter. »Ein aufrichtiges Kompliment an eine einzigartige Dame.«

»Steward!« bellte sie, nachdem sie ihr Glas geleert hatte. »Noch mal dasselbe. Und zwar schnell.«

Der Steward lächelte gezwungen, während er ihr Glas abholte. Er fragte sich, ob er sich nicht nach einem anderen Job umsehen sollte, wenn Brazil weiterhin darauf bestand, mit dieser Frau zu reisen.

»Sehen Sie, da liegt das Berner Oberland.« Brazil zeigte aus dem Fenster. »Eine der spektakulärsten Aussichten auf der Welt. Selbst im Vergleich zu Amerika, wo alle glauben, in jeder Hinsicht die Größten und Besten zu sein.«

Eve machte sich nicht die Mühe, auf die riesigen, gezackten und verschneiten Gipfel in der Ferne zu blicken, die im Sonnenlicht glänzten. Brazil schaute auf die Jungfrau, einen beeindruckenden Berg, wenn auch nicht beeindruckender als das Keilerhorn. Dann verdrängte er alle Gedanken an das Wallis, während der Jet weiter in Richtung Frankreich flog.

Der Controller von der Flugaufsicht hatte Becks Wünschen gemäß Funkkontakt zum Piloten von Tweeds Maschine aufgenommen. Der Pilot verließ sein Cockpit und ging zu Tweed.

»Es tut mir leid, aber es wird mindestens noch eine halbe Stunde dauern, bis wir starten können. Reguläre Flüge sind uns in die Quere gekommen. Der andere Jet ist planmäßig um elf Uhr gestartet.«

»Da kann man nichts machen«, antwortete Tweed freundlich. »Ich verstehe, dass der Controller Prioritäten setzen muss.«

»Das bedeutet«, rief Newman, nachdem der Pilot wieder im Cockpit verschwunden war, »dass es verdammt schwierig werden wird, Brazil einzuholen, bevor er in Grenville Grange ankommt.«

»Nicht unbedingt«, bemerkte Philip. »Ich habe eine Idee.«

»Erzählen Sie«, sagte Paula.

»Noch nicht. Wir sollten abwarten, wie die Lage aussieht, wenn wir landen.«

Paula zog das Stück Sahnetorte hervor, das Beck ihr mitgegeben hatte. Über Nacht hatte sie es im Kühlschrank aufbewahrt. Sie begann zu essen und benutzte die zusätzliche

Serviette, die Beck ihr mitgegeben hatte, damit keine Krümel auf ihr Kostüm fielen.

»Sie werden fett wie ein Schweinchen werden«, scherzte Philip.

»Nein. Ich kann so viel essen, wie ich will, und mein Gewicht bleibt trotzdem konstant. Sie sind nur neidisch, weil Sie kein Stück Torte haben.«

»Mir läuft das Wasser im Munde zusammen«, gestand Philip.

Paula teilte ein Stück mit viel Sahne ab, stand auf und befahl Philip, den Mund zu öffnen. Dann stopfte sie es hinein.

»Das war lecker«, sagte Philip, als er das Stück hinuntergeschluckt hatte. »Vielen Dank. Sie sind sehr großzügig.«

Dann zog er aus seiner Tasche eine Karte von Dorset hervor und studierte sie. Paula war neugierig.

»Ich dachte, dass Sie Dorset mittlerweile wie Ihre Westentasche kennen würden«, sagte sie, nachdem Philip die Karte wieder zusammengefaltet und weggepackt hatte.

»Ich habe nur etwas überprüft.«

»Hatte es etwas mit Ihrem mysteriösen Plan zu tun?«

»Vielleicht ...«

»England, das wunderschöne England«, sagte Brazil, während er aus dem Fenster blickte.

Jetzt dauerte es nicht mehr lange bis zur Landung auf dem Bournemouth International Airport. Als sie eigentlich ihren Sicherheitsgurt hätte anlegen sollen, war Eve damit beschäftigt, ihren Trenchcoat anzuziehen. Weil die Maschine nur langsam an Flughöhe verlor, machte sie sich keine Sorgen.

»Ich hoffe, der Chauffeur mit der Limousine wartet«, rief sie aus.

»Joseph hat unsere Fahne verraten und wird nicht kommen.«

»Dann fährt also ein anderer Chauffeur?«

»Ja.« Er wirbelte in seinem Sessel herum. »Er sitzt vor Ihnen.«

»Sie fahren selbst?« fragte Eve ungläubig.

»Vielleicht sollte ich Sie daran erinnern, dass ich einen Führerschein habe.«

»Ich könnte mich ans Steuer setzen. Ich bin eine gute Fahrerin.«

»Vielleicht später. Zuerst werde ich fahren. Über Corfe ist es nicht weit.«

»Die Straßen werden unter Wasser stehen. Ich habe aus dem Fenster gesehen. Seit unserer Abfahrt muss es weitergeregnet haben. Die Landschaft sieht aus wie eine Seenplatte.«

»Wir landen«, sagte Brazil, während er sich dem Cockpit zuwandte.

Der Jet setzte sanft auf, rollte über die Piste und blieb dann stehen. Über dem Eingang zum Cockpit ging ein grünes Licht an. Eve stand auf, knöpfte ihren Trenchcoat zu, ließ die unteren Knöpfe aber offen.

Mit ihrem Koffer in der Hand ging sie die Stufen hinunter, während der Wind unter ihren Trenchcoat blies. Brazil rief nach einem Kofferträger. Zuvor hatte er Igor in den unteren Teil der Lattenkiste gesteckt, die mit Decken ausgelegt und mit getarnten Luftlöchern versehen war. Der große Hund hatte sich ruhig verhalten, weil er seinem Herrn vertraute. Er wusste, dass er stillhalten musste, bis er wieder aus der Kiste herausgeholt wurde.

Dann hatte Brazil das zweite Fach mit der Schweizer Sprüngli-Schokolade wieder zurechtgerückt und den Deckel mit vier großen Schrauben geschlossen. All dies war eine Viertelstunde vor der Landung geschehen. Dem Steward hatte Brazil mitgeteilt, sich in die Kabine der Crew zurückzuziehen, weil er etwas hochgradig Vertrauliches mit Eve zu besprechen habe, die ihm dann bei der Arbeit zugesehen hatte.

Jetzt, wo der Jet gelandet war, stellte Brazil seine Fitness und Stärke unter Beweis, indem er selbst die Lattenkiste vom Flugzeug zur Limousine trug.

Die Zollbeamten rissen Witzchen. »Haben Sie noch mehr Süßigkeiten für Ihre Freundinnen dabei, Sir?«

»Das ist das Problem, wenn man so viele Freundinnen hat.«

Eine Viertelstunde später, nachdem er auf einem Umweg aufs Land hinter Bournemouth gefahren war, setzte er den Wagen bei strahlendem Sonnenschein im Rückwärtsgang auf ein Feld zurück. Als er den schläfrigen Igor aus der Lattenkiste befreite, blies ein böiger Wind.

Das erste unvorhergesehene Hindernis erwartete ihn an der Autofähre an der Einfahrt des Hafens von Poole. *Die Fähre ist bis Donnerstag außer Betrieb*, stand auf einem Schild. Fluchend stieg er aus dem Wagen aus.

»Was ist passiert?« fragte Brazil einen Arbeiter in gelber Ölkleidung.

»Ein einlaufender Frachter hat die Fähre gerammt, die gerade übersetzte. Sie liegt in der Shell Bay, solange sie repariert wird ...«

Brazil ging zur Limousine zurück und setzte sich hinters Steuer, als der Arbeiter auf sie zu kam.

»Wohin wollen Sie denn?«

»Nach Corfe«, antwortete Brazil durch das geöffnete Fenster.

»Der einzige Weg führt über Wareham. Und da gibt's auch Ärger. Straßenbauarbeiten, Ampeln, einspurige Verkehrsführung. Wird ewig dauern«, sagte der Arbeiter.

»Danke für die Warnung. Warum macht es den Leuten eigentlich Spaß, einem schlechte Nachrichten zu überbringen?« schnaubte er, während er in Richtung Wareham losfuhr.

»Weil Typen aus der Arbeiterklasse Leuten mit einem dicken Auto gern eins auswischen«, antwortete Eve. »Ich würde gerne einen Drink nehmen. Können wir an dem Hotel dort anhalten?«

»Nein. Wir fahren weiter.«

»Kein Grund, sich wie ein Rüpel zu benehmen.«

»Sagen Sie so etwas nie wieder zu mir«, antwortete Brazil ruhig.

Sie fuhren um den Hafen von Poole herum, und Brazil bemerkte die Sturmwolken, die von Westen heranzogen. Auch der Wind frischte auf.

Der Controller auf dem Flugplatz Kloten hielt Wort: Der Jet bekam pünktlich Starterlaubnis. Innerlich seufzte Tweed erleichtert auf. Nachdem die Maschine die Wolkendecke durchbrochen hatte, ging er nach hinten, um mit Butler und Nield zu reden.

Mittlerweile hatte der Kellner Kaffee und Sandwiches serviert. Tassen und Teller aus Coalport-Porzellan hatte er in einem Schrank gefunden. Mr. Brazil lässt es sich gut gehen, dachte Tweed, während er zu Butler ging, der jetzt hellwach war und seine Sandwiches verzehrt hatte. Er bestellte Nachschub.

»Ich habe mit dem Controller vom Bournemouth International Airport gesprochen, Harry. Dort wartet ein Wagen auf Sie.«

»Hoffentlich nicht wieder ein Krankenwagen«, antwortete Butler verärgert.

»Nein. Ein Wagen, mit dem Pete Sie in ein Erholungsheim bringen wird. Nach zwei Tagen wird Pete Sie nach London chauffieren. Sie hatten eine Kugel im Leib.«

»Die bereits entfernt ist. Der Arzt in Zürich hat gesagt, dass ich so schnell wie möglich mit einfachen Übungen beginnen sollte.«

»Schön. Machen Sie einen Spaziergang an der Küste.«

»Ich könnte Pete nach London bringen«, antwortete Butler aggressiv.

»Das war ein Befehl. Pete wird Sie zurückbringen.«

Nachdem das erledigt war, ging Tweed zu seinem Sitz zurück, wo sein Essen wartete. Newman, der das Gespräch mit Butler gehört hatte, kam den Gang herab, beugte sich zu Tweed vor und senkte seine Stimme.

»Wenn weitere Gangster in Grenville Grange auf Brazil warten sollten, haben wir ohne Butler und Nield zu wenig Leute.«

»Wir werden es schon schaffen. Es wäre nicht das erste Mal«, entgegnete Tweed bestimmt. »Essen Sie jetzt zu Ende. Wir wissen nicht, wann wir das nächste Mal etwas zu beißen kriegen.«

Marler, der mit einem Teller in der Hand vorbeigekommen war, wartete, bis Newman zu seinem Sitz zurückgegangen war. Er trug eine Tasche an einem Schulterriemen, und auch er sprach leiser, während er sich mit Tweed unterhielt. »Was immer uns auch erwarten mag, ich glaube nicht, dass wir uns Sorgen machen müssen. Wenn wir die Passkontrolle umgehen, bleiben uns immer noch jede Menge Waffen.«

»Verstecken Sie sie gut, wenn wir landen«, warnte Tweed.

Paula blickte aus dem Fenster, fasziniert von der rauen, aber wunderschönen Landschaft des Berner Oberlandes. Tweed klopfte ihr auf die Schulter und riet ihr zu essen, solange es noch etwas gab. Da sie sich jetzt dem Höhepunkt ihrer langen Reise von Dorset in die Schweiz und wieder zurück nach England näherten, übernahm er die Befehlsgewalt.

51

Nachdem sie auf dem Bournemouth International Airport gelandet waren, der immer noch in strahlendem Sonnenschein lag, überwachte Tweed, wie der protestierende Butler zu einem wartenden Wagen gebracht wurde. Weil auch ein Fahrer wartete, nahm Nield auf dem Rücksitz Platz. Während das Auto in Richtung Poole verschwand, zeigte Marler auf zwei in der Nähe geparkte Autos mit Allradantrieb.

»Die beiden Wagen habe ich Ihren Anweisungen gemäß bestellt«, sagte er zu Tweed. »Ich werde mich um den Papierkram kümmern, und dann können wir losschlagen.«

Unterdessen sprach Tweed mit dem Controller von der Flugaufsicht, wobei er auch seinen Freund Jim Corcoran erwähnte, den Chef der Security in Heathrow. Brazil hatte vor einer Dreiviertelstunde mit einer Frau in einer Limousine den Flughafen verlassen.

»Er hat einen großen Vorsprung«, sagte Newman grimmig.

»Die Laune des Schicksals«, antwortete Tweed.

Als sie losfuhren, steuerte Philip den Wagen, in dem auch Paula und Tweed saßen, gefolgt von Marler, neben dem Newman Platz genommen hatte. Auf dem Rücksitz lag die Tasche.

Im Gegensatz zu Brazil fuhren sie auf einem kürzeren Weg zur Autofähre, wo auch sie erfuhren, dass die Fähre nicht verkehrte. Tweed spitzte die Lippen und fällte dann die nächste Entscheidung.

»Wir müssen über Wareham fahren. Das ist ein weiter Umweg, aber es gibt keine andere Möglichkeit.«

»Da werden Sie stundenlang brauchen«, sagte derselbe Arbeiter, der auch mit Brazil gesprochen hatte. Eine Minute zuvor hatte er ihnen fröhlich erklärt, was mit der Fähre passiert war.

»Das ist keine gute Idee«, sagte Philip. »Ich weiß, was wir tun müssen.«

Er bedeutete Marler, ihm zu folgen, setzte den Wagen zurück und fuhr dann eine Straße entlang, die parallel zu dem großen Hafen verlief. Zwischen den Bäumen sah Paula häufig ganze Wälder von sanft schwankenden Masten.

»Vielleicht weihen Sie mich in Ihren Plan ein, Philip«, rief Tweed.

»Als ich in der Nacht des Brandes von Sterndale Manor mit Eve auf Lyman's Tout war, habe ich einen alten Pier in einer nahe gelegenen Bucht gesehen. Ein Weg führte zu dem Pier hinab. Wenn wir uns ein Boot mieten, ist das der schnellste Weg, um in diese Gegend zu kommen.«

»Mit einem Boot?« fragte Tweed entsetzt.

»Nehmen Sie zwei Dramamines gegen Seekrankheit«, flüsterte Paula. »Die Tabletten kennen Sie doch schon. Ich habe auch eine kleine Wasserflasche in meiner Schultertasche. Widersprechen Sie nicht. Schlucken Sie die Pillen einfach.«

Zögernd folgte Tweed ihrem Wunsch. Er leerte die ganze Wasserflasche, um die Tabletten hinunterzuspülen. Paula wusste, dass er das Meer hasste.

»Sind Sie sicher, dass wir mit dem Boot schneller ankommen werden?« fragte er.

»Absolut sicher«, erwiderte Philip. »Deshalb habe ich im Flugzeug die Karte studiert. Ich habe einen Segelschein, darf aber auch andere Schiffe steuern. Bevor ich Jean kennen gelernt habe, bin ich viel gesegelt. Damals war ich fast noch ein Kind.«

Er bog von der Hauptstraße in eine Seitengasse mit einem Schild, auf dem ZUM JACHTHAFEN stand. Als sie dort ankamen, sah Tweed die Schiffsmasten schwanken.

»Sieht nach rauer See aus«, sagte er zu Paula.

»Nur ein leichter Seegang«, beruhigte ihn Philip.

»Kommt mir so vor, als ob ich diese Worte schon einmal gehört hätte«, antwortete Tweed ohne jede Begeisterung.

»Sobald wir an Bord sind, werden die Tabletten wirken«, flüsterte Paula.

Newman und Marler hatten sich zu Philip gesellt, der sich energisch mit ihnen unterhielt und sie davon überzeugte, dass er wusste, was er tat. Auch Marler kannte sich mit Schiffen aus und würde Philip helfen, wenn dies notwendig sein sollte. Dann besprachen sie, was für ein Boot sie mieten sollten.

Tweed schlenderte mit Paula einen Steg hinab. Selbst im Hafen war Philips so genannter »leichter Seegang« zu spüren. Um sich von der bevorstehenden Feuerprobe abzulenken, fing Tweed an zu reden. »Brazil ist ein seltsamer Mann. Meiner Ansicht nach sind wir alle merkwürdig widersprüchliche Charaktere, aber er hat den Lauf der Welt verändert. Und dennoch wird sein Name nie in irgendeinem Geschichtsbuch auftauchen. Ich bin sicher, dass er das weiß.«

»Warum hat er es dann getan?« fragte Paula.

»Bestimmt nicht wegen des persönlichen Ruhms.«

»Und doch scheint er Wert auf ein enges Verhältnis zur Downing Street, zum Weißen Haus und zum Elysée-Palast zu legen.«

»Meiner Ansicht nach hat er seine Macht eingesetzt, um abzuwägen, was für Menschen den Lauf der Welt bestimmen. Deren mangelnde Fähigkeiten haben ihn entsetzt.«

»Aber er ist so skrupellos«, beharrte Paula.

»Wenn man das Gleichgewicht der Macht auf dieser Welt ändern will, muss man skrupellos sein. In ihm vereinen sich auf einzigartige Art und Weise Staatsmann und Schurke. Das Ungewöhnliche an seinem Charakter ist, dass er völlig uneitel sein muss. Und im Gegensatz zu den meisten mächtigen Männern hat er eine globale Sichtweise.«

»Ich habe den Eindruck, dass er die modernen Kommunikationsmittel nicht mag.«

»Mit Sicherheit nicht. Ich mag sie auch nicht. Dadurch, dass man die Menschen so eng hat zusammenrücken lassen, hat man ein wahres Pulverfass geschaffen. Die Menschen sitzen vor ihrem Fernseher und glauben, dass sie die Nachrichten sehen. Statt dessen zeigt man ihnen nur sensationelle, entsetzliche Bilder, die häufig von Ereignissen stammen, die keinerlei Auswirkungen auf den Lauf der Welt haben. Wichtige Ereignisse werden ignoriert, wenn sie keine grausamen Bilder liefern. Die so genannten Nachrichten im Fernsehen sind Entertainment – wenn das das richtige Wort für die entsetzlichen Ereignisse ist, die man uns so gerne zeigt.«

»Und wir mögen keine Handys«, sagte Paula. »Zumindest ich nicht.«

»Mit einem Handy bleibt einem nie Zeit zum Nachdenken. Das Wissen, dass irgend jemand einen sogar dann anrufen kann, wenn man gerade einen Spaziergang macht, ist beunruhigend. Brazil hatte recht mit dem, was er über Wissenschaftler gesagt hat, dass sie nie über die möglichen Folgen ihrer Erfindungen nachdenken.«

Sie wandten sich beide um, als sie jemanden auf sie zu laufen hörten. Es war Marler.

»Wir haben ein Boot gefunden. Die Miete kostet ein Vermögen, aber es wird uns schnell ans Ziel bringen.«

»Ich freue mich schon darauf«, sagte Tweed ironisch.

Als sie an der Stelle ankamen, wo das Boot vertäut war, sah Paula ängstlich hinüber zu Tweed. Eine Planke mit Geländer führte auf das große Boot, das einen starken Motor und eine hohe, verglaste Brücke hatte. Philip stand bereits hinter den Reglern auf der Brücke, und Newman löste ein Tau von einem Poller.

»Beginnen die Tabletten zu wirken?« fragte Paula.

»Ja.«

»Es gibt hier eine sehr luxuriöse Kabine, in der Sie es sich bequem machen können.«

»Ich werde nicht unter Deck gehen. Erstens bin ich dort näher am Wasser, und zweitens will ich sehen, was passiert. Ich gehe auf die Brücke.«

»Wenn Sie das für richtig halten«, sagte Paula zweifelnd.

»Allerdings.«

Tweed ging mit festen Schritten über die Planke und griff nicht nach dem Geländer, obwohl die Planke schwankte. Newman rief Paula etwas zu und reichte ihr zwei starke Ferngläser, die er aus seiner Tasche gezogen hatte.

»Eins für Sie, eins für Tweed.«

Philip hatte die Motoren angelassen und steckte seinen Kopf aus einem Fenster. »Alle an Bord? Amüsiert euch gut da unten«, brüllte er.

»Er ist in seinem Element«, sagte Paula, als sie Tweed eingeholt hatte.

Marler und Newman lösten die Taue am Bug und am Heck, rannten zur Planke und zogen sie an Bord. Als Tweed auf der Brücke ankam, manövrierte Philip das Boot in die Fahrrinne. Tweed war von der Größe der Brücke, den vielen Reglern und der Karte des Bootseigners auf dem Kartentisch überrascht.

»Hier sieht's ja aus wie im Cockpit einer Boeing 747«, sagte er leise zu Paula.

»Keine Sorge. Wir heben nicht ab.«

Unter ihnen wickelten Marler und Newman die Taue auf. Sie kamen an Brownsea Island vorbei, einer flachen, baumbestandenen Insel, die eher an die Teufelsinsel als an einen Vergnügungsort erinnerte. Dann erreichten sie das Ende des Hafens. Tweed hielt sich fest und fragte sich, was kommen mochte, wenn sie auf offener See waren.

Mit ein paar Knoten Geschwindigkeit fuhren sie an der defekten Fähre vorbei, die von Arbeitern repariert wurde, und Paula sah, wo ein anderes großes Schiff sie gerammt hatte. Dann erreichten sie das offene Meer, und der Seegang nahm zu. Philip gab Gas, und das Schiff donnerte durch riesige Wellen. Er nahm kurz eine Hand vom Steuer und zeigte auf die Küste.

»Das ist Studland Bay.«

»Ich weiß,«, sagte Tweed, der die Karte studierte. »Im Sommer liegen sie da zum Sonnenbaden Schulter an Schulter wie die Sardinen am Strand. Jetzt ist alles ausgestorben.«

Der Sandstrand war verwaist. Dahinter befand sich eine Anhöhe mit armselig anmutendem Stechginster, der vom Wind zerfetzt und grau war. Der ganze Küstenabschnitt war wirklich nur als trostlos zu beschreiben.

»Gleich sind wir bei den Harry Rocks«, rief Philip. »Wir kommen gut voran.«

Die seltsamen, großen Kreidefelsen standen isoliert nebeneinander, erstreckten sich ins Meer hinein und vermittelten einen prähistorischen Eindruck. Dahinter erhoben sich wie eine riesige Welle die düster wirkenden Purbeck Hills, fast ohne Bäume und unbewohnt.

»Eve und ich sind über diese Berge gefahren«, erinnerte sich Philip. »Was für eine Zeitverschwendung.«

Paula fiel auf, dass keine Spur von Sehnsucht in seinem Tonfall mitschwang. Er hatte leise und bestimmt gesprochen. In gebührendem Abstand zur Küste fuhren sie an den Kreidefelsen, dann an Swanage und seiner langen Bucht vorbei. Aus mehreren Schornsteinen stieg Rauch auf, der von den Launen des Windes in alle Richtungen getrieben wurde. Paula spähte aus dem Fenster, das Philip wieder geschlossen hatte.

Marler und Newman suchten auf der Steuerbordseite Schutz, da auf der anderen Seite Gischt und Wasser über Deck spritzten.

Philip zeigte auf ein Kap. »Duriston Head. Wenn wir dort vorbei sind, kommt nur noch St. Albans Head. Dann sind wir am Ziel.«

Paula hatte gesehen, dass Marler zusammen mit seiner Tasche das Armalite-Gewehr über die Schulter geworfen hatte. Allmählich fühlte sie sich angespannt. Sie blickte zu Tweed hinüber, konnte bei ihm jedoch keinerlei Regung entdecken.

»Brazil«, begann er, »muss für die Toten bezahlen. Für den Barkeeper Ben aus dem Black Bear Inn, den unschuldigen Partridge, der mit Marchat verwechselt wurde, für Rico Sava, den Waffenhändler aus Genf, und für General Sterndale und seinen Sohn. Ganz zu schweigen von den ermordeten Bankiers. Eve Warner war eine willige Komplizin, die ihre Augen vor der Wahrheit verschlossen hat. Und dann sind da noch Anton und Karin Marchat. Ja, Brazil muss dafür bezahlen.«

Epilog

Auf dem Weg nach Corfe wurde Brazil lange durch Straßenbauarbeiten aufgehalten. Er glaubte, noch nie auf einer Strecke so häufig an Ampeln, die den einspurigen Verkehr regelten, gestanden zu haben.

Weil Brazil Eve auf den Rücksitz der Limousine verbannt hatte, war sie schlecht gelaunt. Sie nörgelte ständig, was nicht gerade dazu beitrug, dass Brazil seine Fassung bewahrte. Am meisten ärgerte sie sich darüber, dass Igor auf dem Beifahrersitz neben seinem Herrn saß.

»Ich verstehe nicht, warum ich hinten sitzen muss, nur damit ein Hund den besten Platz bekommt.«

»Igor schaut eben gern aus dem Fenster«, antwortete Brazil, während er darauf wartete, dass die Ampel auf Grün umsprang.

»Zum Teufel mit dem, was er sieht.«

»Sie nehmen die Landschaft nie wahr. Sie sind doch nur genervt, weil Sie nichts zu trinken haben.«

»Einen Wodka könnte ich gut gebrauchen. Wir sollten eine Flasche im Wagen haben.«

»Damit uns ein eifriger junger Polizist anhält, die Flasche sieht und ich meine Zeit damit vergeuden muss, einen Alkoholtest zu machen?«

»Sie trinken ja nichts.«

»Das weiß die Polizei aber erst nach dem Test.«

»Ich habe in den Purbeck Hills nicht einen einzigen Polizisten gesehen.« Sie beugte sich vor, um ihren Worten Nachdruck zu verleihen. »Ich bin mit Philip Cardon über diese ganzen langweiligen Hügel gefahren.«

»War's eine schöne Zeit mit ihm?«

»Es geht so. Er ist auch nur irgendein Mann. Machen Sie die Augen auf, es ist grün.«

Während er weiterfuhr, fragte sich Brazil, wie sie die Bankiers bezaubert hatte. Die bedrohlichen Sturmwolken hatten keinerlei Regen gebracht. Jetzt herrschte wieder strahlender Sonnenschein. Brazil fand, dass die Purbeck Hills einen ganz eigenen Charakter hatten, eine ruhige Schönheit, die nur hier zu finden war. Es war ein kluger Entschluss gewesen, Grenville Grange zu kaufen. Eine weitere Ampel sprang zunächst auf Gelb, dann auf Rot. Er bremste.

»Wenn Sie Gas gegeben hätten, hätten Sie es bei Gelb schaffen können«, nörgelte Eve. »Warum lassen Sie mich nicht fahren? Dann kommen wir auch an.«

»Ich ziehe es vor, lebend anzukommen«, antwortete er leicht aggressiv.

»Ich werde Ihnen beweisen, dass ich eine verdammt gute Fahrerin bin«, sagte sie und beugte sich erneut vor.

»Schön für Sie.«

Nachdem sie den noch rauchenden Stummel ihrer Zigarette in den Aschenbecher gelegt hatte, steckte sie sich eine neue an. Brazil blickte sich um und forderte sie auf, den Stummel auszudrücken. Eve hantierte mit einem Lippenstift aus ihrer Tasche. In ihrer Ungeduld hätte sie fast nach der Sprühdose mit dem Tränengas gegriffen.

Sie lehnte sich zurück, rauchte weiter und streifte die Asche ab, die vom Rand des Aschenbechers auf den bis dahin makellos sauberen Boden fiel. Das soll jemand anderes sauber machen, dachte sie. Die Ampel sprang auf Grün um.

»Warten Sie nicht zu lange«, zischte sie.

Nachdem Brazil an der Baustelle vorbei war, hielt er an, wandte sich um und blickte sie an. »Wenn Sie nicht die Klappe halten«, sagte er kalt, »muss ich darüber nachdenken, ob ich Ihnen nicht kündigen sollte.«

»Machen Sie nur. Dann werden Sie ja sehen, ob ich mich darum schere.«

Sie erreichten den Ortseingang von Corfe und fuhren durch das alte Dorf, dann den steilen Hügel nach Kingston hinauf. Auf dem Weg dorthin konnte Brazil einer großen Pfütze nicht ausweichen. Das Wasser spritzte auf die Windschutzscheibe und rann an den Fenstern auf Eves Seite hinab. Als er in den Rückspiegel sah, bemerkte er, dass sie bösartig grinste.

»Wenn Sie in der Mitte der Straße fahren, können Sie das vermeiden«, sagte sie gelangweilt.

»Mit einer unübersichtlichen Kurve vor mir, aus der mir vielleicht ein anderes Auto entgegenkommt?«

»Hier gibt es nur sehr wenig Verkehr. Ich erinnere mich wegen der Fahrt mit Philip. Er ist zumindest den Pfützen ausgewichen.«

»Schön für ihn.«

In der Limousine herrschte ein bedrückendes Schweigen, während sie durch Kingston fuhren und sich dann der Auffahrt näherten, die zur Villa führte. Selbst im Sonnenschein wirkte das große Haus bedrohlich. Als Grenville Grange vor ihnen lag, beugte Eve sich vor.

»Ich sehe kein Licht, und alle Fensterläden sind geschlossen. Ich dachte, die Bediensteten hätten alles für unsere Ankunft vorbereitet.«

»Vielleicht haben sie das Datum falsch verstanden.«

»In diesem Fall sollten wir im Priory in Wareham essen.« Plötzlich klang ihre Stimme freundlich. »Die Küche dort ist sehr, sehr gut.«

»Und die Bar ist wahrscheinlich auch nicht zu verachten.«

»Sie wissen selbst, dass es dort eine gute Bar gibt. Sie haben mir erzählt, dass Sie mehrfach dort gegessen haben. Lassen Sie uns zum Priory fahren.«

»Zuerst überprüfen wir hier die Lage.«

»Aber es ist niemand da!«

»Lassen Sie uns erst mal nachsehen, ja?«

Die Motorjacht war an St. Albans Head vorbeigekommen und fuhr mehrere Meilen von der Küste entfernt, als Philip die steilen Abhänge von Lyman's Tout erblickte. Im Gegensatz zu Philip, der sich darauf konzentrieren musste, das Boot zu manövrieren, konnte Tweed durch das starke Fernglas sehen.

Grenville Grange thronte wie eine riesige Festung auf dem Gipfel des Berges. Auch Paula blickte durch ihr Fernglas auf das Landhaus. Dann ließ sie das Fernglas sinken, das wie bei Tweed an einem Gurt um ihren Hals hing.

»Merkwürdig. Ich kann gar kein Licht sehen. Das Haus scheint unbewohnt zu sein.«

»Es ist ziemlich früh, um das Licht einzuschalten«, antwortete Tweed.

»Nach dem, was ich sehe, ist das die Art von Haus, in dem man immer Licht brennen lassen muss. Aber selbst die Fensterläden scheinen geschlossen zu sein.«

»Das werden wir sehen, wenn wir näher an der Küste sind.«

Philip musste all seine Kraft aufbringen, um das Boot zu manövrieren. Eine mächtige Strömung von der Seite behinderte den Weg zur Küste. Er war zuversichtlich, dass er die Motorjacht zu dem alten Pier steuern konnte, aber die Stärke der Strömung beunruhigte ihn. Wenn der Pier nicht durch ein nahe gelegenes Kap geschützt war, könnte es schwierig werden, das Boot längs festzumachen, damit sie aussteigen konnten.

Als guter Seemann behielt er seine Sorgen jedoch für sich.

Newman tauchte mit seinem Fernglas auf. »Ich habe den Pier gesehen. Glücklicherweise ragt im Westen davon ein großer Felsen ins Meer. Dort scheint die See ziemlich ruhig zu sein.«

»Wir schaffen es schon«, sagte Philip und konzentrierte sich wieder auf das Ruder.

»Jetzt sind die Scheinwerfer einer Limousine zu sehen«, sagte Paula, die erneut durch ihr Fernglas blickte. »Der Wagen fährt sehr langsam um das Haus herum. Ich kann noch nicht erkennen, wer hinter dem Lenkrad oder wer sonst noch im Auto sitzt. Können wir nicht ein bisschen schneller fahren? Oder sollte ich solche Vorschläge lieber nicht machen?«

»Für die Dame können wir auch etwas beschleunigen«, beruhigte Philip sie.

»Sie haben ja noch nicht einmal das Tor geöffnet«, explodierte Eve, als sie an der Einfahrt zu Grenville Grange ankamen.

Brazil antwortete nicht. Er zog eine Chipkarte aus der Tasche, beugte sich zu einem Kasten an einer Säule vor, steckte die Karte hinein und zog sie wieder heraus. Langsam öffnete sich das elektronisch gesteuerte Tor.

»Das kann nur bedeuten, dass die verdammten Angestellten nicht hier sind.«

»Nicht unbedingt. Vielleicht haben sie das Tor aus Sicherheitsgründen geschlossen, nachdem sie ins Haus gegangen sind. Die Fensterläden an der Vorderseite sind häufig geschlossen, wie Sie sich erinnern werden.«

»Auf mich wirkt das Haus wie eine Leichenhalle.«

»Wir werden uns an der Hinterseite umsehen. Vielleicht bereiten meine Leute das Essen vor.«

»Und warum sind dann keine Wachtposten da?«

»Dafür gibt es einen einfachen Grund. Ich hatte sie alle auf den Kontinent beordert. Wir werden neue einstellen müssen.«

Brazil fuhr langsam die Auffahrt hoch. Als sie die Abzweigung erreicht hatten, bog er nach links ab und lenkte den Wagen um das Haus herum. Jetzt konnten sie das Meer sehen, und das Auto wurde vom Wind erfasst. Er beugte sich vor und fuhr bis zum Ende des Weges, von wo aus sich der Abhang bis zum Rand des Kliffs erstreckte. Hier war der trockene, mit Steinen übersäte Boden hart. Brazil bremste.

»Warum zum Teufel sind wir hierher gekommen?« fragte Eve.

»Sehen Sie die große Motorjacht dort auf dem Meer? Sie kommt auf uns zu, und dort unten gibt es einen alten Pier, von dem aus ein Fußweg auf die andere Seite von Lyman's Tout führt. Wir müssen herausfinden, wer an Bord ist.« Er griff nach einem Fernglas und reichte es Eve. »Gehen Sie bis zum Rand des Kliffs, damit sie näher dran sind, und prüfen Sie, ob Sie jemanden auf dem Schiff erkennen können.«

»Das ist nicht das gute Fernglas.«

»Es wird reichen. Das andere habe ich verloren«, log Brazil.

»In Ordnung. Offensichtlich muss ich mir sogar das Essen im Priory erarbeiten. Im Haus ist niemand ...«

Während Brazil am Rand des Abhangs in der Limousine sitzen blieb, ging Eve los. Ihr Trenchcoat flatterte wie ein leichtes Cape im Wind. In Gedanken hörte Brazil die Worte von Gustavs Kassette. Für hunderttausend Pfund hätte sie seine wahre Geschichte an Newman verkauft ... Einen Augenblick lang glaubte er nicht daran, dass Gustav aus eigener Initiative versucht hatte, Tweed zu ermorden. Irgend jemand hatte ihm diesen Floh ins Ohr gesetzt und dabei wahrscheinlich einen Befehl von ihm erfunden. Er wusste, wer es gewesen sein musste.

Eve hatte den Rand des Kliffs erreicht, blickte in den Abgrund und wich erschauernd ein paar Schritte zurück. Als sie durch das Fernglas blickte, konnte sie nicht erkennen, wer sich an Bord der sich nähernden Motorjacht befand.

»Dieser verdammte Narr«, murmelte sie. »Ich habe ihm doch gesagt, dass dies das falsche Fernglas ist. Jetzt muss ich warten, bis das Boot näher gekommen ist.«

Brazil griff in ein Fach der Limousine, zog einen schwarzen Handschuh heraus und streifte ihn über seine rechte Hand. Plötzlich wurde Igor aufgeregt. Sein Herr wies mit dem Zeigefinger auf Eve.

Nachdem er die Tür auf der Seite des Beifahrersitzes geöffnet hatte, sprang der Hund aus dem Wagen und rannte auf Eve zu, die ihm den Rücken zukehrte. Brazil verschränkte die Arme vor der Brust und sah ungerührt zu.

Im Gegensatz zu damals, als er José in den Abgrund gestürzt hatte, rannte Igor diesmal nicht über eine Schneedecke, die das Geräusch seines schnellen Laufs erstickt hatte, sondern hier war der Boden hart.

Eve hatte ein gutes Gehör und begriff, was vor sich ging. Im letzten Moment ließ sie das Fernglas sinken und warf sich auf den Boden, wobei sie sich mit ihren behandschuhten Händen abfederte. Ihr Kopf ragte über den Rand des Felsens hinaus.

Igor war bereits losgesprungen, um ihr in den Rücken zu springen, aber diesmal traf er auf keinerlei Widerstand, der ihn hätte stoppen können. Hilflos stürzte er in den Abgrund und prallte auf die Felsbrocken im Meer.

Eve erhob sich, die Züge ihres Gesichts waren verzerrt. Bevor sie sich umwandte und zu der Limousine zurückging, hatte sie sich wieder beruhigt. Mit einer Hand öffnete sie ihre Handtasche, während sie den Standort des Wagens am Rand des Abhangs begutachtete.

Brazil öffnete die Tür auf der Seite des Beifahrersitzes und begann sofort zu reden, sobald Eve das Auto erreicht hatte. »Steigen Sie ein. Das war der letzte Wolfshund, mit dem ich je etwas zu tun hatte.«

»Bastard!« Mit vor Wut verzerrtem Gesichtsausdruck griff Eve nach der Sprühdose mit dem Tränengas, zielte direkt auf sein Gesicht und drückte auf den Knopf. Brazil stieß einen erstickten Schrei aus und schützte seine Augen mit beiden Händen. Er litt qualvolle Schmerzen und war unfähig, etwas zu sehen.

Eve knallte die Tür auf der Seite des Beifahrersitzes zu, rannte um den Wagen herum und öffnete die andere Tür. Dann schob sie den Hebel des Automatikbetriebes in die Startposition, löste die Handbremse und knallte die Tür zu. Sie verstaute die Sprühdose mit dem Tränengas wieder in ihrer Tasche, lehnte sich gegen die Seitenwand der Limousine und schob mit aller Kraft. Das Auto begann bergab zu rollen.

Eve grinste höhnisch, als Brazil mit einer Hand erfolglos versuchte, den Türgriff zu finden.

Plötzlich spürte Eve, dass sie von dem Auto mitgezogen wurde. Als sie nach unten blickte, sah sie zu ihrem Entsetzen, dass sich ihr Trenchcoat wegen des Windes in der Tür verfangen hatte und eingeklemmt war. Die Geschwindigkeit des Wagens nahm zu und brachte sie aus dem Gleichgewicht. Sie fiel zu Boden und wurde mitgeschleift. Verzweifelt versuchte sie mit der linken Hand, den eingeklemmten Trenchcoat loszureißen, aber der Stoff war zu robust.

Zwar wurde ihr Körper auf dem harten Boden teilweise durch ihre Kleidung geschützt, aber durch die Tasche unter ihr bohrte sich die Sprühdose mit dem Tränengas in ihr Fleisch. Jetzt wurde die Limousine noch schneller, und Eve sah den Rand des Kliffs auf sich zu rasen.

Als die Vorderräder des Autos bereits über dem Abgrund schwebten, stieß die Karosserie des Wagens gegen irgendeinen Gegenstand. Ein großer, länglicher Felsbrocken von der Form eines Baumstammes hatte den Absturz aufgehalten und wirkte jetzt wie der Drehpunkt bei einer Kinderwippe.

Von der Taille abwärts schwebte Eve über dem Abgrund. Die Limousine begann zu schaukeln. Eve starrte in die Tiefe und auf die riesigen Felsbrocken am Fuß des Berges, die kurzzeitig von einer Welle überflutet wurden. Der Wind spritzte die Gischt bis zu ihr hinauf.

»Was ist denn auf dem Kliff los?« fragte Philip. »Ich kann undeutlich erkennen, dass ein Auto über dem Abgrund schwebt.«

»Meiner Ansicht nach könnte das Brazils Limousine sein«, vermutete Tweed vorsichtig.

»Aber sehen Sie denn nicht ...« Paula beendete ihren Satz nicht.

Ein sanfter Stoß in die Rippen ließ sie verstummen. Tweed schüttelte den Kopf und wies mit einer Kopfbewegung auf Philip, der ihnen den Rücken zukehrte.

Durch ihre Ferngläser hatten sie alles gesehen. Als Eve in den Abgrund geblickt hatte, hatte Tweed ihren entsetzten Gesichtsausdruck erkannt. Seiner Ansicht nach war es besser, wenn Philip die Einzelheiten nicht kannte.

Die Jacht war immer noch ein gutes Stück von dem Felsen entfernt. Philip kämpfte gegen die Strömung an und konzentrierte sich ganz darauf, das Boot zu manövrieren.

Tweed, Paula, Newman und Marler standen auf dem Steuerborddeck und verfolgten durch ihre Ferngläser das entsetzliche Geschehen auf dem Kliff.

Die Limousine schaukelte noch immer langsam über dem Abgrund. Wenn Eve an ihrem Trenchcoat zerrte, bewegten sich die Vorderräder des Autos in die Luft, und auch sie wurde hochgezogen. Sie hoffte, dass der Stoff des Trenchcoats durch ihr Körpergewicht aus der Tür gerissen werden würde. Auf dem Höhepunkt der Schaukelbewegung blickte sie nach unten und sah den Boden am Rande des Abgrunds. Wenn Sie sich befreien konnte, hatte sie eine Chance, auf sicherem Boden zu landen. Dann begannen sich die Vorderräder des Autos zu senken, und erneut schwebte sie halb über dem Abgrund.

Das Tränengas hatte vor allem Brazils linkes Auge in Mitleidenschaft gezogen. Aus dem Inneren des Wagens sah er verschwommen die anbrandenden Wellen und begriff, dass der Wagen halb über dem Abgrund schwebte. Seine Hand fand den Griff, und er versuchte, die Tür zu öffnen, aber der eingeklemmte Stoff verhinderte es. Das Auto schaukelte weiterhin teuflisch hin und her, und er wusste kaum noch, was er tat.

Eve spürte einen Ruck und erkannte, dass irgend etwas Schicksalhaftes geschehen war. Die Limousine rutschte über den Felsbrocken nach vorne, der bis jetzt den Absturz verhindert hatte. Der Wagen machte einen plötzlichen Satz, und sie konnte keinen klaren Gedanken mehr fassen.

Als die Hinterräder gegen den Felsbrocken stießen, wurde das Auto noch einmal aufgefangen. Da der größere Teil des Wagens über dem Abgrund schwebte, wurden die Hinterräder jetzt weiter nach vorne gezogen. Erneut erhaschte Eve einen Blick auf den Abgrund und das Meer. Dann verlor sie das Bewusstsein.

Die Limousine stürzte in den Abgrund, immer schneller, an der schwarzen Wand des Felsens vorbei. Sie prallte auf den größten Felsbrocken, als dieser gerade von einer riesigen Welle überflutet wurde. Das Wasser spritzte bis zur halben Höhe des Felsens hoch. Als die Welle zurückflutete, war das Auto nicht mehr zu sehen. Das raue Meer hatte zwei weitere Leben als Beute eingefordert.

»Bringen Sie uns in den Hafen von Poole zurück, Philip«, sagte Tweed. Er hatte sein Fernglas sinken lassen.

»Das Auto ist in den Abgrund gestürzt, oder?«

»Ja.«

»Was ist geschehen? Wer saß in dem Wagen?«

»Brazil«, antwortete Tweed schnell. »Meiner Ansicht nach haben seine Bremsen im falschen Augenblick versagt. So etwas passiert manchmal. Kommen Sie mit, Paula. Es wird Zeit, dass wir mit Newman und Marler reden ...«

Er rannte die Stufen zum Deck hinunter, und diesmal hielt er sich am Geländer fest. Als Philip den Kurs änderte, begann das Schiff zu schwanken, und der Wind blies wie eine Todesfee.

»Sie alle haben gesehen, was geschehen ist«, sagte Tweed, als er mit Paula, Newman und Marler in der luxuriösen Kabine saß. »Weil er kein Fernglas hatte, hat Philip nur das Auto in die Tiefe stürzen sehen. Ich habe ihm erzählt, dass Brazil in dem Wagen saß. Wenn wir angelegt haben, werde ich ihm sagen, dass auch Eve *in* dem Auto war. Ich weiß, dass er nichts mehr für sie empfindet, aber ich glaube, dass ihn die Wahrheit erschüttern würde. Behalten Sie sie also für sich. Verstanden?«

Alle stimmten zu, und Tweed schlug vor, dass sie bis zum Anlegen in der großen Kabine warteten. Paula hielt das für eine gute Idee, sagte aber, dass sie wieder auf die Brücke gehen würde, um Philip Gesellschaft zu leisten. Nachdem sie die Kabine verlassen hatte, bemerkte Tweed ein Radio. Er schaltete den World Service der BBC ein.

»*Wie wir gerade hören*«, sagte der Nachrichtensprecher, »*hat General Marow sich für ein Gipfeltreffen der Großmächte in Wien ausgesprochen. Der Präsident der Vereinigten Staaten hat seine Teilnahme zugesagt, desgleichen der britische Premierminister, der deutsche Bundeskanzler und der französische Präsident. Offensichtlich hat der kranke russische Präsident seine gesamten Machtbefugnisse General Marow übertragen. Damit sind die Nachrichten beendet.*«

Tweed schaltete das Radio aus und lächelte freudlos. »Zusammengefasst heißt das erstens, dass General Marow Russland wieder als Weltmacht etabliert hat, und zweitens, dass er der Mann ist, der das neue, von der Außenwelt abgeschnittene Russland beherrscht. Vielleicht werden wir künftig viel Arbeit haben.«

»Wo ist eigentlich Archie abgeblieben?« fragte Tweed

Marler, als sie gerade wieder in den Hafen von Poole eingelaufen waren.

»Nach dem Tod des Motormannes ist er verschwunden, wie er das immer tut. Früher oder später wird er sich bei mir melden.«

»Und Keith Kent wird mir eine saftige Rechnung präsentieren.«

»Er hat mich im Hôtel Élite angerufen, und ich habe ihm gesagt, dass es nichts mehr für ihn zu tun gibt. Die Rechnung schickt er an Sie. Haben Sie den Stoß gespürt? Wir haben angelegt ...«

Sie gingen von Bord und warteten neben ihren Autos, bis Philip die Formalitäten mit dem Eigentümer der Jacht erledigt hatte. Während die anderen in ihre Wagen stiegen, nahm Paula ihn beiseite.

»Sie kehren doch nicht etwa allein in das menschenleere Haus zurück, Philip?«

»Warum nicht?« Er lächelte herzlich. »Es ist schließlich mein Zuhause.«

Colin Forbes

Harte Action und halsbrecherisches Tempo sind seine Markenzeichen.

Thriller der Extraklasse aus der Welt von heute - »bedrohlich plausibel, mörderisch spannend.«
DIE WELT

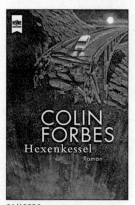

01/10830

Eine Auswahl:

Endspurt
01/6644

Das Double
01/6719

Fangjagd
01/7614

Hinterhalt
01/7788

Der Überläufer
01/7862

Der Janus-Mann
01/7935

Der Jupiter-Faktor
01/8197

Cossack
01/8286

Incubus
01/8767

Feuerkreuz
01/8884

Hexenkessel
01/10830

Kalte Wut
01/13047

HEYNE-TASCHENBÜCHER